SAIGNE POUR MOI
LE SUSPECT

Michael Robotham

SAIGNE POUR MOI

Traduit de l'anglais par Sabine Boulongne

LE SUSPECT

Traduit de l'anglais par Stéphane Carn

ÉDITIONS FRANCE LOISIRS

Saigne pour moi

Titre original : *Bleed for me*, publiée par Sphere, un département de Little, Brown Book Group, London

Première édition mars 2012

Le suspect

Titre original : *The Suspect*, publié par Time Warner Books.

Édition du Club France Loisirs,
avec l'autorisation des Éditions Jean-Claude Lattès.

Éditions France Loisirs,
123, boulevard de Grenelle, Paris
www.franceloisirs.com

ISBN : 978-2-298-06676-0

SAIGNE POUR MOI

À Vivien

« Elle était Lo le matin, Elle était Lo le matin, Lo tout court, un mètre quarante-huit en chaussettes, debout sur un seul pied. Elle était Lola en pantalon. Elle était Dolly à l'école. Elle était Dolorès sur le pointillé des formulaires. Mais dans mes bras, c'était toujours Lolita. »

Vladimir Nabokov, *Lolita*

« Tout le monde ment – chaque jour. À chaque heure. Éveillé. Endormi. Dans les rêves, dans la joie, dans le deuil. Si la langue reste immobile, les mains, les pieds, les yeux, l'attitude cherchent à tromper, et de propos délibéré. »

Mark Twain (1835-1910)

Le journal de Sienna

Je devrais commencer par vous dire comment je m'appelle, même si ce n'est pas vraiment important. Les noms ne sont que des étiquettes auxquelles on s'habitue. On les déteste peut-être, on peut avoir envie d'en changer, mais on finit par leur correspondre.

Quand j'étais petite, je me cachais dans le panier de linge sale parce que j'aimais l'odeur des habits de travail de mon père. Je me sentais proche de lui ainsi. Il m'appelait son « petit chaperon rouge » et me poursuivait dans ma chambre en grognant comme un loup jusqu'à ce que je m'écroule de rire. Je l'aimais dans ce temps-là.

Vers l'âge de onze ou douze ans, j'ai chipé un cutter dans son atelier et je me suis taillé un bout de chair à l'intérieur du bras. La plaie n'était pas très profonde, mais assez pour saigner passablement. J'ignore d'où cette idée m'est venue, mais cela eut pour effet de me procurer ce dont j'avais besoin : une souffrance extérieure en adéquation avec la souffrance intérieure.

Je ne me coupe pas souvent, une fois par semaine, une fois par mois parfois. À un moment donné, j'ai tenu six mois. L'hiver, je me taillade les poignets, les avant-bras, parce que mon blazer d'école couvre les marques. L'été, l'estomac, parce que je porte des maillots une pièce.

Il m'est arrivé parfois de couper trop profondément, mais j'ai réussi à me raccommoder avec du fil et une aiguille. Vous frémissez, je parie, mais ça ne fait pas si mal que ça et j'avais brûlé le bout de l'aiguille.

Quand je saigne, je me sens calme, lucide. Comme si je me débarrassais d'un poison goutte à goutte. Même quand j'arrête de saigner, je tripote les entailles avec amour. Je leur fais un bisou le soir pour leur souhaiter bonne nuit.

Certaines sont nouvelles, sur une peau vierge, d'autres d'anciennes blessures qui se rouvrent. Le mieux, ce sont les lames de rasoir et les cutters. Propres et rapides. Avec un couteau, ce n'est pas très pratique, et les aiguilles ne font pas couler assez de sang.

Vous voulez savoir pourquoi ? Vous voulez connaître la raison pour laquelle je me fais saigner en secret ? C'est parce que je le mérite, je mérite d'être sanctionnée. De me punir. L'amour est souffrance, la souffrance est amour et ils ne me laisseront jamais tranquille dans ce monde.

Chaque goutte de sang qui s'écoule de mes veines est la preuve que je suis vivante. La preuve que je meurs. Chaque goutte dissipe le poison en moi, en ruisselant le long de mes bras, en dégoulinant au bout de mes doigts.

Vous pensez que je suis masochiste.

Suicidaire.

Vous croyez me connaître.

Vous vous imaginez vous rappeler ce que c'est d'avoir quatorze ans.

Vous pensez me comprendre.

Vous vous trompez.

Je saigne pour vous.

1

S'il y a une chose qu'il faut que vous sachiez à propos de Liam Baker, c'est qu'à l'âge de dix-huit ans il a battu une fille à mort, pour ainsi dire, la laissant paralysée des jambes, avant de lui verser un seau de pop-corn sur la tête.

Rien ne saurait mieux définir sa personnalité. Ni le décès de sa mère, ni sa foi en Dieu, ni les trois années passées dans une unité psychiatrique hautement surveillée – autant d'éléments que l'on peut attribuer, d'une manière ou d'une autre, à ce moment de folie dans la file d'attente d'un cinéma.

Moment de folie. Tel est le terme employé par sa psychiatre, le docteur Victoria Naparstek, qui témoigne devant la commission du juge d'application des peines en énumérant les « exploits » de son patient comme s'il s'agissait pour lui de décrocher un diplôme universitaire.

C'est une jolie femme, plus jeune que je ne pensais. La trentaine. Des cheveux blonds couleur de miel, relevés par une barrette en écaille de tortue. Quelques mèches se sont échappées et encadrent son visage qui, sans elles, semblerait assez délicat et anguleux. Malgré son nom de famille, elle a un accent de Glasgow, sans rien de dur ni de guttural. Des inflexions écossaises plutôt, qui lui donnent un ton gai, insouciant, bien qu'il soit question de la liberté d'un homme. Se rend-elle compte qu'elle dévore les gens des yeux au lieu de les observer ? Mais, là, je suis peut-être injuste.

Liam est assis sur une chaise à côté d'elle. Je ne l'avais pas vu depuis quatre ans, et le changement est flagrant. Moins emprunté et balourd qu'avant, il a forci et remplacé ses lunettes par des verres de contact qui foncent ses iris d'un bleu très pâle.

Il porte un jean et une chemise en coton. Ainsi que des chaussures pointues, branchées. Ses cheveux enduits de gel pointent vers le plafond. Je l'imagine en train de se préparer pour l'audience, soignant son look parce qu'il sait que c'est important d'être à son avantage.

Par la fenêtre, j'aperçois une cour entourée de murs, parsemée d'arbustes et de plantes en pot. Une dizaine de patients font de l'exercice, chacun dans son monde, indifférent aux autres. Certains esquissent quelques pas dans un sens, puis s'arrêtent, comme perdus, avant de repartir dans une autre direction. D'autres font le tour du périmètre au pas en balançant les bras en cadence comme sur un terrain de manœuvres. Un jeune homme donne l'impression de s'adresser à un auditoire ; un autre s'est caché sous un banc pour s'abriter d'un orage imaginaire.

Le docteur Naparstek poursuit son laïus :

— Durant le mois où j'ai travaillé avec Liam, j'ai découvert un jeune homme troublé qui s'est donné beaucoup de peine pour s'amender. Sa colère est maîtrisée, son comportement social s'est considérablement amélioré. Depuis quatre mois, il participe à notre programme de cohabitation qui requiert de sa part une véritable coopération avec d'autres patients pour la cuisine, le ménage, la lessive, selon un règlement qui leur est propre. Il a eu une influence apaisante sur le groupe, un rôle de leader. Récemment, nous avons connu un grave incident au cours duquel un de nos résidents, armé d'un couteau, s'est barricadé derrière une porte après avoir pris un otage. La sécurité a mis cinq minutes pour accéder à la maison. Entre-temps, Liam avait désamorcé la situation. C'était étonnant à voir.

Je jette un coup d'œil aux trois membres de la commission – un juge, un médecin spécialiste et un assesseur ayant des connaissances dans le domaine de la santé mentale. Ont-ils l'air « étonnés » ? Peut-être cachent-ils leur réaction.

Ils doivent décider de l'éventuelle remise en liberté de Liam. Le système fonctionne ainsi. Lorsqu'un coupable est considéré comme guéri, ou en voie de guérison, on envisage sa réinsertion progressive au sein de la société. De l'hôpital psychiatrique, on le transfère dans une unité de soins locale où il continue son traitement. Si tout va bien, il est autorisé à sortir, dans l'enceinte de l'unité d'abord, dans les rues voisines ensuite, puis accompagné d'une escorte, et enfin tout seul.

Je n'ai aucun rôle officiel à jouer. Je devrais être à l'université de Bath où j'ai enseigné la psychologie ces trois dernières années, depuis que je n'ai plus mon cabinet privé. Est-ce que ça me manque ? Non. Il m'habite encore. Je me souviens de chaque patient – les automutilateurs, les hystériques, les toxicomanes, les narcissiques, les psychopathes, les obsédés sexuels, ceux qui avaient trop peur d'affronter le monde, et la poignée d'entre eux qui voulaient le mettre à sac.

Liam en faisait partie. En un sens, c'est moi qui l'ai fait enfermer. J'ai recommandé qu'il soit interné et soigné plutôt qu'envoyé en prison.

Le docteur Naparstek en a fini. Elle sourit puis se penche pour chuchoter quelque chose à l'oreille de Liam en lui pressant l'épaule. Ce dernier lève les yeux, mais son regard s'arrête sur le devant du chemisier de la psychiatre. Elle s'assied et croise les jambes sous sa jupe gris anthracite.

Le juge promène son regard sur nos visages.

— Quelqu'un d'autre désire-t-il dire quelques mots à la commission ?

Il me faut un moment pour me mettre debout. Mes jambes ne font pas toujours ce que je leur demande. Mon cerveau leur envoie des messages qui ne les atteignent pas à certains moments ou, comme les bus londoniens, ils arrivent tous en même temps, si bien que mes membres se bloquent ou me font basculer en arrière, sur le côté, parfois même en avant. On me croirait manipulé à distance par un bambin déjanté.

C'est la maladie de Parkinson – un mal neuro-dégénératif chronique, intransmissible, qui signifie que je perds mon cerveau sans perdre la raison. Incurable, je ne dirai pas. Ils trouveront un remède un jour.

Je me tiens finalement sur mes deux pieds.

— Professeur Joseph O'Loughlin. J'aurais souhaité poser quelques questions à Liam.

Le juge incline son menton vers sa poitrine.

— Quel est votre intérêt dans cette affaire, professeur ?

— Je suis psychologue clinicien. Nous nous connaissons, Liam et moi. C'est moi qui ai procédé à son évaluation avant sa condamnation.

— L'avez-vous soigné depuis lors ?

— Non. J'aimerais juste comprendre le contexte.

— Le contexte ?

— Oui.

Le docteur Naparstek se tourne vers moi et me dévisage. Elle n'a pas l'air très impressionnée. Je m'avance. Le linoléum étincelle sous les rais de lumière qui filtrent à l'oblique par les fenêtres à barreaux en dessinant des motifs géométriques.

— Bonjour, Liam. Vous vous souvenez de moi ?

— Oui.

— Venez vous asseoir ici.

Je dispose deux chaises l'une en face de l'autre. Liam consulte sa psychiatre du regard. Elle acquiesce d'un signe de tête. Il approche. Plus grand que dans mon souvenir. Moins sûr de lui que tout à l'heure. Quand on s'assoit, nos genoux se touchent presque.

— Ça fait plaisir de vous revoir. Comment allez-vous ?

— Bien.

— Savez-vous pourquoi nous sommes réunis ici aujourd'hui ?

Il hoche la tête.

— Le docteur Naparstek et les autres personnes ici présentes pensent que vous allez mieux et qu'il est temps pour vous de passer à autre chose. C'est ce que vous voulez ?

Nouveau hochement de tête.

— Où irez-vous si vous êtes libéré ?

— Je trouverai un appartement. Je ch-ch-chercherai un travail.

Son bégaiement est moins prononcé qu'avant. Il s'intensifie quand il est en colère ou anxieux.

— Vous n'avez pas de famille ?

— Non.

— La plupart de vos amis vivent dans cet établissement.

— Je m'en fe-fe-ferai des nouveaux.

— Je ne vous avais pas vu depuis un moment, Liam. Rappelez-moi la raison de votre présence ici.

— J'ai fait quelque chose de mal, mais ça va mieux maintenant.

Nous y voilà : un aveu et une excuse dans la foulée.

— Alors pourquoi êtes-vous là ?

— C'est vous qui m'y avez envoyé.

— Je devais avoir une bonne raison de le faire.

— Je souffrais d'un trou-trou-trouble de la personnalité.

— Qu'est-ce que ça veut dire à votre avis ?

— J'ai fait du mal à quelqu'un, mais ce n'était pas ma faute. Je n'ai pas pu m'en empêcher.

Il se penche en avant et plante les coudes sur ses genoux, les yeux rivés au sol.

— Vous avez tabassé une jeune fille. Vous l'avez rouée de coups de pied et de coups de poing. Vous lui avez fracturé la colonne vertébrale. Cassé la mâchoire. Fracassé le crâne. Elle s'appelait Zoé Hegarty. Elle avait seize ans.

Chaque fait résonne comme si je percutais des cymbales près de son oreille, mais son regard reste impassible.

— Je regrette.

— Que regrettez-vous ?

— Ce que j'ai f-f-fait.

— Et vous avez changé depuis ?

Il hoche la tête.

— Qu'avez-vous fait pour changer ?

Il semble désemparé.

— Ce genre d'hostilité vient forcément de quelque part, Liam. Qu'avez-vous fait pour changer ?

Il me parle de ses séances de thérapie, des ateliers auxquels il a participé, des cours de gestion de la colère et de comportement social. De temps à autre, il jette un coup d'œil au docteur Naparstek, mais je lui demande de se concentrer sur moi.

— Parlez-moi de Zoé.

— Que voulez-vous que je vous dise ?

— Comment était-elle ?

— Je ne me souviens pas, répond-il en secouant la tête.

— Elle vous plaisait ?

Il tressaille.

— Ce n-n-n'était pas ça.

— Vous l'avez suivie chez elle depuis le cinéma. Vous l'avez entraînée à l'écart. Elle a perdu connaissance sous vos coups de pied.

— Je ne l'ai pas violée.

— Je ne vous ai pas parlé de ça. En aviez-vous l'intention ?

Liam secoue la tête en tiraillant sur ses manchettes. Il fixe le mur en face de lui comme s'il voyait défiler des images sur un écran invisible aux yeux des autres.

— Vous m'avez dit un jour que Zoé avait un masque. Que beaucoup de gens portent un masque, qu'ils ne sont pas authentiques. Et vous, vous en portez un ?

— Non.

— Le docteur Naparstek ?

Il rougit en entendant prononcer son nom.

— N-n-non.

— Quel âge avez-vous, Liam ?

— Vingt-deux ans.

— Parlez-moi de vos rêves.

Il cligne des paupières.

— De quoi rêvez-vous ?

— De sortir d'ici. De commencer une nou-nouvelle vie.

— Vous vous masturbez ?

— Non.

— Je ne vous crois pas, Liam.

Il secoue la tête.

— Qu'est-ce qui ne va pas ?

— Vous ne devriez pas dire des choses comme ça.

— C'est tout à fait naturel pour un jeune homme. À qui pensez-vous quand vous vous masturbez ?

— À des filles.

— Il n'y en a pas beaucoup par ici. Le personnel est constitué d'hommes principalement.

— Aux fi-fi-filles des magazines.

— Le docteur Naparstek est une femme. Vous la voyez souvent, non ? Deux fois par semaine ? Trois ? Attendez-vous vos séances avec impatience ?

— Elle est gentille avec moi.

— Comment ça ?

— Elle ne me juge pas.

— Allons, Liam ! Évidemment qu'elle vous juge. Elle est là pour ça. Vous arrive-t-il de fantasmer sur elle ?

Il se hérisse. Il est crispé. Mal à l'aise.

— Vous ne devriez pas dire des trucs comme ça.

— À propos de quoi ?

— D'elle.

— C'est une très jolie femme, Liam. Je l'admire à l'instant même.

Je jette un coup d'œil par-dessus mon épaule. Le docteur Naparstek n'a pas l'air d'apprécier le compliment. Elle pince les lèvres et tripote son pendentif.

— Vous préférez l'hiver ou l'été, Liam ?

— L'été.

— La nuit ou le jour ?

— La nuit.

— Les pommes ou les oranges ?

— Les oranges.

— Le thé ou le café ?

— Le thé.

— Les femmes ou les hommes ?

— Les femmes.

— En jupe ou en pantalon ?

— En jupe.
— Longue ou courte ?
— Courte.
— Les bas ou les collants ?
— Les bas.
— Quelle couleur de rouge à lèvres ?
— Rouge.
— De quelle couleur sont ses yeux ?
— Bleu.
— Que porte-t-elle aujourd'hui ?
— Une jupe.
— De quelle couleur est son soutien-gorge ?
— Noir.
— Je n'ai pas mentionné de nom, Liam. De qui parlez-vous ?

Il se raidit. Son embarras se lit sur son visage. Je remarque que son genou gauche est agité de soubresauts.

— Le docteur Naparstek est-elle mariée à votre avis ?
— Je ne s-s-sais pas.
— Porte-t-elle une alliance ?
— Non.
— Son petit ami l'attend peut-être chez elle. Pensez-vous à ce qu'elle fait quand elle sort d'ici ? Où elle va ? À quoi ressemble sa maison ? À ce qu'elle porte au lit ? Elle dort peut-être nue.

De la salive écume aux commissures de ses lèvres.

Le docteur Naparstek veut mettre fin à cet interrogatoire, mais le juge la prie de se rasseoir.

Liam tente de se détourner, mais je pose les mains sur ses épaules en approchant ma bouche de son oreille. Je vois la sueur perler à la racine de ses cheveux et une touche de mousse à raser sous son oreille. Je chuchote :

— Vous pensez à elle tout le temps, n'est-ce pas, Liam ? L'odeur de sa peau, son shampoing, le coquillage délicat de son oreille, l'ombre dans le creux entre ses seins… chaque fois que vous la voyez, vous recueillez davantage de détails pour pouvoir fantasmer sur ce que vous avez envie de lui faire.

Son teint a viré au rouge, il respire par saccades.

— Vous rêvez que vous la suivez chez elle – comme vous avez suivi Zoé Hegarty. Que vous l'entraînez loin de la foule. Qu'elle vous supplie d'arrêter.

Le juge m'interrompt tout à coup.

— Nous n'entendons pas vos questions, professeur. Pourriez-vous hausser la voix, s'il vous plaît ?

Le charme est rompu. Liam pense de nouveau à respirer.

— Mes excuses, dis-je en jetant un coup d'œil vers la commission. Je disais à Liam que je songeais à inviter le docteur Naparstek à dîner.

— M-m-mais vous êtes m-m-marié.

Il a remarqué mon alliance.

— Séparé. Elle est disponible, si ça se trouve.

Je me penche à nouveau vers lui. Ma joue touche presque la sienne.

— Je vais l'inviter à dîner et puis je l'emmènerai chez moi. Je parie qu'elle baise super bien. Qu'est-ce que vous en pensez ? Les BCBG, si froides, si distantes, elles démarrent au quart de tour. Vous aurez peut-être envie de fantasmer là-dessus.

Liam a oublié de respirer de nouveau. Sa cervelle grésille sous l'effet de la colère, elle hurle comme un solo de guitare électrique.

— Ça vous perturbe, Liam ? Pourquoi ? Soyons francs, vous n'êtes pas vraiment son genre. Elle est jolie. Cultivée. Elle fait une belle carrière. Pourquoi s'encombrerait-elle d'un dérangé sadique et tristounet comme vous ?

Les yeux de Liam dansent dans ses orbites comme s'il avait reçu une charge d'adrénaline directement dans le cerveau. Il bondit de sa chaise et m'entraîne avec lui à l'autre bout de la pièce. Le monde bascule à l'envers l'espace d'un instant. Ses pouces s'enfoncent dans mes yeux ; ses mains me compressent le crâne. Je n'entends presque plus rien en dehors des battements de mon cœur jusqu'à ce que des pas lourds résonnent sur le lino.

On écarte de moi un Liam pantelant, tempêtant. Des surveillants de l'hôpital l'ont neutralisé. Ils le portent à bras-le-corps, mais il continue à vociférer, à me traiter de tous les noms en m'expliquant ce qu'il compte faire.

Les membres de la commission ont été évacués ; ils ont trouvé refuge dans une autre salle. J'entends encore Liam que l'on embarque de force dans un couloir où il flanque des coups de pied dans les murs, les portes. Victoria Naparstek l'accompagne pour tenter de le calmer.

Mes yeux ruissellent et, derrière mes paupières closes, un kaléidoscope d'étoiles colorées fusent et explosent. Je me traîne jusqu'à une chaise et je sors mon mouchoir pour m'essuyer les joues. Au bout de quelques minutes, je vois à nouveau clairement.

J'époussette ma veste et je ramasse ma serviette en cuir râpé. Je franchis une succession de postes de sécurité et de portes fermées à clé avant de me retrouver dans le parking où ma vieille Volvo m'apparaît honteusement déglinguée. Je m'apprête à ouvrir la portière quand survient Victoria Naparstek, mal assurée avec ses hauts talons sur le macadam irrégulier.

— Qu'est-ce qui vous a pris, nom d'un chien ? Quel manque de professionnalisme ! Comment osez-vous parler de ce que je porte au lit ? Comment osez-vous faire allusion à mes sous-vêtements ?

— Désolé de vous avoir offensée.

— Vous êtes désolé ! J'aurais pu vous incriminer pour faute professionnelle. Je devrais vous dénoncer auprès de la Société psychologique britannique.

Ses iris bruns sont en feu. Elle a les narines pincées.

— Je suis navré de vous avoir fait cette impression. Je voulais juste voir comment Liam réagirait.

— Vous cherchiez à prouver que j'avais tort, oui ! Vous avez une dent contre Liam ou contre moi ?

— Je ne vous connais même pas.

— C'est à Liam que vous en voulez alors ?

Cette accusation résonne dans ma tête tandis que des spasmes agitent ma jambe gauche. J'ai la sensation que ça va me trahir, que je vais faire quelque chose d'embarrassant, lui flanquer un coup dans le tibia par exemple.

— Liam ne m'inspire aucun sentiment particulier. Je voulais juste m'assurer qu'il avait changé.

— Alors vous l'avez piégé. Vous l'avez rabaissé. Brutalisé. (Elle plisse les yeux.) J'ai entendu les gens parler de vous, professeur O'Loughlin. Toujours avec admiration. J'avais même espéré apprendre quelque chose grâce à vous aujourd'hui. À la place, vous brutalisez mon patient, vous m'insultez et vous vous révélez être un con arrogant, condescendant et misogyne.

Son accent écossais ne suffit plus à rendre ses propos gais et insouciants. De près, elle est vraiment jolie. Je comprends qu'un homme puisse faire une fixation sur elle, se demander ce qu'elle porte la nuit ou quel genre de sons elle produit sous l'emprise de la passion.

— Il est ravagé. Éperdu. Vous avez retardé sa réinsertion de plusieurs mois.

— Ne comptez pas sur moi pour m'en excuser. Liam Baker a appris à feindre l'impuissance, la bonne volonté pour faire croire qu'il s'est amendé. Il n'est pas prêt à recouvrer la liberté.

— Malgré tout le respect que je vous dois, professeur…

Quand quelqu'un commence une phrase en ces termes, je m'arme de courage en prévision de ce qui va suivre.

— … J'ai passé les dix-huit derniers mois à travailler avec Liam. Vous l'avez vu une demi-douzaine de fois avant sa condamnation. Je pense être en bien meilleure posture que vous pour évaluer ses progrès. J'ignore ce que vous lui avez chuchoté à l'oreille, mais c'était complètement injuste.

— Injuste envers qui ?

— Envers Liam et moi.

— Je m'efforce d'être juste envers Zoé Hegarty. Vous ne serez peut-être pas d'accord avec moi, docteur, mais je pense vous avoir rendu un énorme service.

Elle ricane d'un air dédaigneux.

— Je fais ce boulot depuis dix ans, professeur. Je suis à même de juger quand quelqu'un représente un danger pour la société.

— Ce n'est pas la société qui me préoccupe. C'est beaucoup plus personnel que ça.

Elle hésite un instant. Je vois presque les rouages de son esprit fonctionner – son cortex préfrontal faisant le lien entre les propos tenus par Liam, ses regards furtifs, et les renseignements dont il dispose sur ses sous-vêtements et son domicile. Elle écarquille les yeux à l'instant où cette prise de conscience atteint son amygdale, centre de la peur.

La Volvo démarre au premier coup. Elle est plus fiable que mon corps. Au moment où la barrière se lève, j'entrevois Naparstek plantée au milieu du parking, les yeux rivés sur moi.

Une douce lumière crépusculaire baigne le parc de la Shepparton School où des ombres se tapissent sous les arbres. La plupart des bâtiments sont plongés dans l'obscurité excepté Mitford Hall, aux fenêtres brillamment éclairées, dont s'échappe une cacophonie de jeunes voix.

Je suis passé prendre Charlie, mais la répétition n'est pas terminée. Je me glisse dans l'auditorium par une porte latérale et je me cache dans la pénombre. Je porte mon regard sur la scène à l'éclairage blafard au-delà des rangées de sièges vides.

Les comédies musicales scolaires sont un rite de passage pour tous les parents. La première prestation de Charlie remonte à huit ans. Un spectacle de Noël dans lequel elle jouait le rôle d'une vache braillarde. Elle a quatorze ans maintenant. Les cheveux coupés au carré, elle porte une robe des années 1920 qui la transforme en Miss Dorothy Brown, la meilleure amie de *Millie*.

Je n'aurais jamais pu faire ça – monter sur les planches. Mon unique performance théâtrale eut lieu à l'occasion d'une production de la *Mélodie du bonheur,* à l'école primaire J'avais cinq ans. J'incarnais le plus jeune enfant de la famille Trapp (une fille en principe, je sais, mais c'est ma taille plus que son talent qui m'avait valu ce rôle). J'étais assez léger pour que la fille qui jouait Liesl (Nicola Bray, une élève de sixième) puisse me porter à l'étage quand la couvée von Trapp entonnait *So long, Farewell.* J'étais amoureux de Nicola et je voulais qu'elle me porte au lit tous les soirs. Cela remonte à quarante-quatre ans. Certains coups de cœur sont inaltérables.

Je reconnais certains membres de la distribution, Sienna Hegarty notamment, qui fait partie du chœur. Elle rêvait de jouer le rôle principal, celui de Millie Dillmount, mais à la surprise générale, Erin Lewis lui a damé le pion, et Sienna a dû se contenter d'être sa doublure.

Pendant que je la regarde évoluer sur la scène, je repense à l'audience de tout à l'heure, et à Liam Baker. On peut envisager la situation sous un grand angle, ou un petit. Le petit – au quotidien –, c'est que Sienna est la meilleure amie de ma fille. Selon une perspective plus large, sa sœur aînée n'est autre que Zoé Hegarty, la fille en fauteuil roulant qui jadis se tenait debout, dansait, courait, jusqu'au « moment de folie » de Liam Baker, prévisible depuis le début de son existence.

La musique s'arrête, et M. Ellis, le professeur d'art dramatique, bondit sur la scène pour modifier la position de certains danseurs. En jean délavé et baskets, il est plutôt bel homme dans le genre *geek.* Une frange de cheveux bruns lui tombe sur les yeux. Il l'écarte d'un geste désinvolte.

La répétition reprend. C'est une dispute entre les deux personnages principaux. Millie a l'intention d'épouser son patron bien qu'il soit évident que Jimmy l'aime. Le ton monte et, soudain, Jim saisit Millie et l'embrasse maladroitement.

Erin le repousse avec colère en s'essuyant la bouche.

— J'ai dit sans la langue !

Des sifflements et des cris enthousiastes s'élèvent des coulisses. Le gamin fait une révérence théâtrale pour provoquer l'hilarité.

M. Ellis remonte sur la scène, agacé par cette nouvelle interruption.

— Qu'est-ce que tu as à ricaner ? lance-t-il d'un ton acerbe à Sienna.

— Désolée.

— Combien de fois est-ce que je t'ai dit de commencer à la troisième mesure ? Tu es une demi-mesure en retard sur tout le monde. Si tu n'y arrives pas, je vais te mettre au fond. Pour de bon.

Sienna baisse tristement la tête.

Le prof tape dans ses mains.

— Bon, reprenons cette scène. Je vais jouer ton rôle, Lockwood. C'est un baiser, d'accord ? Je ne te demande pas de lui bouffer les amygdales.

Il se place face à Erin qui est grande pour son âge et porte des souliers plats. La scène qui débute par la dispute s'achève lorsqu'il lève le visage de la jeune fille vers le sien d'un unique doigt planté sous son menton en chuchotant d'une voix qui vous pénètre, même à un volume aussi bas. Erin a les bras de part et d'autre de son corps. Ses lèvres un peu tremblantes s'écartent légèrement. Elle bascule un peu en avant comme si elle succombait. L'espace d'un moment, je me dis qu'il va l'embrasser, mais il se dérobe, rompant brusquement le contact. Erin a l'air déçue.

— C'est tout pour aujourd'hui, annonce M. Ellis. Nous avons une autre répétition vendredi après-midi. La couturière aura lieu mercredi prochain. Soyez à l'heure. Je m'attends à ce que tout soit parfait, ajoute-t-il en jetant un regard plein de sous-entendus à Sienna.

Les jeunes acteurs quittent peu à peu la scène ; les musiciens rangent leurs instruments. Je pousse la porte d'une sortie de secours et j'enfile un couloir pour regagner le hall où une dizaine de parents attendent, dont certains accompagnés de petits cramponnés à leurs mains ou en train de jouer au chat sur la pelouse devant.

J'entends une voix féminine derrière moi :

— Professeur O'Loughlin ?

Je me retourne. Elle sourit. Il me faut un moment pour me souvenir de son nom. Annie Robinson, la conseillère pédagogique.

— Appelez-moi Joe.

— Ça faisait un bout de temps qu'on ne vous avait pas vu.

— Effectivement. Ma femme s'occupe de presque tout.

Je désigne l'école, mais je fais peut-être référence à ma vie en général.

Miss Robinson a changé de look. Elle porte des vêtements plus ajustés, sa jupe est courte. Elle m'a toujours semblé timide, distraite. Elle paraît plus déterminée et se tient tout près de moi comme si elle s'apprêtait à me révéler un secret. Elle a mis des talons, si bien que ses yeux bruns humides sont au niveau de ma bouche.

— Ça doit être difficile – la séparation.

Je me racle la gorge et marmonne un « oui ».

Son rouge à lèvres rutilant fait ressortir ses dents extra-blanches.

— Si jamais vous éprouvez le besoin de vous confier…, murmure-t-elle alors, je sais ce que c'est !

Elle sourit et ses doigts rencontrent ma main. Mon embarras extrême me provoque des picotements sous la peau du crâne.

— C'est très gentil à vous. Merci.

Je réussis à lui rendre son sourire. Je l'espère tout du moins. C'est l'un des problèmes avec ma maladie. Je ne sais jamais précisément quel visage je présente au monde – le sympathique sourire O'Loughlin ou le masque morne de Parkinson.

— Eh bien, ça fait plaisir de vous revoir, dit-elle.

— Vous aussi. Je vous trouve…

— Oui ?

— En forme.

Elle rit avec les yeux.

— Je prends ça pour un compliment.

Elle se penche vers moi et me dépose un baiser sur les lèvres en écartant sa main de la mienne. Je m'aperçois alors qu'elle a pressé un petit bout de papier contre ma paume. Son numéro de téléphone. À cet instant, dans les ombres à l'entrée de la salle de spectacle, j'avise Charlie, avec son sac d'école pendu à l'épaule droite. Ses cheveux foncés sont encore relevés ; il reste des traces de maquillage autour de ses yeux.

— Tu as embrassé la CPE !?

— Non.

— Je t'ai vu !

— C'est elle qui m'a embrassé.

— C'est pas l'impression que ça donnait depuis l'endroit où j'étais.

— C'était juste un petit bisou.

— Sur les lèvres.

— Elle a fait ça par gentillesse.

Cette réponse ne plaît pas à ma fille. Beaucoup de choses la hérissent dans ce que je fais et ce que je dis en ce moment. Si je lui pose une question, c'est un interrogatoire. Si je fais une remarque, je la juge. Mes commentaires sont des critiques, nos conversations des « engueulades ».

C'est censé être mon domaine – le comportement humain –, mais quand il s'agit de comprendre ma fille aînée qui n'exprime pas forcément ce qu'elle pense, il semblerait que j'ai un angle mort. Lorsqu'elle dit que ce n'est pas la peine que je me dérange pour telle ou telle chose, en réalité, elle tient absolument à ma présence. Et quand elle demande : « Tu viens ? », ça signifie : « Tu as intérêt à être là. »

Je prends son sac.

— C'était superbe, le spectacle. Tu étais magnifique.

— Tu nous as regardés en cachette ?

— Juste la deuxième partie.

— Tu ne viendras pas à la première alors. Tu connais déjà la fin.

— C’est une comédie musicale. Tout le monde sait comment ça finit.

Charlie fait la moue. Quand elle jette un coup d’œil par-dessus son épaule, sa queue-de-cheval balaie l’air avec dédain.

— On peut ramener Sienna chez elle ? demande-t-elle.

— Bien sûr. Où est-elle ?

— M. Ellis voulait lui parler.

— Elle a des problèmes ?

Charlie lève les yeux au ciel.

— Elle a *toujours* des problèmes.

Je vois un cortège de phares sortir du parking à l’autre bout du parc, en bas d’une pente douce.

Sienna surgit de la salle. Mince, les traits tirés, presque plus blanche que blanche, elle est en uniforme et porte elle aussi une queue-de-cheval. Elle n’a pas pris la peine d’ôter son maquillage ; ses yeux paraissent immenses.

— Comment vas-tu, Sienna ?

— Bien merci. Vous avez amené votre chien ?

— Non.

— Comment va-t-il ?

— Toujours aussi idiot.

— Je croyais que les labradors étaient intelligents.

— Pas le mien.

— Il est futé mais pas obéissant, si ça se trouve.

— C’est peut-être ça.

Elle promène son regard sur le parking, comme si elle cherchait quelqu’un. Elle paraît soucieuse, à moins que ce soit la répétition qui l’ait perturbée. Soudain elle se souvient.

— L’audience a bien eu lieu aujourd’hui ? demande-t-elle en se tournant vers moi.

— Oui.

— Est-ce qu’ils vont le libérer ?

— Pas tout de suite.

Satisfaite, elle passe devant moi, se cognant l’épaule contre Charlie. Elles parlent un langage étrange, que je ne suis pas censé comprendre.

Bien que légèrement plus grande, Charlie paraît plus jeune, moins mature que Sienna, la reine des entrées fracassantes, qui adore provoquer les gens, les choquer avant d'arborer un air innocent, qui semble dire : « Qui ça, moi ? »

Charlie n'est plus la même en sa présence ; elle devient plus bavarde, plus animée, plus joyeuse. Il y a des moments pourtant où je regrette qu'elle n'ait pas choisi une autre meilleure amie. Il y a un an, elles se sont fait pincer en train de voler dans un magasin de vins et spiritueux. Des canettes de cidre et un pack de Breezers. Charlie était censée dormir chez Sienna ce soir-là, mais elles avaient prévu d'aller à une fête en douce. Elles avaient treize ans. J'ai eu envie d'interdire Charlie de sortie jusqu'à l'âge de vingt et un ans, mais ses remords m'avaient paru sincères.

Les filles ont atteint ma Volvo de troisième main qui empeste le chien mouillé. Une des vitres arrière ne ferme pas complètement. Le plancher est jonché de livres à colorier, de bracelets en plastique, d'habits de poupée, de paquets de chips vides.

Sienna revendique le siège avant.

— Mets-toi derrière avec moi, supplie Charlie.

— La prochaine fois, *loser* !

Charlie se tourne vers moi comme si c'était ma faute.

— Vous devriez peut-être vous installer toutes les deux sur la banquette arrière.

Sienna plisse le nez en haussant les épaules d'un air dédaigneux, mais elle obtempère. J'entends une sonnerie de portable. Ça vient de son sac. Elle répond, fronce les sourcils, chuchote. La voix métallique à l'autre bout du fil s'insinue dans le silence.

— Tu avais dit dix minutes. Non… OK… quinze…

Elle raccroche.

— Je n'ai plus besoin que vous me rameniez. Mon copain vient me chercher.

— Ton copain ?

— Vous pouvez me déposer devant les boutiques de Fullerton Road.

— Tu ferais peut-être bien d'en parler à ta mère d'abord.

Elle lève les yeux au ciel avant de composer un numéro sur son téléphone. Je n'entends que la moitié de la conversation.

— Salut, maman, je vais voir Danny... OK... Il me raccompagnera. Je ne rentrerai pas tard. D'accord... oui... non... OK... À demain matin.

Elle ferme son portable, puis fouille dans son sac d'où elle extrait sa robe des années 1920, courte, perlée, scintillante.

— Ne quittez pas la route des yeux, monsieur O. Je vais me changer.

En sortant du parking, j'incline le rétroviseur pour ne pas voir derrière moi. Des vêtements volent, des hanches se soulèvent, le collant descend. Quand j'arrive aux abords des magasins, Sienna est rhabillée. Elle se remaquille.

— Tu me trouves comment ? demande-t-elle à Charlie.

— Super belle.

— Où t'emmène-t-il ? questionné-je.

— On va traîner.

— Qu'est-ce que ça veut dire ?

— Traîner, vous savez. Se balader.

Elle se penche entre les sièges avant et ajuste le rétroviseur pour remettre du mascara. Au moment où elle le redresse, nos regards se croisent. Avais-je une petite amie à quatorze ans ? Je ne m'en souviens pas. En tout cas, j'en avais probablement envie.

Nous arrivons à Fullerton Road. Je me range derrière une Peugeot cabossée, peinte de deux couleurs différentes, dont le moteur rugit par le biais d'un pot d'échappement trafiqué. Il y a trois jeunes à l'intérieur. L'un d'eux sort. Sienna jaillit de la Volvo et va se jeter dans ses bras. Elle l'embrasse sur la bouche. Sa robe à taille basse est frangée de pompons qui oscillent au rythme du balancement de ses hanches.

Cette vision me choque. Me perturbe.

Quand je fais demi-tour, Sienna nous adresse un petit signe. Je ne réponds pas. J'essaie de déchiffrer le numéro de la plaque d'immatriculation dans le rétroviseur. Sans succès.

Julianne vient nous ouvrir la porte, en jean et chemise à carreaux. Elle a une nouvelle coupe de cheveux, plus courte, sexy, qui la rajeunit. Sa chemise ample laisse apparaître les salières au creux de ses clavicules et le contour de son soutien-gorge en dessous.

Elle dépose un baiser sur la joue de Charlie. Un geste exercé. Intime. Elles font presque la même taille. Trois ou quatre centimètres encore, et elles pourront se regarder dans le blanc des yeux.

— Comment se fait-il que vous arriviez si tard ?

— On s'est arrêtés pour manger une pizza, répond Charlie.

— J'avais gardé ton dîner au chaud !

Julianne me lance un regard accusateur. C'est ma faute.

— Je suis désolé. J'avais oublié.

— Tu oublies toujours.

Charlie s'interpose entre nous deux.

— S'il vous plaît, ne vous engueulez pas.

Julianne se refrène.

— Monte, dit-elle d'une voix radoucie. Prends ta douche. Ne réveille pas Emma. Je viens de la coucher.

Emma est notre fille cadette. Elle vient de commencer l'école au village. Chaque fois que je la vois franchir le portail avec ses copines, minuscule dans sa tunique bleue avec ses chaussettes grises, je pense à Gulliver et aux Lilliputiens.

Charlie largue son sac dans les bras de sa mère. Elle donne l'impression que l'escalier est raide quand elle monte dans sa chambre. Julianne tire sur la fermeture Éclair du sac en quête de petits mots, de rappels. Elle porte les boucles d'oreilles en argent que je lui ai achetées à Marrakech.

— J'aime bien ta coiffure.

— Charlie trouve que j'ai l'air d'une lesbienne.

— C'est faux.

En souriant, elle arrange les vêtements sur le portemanteau dans le couloir.

Depuis la séparation, nos conversations se déroulent toujours ainsi. Elles sont brèves. Courtoises. Pas plus profondes qu'une mare. Nous nous sommes mariés il y a vingt ans.

Nous sommes séparés depuis deux ans. Mais pas divorcés. Julianne ne me l'a pas demandé. Je m'en félicite.

Nous avons cessé de faire les courses ensemble, d'aller au cinéma, de payer les factures, d'acheter des voitures, de réserver des séjours à l'étranger, d'aller à des dîners en couple, mais nous entretenons de bons rapports et assistons tous les deux aux réunions de parents d'élèves et aux anniversaires familiaux. Nous discutons. Je la fais rire – ma solution de repli à défaut d'autre chose. L'humour et les antidépresseurs sont mes antidotes à monsieur Parkinson, le troisième larron dans notre couple, *l'autre homme* qui, contrairement à elle, ne m'a pas quitté et qui est aujourd'hui le patient importun cramponné à moi en attendant la lecture du testament.

— Comment se passe le procès ?

— Ils n'ont pas encore eu besoin de mes services. Ils en sont encore à choisir les jurés.

Il y a neuf mois, Julianne a démissionné de son poste dans une prestigieuse société londonienne pour se rapprocher de ses filles. Elle travaille désormais en qualité d'interprète pour la police et les tribunaux, ce qui lui vaut de temps à autre des coups de téléphone à des heures indues quand des victimes, des suspects, des témoins doivent être interrogés.

On a requis son intervention pour une affaire de meurtre jugée au palais de justice de Bristol. Trois hommes sont accusés d'avoir lancé des engins incendiaires dans un refuge, provoquant la mort de toute une famille de demandeurs d'asile. La presse a parlé du « procès de la haine raciale », les politiques ont lancé un appel au calme.

Julianne a fini de mettre de l'ordre dans le couloir. Je m'attarde en me balançant sur mes talons dans l'espoir qu'elle me propose de boire une tasse de thé et de bavarder un moment. Ça lui arrive parfois. Nous passons une heure à parler des filles, à organiser leurs week-ends et leurs itinéraires. Ce soir, il va falloir que je m'en passe.

— Je ferais mieux d'y aller.

— As-tu l'intention de monter la garde de nouveau ? (Elle dit ça sans reproche dans la voix.) Je t'ai vu hier soir.

— Je faisais une petite promenade.
— Tu es resté deux heures assis sur le muret sous l'arbre en face.
— C'était une belle soirée.
Elle me regarde d'un drôle d'air.
— Tu n'es pas obligé de nous surveiller, Joe.
— Je sais. J'ai eu une journée bizarre hier.
— Comment ça ?
— Les filles me manquaient.
— Tu les vois pratiquement tous les jours.
— Elles me manquent quand même.
Elle me gratifie d'un petit sourire mélancolique en me tenant la porte. Je me penche vers elle. Elle me laisse l'embrasser. Je garde ma joue un instant contre la sienne.
Je remonte l'allée puis je me retourne. Elle est toujours sur le seuil, immobile. La lumière encadre sa silhouette et forme comme un halo autour de sa tête, qui disparaît quand la porte se referme.

2

J'habite désormais une petite maison de deux étages dans Station Road, à moins d'un kilomètre de mon ancienne vie. Les trains ont cessé de passer par Wellow en 1956, mais la vieille gare est toujours là, au bout de la rue. Quelqu'un l'a transformée en un pavillon tout en longueur avec une véranda à la place du quai.
Les rails ont disparu depuis longtemps, mais on peut encore suivre le trajet de la voie ferrée jusqu'au viaduc en brique rouge avec sa grande arche – la photo typique du village.
Mon logis est plus sombre qu'une caverne. Les fenêtres sont minuscules et les pièces remplies de tapis orientaux

fanés, de consoles branlantes et de meubles de vieille dame. Quand elles viennent chez moi, Charlie et Emma doivent dormir dans la même chambre, quoique cette dernière se glisse souvent dans mon lit, m'obligeant à passer la nuit sur le canapé en bas, sa température corporelle étant semblable à celle de la fusion nucléaire. Ça ne me gêne pas. J'en profite pour regarder des films ou d'obscures compétitions sportives dont le règlement m'échappe.

Je trouve trois messages sur mon répondeur. Premier message : Bruno Kaufman, mon boss à l'université.

« Salut, vieux. Je te rappelle juste la réunion du corps enseignant jeudi. Peter Tooley entend réduire le programme des doctorats. Il faut qu'on se batte. Appelle-moi. »

Clic !

Deuxième message : Charlie.

« Tu viens me chercher ? On a répét, tu te souviens ? Eh, j'ai une blague à te raconter. C'est un plateau de muffins en train de cuire dans le four. Y'en a un qui dit à son voisin : La vache, il fait chaud là-dedans. Et l'autre lui répond : Incroyable ! Un muffin qui parle. »

Elle est écroulée de rire.

Clic.

Troisième message : ma mère, me rappelant l'anniversaire de mon père la semaine prochaine.

« S'il te plaît, ne lui envoie plus de whisky. J'essaie de l'inciter à diminuer sa consommation. Oh, j'allais oublier. Tu ne devineras jamais qui j'ai rencontré à Cardiff la semaine dernière. Cassie Pritchard. Tu te souviens d'elle ? On est partis en vacances avec les Pritchard dans le Lake District quand tu avais quatorze ans. Vous vous entendiez comme larrons en foire, Cassie et toi... »

(Si ma mémoire est bonne, elle m'avait fait tomber d'un bateau et j'avais failli mourir d'une pneumonie.)

« ... la pauvre a divorcé dans des conditions difficiles. Elle vit seule maintenant. J'ai son numéro de téléphone. Tu devrais lui passer un coup de fil. Pour lui remonter le moral. J'espère que les filles vont bien. Embrasse-les de ma part. »

Clic.

J'appuie sur la touche Effacer. J'attends le bip. Le compteur se remet à zéro.

Je consulte ma montre. Il n'est pas 22 heures. J'ai encore le temps de faire un saut au *Fox and Badger*, le pub du village. Je mets mon manteau et je sors.

Quelques minutes plus tard, je tire la lourde porte du pub. Des vapeurs de bière m'emplissent les narines. L'endroit est bruyant, vibrant d'énergie. Des corps replets, des visages rubiconds. Des gens du coin. Des habitués. Je reconnais la plupart, même si j'ignore leurs noms.

La cheminée doit faire trois mètres de large et presque deux de haut. Elle est flanquée d'un gros coffre à bois à côté duquel s'entassent des fagots coupés de frais. Au-dessus de l'âtre, un renard et un blaireau côte à côte surveillent les opérations d'un air chagrin.

Dans le petit salon, une autre cheminée, plus modeste, est surmontée d'une paire de faisans et d'un écriteau qui dit : « Puisqu'on appelle ça la saison des touristes, pourquoi est-ce qu'on ne leur tire pas dessus ? »

Une demi-douzaine de jeunes se sont approprié un coin de la pièce, sous les faisans et la guirlande électrique. Certaines filles en jean moulant et caraco m'ont tout l'air d'être mineures. Les poupées Barbie, ça grandit.

Le patron du pub, Hector, lève les yeux et me sert un scotch. Un seul verre ne me fera pas de mal. Je commencerai mon nouveau régime demain. Je vais montrer qui commande à monsieur Parkinson.

Hector est le président officieux du club des divorcés local qui se réunit au pub une fois par mois. Je ne suis pas très « club », et dans la mesure où je ne suis pas divorcé en théorie, je me défile en général. En revanche, je joue dans l'équipe de foot des plus de trente-cinq ans. On est quinze – un chiffre qui autorise de fréquentes substitutions et tient compte des inéluctables crises cardiaques. Je suis défenseur. Arrière droit. Je laisse les plus rapides courir à l'avant du terrain. J'ai plaisir à m'imaginer dans le rôle classique du libéro à la manière européenne, lançant de longues balles précises qui dispersent la défense.

On a des surnoms. Le mien, c'est « Psy », pour des raisons évidentes. Notre gardien de but – un pilote à la retraite qui a une tumeur au cerveau –, on l'appelle « Les mains ». Notre meilleur buteur, Jimmy Monroe, nous l'avons baptisé « Marilyn » (à son insu). C'est une bande sympathique. Personne ne pose de questions sur ma maladie, pourtant manifeste vu le nombre de fois où je rate le ballon. Après le match, on soigne nos bobos au *Fox and Badger* en nous racontant des histoires personnelles, mais non confidentielles. On n'étale pas nos vies. Nous ne révélons rien de notre intimité. Nous sommes des hommes.

J'écluse mon verre et j'en commande un autre que je fais durer. À 23 heures, Hector annonce la dernière tournée. Mon portable vibre. C'est Julianne. Je me demande ce qu'elle fait debout si tard.

J'enfonce la touche verte et j'essaie de dire quelque chose d'intelligent. Elle m'interrompt.

— Viens vite ! C'est Sienna. Il y a un problème ! Elle est couverte de sang.

— De sang ?

— Je n'ai pas pu la retenir… Il faut qu'on la trouve.

— Où est-elle allée ?

— Je ne sais pas. Elle est partie en courant.

— Appelle police-secours. J'arrive.

Je récupère mon manteau sur la patère et m'élance dehors en l'enfilant. Les pavés sous mes pieds sont tout irréguliers. En descendant Mill Hill, je prends de la vitesse, me laissant porter par l'apesanteur tout en allongeant mes foulées zigzagantes.

Julianne m'attend dehors, agitant frénétiquement une lampe de poche.

— Par où est-elle partie ?

Elle désigne la rivière.

— Elle a sonné, dit-elle d'une voix tremblante. J'ai poussé un cri en la voyant. J'ai dû lui faire peur.

— T'a-t-elle dit quelque chose ?

Julianne secoue la tête.

Par la porte d'entrée grande ouverte, j'aperçois Charlie, assise dans l'escalier, un oreiller serré dans les bras. Nous échangeons un regard et quelque chose passe entre nous. Une promesse. Je vais la trouver.

Je me détourne, prêt à partir.

— Je veux venir avec toi ! lance Julianne.

— Attends l'ambulance. Et envoie Charlie se coucher.

Je prends la lampe de ses doigts glacés et je me dirige vers le portail. La rivière, à cent mètres de là, est cachée par les arbres. En balayant le faisceau de ma torche de droite et de gauche, je jette un coup d'œil au-dessus des haies, dans le champ voisin.

Parvenu au petit pont en pierre, j'appelle Sienna à tue-tête. La route à une seule voie, non goudronnée, bordée de haies, mène au village.

Pourquoi a-t-elle pris la fuite ? Et dans cette direction ?

Je repense sans cesse au moment où je l'ai déposée plus tôt. À son petit copain. Elle s'est jetée dans ses bras. Ils ont peut-être eu un accident. Il est peut-être blessé lui aussi.

Le faisceau de la lampe se reflète sur la rosée nocturne et jette de longues ombres sous les arbres. Je m'arrête au pont. Je tends l'oreille. Le glouglou de l'eau sur les pierres. Un chien aboie. D'autres l'imitent.

— Sieenna !

L'arche du pont répercute ma voix qui semble encore faire écho le long des berges. On appelle ça une rivière, mais à certains endroits, on peut sauter d'un bord à l'autre. Emma attrape des vairons dans le coin, et Gunsmoke vient s'y rafraîchir après avoir couru après les lapins.

J'appelle Sienna à nouveau, en proie à une terrible impression de déjà-vu. Il y a deux ans, j'ai passé cette même route au peigne fin, à la recherche de Charlie. J'ai hurlé son nom, j'ai fouillé du regard derrière les barrières et les clôtures. Elle s'était fait renverser à vélo et kidnapper par un homme qui l'avait enchaînée à un lavabo et lui avait enveloppé la tête de chatterton en ne lui laissant qu'un tube en caoutchouc pour respirer. Le coupable avait été arrêté et incarcéré, mais comment une gamine de douze ans se remet-elle d'un traumatisme pareil ? Comment peut-elle dès lors s'aventurer hors de chez elle, regarder un inconnu dans les yeux, faire à nouveau confiance à quelqu'un ?

Je n'ai jamais oublié la panique qui m'avait vrillé les entrailles quand j'avais appris la disparition de Charlie, et qui ne m'avait plus quitté tout le temps que je l'avais cherchée en vain.

Un bruit furtif sur ma gauche. Des pas sur des feuilles mortes. Je promène le faisceau de ma lampe dans cette direction. Des petits sanglots. Je tends l'oreille. Plus rien.

Ma main gauche tremble. Je fais passer la torche dans l'autre et j'éclaire lentement les rives pour essayer de trouver d'où venait ce bruit, avec l'espoir qu'il devienne concret, visible. Ça venait de quelque part parmi les arbres, sur la berge d'en face.

Je descends péniblement sur le côté du pont et me glisse dans l'eau. Où je m'enfonce. La vase aspire mes chaussures. En me penchant, je manque de perdre l'équilibre et rattrape la lampe juste avant qu'elle tombe à l'eau.

En pataugeant jusqu'à l'autre rive, je découvre les ronces qui poussent le long du bord. Les épines s'accrochent à mes vêtements, s'enfoncent dans ma peau. Je rampe. Je n'entends plus les pleurs.

Du gibier à plume jailli du sous-bois explose dans la clairière. Mon cœur cogne contre les parois de ma poitrine. En décrochant l'ultime aiguillon cramponné à mes habits, je me redresse et tends à nouveau l'oreille.

Le clair de lune faiblard est trompeur. Les arbustes se changent en silhouettes humaines. Les branches deviennent des membres. Une armée en marche dans l'obscurité.

Je ne peux pas la trouver. Pas dans la nuit. Il faudrait que je sois plus vaillant. Moins éméché. Que j'aie une meilleure vue. Je dois prendre mon temps ou je vais la rater sans m'en rendre compte.

La lampe décrit un nouvel arc et éclaire une tache blanche avant de continuer.

Reviens en arrière !

Où ça ?

La voilà ! Tapie entre les racines d'un arbre telle une poupée abandonnée. Elle porte toujours sa petite robe noire. L'eau lèche ses jambes nues. Elle est sur l'autre rive. Je me suis trompé de côté. Je suis dans la rivière maintenant, je patauge vers elle, je me casse la figure. Mes bourses se rétractent dans le froid. Je chuchote :

— C'est moi, Sienna. Ça va aller, ma chérie. Ne t'inquiète pas, ça va aller.

Mes doigts glacés, tout engourdis, tâtent son cou à la recherche du pouls. Elle a les yeux ouverts. Tout plats. Froids.

Je pose mon bras sur ses épaules. Je glisse une main sous ses cuisses et l'autre derrière son dos.

— Je vais te soulever.

Elle ne réagit pas. Ne résiste pas non plus. Elle ne pèse rien, mais je tiens mal sur mes jambes. J'avance à l'aveuglette le long du rivage. Je n'arrive pas à orienter la lampe correctement. Tout le long du chemin, je parle à Sienna, entre deux inspirations saccadées, je lui dis de ne pas avoir peur.

Je me tords la cheville sur une racine et je perds le cap. Au dernier moment, mon épaule encaisse le choc, protégeant la tête de Sienna.

Je suis pris d'un brusque accès de panique. Elle n'a pas dit un mot. N'a pas bougé. Elle est peut-être morte. Elle ne pourra peut-être jamais dire qui lui a fait ça.

Le pont. L'arche. Je dois libérer mon bras pour me cramponner à un arbrisseau et nous hisser tous les deux en haut du talus. Sienna pend mollement sur mon autre bras. Un poids mort que je traîne au sol.

— Reste avec moi, ma chérie. On est presque arrivés.

Je fais un dernier effort pour la tirer jusqu'au bord du pont et je m'arc-boute contre le mur en la tenant fermement pour l'empêcher de dévaler la pente. Je vois des lampes danser parmi les arbres. Elles se rapprochent de nous. Des flashs bleus décorent le ciel au-dessus.

J'allonge doucement Sienna en gardant sa tête contre ma poitrine. Je suis à bout de souffle.

— Je t'avais dit qu'on y arriverait.

Elle ne répond pas. Ne cille même pas. Sa peau est glacée, mais je sens son pouls sous mes doigts.

— Ils sont là ! crie quelqu'un.

Une lumière puissante éclaire les moindres détails de la scène. Je me protège les yeux du revers de la main.

— Elle a besoin d'un médecin.

En regardant Sienna, je remarque le sang. J'avais cru que c'était de la boue qu'elle avait sur les cuisses, les mains, mais elle saigne. Elle a les yeux ouverts et me fixe sans me voir.

Un ambulancier s'accroupit à côté de moi. Il me prend Sienna et l'allonge sur la chaussée en glissant un manteau sous sa tête. Il crie des directives à son collègue. Pouls. Pression artérielle. Ça a l'air d'aller.

D'autres mains m'aident à me lever, à tenir debout, s'assurent que je ne tombe pas. On me pose des questions.

Est-ce que je l'ai trouvée dans l'eau ? Était-elle consciente ? Est-elle tombée ? Allergique à certains médicaments ?

Je n'en sais rien.

— C'est la meilleure amie de ma fille, dis-je en claquant des dents.

Pourquoi je dis ça ? Qu'est-ce que ça peut faire ?

Le visage de Julianne apparaît sous mes yeux.

— Il grelotte. Apportez-lui une couverture.

Elle m'enveloppe de ses bras. Je sens sa chaleur. Elle ne me lâchera pas. Elle ne me laissera pas tomber.

L'ambulance descend la colline à reculons. Les portes arrière s'ouvrent. Un brancard en jaillit. On fait rouler Sienna sur une planche et à trois, on la soulève.

— Il faut qu'on vous emmène à l'hôpital, monsieur, me dit un ambulancier.

— Je m'appelle Joe.

— Il faut qu'on vous emmène à l'hôpital, Joe.

— Je n'ai rien. Je suis juste un peu essoufflé.

— Par mesure de précaution. Vous connaissez cette jeune fille ?

— Elle s'appelle Sienna.

— Montez avec elle. Essayez de la calmer.

La calmer ? Elle est catatonique. Une vraie statue.

Après m'avoir enveloppé dans une couverture de survie argentée, on me hisse dans l'ambulance. Julianne veut nous accompagner, mais il faut qu'elle s'occupe de Charlie et d'Emma.

La porte droite se ferme.

— Appelle-moi ! lance-t-elle.

Une main martèle un signal et nous partons.

— A-t-elle pris quelque chose ? me demande l'ambulancier.

— Je n'en sais rien.

— Vous a-t-elle parlé ?

— Non.

Il braque une lampe-stylo sur ses yeux et glisse un masque à oxygène sur son visage.

La sirène geint, nous pourchassant dans la nuit. Sienna est parfaitement immobile, ses membres blancs sont couverts de boue. Son ventre enfle et s'affaisse à chaque respiration.

Je n'arrête pas de la revoir dans le faisceau de ma lampe – silhouette spectrale avec ses cheveux bruns collés sur son visage. Elle me regardait comme si elle avait vu quelque chose d'atroce ou fait quelque chose d'encore pire.

3

Il est minuit un peu passé. Le ciel est une éponge noire. Non loin des voitures de police garées devant le Royal United Hospital, sur l'aire des ambulances, quatre gars en blouse blanche shootent dans un gobelet en marquant des buts entre les poubelles.

J'avance d'un pas hésitant, comme si je n'étais pas sûr de l'épaisseur du sol. Je franchis des portes battantes dans le sillage d'une jeune infirmière chargée de m'emmener en consultation.

Elle prend mes vêtements trempés et me tend une chemise d'hôpital et une fine couverture bleue. Puis elle me laisse seul, assis sur un banc, dans une petite pièce face à une table d'examen recouverte d'un drap en papier. Pas de magazines. Ni télé. Je me mets à déchiffrer machinalement les étiquettes des seringues et des sachets de ouate.

Quarante minutes plus tard, un médecin fait son apparition. Obèse, prématurément chauve, c'est le genre de toubib qui a du mal à concilier sa gourmandise et les conseils qu'il prodigue en matière de santé. Il m'examine, pour la forme – tension, température, dites « ah »…

La plupart de ses questions concernent Sienna. A-t-elle pris quelque chose, dit quelque chose ? Est-elle allergique à certains médicaments ?

Je ne cesse de répéter :

— Ce n'est pas ma fille.

Il gribouille quelque chose sur son bloc-notes.

— Elle saignait.

— Ce n'était pas son sang, me répond-il d'un ton neutre. Un policier veut vous interroger. Il attend dehors.

C'est le commissaire Toltz. Gaucher, il écrit en arrondissant le poignet pour ne pas faire de bavures.

— Que faisait-elle chez vous ?

— Ce n'est pas vraiment chez moi. Nous sommes séparés, ma femme et moi. Sienna est venue et puis elle a pris la fuite.

— Pourquoi ?

— Il a dû y avoir un accident. Son petit ami a dû perdre le contrôle de son véhicule. Il est peut-être blessé.

— Pour quelle raison serait-elle allée chez vous ?

— C'est la meilleure amie de ma fille. Sa mère travaille de nuit. Sienna dort souvent à la maison.

Le policier ne réagit pas à mon ton pressant. Il veut savoir où Sienna va à l'école, comment elle a connu Charlie, si elle se drogue ou si elle boit ?

Je songe à l'histoire de vol à l'étalage, mais il est déjà passé à la question suivante.

— L'avez-vous suivie dans les bois ?

— Je suis allé la chercher.

— Lui couriez-vous après ?

— Non.

La porte s'ouvre brusquement ; un collègue lui fait signe de le rejoindre dans le couloir. Ils chuchotent ; je ne saisis que quelques mots : « corps », « inspecteurs ». Il est arrivé quelque chose de terrible.

Le commissaire revient, s'excuse. Un autre policier ne va pas tarder à venir m'interroger.

— Puis-je rentrer chez moi ?

— Pas tout de suite, monsieur.

— Où sont passés mes vêtements ?

— On les a envoyés au labo pour analyse.

— Comment ça se fait ?

— Il s'agit d'une affaire de meurtre, monsieur.

De qui parle-t-on ? Du copain de Sienna ? De quelqu'un d'autre ? Le commissaire ignore mes questions et me dit d'attendre. Le lino ciré crisse sous ses semelles quand il s'éloigne dans le couloir en franchissant les portes à deux battants qui claquent à plusieurs reprises avant de s'immobiliser.

Je jette un coup d'œil à ma montre. Il est 1 heure passée. Je devrais appeler Julianne. Lui dire de ne pas s'inquiéter. Je cherche mon téléphone, mais je ne trouve pas de poche. Je suis en chemise d'hôpital. Mon portable, mon portefeuille, mes clés de voiture sont restés dans ma veste. Ils sont trempés. Fichus.

J'ai vu un téléphone public au service des urgences. Je pourrais demander à Julianne de m'apporter des habits de rechange.

Je pousse la porte en essayant de me rappeler d'où je suis venu. Un agent d'entretien est en train de lessiver le couloir en poussant son seau avec le pied. En prenant à droite pour ne pas marcher sur le lino mouillé, je passe devant le service de radiologie.

J'ai dû me tromper de chemin. Je devrais faire demi-tour. Un peu plus loin, j'aperçois un policier assis sur une chaise. Il est jeune – il doit être en période d'essai. Des mèches blondes rehaussent sa chevelure.

— Je cherche un téléphone.

Il pointe le doigt dans la direction d'où je viens.

En jetant un coup d'œil par une porte ouverte, j'aperçois le médecin qui m'a examiné plus tôt. Il est au chevet d'une patiente, éclairée par une faible lumière. C'est Sienna, minuscule au milieu de toutes les machines qui l'entourent. Une Belle au bois dormant moderne. Un tuyau scotché sur son bras droit serpente sur le drap avant de grimper vers la poche suspendue à un support en chrome.

— Me permettez-vous de dire un mot au médecin ?

— Qui êtes-vous ? demande le policier.

— C'est moi qui ai amené cette jeune fille ici.

Le médecin, entendant ma voix, me fait signe d'entrer.

— Comment va-t-elle ?

— Elle est sous calmants.

Sa voix lasse donne l'impression de puiser son énergie dans l'air. Un moniteur émet de petits bips. Le médecin se tourne un bref instant vers l'écran.

— Elle est déshydratée. Elle a des hématomes sur les jambes et dans le dos, mais cela ne justifie pas son état semi-catatonique. Aucun signe de traumatisme crânien, ni hémorragie interne. Nous procédons à une analyse toxicologique.

Les narines de Sienna palpitent à peine. Je remarque des capillaires presque invisibles sur ses paupières qui tremblent imperceptiblement pendant qu'elle rêve. Un visage d'enfant sur un corps de femme.

Elle a les lèvres gercées, des égratignures sur les joues. Sa chemise d'hôpital s'est ouverte le long de sa cuisse jusqu'à sa hanche. J'ai envie de la rajuster pour préserver sa pudeur.

Je remarque tout un réseau de fines cicatrices blanches à l'intérieur de ses avant-bras. Elle s'automutile. Elle se punit, se fait du mal. Sienna n'est pas la personne qu'elle semble être au premier abord. Elle dissimule certains aspects de sa personnalité aux yeux du monde. Cela explique peut-être qu'elle s'écorche en surface, pour essayer de trouver ce qui se dissimule en dessous.

Que sais-je vraiment à son sujet ? Elle a quatorze ans, elle est jolie. Des yeux bruns, une peau claire. Elle aime le Diet Coke, la gelée, les œufs brouillés, Radiohead, Russell Brand, les films d'horreur ; elle a vu *Twilight* dix-huit fois. Elle est allergique à l'arachide et commence par lécher le miel qui coule de ses tartines avant de mordre dedans.

Elle est obsédée par les *boys bands*, *X Factor* et Robert Pattinson qu'elle veut épouser, mais seulement après avoir fait le tour du monde et être devenue une actrice célèbre.

Il y a environ un an, elle a débarqué à la maison avec une boîte en carton. Son chat avait attrapé un oiseau qui était encore vivant mais ne pouvait plus voler. Le minuscule rouge-gorge était tapi dans un coin de la boîte ; son cœur battait follement.

— Vous pouvez faire quelque chose ? m'avait-elle demandé.

— Il est trop tard, lui avais-je répondu.

Elle avait posé la boîte sur ses genoux et caressé les douces plumes sous le cou du petit oiseau jusqu'à ce qu'il rende l'âme. J'avais dû décrocher ses doigts du carton pour l'emporter. À mon retour, elle avait disparu. Elle n'en avait jamais reparlé.

Si je sais autant de choses sur elle, c'est parce qu'elle passe beaucoup de temps chez nous. On avait parfois l'impression d'avoir une troisième fille au dîner (ainsi qu'au petit déjeuner). Sa mère travaillait de nuit, son père était souvent en déplacement pour son travail et ses frères et sœurs, plus âgés, volaient déjà de leurs propres ailes.

Ce sont des détails banals qui ne me disent rien sur sa vraie personnalité. Il m'est arrivé de l'observer et d'avoir l'impression de déceler certains indices d'une tristesse cachée. Un peu comme si elle portait un masque pour se protéger du monde – le genre de masque le plus difficile à remarquer parce qu'elle l'a tissé à partir des éléments les plus secrets de son être.

Face au danger, la plupart des gens se battent ou prennent la fuite, mais il existe une autre réaction moins évidente, qui peut se révéler tout aussi automatique. Certains se figent, se ferment, se mettent à penser et à agir au ralenti. Ils frissonnent, ils tremblent, leur gorge se serre, ils suffoquent. Ils sont dans l'incapacité de fuir, de lutter, de crier. Il est arrivé quelque chose à Sienna. Un événement violent l'a traumatisée.

Le gros docteur se détourne de la perfusion. Il porte un badge. Docteur Martinez.

— Elle ne se réveillera pas avant six heures.

— Ses parents ont été prévenus ?

— Sa mère est en chemin.

— On ferait peut-être bien de vérifier si elle a été violée.

— J'ai besoin de la permission d'un parent.

— Vous pourriez faire examiner ses vêtements.

Il jette un coup d'œil à la sentinelle dans le couloir.

— Vous ne devriez peut-être pas être là.

Sienna cligne des paupières, ouvre les yeux. Elle me fixe sans me reconnaître apparemment.

— Bonjour, dis-je en essayant de prendre un ton rassurant.

Elle ferme les yeux.

4

À 4 heures, un inspecteur m'interroge. Il veut connaître les faits, ne me dévoile rien. C'est un visage inconnu qui n'a rien de réconfortant. Il a une drôle de lèvre supérieure qui se retrousse quand il parle et donne l'impression qu'il ne croit pas un mot de ce que je lui raconte.

On m'autorise finalement à rentrer chez moi. J'appelle Julianne pour lui demander de m'apporter des habits et une paire de chaussures.

— Où sont passés ceux que tu portais ?

— La police les a pris.

Elle ne veut pas laisser les filles seules. Charlie a fini par se rendormir vers 2 heures du matin, roulée en boule dans le lit de sa mère.

— Et si quelqu'un rôdait dans le village pour poignarder les gens ?

— Ce n'était pas le sang de Sienna.

— Que lui est-il arrivé, dans ce cas ?

Je suis bien en peine de le lui expliquer.

Elle hésite.

— Je vais demander à Mme Nutall de veiller sur les filles. Donne-moi une demi-heure.

Mme Nutall est notre voisine. Enfin, théoriquement ce n'est plus la mienne, bien sûr, ce qui m'épargne ses propos injurieux chaque fois que je mets le nez dehors. Âgée d'une soixantaine d'années, célibataire, cette femme semble déterminer à me mettre sur le dos toutes les vexations et rebuffades que lui a infligées la gent masculine. La liste doit être longue.

Je vais aux toilettes me passer de l'eau sur la figure. Un poids terrible pèse sur mes épaules. Pourquoi la mère de Sienna n'est-elle pas là ? La police a dû la trouver depuis le temps.

Je la connais à peine. Nous n'avons parlé qu'une ou deux fois, pour organiser les nuits des filles chez l'une chez l'autre et nous échangeons de temps à autre des petits signes de tête à la station-service ou au supermarché. Elle s'appelle Hélène. En général, elle porte un pantalon ample et un vieux pull, et elle a toujours l'air pressé. J'ai rencontré son mari, Ray Hegarty, à plusieurs reprises au *Fox and Badger*. C'est un ancien flic qui aurait reçu la médaille du courage et du dévouement, à en croire Hector. Il dirige une société de sécurité à présent et voyage beaucoup.

Zoé a été agressée six mois avant notre arrivée au village. Liam Baker avait déjà été inculpé pour coups et blessures quand on m'avait demandé de rédiger un rapport sur lui à l'intention du tribunal. Certains villageois étaient furieux qu'on ne l'ait pas écroué séance tenante, mais la plupart d'entre eux se félicitaient juste d'en être débarrassés.

Julianne arrive une demi-heure plus tard. Elle attend que je me change.

— J'ai essayé de joindre Hélène, me précise-t-elle en ajustant mon col et en attachant les boutons que j'ai ratés. Ça ne répond pas.

— Elle doit être à son travail.

Ma jambe et mon bras droits s'agitent tout seuls.

— Tes médicaments ?

— À la maison.

Elle me prend la main, l'immobilise.

— Sortons d'ici.

Dans la voiture, je regarde le soleil se lever. Les collines disparaissent sous la brume matinale. Le trajet de Bath à Wellow ne prend qu'un quart d'heure. Nous habitons le village depuis un peu plus de trois ans, ayant quitté Londres sur les conseils de Julianne. Maisons moins chères. Bonnes écoles. Plus de place. Ça paraissait sensé. Ça l'est moins maintenant que nous sommes séparés.

Les villageois sont plutôt sympathiques. On discute pardessus le toit de nos voitures à la station-service, ou quand on fait la queue à l'épicerie d'Eric Vaile pour acheter du pain et du lait. Ce sont des gens bien, conventionnels, serviables, mais je ne serai jamais un des leurs. Le célibat n'aide pas. Le mariage est un passeport de respectabilité au sein d'une petite communauté. Et on m'a retiré mon visa.

Le soleil est levé maintenant. On dirait que les cottages et les pavillons de Wellow ont été blanchis à la chaux et nettoyés à fond. Du coup, je songe à l'endroit où j'ai grandi, un village minier dans les contreforts de Snowdonia – même s'il n'était pas blanchi à la chaux, mais couvert de poussière de charbon et peuplé de familles atteintes de maladies pulmonaires.

— Ça t'ennuierait de passer devant chez les Hegarty ?

Julianne me jette un coup d'œil circonspect. Sa frange bien nette frôle ses sourcils.

— Il n'y en a que pour une minute.

Elle tourne à l'angle et descend Bull's Hill. J'aperçois des voitures de police devant nous. Cinq au total. Deux banalisées, surmontées d'antennes radio. Garées devant chez Sienna, elles bloquent presque la rue. Parmi elles, je remarque une Land Rover zébrée de rouille qui m'est familière. Elle appartient à l'inspecteur Veronica Cray, chef du service d'enquête criminelle. Le SEC.

On a dû l'appeler chez elle. La réveiller. Certains super modèles refusent de se lever pour moins de 10 000 livres. L'inspecteur Cray, elle, ne sort pas de son lit à moins que quelqu'un soit mort ou porté disparu.

Julianne se cramponne des deux mains au volant.

— On peut s'arrêter ?

— Non, me répond-elle.

— Je veux savoir ce qui s'est passé.

Elle secoue la tête.

Ronnie Cray émerge à cet instant de la maison et allume une cigarette. Son regard croise le mien à travers la fumée. Fuyant. Ma présence ne la surprend pas.

Nous avons dépassé la maison. Julianne continue à rouler.

— On aurait dû s'arrêter.

— Ne t'implique pas là-dedans, Joe.

— Mais c'est la famille de Sienna.

— La police va s'en occuper.

Sa voix est crispée. J'y perçois un avertissement. Nous sommes déjà passés par là. Nous avons déjà eu cette discussion. J'ai dû m'avouer vaincu.

Trois minutes plus tard, on se gare devant chez moi. Julianne laisse tourner le moteur. Elle prend une grande inspiration.

— Je vais autoriser Charlie à manquer l'école aujourd'hui.

— C'est plutôt une bonne idée.

D'une voix radoucie, elle me dit d'aller dormir et de l'appeler plus tard.

— Entendu.

Avant même de sortir mes clés de ma poche, j'entends Gunsmoke geindre et gratter à la porte de derrière. J'enfile le couloir jusqu'à la cuisine, j'ouvre la porte et je sors dans le jardin où le labrador bondit et tourbillonne autour de moi en me léchant les mains.

— Excuse-moi de ne pas être rentré, dis-je en lui caressant les oreilles.

Il fronce les sourcils. Je vous jure ! Puis il fonce vers le portail au fond du jardin. Les lièvres attendent. Tu ne veux pas aller les pourchasser ? Dépêche-toi.

J'ai surtout besoin d'une douche et de mes médicaments. Le comprimé blanc et le bleu. Une fois que les tremblements ont disparu, je peux tenir mon rasoir d'une main ferme et lacer mes souliers. Les boutons trouvent les boutonnières et les fermetures Éclair se ferment aisément. Les spasmes sont maîtrisés, même si mon bras gauche se dresse de temps à autre, en un salut mexicain de mon cru.

Depuis six ans que le diagnostic est tombé, je suis parvenu à un accord avec monsieur Parkinson. J'ai cessé de nier son existence et de m'imaginer que je le dominais. L'acceptation m'a demandé beaucoup d'humilité, comme lorsqu'on s'incline devant une force supérieure.

Ma maladie n'a pas encore atteint un stade avancé, mais chaque journée est un numéro de jonglage avec mes comprimés, requérant un timing très précis. Trop de Levadopa et je tangue, je chavire, je pique du nez, incapable de traverser une pièce sans en visiter les angles. Pas assez, et je me bloque par à-coups en grinçant comme un moteur privé d'huile.

Il est recommandé de faire de l'exercice. C'est la raison pour laquelle je pars me promener tous les matins. Pas de grandes foulées. Je traîne les pieds. Pas par tous les temps. J'évite la pluie.

Un pull sur les épaules, je ressors en fermant la porte derrière moi. Un tracteur tirant une remorque monte Mill Hill Lane en rugissant. Alasdair Riordan, un fermier du coin, est au volant. Ses avant-bras vibrent sur le volant.

— Vous avez entendu la nouvelle ?

— Que se passe-t-il ?

— Ray Hegarty est mort. Il paraît que sa petite dernière l'a poignardé. Vous vous rendez compte !

Un pâle nuage de vapeur s'échappe de sa bouche. Il secoue la tête et redémarre d'une secousse après avoir levé le pied de l'embrayage. C'est la conversation la plus longue que j'ai jamais eue avec Alasdair Riordan – un homme de peu de mots et de pensées encore plus rares.

Gunsmoke, qui a déjà disparu au bas de la colline, est parti en reconnaissance dans le sous-bois, reniflant les arbres et les terriers. En arrivant sur le pont, j'aperçois le ruban de la police accroché autour des arbres, le long des berges. Je me souviens d'avoir trouvé Sienna et de l'avoir portée jusque-là. J'ai l'impression que ça remonte à des semaines. Cela fait moins de douze heures.

Dans le champ sur l'autre rive, Gunsmoke poursuit un lapin bien trop agile qui détale en slalomant avant de disparaître dans une tanière. Un jour, il en a attrapé un, ce qui l'a tellement surpris qu'il a relâché sa proie. Peut-être a-t-il quelque chose contre la chasse, ce qui fait de lui une exception dans ces contrées.

De temps en temps, il revient vers moi, la langue pendante, attendant mes instructions. Il me regarde comme si j'étais l'homme le plus sage du monde. Si seulement mes enfants étaient aussi béats devant mon intelligence. Rassuré, il repart en reniflant les bouses de vache, la moindre touffe d'herbe.

Ce chien m'a beaucoup facilité la vie ces deux dernières années. Il ne me juge pas comme je le fais moi-même. Il m'oblige à me lever. À faire de l'exercice. Il mange mes restes. Il garde Emma et déclenche des conversations avec les gens.

Je parcours un kilomètre à travers champs, le long de l'ancienne voie ferrée, avant de rebrousser chemin en suivant mes empreintes sur l'herbe perlée de rosée. Je n'arrête pas de penser à Ray Hegarty, un homme que je connaissais à peine.

Je l'ai vu un jour se faire entraîner dans une bagarre au *Fox and Badger*. Six motards avaient débarqué un vendredi soir, juste après la tombola du club de rugby. Ray avait gagné le plateau de viande. Il était assis à une table, son lot devant lui. Un des motards s'était approché et lui avait demandé de se déplacer.

— Y'a plein de places libres, avait répondu Ray.

L'ayant jaugé du regard, le type avait pensé dominer la situation. Mauvais calcul.

Il s'était appuyé au rebord de la table et, l'air de rien, avait craché dans la pinte de cidre de Ray. Avant qu'il ait eu le temps de se redresser, Ray l'avait attrapé par le cou tandis qu'il fracassait sa pinte de l'autre main et en pressait la base déchiquetée contre la gorge de l'intrus.

— Vous êtes six et je suis seul, lui avait-il chuchoté calmement à l'oreille. Dans ces circonstances, il y a gros à parier que je vais mourir, mais le truc, c'est que… tu seras mort avant moi.

Un filet de sang coulait dans le cou du motard, sur sa pomme d'Adam qui faisait saillie quand il déglutissait. Un autre liquide dégoulinait sur ses bottes et le plancher usé.

La scène était restée figée une vingtaine de minutes, jusqu'à l'arrivée de la police de Radstock. Cet épisode avait fait de Ray une légende. Hector avait fixé une plaque spéciale dans un coin du bar, sur laquelle on lisait : « Réservé à Ray ».

Elle lui garantissait au moins une pinte gratuite chaque fois qu'il passait.

Le plus étrange, c'est qu'après coup, en repensant à cette altercation, au calme hostile de Ray, j'avais éprouvé une certaine compassion pour les motards. Comme si le sort s'acharnait sur eux.

En m'engageant dans Station Road, je vois la Land Rover rouillée, garée devant chez moi. Ronnie Cray est assise au volant, les yeux fermés, la tête appuyée contre l'encadrement de la portière.

— Bonjour.

Elle ouvre un œil.

— Vous ne devriez pas laisser la clé de chez vous sous cette pierre. C'est le deuxième endroit où j'ai regardé. J'avais besoin d'aller aux toilettes. Vous ne m'en voudrez pas, j'espère.

— Vous auriez pu rester à l'intérieur.

— Le froid ne me gêne pas.

Elle descend de voiture et me serre la main. La garde dans la sienne. Plonge son regard dans le mien.

— Vous ne vous êtes pas arrêté tout à l'heure.

Ses mains disparaissent dans les poches de son pardessus. Elle est petite, rondelette ; elle porte des pantalons faits sur mesure et des chaussures d'homme. Des cernes profonds témoignent de sa fatigue, mais il y a autre chose.

— Je suis venue voir comment allait le chat, dit-elle.

— Vous m'en direz tant !

Il y a huit mois de cela, elle était passée à l'improviste me remettre une boîte contenant un chaton couleur paille, provenant d'une portée née dans sa grange quelques semaines plus tôt.

— J'ai un chien, lui avais-je rappelé.

— Vous avez besoin d'un chat.

— Pourquoi faire ?

— Vous possédez un chien, mais il vous faut quelque chose qui vous possède. C'est le cas des chats. Il vous mènera par le bout du nez. Vous ne serez plus maître chez vous.

Elle avait posé la boîte par terre. Elle contenait aussi six boîtes d'aliments pour chat, un sac de litière et deux écuelles en plastique. Elle en avait sorti le chaton qui pendait de sa main comme une chaussette.

— N'est-il pas magnifique ? Il vous tiendra compagnie.

— Je n'ai pas besoin de compagnie.

— Bien sûr que si ! Vous dormez seul. Vous travaillez à temps partiel. Vous passez beaucoup de temps chez vous. J'ai ce qu'il vous faut. Le chat a eu ses vaccins mais ce serait peut-être une bonne idée de le faire castrer dans quatre mois environ.

Elle m'avait balancé le chaton qui s'agrippait à mon pull-over comme à un arbre. Je n'avais rien trouvé à dire à part :

— C'est très gentil à vous, Ronnie.

— S'il a hérité de sa mère, ça devrait être un bon ratier.

— Je n'ai pas de rats.

— Vous serez sûr de ne pas en avoir.

— Comment s'appelle-t-il?

— Appelez-le comme vous voulez.

Emma l'a baptisé Strawberry à cause de sa couleur. Ne me demandez pas de vous expliquer la logique d'une fillette de maternelle.

À l'époque où Charlie avait été enlevée, c'est Ronnie Cray qui s'était chargée de l'enquête. Je crois qu'elle s'en est voulu de ne pas avoir mieux protégé ma famille. Certaines tragédies forgent les amitiés. D'autres sont les pierres de touche de trop de mauvais souvenirs. J'ignore ce qu'il en est concernant Ronnie. Peut-être sommes-nous amis. À moins que nous ne partagions le poids de la culpabilité.

Quoi qu'il en soit, elle garde le contact et me téléphone de temps en temps pour me demander des nouvelles du chat. Il lui arrive de me parler de ses affaires en cours, lâchant quelques détails susceptibles de m'intriguer, selon elle. Je ne mors pas à l'hameçon.

Un soir, elle m'a appelé d'une scène de prise d'otage. Un homme s'était barricadé chez lui avec son ex-femme qu'il avait arrosée d'essence. Ronnie voulait que je l'aide. J'ai refusé.

Plus tard, j'avais regardé *Sky News* jusqu'à point d'heure – des histoires d'effondrement de banques, de saisies, de marchés en déconfiture –, avec l'espoir qu'on s'en tiendrait à ces sujets de reportage. J'avais prié aussi – ce qui est bizarre vu que je ne crois pas en Dieu. Je ne suis pas superstitieux non plus, pourtant, j'avais croisé les doigts. J'avais décidé que *ça n'arriverait pas*, tout en sachant que je n'avais aucun pouvoir en la matière.

J'étais resté debout toute la nuit à regarder les nouvelles, convaincu que si je maintenais ma vigilance, il ne se passerait rien de grave. J'avais attendu que le soleil se lève et que les jolis couples de la télé sourient joyeusement dans leurs canapés de beau matin pour aller me coucher. J'avais sauvé une autre vie.

Cray m'a devancé dans le couloir sans attendre d'y être invitée. Elle enlève son manteau et le jette sur le dossier d'une chaise. J'oublie toujours qu'elle est petite jusqu'au moment où on se tient côte à côte. Je vois le sommet de son crâne. Ses cheveux hérissés sont poivre et sel.

— Je vous ai vue à la télé l'autre jour, lui dis-je. Vous avez été promue.

— Oui. Je couche pour monter les échelons. (Son rire fait penser à du gravier foulé.) Comment ça va, vos tremblements ?

— Ça va, ça vient.

— C'est une blague de parkinsonien ?

— Désolé.

Elle s'apprête à allumer une cigarette.

— Je n'autorise pas les gens à fumer chez moi.

La flamme du briquet éclaire l'intérieur de ses mains en coupe.

— Je vous suis reconnaissante de faire une exception pour moi.

Elle exhale en baissant la tête. La fumée flotte devant ses yeux. Je ne parviens pas à soutenir son regard.

Strawberry apparaît à cet instant, marchant sans bruit dans la cuisine pour venir renifler les chaussures de Cray. Peut-être sent-il l'odeur de sa mère. L'inspecteur se penche et le soulève d'une seule main, scrutant ses yeux en quête de réponses.

— Il a grossi.

— Sa mère a dû fauter avec un paresseux.

— Vous lui donnez trop à manger.

Cray lâche le chat et le regarde tourbillonner dans les airs avant d'atterrir sur ses pattes. Strawberry s'approche de son bol qui ne semble pas l'intéresser et s'en va d'un pas nonchalant chercher un coin ensoleillé.

Cray s'assied, dépose ses cendres dans une soucoupe.

— Vous n'avez pas l'air content de me voir, professeur.

— Je sais pourquoi vous êtes là.

— J'ai besoin de votre aide.

— C'est faux.

Ma riposte est trop acerbe, mais elle ne réagit pas.

Je meurs d'envie de savoir ce qui est arrivé à Ray Hegarty, pourquoi Sienna était couverte de sang, pourquoi elle a pris la fuite… Mais j'ai une boule dans la gorge qui fait vibrer ma voix. Je ne devrais pas avoir envie de remettre ça. Ça m'a coûté presque tout ce que j'avais la dernière fois.

— Vous connaissez la fille.

— C'est une amie de Charlie.

— Vous a-t-elle dit quelque chose ?

— Non. Elle était trop traumatisée.

— Vous voyez bien ? Vous connaissez tout ça par cœur.

— Je ne peux rien pour vous.

L'inspecteur regarde par la fenêtre. Un rayon de soleil qui traverse le champ jette un voile argenté sur l'herbe.

— L'homme qui est décédé hier soir était un policier à la retraite, du nom de Ray Hegarty. Il a travaillé vingt ans pour la PJ de Bristol. C'était mon patron. Un ami.

— Je suis désolé.

Ses lèvres produisent un petit bruit de succion ; ses yeux se voilent.

— Quand j'ai rencontré Hegarty, j'ai pensé que c'était une vraie brêle. Il ne voulait pas de moi dans son équipe et ne levait pas le petit doigt pour empêcher les blagues macho et cruelles dont je faisais l'objet. Il me refilait tout le sale boulot – les morts violentes, les cadavres souillés, défigurés, le nettoyage de la cellule des ivrognes. J'ai cru qu'il essayait de me casser ou de m'éjecter, mais c'était sa manière à lui de m'aguerrir pour que je puisse faire face à de plus gros défis.

Des yeux ophidiens clignent derrière le rideau de fumée. Elle se passe le pouce sur les lèvres.

— Il m'a appris tout ce que je sais. Ses règles à lui. J'en suis venue à respecter ses accomplissements, et puis l'homme lui-même.

— Vous arriverez à déterminer ce qui s'est passé, j'en suis sûr.

La colère envahit son regard.

— Si vous êtes en pleine crise de la cinquantaine, professeur, achetez-vous une Porsche et laissez tomber.

— Il ne s'agit pas de cela.

— C'est quoi votre problème, alors ?

— Vous connaissez la réponse.

Elle se lève, remonte son pantalon.

— Dans une autre vie, j'aurais peut-être éprouvé de la compassion pour vous, mais pas dans celle-ci. Vous n'avez pas le monopole des familles déglinguées. J'ai un fils obèse au caractère de cochon. Il vit avec une ex-junkie et prétend écrire un livre sur le divorce de ses parents qui aurait foutu sa vie en l'air alors que ma grossesse a duré plus longtemps que mon couple.

» Maintenant un homme pour lequel j'avais beaucoup d'estime gît raide mort dans la chambre de sa fille, et la gamine est tellement traumatisée qu'elle n'ose pas ouvrir le bec. Alors, n'espérez pas de moi que je m'apitoie sur votre sort, professeur. En revanche, je vais vous donner un petit conseil.

Sa cigarette siffle en s'éteignant dans l'évier.

— Serrez les dents, mon prince, et enfilez votre froc de grand garçon. Vous jouez dans la cour des grands à présent.

5

Coincée contre le volant, l'inspecteur Cray est assise au bord de son siège pour atteindre les pédales. Elle regarde droit devant elle en mâchonnant du chewing-gum. Elle conduit comme si elle roulait vite alors que sa Land Rover ne passe pas la cinquième.

Elle tient une cigarette en l'air dans son poing et souffle la fumée du coin de la bouche. Elle m'explique la situation en s'en tenant aux faits. Ray Hegarty a démissionné de la police il y a huit ans pour monter une société de sécurité privée – alarmes, caméras de vidéo-surveillance, patrouilles et protection individuelle. Il disposait de bureaux à Bristol, Birmingham et Manchester.

Il avait un rendez-vous lundi de bonne heure à Glasgow où il a passé la nuit avant de partir le lendemain, en voiture, pour Manchester. De là, il était censé s'envoler pour Dublin, mercredi matin, en vue de deux journées de réunion, mais son voyage a été annulé. Au lieu de regagner Bristol, il a déjeuné tardivement avec un de ses associés.

— En bref, il ne devait pas rentrer avant vendredi, selon sa femme.

— Où était Helen ?

— Elle travaillait à l'hôpital St. Martin, à Bath. Elle commence à 18 heures.

Nous nous arrêtons devant une maison tout au bout du village. Six policiers montent la garde, bloquant la rue. Du ruban bleu et blanc tendu entre deux cerisiers et la porte d'entrée se tord dans la brise pareil à de vieilles décorations pour un anniversaire. Une grosse camionnette blanche de la police scientifique est garée dans l'allée. Les portes sont entrebâillées. Des coffres en métal s'empilent à l'intérieur.

Non loin de là, un technicien médico-légal accroupi dans l'herbe prend des photos. Avec sa combinaison en plastique bleu à capuche et ses bottines assorties, il a tout du figurant d'un film de science-fiction.

Après avoir étiqueté un sac sous scellés, il enclenche l'obturateur. Dès qu'il se redresse, puis se retourne, je le reconnais. C'est le docteur Louis Preston – médecin légiste pour le ministère de l'Intérieur. Il a un accent de Birmingham qui lui donne un ton perpétuellement triste.

— Il paraît qu'ils vous ont réveillée, Ronnie.

— J'ai le sommeil léger, répond-elle.

— Vous étiez avec quelqu'un en particulier ?

— Ma bouillotte.

— Quel gâchis ! (Preston jette un coup d'œil dans ma direction et hoche la tête.) Professeur, ça faisait longtemps que je ne vous avais pas vu.

— J'aurais volontiers attendu un peu plus.

— C'est ce qu'on me dit tout le temps.

Preston a la réputation de terroriser ses étudiants en pathologie. Un jour, il aurait déclaré à un groupe d'internes que, pour mener à bien une autopsie, deux choses étaient indispensables. Ne pas avoir peur, d'abord. À ce stade, il aurait plongé un doigt dans l'anus d'un macchabée avant de le renifler. Ensuite il aurait invité chaque étudiant à suivre son exemple, ce qu'ils avaient fait, paraît-il, sans se faire prier.

« Le deuxième élément essentiel est un sens aigu de l'observation, aurait-il ajouté. Combien d'entre vous ont remarqué que j'ai enfoncé mon majeur dans l'anus de cet homme, mais senti mon index ? »

Une légende urbaine ? Une rumeur irrésistible ? Les deux probablement. Quiconque gagne sa vie en découpant des cadavres doit avoir le sens de l'humour. Faute de quoi on perd la raison.

Preston retourne à la camionnette pour chercher un trépied.

— Je n'aurais jamais pensé voir Ray Hegarty dans cet état un jour. Je le croyais indestructible.

— Vous étiez liés ?

Le médecin hausse les épaules.

— Je n'irai pas jusque-là. Disons qu'on se respectait mutuellement.

— De quoi est-il mort ?

— On l'a frappé par-derrière avant de lui trancher la carotide. (Preston glisse un doigt sous son cou.) Avec un rasoir, je dirais, ou un cutter. Qui n'est plus dans la chambre.

Cray l'aide à déplacer un gros coffre argenté.

— Quand pourrons-nous entrer ?

— Dégotez-vous une combinaison. Marchez sur les caillebotis et ne touchez à rien.

Une glycine tortueuse monte à l'assaut de la façade du pavillon. Privé de ses feuilles, le vieux tronc gris, tout noueux, donne l'impression d'étrangler peu à peu le bâtiment. De vieilles tuiles s'entassent près de la porte du garage.

Deux choses me frappent à propos de la maison. C'est le genre de bâtisse qui devrait avoir une allée plus vaste ; toutes les proportions le suggèrent. Par ailleurs, elle est en partie cachée de la route par un mur élevé, tapissé de vigne vierge. Derrière le toit en ardoise et les cheminées, on aperçoit des arbres imposants. Les rideaux du rez-de-chaussée sont ouverts. Toute personne s'approchant de la demeure aurait vu les lumières allumées.

— La porte d'entrée était-elle verrouillée ?

— Elle était ouverte, répond Cray. Sienna est partie en courant. Elle n'a pas pris le temps de fermer derrière elle.

Je la suis à l'intérieur en marchant sur une douzaine de caillebotis.

Marche doucement, elle est proche
Sous la neige,
Parle doucement, elle entend
Pousser les marguerites.

— C'est de qui ? me demande Cray en se tournant vers moi.

— D'Oscar Wilde.

— Certains Irlandais ont un don pour l'écriture.

Des marqueurs orange fluo jalonnent les marches par intermittence pour signaler des taches de sang. Un flash à l'étage jette un éclair de lumière entre les barreaux de la rampe.

Je me retourne pour examiner la porte d'entrée. Pas d'alarme. Une serrure banale. Pour un spécialiste de la sécurité, Ray Hegarty n'a guère pris de précautions chez lui.

— Qui habite à côté ?

— Un vieux monsieur. Veuf.

— A-t-il entendu quelque chose ?

— Je doute qu'il ait entendu quoi que ce soit depuis le couronnement de la reine.

— Des signes d'effraction ?

— Non.

— Qui a les clés ?

— Les membres de la famille. Personne d'autre. Il y a la fille aînée. Zoé. Elle est à l'université de Leeds. Elle est en route à l'heure qu'il est, avec son copain. Et puis il y a Lance. Vingt-deux ans. Il travaille comme mécanicien à Bristol. Il a son propre appartement.

Le salon et la salle à manger sont meublés avec goût. Propres. Ordonnés. Tant de choses auraient pu être bousculées – les plantes en pot, les photos encadrées, les livres sur les étagères, les coussins du canapé –, mais tout est à sa place.

La cuisine est rangée. Une seule assiette dans l'évier, avec une planche à découper couverte de miettes. Helen s'est fait un sandwich pour le déjeuner ou un en-cas à emporter au travail. Elle a laissé un mot sur le réfrigérateur pour dire à Sienna de se réchauffer les lasagnes en rentrant.

La cuisine se prolonge par une petite pièce ensoleillée qu'on a transformée en chambre pour Zoé après son agression. Un petit lit, un bureau, un placard. Des rideaux en chintz. Une rampe lui permettant d'accéder au jardin. Dans la salle de bains adjacente, une grande cabine de douche équipée de mains courantes. Sur la coiffeuse, j'avise une photo de Zoé en train de jouer au volley, en équilibre sur une jambe.

En regagnant le couloir, je remarque une porte entrebâillée sous l'escalier. Je l'ouvre avec le pied et découvre un sac de voyage par terre. Le manteau de Ray Hegarty pend à une patère. Il est rentré chez lui, s'est débarrassé de son manteau et a jeté son sac là. Et après ?

Quelque chose l'a attiré à l'étage. Un bruit. Une voix.

Cray monte les marches avant moi en enjambant les marqueurs sans toucher la balustrade. La chambre des parents se trouve face à nous. Deux portes à gauche donnent sur une salle de bains et une autre chambre. Celle de Sienna est à droite. Ray Hegarty gît face contre terre à côté du lit, les bras tendus, la tête de côté, les yeux ouverts. Son sang a imprégné le tapis et coulé dans les fentes du plancher. Sa chemise blanche est maculée d'empreintes ensanglantées. De petites mains.

La pièce est sens dessus dessous. Des vêtements débordent des tiroirs, s'entassent sur le lit qui n'est pas fait. La couette est calée contre le mur ; un fer à défriser dépasse de dessous l'oreiller.

Je remarque une boîte à chaussures, décorée de photos découpées dans des magazines. Quelqu'un l'a tirée de dessous le lit et a ôté le couvercle, révélant tout un assortiment de pansements, de sparadraps, d'aiguilles et de fils. C'est la boîte à couture de Sienna, celle de l'automutilation aussi.

Le désordre qui règne est peut-être une manifestation de l'adolescence. J'en ai une comme ça à la maison – bordélique, boudeuse, égocentrique – mais on a plutôt l'impression qu'on a procédé à une fouille rapide.

— Est-ce qu'il manque quelque chose ?

— Rien d'évident, répond Cray. Nous ne le saurons pas avant d'avoir interrogé la famille.

— Où est Helen ?

— À l'hôpital, au chevet de Sienna.

En m'accroupissant près du corps, je distingue des éclaboussures de sang, certaines grandes, d'autres à peine visibles, qui s'étendent jusqu'au plafond. Une crosse de hockey repose près de la main droite de Ray ; brillante de laque, elle a une poignée en tissu-éponge aux couleurs de l'école.

À croupetons au milieu de la pièce, je m'efforce de reconstituer la scène. Ray Hegarty a reçu un coup par-derrière ; il a piqué du nez. Aucun signe de lutte, ni blessures de défense, ni meurtrissures, ni mobilier endommagé.

La psyché ovale de la chambre projette sur le lit un carré de lumière blanche, mettant en relief les petites fleurs bleues qui parsèment les draps.

Quand je m'y regarde, je peux aussi voir la porte derrière moi. J'enjambe le corps pour aller la fermer partiellement et me glisser derrière. En jetant un coup d'œil vers le miroir, j'aperçois le reflet de Cray sur le seuil.

Nos regards se croisent.

— Qu'est-ce qu'il y a ?

— C'est là que l'agresseur s'est caché. Grâce à la glace, il a su à quel moment Ray Hegarty arrivait dans la chambre.

— Mais il n'y a presque pas de place.

— La porte était à moitié fermée.

— Quelqu'un de menu.

— Peut-être.

Instantanément, le visage de Sienna, blêmi par l'éclat de la torche, me revient en mémoire. Il y a quelque chose dans son regard… Un terrible secret.

Preston émerge de la salle de bains. On dirait un chirurgien sur le point d'opérer.

— Il y a des traces de sang sur le rebord du lavabo.

— Quelqu'un s'est lavé les mains.

— Le savoir médico-légal est un sérieux atout dans la vie, déclare-t-il. C'est la faute des séries policières américaines. De véritables manuels de savoir-faire. Comment nettoyer une scène de crime, se débarrasser de l'arme, tuer en toute impunité…

Cray me fait un clin d'œil.

— Qu'est-ce qui vous arrive, Preston ? Un avocat de la défense plus futé que les autres aurait-il bafoué vos méthodes ?

— Je n'ai rien contre les avocats de la défense. Certains de mes amis proches sont des charognards. Ce sont les jurés que je ne peux pas blairer. Ils ne condamnent jamais personne à moins d'avoir des empreintes, des fibres, de l'ADN sous le nez. Ils veulent l'arme du crime encore fumante, alors que parfois il n'y a aucun indice digne de ce nom. La scène a été nettoyée, lavée par la pluie ou contaminée par des tiers. On est des scientifiques, pas des magiciens !

Preston se gratte le nez et contemple son index comme s'il le trouvait fascinant.

Je m'aventure dans la salle de bains de l'autre côté du palier. Il y a un panier à linge sous le lavabo. La lunette des toilettes est abaissée. Les tablettes au-dessus du lavabo sont en ordre : dentifrices, brosses à dents (trois au total), savon liquide, bain de bouche. La serviette pour les mains, à côté du lavabo, est pliée avec soin sur le radiateur.

— On a tout rangé, crié-je.

Cray surgit derrière moi.

— Ça vous paraît logique ?

— Pas vraiment.

— Ray Hegarty s'est-il fait beaucoup d'ennemis au travail ?

— Nous en avons tous.

Ce n'est pas une réponse.

— Des cadavres dans son placard ?

— C'était un bon flic. Franc du collier, réplique Cray d'un ton plus ferme.

Un autre expert scientifique apparaît en bas de l'escalier et appelle Preston :

— J'ai trouvé un tas de trucs porno dans la remise. Vous voulez que je mette ça sous scellés ?

— Quel genre ? s'enquiert le médecin.

— Des revues, des DVD…

— Rien d'inhabituel ?

— Comme quoi ?

— Des scènes de viol, des fantasmes violents, quelque chose à voir avec des enfants.

Cray se raidit, prête à protester. Elle a déjà envie de préserver la réputation de Ray Hegarty. Une enquête criminelle offre tout un éventail de possibilités. L'éclairage est si violent qu'il révélera la moindre tare, tous les défauts. La victime aussi est jugée, et il arrive qu'elle meure une seconde fois au tribunal – qu'on la désigne comme responsable d'une manière ou d'une autre et qu'on la calomnie aussi sauvagement que si on la poignardait, on l'étranglait ou on lui tirait dessus.

Cray fera tout pour empêcher ça. C'était son ami.

Dehors la foule s'est dispersée. Une poignée d'adolescents rôdent encore au bout de l'allée en donnant des coups de pied inutiles dans les feuilles mortes. L'un d'eux porte à ses lèvres une canette aux tons criards. Ses cheveux foncés, striés de mèches blondes, forment un rideau mal taillé destiné davantage à cacher son visage qu'à l'encadrer.

Je le jauge en un clin d'œil. J'ai l'impression de l'avoir déjà vu quelque part. C'est peut-être le signe que je connais trop bien le monde et qu'il commence à se répéter.

Et puis je me souviens. Sienna Hegarty l'a embrassé sur la joue avant de monter dans sa voiture. Il me dévisage. Écarte sa frange de ses yeux. Puis il tourne les talons et s'éloigne à grandes enjambées.

Je lui hurle dessus. Il se met à courir en zigzaguant entre les badauds et les voitures en stationnement.

Cray est toujours à l'intérieur avec Preston. J'interpelle les policiers qui montent la garde près du portail, mais aucun ne réagit assez vite pour arrêter le fuyard. Le gamin a cinquante mètres d'avance. Mince comme un fil, sous-alimenté, il est bâti pour sprinter. Je le perds de vue au moment où il se glisse sous l'arche de l'ancien viaduc. Quand j'y parviens finalement, il a disparu.

J'aperçois un sentier sur ma gauche. Il est forcément passé par là. Je me remets à courir, sentant un poids peser sur mon cœur et mes poumons. Mes petites promenades ne m'ont pas vraiment aidé à garder la forme.

J'entends un moteur démarrer un peu plus loin. Le son est amplifié par un pot d'échappement trafiqué. La Peugeot jaillit d'une cour de ferme boueuse, les roues arrière dérapent dans les flaques d'eau. Il ne ralentit pas. Je suis coincé sur une crête herbeuse entre deux profondes ornières, avec des haies de part et d'autre.

Je lève la main. Il ne s'arrête pas. Au dernier moment, je me jette de côté en repliant les jambes sous moi.

Couché sur le dos, je prends une grande inspiration en levant les yeux vers l'amoncellement de nuages qui dérive dans le ciel. Mon cœur bat à tout rompre.

— Vous n'avez rien ? me demande une voix à l'accent traînant.

C'est Alasdair Riordan, le fermier que j'ai croisé plus tôt.

— Non. Ça va.

— Qu'est-ce que vous faites ?

— Je me repose.

Il hoche la tête, satisfait, et regagne son tracteur.

— Vous avez vu la voiture ?

Il enlève son bonnet de laine et se gratte le crâne.

— Ouais, je l'ai vue.

— Elle a failli me renverser.

— Ouais.

— Vous n'auriez pas eu le temps de noter le numéro d'immatriculation par hasard ?

Il remet son chapeau et secoue la tête.

— Les chiffres, c'est pas mon fort.

Deux policiers arrivent quelques instants plus tard. Ronnie sur leurs talons, en nage.

— Ça va ?

— Pas de problème.

— Qui conduisait cette bagnole ?

— Le petit ami de Sienna.

Elle enregistre l'information tel un prospecteur fiévreux.

— Vous auriez dû nous laisser nous en occuper.

— Il a pris la fuite. Je lui ai couru après.

— Vous êtes quoi ? Un clebs. (Elle contemple ses chaussures couvertes de boue.) J'espère que ce môme sait cirer les pompes.

Mon portable vibre.

— Qu'est-ce qu'il est arrivé à Sienna ? bredouille Charlie, au bord des larmes.

— Elle est à l'hôpital.

— Ça va ?

— Elle est en état de choc, mais je pense que ça va aller.

J'entends des bruits de récréation en fond sonore.

— Il paraît que M. Hegarty est mort. Et que c'est Sienna qui l'a tué.

— On ne sait pas encore ce qui s'est passé.

— Mais c'est vrai qu'il est mort ?

— Oui.

— Je peux aller voir Sienna ?

— Pas tout de suite.

— L'appeler ?

— Non.

Elle renifle, se mouche. Charlie ne pleure presque jamais. Elle se contient. Refoule ses émotions. Depuis son enlèvement, je la surveille de près, je tâche d'anticiper les problèmes. Mange-t-elle, dort-elle convenablement ? A-t-elle des relations normales avec les autres ? Je me prends parfois à espérer que le pire est passé, et puis les cauchemars reviennent, elle crie la nuit, elle se débat contre des choses invisibles dans l'obscurité. Je me précipite dans sa chambre en titubant, je m'agenouille à son chevet, je lui parle à voix basse en lui caressant le front. Les yeux écarquillés, elle regarde droit devant elle d'un air hébété comme si quelqu'un lui avait chuchoté à l'oreille quelque terrible révélation à propos de l'existence.

Je suis responsable, c'était ma faute et je me flagellerais si cela pouvait me permettre de remonter le temps, de la protéger. Je ne veux pas apaiser ma culpabilité. Je veux modifier ses souvenirs.

6

Midi. Mercredi. Des odeurs de désinfectant et de cire plein les narines, j'enfile les mêmes couloirs d'hôpital à l'éclairage blafard. La chambre de Sienna est toujours sous surveillance. Le brigadier Colin Abbott, dit « Monk », un Noir londonien, somnole sur une chaise, les jambes tendues, la tête contre le mur. Il a dû se coltiner une nuit complète. Mme Abbott ne doit pas être contente. Je l'ai rencontrée un jour dans un magasin de bricolage à Bristol. Elle fait la moitié de la taille de son mari. Elle essayait de maîtriser trois petits garçons qui prenaient leur père pour un espalier.

Monk se lève d'un bond. Il pourrait toucher le plafond.

— Elle est réveillée ? demande Cray.

— Oui, patron.

— Elle a dit quelque chose ?

— Non.

Un médecin sort de la chambre. Blouse blanche déboutonnée, stéthoscope autour du cou. Il est jeune, dans les vingt-cinq ans, fin comme un lévrier. Il fonctionne au café et à l'adrénaline maison.

— Comment va-t-elle ? s'enquiert l'inspecteur.

— Physiquement, ça va.

— Y a-t-il un « mais » quelque part ?

— Elle n'a pas perdu l'ouïe, ni l'usage de la parole et réagit aux stimuli visuels, mais son cœur n'arrête pas de s'emballer.

— Elle est traumatisée, dis-je.

Le médecin hoche la tête en griffonnant ses initiales sur un formulaire.

— C'est tout à fait possible, mais le neurologue veut s'assurer qu'il n'y a pas de traumatisme crânien. Il a demandé un scanner.

Cray ouvre la porte. Helen Hagerty est assise au chevet de sa fille. Elle lui tient la main. Les traits tirés, les lèvres serrées, elle porte encore sa tenue d'infirmière. Les poches de son cardigan sont déformées. Des mèches teintes s'échappent de son ersatz de chignon qu'elle tapote de temps en temps.

Cray lui fait signe de venir dans le couloir. Helen dépose un baiser sur le front de sa fille en lui disant qu'elle n'en a pas pour longtemps.

— Madame Hegarty, je suis l'inspecteur Cray. Nous nous sommes déjà rencontrées une ou deux fois.

— Vous étiez à la fête d'adieu de Ray.

Cray esquisse un hochement de tête.

— C'est exact. J'enquête sur son décès.

Apparemment, cette information ne fait aucun effet à Helen.

— Ray était un ami cher. Un excellent policier.

— Merci.

— Sienna a-t-elle dit quelque chose ?

Helen secoue la tête.

— Elle s'est réveillée il y a une heure environ. Elle a ouvert les yeux, a murmuré un bonjour et puis s'est rendormie.

— C'est bon signe, fais-je remarquer. Elle s'efforce probablement de traiter les éléments.

Helen me jette un coup d'œil.

— Vous êtes le papa de Charlie.

— Oui. Je m'appelle Joe.

Elle s'essuie la main avant de serrer la mienne.

— Merci de l'avoir retrouvée.

Ronnie lui désigne une chaise. Helen s'assoit sans trop savoir où mettre ses mains. Elle finit par les plaquer sur ses genoux. L'inspecteur s'installe à côté d'elle, en biais de manière à lui faire face. Leurs genoux se touchent presque.

— À quelle heure êtes-vous sortie de chez vous hier soir, madame Hegarty ?

— Vers 17 h 40.

— Depuis combien de temps travaillez-vous à St. Martin ?

— Quatre ans.

— Où était Sienna quand vous êtes partie ?

— Sur le chemin du retour. Il y avait une répétition à l'école. Elle joue dans la comédie musicale. (Helen lève les yeux vers moi.) Joe devait la raccompagner.

Cray se tourne vers moi en attente d'une explication.

— Mais Sienna vous a téléphoné, dis-je à l'adresse d'Helen. Pour vous informer que son copain la reconduirait. Je l'ai entendue vous parler.

Un petit sourire triste plisse son visage.

— Elle peut être tellement sournoise. (À peine ces mots se sont-ils échappés de ses lèvres qu'elle les regrette.) Ça ne veut pas dire… Sienna ne ferait rien de mal… Elle adorait son père.

Cray l'interrompt.

— Que savez-vous de son copain ?

— Je ne l'ai jamais rencontré. Je sais qu'il est plus âgé, qu'il a une voiture.

— Vous connaissez son nom ?

— Danny Gardiner.

— Depuis combien de temps sort-elle avec lui ?

— Huit mois environ. (Helen glisse un regard dans ma direction, en quête d'indulgence.) J'ai essayé de mettre le holà. Sienna n'avait que treize ans, mais elle allait tout le temps le voir en douce. On ne peut pas les enfermer, hein ? Même si j'aimerais bien parfois.

— Comment se sont-ils rencontrés ?

— Danny était à l'école avec Lance. Mon fils.

— Il vit près d'ici ?

— À Bath, quelque part. Sa mère est guide touristique.

La tête inclinée, Cray réfléchit avant de poursuivre :

— Savez-vous à quelle heure Sienna est rentrée hier soir ?

Helen secoue la tête.

— Vous ne vous attendiez pas à ce que votre mari soit de retour ?

— Pas avant vendredi.

Un temps d'arrêt. J'analyse le langage corporel d'Helen à la recherche de signes flagrants de tromperie ou d'omission. Timide, naturelle, elle me fait l'effet d'une femme travailleuse, réservée, simple. Elle a dû être jolie dans sa jeunesse, mais le manque de sommeil et une mauvaise alimentation ont accéléré le temps.

Il m'est arrivé de la croiser au village dans des vêtements visiblement achetés vingt ans plus tôt. Elle me faisait penser à une ouvrière de l'époque de la guerre, quand les femmes, vêtues de salopettes et de cardigans trop amples, occupaient des postes normalement réservés aux hommes. Ça la rendait à peu près aussi sexy qu'une grande sœur, mais elle vaquait à ses occupations avec une résignation discrète.

— Qui était au courant que votre mari devait rentrer hier soir tard ? demande Cray.

Helen hausse les épaules.

— Sienna ?

— Je ne crois pas.

— Comment s'entendaient-ils, Ray et elle ?

— Bien. Même s'il y avait des moments de friction.

— De friction ?

Helen serre les manchettes de son gilet entre ses poings serrés.

— On essaie d'imposer des limites. Les enfants s'efforcent de les franchir.

— Votre mari s'est-il jamais livré à des attouchements sur Sienna ? Vous a-t-il jamais donné des causes d'inquiétude ?

L'expression d'Helen passe tour à tour de l'affolement à la stupéfaction, à la colère.

— Mon Ray ! Sûrement pas ! Jamais il ne ferait une chose pareille.

Ses traits se resserrent, rapetissent, se concentrent au centre de son visage.

— Comment osez-vous sous-entendre… penser… Il avait horreur des pointeurs. Il les jetait en prison.

Cray lui effleure la main.

— Je suis désolée. Il fallait que je vous pose la question.

Je sais exactement où l'inspecteur veut en venir. Sienna est un suspect évident que l'on n'a pas encore interrogé. En une seule question, Cray a sapé l'un des arguments possibles de sa défense : les sévices sexuels. Helen changera peut-être d'avis plus tard, mais son futur témoignage sera affaibli, décortiqué par la partie plaignante, rendu moins crédible.

Cray parle à voix basse. Elle demande si Ray Hegarty avait des ennemis avérés. S'était-il disputé avec quelqu'un ? Avait-il des problèmes d'argent ?

— Nous devons interroger Sienna, vous comprenez ?

Le regard de Helen dérive vers la chambre de sa fille, derrière moi.

— Vous pouvez être présente ou demander à quelqu'un d'autre – un adulte – d'être à son côté. Le professeur O'Loughlin, par exemple.

— Ma petite Sienna n'a pas fait ça… Jamais elle ne…

— Le brigadier Abbott va vous conduire au bureau du coroner à Flax Bourton. Quelqu'un doit identifier le corps officiellement. Vous pouvez faire ça ? Je pourrais aussi envoyer un de vos enfants.

— Non. Je vais le faire.

Monk s'avance, ramasse le sac d'Helen.

Une altercation vient d'éclater au bout du couloir. On entend des pas lourds, des cris. Lance Hegarty bouscule la jeune infirmière qui tente de le retenir. Il porte une veste en cuir éraflée et un jean taché de graisse. Ses cheveux noirs sont coupés ras ; il a la peau si claire qu'on dirait qu'il porte une calotte.

Monk l'arrête au passage en le saisissant à bras-le-corps, le faisant décoller du sol.

— Lâche-moi, sale Black !

— Laissez-le ! hurle Helen.

Monk et Cray échangent un regard qui en dit plus long que les mots.

Le brigadier obtempère. Lance prend sa mère dans ses bras et lui caresse les cheveux d'une main tatouée. Puis il jette un regard plein de défi à l'inspecteur.

— Qu'est-ce qui est arrivé à Sienna ? Quelqu'un lui a fait du mal ? C'est qui ?

Cray pose une main sur son épaule.

— Votre père est mort. Toutes mes condoléances. Je suis désolée.

— Vous êtes désolée ?

— C'était un homme bien.

— Un monstre, oui !

Ses paroles explosent dans l'espace clos. Helen pose une main apaisante sur la poitrine de son fils. Les doigts déployés.

— Et Sienna ? demande Lance en regardant sa mère.

— Elle va se remettre, répond Cray.

— Je peux la voir ? Elle est là-dedans ?

Avant qu'il atteigne la porte, Monk le fouille.

— Dites à ce gorille de s'écarter de moi.

L'inspecteur bondit et plante son pouce dans les côtes de Lance. Il fait la grimace.

— Pourquoi vous faites ça ? gémit-il.

— Pour vous rappeler que vous devez me montrer un peu plus de respect, fiston.

Il ricane d'un air méprisant avant de baisser les yeux. Je l'observe depuis le seuil quand il s'approche du lit de Sienna. Un coup d'œil à sa petite sœur, et sa rage se dissipe. D'un geste hésitant, il prend la main qui repose sur le drap, paume tournée vers le ciel.

Sienna bat des paupières.

— Salut, choupette !

Elle esquisse un sourire.

— Tu ne m'as jamais tenu la main avant.

— Bien sûr que si.

— Quand ?

— Quand tu étais petite et que je t'emmenais à l'école.

Sienna a l'air de trouver ça drôle et lui serre le bout des doigts.

— Tu es au courant pour papa ? J'essaie d'être triste, mais j'y arrive pas.

7

15 h 15. J'attends devant le portail de l'école avec des dizaines de mères et de grands-mères. Je suis le seul mâle présent ayant passé l'âge des Pampers. J'ai tendance à me tenir à l'écart. Je ne suis pas très doué pour le papotage, et je n'ai pas la mémoire des noms. J'associe les mères à leurs enfants : la maman de Jasper, celle de Sophie.

Une femme s'approche de moi. Jeune, jolie. Des cheveux auburn, coupés court. Elle a les mains dans les poches de sa veste Barbour, trop grande pour elle. Ça doit être une baby-sitter.

— Bonjour, je m'appelle Natasha.

— Joe.

— Votre Emma et mon Billy sont dans la même classe.

Ce n'est pas du tout une baby-sitter.

— Vous avez une Charlie aussi, ajoute-t-elle.

— Comment connaissez-vous Charlie ?

— Mon mari enseigne à Shepparton Park.

La cloche sonne avant que j'aie le temps de lui demander le nom de son époux. Des rires et des voix juvéniles envahissent la cour. On se bouscule pour prendre son sac. Il me faut quelques secondes pour repérer Emma. Elle a l'air d'une tortue marchant sur ses pattes de derrière sous le fardeau qui pèse sur elle.

Je l'appelle. Elle lève les yeux. Ah, ce sourire !

Elle me prend la main – ce que sa grande sœur ne fait plus. Je passe la courroie de son sac à mon épaule et ralentis le pas.

— La journée s'est bien passée ?

— Très bien.

— Tu as appris quelque chose?

— Mme Graveney a dit qu'on allait avoir un nouveau maître.

— Ah bon !

— J'ai cru qu'on allait nous mesurer pour savoir si on avait grandi.

Je me retiens de rire.

— Ça se prononce pareil, mais ça ne veut pas dire la même chose.

Elle me jette un regard furibond.

— J'ai compris maintenant.

En arrivant à la maison, elle s'empresse de se débarrasser de son uniforme pour mettre la robe de Blanche-Neige qu'elle ne quitte plus depuis deux mois. Les voisins doivent la trouver bizarre, mais ça ne vaut pas le coup d'en discuter avec eux. Je suis sûr qu'elle portera autre chose le jour où on lui remettra le prix Nobel.

Ce sont ses autres « manies » qui me préoccupent. Un terme courtois pour faire référence à ses névroses. La semaine dernière, elle a expédié son assiette à l'autre bout de la table parce que sa boulette de viande avait *touché* ses macaronis. Qu'est-ce qui m'a pris de les servir dans la même assiette !

J'ai appris des choses étonnantes depuis que je suis papa, et je me rends compte que je suis loin d'avoir achevé mon apprentissage. Par exemple, je sais qu'une pièce d'une livre peut transiter sans dommage par le système digestif d'une enfant de quatre ans. Que des nouilles chinoises au poulet et à la sauce tomate régurgités fichent en l'air un tapis en soie, que le vernis à ongles sur la tôle émaillée d'une baignoire est indélébile et que la betterave consommée en quantité donne à l'urine d'un bambin une teinte rouge fluo.

Un personnage mystérieux baptisé *Pasmoi* habite à la maison. C'est lui qui laisse par terre les serviettes de bain trempées, qui répand des paquets de chips sur le canapé et balance des seaux de jouets partout dans la chambre. J'en ai eu tellement assez de ranger derrière lui que j'ai fabriqué un mannequin avec de vieux oreillers que j'ai habillé. Il porte un écriteau avec son nom autour du cou. *Pasmoi.*

Emma trouve ça hilarant.

Le jour où j'ai découvert des mèches de ses magnifiques cheveux flottant dans la cuvette des toilettes, et d'autres preuves dans sa chambre, j'ai demandé à Emma qui les lui avait coupées.

— Pas moi.

Je m'étais tourné vers Charlie.

— Pas moi non plus.

J'étais allé trouver le mannequin.

— Dis-moi, Pasmoi, c'est toi qui as coupé les cheveux d'Emma ?

Emma m'avait observé, nerveuse.

— Pasmoi a dit que ce n'était pas lui ! avais-je annoncé.

— Il a vraiment dit ça ?

— Oui.

— Vraiment ?

— Je t'assure.

— Oh ?

Après ça, elle avait tout avoué et accepté sa punition comme une petite fille de cinq ans.

Charlie ne sera pas de retour avant une heure. En attendant, je prépare un goûter pour Emma et je l'écoute débiter les mots de sa liste d'orthographe. Ensuite, elle va dans le jardin et pourchasse Gunsmoke pour lui mettre un bonnet sur la tête. Il bondit, s'immobilise, attend, bondit à nouveau.

Julianne appelle à 15 h 45. Le procès a été suspendu. Elle doit prendre un verre avec quelqu'un et sera de retour à la maison vers 18 h 30. Je me laisse bercer par le son de sa voix et j'imagine qu'en disant « à la maison », elle sous-entend qu'elle me revient. C'est une pensée agréable, même si elle est d'un optimisme désespérant.

À 17 heures, je mets les nouvelles. Une présentatrice blonde aux yeux de biche me fixe sans ciller.

« Un enquêteur d'incendie a raconté comment il avait retrouvé cinq corps dans le refuge de Bristol, dont trois enfants, appartenant tous à la même famille de demandeurs d'asile. »

Un reporter, lui aussi tiré à quatre épingles, apparaît ensuite à l'écran. Il se démène pour faire son laïus malgré le vent qui malmène sa chevelure :

« En témoignant aujourd'hui au palais de justice de Bristol dans cette affaire de meurtre, Jim Sherman, chef de la brigade de pompiers, a déclaré aux jurés que la maison était déjà en flammes lorsque les premières équipes de sapeurs-pompiers sont arrivées sur les lieux.

» La famille qui dormait à l'étage s'est fait piéger par le brasier, à l'exception de Marco Kostin, dix-huit ans, qui a réussi à escalader une fenêtre du premier et à sauter sans dommage.

» Les pompiers ont découvert des traces d'essence dans le couloir du rez-de-chaussée ainsi que des indices tendant à prouver qu'un engin incendiaire a été lancé à l'intérieur du bâtiment par une fenêtre de la façade. »

Suivent des images de policiers en train d'installer des barricades et de repousser des manifestants devant le palais de justice.

« Entourés d'un important dispositif de sécurité, les trois prévenus sont arrivés ce matin au tribunal où ils ont été à la fois applaudis par leurs supporters et chahutés par des protestataires. Novak Breenan, candidat du Parti national britannique, a adressé un petit signe à la foule alors qu'on le conduisait dans la salle d'audience en compagnie de ses deux coaccusés, Tony Scott et Gary Dobson. Scott et Dobson sont d'anciens activistes du PNB, liés à des organisations néonazies. Les trois hommes plaident non coupables aux accusations de meurtre et d'incendie volontaire. »

Emma veut regarder autre chose parce que c'est « ennuyant ».

— Tu vas peut-être voir ta maman, lui dis-je.

— Comment ça se fait ?

— Elle était là-bas aujourd'hui.

Le front plissé, Emma se concentre vingt secondes sur l'écran avant de m'annoncer qu'elle ne la voit nulle part.

De guerre lasse, elle tente de réveiller Strawberry, roulé en boule sur une chaise.

Charlie devrait être rentrée. Je tente de la joindre sur son portable, mais je tombe sur sa messagerie. Elle a dû rater le bus.

Quand le téléphone sonne, je suis sûre que c'est elle. Mais une voix masculine demande à parler au père de Charlotte.

Mes entrailles se liquéfient. Personne ne l'appelle comme ça. C'est un agent de police du commissariat de Bath. Il m'explique que Charlie a été arrêtée pour avoir agressé un chauffeur de taxi après avoir refusé de payer sa course.

— Vous devez faire erreur. Elle est sur le chemin du retour de l'école.

— J'ai sa carte d'étudiante à la main.

Il me lit son nom en entier.

Le bourdonnement dans mes oreilles tient en partie au soulagement. On peut corriger les erreurs. Elle est en sécurité au moins.

— Où est-ce qu'on va ? demande Emma.

— Chercher ta sœur.

Je lui enfile son manteau par-dessus sa robe de Blanche-Neige et je lace ses bottines. Je vérifie l'heure. Julianne ne devrait pas tarder. Je décide de ne pas l'appeler.

Le poste de police de Bath se trouve dans Manvers Street, non loin de la gare. Le trajet prend un quart d'heure, au cours duquel je me force à répondre aux questions d'Emma en regrettant que personne ne réponde aux miennes. Qu'est-ce que Charlie a fabriqué ?

Je la trouve vautrée sur une chaise en plastique dans la salle de garde à vue, son sac entre les jambes. La seule autre personne dans la pièce est un Indien d'âge moyen qui presse un mouchoir plein de sang contre son nez.

Charlie me jette un rapide coup d'œil avant de s'abîmer dans la contemplation de ses chaussures éraflées. Elle a pleuré, mais c'est la frustration qui domine chez elle plutôt que la tristesse.

— Que s'est-il passé ?

Les mots se bousculent dans sa bouche.

— Je voulais aller voir Sienna, mais je n'avais pas assez d'argent. C'était plus cher que je pensais. Et puis il s'est mis en colère. (Elle désigne le chauffeur de taxi sikh.) Il me manquait trois livres. Trois misérables livres ! Je lui ai dit que je le paierai. Je lui ai donné mon numéro de portable. Mon adresse. Mais il ne voulait pas me lâcher.

L'homme l'interrompt.

— Elle m'a traité de sale Paki. Quelle grossièreté ! Horrible !

Il dodeline de la tête.

— Elle m'a cassé le nez.

— Il m'a pelotée.

— Je l'ai à peine touchée.

— C'est une voleuse.

— Et vous, vous n'êtes qu'un pervers !

Un policier intervient. Le brigadier Dwyer. Il a les cheveux roux, enduits de gel. On dirait qu'il a la tête en feu. Il veut me parler en privé. Je prie Charlie d'être gentille et de s'occuper de sa petite sœur. Elle me fusille du regard – m'accusant déjà de prendre parti contre elle.

Le flic me résume les faits. Le chauffeur, M. Singh, est passé chercher Charlie à l'école durant la dernière heure de cours après qu'elle eut appelé pour avoir un taxi. Il l'a déposée devant le Royal United Hospital, où Charlie n'a pas pu s'acquitter du montant de la course. D'après le chauffeur, elle aurait tenté de prendre la fuite. Il avait été contraint de verrouiller les portières. C'est à ce moment-là qu'elle l'a agressée.

— Il a une caméra de vidéo-surveillance dans son véhicule, me précise le brigadier.

— Je peux voir ?

Il soulève le plateau à charnières du comptoir pour me conduire à un ordinateur. Les images en grand angle, prises du bas du tableau de bord, sont sombres et pleines de grain. La caméra est braquée non pas sur le conducteur, mais sur la banquette arrière où l'on voit les jambes de Charlie, ainsi qu'un aperçu de sa culotte quand elle se penche pour décrocher sa ceinture de sécurité.

Dwyer met en avance rapide jusqu'à l'empoignade. Charlie propose de payer, donne son adresse. Voyant qu'elle tente de sortir du taxi, le chauffeur verrouille les portières. Elle panique.

— A-t-il le droit de l'enfermer ?

— Il est habilité à appréhender un citoyen.

— Elle a quatorze ans !

Je me tourne à nouveau vers l'écran.

— Drôle d'endroit pour placer une caméra, vous ne trouvez pas ? Qu'essayait-il de filmer ?

M. Singh entend ma remarque et s'offusque :

— Ce n'est pas moi le criminel dans cette histoire.

— Je ferais peut-être bien de jeter un coup d'œil à vos autres bandes, dit Dwyer.

L'Indien proteste en se rengorgeant.

— Je veux qu'on l'inculpe. Qu'on me rembourse mes dépenses médicales... et une compensation pour le manque à gagner.

Mon portable vibre. C'est Julianne.

— Où êtes-vous ?

— On sera là sans tarder.

— Tout va bien ?

Que vais-je lui dire ?

— Je suis au poste de police de Bath. J'arrive.

— Où sont les filles ?

Sa voix est montée d'une octave.

— Charlie a été arrêtée pour avoir agressé un chauffeur de taxi et refusé de payer la course.

Silence.

J'aurais sans doute mieux fait de me taire.

— Ne t'inquiète pas. La situation est sous contrôle.

Quand Julianne reprend finalement la parole, ses questions se bousculent. Quand ? Pourquoi ? Comment ?

— Calme-toi.

— Ne me dis pas de me calmer, Joe ! Où est Emma ?

— Avec moi.

Emma est assise sur les genoux de sa grande sœur. Elles jouent à se taper dans les mains. Je remarque des taches d'encre sur les doigts de Charlie. On a pris ses empreintes. C'est ridicule !

— Qu'est-ce qui est ridicule ? demande Julianne.

— Pardon ?

— Tu viens de dire : « C'est ridicule. »

— Rien. Il faut que j'y aille.

— Ne raccroche pas.

— Salut.

Je me tourne résolument vers le brigadier.

— Pourquoi a-t-on relevé les empreintes de ma fille ?

— C'est la procédure. Nous prenons des échantillons d'ADN et les empreintes pour confirmer l'identité d'un suspect.

— Elle a quatorze ans.

— L'âge n'a rien à voir.

— Vous plaisantez !

L'amabilité superficielle de Dwyer s'est volatilisée en un clin d'œil.

— Ça n'a rien de drôle, monsieur. J'ai vérifié les antécédents de votre fille. Ce n'est pas la première fois qu'elle a des ennuis.

Il fait référence au vol à l'étalage. J'ai envie de lui parler de l'enlèvement, de ma fille ligotée avec du chatterton, respirant à travers un tuyau. Pas étonnant qu'elle ait paniqué quand le chauffeur a verrouillé les portes. Mais je sais que Charlie écoute et je veux qu'elle oublie cette épreuve plutôt qu'on ravive ces atroces souvenirs.

— Elle a eu droit à un avertissement en bonne et due forme la dernière fois, ajoute Dwyer. Ce coup-ci, l'affaire sera portée à la connaissance du ministère public.

M. Singh semble ragaillardi. Il ne saigne plus du nez. J'ai envie de lui flanquer mon poing dans la figure.

— Que va-t-il se passer à présent ?

— Vous devriez recevoir une convocation au tribunal. Par la poste. Dans le cas contraire, c'est qu'elle s'en est tirée indemne.

Je me tourne vers le chauffeur.

— Et si je propose de couvrir vos frais médicaux… ainsi qu'une compensation ?

Il opine du bonnet en désignant son nez.

Dwyer recouvre un semblant de chaleur.

— On pourrait en rester là, monsieur. Ramenez votre fille chez vous.

Charlie ramasse son sac et prend Emma par la main. On pousse les portes, on descend les marches et on suit la lueur des réverbères jusqu'à la voiture. Charlie lambine comme si elle portait des briques, et non pas des livres. Emma a sombré dans un silence inquiet.

— Pourquoi ne m'as-tu pas appelé ? demandé-je.

Charlie ne relève pas la tête.

— Tu ne vas pas m'accuser ! Si cet enfoiré n'était pas si coincé…

— Surveille ton langage, s'il te plaît.

Emma réagit au quart de tour.

— Ça veut dire quoi « enfoiré » ?

On parcourt un kilomètre avant que Charlie se décide à me répondre.

— J'ai téléphoné à l'hôpital, mais ils n'ont rien voulu me dire à propos de Sienna.

— Alors tu as décidé de prendre un taxi ?

— Je ne pensais pas que ça coûterait autant.

Elle a repris du poil de la bête et fourbit ses armes pour sa défense.

— Des tas de rumeurs circulaient à l'école. Les gens disaient que Sienna avait tué son père, qu'on l'avait arrêtée, qu'elle avait tenté de se suicider.

— On ne sait pas encore ce qui s'est passé.

Elle prend une grande inspiration.

— Je l'ai vue, quand elle est venue à la maison, tu sais. J'ai vu le sang.

Dans son siège rehausseur, Emma suit attentivement la conversation. Jusqu'à quel point comprend-elle ?

— Je ne pense pas qu'on devrait parler de ça maintenant.

Charlie refuse de lâcher prise.

— Tu me traites comme une gamine.

— Peut-être parce que tu te comportes comme telle. Tu viens de te faire arrêter. Dieu sait ce que ta mère va dire !

— Évite de lui en parler.

— Trop tard. Elle m'a déjà appelée.

Charlie gémit.

— Elle va flipper maintenant et va passer des jours entiers à me regarder comme si j'étais un bébé phoque qu'on s'apprête à assommer.

— Elle n'est pas angoissée à ce point-là.

— Si ! Je la trouve déjà assez triste comme ça.

Triste ?

Julianne apparaît sur le seuil du cottage pendant que je gare la voiture. Elle ouvre grand les bras à Emma qui s'y précipite. Charlie prend son temps pour récupérer son sac et ouvrir sa portière.

— Il va falloir qu'on parle de tout ça.

— Comme tu veux.

Je déteste cette expression. *Comme tu veux.* Charlie me laisse entendre que je ne comprends pas. Que je ne comprends jamais rien. Je suis trop vieux. Trop bête. Je n'ai aucun goût en matière vestimentaire. Question musique, amis, je suis nul. Je ne possède pas le langage qui convient pour lui parler. Je ne redoute pas les mêmes choses. Je n'ai pas les mêmes rêves.

J'ai le cul entre deux chaises, entre l'envie d'être son père et celle d'être son ami, conscient que je ne peux pas être les deux à la fois.

Pour l'heure, elle me fait l'effet d'un État-nation revendiquant son indépendance, avide d'avoir son propre gouvernement, ses lois, son budget. Chaque fois que j'essaie d'éviter le conflit, optant pour la diplomatie plutôt que l'hostilité, elle rassemble ses troupes à la frontière en m'accusant d'espionnage ou de sabotage.

Elle remonte l'allée à son tour et grimpe directement au premier après s'être faufilée à côté de sa mère.

— T'a-t-elle donné une explication ? s'enquiert Julianne.

— Sienna.

— On en parlera plus tard.

La porte se referme. Je m'attarde sur le muret en brique en face de la maison, à l'abri des branches basses. Quand je contemple la façade ainsi, j'arrive parfois à deviner des silhouettes derrière les rideaux. Julianne est en train de préparer Emma au coucher. Ensuite viendront le brossage de dents, la lecture, un baiser, une étreinte, un verre d'eau, puis d'ultimes embrassades avant que la lumière s'éteigne.

Je connais le scénario par cœur. Les indications scéniques. Mais je ne joue plus dans la pièce.

8

Il est 6 h 35 du matin. Il fait encore nuit. Je me réveille très tôt parfois, à cause d'un bruit insolite. La maison est vieille, elle craque, elle gémit, comme si elle se plaignait qu'on la néglige. Je crois entendre des pas dans le grenier. Des branches d'arbre raclent un carreau.

Je dormais comme un loir autrefois. Plus maintenant. À présent, je reste éveillé des heures à faire l'inventaire de mes tics, de mes tremblements, dressant la carte de mon corps pour voir quel territoire j'ai cédé à monsieur Parkinson depuis la veille.

Ma jambe et mon bras gauches tressaillent. J'attrape un petit comprimé blanc de la main droite avant de boire une gorgée d'eau en levant la tête de l'oreiller pour avaler. Puis c'est le tour de la pilule bleue.

Vingt minutes plus tard, je procède à une nouvelle évaluation. Les soubresauts ont cessé. Monsieur Parkinson sera tenu en échec quelques heures. Jamais vaincu. Jusqu'à ce que la mort nous sépare.

À 7 heures, j'allume la radio. Les nouvelles sont débitées d'un ton revêche :

« Des échauffourées ont eu lieu hier devant le palais de justice de Bristol où l'on jugeait trois hommes accusés d'avoir mis le feu à un refuge, tuant une famille de demandeurs d'asile. Des unités antiémeute ont été appelées en renfort pour réprimer les heurts entre les manifestants antiracisme et les supporters des accusés, en cheville avec le Parti national britannique.

» La police s'est engagée à renforcer la sécurité quand le procès reprendra ce matin au tribunal.

» Un ancien policier décoré de la médaille du courage a été sauvagement assassiné à son domicile, dans un village voisin de Bath. L'inspecteur Ray Hegarty, qui a travaillé vingt ans à la PJ de Bristol, s'est vidé de son sang dans la chambre de sa fille.

» Les experts scientifiques ont passé la journée d'hier dans la ferme familiale, datant du XVIIIe siècle. Ils ont emporté tapis et literie pendant que la police interrogeait les voisins et les membres de la famille. Les enquêteurs attendent de pouvoir s'entretenir avec la fille de la victime, actuellement sous bonne garde à l'hôpital.

» La météo : partiellement couvert avec un risque de pluie. Température maximale : 12 °C. »

Gunsmoke m'entend descendre. Il dort dehors, dans la buanderie, un arrangement qui le contrarie parce que le chat passe la nuit sur le rebord de fenêtre, le narguant pour ainsi dire.

— Une courte promenade aujourd'hui, lui dis-je.

J'ai du pain sur la planche – un cours à donner à l'université. Aujourd'hui mes étudiants en psychologie vont apprendre pourquoi les gens se soumettent à l'autorité au mépris de leur conscience. Songez à l'Holocauste, à Abu Ghraib, aux prisons noires, à Guantanamo…

Je prends mentalement des notes en traversant Haydon Field. Je vais leur parler de Stanley Milgram, un professeur assistant de psychologie de Yale qui, en 1963, mena une expérience mémorable. Il fit appel à des volontaires pour jouer les rôles d'enseignants et d'élèves et mit sur pied une « machine à décharges électriques ». Les élèves devaient mémoriser des listes de mots. À chaque mauvaise réponse, ils étaient punis par une décharge.

Il y avait trente manettes, correspondant chacun à quinze volts. En cas d'erreur, une nouvelle manette était enclenchée, provoquant une douleur accrue. Si un enseignant hésitait, on lui disait : « L'expérience exige que vous continuiez. »

C'était une machine factice, bien sûr, mais les « professeurs » volontaires l'ignoraient. Chaque fois qu'ils manœuvraient un nouveau levier, une bande son diffusait des gémissements de douleur qui se changeaient en hurlements quand le voltage devenait élevé. À la fin, c'était le silence.

65 % des participants avaient actionné les manettes correspondant aux 450 volts maximaux, où était indiqué clairement : DANGER MORTEL.

Par la suite, Milgram interrogea les sujets volontaires en leur demandant pourquoi ils avaient agi ainsi. « Nous obéissions aux ordres », lui répondirent-ils. Cela vous rappelle-t-il quelque chose ? C'est la justification à laquelle on a toujours eu recours au fil des générations. L'homme en blouse blanche, le militaire en uniforme sont considérés comme des figures légitimes de l'autorité. On les croit sur parole. On se soumet.

Gunsmoke est vautré dans une petite mare au bord de la rivière où les alluvions ont formé une plage. Il boit, pantelle, boit encore un peu. Je franchis le pont et remonte Mill Hill. Le chien me rattrape, le menton dégoulinant, sa langue rose oscillant.

En approchant de la maison, j'aperçois une jeune femme en fauteuil roulant. Elle porte un jean, un gros pull ; ses cheveux foncés sont relevés en une queue-de-cheval serrée qui lui dégage le visage.

— Monsieur O'Loughlin ?

— Oui.

Elle met sa main en visière, bien que le soleil matinal ne soit pas bien fort.

— Zoé Hegarty.

Elle fait plus que dix-neuf ans. Elle a les yeux de sa mère, sa constitution.

— Tu veux entrer ?

Zoé jette des coups d'œil de part et d'autre dans la rue. Secoue la tête.

— J'ai un peu de mal à être seule avec un homme. Ne le prenez pas mal.

— Pas de souci.

Elle fait rouler son fauteuil pour tourner le dos à la clarté, cale les roues contre le petit muret. Puis elle fouille dans ses poches en quête d'une cigarette qu'elle allume en s'excusant.

— Je n'ai pas le droit de fumer devant maman. Elle n'aime pas ça.

Elle souffle lentement la fumée en détournant la tête.

— J'ai appris pour Liam. Ils ne vont pas le libérer, hein ?

— Pas cette fois-ci.

— Mais il a le droit de tenter sa chance de nouveau ?

— Dans un an.

Elle hoche la tête. J'attends. Sa main tremble en portant la cigarette à ses lèvres.

— Ce n'est pas Sienna qui a tué papa.

— Pourquoi me dis-tu ça ?

— Pour que vous puissiez le dire à la police.

— Pourquoi ne pas le faire toi-même ?

— Je l'ai fait. Je ne pense pas qu'ils m'écoutent.

Une voiture passe. Elle la regarde avec des yeux voilés de fatigue.

— Parle-moi de ton père.

Elle inspire à fond.

— Ce n'était pas facile d'être sa fille.

— En quel sens ?

— C'était comme vivre dans un pays arabe avec des couvre-feux, des règlements vestimentaires. À la maison avant 20 heures, rien au-dessus du genou. (Elle m'exhibe sa main.) Je n'avais pas le droit de mettre du vernis à ongles, ni d'aller à des fêtes. Et puis, vous n'allez pas le croire ! Interdiction de porter du rouge. Seules les putes mettaient du rouge d'après lui.

— Comment réagissait ta mère?

Ses épaules se soulèvent d'un centimètre, retombent.

— Elle lui trouvait toujours des excuses. Elle disait qu'il était vieux jeu.

— Tu penses qu'il avait tort ?

— Pas vous ? (Elle n'attend pas ma réponse.) Il épiait mes conversations téléphoniques, il ouvrait mon courrier, il lisait mon journal intime. Je n'avais pas le droit de parler aux garçons ni d'avoir un petit ami. Il craignait que je tombe enceinte, que je me drogue, que je fiche ma réputation en l'air.

Son regard se pose sur ses jambes.

— Le soir où Liam m'a fait ça, je n'étais pas censée être au cinéma. J'avais raconté à papa que j'allais travailler chez une copine. Après l'agression, chaque fois qu'il me regardait, je lisais : « Je t'avais prévenue » dans ses yeux.

Elle a presque fini sa cigarette. Elle fixe le bout incandescent, regardant brûler ce qui reste de papier.

— Tu savais que Sienna avait un petit ami ?

Elle hausse les épaules.

— Elle t'en a parlé ?

— Non, mais j'ai deviné.

— Comment ?

— Elle semblait plus heureuse. Elle ne pouvait pas se confier à moi. Mon père écoutait toujours nos conversations téléphoniques et lisait tous ses mails.

— Est-ce qu'elle couchait avec des garçons ?

Zoé hésite à répondre.

— Comment voulez-vous que je le sache !

— Pourquoi es-tu venue me voir ?

— Pour vous dire que Sienna n'est pas coupable.

— C'est elle qui te l'a dit ?

— Je le sais, c'est tout.

— Ton père était-il violent parfois ?

— Il avait un sacré caractère.

— Vous a-t-il jamais touchées, Sienna et toi ?

Zoé ferme les yeux, les rouvre subitement.

— Est-ce que ça l'aiderait ? (Avant que je puisse répliquer, elle ajoute :) Si je vous pose la question, c'est parce que, d'après mon expérience, la vérité n'aide pas toujours les gens.

— Ton expérience ?

— Oui.

Quand est-elle devenue aussi cynique ? Mon regard se pose à nouveau sur son fauteuil et j'ai ma réponse.

Elle inspire à fond comme si elle s'apprêtait à sauter d'une falaise.

— Ça a commencé quand j'avais sept ans. Papa me raccompagnait à la maison après une partie de volley. J'avais mis ma chemise à carreaux. Il m'avait acheté une glace. Il m'a dit qu'elle coulait et s'est mis à essuyer en glissant la main entre mes cuisses. J'ai tiré sur ma jupe. Il m'a demandé si je l'aimais. Il a dit que les filles qui aiment leur papa faisaient ce qu'on leur disait…

Elle n'arrive pas à finir sa phrase, mais ce souvenir fait trembler ses épaules.

— En as-tu parlé à quelqu'un ?

— Maman ne m'a pas crue. Elle a prétendu que j'avais tout inventé, mais plus tard je les ai entendus se disputer. Elle lui criait après en envoyant valdinguer des choses. Elle a cassé le cadre de leur photo de mariage ce jour-là. Elle est sur la commode. On voit l'endroit où elle l'a réparée avec du scotch.

» Papa est monté dans ma chambre un peu plus tard. Il m'a mis la main sur la bouche et le nez pour m'empêcher de respirer et il m'a regardée dans les yeux. « C'est aussi facile que ça, il a dit. Tâche de t'en souvenir. »

» C'est là que j'ai compris qu'on ne me croirait pas. À partir de ce moment-là, j'ai arrêté d'en parler et j'ai cherché des moyens de l'éviter. J'ai fini par me débrouiller plutôt bien. Je m'arrangeais pour ne jamais être seule avec lui, à la maison ou dans la voiture. J'ai arrêté le volley. Je m'abstenais de demander qu'on vienne me chercher au cinéma ou chez quelqu'un.

— Tu ne t'es jamais confiée à personne ? À un professeur, la conseillère pédagogique ?

— Je l'ai dit à ma tante Meaghan. Maman et elle se sont engueulées comme c'est pas possible. Maman a décrété que j'inventais des histoires pour attirer l'attention. Elle m'a obligée à appeler ma tante pour m'excuser de lui avoir menti.

J'ai du mal à respirer. Je ne veux plus rien entendre.

— À treize ans, je l'ai repoussé. J'avais un couteau à la main. Il a arrêté de me toucher après ça.

— Où est ta tante, maintenant ?

— Elle est morte d'un cancer en juillet dernier.

Zoé allume une autre cigarette. Elle fume vite. Nerveusement.

— Ton père s'en est-il pris à Sienna aussi ?

Elle ferme son briquet et regarde ses mains.

— Le jour où je suis sortie de l'hôpital, il ne voulait pas me regarder. Il a poussé mon fauteuil jusqu'à la voiture, il m'a portée en détournant la tête. Ils avaient aménagé une chambre pour moi au rez-de-chaussée. Ils ont dû élargir les portes, construire des rampes. Ils m'ont amenée dans la pièce, s'attendant à me voir tout excitée. Mais je me suis bornée à fixer mon père.

» Quand je dormais encore en haut, on partageait une chambre, Sienna et moi. On avait des lits superposés. J'étais en bas, elle en haut. On était en sécurité vu qu'on était toujours ensemble. Sienna était ravie d'avoir sa propre chambre après, mais j'ai dû lui apprendre à se protéger, à éviter papa.

— Est-ce qu'il t'a touchée depuis ?

— Non. Je suis en fauteuil. Une handicapée. Il n'était pas malade à ce point-là.

— Et Sienna ?

— Je crois qu'elle était déjà assez grande pour se défendre à ce moment-là. Il a dû essayer, mais je pense qu'elle est parvenue à le repousser.

Le bout de sa cigarette brille quand elle aspire.

— Parfois je me demande pourquoi les gens comme ça ont des enfants. Je pense que ma mère aurait voulu avoir quelqu'un d'autre à aimer que lui. Il a toujours été brutal, il la rudoyait, il lui donnait des ordres. Va me chercher une bière au frigo. Apporte-moi un sandwich. Le journal. Dès qu'il criait son nom, elle lâchait tout et courait comme un petit chien désireux de plaire à son maître. Tout ce qu'elle avait en échange, c'était des remarques, des miettes d'affection. Pourtant elle s'obstinait. On doit en avoir marre à la fin de se faire traiter comme un chien ?

Il fait plus frais tout à coup.

Zoé écrase sa cigarette contre une brique. Elle lève les coudes, pose les mains sur les roues de son fauteuil en se balançant d'avant en arrière.

— Je n'aurais pas dû venir. Je suis désolée.

— Il faut que tu fasses une déclaration. Que tu parles de tout ça à la police.

Elle secoue la tête.

— Ça tuerait maman.

— Et Sienna là-dedans ?

— Elle aimait papa, elle le détestait en même temps, mais elle ne l'a pas tué.

Mon portable sonne. C'est Ronnie Cray.

— Vous êtes occupé ?

— Je donne un cours aujourd'hui.

— J'ai plus important.

— Peut-être bien, mais ça ne paie pas le loyer.

Cray a l'air agacée, mais elle ne hausse pas la voix. Son ton change à peine quand elle me laisse entendre que ma Volvo pourrait se retrouver avec un sabot dans le parking de l'université si je m'avise de me rendre sur le campus.

— C'est illégal, j'en suis à peu près sûr.

— Vous n'aurez qu'à expliquer ça aux gars de la fourrière, répond-elle du tac au tac. Ils adorent les bonnes histoires. Ils ont l'art d'écouter en plus.

Pourquoi les inspecteurs de police sont-ils des comiques ?
Je réfléchis aux choix qui s'offrent à moi.
— Puisqu'on en est à se rendre service, j'ai un petit problème que vous pourriez peut-être résoudre pour moi.
— Je vous écoute.
— Charlie a eu une prise de bec avec un chauffeur de taxi hier. Elle n'avait pas assez d'argent pour la course. Elle lui a tapé dessus.
— La princesse Charlie ?
— En personne. Elle a été interrogée au poste de police de Bath. Le chauffeur veut engager des poursuites.
Cray n'a pas besoin de davantage de détails. Elle passera un coup de fil.

9

Les vivants et les morts sont accueillis par de l'acier inoxydable : bancs, cuvettes, scalpels, balances. Le tout désinfecté et briqué renvoie des éclats ternes sous l'éclairage halogène.
Située au sous-sol des locaux du coroner, la morgue de Flax Bourton dégage une odeur d'hôpital, bien qu'elle ait l'apparence de bureaux ordinaires. Une rampe mène au parking où se garent les « wagons à viande ».
Ronnie Cray franchit les portes battantes avec des allures de marin qui cherche la bagarre. Un type en blouse blanche nous guide à travers un dédale de couloirs saturés de lumière. L'endroit semble désert jusqu'à ce qu'on tombe sur une femme de ménage munie de gants en caoutchouc qui lui montent jusqu'aux coudes. Je ne veux pas penser à ce qu'elle est en train de nettoyer.
Une porte s'ouvre sur Louis Preston, les mains plongées dans une cage thoracique ouverte comme un papillon. Une

demi-douzaine d'étudiants en blouses chirurgicales et calottes en papier sont rassemblés autour de lui.

— Vous voyez ça ? lance Preston en ajustant la lampe dotée d'un bras métallique rétractable au-dessus de sa tête.

Personne ne répond. Ils contemplent tous ce corps éviscéré avec un mélange d'admiration et de dégoût.

Preston pointe le doigt en levant les yeux vers eux. Toujours pas de réaction.

— Qu'est-ce qu'on cherche, monsieur ? demande quelqu'un.

— La preuve d'une crise cardiaque ou d'autre chose.

Il attend.

Silence.

— Vous êtes aveugles, ma parole ! Là ! Du tissu cardiaque endommagé. On ne trouve pas toujours le caillot, mais l'arythmie n'en reste pas moins la cause de décès la plus probable.

— Il a eu une crise cardiaque, déclare l'un des étudiants.

— Vous croyez ?

Le sarcasme de Preston leur échappe.

— Recousez-moi ça ! ordonne-t-il en ôtant ses gants qu'il jette par-dessus sa tête comme un ballon de basket.

La poubelle tremble. Il a marqué un panier.

— Vous aviez quelque chose à me montrer ? demande Cray.

— Absolument.

Le médecin nous conduit dans un bureau vitré. Il y récupère un dossier en papier kraft qu'il agite au-dessus de sa tête comme un tour opérateur en nous entraînant dans un autre couloir. Il s'arrête devant une grande porte en acier, tire sur la poignée pour l'ouvrir, rompant le sceau hermétique qui émet un sifflement doux. L'éclairage s'allume automatiquement. Un souffle d'air glacé m'enveloppe. Quatre cadavres sont allongés sur des chariots, sous des draps blancs. Trois murs en tout sont tapissés de tiroirs métalliques contenant d'autres corps.

Preston vérifie l'étiquette avant d'en ouvrir un. Encore un sifflement. La dépouille de Ray Hegarty glisse sur des coulisseaux. Ses articulations sont rigides, sa peau livide.

Preston enfile des gants en latex.

— Il a reçu un coup sur la nuque qui lui a fait perdre conscience. Le creux et l'hématome à la base du crâne correspondent au talon d'une crosse de hockey. Le coup a été porté de biais.

Il serre ses poings l'un contre l'autre et mime le geste.

— La victime a basculé en avant. L'assassin s'est mis debout à cheval sur lui, l'a attrapé par les cheveux, lui a soulevé la tête et lui a tranché la gorge de gauche à droite. Avec un cutter probablement, ouvert sur deux centimètres. La carotide et la veine jugulaire coupées, Hegarty a rendu l'âme en vingt ou trente secondes, vidé de son sang.

Preston jette un coup d'œil à la plaie, une entaille profonde qui part du lobe de l'oreille droite et a entamé les muscles et le cartilage.

— L'assassin est gaucher, dis-je.

— Il y a des chances, répond Preston. À moins qu'il soit ambidextre.

— Sienna Hegarty est gauchère, précise Cray.

— Une adolescente aurait-elle pu perpétrer cet acte ?

— C'est moins une question de force que de tranchant, déclare le médecin.

— Autre chose ? demande Cray.

— Hegarty avait de l'alcool dans le sang.

— Beaucoup ?

— Passablement. De quoi ralentir ses réflexes en tout cas.

Preston ouvre le dossier qu'il a apporté et en sort le rapport d'expertise.

— Nous avons relevé quarante-deux empreintes complètes ou partielles dans la maison. La plupart appartiennent aux membres de la famille. Nous avons étudié de plus près celles qui ne correspondent pas. Nous avons prélevé des fibres sur le tapis et dans la plaie, et on a peut-être de l'ADN provenant de la serviette dans la salle de bains. Il y avait des taches de sperme sèches sur les draps de la fille et dans sa culotte. Nous n'aurons pas les résultats ADN avant cinq jours.

J'entends Ronnie grincer des dents.

— Faites des comparaisons avec la victime, puis avec les bases de données nationales.

Preston range Ray Hegarty dans son tiroir et ouvre une autre chemise contenant des photos de la scène de crime. La première montre la victime couchée face contre terre, sa joue droite baignant dans une mare de sang. L'image est centrée sur une empreinte de talon ensanglantée près de son genou droit. La suivante est un gros plan de la chemise de la victime où des empreintes de main sont visibles entre les omoplates. On en a trouvé une autre, partielle, sur l'encadrement de la porte, du côté droit.

— La forme du talon correspond aux chaussures de danse de la fille. Du 37.

— Sienna était pieds nus quand je l'ai trouvée, dis-je.

— On les a repêchées dans la rivière, réplique Cray.

Je prends le premier cliché des mains du médecin et j'étudie la position du corps par rapport à l'empreinte. Je remarque une deuxième marque ensanglantée de l'autre côté du corps. Ce n'est pas une empreinte de pied. Mais de genou.

— Quelqu'un s'est agenouillé.

— Pour lui trancher la gorge ? demande Ronnie.

— Non. Après coup.

L'inspecteur examine la photo à son tour avant de la rendre au médecin.

— On cherche un cutter, alors ?

Preston hoche la tête.

Sienna s'adonne à l'automutilation. On a trouvé sa boîte à chaussures remplie de sparadraps mais pas de cutter, ce qui veut dire qu'elle l'a caché ailleurs ou qu'elle s'en est débarrassée.

Cray est déjà convaincue que Sienna est responsable.

— On aurait tort de tirer des conclusions trop hâtives, dis-je. Il pourrait s'agir d'autodéfense.

— Un guet-apens, je dirais plutôt. Elle s'est cachée derrière la porte.

— *Quelqu'un* s'est caché derrière la porte.

— Elle était couverte du sang de son père.

— Il faisait deux fois sa taille.

— Ça n'a rien à voir.

— Elle a quatorze ans.

— Je sais l'âge qu'elle a, professeur, réplique-t-elle d'un ton sec. J'espère que vous n'essayez pas de lui trouver des excuses parce que c'est la copine de votre fille.

— J'espère que vous ne la soupçonnez pas parce que Ray Hegarty était votre copain. Il ne devait pas avoir que des amis. Vous l'avez dit vous-même.

Un mépris sans partage emplit son regard. Je suis allé trop loin. L'inspecteur Cray n'aime pas que l'on conteste son jugement en public.

— Vous vous imaginez que cette affaire me fait plaisir ? riposte-t-elle, les dents serrées. Je vois déjà ce qui va se passer. J'entends la défense s'échauffer. Ils vont salir la réputation de Ray. On va taxer de pointeur, de satyre, l'un des policiers les plus courageux et les plus efficaces avec lesquels j'ai travaillé. Ils vont le détruire.

— Et si c'était vrai ?

— Vous dites n'importe quoi ! Il n'y a pas de blessures de défense. Aucun signe de lutte. Ni de viol.

— Que faites-vous du sperme sur les draps ?

— Elle avait un petit ami.

Il ne servirait à rien d'ergoter pour la bonne raison que Cray n'a pas commis la moindre erreur sur le plan de la procédure. Quant à moi, je fais exactement ce que je déconseille à mes étudiants : j'ignore la réponse évidente. Même s'il serait pire de l'admettre sans conteste.

Cray remonte son pantalon. En la suivant dans le couloir, je remarque le réseau de veines violacées derrière ses chevilles, au-dessus des souliers affaissés.

Il fait froid dans le parking souterrain. Cray ouvre la portière.

— Manquait-il quelque chose dans la maison ? demandé-je.

— Un ordinateur portable.

— Quelqu'un l'a peut-être emporté.

— À moins qu'elle l'ait laissé à l'école.

On démarre. Cray a un chauffeur, une jeune policière qui jette des coups d'œil nerveux dans le rétroviseur.

— Où va-t-on, patron ?

— Trinity Road.

10

Freud dit que nos mémoires sont le réceptacle d'événements passés traumatisants, qui se résument souvent à de simples fantasmes plutôt qu'à des faits concrets. Ils n'ont pas vraiment eu lieu en dehors de notre esprit, vaste banque de données qui n'ont jamais existé, d'épisodes qui ne se sont jamais produits. Il m'arrive de me demander si mes souvenirs sont réels. Quand je me concentre trop fort sur eux, j'ai la gorge qui se serre et du mal à respirer.

Je fais des cauchemars à propos d'un ancien soldat qui a appris à déceler les secrets des gens en les torturant – un homme capable de pénétrer un esprit, de le décortiquer comme s'il séparait les quartiers d'un agrume. C'est lui qui a enlevé ma Charlie, qui l'a enveloppée dans un monde de ténèbres.

Parfois, tard le soir, quand une portière de voiture claque ou que j'entends des pas dans l'allée, je me précipite à la fenêtre pour écarter un coin du rideau. Non que je m'attende à trouver Gideon Tyler sur le pas de ma porte, mais tout de même, je sens qu'il est là. À m'observer. À attendre.

Je sais pourquoi ce souvenir me revient maintenant. C'est parce que je suis au commissariat de Trinity Road, une forteresse en brique rouge au milieu de boutiques condamnées, de tours saccagées et de repaires à crack. C'est là que j'ai vu Gideon pour la dernière fois, de la bave ensanglantée sur ses lèvres étirées par un sourire, se badigeonnant les dents de rouge en se passant la langue dessus. Il m'avait mis au défi de le torturer, m'implorant de le faire avec ce sourire lugubre. Je haïssais cet homme au-delà de ce que les mots peuvent décrire. J'avais envie de le frapper. Je voulais sa mort, mais je savais que cela ne sauverait ni Charlie ni mon couple.

Le bureau de Cray est au troisième étage. La plupart des gens empruntent l'escalier parce que l'ascenseur est plus lent qu'un tracteur français. Pas de photos. Ni certificats. Ni médailles. Rien que des dossiers empilés contre les murs comme si elle s'était bâti une petite cabane. Un perroquet empaillé est perché sur le rebord de la fenêtre, aussi insignifiant qu'un lot gagné à la fête foraine. Je me demande d'où elle le tient. Qui a bien pu lui offrir un truc pareil.

Assise à sa table, elle lit un rapport en plissant les yeux. Elle a besoin de lunettes mais refuse d'aller voir un ophtalmo, n'admettant pas que ses facultés puissent s'amoindrir.

Plus de trente-six heures se sont écoulées depuis le meurtre de Ray Hegarty. Des policiers ont fait du porte-à-porte dans le village pendant que d'autres se chargeaient de localiser sa famille, ses amis, ses collègues, de manière à reconstituer son emploi du temps des dernières heures de sa vie.

Sienna est sortie de l'hôpital. Elle attend en bas dans la salle des interrogatoires.

— Comment dois-je m'y prendre à votre avis ? demande Cray.

Je baisse les yeux sur le café qu'elle m'a tendu. La tasse et la soucoupe s'entrechoquent. J'ai besoin de mes deux mains pour la tenir. Au fil des années, j'ai eu des dizaines d'enfants dans ma salle de consultation, dont un grand nombre amochés, vulnérables, traumatisés, comme Sienna. Même si elle a tué, il faut la traiter comme une victime, pas comme une criminelle.

Cray m'observe. Elle attend.

— Vous choisissez vos mots. Vous parlez lentement. Gentiment. Elle n'en est pas moins une adolescente ordinaire, effrayée. Elle commencera peut-être par nier. Elle se sera efforcée d'occulter les faits, mais un interrogatoire lui remettra chaque détail en mémoire. Elle revivra ce qui s'est passé. Son traumatisme s'en trouvera accru.

— Comment éviter ça ?

— Écourtez les séances. Rassurez-la continuellement en lui disant qu'elle s'en sort bien. Soyez sûre de vos questions, de l'issue que vous cherchez, mais laissez-la vous raconter les choses à sa manière. Vous ne pouvez pas la traiter en adulte ni la bombarder de questions. Vous risqueriez de la précipiter dans une profonde détresse psychologique.

» Si vous la touchez, faites attention. Cela pourrait la chambouler. Vous aurez peut-être envie de la réconforter, mais le contact physique peut se révéler très perturbant chez un enfant qui a subi des sévices.

— Ça reste à prouver ! proteste Cray.

— Nous avons la déclaration de Zoé.

— Qu'elle s'est décidée à faire au second interrogatoire. Pas le premier.

— Vous pensez qu'elle ment ?

— Je vous précise les faits.

L'inspectrice n'a pas envie de s'empêtrer dans une affaire de sévices sexuels. Elle est enquêtrice, pas juge.

Je lui recommande d'éviter les questions fermées dans un premier temps, jusqu'à ce que les détails à fournir soient plus spécifiques.

— Au départ, il faut inciter Sienna à s'expliquer. Si elle tient des propos incohérents, ne vous focalisez pas dessus. Revenez-y plus tard. Une chose importante : évitez de poser la même question deux fois. Elle y verra une critique.

— Pour les photos de la scène de crime, qu'est-ce que je fais ?

— Il est trop tôt pour les lui montrer.

Cray récapitule la stratégie jusqu'à ce qu'elle soit satisfaite.

— Je tiens à vous avoir à mon côté. Elle est mineure. Vous êtes habilité à être présent.

— Sa mère a-t-elle un avis sur la question ?

— Elle vous a choisi.

— Je n'hésiterai pas à couper court à l'interrogatoire si vous usez d'intimidation.

Cray hoche la tête et rassemble ses notes.

— Allons-y.

Sienna est assise dans la salle d'interrogatoire, les mains entre les cuisses, les yeux rivés sur la table devant elle, où une canette de soda se couvre de gouttelettes de condensation. Elle porte un jean, un chemisier, des ballerines noires. Elle a des cernes qu'on pourrait croire permanents.

Quand l'inspecteur entre dans la pièce, Sienna examine ses richelieus impeccablement cirés. Elle se demande quel genre de femme peut porter des chaussures d'homme, se raser pratiquement la tête et faire l'impasse sur le maquillage.

Cray tire une chaise et s'assied en face d'elle en déboutonnant sa veste. Sienna la surveille nerveusement du coin de l'œil.

— Je vais mettre le magnétophone en marche, Sienna. Tu peux répondre à toutes mes questions, à quelques-unes ou à aucune. C'est à toi de voir. Mais, si l'enregistrement se retrouve au tribunal et si tu donnes alors une explication parfaitement raisonnable mais discordante de la déposition que tu auras faite ici, la Cour pourra choisir de ne pas y croire, et les juges voudront savoir pourquoi tu n'as pas exposé cette version des faits pendant l'interrogatoire.

» C'est l'occasion pour toi de raconter ce qui s'est passé. L'interrogatoire sera donc enregistré, toutes les notes que je vais prendre seront conservées, et ces informations pourront être fournies à la Cour si nécessaire, qu'elles soient en ta faveur ou non. Tu comprends ?

Sienna me regarde.

— Il faut juste que tu racontes ce dont tu te souviens.

— Et si je me rappelle pas ?

— Fais de ton mieux.

— D'accord, dit-elle en tendant une main tremblante vers la canette.

— Sais-tu pourquoi tu es là ? demande Cray.

Sienna hoche la tête.

— Il faut que tu parles, Sienna, sinon on ne pourra pas enregistrer tes réponses.

— Papa est mort.

— Oui.

— Peux-tu nous raconter ce qui s'est passé ce soir-là ?

— Je ne m'en souviens plus.

— Essaie de te rappeler.

— J'essaie, mais on dirait que quelque chose a effacé ma mémoire, comme dans ces films à la télé où les gens disent qu'ils ont été enlevés par des extraterrestres et qu'on leur a exploré l'anus, ce que je trouve franchement dégoûtant. Je ne dis pas que je me suis fait enlever par des extraterrestres. Je ne crois pas aux petits hommes verts venus de l'espace, de toute façon, même si j'ai trouvé qu'un des médecins à l'hôpital avait l'air vraiment bizarre. Il était gros, avec un bouc. On voit pas de gros docteurs dans *Grey's Anatomy* ou dans *ER*, ils n'ont jamais de bouc. Je trouve que les boucs ressemblent aux parties intimes des femmes, pas vous ?

Cray a l'air totalement perplexe. Le regard de Sienna va d'elle à moi. Elle attend une réponse.

— Je n'y avais jamais pensé, dis-je.

— Moi je pense tout le temps à des trucs comme ça.

— Pourrait-on en revenir à ce qui s'est passé l'autre soir ? demande Cray.

— Je vous l'ai dit : je me souviens de rien. Mon esprit refuse d'y penser. Il y a une porte que je ne suis pas censée ouvrir parce que je ne dois pas regarder ce qu'il y a derrière. Maman cachait nos cadeaux de Noël au-dessus de son armoire quand on était petits. Je n'avais pas le droit d'aller voir, mais ça, j'aimais bien. Là, c'est pas agréable.

— Pas agréable ?

— Pas du tout.

Cray avance sa chaise qui grince. Sienna sursaute comme si une porte avait claqué.

— Parlons de mardi, Sienna. Te souviens-tu d'être allée à l'école ?

— Oui.
— Vous aviez répétition.
Sienna écarquille les yeux.
— Il faut que je parle à M. Ellis.
— M. Ellis ?
— On a une répète aujourd'hui. Je dois faire nettoyer ma robe.
— Ne te soucie pas de ça.
— S'il arrive quelque chose à Erin Lewis, c'est moi qui la remplace. Ça aurait dû être le contraire. Elle marche comme une girafe. (Sienna se rembrunit.) Vous me trouvez méchante, hein ? J'essaie d'arrêter.
— La représentation a été retardée, dis-je.
Elle paraît soulagée.
— Que s'est-il passé l'autre soir après la répétition ?
Sienna me jette un rapide coup d'œil, mais s'abstient de répondre.
— Tu as retrouvé ton copain.
— Oui.
— Danny Gardiner.
Elle hoche la tête.
— Tu le connais depuis longtemps ?
— Un certain temps.
— Où l'as-tu rencontré ?
— Il était à l'école avec Lance.
— Lance est ton frère ?
— Oui, Danny traînait avec lui avant. Il le suivait partout. Ils aimaient tous les deux les voitures et les motos.
— Où êtes-vous allés mardi soir ?
— Faire un tour en voiture.
— Dans un endroit particulier ?
— Je me rappelle pas.
À présent, elle ment.
Cray lui repose la question en l'abordant sous un autre angle. Sienna cherche à noyer le poisson pour couvrir ses arrières, à moins qu'elle ne protège quelqu'un.
— Ceci t'appartient-il ? demande Cray en sortant de

dessous la table un sac en plastique contenant une paire de ballerines boueuses.

Sienna hoche la tête.

— Je ne t'ai pas entendue.

— Oui.

— Possèdes-tu un cutter ?

Sienna secoue la tête tout en se couvrant instinctivement les avant-bras.

— Nous avons découvert ta boîte de pansements, dis-je avec douceur. Tu n'as pas à être gênée. Quel genre de lame utilises-tu ?

— Un outil de papa que j'ai trouvé dans le garage.

— Où est-il maintenant ?

— Dans sa boîte à outils, normalement.

— Il n'y est pas, répond Cray. As-tu une idée de l'endroit où il pourrait être ?

Sienna secoue la tête. Elle enfonce l'ongle de son pouce droit dans le dos de sa main gauche avec presque assez de vigueur pour entamer la peau.

— À quelle heure es-tu rentrée mardi soir ?

— Je ne m'en souviens pas.

— As-tu vu ton père ?

Sienna secoue de nouveau la tête.

— Mais il était là ?

Un hochement de tête.

— Où ça ?

— Dans ma chambre.

Je sens presque son esprit commencer à divaguer.

— Zoé et moi, on partageait une chambre avant, mais depuis qu'elle est paralysée, papa l'a installée en bas. Je rêvais d'avoir une chambre à moi, mais maintenant je regrette que Zoé ne soit plus à la maison, qu'on dorme plus dans la même chambre. Je supporterais même son désordre et les lits superposés. Papa a dit qu'on en avait plus besoin vu que Zoé ne pouvait plus monter l'escalier.

» Zoé et Lance ne viennent presque plus jamais à la maison. Zoé habite à Leeds avec son copain. Je ne suis pas censée le dire parce qu'elle ne veut pas que mon père le sache, mais ça n'a plus d'importance maintenant.

» Quand Zoé est partie, elle m'a donné sa paire d'oreillettes préférée et son Winnie l'ourson, qui est énorme. (Sienna tend la main pour nous montrer la taille qu'il fait.) Elle l'a gagné à la fête foraine. Je ne me rappelle plus comment, mais elle est douée pour marquer des paniers. Elle jouait au volley au lycée – jusqu'à ce qu'il arrive ce que vous savez. Quand elle a quitté la maison, elle m'a dit que je devrais m'en aller aussi, dès que je pouvais. Même avant !

— Pour quelle raison t'a-t-elle dit ça ?

Sienna trace un trait sur le rond de condensation laissé par la canette.

— Elle voulait me protéger.

— Dans quel sens ?

— Elle m'a indiqué les endroits sûrs et ceux qui ne l'étaient pas.

— Lesquels ne l'étaient pas ?

— La salle de bains, sauf si je fermais la porte à clé, la voiture, de nuit, la remise, le canapé et même ma nouvelle chambre quand j'y étais seule.

Cray se redresse, s'armant de courage, consciente qu'elle ne peut plus éluder la question évidente.

— Pourquoi n'y étais-tu pas en sécurité ?

Sienna pose son front sur ses avant-bras et ferme les yeux.

— Qu'est-ce qu'elle vous a dit, Zoé ?

— C'est toi que j'interroge. Ton père t'a-t-il jamais touchée de manière inappropriée ?

— Ça fait longtemps que ça n'est pas arrivé, répond Sienna d'une voix sourde.

— Qu'est-ce que ça veut dire ?

— Ça n'a plus d'importance maintenant.

Cray l'observe en silence. Elle a l'air fatiguée, bouffie sous l'éclairage halogène.

— Pourquoi as-tu poignardé ton père ?

Sienna fait rouler sa tête sur ses bras croisés. Ses paupières sont toujours closes.

— Il avait l'air de dormir. J'ai cru qu'il voulait me faire peur en faisant semblant.

— Semblant ?

— D'être mort.

— Qu'est-ce qui t'a fait penser qu'il était mort ?

— Il était couché par terre.

— A-t-il tenté de t'agresser ?

— Non.

— Alors pourquoi l'as-tu frappé ?

L'esprit de Sienna embraie subitement sur autre chose.

— Je devrais être triste. J'ai essayé de pleurer. Je me suis frotté les yeux très fort pour qu'ils rougissent. Je les ai piqués pour faire couler les larmes. J'aimerais arriver à pleurer, mais je ne ressens rien.

— Parle-moi du couteau, poursuit Cray.

Apparemment Sienna ne l'a pas entendue.

— Vous pensez que papa est au ciel ? Je discutais avec le révérend Malouf autrefois. Il me disait que Dieu avait toutes les réponses, mais je n'arrivais pas à me faire à l'idée de Jésus ressuscitant des morts. Si c'est vrai qu'il est revenu, pourquoi est-ce qu'il n'est pas resté pour colporter son histoire un peu partout ? Au lieu de ça, il est retourné au Ciel, si bien que les gens ont oublié.

» Papa disait qu'il était agnostique, ce qui n'est pas la même chose qu'athée, même si je ne comprends pas bien la différence. Le révérend Malouf a essayé de me l'expliquer une fois. Il m'a dit qu'un agnostique, c'était quelqu'un qui n'arrivait pas à se décider, à prendre position.

— Il va falloir que tu nous parles à un moment donné ou à un autre. C'est pour ton bien, insiste Cray.

— Pourquoi les gens disent-ils toujours que c'est pour mon bien ? répond Sienna en la fixant intensément.

Il y a quelque chose de si las, de si mature dans sa voix que Cray est prise au dépourvu.

— Maman pleure, ajoute l'adolescente. Lance est en colère. Zoé n'est pas là et papa est mort. Peu importe ce que je fais ou ce que je dis.

— Au contraire. Nous te donnons l'occasion de t'expliquer.

— Pas du tout.

— Tu esquives mes questions.

— J'esquive les réponses. Ce n'est pas pareil. Vous voulez que je me rappelle, mais je n'y arrive pas.

Sienna remonte ses genoux contre sa poitrine en serrant fort ses tibias. Ses cheveux lui tombent sur le visage. Après un long silence, elle trouve une petite voix hantée, une voix de petite fille.

— Vous voulez que je vous dise quelque chose ? Quand Zoé s'est retrouvée handicapée, elle a dit qu'elle avait de la chance parce que papa allait arrêter d'essayer de la toucher. C'était sa chouchou, vous savez. La sportive de la famille. Il était fier d'elle.

Un gémissement se coince dans sa gorge. Une succession de petites inspirations rapides secoue son torse.

— Des fois, je me dis que si papa avait eu le choix, il aurait préféré que ce soit moi dans le fauteuil à la place de Zoé.

Elle est au bord des larmes. Sa bouche s'ouvre, se referme sans qu'il en sorte un son. Tout à coup, elle plaque ses mains contre ses oreilles.

— Tu entends quelque chose, Sienna ? demandé-je.

— Un bourdonnement.

— Qu'est-ce que c'est ?

— Ça ne veut pas s'arrêter.

Elle se balance convulsivement en se plantant les ongles dans le crâne. Elle pense à la lame. À saigner. Pour s'éclaircir l'esprit. Pour finir, elle chuchote quelque chose. Je dois me pencher pour entendre ce qu'elle dit. C'est un poème qu'elle répète encore et encore :

Quand j'étais petite, à peu près grande comme ça
Maman a pris un gros bâton, j'ai pleuré quand elle m'a battue

Je suis une grande fille maintenant, maman n'y arrive plus
Alors papa prend un gros bâton et c'est lui qui me bat.

11

L'équipe d'inspecteurs s'est réunie à l'étage. Des vestes sur les dossiers de chaises. Les manches de chemise remontées. Ils ne sont pas nombreux – une douzaine tout au plus, des hommes surtout, la trentaine, qui vieillissent à vitesse grand V.

— Douze est un chiffre biblique, déclare Cray quand je fais un commentaire sur leur nombre. Les douze commandements, les douze tribus d'Israël.

— Que faites-vous des douze apôtres ?

— Ce serait un peu présomptueux de ma part, non ?

Elle récupère ses notes et me fait signe de la suivre.

— J'ai de la chance d'en avoir autant, vous savez ?

— Pourquoi ?

— La moitié de mes effectifs font du baby-sitting auprès des témoins au procès de Novak Brennan.

Encore ce nom.

— Les a-t-on menacés ?

— C'est une mesure de précaution. Un vrai cirque, je vous dis pas ! Nous avons les extrémistes de droite d'un côté, les groupes de réfugiés de l'autre. J'ignore qui sont les pires.

— Vous le savez très bien, à mon avis.

— Écoutez, grommelle-t-elle, je ne suis pas fan des néonazis ni des extrémistes de droite, mais le fait est que nous avons un problème racial dans ce pays. Des terroristes nés ici qui s'immolent. Des bandes d'ados qui s'entretuent à l'arme blanche, des Asiatiques, des Noirs, des Blancs…

— Il s'agit peut-être plus d'un problème social que racial.

— Ça ne change rien, de mon point de vue. J'en ai plus qu'assez d'exposer de bons policiers à des situations où tous les morveux qui traînent dans les rues sont armés de couteaux et de rancœur à revendre.

— Qu'est-ce que Novak Brennan a à voir là-dedans ?

— C'est un homme politique qui cherche à rameuter du monde. Les inéducables, les ignorants, les inemployables. Ils l'écoutent parce qu'ils veulent croire que leur existence misérable est la faute de quelqu'un d'autre. Il leur dit ce qu'ils ont envie d'entendre.

— Il pousse à la haine.

— Il perce l'abcès.

Les policiers attendent. La plupart, blêmes, ont la gueule de bois. Ronnie Cray me présente. Brusquement, ma jambe gauche se bloque. Je reste coincé devant le tableau blanc. Les yeux rivés sur mes pieds, je concentre toute mon attention sur ma jambe pour la forcer à se lever. On dirait que je m'apprête à enjamber du fil de détente. Ils me dévisagent tous, la mine solennelle, plaignant ce pauvre con.

Cray prend les choses en main. Elle démarre le briefing. Je trouve une chaise et sens que les regards se détournent de moi. Cray résume les progrès de l'enquête. Danny Gardiner, le copain de Sienna, a été interrogé. Il affirme qu'il l'a déposée à un coin de rue de Bath peu avant 19 heures, mais il n'a fourni aucun alibi à la police pour le reste de la soirée du meurtre.

Lance et Zoé Hegarty ont eux aussi subi des interrogatoires. Zoé était à Leeds ce soir-là, mais Lance reste un suspect possible. Il travaille comme mécanicien dans un garage de motos à Bristol. L'après-midi du mardi, il a quitté l'atelier à 17 heures, il a passé une heure dans un pub, après quoi il est rentré seul chez lui. Son colocataire était sorti.

— Nous l'avons convoqué de nouveau aujourd'hui, indique Monk. C'est un petit connard agressif, mais je ne pense pas qu'il mente. Il serait incapable de cacher une trique dans un fut' baggy.

Il manque deux heures dans l'emploi du temps de Ray Hegarty cet après-midi-là ; des ingénieurs des Télécom s'efforcent de le situer précisément durant ce laps de temps, grâce à son téléphone portable. Les enquêtes porte-à-porte ont révélé la présence de plusieurs véhicules inconnus dans le village au cours des quelques jours qui ont précédé son décès. Deux automobilistes ont rapporté avoir vu une jeune fille blonde en robe courte qui descendait Hinton Hill vers 22 h 15. C'est à un kilomètre environ de Wellow. Il pourrait s'agir de Sienna.

Monk attrape un carnet à spirale qu'il feuillette jusqu'à ce qu'il tombe sur une page précise.

— Helen Hegarty affirme qu'il y a un mois, elle a vu quelqu'un guigner chez elle par la fenêtre du rez-de-chaussée. La personne a pris la fuite avant qu'elle ait eu le temps de voir à quoi elle ressemblait. Un peu plus tard, elle a trouvé des cailloux rangés en cercle dans le parterre de fleurs sous la fenêtre de sa cuisine. La terre était tassée comme si quelqu'un s'y était accroupi. Elle en aurait parlé à son mari qui soupçonnait des gamins du voisinage.

— Les voisins ont-ils fait état d'incidents similaires ? demande Cray.

— Non, mais Susan Devlin, qui habite à côté, a raconté qu'elle avait vu Ray Hegarty se disputer avec quelqu'un devant chez lui il y a une semaine environ. Vers 22 heures. La personne venait de déposer Sienna.

— C'était peut-être son copain, intervient Safary Roy, un policier de petite taille, au teint hâlé, dont les cheveux noirs séparés par une raie laissent entrevoir son crâne. Son surnom lui vient de ses chemises à fleurs et de son engouement pour les UV.

— Il roule en Peugeot, souligne Monk. La voisine a dit qu'elle avait vu une Ford Focus gris métallisé.

— Interrogez-la à nouveau, suggère Cray. Tâchez d'obtenir une description plus précise du conducteur.

Monk hoche la tête et se décide à poser la question qui turlupine tout le monde.

— Comment ça s'est passé en bas, patron ?

L'inspecteur lève les yeux sur un rayon de soleil qui s'est insinué à travers les grilles des fenêtres.

— Elle affirme que son père était mort quand elle est rentrée chez elle.

Tous échangent des regards.

— Notre priorité est de trouver l'arme du crime, précise Cray. Nous allons fouiller la maison à nouveau – chaque placard, la citerne, les moindres recoins. Le compost, l'incinérateur. Idem pour ce qui est de la rivière. On va reconstituer son trajet. Retournez toutes les pierres, toutes les feuilles. Retrouvez ce fichu cutter.

Quelqu'un lève la main.

— On a réussi à obtenir de l'aide ?

— J'ai vingt-quatre hommes qui attendent en bas et deux équipes de chiens policiers. Remuez-vous. À 17 heures, ils redeviennent des poulets.

Je regarde ma montre. Il est près de midi. J'ai raté mon cours, mais j'ai quand même le temps d'aller à l'université et de travailler un peu. Mon portable chantonne à cet instant. Le numéro de Julianne apparaît sur l'écran.

— Comment se passe le procès ?

— On a l'après-midi de libre. Tu as le temps de déjeuner avec moi ? On pourrait parler de Charlie.

Ça me ferait du bien.

Elle choisit un restaurant italien. San Carlo, dans Corn Street, non loin de la Halle au blé. J'y suis le premier. Je m'assois à une table près de la fenêtre pour la guetter. Je commande un verre de vin.

Julianne finit par arriver. Vêtue d'une veste en daim, une écharpe, un pull à côtes. Les serveurs s'empressent autour d'elle comme des courtisans élisabéthains. C'est une belle femme. Le service est garanti.

— Désolée d'être en retard, dit-elle d'un air contrit. Je voulais m'assurer que tout allait bien pour Marco.

— Marco ?

— Mon témoin. (Elle se renfrogne.) Il est nerveux. J'ai peur qu'il ne dorme pas beaucoup.

— Où se trouve-t-il à l'heure qu'il est ?

— En lieu sûr dans les locaux du Parquet.

Elle a une nouvelle coupe au carré. Je prends mentalement une photo pour pouvoir l'étudier plus tard.

— Les procès avec jurés sont une sacrée expérience sociologique, je trouve. On prend douze personnes qui ne se connaissent pas et n'ont rien en commun. On les réunit huit heures d'affilée en leur fournissant des informations au compte-gouttes. En plus, on leur recommande de ne pas parler de l'affaire en dehors du palais, on les dissuade de lire les journaux et de faire de recherches de leur côté.

— Tu les plains.

— Ils ont vu les photographies aujourd'hui – les trois petites filles et leurs parents. C'était horrible.

Julianne ferme les yeux comme pour chasser ces images de son esprit. Elle les rouvre.

— Je ne m'attendais pas du tout à ça, tu sais. L'audience. Les prévenus. Novak Brennan n'a rien d'un monstre.

— Les monstres n'existent pas.

— C'est ce que tu dis à Emma.

— C'est la vérité.

— Je sais, mais je l'imaginais autrement. J'ai le sentiment qu'il m'est devenu familier au cours de la semaine. Je l'ai vu tous les jours – toujours courtois, tiré à quatre épingles. Il sourit au personnel du palais. Il incline respectueusement la tête quand les jurés entrent dans la salle. Il a des cils interminables, comme une fille, et des yeux d'un bleu incroyable. Arctique. On y voit presque tomber de la neige. Du coup, on se pose des questions.

— À quel sujet ?

— S'il a vraiment mis le feu à ce refuge… et tué cette famille. (Elle hésite, cherchant ses mots.) Les autres inculpés ont l'air de brutes, de hooligans. Ils échangent des sourires, ils ricanent. Novak Brennan, lui, semble presque serein. Il ne s'agite pas, il a l'air calme. Il ne manifeste aucune émotion pour ainsi dire, sauf lorsqu'il glisse un coup d'œil à sa sœur dans les tribunes. Elle est là tous les jours.

— De quel côté penchent les jurés ?

Julianne hausse les épaules.

— Il est trop tôt pour le dire. Pour le moment, seule l'accusation s'est exprimée.

Elle examine le menu, me donnant ainsi l'occasion de la regarder sans qu'elle se sente gênée.

— Tu me dévisages, là ?

— Pas du tout.

— Tant mieux. Bon, alors, qu'allons-nous faire à propos de Charlie ?

— Elle ne sera pas inculpée.

Julianne paraît surprise.

— Génial. Que s'est-il passé ?

— Ronnie Cray a réglé le problème.

— Vous avez conclu un arrangement ?

Je m'abstiens de répondre. En temps normal, Julianne s'opposerait à une telle éventualité, mais cette fois-ci, elle ne dit rien.

— Comment va Sienna ? demande-t-elle, préférant changer de sujet.

— Elle a de gros ennuis.

— C'est elle qui a fait le coup ?

— Je n'en sais rien. Elle avait peut-être ses raisons.

Nos plats arrivent. Dans la loterie de la commande, Julianne a encore triomphé. Son assiette semble plus appétissante, plus saine. Elle en mangera la moitié avant de triturer le reste avec sa fourchette.

— Qu'allons-nous faire à propos de Charlie ? répète-t-elle entre deux bouchées.

— Elle a commis une erreur.

— Elle a enfreint la loi ! J'ai parlé avec la conseillère pédagogique aujourd'hui. Elle m'a recommandé un psy. Il a un cabinet à Bath.

— Je suis psychologue.

Julianne pose sa fourchette.

— Tu es son père. Je suis sûre qu'en l'espèce il y a un conflit d'intérêt.

Elle a raison, évidemment. Il n'empêche que je rechigne à l'idée que ma fille s'ouvre à un inconnu, lui révèle des choses qu'elle ne confierait jamais à ses parents.

— Comment s'appelle-t-il ?

— Robin Blaxland.

— Je pourrais me renseigner sur lui.

— Sans le faire fuir ?

— Oui.

— Il faut quand même qu'on la punisse, ajoute-t-elle.

— J'ai vu la vidéo de l'altercation. Elle a essayé de payer le chauffeur, mais n'avait pas assez d'argent. Elle a paniqué quand il a verrouillé les portes. Je crois qu'elle a eu peur que ça recommence. L'enlèvement.

— Elle n'aurait jamais dû se rendre à l'hôpital sans notre permission.

— Je suis d'accord. On devrait peut-être l'interdire de sortie pendant quelques semaines.

— École, maison, point barre.

— C'est dur, mais ça me paraît juste.

J'aime bien discuter comme ça avec Julianne. De nos anxiétés, de nos mini-victoires, des petits épisodes de la vie de famille. Ses doigts fins tripotent le pied de son verre.

— Veux-tu que nous dînions ensemble samedi soir ?

— Je ne peux pas.

— Pourquoi ?

— Je sors.

— Avec qui ?

— Harry Veitch.

Mon cœur tressaille comme un poisson accroché à un hameçon. Harry est architecte. Riche. Divorcé. Des photos d'une de ses résidences ont paru dans les pages de *Grand Designs,* ce qui fait de lui une sorte de célébrité, je suppose. Un notable. Il a une fille de l'âge de Charlie qui vit avec sa mère. Je ne me souviens pas de son prénom.

— Depuis combien de temps est-ce que vous…

— Nous ne sortons pas ensemble.

— C'est votre premier rendez-vous alors ?

— Il ne s'agit pas de ce genre de rendez-vous, réplique Julianne d'un ton cassant.

Elle s'attend à une critique de ma part. Je jette un coup d'œil à mon assiette. Je n'ai plus faim. Je n'avais pas prévu ça. Je n'y ai même pas pensé. Harry est plus vieux que moi – d'au moins dix ans. C'est un ancien joueur de rugby, un de ces balèzes qui se débattent avec leur poids quand ils arrêtent la compétition, mais ne perdent jamais leur assurance.

— Il veut me remercier de l'avoir aidé à choisir une gamme de couleurs pour une de ses nouvelles demeures, reprend-elle.

— C'est gentil de sa part.

S'ensuit un long silence gêné. Le silence de la séparation. Pire – celui du divorce potentiel. L'avenir défile devant mes yeux. Julianne épousera Harry Veitch, le malabar, et passera sa nouvelle existence à choisir des gammes de couleur pour ses villas. Les filles auront un nouveau père. Au début, elles ne l'aimeront pas, mais Harry les soudoiera, il les fera rire. Il sera le bon vieux Harry, enjoué, riche. Ho ho ho, Harry ! Il rit comme ça. Ho ho ho !

— Qu'est-ce que tu dis ? demande Julianne.

— Rien.

— On aurait dit le père Noël.

— Désolé. Alors, où t'emmène-t-il dîner ?

— Dans un nouveau restaurant. Il connaît le propriétaire ou le chef, quelque chose comme ça.

— Et les filles ?

— Charlie gardera sa petite sœur.

— Je peux m'en charger.

Julianne lève un sourcil.

— Charlie est assez grande.

— Je sais.

Elle me prend la main.

— Il va falloir que tu lâches prise un jour.

Parle-t-elle des filles, ou d'elle ?

— Je n'en ai pas envie.

Ses pupilles se dilatent légèrement. Elle me libère la main, croise les bras sous sa poitrine comme une adolescente. Je l'ai contrariée. Elle change de sujet.

— Charlie dit que tu as embrassé Mlle Robinson.

— Elle m'a fait un petit bisou.

— Sur la bouche ?

— Il y a des gens qui font ça.

— Ça m'a toujours donné la chair de poule, dit-elle d'un ton taquin. C'est elle qui a suggéré que Charlie voit un psy. Apparemment, certains de ses professeurs se font du souci pour elle.

— Mlle Robinson ne m'en a pas parlé.

— Elle était trop occupée à flirter avec toi.

Le silence se prolonge, beaucoup plus inconfortable qu'il ne devrait l'être après tant d'années de mariage. Je décide de le rompre :

— T'a-t-elle dit que Sienna était allée la trouver ?

Julianne secoue la tête.

— Tu devrais peut-être lui faire la cour. L'inviter à boire un verre.

— Je n'ai aucune envie de sortir avec elle.

— Elle est jolie.

— Oui, mais…

— Mais quoi ?

— Ce n'est pas toi.

Julianne secoue la tête avant de finir son verre de vin.

— C'était agréable, Joe. Ne gâche pas tout.

Elle fait un signe au serveur pour qu'il lui apporte son manteau puis elle se penche vers moi, acceptant un baiser – sur la joue, pas sur les lèvres.

En regardant par-dessus mon épaule, elle a un geste d'hésitation.

— Quelque chose ne va pas ?

— Je ne suis pas sûre.

Je suis son regard. Un homme, debout dans l'angle de la salle, a les yeux rivés sur nous. Pâle, un visage en lame de rasoir. Des cheveux foncés, enduits de gel et coiffés en arrière, en lignes parallèles qui lui collent au crâne comme les contours d'une carte. Les tatouages sur ses avant-bras ont passé avec le temps pour se réduire à des traînées bleues et noires, mais les marques les plus saisissantes qu'il arbore sont des traits verticaux qui lui barrent les joues, des paupières inférieures à la mâchoire, comme deux canaux jumeaux destinés à recueillir ses larmes.

D'ordinaire, j'analyse instinctivement les gens, décryptant leur langage corporel, leur tenue, leurs expressions fugaces, afin de me faire une idée sur leur personnalité, leurs motivations, leurs aptitudes. C'est différent cette fois-ci. Je ne veux pas détailler cet homme. J'ai envie de détourner le regard. De l'ignorer.

Julianne le dévisage.

— Il était au tribunal, dit-elle. Je l'ai vu dans les travées.

— Aujourd'hui ?

— Tous les jours.

Il n'y a personne dans le parc de l'école hormis sur le terrain de sport où des élèves courent autour de cônes disposés en ligne entre les buts. Je me rends au secrétariat où je demande à parler à Mme Robinson. On me désigne son bureau. Le petit mot punaisé sur la porte indique qu'elle est dans la salle de spectacle en train de peindre les décors de la comédie musicale.

Je m'enfile sous un passage couvert où je longe les classes du bâtiment scientifique. Des élèves munis de lunettes de protection s'agglutinent autour des paillasses où ils manipulent des becs Bunsen et des éprouvettes.

La salle de spectacle est presque entièrement plongée dans l'obscurité, mais des lumières brillent dans les coulisses. Personne ne répond quand j'appelle. Je grimpe les marches sur le côté, j'enjambe des câbles, des pinceaux qui trempent dans des bocaux. Des accessoires sont posés sur des chevalets. J'avise une grande toile de fond représentant Manhattan avec des gratte-ciel en silhouette. Millie à la Grande pomme !

Une loge est ouverte. Des costumes sont alignés le long du mur. Un mouvement se reflète dans les miroirs. Penchée sur un lavabo, Mme Robinson est en train de nettoyer une tache de peinture sur son chemisier. Sa jupe noire fait ressortir la pâleur de son buste. On distingue ses mamelons, petits, foncés, sous la dentelle de son soutien-gorge.

Elle lève la tête et s'examine dans la glace. Nos regards se croisent. Elle redresse les épaules sans même faire mine de couvrir sa poitrine.

— Puis-je faire quelque chose pour vous ?

— J'ai frappé. Vous n'avez pas entendu.

— C'est clair.

Elle recommence à frotter.

— J'aurais dû mettre une vieille chemise, dit-elle. C'est mon corsage préféré. Il est fichu, maintenant.

— Vous pourriez peut-être le faire tremper.

— Vous êtes expert en la matière ? Entrez, Joseph. (Elle zozote légèrement.) Ce n'est pas la première fois que vous voyez une femme en soutien-gorge.

On dirait presque une question. Je ne trouve rien à répondre.

Elle rit et brandit son corsage dans la lumière en soupirant.

— J'étais en train de peindre le décor. J'avais une heure de battement et j'ai cru que j'aurais le temps de finir aujourd'hui, mais ça va encore me prendre du temps.

— Je pensais que la représentation avait été ajournée.

— Effectivement, mais on espère encore qu'elle aura lieu. Le spectacle doit continuer, comme on dit.

Mlle Robinson renfile son chemisier et se tourne vers moi en se reboutonnant.

— Que puis-je faire pour vous – à part vous offrir un peu d'excitation à bon marché ?

— Vous avez parlé de Charlie avec Julianne.

— Oui.

— A-t-elle des problèmes ?

— Une enseignante l'a trouvée en larmes dans une classe. J'ai pensé que cela pourrait l'aider de parler à quelqu'un.

— Un psy.

— Nous lui en avons recommandé un qui a excellente réputation.

Je suis fasciné par sa bouche que je regarde remuer pendant qu'elle me parle. Sa lèvre supérieure a la forme d'un oiseau stylisé, dessiné par un enfant. L'inférieure est plus pleine. Je me demande l'effet que cela ferait de l'embrasser. Elle a cessé de parler ; ses lèvres sont légèrement écartées. Elle incline la tête de côté.

— Vous me dévisagez, dit-elle en se couvrant le bas de la figure, gênée.

— Pardonnez-moi. Ça m'arrive parfois.

— C'est troublant.

— Puis-je vous demander quelque chose, madame Robinson ?

— Seulement si vous m'appelez Annie.

— Charlie vous a-t-elle parlé de la séparation ? Elle n'a jamais abordé la question avec moi, ni avec Julianne, vous comprenez. Je me suis dit qu'elle se confiait peut-être à son journal ou qu'elle avait un carnet de dessins rempli de personnages tenant des propos acerbes contenus dans des bulles au-dessus de leurs têtes.

— Il n'en a jamais été question entre nous.

— C'était juste une idée.

— L'avez-vous interrogée à ce sujet ?

J'émets un son qui pourrait aussi bien être un soupir qu'un murmure d'assentiment.

— Nos conversations sont assez limitées.

— Vous devriez envisager de l'adresser à un thérapeute.

— Vous avez sans doute raison.

Annie attend. J'enchaîne :

— Sienna Hegarty voyait-elle quelqu'un ?

— Je ne suis pas autorisée à parler avec vous des autres élèves.

D'un ton professionnel, elle m'expose ses théories à propos de la confidentialité. Un conseiller doit favoriser la confiance, respecter l'espace individuel, protéger les secrets de chacun…

— Je vous l'accorde, mais Sienna est soupçonnée de meurtre. La police croit qu'elle a tué son père. Je sais qu'elle s'automutilait. J'ai la quasi-certitude qu'elle subissait des sévices sexuels. Si elle voyait un psychologue, la police voudra interroger ce dernier.

Annie baisse les yeux, ne sachant pas trop comment réagir.

— Pour quelle raison êtes-vous venu me voir ?

— Je voudrais pouvoir l'aider.

— Pourquoi ? lance-t-elle d'un ton accusateur et sceptique qui la rend nettement moins séduisante.

— Parce que je crois que Sienna est très affectée et que c'est la meilleure amie de ma fille.

— Ça va plus loin que ça.

Son regard sonde le mien.

— Sienna passait beaucoup de temps chez nous. Elle restait dîner, dormir, des week-ends entiers. Je me rends compte maintenant qu'elle évitait sans doute d'être chez elle. J'aurais dû le comprendre plus tôt.

Tout en prononçant ces mots, je réalise qu'ils font écho à une voix intérieure qui me turlupine depuis la visite de Zoé Hegarty. Comme une bande sonore passant en boucle dans ma tête, accompagnée d'images d'une gamine se réveillant chaque matin à l'écart d'un monde rempli d'excitation et de potentiel. Une enfant à laquelle il ne serait pas donné de dévaler gaiement l'escalier pour accueillir chaque nouvelle journée, incapable d'arborer cette expression animée, joyeuse qui proclame : « N'est-ce pas merveilleux d'être en vie ! »

Annie se rapproche de moi, m'effleure l'épaule.

— Vous allez perdre la tête si vous vous blâmez pour cette histoire.

On dirait qu'une onde passe dans l'espace qui nous sépare quand je m'imagine en train de l'embrasser ou elle en train de m'embrasser. Je vois mes mains glisser sur sa peau nue, ses petits mamelons.

Elle s'écarte de moi, vaguement confuse.

— C'est une gamine si taciturne. Pâle comme un spectre, chuchote-t-elle.

— Est-ce qu'elle voyait un psy ?

Annie hoche la tête.

— Ses parents étaient-ils au courant ?

— Non. Elle refusait de me parler à moins que je lui promette de ne rien leur dire.

— Vous a-t-elle fait part de ce qui n'allait pas ?

Annie secoue la tête.

— Elle s'est confiée à un de ses enseignants, Gordon Ellis. C'est lui qui l'a exhortée à venir me trouver. (Elle jette des regards autour d'elle.) Gordon ne devrait pas tarder. Vous pourriez avoir un petit entretien avec lui.

La cloche sonne. Charlie va bientôt sortir de classe.

Annie se retourne vers la glace, se recoiffe, tire sur le col de son corsage.

— À mon avis, ses parents l'ont appris, dit-elle.

— Qu'est-ce qui vous fait dire ça ?

— Son père est venu se plaindre auprès du proviseur.

— De quoi ?

— C'est confidentiel.

Des voix excitées nous parviennent de dehors. La clameur tapageuse d'élèves récupérant leurs livres dans leurs casiers, prêts à rentrer chez eux. Annie regarde l'heure. Elle ramasse son pinceau et sa boîte de peinture avec panache avant de regagner l'estrade.

— Si vous parlez avec Sienna, voulez-vous… pourriez-vous… (Elle a dû mal à trouver les mots.) Dites-lui qu'elle nous manque.

Charlie balance son sac d'école sur la banquette arrière de la Volvo avant de se glisser dans le siège passager. Elle a les joues roses de froid. Des mèches se sont échappées de sa queue-de-cheval. Tout à coup, elle se plie en deux.

— Qu'est-ce qu'il y a ?

— Rien.

Un garçon passe devant la voiture. Ses cheveux brillants de gel pointent dans tous les sens, et son pantalon pend si bas sur ses hanches qu'on aperçoit la marque de son boxer.

Merci à mes petits chromosomes x de m'avoir donné des filles !

Charlie redresse la tête. S'assure qu'il est parti. Je demande :

— Qui est-ce ?

— Personne.

— Il a bien un nom.

— Jacob.

— Il est bien ou il n'est pas bien, ce Jacob ?

— Laisse tomber, papa.

— Il te plaît ?

— Non.

— Pourquoi tu te caches alors ?

Elle lève les yeux au ciel. Je suis clairement dans l'incapacité de comprendre les idylles adolescentes, à l'évidence plus compliquées que l'amour chez les adultes.

Durant le trajet, j'essaie d'engager la conversation, d'interroger ma fille sur sa journée, mais ses réponses se résument à des monosyllabes. Oui. Non. Bien. Ça va.

Elle finit par articuler une phrase entière :

— Tu as vu Sienna ?

— Oui.

— Comment va-t-elle ?

— Aussi bien que possible.

— Qu'est-ce que ça veut dire ?

— Elle n'arrive pas à se rappeler ce qui s'est passé.

— C'est de l'amnésie ?

— L'esprit bloque parfois certaines informations… par mesure de défense.

— Je pourrai aller la voir ?

— Oui mais pas tout de suite.

J'ai tellement de questions à poser à Charlie. Pourquoi pleurait-elle à l'école ? Qu'est-ce qui la rend si malheureuse ? Ses cauchemars ? Pourquoi refuse-t-elle de me parler ?

— Savais-tu que Sienna s'automutilait ?

Elle ne répond pas.

— Tu le savais ?

— Ouais.

— T'a-t-elle dit pourquoi ?

— Elle n'arrivait pas à expliquer.

— Était-elle malheureuse ?

— Je crois.

Elle regarde obstinément par la fenêtre en tapant un rythme agaçant sur sa cuisse.

— Comment s'entendait-elle avec son père ?

— Elle disait que c'était un nazi.

— Il était assez strict.

— Super strict, tu veux dire !

— C'est pour ça qu'elle venait si souvent chez nous ?

Charlie hoche la tête. On a fait la moitié du chemin. Nous roulons au milieu de champs récemment labourés dont les sillons d'un brun riche se teintent de vert sur les crêtes. Les semis commencent à pousser.

— Quel effet te faisait M. Hegarty ?

— Je ne le trouvais pas désagréable.

— C'est tout ?

— Quand je dormais chez eux, il allait nous chercher une pizza et un DVD. Des fois, il regardait le film avec nous.

— T'es-tu jamais sentie mal à l'aise en sa présence ?

— Comment ça ?

— Quand tu passais la nuit là-bas, t'a-t-il jamais regardée bizarrement, frôlée, a-t-il dit quelque chose qui te faisait sentir que tu n'avais pas envie d'être là ?

J'avale ma salive de travers et quelque chose se noue au creux de mon estomac.

— Sienna me disait toujours de fermer la porte de la salle de bains à clé, répond Charlie à voix basse. Un soir, en sortant de la douche, j'ai vu la poignée tourner, mais j'avais mis le verrou. J'ai demandé qui c'était. J'ai dit que je n'en avais pas pour longtemps.

— Et alors ?

— La poignée a tourné de nouveau.

12

Helen Hegarty serre dans son poing le mandat de perquisition et s'écarte du chemin. Des pas lourds, déterminés, vont de pièce en pièce. Les policiers ouvrent les placards, les tiroirs, feuillettent les livres, inspectent les boîtes de CD, soulèvent les tapis…

Pour Helen, ce doit être un affront qui s'ajoute à une liste déjà longue – un mari défunt, des enfants traumatisés, des taches de sang sur le parquet, de la poudre à empreintes sur ses rebords de fenêtres…

À l'autre bout du village, pas très loin de chez moi, des agents parcourent un champ à petits pas en une longue file ininterrompue. Sans dire un mot. On appelle ça une fouille minutieuse, mais personne n'inspecte le sol à quatre pattes.

Charlie remarque leur présence.

— Qu'est-ce qu'ils font ?

— Ils cherchent quelque chose.

— Quoi ?

— Des preuves.

En parka et bottes en caoutchouc, Cray est sur le pont, une cigarette à la main. Elle lance des ordres d'une voix râpeuse. On a fait venir des chiens pour chercher les traces du passage de Sienna dans le sous-bois.

Je dépose Charlie à la maison avant de retourner chez les Hegarty. Helen s'est réfugiée dans le jardin pendant que les enquêteurs accomplissent leur sale besogne à l'intérieur. En serrant son cardigan autour d'elle, elle allume une cigarette, ignorant les regards insistants des voisins qui se sont attroupés pour assister à la scène. Elle ne semble pas mal à l'aise. Elle est au-delà de ça.

— Je ne savais pas que vous fumiez.

— J'ai confisqué les cigarettes de Zoé.

Son fils Lance arpente le jardin, en proie à de sombres pensées. À peine ai-je franchi la barrière, qu'il m'affronte, torse contre torse, la bouche amère. Un tatouage de l'Union Jack se gonfle sur son biceps.

— Qu'est-ce que vous fichez là ?

— Je viens voir comment va ta mère.

— Vous bossez pour eux.

— Je ne travaille pas pour la police.

— Je vous crois pas.

Helen pose une main sur son bras. L'effet est immédiat. L'énergie frénétique qui bouillonne dans la tête de son fils semble s'évaporer. Lance se détourne. Il recommence à faire les cent pas dans le jardin. Se tape la cuisse.

— Il ne sait pas quoi faire, chuchote Helen. Il se sent des responsabilités de pater familias… il veut prendre soin de nous.

À l'étage, quelque chose tombe et se brise. Elle lève les yeux vers une fenêtre et fait la grimace. Puis son regard passe sur moi comme si elle imaginait une autre vie. D'autres horizons.

Dans la maison, j'ai remarqué trois étagères remplies d'ouvrages sur le développement personnel : *Le Secret*, *Perdez vos amis et trouvez-vous*, *La Quête du bonheur, Le choix vous appartient.* Avec leurs messages d'espoir et de positivité à tout crin, tous ces beaux conseils sur la nécessité de se pardonner et de tirer parti de ses erreurs n'ont fait en définitive qu'approfondir son désarroi. Elle extirpe un mouchoir froissé de sa manche sur lequel elle doit tirailler pour s'essuyer le nez.

— Sienna n'aimait pas que vous travailliez la nuit.

Helen secoue la tête.

— On avait besoin de l'argent. L'entreprise de Ray a mis du temps à décoller.

— Ça a dû être pénible.

— Il faut ce qu'il faut.

— Ray et Sienna se querellaient-ils souvent ?

Elle hausse les épaules.

— Ils étaient comme chien et chat. Un matin en rentrant, j'ai trouvé Sienna endormie dans la remise. Ray était persuadé qu'elle avait fugué.

— Quand était-ce ?

— Elle avait onze ans. (Helen regarde l'allée derrière moi en plissant les yeux.) Certains enfants ont tellement hâte de grandir. Sienna a toujours rêvé de quitter la maison.

— À cause de votre mari ?

— J'ai essayé d'être une bonne mère, mais Sienna nous a donné du fil à retordre – elle sèche les cours, elle rentre tard le soir, elle boit… Je mets ça sur le compte de son petit copain. Depuis qu'elle le connaît, elle n'en fait qu'à sa tête. L'un de ses enseignants s'est plaint d'elle. Il l'accuse d'être l'auteur des appels anonymes qu'il reçoit.

— Quel enseignant ?

— M. Ellis. Le professeur d'art dramatique. J'ai dit à Sienna de le laisser tranquille.

— Pourquoi passerait-elle des coups de fil à Gordon Ellis ?

— Sa femme et lui ont un petit garçon. Sienna faisait du baby-sitting pour eux, mais elle a arrêté il y a quelques semaines.

— Pour quelle raison ?

— Ray a dit qu'il avait vu M. Ellis embrasser Sienna un soir où il la raccompagnait à la maison.

— Quelle a été la réaction de Sienna ?

— Elle a répondu qu'il ne s'était rien passé. Que Ray se trompait. Que M. Ellis s'était juste penché vers elle pour lui ouvrir la portière. Ray lui a interdit d'aller garder le petit. Ils se sont disputés. Ça a été terrible.

Une nouvelle voiture de police s'engage dans l'allée. Ronnie Cray en émerge et remonte à grandes enjambées vers la porte d'entrée. Elle me fait signe de la rejoindre à l'intérieur.

Je m'excuse auprès d'Helen avant de suivre l'inspecteur à travers la maison jusqu'à l'atelier au fond du jardin. Une vieille moto, en partie démontée, occupe presque tout l'espace. Le mur au-dessus de l'établi est tapissé d'outils de toutes sortes. Des tiroirs en plastique transparent sont remplis de clous, de vis, de tasseaux, de boulons, ainsi que de fers à souder. Sur le mur d'en face, des pistolets à graisse et des canettes d'huile de moteur occupent plusieurs étagères. Tout est bien rangé par un homme qui rêvait peut-être d'un métier manuel, et qui s'est résigné à faire autre chose.

Cray se laisse tomber dans un fauteuil de bureau dont une roue est bancale. Elle cale ses pieds sur une caisse de laiterie.

— J'ai une hypothèse à vous soumettre..., commence-t-elle en croisant les mains sur sa poitrine. Les psychologues aiment bien trouver des excuses aux gens, n'est-ce pas ?

— Nous nous efforçons d'expliquer le comportement humain.

— Bon. Alors, éclairez ma lanterne. Je peux comprendre qu'une adolescente se défende contre son agresseur. Qu'elle saisisse un couteau au vol. Le frappe. Qu'elle prenne la fuite. Terrorisée. Traumatisée. On est d'accord là-dessus ?

— C'est plausible.

— Mais comment cette même jeune fille pourrait-elle aller se laver les mains dans la salle de bains en repliant soigneusement la serviette avant d'emporter l'arme avec elle dans l'intention de s'en débarrasser en la jetant d'un pont ?

Je ne réponds pas. Cray n'attend pas ma réaction.

— J'aurais tendance à penser qu'une ado capable de faire ça serait plutôt lucide. Pour ne pas dire, calculatrice.

— Vous avez trouvé l'arme du crime.

— Absolument.

— Vous aviez déjà vérifié sous le pont.

— Nous sommes passés à côté la première fois. J'inculpe Sienna Hegarty de meurtre.

Pas trace de triomphalisme dans sa voix. Je perçois même chez elle une certaine tristesse à la pensée que son instinct ne l'avait pas trompée.

— Quel serait le mobile ?

— Elle voulait sa peau.

— C'est aussi simple que ça.

— Simple ou complexe, je ne fais pas le distinguo, professeur. Vous vous efforcez de comprendre le comportement humain. De l'expliquer. Pas moi. Tout ce que je sais, c'est qu'on est plus petits que les gorilles, plus grands que les chimpanzés, pires que les uns et les autres, et qu'en dépit de notre rationalité, de nos règles, de nos lois, nos pulsions primaires viennent tout droit de la jungle.

13

Le tribunal pour enfants de Bristol est une annexe du bâtiment en béton crasseux qui abrite le service d'insertion et de probation ainsi que le tribunal des familles. À travers les stores, je vois un bus à impériale passer sous les fenêtres. Les passagers au niveau supérieur ont l'air de flotter à cinq mètres du sol.

Sienna est en compagnie d'une assistante juridique pour mineurs du nom de Felicity. Elle me fait l'effet d'une fille solide, capable, qui s'acquitte efficacement de sa mission sans en faire un plat.

D'ordinaire si soucieuse de son apparence, Sienna a les cheveux sales, les ongles rongés. Felicity lui chuchote des encouragements à l'oreille, mais Sienna n'a pas l'air d'écouter. Elle tripote l'ourlet de sa jupe en jean. Je remarque une cicatrice sur son genou.

— Comment t'es-tu fait ça ?

— Je suis tombée d'un arbre. Le jour de mes douze ans.

— Tu t'es cassé quelque chose ?

— J'ai eu trois fractures. Je ne me souviens pas de la chute. C'était à l'école, dans la cour de récréation.

— À Shepparton Park ?

— Oui. Un garçon qui s'appelait Malcom Hogbin m'avait mise au défi de grimper. Il n'arrêtait pas de me traiter de tous les noms et de gribouiller sur mon casier.

— Tu as voulu relever le défi alors ?

— C'est bête, hein ?

Elle se cure les ongles.

Felicity se penche vers elle.

— Tu as compris ce qui va se passer aujourd'hui ? Ils vont lire l'acte d'accusation et puis ton avocat demandera ta remise en liberté. Les juges risquent de te poser des questions. Exprime-toi clairement. Garde la tête haute.

— Je pourrais rentrer à la maison après ?

— Ça dépendra de la décision qu'ils prennent.

— Mais je veux rentrer.

— Maître d'Angelo leur parlera.

— Je ne veux pas retourner où j'étais.

— Attends de voir.

Sienna m'implore du regard. Elle sursaute quand un huissier clame son nom ; elle se tient le ventre comme si elle allait vomir. Je lui prends le bras pour l'entraîner dans la salle d'audience qui pourrait tout aussi bien être un bureau. Les tables, les bancs, les chaises sont au même niveau. Un grand écran plat occupe un mur, face aux armoiries.

Helen Hegarty est assise au premier rang, à côté de son fils. Le fauteuil roulant de Zoé obstrue l'allée centrale. Sienna lui fait un petit signe en passant et sourit.

Trois juges en tenue laïque siègent à une grande table en chêne. Deux femmes, un homme. Ils ont plus l'air de bibliothécaires que de magistrats.

Sienna s'assied à côté d'Angelo, son avocat, qui semble connaître tout le monde. Il bavarde avec le procureur et le greffier comme s'ils se racontaient leurs projets pour le week-end.

L'acte d'accusation est lu à haute voix. Le nom complet de Ray Hegarty est mentionné ; l'heure, la date et le lieu de son décès sont précisés. Le mot « assassiné » arrache un sanglot à Helen, quelque part derrière moi. Sienna semble rapetisser sous le regard de ses juges. Je pense à la rencontre d'Alice au pays des Merveilles avec la Reine de cœur.

— Vous vous appelez bien Sienna Jane Hegarty ?

Elle hoche la tête.

— Née le 12 septembre 1995 ?
— Oui.
— Vous habitez avec votre mère ?
— Oui.
— Comprenez-vous l'accusation ?
— Oui.
— Vous pouvez vous rasseoir maintenant, Sienna.

C'est le moment pour les avocats de plaider pour et contre sa remise en liberté. Le procureur a une tenue sobre, des lèvres rouge vif. Elle souhaite que l'on maintienne la prévenue dans un « environnement sécurisé compte tenu de ses tendances à l'autodestruction ». Maître d'Angelo soutient que l'on devrait l'autoriser à rentrer chez elle étant donné son âge et son passé irréprochable. Sienna oscille la tête comme si elle assistait à un match de tennis.

Le seul magistrat du sexe fort, assis au milieu, a une peau couleur de mastic et une voix d'asthmatique.

— Désires-tu retourner à l'école, Sienna ? demande-t-il.
— Oui, monsieur.
— Quelles sont tes matières préférées ?
— L'anglais et le théâtre.
— Si tu ne pouvais pas reprendre les cours, que ferais-tu ?

Sienna hausse les épaules.

— Ce qu'on me dira de faire.

Il sourit.

— Est-ce que tu donnes des coups de main à ta maman à la maison ? intervient sa voisine de droite.
— Des fois.
— Tu fais la cuisine ?
— Pas vraiment.

La juge jette un coup d'œil à la feuille qu'elle tient à la main.

— Tu es accusée d'un crime très grave, Sienna.
— Je n'ai rien fait.
— Nous ne sommes pas là pour parler de cela aujourd'hui.
— Mais je n'ai pas…

Maître d'Angelo pose une main sur l'épaule de Sienna qui tressaille comme s'il l'avait brûlée.

— Tu n'es pas obligée de dire quoi que ce soit, l'informe-t-il.

— Mais je veux qu'ils sachent.

— On s'occupera de ça une autre fois.

— Pourquoi pas maintenant ?

La Cour se concerte. Des chuchotements qui se noient dans le vrombissement de la climatisation.

Elle annonce sa décision. Compte tenu des antécédents d'automutilation de Sienna, elle sera envoyée dans un service psychiatrique pour mineurs jusqu'à ce que l'on ait procédé à une évaluation complète de son état psychique.

D'Angelo se lève.

— Le professeur O'Loughlin, psychologue, se trouve parmi nous aujourd'hui, dit-il. Il connaît l'accusée. Peut-être pourrions-nous l'entendre ?

Les magistrats ont un bref conciliabule.

— Le professeur O'Loughlin peut dresser un rapport psychologique. Combien de temps lui faut-il ?

L'avocat se retourne et, prenant appui sur le dossier de sa chaise, me chuchote :

— Vous voulez bien vous en charger ?

— On vient de me désigner pour cela, si je ne m'abuse ?

— Vous avez besoin de combien de temps ?

— Trois semaines.

La Cour accepte et inscrit à nouveau le dossier Hegarty dans les registres du Tribunal pénal.

— Je peux rentrer chez moi ? demande Sienna en se tournant vers moi.

— Pas tout de suite.

— Pourquoi ?

— Ils veulent t'envoyer dans un hôpital.

— J'y étais déjà.

— Dans un autre. Ils ont peur que tu te fasses du mal.

Elle secoue la tête.

— Je ne peux pas rentrer alors ?

— Pas tout de suite.

Elle m'attrape le poignet.

— Ne les laissez pas m'enfermer. Il faut leur dire. Je n'ai rien fait.

14

Julianne dîne avec Harry Veitch ce soir. Je vais m'occuper des filles. Je prends une douche, je me rase et je cherche une chemise propre. En définitive, je suis forcé de me rabattre sur un truc à jabot qu'Emma m'a offert pour la fête des Pères. Je ressemble à Willy Wonka.

Julianne vient m'ouvrir.

— Tu fais une crise de la cinquantaine, ça ne fait plus de doute !

— Je n'avais plus de chemise propre.

— Ta machine à laver est en panne ?

— J'ai oublié de la mettre en marche.

— Et pour les slips, ça va encore ?

— Je devrais tenir le coup jusqu'à lundi avec mes boxers marqués du jour de la semaine.

Elle s'efface en jetant au passage un coup d'œil à son reflet dans la glace de l'entrée. Elle est vêtue d'une jupe mi-longue et d'un chemisier blanc, avec des bottes. Elle porte les boucles d'oreilles que je lui ai achetées pour ses trente ans. Des perles noires avec des pinces en argent.

— Tu n'es pas obligé de garder les filles, tu sais.

— Elles me manquent.

— Je me suis demandé si tu ne cherchais pas à m'espionner plutôt.

Elle décoche au miroir son sourire à la Mona Lisa, ce qui me hérisse.

— Dis-le-moi si tu as l'impression que je marche sur tes plates-bandes. Tu auras peut-être envie de ramener Harry ici plus tard. Je peux m'en aller de bonne heure…

Elle ne mord pas à l'hameçon. Retouche son rouge à lèvres en claquant des lèvres. C'est une des choses que j'ai toujours adorées chez elle : elle se soucie moins de la couleur dont elle se farde que de l'art d'appliquer le bâton à la perfection.

— Comment se passe le procès ?

— Ils perdent un temps fou à ergoter sur la recevabilité des preuves, me semble-t-il. On prie les jurés de sortir. Le juge prend sa décision. Les jurés reviennent au pas de charge.

Elle se recoiffe.

— Stacey Dobson a témoigné hier. C'est la sœur de Gary, l'un des prévenus. La veille de l'incendie, elle avait déposé une plainte pour viol. Quatre types l'auraient embarquée de force dans une camionnette pour la conduire dans une bicoque quelque part. Des demandeurs d'asile, selon elle. Elle a mentionné Marco Kostin.

— Ils l'ont violée ?

— Non. Elle avait tout inventé, en fait. Marco et elle en pinçaient l'un pour l'autre. Ils sont sortis quelques fois ensemble.

— Pourquoi inventer une histoire pareille ?

— Pour ne pas se faire attraper en rentrant tard à la maison. Ses parents étaient fous de rage. Ils ont appelé la police. Stacey était trop terrifiée pour se rétracter. Elle a tout de même fini par avouer la vérité. Il n'empêche que le lendemain soir, on a mis le feu au refuge où vivait Marco.

— En représailles.

— C'est ce qu'affirme l'accusation.

Julianne remarque la présence de Charlie en haut des marches. Elle s'empresse de changer de sujet.

— Les filles ont mangé. Il y a des restes, si tu as faim. (Haussant légèrement la voix, elle ajoute :) Charlie devrait être en train de faire ses devoirs.

Elle jette un regard en coulisse vers l'escalier. Plus personne.

J'entends une voiture se garer devant la maison. Harry roule en Lexus noire, qu'il change chaque année. Julianne attrape son sac à main, mais se fige avant d'avoir atteint la porte.

— Mon pashmina. Je l'ai laissé sur le lit.

— Je vais te le chercher.

— Non, laisse. J'y vais.

Pendant qu'elle monte rapidement, je regarde Harry sortir de sa voiture, ajuster son pantalon, se passer la main dans les cheveux. La Lexus s'illumine de mille feux quand le verrouillage centralisé s'enclenche.

Il sonne. Je ne veux pas lui parler, mais Julianne n'est pas redescendue.

— Harry.

— Joseph.

Une lueur inquiète dans son regard, comme une petite fièvre.

— Julianne arrive tout de suite. Elle est allée chercher quelque chose au premier.

— Bien. D'accord. (Il se balance sur ses talons.) La situation est un peu embarrassante.

— Pourquoi ?

— Enfin, vous savez… Le fait que vous soyez là.

— Je suis ici chez moi, Harry.

— Bien sûr.

Je m'écarte pour le laisser entrer en m'efforçant d'avoir l'air aimable et détendu, alors que je n'ai qu'une envie, c'est de lui flanquer mon poing dans la mâchoire ou dans le ventre. Un ventre qui me semble bien flasque.

Je devrais peut-être l'avertir des petits défauts de Julianne – ces manies qu'elle a de tremper des biscuits au chocolat dans son thé, de porter toujours quelque chose de bleu sur elle et d'insister pour être la banque quand elle joue au Monopoly.

Il n'a pas demandé à voir le manuel de l'utilisateur. Il ne sait pas qu'elle adore les massages des pieds et ne supporte pas qu'on lui lèche les oreilles. Qu'elle considère le sport professionnel comme un drame fabriqué de toutes pièces avec des acteurs surpayés, et que ça ne vaut pas le coup d'essayer de lui expliquer les règles du hors-jeu avec une salière, un poivrier, des couverts en faisant la grosse voix.

Pourquoi me donnerais-je cette peine ? Pour quelle raison l'aiderais-je ?

Harry a une raie bien nette sur le côté droit, et je sens l'odeur de son after-shave.

— Elle est merveilleuse, n'est-ce pas ?

C'est de ma femme qu'il s'agit ? Quand il aura vécu avec elle pendant vingt-six ans et qu'il sera marié avec elle depuis vingt ans, alors on pourra en discuter !

— Elle n'en a pas pour longtemps, dis-je. Elle prend ses remèdes.

— Ses remèdes ? Elle est malade ?

— Non. Bien sûr que non... Pas vraiment. (Je baisse la voix.) Elle n'aime pas en parler. Ça la perturbe. (Je jette un coup d'œil dans l'escalier.) Pourriez-vous me rendre un service ?

— Dites toujours.

— Ne la laissez pas commander un dessert. Tâchez de l'en dissuader. C'est le sucre. Elle l'adore, mais ce n'est pas bon pour elle. Trop d'excès et…

— Et quoi ?

Je pose un doigt sur mes lèvres.

— Ce n'est pas très grave. Empêchez-la de s'approcher du chariot à desserts, c'est tout.

Harry hoche la tête.

— Vous pouvez compter sur moi.

Il semble très reconnaissant, avide de se rendre utile. Je devrais me sentir coupable. La jalousie est une chose terrible. J'en connais toutes les amorces psychologiques. La crainte de perdre le contrôle, d'être abandonné, négligé, la peur de la perte, de la solitude… Son aspect le plus destructeur, c'est qu'elle tue l'objet qu'elle estime. L'amour que l'on veut préserver ne survivra pas à ses contraintes. Aucun droit n'est acquis. L'amour est équitable, ou c'est une tragédie.

Arrive Julianne, les épaules enveloppées de son pashmina. Elle sourit à Harry et me regarde d'un air intrigué.

— Tout va bien ?

— Bien.

— Ne laisse pas Emma veiller trop tard.

— Entendu.

— C'était carrément bizarre ! s'exclame Charlie qui a resurgi dans l'escalier en pyjama de flanelle, tellement lâche à la taille que le pantalon pend de ses hanches. Tu avais envie de le frapper ?

— Pourquoi frapperai-je Harry ?

— C'est ce que font les mecs quand ils sont jaloux, non ?

— Pas toujours. Presque jamais. Et je ne suis pas jaloux.

— Alors ça va ?

— Parfaitement.

Elle me décoche le même genre de regard inquisiteur que sa mère. Adossée au mur, je ferme les yeux en m'efforçant de chasser de mon esprit l'image de Julianne et Harry en grande conversation dans la voiture.

— Et toi, dis-moi, que penses-tu de lui ? demandé-je.

Charlie hausse les épaules.

— Y'a pire. Il fait du poulet au Coca-Cola et il a une super bagnole.

— Du poulet au Coca-Cola ?!

— C'est meilleur que ça en a l'air. (Elle hésite en mordillant sa lèvre inférieure.) Ce n'est pas un loser, papa.

À cet instant, je sens quelque chose s'étirer et lâcher à l'intérieur de moi. Rien de vital ni d'essentiel, juste un fil qui s'est rompu suite à la réponse de Charlie.

Emma apparaît sur le seuil de sa chambre. Elle veut que je lui lise une histoire. Voire deux, après quoi il va falloir que j'en invente une troisième à propos de peluches et d'une « araignée chatouilleuse » qui vit dans ma poche.

Plus tard, une fois qu'Emma est endormie, Charlie et moi regardons un film qu'elle n'est pas en âge de voir, selon la commission de classification des œuvres cinématographiques, mais quelques jurons et une bagarre ici et là ne vont pas l'ébranler sur le plan émotionnel. « L'éléphant dans la pièce », c'est Sienna. Charlie ne m'en a pas encore parlé, mais je sais qu'elle brûle d'impatience de le faire.

Le générique de fin défile. Elle fixe ses pieds.

— Si tu avais entendu les commentaires aujourd'hui !

— À l'école ?

— Oui.

— Qu'est-ce qu'on disait ?

— Que Sienna avait été inculpée de meurtre.

— C'est la vérité.

Charlie secoue énergiquement la tête.

— Ce n'est pas elle la responsable.

— Tu n'en sais rien.

— Si, je le sais. Elle avait peur de son père. Elle ne l'aimait pas. Mais elle ne l'aurait pas tué.

— Les gens ne se comportent pas toujours comme on s'y attend.

Je pense à Julianne, pas à Sienna.

Charlie remonte son pantalon.

— Tu vas l'aider ?

— Je ne peux pas faire grand-chose.

— Mais si !

— Ce n'est pas si simple.

— Tu connais des gens. (Elle s'essuie les yeux avec la manche de son pyjama.) Tu peux trouver le coupable.

— Je ne suis pas détective.

Je comprends ce qu'elle me suggère, mais elle en demande trop.

— Tu es fatiguée. Va te coucher.

J'entends les marches grincer sous ses pieds. Elle s'arrête sur le palier et chuchote, comme en aparté :

— Bonne nuit, papa.

15

Perchée au-dessus de la Bristol Channel, au milieu de dix hectares entourés d'arbres et d'une clôture en fer forgé hérissée de piques, l'Oakham House abrite ce qu'il est convenu d'appeler un centre d'éducation surveillée. Jadis on aurait dit un asile ou un hôpital spécialisé. Quelle que soit l'étiquette qu'on lui donne aujourd'hui, les stigmates demeurent.

Walton, le village le plus proche, est à huit cents mètres. Bristol, dix kilomètres plus loin. C'est l'élément incontournable qui préside à la construction et à l'emplacement de toutes les unités psychiatriques. Loin des yeux, loin de l'esprit ! Ça fait plus de deux cents ans que ça dure.

Sienna est assise à la fenêtre. Un pied sur le rebord, elle serre son genou contre elle. L'autre jambe pend ; ses orteils frôlent le sol. Elle est vêtue d'une robe trop grande pour elle et d'un gilet en laine informe dont la manche est tout effilochée. Elle tripote le fil qui pend en le faisant rouler dans sa paume.

De la buée voile les vitres. Sienna trace un trait sur un carreau. La Bristol Channel est parsemée de moutons d'écume que mon père appelait « chevaux blancs », je n'ai jamais compris pourquoi.

J'observe Sienna depuis le seuil. Ses gestes sont d'une lenteur presque exagérée. Son langage corporel exprime la passivité, la résignation.

Je lui dis bonjour. Elle me récompense par un grand sourire.

— J'étais sûre que vous viendriez.

— Comment ça se fait ?

— Je le savais, c'est tout. J'étais assise là à me dire que ce serait vraiment sympa de discuter avec quelqu'un, et vous voilà.

Elle dit ça sur un ton tellement neutre que j'ai presque l'impression qu'elle m'a fait venir par sa seule volonté. Elle plonge la main dans la poche de son cardigan et en sort trois petits fruits à la peau orange foncé.

— Vous connaissez la différence entre une mandarine et une clémentine ?

Je secoue la tête.

— Les mandarines sont moins sucrées. (Elle m'en tend une.) Les fruits sont très bons pour la santé. Ça devrait vous aider pour ça.

Elle désigne ma main gauche. Mon pouce et mon index ont l'air d'émietter de la mie de pain. Je résiste à l'envie d'enfouir ma main dans ma poche.

— Pourquoi vous tremblez, en fait ?

— Ce n'est rien.

Elle a l'air déçue.

— C'est la première fois que vous me mentez.

— Comment sais-tu que je mens ?

— Ça se voit.

J'enfonce mon pouce dans la mandarine. L'écorce se pèle facilement, emplissant la pièce de senteurs d'agrumes.

— J'aimerais qu'on parle de ce qui s'est passé l'autre soir.

Presque aussitôt, je sens que son esprit tente de fuir. Elle détourne les yeux et serre les épluchures dans son poing.

— Je me rends compte que tu as peur.

— Je veux rentrer à la maison.

— Je sais, mais d'abord, tu dois répondre à quelques questions. Les juges m'ont demandé de rédiger un rapport psychologique sur toi.

— Qu'est-ce que ça veut dire ?

— Ils veulent savoir si tu risques de te faire du mal ou de faire du mal à quelqu'un d'autre.

— Mais non !

Elle regarde obstinément dehors comme si elle redoute de rater l'arrivée de quelqu'un.

— Je ne peux pas t'obliger à dialoguer avec moi, Sienna. En d'autres termes, c'est toi qui contrôles la conversation. Je ne vais pas m'énerver si tu ne dis rien. Je ne me mettrai pas en colère, je ne serai pas vexé. Au pire, je m'en irai d'ici et je dirai que tu n'es pas arrivée à me parler.

Je la vois se détendre. Elle engloutit un quartier de mandarine qu'elle écrase entre ses dents.

— Bon, alors explique-moi ce que tu éprouves.

— Je me sens seule. J'ai envie de rentrer chez moi.

— Tu es accusée du crime le plus grave qui soit.

— Je n'y suis pour rien.

— Tu as dit à la police que tu voulais que ton père meure. Que tu avais envie qu'il soit mort.

— Ce ne sont que des mots.

Ses cheveux se balancent comme des cordes contre ses joues.

— D'après Robin, je dois séparer les mauvais souvenirs en « blanc » et « couleurs », comme la lessive, et les mettre à la machine. Pour les nettoyer. Je dois les laver, les essorer. J'ai ri quand il m'a dit ça, mais il avait l'air de trouver ça parfaitement normal.

— Qui est ce Robin ?

— Mon psy.

Robin Blaxland. Le thérapeute chez qui Annie Robinson l'a envoyée.

— Lui parlais-tu de ton père ?

— Parfois.

— Et à moi, tu peux m'en parler ?

Là encore, elle hausse les épaules.

Je lui demande de s'asseoir sur le canapé, de s'adosser et de fermer les yeux. En respirant profondément.

— Sens tes narines se dilater légèrement quand tu inspires. L'air paraît plus frais, et plus chaud quand tu expires. Prends conscience du changement de température. De ton souffle qui emplit tes poumons.

— Qu'est-ce que vous allez faire ?

— Je vais juste te parler. Si je te demande quelque chose qui te dérange, ou qui te fait peur, lève la main droite. Il te suffit de soulever un peu les doigts et je saurai que je dois m'arrêter. Ce sera notre signal.

Elle hoche la tête.

— Commençons par le commencement. Où es-tu née ?

— À Bristol.

— Tu es la plus jeune de la famille.

— Oui.

— Quel âge a Zoé ?

— Dix-neuf ans.

— Et Lance ?

— Vingt-deux.

En m'en tenant à des questions fermées, je lui soutire peu à peu son histoire, ce qui prend un certain temps parce que ses réponses sont succinctes. Elle évoque l'école – l'anglais, sa matière préférée, Mme Adelaide, son professeur préféré. Je l'interroge sur les autres matières, les autres enseignants.

Un détail étrange m'apparaît. Une omission. Elle évite de mentionner Gordon Ellis, le professeur d'art dramatique. Pourtant, Charlie et elle ne parlent que de la pièce depuis des mois. Je les ai vues chanter en dansant devant la glace avec des brosses à cheveux en guise de micro.

Je la ramène mentalement à la répétition de mardi.

— Te souviens-tu de t'être accrochée avec M. Ellis ?

— Oui.

— Il s'est montré dur avec toi.

— J'ai l'habitude.

— Tu l'aimes bien ?

— Ça va.

— Tu gardais son petit garçon.

— De temps en temps.

— Comment rentrais-tu chez toi après ?

— Il me raccompagnait.

— Ton père s'est-il jamais disputé avec lui ?

Elle lève la main. Elle ne veut pas aborder la question.

— C'est de ton père dont tu ne veux pas parler, ou de M. Ellis ?

Elle lève de nouveau la main. Comme promis, je change de sujet en me rabattant sur Danny Gardiner.

— Où l'as-tu rencontré ?

— Ça fait des années que je le connais. Il allait à l'école avec Lance.

— Mais vous êtes devenus amis ?

— Oui.

— Quand ça ?

— Au début de l'année dernière.

— Vient-il te chercher à l'école parfois ?

Elle hoche la tête.

— Que faites-vous ensemble ?

— On va au cinéma, au centre commercial ou juste faire une balade en voiture.

— Où es-tu allée après qu'il t'a déposée mardi dernier ?

— Nulle part.

— Tu m'as parlé de ton psy, Robin. C'est chez lui que tu es allé mardi ?

— Non.

— Où ça alors ?

Ses doigts se soulèvent.

— Tu ne veux pas me le dire.

Elle hoche la tête.

— Qui protèges-tu, Sienna ?

— Personne.

Je fais marche arrière à nouveau en l'interrogeant sur la suite de la soirée à la place.

— À quelle heure es-tu rentrée chez toi ?

— Vers 22 h 30.

— On t'a raccompagnée ?

— J'ai pris le bus jusqu'à Hinton Charterhouse et j'ai fait le reste du trajet à pied.

Deux automobilistes ont rapporté la présence d'une jeune fille blonde en robe courte remontant Hinton Hill le soir du meurtre.

— Ça fait trois kilomètres.

Elle ne répond pas.

— Y avait-il de la lumière chez toi ?

— Je ne me rappelle pas.

— Réfléchis. Imagine-toi devant la maison. Il est tard. Tu es fatiguée. Tu rentres à pied. Tu franchis le portail. Que vois-tu ?

— Une lampe dans l'entrée.

— Est-ce inhabituel ?

— Maman la laisse allumée normalement.

— Où est ta clé ?

— Dans mon sac.

— Est-ce que tu te vois sortir la clé de ton sac et ouvrir la porte ?

Elle hoche la tête.

— Tu es entrée ?

— Oui.

— Que fais-tu ?

— Je regarde sur la table du téléphone pour voir si le répondeur clignote ou s'il y a du courrier pour moi. Maman me laisse un mot parfois.

— Et cette fois-ci ?

— Non.

— Que vois-tu ?

— La porte sous l'escalier est entrebâillée. Le sac de voyage de papa est à l'intérieur. Ouvert. Je vois ses affaires pour se raser, des habits sales.

— Quel effet est-ce que ça te fait ?

— Il n'était pas censé rentrer avant vendredi.

— Ça t'ennuie ?

— Je n'aime pas être seule avec lui.

— Que vois-tu d'autre ?

— Une lumière en haut de l'escalier.

— Au rez-de-chaussée ?

— J'entends la télé.

— Qu'est-ce que tu te dis ?

— Que si j'arrive à atteindre ma chambre, ça ira. Il n'y aura pas de scène. Je peux fermer ma porte à clé, me coucher et il ne viendra pas m'embêter.

— Comment est-ce qu'il t'embête ?

Ses doigts se soulèvent, se rabaissent. Elle ne veut pas en parler.

— Que se passe-t-il ensuite ?

— Je monte sur la pointe des pieds, en essayant de ne pas faire de bruit. La quatrième marche grince. Je la saute.

Sa respiration s'accélère.

— Que se passe-t-il ?

— J'entends quelque chose.

— Quoi ?

— La chasse d'eau, puis un robinet couler... dans la salle de bains.

— Tu es sûre ?

— Il est en haut. Je dois me dépêcher.

— Où es-tu ?

— Sur le palier. Ma chambre est juste là. Il faut que je me dépêche. Que j'entre.

Elle porte ses mains à sa bouche.

— Qu'est-ce qui se passe ?

— Je tombe.

— Dans l'escalier ?

Un long silence.

— Il est couché par terre... papa. Il ne bouge pas. Je l'enjambe.

Elle tremble de la tête aux pieds.

— Que vois-tu ?

— Du sang. Partout. Le parquet est mouillé. Je suis assise par terre. J'essaie de crier, mais rien ne sort. Je n'arrête pas de m'essuyer les mains, mais ça ne veut pas s'en aller.

— Est-ce que tu entends quelque chose ?

— Un bourdonnement dans ma tête – comme le vent, en plus fort. Ça remplit tout l'espace et ça couvre tous les autres sons. Je n'arrive pas à bloquer le bruit.

Elle se couvre les oreilles.

— Y a-t-il quelqu'un d'autre dans la maison ?

Elle n'écoute pas. Je prends son visage entre mes mains pour qu'elle concentre son attention sur moi et répète ma question.

— Oui, chuchote-t-elle.

— Tu vois qui c'est ?

— Non.

La terreur brouille son regard. Elle se lève brusquement, tente de s'enfuir. Je la rattrape avant qu'elle ait fait deux pas. Je la prends dans mes bras en la soulevant sans peine. Elle se débat en me donnant des coups de pied. De la morve coule de son nez, de sa bouche.

— Calme-toi ! Ça va aller. Tu es en sécurité avec moi.

Sa peur se dissipe peu à peu. J'ai l'impression de regarder une mini-piscine gonflable se réduire en un petit tas de plastique froissé à cause d'une fuite. Je la réinstalle sur le canapé. Elle remonte ses genoux contre sa poitrine, ferme les yeux. Épuisée. Les nerfs à vif.

L'entretien a duré trois heures, et Sienna ne peut rien me dire de plus. Elle ne parvient plus à distinguer ses émotions de ses souvenirs. Si je m'obstine, je risque de la traumatiser.

L'assassin de Ray Hegarty était encore dans la place quand Sienna est rentrée. Les experts scientifiques ont trouvé du sang sur le bord du lavabo. Le meurtrier s'est lavé les mains. Il a nettoyé l'arme du crime. Un intrus ? Un cambriolage qui aurait mal tourné ? Il n'y avait pas de signes d'effraction. Pourtant, l'ordinateur portable de Sienna a disparu. Des objets nettement plus précieux n'ont pas été touchés.

Ray Hegarty ne devait pas rentrer avant vendredi. Helen Hegarty travaille de nuit. Sienna passe la plupart de ses soirées seule. Le meurtrier de Ray Hegarty, quel qu'il soit, était dans la maison. À attendre.

Qui attendait-il ?

16

Il me faut plus de deux heures pour atteindre Londres en voiture. Je pars après l'heure de pointe du matin et j'arrive avant midi. Je me gare dans une allée voisine de Fullham Palace Road, où je suis pris en otage par un parcmètre.

Je regagne l'artère principale et me dirige vers les ombres pleines d'échos de l'autopont de Hammersmith en passant devant des boutiques vides et des écriteaux « À louer ». Londres souffre. C'est comme un virus qui se propage de haut en bas. Aucun emploi n'est sûr. Les hypothèques sont toutes trop élevées.

Londres a changé depuis deux ans. Les gens aussi. Je pensais que ce serait quelque chose de violent et d'épouvantable qui aurait transformé la ville comme les attentats atroces du 7 juillet ou notre propre version du 11 septembre –, mais ce fut tout autre chose : un effondrement financier, une crise bancaire déclenchée à l'autre bout du monde par des gens démunis dans l'incapacité de rembourser leurs emprunts.

En approchant de la Tamise, je sens l'odeur de l'océan et de la vase. Je vais voir un ami – ancien inspecteur divisionnaire de la Police métropolitaine –, du nom de Vincent Ruiz, à la retraite depuis cinq ans.

Bâti comme un ours, le nez cassé, de la couperose sur les joues, Ruiz s'est marié à trois reprises en divorçant chaque fois. Fatigué du monde, fataliste, il me fait parfois l'effet d'un cliché ambulant – l'ex-flic buveur et coureur de jupons –, mais il est plus complexe que ça. Il m'a arrêté sur présomption de meurtre autrefois. Un jour, je l'ai sauvé de lui-même. Des amitiés sont nées de moins que ça.

Nous nous sommes donné rendez-vous dans un pub au bord du fleuve, à proximité de son domicile. Le Blue Anchor est niché à l'ombre du Hammersmith Bridge ; les habitués ont tout loisir de regarder les rameurs glisser sur les flots et les bateaux de touristes remonter le fleuve en haletant dans la direction de Hampton Court.

Blanchi à la chaux avec des moulures bleues, le pub s'orne de tout un attirail nautique. Van Morrison en fond sonore. Ruiz m'attend au comptoir. C'est un homme imposant avec de grandes mains. Dont une tient une pinte.

— Professeur.

— Vincent.

— Une chemise pareille mérite un verre !

Encore un cadeau d'Emma.

— Que se passerait-il si j'avais le pantalon assorti ?

— Je serais contraint de vous appréhender. Ne me regardez pas comme ça ! Ce n'est pas moi qui fais les lois.

Il est de bonne humeur, il blague et me raconte des histoires. Nous parlons famille, rugby. Il fait partie du comité du club local, qui a brillé cette saison.

Il nous est souvent arrivé de déjeuner ensemble, surtout à l'époque où Julianne et moi vivions encore sous le même toit. Ruiz flirtait sans vergogne avec elle, la considérant comme un objet de prix. Elle le traitait comme un vilain écolier qui aurait refusé de grandir.

Nous commandons. La serveuse suggère le plat du jour : des lasagnes végétariennes. Ruiz lui déclare qu'il ne s'est pas hissé au sommet de la chaîne alimentaire pour manger végétarien. Il commande un rumsteak. Saignant. De la purée avec du beurre. Pas de l'huile. Une sauce au poivre, à part.

La serveuse se tourne vers moi. Elle s'appelle Polly.

— Je vais prendre le ploughman.

Elle paraît soulagée. Ruiz demande une autre bière. Il porte un pantalon de sport et un sweatshirt. Je crois me souvenir qu'en quittant le Met, il avait fait la promesse de ne plus jamais mettre de cravate, sauf aux dîners du club de rugby ou aux enterrements.

— Alors, comment va Julianne ?

— Elle travaille au tribunal de Bristol, en tant qu'interprète. Un important procès a lieu en ce moment.

Ruiz attend que je lui en dise un peu plus long, pressentant quelque chose, mais je n'ai aucune envie de parler de Ho-ho-ho Harry Veitch.

— Bon, qu'est-ce qui me vaut cette visite ?

— J'ai besoin de votre aide.

— Vous avez des ennuis.

— Non.

Je lui parle de Sienna, de son père, en m'efforçant de réprimer mon émotion, de m'en tenir aux faits. Il n'empêche que je m'entends la défendre, interprétant les preuves à son avantage.

Ruiz m'écoute, la tête inclinée.

— Qu'est-ce qui vous fait croire qu'elle était innocente ? demande-t-il.

— Elle soutient qu'elle n'a rien fait.

— Tout le monde ment.

— Il y avait quelqu'un d'autre dans la maison. Qui s'est caché derrière la porte de la chambre. Pour attendre.

Son regard me transperce. Il garde ses pensées pour lui.

— Pas d'autre suspect ?

Je mentionne le petit ami de Sienna, Danny Gardiner, et son frère Lance qui n'a pas d'alibi pour le soir du meurtre.

— C'est de Sugar Ray Hegarty qu'il est question ? Celui qui bossait à la PJ de Bristol ?

— Vous le connaissiez ?

— On s'est donné des coups de main de temps à autre.

— Comment était-il ?

— La vieille école.

— Juste ?

— Et coriace.

Ruiz contemple le fond de sa pinte comme s'il disait une prière silencieuse.

— Typique, hein ? Vous survivez à une carrière pareille et toute la merde vous tombe dessus une fois que vous n'êtes plus dans le coup. Je me souviens quand sa fille s'est retrouvée paralysée à cause de ce salopard de sadique. Comment s'appelait-il déjà ?

— Liam Baker.

— Oui, c'est ça.

Ruiz veut connaître les détails de la mort de Ray Hegarty, noter les noms en les orthographiant correctement, déceler les incohérences. L'ordinateur de Sienna a disparu et on a fouillé sa chambre.

— A-t-on pris autre chose dans la maison ?

— Non.

Je le vois se creuser les méninges. Quelle adolescente a un ordinateur qui vaut la peine d'être volé ?

— Et le fils ?

— Lance ne s'entendait pas avec son père. Ils se querellaient sans arrêt, mais je ne pense pas qu'il aurait pu faire le coup.

— Pourquoi ?

— Trancher la gorge de quelqu'un est un acte personnel. Direct. Cela demande du courage. De la rage. Lance avait la frousse de son paternel.

Ruiz hoche la tête.

— Vous devriez peut-être vous intéresser à un certain Gordon Ellis, un professeur.

— Vous pouvez m'en dire plus ?

— Il enseigne la musique et l'art dramatique au collègue. Il vit dans le coin. Marié. Un enfant. Je crois que Sienna s'est confiée à lui. J'ai des raisons de penser qu'elle lui a fait part des sévices sexuels qu'elle a subis, mais quand j'ai mentionné son nom, elle s'est fermée comme une huître, refusant obstinément de me parler de lui.

— Vous avez touché un nerf ?

— Je fais peut-être fausse route. Une dizaine de jours avant le meurtre, Ray Hegarty s'est accroché avec une personne venue raccompagner Sienna chez elle. La police n'a pas pu identifier le chauffeur, mais il se pourrait que ce soit Gordon Ellis. Sienna faisait du baby-sitting pour lui, et selon Helen Hegarty, son mari les aurait vus s'embrasser. Sienna nie catégoriquement, mais Ray est allé se plaindre à l'école.

J'ignore si les deux épisodes sont liés, mais après ce coup-là, Ellis a accusé Sienna de lui passer des coups de fil anonymes.

Ruiz se tapote les poches. Son manteau cliquette. Il a arrêté de fumer et suce maintenant des berlingots qui vont lui pourrir les dents à la place des poumons.

— Qui mène l'enquête ?

— Ronnie Cray.

— Elle roule toujours ses tampons ?

Le politiquement correct n'étouffe pas Ruiz. Il m'a déclaré un jour que pour lui, ça revenait à prétendre qu'on pouvait ramasser une crotte de chien par le bout propre.

— Je pensais que vous aviez renoncé à donner des coups de main à la police, note-t-il.

— C'est différent cette fois-ci.

— Pourquoi donc ?

— Sienna Hegarty est la meilleure amie de Charlie.

Ruiz hoche la tête. Il s'adosse à sa chaise au moment où nos plats arrivent. Il glisse sa serviette en papier sous son col, frotte son couteau et sa fourchette ensemble et attaque. Tout en mâchant, il rumine les informations que je viens de lui fournir.

— Je vais procéder à quelques vérifications. Voir ce que je peux exhumer. (Il poursuit en prenant l'accent du West Country :) Je crois que je vais prendre ma voiture et venir passer quelques jours dans votre bled.

— Je dirai à toutes les femmes célibataires quel étalon vous êtes.

— À mon avis, elles sont déjà au courant.

Nous passons le reste du repas à échanger des anecdotes en surenchérissant l'un sur l'autre en matière de dysfonctionnements familials. En vérité, quand je discute avec Ruiz, je me sens moins mal vis-à-vis de mes parents. Sa mère qui souffre de démence sénile vit dans une maison de retraite. La seule chose dont elle se souvienne clairement, c'est la guerre, outre les détails embarrassants de l'enfance de son fils qu'elle rabâche avec une voix de stentor chaque fois qu'il lui rend visite.

— Nos enfants parlent-ils de nous comme ça ? demande-t-il.

— Probablement.

Mon portable vibre. Je le sors et regarde l'écran. Le numéro qui s'affiche ne me dit rien.

— Professeur O'Loughlin ?

— Oui.

— Vous vous souvenez peut-être de moi. Docteur Martinez. J'ai soigné Sienna Hegarty pendant son hospitalisation.

Un temps d'arrêt. J'entends une annonce au haut-parleur en fond sonore.

— Vous m'aviez parlé d'un test de viol. Je vous avais répondu qu'il me fallait la permission des parents pour en effectuer un.

— Oui.

— Il y a des preuves de rapports sexuels musclés, peut-être un viol. Autre chose encore. Elle a fait une fausse couche.

Cette nouvelle crépite dans mon cerveau comme une aspirine qui se dissout dans un verre.

— Elle a dû perdre le fœtus le soir où elle a été admise, poursuit Martinez.

— Elle en était à combien de semaines ?

Je ne reconnais pas ma voix.

— J'ai fait un test de grossesse pour évaluer les niveaux de hCG. Le taux d'hormone double tous les deux jours durant les quatre semaines qui suivent la conception. Compte tenu de ces niveaux et de la quantité de sang trouvée sur ses vêtements, je dirais qu'elle en était au premier trimestre – au moins quatre semaines, pas plus de dix.

Il se tait. Le silence se prolonge.

— Vous êtes toujours là ?

— Oui.

— Je ne suis pas certain d'avoir fait ce qu'il fallait, mais comme vous me l'aviez demandé…

— Merci. Je vous suis reconnaissant.

Il est sur le point de raccrocher quand une idée me vient.

— Pensez-vous qu'elle le savait ?

— Elle était en retard pour ses règles. La plupart des femmes connaissent leur cycle.

Pas trace d'un test de grossesse dans la maison, mais il y a de fortes chances que Sienna l'ait jeté.

Je ferme mon portable et regarde fixement l'écran pâlir. Ruiz m'observe.

— Elle était enceinte, chuchoté-je. Elle a fait une fausse couche le soir du meurtre.

— Peuvent-ils faire un test de paternité ?

— Sans le fœtus, impossible.

17

Au sud de Reading, je m'engage dans une station-service et je me gare au milieu des poids lourds et des voitures. Puis je traverse le parking et j'entre dans une galerie brillamment éclairée, remplie de fast-foods et de boutiques.

Les toilettes sont gigantesques, mais je dois quand même faire la queue. Les hommes autour de moi sont des camionneurs en chemises à carreaux ou en polos de foot moulant leur bedaine. L'un d'eux remonte son jean et repart d'un pas alerte comme un homme qui aurait marqué son territoire.

Ma main gauche tremble. Ma vessie refuse de faire ce qu'on lui demande. Je reste planté là à fixer le mur. Quelqu'un a gribouillé un message au marqueur au-dessus de l'urinoir : « File express : cinq bières ou moins. »

Il ne se passe rien. La file s'allonge.

— Vous pissez ou quoi ? lance un routier qui porte une chaîne à la ceinture, reliée à son portefeuille.

— Désolé. J'en ai pour une minute.

Il grogne et marmonne quelque chose à la personne derrière lui. Ils éclatent de rire. Ça ne va pas marcher maintenant.

C'est l'un des problèmes avec mes remèdes. Autrefois je pissais comme un cheval de course. Maintenant ça gicle et ça coule goutte à goutte.

Après ça, j'appelle le commissariat de Trinity Road. Ronnie Cray est en réunion. C'est Monk qui répond à sa place. Certaines personnes ont des voix qui ne leur correspondent pas, mais celle de Monk monte des profondeurs de sa poitrine et donne l'impression de gronder sur la ligne comme s'il était dans un tunnel.

— Danny Gardiner.

— Pourquoi me parlez-vous de lui ?

— Vous l'avez interrogé ?

— Oui.

— Sienna était enceinte.

J'entends Monk soupirer.

— La patronne n'est pas là.

— Vous serait-il possible de m'accompagner ?

Il n'hésite qu'une fraction de seconde. Nous prévoyons de nous retrouver chez Gardiner.

J'ai le reste du trajet pour réfléchir aux implications de la grossesse de Sienna. Je repense à l'après-midi où je suis allé les chercher, Charlie et elle, à l'école. Sienna m'avait paru distraite, troublée. J'avais cru qu'elle s'inquiétait pour la répétition, et parce qu'elle s'était fait mettre sur la touche. Quoi qu'il en soit, elle avait sauté dans les bras de son copain qu'elle avait embrassé sur la bouche en lui caressant le bas du dos.

Danny Gardiner a déclaré à la police qu'il l'avait déposée à un coin de rue une demi-heure plus tard. Où est-elle allée ? Il manque trois heures dans son emploi du temps.

Danny vit chez sa mère à Twerton, dans la banlieue ouest de Bath où la plupart des maisons anciennes sont blotties autour de l'église St. Michael. Les pavillons modernes ont empiété sur les champs cultivés, et je vois que des plots blancs délimitent déjà d'autres lopins de terre.

Monk m'attend dans une voiture de police banalisée.

— Quelle a été la réaction de Cray ?

— Elle n'a pas réagi.

— Vous ne lui avez rien dit.

— Je vous rends un service.

Personne ne vient nous ouvrir. Monk frappe de nouveau. Toujours rien. Le ciel est gris et bas. Des odeurs de pluie et de fumée de bois flottent dans l'air. Un véhicule à hayon se range le long du trottoir derrière nous. Une femme d'une cinquantaine d'années en sort. En tenue de guide touristique. Elle récupère un sac de provisions dans le coffre et remonte l'allée en jurant quand elle laisse tomber ses clés.

— Madame Gardiner ?

— À qui ai-je l'honneur ?

La porte s'ouvre vers l'intérieur, et un chien à longs poils dont la tête pourrait se trouver à l'une ou l'autre extrémité danse en jappant autour de ses jambes gainées de bas.

Elle se retourne, attendant une réponse.

— Nous cherchons Danny.

— Il a déjà dit ce qu'il avait à vous dire.

— Pas à moi.

Son regard bleu-gris me détaille rapidement avant de se poser sur Monk qu'elle fixe comme s'il venait de jaillir d'un haricot magique au milieu de son jardin.

— Doux Jésus, votre maman a dû loucher quand elle vous a mis au monde. Quelle taille vous faites ?

— Deux mètres quatre la dernière fois que je me suis mesuré.

— Je suis sûre que vous avez grandi depuis, mon gars. Vous auriez dû faire du basket.

— Oui, madame.

Elle est entrée dans le vestibule. Ça sent le chien mouillé, le désodorisant d'atmosphère et la dope. Elle fait glisser ses sacs sur le seuil en tenant le collier de son chien d'une main.

— Je n'ai pas vu Danny depuis hier.

— Sa voiture est là, dit Monk.

— Il a dû prendre le bus.

— C'est regrettable. Il va falloir qu'on embarque son véhicule. Les gars du service scientifique veulent le démantibuler. Prévenez-le qu'ils le remonteront… aussi bien que possible.

Il ne faut pas deux secondes à Danny pour surgir de sa chambre, pieds nus, torse nu, vêtu d'un jean bas sur les hanches. De la fumée de marijuana flotte dans son sillage.

— Pas ma bagnole, putain ! Je viens de finir de la payer.

En arrivant à la porte, il se heurte à la poitrine de Monk.

— Pas de souci pour la voiture. Nous avons juste besoin de vous poser quelques questions.

— J'ai déjà répondu à vos questions.

— On en a d'autres.

— Allez-vous faire foutre !

Sa mère lui administre une petite tape sur le côté de la tête.

— Surveille ton langage.

Danny se frotte l'oreille dont le cartilage s'orne de trois clous.

— Vous feriez mieux d'entrer, propose Mme Gardiner. Emporte les sacs, Danny.

Nous la suivons dans un couloir jusqu'à une cuisine défraîchie. Des placards peints en rouge, un frigo qui fait office de panneau d'affichage. Elle entreprend de ranger ses courses pendant que Danny extirpe une canette de soda d'un sac. Elle lui dit de prendre un verre. Il lève les yeux au ciel.

— Qu'est-ce qu'il a encore fait ? demande-t-elle à Monk.

— On voudrait lui parler de sa copine.

— Une fille ? Il ne pense qu'à ça. Les filles. Vous devriez voir dans quel état sont ses draps.

Danny lui jette un regard assassin.

— Un flemmard, comme son père. Il passe son temps à bricoler des voitures. C'est pas vraiment un boulot ça, hein ? (Elle toise de nouveau Monk des pieds à la tête.) Quelle taille vous avez dit que vous faisiez ?

— Deux mètres quatre.

— J'ai un job pour vous. Ça ne prendra qu'une minute.

— On a besoin de moi ici.

— Pas besoin d'être deux pour parler à Danny. Appelez ça un travail d'intérêt général.

Déjà dans le couloir, elle fait signe à Monk de la suivre. Il me jette un coup d'œil dans l'espoir que je vienne à sa rescousse, puis se résigne à contrecœur.

Danny se détend maintenant que sa mère a cessé de lui tourner autour.

— Vous vous souvenez de moi ? je demande.

Il secoue la tête.

— Je vous ai pourtant vu devant chez Sienna mercredi dernier. Le matin.

Il fait la grimace.

— Ce n'était pas moi.

— Vous êtes parti en courant quand j'ai voulu vous parler. Vous avez failli me rouler dessus. C'est le problème quand on a un véhicule reconnaissable, Danny. Vous pensez que c'est une manière de s'affirmer, mais une bagnole comme ça, ça saute aux yeux comme une merde dans une bassine de punch.

Danny promène sa langue dans sa bouche comme s'il comptait ses dents. Ses cheveux pointent en tous sens, et j'aperçois des vestiges de crème contre les boutons sur son front. En dépit de son insolence, il n'a rien de particulièrement rude ou agressif. Il a de petites mains. Des traits fins.

— Parlez-moi de Sienna Hegarty.

— Qu'est-ce que vous voulez que je vous dise ?

— C'est votre copine ?

— C'est une copine.

— Elle est mineure.

— Et alors ?

— Quel âge avez-vous, Danny ?

— Vingt-deux ans.

— Vous ne connaissez pas de filles sexy de votre âge ?

— J'en connais.

— Alors pourquoi Sienna ?

— Écoutez, je ne baise pas avec elle, d'accord. Si elle dit le contraire, c'est une sale menteuse. On est potes.

— Potes ?

— Ouais. On zone ensemble. Je lui fais faire des tours en bagnole. Je la dépose ici ou là.

— Et ça vous donne droit à quoi en retour ?

Il hausse les épaules.

— Allons, Danny, je ne suis pas né de la dernière pluie. Vous essayez de me dire que vous traînez avec une gamine sexy de quatorze ans parce qu'elle est votre pote.

— Ouais, enfin, je me dis qu'un jour, peut-être…

— Un jour ?

— Elle me revaudra ça, vous comprenez. Quand elle aura l'âge.

— Vous mentez.

— Pas du tout.

— Sienna était enceinte. Vous l'avez engrossée.

— Certainement pas ! s'exclame-t-il d'une voix aiguë. Je la véhicule, c'est tout. Je la dépose. Je ne la saute pas. Je ne l'ai jamais touchée.

— Non ?

— Je vous assure.

— Vous me dites la vérité, Danny, ou l'agent Abbott va fouiller votre chambre. Il trouvera votre hasch, vos revues porno et tout ce que vous cachez. Ensuite, il vous conduira au poste et on vous mettra dans une cellule au sous-sol avec les ivrognes, les pervers et les camés. Les nuits sont longues dans ce genre d'endroit, laissez-moi vous le dire. Le matin venu, vous aurez l'impression d'être un vieillard.

Son front s'est couvert de sueur qui dégouline le long de son nez. Il voudrait me faire croire que les propos que je tiens ne lui font ni chaud ni froid, mais je vois bien qu'il cogite.

— Je vous ai vu avec Sienna mardi dernier. Où êtes-vous allés ?

— On a fait un tour et puis je l'ai déposée.

— À quelle heure ?

— 19 heures.

— Où ça ?

— En ville.

Il m'indique un angle de rue dans Lower Bristol Road.

— Que comptait-elle faire ?

Danny hausse les épaules.

— Elle m'a demandé de la déposer à cet endroit. Elle avait une adresse sur un bout de papier.

— Vous l'avez laissée là et vous êtes parti ?

— Oui.

Un de ses pieds est agité de soubresauts.

— Qu'avez-vous fait ensuite ?

— Je suis allé chez un copain.

— Combien de temps y êtes-vous resté ?

— Toute la nuit. J'ai dormi sur le canapé.

— Comment s'appelle votre ami ?

Il sursaute comme si je l'avais piqué.

— Qu'est-ce que ça peut vous faire ? C'est juste un copain.

Sa réaction frise la panique. Son regard s'est voilé, et il a pris appui fortement des deux mains sur le haut de ses cuisses. Cette posture a quelque chose d'un peu efféminé. Soudain, je vois clairement en lui. Je rapproche ma chaise en lui disant de se calmer.

— Le nom de votre ami m'importe peu, Danny. C'est sans conséquence.

Il se détend visiblement.

— Sienna est jolie, j'ajoute. Vous avez dit à vos copains que vous vous la faisiez ?

Il ne répond pas.

— C'est essentiel pour vous d'avoir une copine, hein ? Sinon vos amis risquent de penser que vous ne vous intéressez pas aux filles.

Il cille furieusement.

— Ça ne doit pas être facile… d'être mécanicien. Tous ces calendriers coquins dans l'atelier, les sifflements, les commentaires sur les filles en double page… C'est un boulot de mec.

— Que voulez-vous dire ?

— Vos potes croient que vous couchez avec elle, hein ? Ils vous admirent. Sacré veinard, ils se disent ! En réalité, je pense que Sienna fait semblant de sortir avec vous.

Ses justifications lui restent coincées dans la gorge.

— Vous vous arrangiez pour aller la chercher, pour qu'elle vous couvre de bisous, mais vous jouiez un numéro, pour le bénéfice de vos copains. Le reste était censé se passer dans l'intimité.

— Je ne vois vraiment pas où vous voulez en venir.

— Bien sûr que si ! Vous cachiez tous les deux quelque chose. Vous avez un petit ami… et Sienna aussi.

Danny se dresse d'un bond. Sa chaise tombe avec fracas.

— JE NE SUIS PAS PÉDÉ ! VOUS MENTEZ ! RETIREZ CE QUE VOUS VENEZ DE DIRE.

Il me supplie, les traits tordus par la souffrance. Je ramasse sa chaise et lui dis de se rasseoir. Il s'accoude sur ses genoux, le regard rivé au sol.

— Écoutez, Danny, je me fiche de savoir combien d'amants vous avez. Parlez-moi de Sienna. C'est tout ce que je vous demande.

Les lèvres pincées, il réfléchit à ce qu'il doit faire. En entendant sa mère s'esclaffer dans le salon, il glisse un regard en coulisse vers la porte.

— Elle voyait quelqu'un d'autre, murmure-t-il.

— Qui ?

— Je n'en sais rien. Je la déposais, c'est tout.

— Toujours au même endroit ?

— Non. Un endroit différent chaque fois.

— Et après, que se passait-il ?

— Je m'en allais.

— Vous mentez.

— Allez vous faire voir !

— Vous étiez curieux. C'est naturel. Vous ne vous contentiez pas de la déposer. Vous aviez envie de savoir qui elle voyait.

Il se mord l'intérieur de la joue.

— Ouais, enfin, peut-être une fois.

— Et alors ?

— Je me suis garé sous des arbres et j'ai attendu un peu. J'ai vu une voiture arriver. Sienna est montée.

— Qui était au volant ?

— Un vieux.

— Qui était-ce ?

— Comment voulez-vous que je sache !

— Mais vous l'avez vu.

— De loin. La quarantaine, peut-être un peu plus.

Un vieillard !

— La marque de la voiture ?

— Une Ford Focus. Cinq portes. Argentée.

— Vous vous souvenez du numéro ?

— Ouais ! Je me le suis tatoué sur le prépuce pour ne pas oublier !

Il rit en se disant qu'il va mémoriser sa réplique pour la répéter à ses collègues de l'atelier.

— Seriez-vous en mesure de reconnaître le conducteur ?

— La voiture, pas de problème. Je suis doué pour ça.

Visiblement soulagé, il attrape un couteau à beurre et se met à se curer l'ongle du pouce. Il a tendance à hocher la tête comme pour montrer qu'il est d'accord avec lui-même.

— Le jour où vous avez fait le guet, qu'avez-vous vu ?

— Le vieux a obligé Sienna à baisser la tête. J'ai cru qu'il voulait qu'elle lui fasse une pipe, mais il a démarré en fait.

— Et mardi dernier ? Vous avez vu sa voiture ?

— Non. Je l'ai juste déposée.

— Donc, vous n'avez pas vu l'homme avec qui elle avait rendez-vous ?

Danny secoue la tête.

— Que faisiez-vous chez Sienna le lendemain matin ?

Il hésite une seconde de trop. Je ne lui laisse pas le temps d'inventer un prétexte.

— Écoutez-moi bien, Danny. Je ne vois pas d'inconvénient à préserver votre petit secret, mais pas si vous me raconter des bobards.

Il me regarde d'un air penaud.

— J'ai essayé de l'appeler, mais elle ne répondait pas. En rentrant de chez mon copain, je suis passée devant chez elle dans l'espoir de l'apercevoir. Il y avait des flics partout.

— Pourquoi avez-vous pris la fuite ?

Ses épaules se soulèvent, retombent.

— Je ne voulais pas être impliqué.

Toujours la même histoire.

Il pousse un gros soupir.

— Il paraît que son père s'est fait trancher la gorge. Je n'ai jamais vu de mort. Pas comme ça. De quoi il avait l'air ?

Dehors, il fait nuit. Le vent a fraîchi. Un hêtre gémit à l'angle du jardin. La lune se cache dans ses branches.

Monk se penche à la portière.

— Vous avez eu ce que vous vouliez ?

— Sienna voyait quelqu'un. De plus âgé. Il doit y avoir des preuves : des emails, des textos, des lettres… Nous devons fouiller sa chambre.

— C'est déjà fait, me répond-il.

Certes, mais son ordinateur portable a disparu et son téléphone a été endommagé dans la rivière. Il va falloir que nous récupérions ses relevés auprès de l'opérateur et du serveur Internet.

— Sienna fait du baby-sitting pour son professeur d'art dramatique, Gordon Ellis. D'après Helen Hegarty, Ray aurait vu ce dernier l'embrasser dans sa voiture un soir où il la raccompagnait. Il a déposé une plainte à l'école.

— Ça remonte à quand ?

— À la semaine précédant le meurtre. Ellis pourrait être la personne avec laquelle Ray Hegarty a eu une prise de bec devant chez lui. Débrouillez-vous pour connaître la marque de son véhicule.

Monk se gratte la mâchoire avec le poing.

— La chef va dire que vous brouillez les pistes.

Est-ce le cas ?

— J'essaie juste de comprendre ce qui s'est passé.

— Et si elle est coupable ?

— Et si elle ne l'est pas ?

Monk réfléchit intensément, comme s'il était confronté à un cas de conscience. C'est un père de famille qui se fait du souci pour ses enfants. C'est un réaliste aussi, qui sait à quel point on peut manipuler la vérité, l'enjoliver, tricher avec elle à chaque étape de l'enquête et de l'instruction. Telle est la réalité de la police moderne. Surmenés, sous-payés, mésestimés, les enquêteurs sont forcés de prendre des raccourcis et de masquer leurs erreurs. En règle générale, avec un peu de chance, les faits s'ordonnent d'eux-mêmes et le coupable tombe. Même si le système leur fait faux bond, les policiers peuvent dormir sur leurs deux oreilles en principe, parce que le prévenu a sûrement commis quelque chose de tout aussi terrible. Les innocents sont rarement écroués. Théoriquement. En pratique aussi, a priori. Jusqu'au moment où quelqu'un comme Sienna Hegarty surgit.

Pendant le trajet du retour, j'écoute PM sur Radio 4. Eddie Mair analyse les événements de la journée :

« Les jurés n'ont pu retenir leurs larmes aujourd'hui en voyant les photos de la famille ukrainienne – dont trois jeunes enfants –, qui a péri dans l'incendie criminel d'un refuge de Bristol.

» Les deux petites filles, Aneta et Danya Kostin, respectivement quatre ans et six ans, ont été retrouvées blotties l'une contre l'autre dans une chambre au premier étage. Leur grande sœur de onze ans, Vira, est morte sur le palier, près de l'endroit où on a retrouvé les corps de leurs parents. Tous ont succombé à la fumée. On aurait versé de l'essence par la fente de la boîte aux lettres et jeté des cocktails Molotov par les fenêtres.

» Les voisins ont expliqué à la Cour qu'ils avaient entendu des vitres se briser. Une Ford Transit blanche aurait quitté les lieux quelques instants avant que les flammes envahissent le rez-de-chaussée du bâtiment. Un expert médico-légal a présenté un relevé d'empreintes liant l'un des trois inculpés, Tony Scott, à un jerrican d'essence utilisé lors de l'attaque... »

J'éteins la radio. J'ouvre un peu la fenêtre. L'air frais m'aide à me concentrer.

Je me gare devant chez moi, je remonte la colline jusqu'au cottage de Julianne et m'assois sur le muret sous les branches basses. Il y a de la lumière au rez-de-chaussée. La télé vacille derrière les rideaux.

Quelque chose m'attire vers la porte d'entrée. Mon doigt plane sur la sonnette.

Julianne entrouvre la porte.

— Bonjour ?

— Salut.

— Tout va bien ?

— Ça va. J'ai eu envie de passer. Et toi, comment vas-tu ?

— Bien, bien.

Suit un silence qui se prolonge au point de devenir embarrassant.

Julianne ouvre un peu plus la porte.

— Tu veux entrer ?

Je me faufile à côté d'elle et j'attends qu'elle ferme la porte. Elle regardait la télévision, mais elle a baissé le son.

— Où est Charlie ? je demande en jetant un coup d'œil dans l'escalier.

— Elle fait du baby-sitting.

— Pour qui ?

— Un petit garçon qui est dans la classe d'Emma.

Julianne se réinstalle dans son fauteuil près de la cheminée. Un livre est posé, ouvert, sur l'accoudoir. Il y a une tasse à thé vide à côté d'elle.

— Comment s'est passé ton rancard ?

Elle oscille la main.

— Couci-couça. Je l'ai trouvé un peu despote sur les bords.

— Comment ça ?

— Il a fait toute une histoire quand j'ai demandé la carte des desserts.

Une pointe de culpabilité me titille.

— C'est bizarre.

Julianne cale ses cheveux derrière ses oreilles.

— Je doute que tu sois venu ici pour parler de Harry.

Elle sourit et reprend possession de mon cœur en un clin d'œil.

— Sienna était enceinte, dis-je, ce qui me semble un bon départ pour une conversation.

Julianne me dévisage en battant les paupières.

— De qui ?

— Je ne sais pas.

Nous pensons tous les deux la même chose. Et si ça avait été Charlie ? Qu'aurions-nous fait ?

Julianne devient songeuse.

— Je suis passée devant chez les Hegarty aujourd'hui. En voyant les rideaux fermés, je me suis mise à penser à Sienna. Elle était constamment chez nous, Joe, à dîner ici, à dormir ici, sur le canapé de Charlie. (Elle prend une grande inspiration.) Et puis j'ai réfléchi à la manière dont je m'en suis prise à toi, à certaines remarques que je t'ai faites.

Elle plonge son regard dans le mien d'une manière qui m'incite à croire que la colère, la peine, l'agacement ont disparu de ses souvenirs.

— Nous n'avons perdu personne, Joe. Nos deux filles sont merveilleuses. Nous avons de la chance.

— Je sais.

Ses yeux couleur océan brillent.

— Je ne sais pas si je devrais te dire ça.

— Quoi donc ?

— Il y a des nuits où tu me manques tellement que je m'endors en pleurant, d'autres nuits où je me rends compte que t'aimer a épuisé toute mon énergie. Je n'en avais pas assez… Je n'en aurai jamais assez.

— Je comprends.

— Vraiment ?

— Laisse-moi revenir.

Elle secoue la tête.

— Je ne suis pas assez forte pour vivre avec toi, Joe. Je le suis tout juste assez pour vivre sans toi.

— Pourquoi ?

— Parce que tu ne seras pas toujours là.

Une mèche de cheveux s'échappe de derrière son oreille. Elle la recale. On dirait qu'elle va pleurer. La dernière fois que j'ai vu ses larmes, c'était il y a deux ans, dans une chambre d'hôpital où la pluie rayait les vitres. J'avais eu la sensation que les nuages pleuraient pour moi.

— Je ne t'aime plus, m'avait-elle annoncé froidement. Pas comme il faut. Pas comme avant.

— Comme il faut. Ça ne veut rien dire. Il y a l'amour, c'est tout.

Qu'est-ce que j'en sais ?

Elle me sourit tristement à présent.

— Tu es tellement doué pour analyser les autres, Joe, mais pas pour toi-même.

— Ni toi.

— Je déteste quand tu me dissèques.

— J'essaie de ne pas le faire. Je préfère que tu restes une merveilleuse énigme.

Cette fois, elle rit franchement.

— Je suis sérieux, dis-je. Je n'ai pas envie de te comprendre. Ni de savoir ce que tu feras après. Je veux passer le reste de mon existence à essayer de résoudre le mystère.

Elle soupire, secoue la tête.

— Tu es un type bien, Joe, mais…

Je l'interromps. Une déclaration qui débute ainsi ne présage rien de bon. Et si elle s'apprêtait à m'annoncer qu'elle va épouser Harry Veitch ?

— Sois honnête avec moi, dis-je.

Ses lèvres se réduisent à une ligne mince, intraitable.

— Tu sous-entends que je mens ?

— Ce n'est pas ce que j'ai voulu dire. J'aimerais juste qu'on parle de choses importantes.

— Cette conversation n'a rien d'indispensable, Joe.

— J'aime bien quand on parle des filles. Ça me donne l'impression que nous formons toujours une famille.
— On ne peut plus vivre ça, murmure-t-elle tristement.
— Je sais.
— Vraiment ? Il y a des moments où je me le demande.

18

Mardi après-midi. Je me gare devant une maison en pierre usée, avec un toit en ardoise. Le petit jardin de devant est composé de bandes de gazon entrecoupées par des parterres où des gerberas en quête de soleil pointent le bout du nez au milieu du terreau.

Je prends mon pardessus sur le siège à côté de moi, je remonte l'allée et je presse brièvement la sonnette en affichant ma mine professionnelle la plus affable. Personne ne répond. Je sonne de nouveau en collant l'oreille contre le battant. J'entends des rires en boîte provenant de la télé.

Je redescends les marches pour m'approcher d'une fenêtre. J'essaie de guigner entre les rideaux. Le téléviseur est un carré clignotant dans le crépuscule terne du salon. J'entrevois une forme floue assise sur le canapé. On ne m'a peut-être pas entendu sonner.

Je frappe fort cette fois-ci et je tends l'oreille dans l'espoir de surprendre des bruits de pas, des voix étouffées, ou une respiration de l'autre côté de la porte.

Rien.

Je suis sur le point de m'en aller quand une voix me parvient du jardin de derrière. Gordon Ellis apparaît sur le côté de la maison. Il est vêtu d'un pantalon de survêtement et un polo de rugby des *Harlequins*. Une frange de cheveux châtains lui tombe sur le front. Il l'écarte.

— Bonjour.

— Bonjour. J'étais au fond du jardin. Vous attendez depuis longtemps ?

— Pas vraiment.

Il scrute mon visage.

— Nous nous connaissons ?

— Je suis le père de Charlie O'Loughlin.

— Ah oui ! Bien sûr. (Il me tend la main. Une poigne de tueur.) Appelez-moi Gordon.

— Joe.

Il cale sa binette au creux de son épaule.

— Charlie est une fille bien.

— Merci.

Je jette un coup d'œil vers la porte d'entrée.

— Je ne veux pas vous déranger… si vous avez de la visite.

— Non. Je suis seul. Natasha est allée faire des courses. Je m'occupais des corvées. J'ai presque fini. Ça ne vous ennuie pas qu'on discute dans le jardin ?

Je lui emboîte le pas dans l'allée latérale où un vélo rouillé est adossé à la clôture, près des poubelles de recyclage. Le jardin tout en longueur comporte un bac à sable émaillé de jouets, un petit potager, une mini-serre. Tout au fond, il y a une ancienne étable, transformée en garage et adossée à un sentier.

En jetant un coup d'œil par une porte sur le côté, j'aperçois une BMW décapotable, gris argent. Ellis suit mon regard.

— Vous vous demandez comment un prof peut s'offrir une voiture pareille.

— Ça ne m'est pas venu à l'esprit, je l'avoue.

— La famille de Natasha est bourrée de fric. On peut dire que j'ai fait un beau mariage. (Il a l'air un peu gêné.) On s'est rencontrés à l'école. Je vous jure que j'ignorais qu'elle était riche.

Il rit puis il balance sa binette par-dessus son épaule en enfonçant profondément la lame dans le sol compact.

— J'ai pris du retard. J'aurais dû faire les semis il y a un mois.

La maison paraît moins accueillante sous cet angle, avec ses petites fenêtres. Quelque part du côté de la rue, j'entends une porte se fermer. Ellis aussi l'entend. Son regard croise le mien.

— Que puis-je faire pour vous, Joe ?

— Je souhaiterais vous poser des questions à propos de Sienna Hegarty.

Il donne un nouveau coup de binette.

— Une terrible affaire !

— Vous étiez proches ?

— C'est une de mes élèves. Elle joue dans le spectacle.

— J'ai assisté à la répétition mardi dernier. Vous vous êtes montré assez dur envers elle.

— Elle était distraite. Elle oubliait ses répliques. Elle n'était pas dans le rythme. Je sais ce dont elle est capable. (Il s'interrompt pour s'essuyer le front avec le bras.) Vous n'êtes pas là pour parler de la comédie musicale.

— Non.

— Pour quelle raison alors ?

— J'essaie d'aider Sienna. Je suis psychologue. On m'a prié de rédiger un rapport psychologique à son sujet.

— En quoi puis-je vous être utile ?

— J'ai parlé avec elle il y a quelques jours. Je l'ai interrogée sur l'école. Des questions générales à propos de ses matières préférées, des professeurs. En répertoriant ces derniers, elle a fait abstraction de vous.

— Vous dites ça comme si elle avait échoué à un examen.

— Elle s'est énervée quand j'ai mentionné votre nom. Elle ne voulait pas parler de vous. Voyez-vous un motif à cela ?

— Non.

— Rien ne vous vient à l'esprit ?

La binette qu'il tient à deux mains est en équilibre au-dessus de sa tête.

— Que faites-vous ici, monsieur O'Loughlin ?

On a laissé tomber les prénoms.

— Mme Robinson, la conseillère pédagogique, m'a expliqué que c'était vous qui aviez encouragé Sienna à aller la trouver. Sienna vous a-t-elle fait part de ce qui la tracassait ?

Ellis se détend un peu, sort un petit paquet de mouchoirs de sa poche et s'essuie le coin des lèvres. Il contemple la cime des arbres derrière moi.

— On se rend compte parfois qu'un enfant est mal dans sa peau. Sienna était taciturne. Angoissée.

— Comment vous en êtes-vous rendu compte?

— C'était à l'automne dernier. Peu après la rentrée. Il faisait chaud et tous les élèves étaient en bras de chemise, à part elle. J'ai trouvé ça bizarre. Et puis j'ai remarqué un filet de sang sur sa main qui coulait de son poignet. Elle avait les bras croisés. Elle s'était coupée et ça saignait encore.

— Vous a-t-elle expliqué ce qui s'était passé ?

— Non. Comme elle refusait d'aller à l'infirmerie, je suis allé chercher des pansements que j'ai glissés discrètement dans son sac. Elle n'a rien dit, mais je pense qu'elle a compris que c'était moi.

— Avez-vous rapporté l'incident ?

— Non. Mais, à partir de ce moment-là, je l'ai eue à l'œil. Elle s'est inscrite au club de théâtre. Avec le temps, elle en est venue à me faire confiance. Nous avons parlé.

— De quoi ?

— Elle avait des problèmes avec son père.

— Quel genre de problèmes ?

— Faut-il que je mette les points sur les *i*, monsieur O'Loughlin ? Je l'ai exhortée à se confier à la conseillère. Voyant qu'elle rechignait à voir un psy, j'ai aidé à la convaincre.

— Elle se fiait à vous ?

— Je suppose.

— Comment expliquez-vous ça ?

Il cligne des paupières, furieux tout à coup.

— Parce que j'étais disposé à l'écouter peut-être.

— Vous a-t-elle avoué qu'elle subissait des sévices sexuels ?

— Non, mais je l'ai compris. À force d'enseigner, on apprend à reconnaître les signes.

Après avoir posé sa binette contre la clôture, il prend un râteau et se met à lisser la terre en rompant les plus grosses mottes tout en creusant des canaux pour le drainage. De l'autre côté de la clôture, la voisine est en train d'étendre son linge – des draps, des serviettes, le blanc.

Gordon lui rend son salut.

— Sienna avait besoin de mon aide. Je regrette de ne pas avoir pu en faire davantage pour elle.

Les mots semblent rester coincés dans sa gorge.

— Vous saviez qu'elle était enceinte ?

Ellis marque un temps d'arrêt, son râteau suspendu en l'air. Ses épaules se crispent. Puis il secoue la tête en soupirant.

— Je savais qu'elle avait un ami.

La voisine en a fini avec son linge. Elle appelle son chien.

— Jake, viens, mon petit. Allez, viens ! On rentre.

Ellis la fixe, le manche de son râteau contre l'épaule.

— Sienna s'était-elle entichée de vous ?

— Oui.

— Vous le reconnaissez ?

— Ce sont des choses qui arrivent.

— Et ça ne vous posait pas de problèmes ?

— Au contraire, je l'ai pris comme un compliment. C'est la preuve que je fais bien mon boulot.

— Ah bon ?

— Il faut que vous compreniez le fonctionnement de l'enseignement. Si je fais correctement mon travail, je suis à même de modifier l'image qu'un élève a de lui-même. C'est un processus de séduction, qui n'a cependant rien à voir avec une conquête sexuelle. Il s'agit de créer un intérêt, une passion là où cela faisait défaut. De faire naître une envie chez les étudiants.

— Vous les incitez à tomber amoureux de la matière enseignée ?

— Je fais en sorte qu'ils s'enthousiasment, qu'ils se sentent stimulés, défiés, provoqués.

— Donc, vous les encouragez à s'éprendre de vous ?

— Oui, mais pas pour satisfaire mon ego. Je réoriente leur intérêt sur eux-mêmes. Je les incite à s'emparer de cette curiosité nouvellement acquise, de cette passion pour explorer, s'envoler vers d'autres horizons…

— Que se passe-t-il lorsqu'une élève sexualise cet engouement ?

— Je prends du recul. Je la laisse tomber en douceur. Si Sienna s'est amourachée de moi, ce n'est pas parce qu'elle voulait sortir avec moi, mais parce qu'elle désirait me ressembler. J'ai fait ressortir le meilleur en elle. Je l'ai valorisée. Rien à voir avec une attirance physique. C'est une communion de l'esprit.

Ça paraît tellement évident dans sa bouche que personne ne saurait mettre sa logique en doute. C'est un enseignant passionné, brillant sans doute, mais une adolescente saurait-elle faire la différence entre la séduction et la persuasion, l'amour et une tocade ?

— Vous connaissiez Ray Hegarty ?

— Nous nous sommes rencontrés une ou deux fois.

Ellis promène son regard sur le jardin, un sourire las aux lèvres.

— Si je ne me dépêche pas de semer, nous n'aurons pas de légumes cet été.

Un coup de vent disperse ses paroles.

— Comment va Sienna ?

— Elle est traumatisée.

— Est-ce que le bébé…

— Elle a fait une fausse couche.

Il hoche tristement la tête et lève les yeux vers le ciel gris perle.

— C'est sans doute mieux ainsi.

Quelque chose monte de mon estomac. Une brûlure. Je déglutis avec peine et je me rends compte que j'ai dit au revoir et que je rebrousse déjà chemin vers l'allée latérale.

Le garage, et la voiture de luxe, apparaissent à la périphérie de ma vision.

— Quel modèle de voiture a votre femme ? demandé-je en me retournant.

Ellis me gratifie d'un sourire empreint d'ironie.

— Natasha ne s'intéresse pas beaucoup aux voitures. Pour elle, elles servent juste à aller d'un endroit à un autre.

— Quel modèle ?

— Une Ford Focus.

19

Nous sommes parfois conscients de certaines choses à notre insu. Cela peut se manifester par des contractions au creux de l'estomac, un sentiment de doute persistant, ou la conviction inexpliquée qu'il est arrivé quelque chose.

Appelez ça intuition, perception, perspicacité. Le sixième sens n'existe pas – ce n'est qu'un processus mental au gré duquel le cerveau enregistre une situation et effectue une recherche rapide dans ses fichiers. Parmi la masse de souvenirs et de connaissances accumulés, il retrouve alors une correspondance immédiate, une première impression.

C'est la raison pour laquelle, quand on joue au Trivial Pursuit, il est préférable le plus souvent de donner la première réponse qui nous vient à l'esprit, dans la mesure où cette pensée initiale se fonde sur un indice inconscient, un savoir qui ne peut ni s'expliquer ni se défendre. Réfléchissez un peu trop longtemps à la question, et vos facultés cérébrales plus développées en viendront à exiger des preuves.

L'astuce consiste à entraîner son cerveau à relever les signes. Fiez-vous à votre première réaction. Mon instinct me dit que Sienna Hegarty n'a pas tué son père. Qu'elle protège quelqu'un. Que Gordon Ellis en sait plus qu'il ne le laisse entendre. Mon instinct m'indique qu'il y a quelque chose entre eux, une amitié entre élève et professeur qui a dépassé une frontière.

Depuis quatre jours, je me débats avec ce problème en repassant en revue mon entretien avec Sienna, la réaction d'Ellis dans les moindres détails. Une autre image me revient constamment à l'esprit : Gordon Ellis pendant la répétition, plongeant son regard dans celui d'une adolescente, un doigt sous son menton pour lever son visage vers le sien. Elle avait envie qu'on l'embrasse, de s'abandonner… Il voulait la contrôler.

Je revois les yeux d'Ellis allant des pupilles dilatées de la fille à ses joues en feu, à son cou, à son corps sans défense. Était-ce le regard d'un manipulateur avisé ou celui d'un enseignant dévoué ? Le regard concupiscent d'un prédateur ou un numéro d'acteur inoffensif ?

Samedi matin à Bath. Je suis installé au café Medoc qui donne sur le Pulteney Bridge et le sentier au bord du fleuve qui mène à la Bibliothèque. Le barrage en aval baratte l'eau brune qui se change en écume. Des canards pataugent au-dessus des chutes comme s'ils attendaient qu'on leur fournisse une rampe.

Annie Robinson s'assied en face de moi et pose son sac multicolore à ses pieds. Elle porte une veste matelassée sur une jupe et des bas en laine fins.

— Je ne pensais pas que vous m'appelleriez, Joseph O'Loughlin.

— Pourquoi cela ?

— Vous aviez l'air tellement gêné la dernière fois qu'on s'est vus !

— Pas du tout.

Elle rit.

— J'ai le souvenir que vous ne saviez pas où poser le regard.

Nous commandons des cafés. Qu'on nous apporte presque aussitôt. Elle prélève une cuillerée de mousse dans son cappuccino et la porte à ses lèvres.

— Vous ne m'avez pas vraiment laissé le temps de me faire une beauté. D'ordinaire, je n'accepte jamais de rendez-vous le jour même. Vous aurait-on posé un lapin ?

— Ce n'est pas vraiment ce genre de rendez-vous là, dis-je avant de faire marche arrière. Je veux dire, j'avais envie de vous voir, pour le plaisir, mais je ne pensais pas qu'aujourd'hui… je veux dire…

Elle s'esclaffe de nouveau. Ses yeux dansent.

— Ne vous inquiétez pas, Joseph O'Loughlin. Peu m'importe si ce n'est pas vraiment un rancart.

Mon nom complet a l'air de beaucoup l'amuser.

— Alors dites-moi, reprend-elle, puisque nous sommes deux amis qui se voient pour le plaisir, que faites-vous dans la vie ?

— Je suis psychologue. S'il vous plaît, appelez-moi Joe.

— C'est comme ça que votre femme vous appelle ?

— Oui.

— Dans ce cas, je préfère m'en tenir à Joseph. Vous avez un cabinet ?

— Plus maintenant. J'enseigne à l'université. À temps partiel.

Elle hoche la tête d'un air apparemment satisfait.

— Vous trouvez aussi que c'est le week-end le plus dur ?

— Le plus dur ?

— Quand on est seuls. La semaine, je travaille, je suis occupée, mais les week-ends, la solitude me pèse.

— Ça fait combien de temps ?

— Nous sommes séparés depuis trois ans. Trois mois se sont écoulés depuis que le divorce a été prononcé. J'ai espéré jusqu'au dernier moment. Et vous ?

— Nous ne sommes pas encore divorcés.

— Oh, je pensais… Je ne savais pas ! ajoute-t-elle d'une voix aiguë.

— Vous avez toujours été conseillère pédagogique ? demandé-je pour venir à sa rescousse.

— J'ai enseigné l'histoire. Mon père disait que c'était la matière idéale parce qu'il y avait toujours plus de données à enseigner.

— Même si elle se répète ?

— On n'en tire jamais la leçon, c'est pour ça.

Elle sourit. Une fossette se creuse dans sa joue gauche, mais pas la droite.

Le soleil s'est levé. Elle plonge la main dans son sac pour sortir ses lunettes de soleil.

— Très coloré, votre sac.

— Mon ex-mari me l'a offert à l'époque où nous étions encore ensemble. Rempli de lingerie, totalement obscène, et pas du tout sexy. Rien ne me fera renoncer à mes bons vieux pyjamas à rayures Marks and Spencers.

— Je n'essaierai même pas.

Elle feint la surprise.

— Vous me trouvez si peu désirable ?

— Ce n'est pas ce que j'ai voulu dire. C'est juste… enfin… je ne vous forcerais pas à les enlever.

Elle part d'un rire gracieux, après quoi elle tente de me persuader de partager une tranche « mortelle » au chocolat en alléguant qu'un « vrai gentleman » ne la laisserait pas endosser toute la culpabilité.

— Dites-moi, Joseph, pourquoi m'avez-vous appelée ?

— Vous connaissez bien Gordon Ellis ?

— Pourquoi cette question ?

— Ça m'intéresse.

Elle suce sa cuillère.

— Nous étions à l'école normale ensemble, du temps où nous étions jeunes et acquis à la cause.

— Comment est-il ?

— Trop séduisant pour son bien.

Elle dit ça comme si c'était tellement évident que j'en conçois une pointe de jalousie.

— Est-il apprécié ?

— Très. Surtout par les filles des grandes classes. Il fait vibrer leurs petits cœurs. Les plus présomptueuses d'entre elles lui adressent des messages et s'arrangent pour se frotter contre lui. Il doit faire très attention.

— A-t-il eu des problèmes ?

Elle m'observe d'un air suspect.

— Pourquoi est-ce que ça vous intéresse tant ?

— Je crois que Sienna Hegarty est amoureuse de lui.

— Elle ne serait ni la première ni la dernière.

— Et si ça allait plus loin que ça ?

Elle incline la tête de côté.

— Vous l'accuseriez d'inconduite sexuelle ?

— C'est une hypothèse.

— Dangereuse. Les bruits courent vite. On peut ruiner une carrière comme ça.

— Ça reste entre vous et moi.

Elle taquine sa boucle d'oreille en la frottant entre son pouce et son index.

— L'école a des procédures pour gérer ce genre de problème.

— Des procédures internes ?

— En principe, oui. Rares sont les incidents qui vont au-delà d'une tocade inoffensive ou d'une affection mal placée.

— Auquel cas… ?

— L'établissement assume sa responsabilité. L'enseignant est suspendu de ses fonctions, licencié ou transféré discrètement.

— Sans publicité dommageable.

Annie s'offusque.

— Vous ne vous rappelez peut-être pas l'époque où vous étiez à l'école, Joe, mais les salles de classe s'apparentent à des boîtes de Petri sexuelles débordant d'hormones et de tension sexuelle. Quand j'étais au collège, j'avais un faible pour M. Deitch, notre professeur d'anglais et d'éducation physique. On allait le regarder courir au stade parce qu'il mettait un short en Lycra, comme Linford Christie. Ça faisait une bosse impressionnante.

— Je saisis l'image.

Elle s'esclaffe.

— Une enseignante vous a-t-elle brisé le cœur à vous aussi ?

— Mlle Powell, ma prof de français. Elle avait posé pour des artistes à Paris. Je l'ai croisée un jour dans un magasin, et j'ai raconté à mes copains que je l'avais vue acheter des sous-vêtements sexy. Ils étaient fous de jalousie. Bref, mon mensonge est revenu à ses oreilles. Elle m'a envoyé chez le proviseur. J'ai dû écrire un essai sur les raisons pour lesquelles les femmes ne devaient pas être traitées comme des objets.

— Mon pauvre !

— Ça ne serait jamais arrivé à une fille !

Elle prend un air étonné.

— C'est moi que vous blâmez maintenant.

— Jamais de la vie ! Mais dites-moi, comment faites-vous pour vous préserver – des entichements adolescents, j'entends ?

— Je m'abstiens de rencontrer mes élèves en dehors de l'établissement ou de les faire monter dans ma voiture. Je n'ai pas de chouchous. J'évite de me retrouver seule avec un étudiant. Je n'accepte pas de cadeaux, je n'en offre pas. J'évite tout contact physique aussi. Je laisse la porte de la classe ouverte. Je n'écris ni mots, ni mails susceptibles d'être mal interprétés.

— C'est un champ de mines.

— Oui et non.

Elle caresse le bord de sa tasse du bout du doigt.

— Je me rends compte en général quand un élève en pince pour moi. Les regards langoureux, les prétextes pour rester le soir ou arriver de bonne heure.

— Que faites-vous dans ce cas ?

— Je me débrouille pour garder mes distances.

Elle lève les yeux et soutient mon regard. Je cille et je sens mon cou s'empourprer.

— C'est pour ça que vous vouliez me voir ? Pour me parler de Gordon ?

— Oui et non.

— Enfin. Tant que c'est vous qui payez. (Elle rit gaiement.) Vous ne reconnaîtriez pas Gordon si vous voyiez une photo de lui quand il était gamin.

— Pourquoi ?

— Il était moche comme un pou. Obèse, myope, les dents de travers, un visage comme une pizza.

— Comment le savez-vous ?

— J'ai rencontré sa mère une fois. Elle était venue à la fac pour s'assurer qu'il prenait soin de lui. Elle avait des photos de lui quand il était petit. Il faut avouer qu'il s'est sacrément amélioré. Il a perdu du poids. Il a fait un petit tour chez l'orthodontiste. Il s'est mis à la gym. Le mètre quatre-vingt-dix a joué en sa faveur, il faut dire.

— Vous connaissiez Natasha ?

— Qui ça ?

— Sa femme. Elle devait déjà être dans les parages.

— Qu'est-ce qui vous fait dire ça ?

— Il m'a expliqué qu'ils s'étaient rencontrés pendant leurs études. Je pensais qu'elle avait fait l'école normale elle aussi.

Annie secoue la tête.

— Il avait toute une kyrielle de petites amies à l'époque. Il est sorti avec une de mes copines. Alison. Pendant environ trois mois.

— Et vous, vous êtes sortie avec lui ?

Elle hausse les épaules.

— Il n'était pas vraiment mon genre. (Elle marque une pause.) Vous êtes bien curieux, Joseph. Tous les psychologues sont-ils comme vous ?

— Nous nous intéressons aux gens.

— Vous vous intéressez à moi ?

— Bien sûr.

C'est la réponse qui convient. Brusquement elle se lève en me proposant une promenade. Nous traversons Argyle Street, remontons Grand Parade jusqu'au parc. Elle passe son bras sous le mien. Son sac en bandoulière oscille doucement entre nos hanches. C'est agréable de flirter avec une jolie femme.

Julianne et moi faisions la même chose autrefois. On se taquinait, on échangeait des remarques, on refaisait le monde.

— Qu'est-ce qui vous a décidé à devenir conseillère ?

— Probablement la même raison qui vous a poussé à choisir la psychologie, répond Annie. J'avais envie de changer les choses. Pourquoi avoir opté pour l'enseignement ?

— Je ne sais pas très bien. Je ne suis pas certain qu'on puisse enseigner cette matière.

— Pourquoi ?

— Le travail clinique est très instinctif. Il s'agit d'écouter les gens, de partager leur fardeau. De leur faire sentir que quelqu'un se soucie d'eux.

— Qu'est-ce qui vous a incité à renoncer ?

— Pour être efficace, un psychologue doit s'investir. Il faut sonder les ténèbres afin d'aider la personne à s'épanouir. Il y a des années de cela, j'ai dit à un ami qu'un médecin n'est d'aucun intérêt pour son patient s'il succombe au même mal que lui, mais ce n'est pas une bonne analogie. Quand un être se noie, il faut que quelqu'un d'autre se mouille.

Elle s'arrête, se tourne vers moi.

— Vous en avez eu assez de vous mouiller ?

— J'ai failli couler.

Nous sommes parvenus à North Parade. Des péniches sont amarrées sur l'autre rive. Une femme fait la cuisine sur le pont. Elle est en train de détailler des carottes qu'elle jette dans une casserole d'eau bouillante posée sur un réchaud à gaz.

— Merci pour le café et le gâteau, Joseph.

— J'espère que vous n'avez pas eu trop de trajet. J'ai omis de vous demander où vous habitiez.

— Vous vous invitez chez moi ?

— Non, pas du tout… J'étais juste…

Elle se paie ma tête, une fois de plus.

— Je suis ravi de vous avoir amusée autant.

— Pardonnez-moi. Je me rattraperai au dîner.

Elle a dit ça précipitamment. D'un ton nerveux.

Je mets trop de temps à répondre.

— Je ne voudrais pas vous forcer la main, ajoute-t-elle. Je ne suis pas aussi directe d'habitude.

— Non. Je veux dire, oui, cela me plairait de dîner avec vous.

— Vous êtes sûr ?

— Certain. C'est juste que je n'ai pas été invité à dîner par une femme depuis… depuis…

— Vous devriez peut-être arrêter de compter.

— Bonne idée.

Elle me dépose un baiser sur les lèvres.

— Bon alors, dîner, ce sera. Que diriez-vous de lundi soir ?

— Entendu.

Et puis, comme si l'idée lui était venue après coup, elle dit :

— À propos de Sienna et de Gordon Ellis…

— Oui.

— Je vais tâcher de savoir si quelqu'un a déposé une plainte à l'école.

— Merci.

20

Charlie a un match de football. Une compétition sportive en équipe chez les filles, c'est tout autre chose. Pas de blessure feinte, ni coups de coude intempestifs ni fautes cyniques. La plupart du temps, les contacts physiques sont accidentels et, quand une joueuse est blessée, les vingt et une autres, pleines de sollicitude, se rassemblent autour d'elle.

Charlie s'implique de moins en moins dans le foot. À un moment donné, les adolescentes semblent se désintéresser du sport. Soit qu'elles en aient assez de transpirer, soit qu'elles trouvent ça trop pénible. La découverte des garçons y est sans doute pour quelque chose. Pourquoi ne découvrent-elles pas les devoirs ?

Je me promène sur la touche en criant des encouragements de temps en temps, ce que ma fille déteste. Elle ne tolère pas que j'analyse la partie après coup, ou que je commente sa manière de jouer.

Julianne vient parfois, ce qui me fait toujours plaisir. Elle bavarde avec les autres mères en buvant du café au thermos et suit rarement les actions sauf en cas de penalty ou de but.

Elle n'est pas venue aujourd'hui. Je lui ai proposé. Elle a refusé.

Sans perdre la partie de vue, je tente de joindre le psy de Sienna une fois de plus. Je lui ai laissé trois messages. Il n'a pas rappelé. Robin Blaxland a un cabinet à Bath, à proximité du centre Jane Austen.

Ça me fait toujours sourire que Jane Austen soit l'ex-résidente la plus célèbre de Bath alors que, dit-on, elle détestait cette ville thermale. Elle y vécut six ans sans jamais y écrire une ligne, ce qui n'a pas empêché les autorités de donner son nom à des rues, des festivals ou des salons de thé.

À la mi-temps, j'appelle Ruiz. Il est dehors, un peu essoufflé.

— Vous faites votre jogging ?

— Ouais. Je compte participer au marathon de New York.

— Ça se passe bien ?

— Je suis en Écosse en fait.

— Pourquoi faire ?

— Gordon Ellis a vécu à Edinburgh.

— C'est important.

— Possible.

Il ne m'en dira pas plus. Typique de Ruiz, un homme de peu de mots, et ces mots sont choisis avec autant de soin que les berlingots qu'il trimballe partout dans sa poche.

— J'ai besoin que vous me rendiez un service, lui dis-je.

— Je n'en ai pas encore fini avec le précédent.

— Il me faut l'adresse personnelle d'un psychothérapeute du nom de Robin Blaxland. Il soignait Sienna Hegarty.

— Donnez-moi une heure.

Il raccroche. Je me replonge dans le match. Qui se solde par une victoire remportée de justesse par l'équipe adverse. À l'arrière de la Volvo, Charlie délace ses chaussures pleines de boue. Elle enfile un pantalon de survêtement sur son short et range ses chaussures dans un sac en plastique.

— Un chocolat chaud, ça te dit ?

— Non.

— Tu as faim ?

— Pas particulièrement.

Elle examine l'ampoule qu'elle a au gros orteil. En plus du vernis violet foncé sur ses ongles, je remarque un bracelet en argent à sa cheville.

— C'est nouveau.

— Sienna me l'a donné.

— Comment ça se fait ?

— Elle n'en voulait plus.

— Ce n'est pas une babiole, apparemment. D'où est-ce qu'elle le sort ?

Charlie rive son regard dans le mien.

— Tu penses qu'elle l'a volé ?

— Je n'ai jamais dit ça.

— C'était il y a un an, papa ! Ce n'est arrivé qu'une seule fois. Tu veux voir la facture ? Je la lui demanderai.

Elle se détourne. Écœurée.

Bien joué ! me dis-je.

Charlie change de polo.

— Je peux me faire faire un piercing au nombril ?

— Non.

— Erin en a un depuis l'été dernier.

— Et alors ?

— Un tatouage ?

— Certainement pas.

— Même un tout petit, sur la cheville ?

— Quand tu auras dix-huit ans, tu pourras te faire tatouer de la tête aux pieds si ça te chante.

Elle lève les yeux au ciel, je le sais. Elle attrape son talon pour examiner son ampoule de nouveau. J'ai des pansements dans une trousse de premiers secours. En ôtant l'emballage, je lui demande de ne pas bouger le pied.

— Je peux te poser des questions à propos de M. Ellis ?

Elle est aussitôt sur la défensive.

— Qu'est-ce que tu veux savoir ?

— Est-ce qu'il a des chouchous ?

— Comment ça ?

— Te donne-t-il l'impression de favoriser certains élèves ?

— Je suppose que oui. Il y a des filles qui flirtent avec lui.

— Est-ce qu'il fait pareil ?

— Pas vraiment.

Elle enfile sa chaussette.

— Pourquoi est-ce qu'il t'intéresse tellement ?

— Pour rien.

— Je ne suis pas idiote, papa. Tu ne parles jamais pour ne rien dire.

Un autre match est sur le point de débuter. Les joueurs s'échauffent en faisant des petits sprints, des passes.

J'insiste :

— Que penses-tu de lui ?

— Il est cool.

— Qu'est-ce qui le rend si cool ?

— On peut lui parler. Il écoute.

— Lui parler de quoi ?

— De trucs.

— Quel genre de trucs ?

— De trucs. De problèmes. On a l'impression qu'il sait de quoi on parle parce qu'il est passé par là.

On est tous passés par là, ai-je envie de rétorquer.

— Gordon ne nous juge pas. Il ne nous méprise pas non plus. Il ne nous traite pas comme des enfants. Il dit qu'on ne doit pas hésiter à venir discuter avec lui si on a un souci. Il sait écouter, répète-t-elle.

— Tu l'appelles par son prénom ?

— Oui. Il nous y autorise, mais seulement pendant les cours de théâtre.

— Ça t'arrive de te confier à lui ?

Les épaules de ma fille se soulèvent, retombent. C'est suffisamment explicite.

— Sienna était-elle proche de lui ?

— Avant, oui.

— Que s'est-il passé ?

— Il s'est mis à la critiquer. À lui faire des remarques. À lui reprocher de ne pas se donner assez de mal. Ça n'a pas l'air d'embêter Sienna. Je crois bien qu'elle n'en a rien à faire.

— Ça te surprend ?

— Oui. Je suppose que oui. Ça ne lui ressemble pas.

Un coup de sifflet retentit. Le match suivant démarre. Charlie suit l'action, consciente que j'étudie son profil. En temps normal, elle se plaint quand je l'observe comme ça. Elle m'accuse d'essayer de lire dans ses pensées.

— Sienna voyait-elle M. Ellis en dehors de l'école ?

— Elle faisait du baby-sitting pour lui. Il a un petit garçon. Il est adorable.

Charlie ne comprend pas ce que j'insinue.

— Sortaient-ils ensemble ?

Elle tourne brusquement la tête vers moi.

— Comment tu peux dire ça ?

— Sienna voyait quelqu'un, en dehors de l'école. Pas le petit ami qu'elle prétendait avoir. Un type plus vieux.

Charlie éclate de rire.

— Et tu penses que c'était M. Ellis ?

— Qu'est-ce qu'il y a de si drôle ?

— Tu as raison. Ce n'est pas drôle. C'est tragique. Gordon nous a prévenus que ça risquait de se produire.

— Quoi donc ?

— Il disait que les gens inventent des histoires parfois, parce qu'ils sont jaloux ou blessés. C'est arrivé à l'école où il était avant. Il a été forcé de partir.

— Il t'a raconté ça ?

— Oui.

— Est-ce qu'il t'a expliqué ce qui s'était passé ?

— Une fille s'était plainte sous prétexte qu'il l'avait embrassée. Elle a fait marche arrière après, mais c'était trop tard. On l'a obligé à quitter l'établissement.

Pourquoi Ellis aurait-il raconté ça à ma fille ?

Charlie est accaparée par la partie.

— Sienna couchait avec des garçons, dis-je.

— Et alors ?

— Tu le savais ?

Un haussement d'épaules. Indifférent.

— Des tas de filles couchent avec des garçons, papa. Elles ne vont peut-être pas toutes jusqu'au bout, mais elles font plein d'autres trucs.

Elle me jette un regard en coin pour voir si je suis choqué. Le silence se prolonge, ponctué par un but et des cris enthousiastes venant de la ligne de touche.

— T'aimerais bien savoir pour moi, hein ?

Un sourire rusé danse sur ses lèvres. Ma fille me défie. Chaque fibre de mon être professionnel m'exhorte à ne pas mordre à l'hameçon. Je dois mettre un terme à la conversation. Tout de suite. Mais une petite veilleuse d'inquiétude parentale s'allume dans ma poitrine. Il faut que je sache.

— Est-ce que tu couches avec des garçons, Charlie ? Ça m'est égal. Enfin, je veux dire, ça m'inquiéterait un peu. Tu es mineure. Trop jeune.

Elle secoue la tête. Désappointée. Consciente d'avoir eu raison.

— On peut rentrer à la maison maintenant ?

— Tu n'as pas répondu à ma question.

— Écoute, papa, si je dis non, il se pourrait que je mente ou que je dise la vérité. J'ai 50 % de chances de te décevoir. Je pourrais aussi te répondre que oui et là, je serais *sûre* de te décevoir. J'ai perdu d'avance en fait, alors je préfère me taire.

— Je veux que tu me répondes.

— Et moi je veux un autre cheval.

— Je ne vois pas le rapport.

— On a envie tous les deux d'un truc qu'on ne peut pas avoir.

Elle balance sa queue-de-cheval par-dessus son épaule et me regarde d'un air buté.

— Je suis une fille bien, papa. Fais-moi confiance.

Et c'est tout. Fin de la conversation. Je la raccompagne à la maison, conscient plus que jamais qu'elle est la fille de sa mère, et tout aussi mystérieuse.

21

Robin Blaxland habite un pavillon à l'ombre de l'église St. Saviour, à Bath. Après avoir déposé Charlie chez Julianne, je retourne en ville. Je me gare devant un jardin bien entretenu qui étincelle sous les réverbères.

Je sonne. Trois enfants, épaule contre épaule, viennent m'ouvrir. L'aînée doit avoir huit ans. Elle porte des lunettes. Elle a une peau blanche, laiteuse, des cheveux roux, des taches de rousseur – le Flush royal des attributs embarrassants lorsqu'on est gosse. Ses petits frères se ressemblent assez pour être jumeaux.

Une femme les rejoint en s'essuyant les mains sur son tablier. Trois grossesses en plus de son poids optimum, elle a un joli visage rond et la même chevelure que sa fille.

— En quoi puis-je vous être utile ?

— Je souhaiterais voir votre mari.

— Une minute, je vous prie. Janie, va chercher ton papa.

Janie grimpe les marches quatre à quatre. Les deux garçons me dévisagent. L'un d'eux a un bleu sur le front et un sparadrap au-dessus de l'œil.

— Vous vous faites la guerre ?

— Il s'est cogné dans un arbre, répond son frère. C'était super drôle.

— Chut ! intervient leur mère.

Je remarque la présence de valises dans le hall. Dont une pas encore bouclée.

— Vous partez ?

— Au ski. Demain matin.

— Où allez-vous ?

— En Italie.

— Dans les Dolomites ?

Elle mentionne une station dont je n'ai jamais entendu parler.

Son époux apparaît dans l'escalier. Robin Blaxland fait trois tailles de moins que sa femme. Il porte des bretelles croisées dans le dos et fixées à son pantalon. Il me regarde en cillant derrière ses verres sans monture.

— Je m'appelle Joseph O'Loughlin. Je vous ai laissé plusieurs messages. Vous ne m'avez pas rappelé.

Il bat des paupières de plus belle.

— Comment avez-vous eu cette adresse ?

— À l'école, je réponds, en mentant.

— J'ignorais qu'ils avaient mes coordonnées personnelles.

— Et si !

Nouveaux clignements.

— Je voudrais discuter de Sienna Hegarty avec vous.

— Il m'est impossible de vous parler d'une patiente.

— Vous êtes au courant de ce qui s'est passé ?

— Bien sûr, mais nos séances sont privées. Je suis tenu au secret professionnel.

— Je prépare un rapport psychologique sur elle en vue de sa remise en liberté.

Il traite l'information.

— Vous êtes psychologue ?

— Oui.

Il finit par s'effacer et m'invite à monter dans son bureau au premier. J'entends sa femme appeler les petits à table.

— Dans quelle branche de la psychothérapie êtes-vous spécialisé ? demandé-je.

— J'ai appris avec un Jungien.

— L'analyse des rêves ?

— Entre autres. Je propose aussi une thérapie par l'hypnose et de la thérapie comportementale et cognitive. Comment va Sienna ?

Que lui dire ? Elle est dans la confusion la plus totale. Terrifiée.

— Elle ne s'est pas montrée très communicative. Il manque trois heures dans l'emploi du temps qu'elle nous a fourni. Était-elle avec vous cet après-midi-là ?

— Non.

— Vous n'avez pas besoin de vérifier votre carnet de rendez-vous ?

— La police m'a déjà interrogé à ce sujet.

Il s'assied très droit dans son fauteuil comme s'il posait pour une photo.

— Qui a mis Sienna en contact avec vous ?

— Sa conseillère pédagogique.

— Annie Robinson ?

— Oui.

— Sienna vient vous voir souvent ?

— Une fois par semaine.

— Quand l'avez-vous reçue pour la dernière fois ?

— Il y a près de trois semaines. Elle n'est pas venue à son dernier rendez-vous.

— Quel jour était-ce ?

— Lundi à 16 h 30. Après l'école.

— Venait-elle seule en général ?

— Oui. Je crois qu'elle prenait le bus.

— Et la première fois qu'elle s'est rendue à votre cabinet ?

— Un de ses professeurs l'a accompagnée. Il s'appelait Ellis, je crois.

Blaxland a envie de croiser les jambes, mais son bureau est tellement petit que nos genoux se touchent presque. Il a du psoriasis aux articulations. Sous ses manches de chemise retroussées, je vois la peau sèche de ses coudes.

— De quoi Sienna vous parlait-elle ?

— Nous abordions tous les aspects de sa vie : sa famille, ses amis, ce qu'elle éprouvait.

— Elle s'automutilait.

— Effectivement. Nous avons envisagé différents procédés pour faire face à ce problème.

— Lui arrivait-il de vous parler de son père ?

— Bien sûr. Ils ne s'entendaient pas très bien.

— Vous a-t-elle expliqué pourquoi ?

— Ils se querellaient. Elle trouvait qu'il était trop dur avec elle… trop strict. Il la terrorisait. Elle faisait un rêve récurrent au cours duquel un homme brun entrait dans sa chambre. Elle ne voyait pas son visage. Parfois il n'avait pas de forme physique, mais elle était consciente qu'il représentait quelque chose de mal qui rôdait autour d'elle.

— Elle employait le mot « mal » ?

— Oui. Pourquoi ?

— Ça me semble inhabituel, c'est tout.

Était-ce la terminologie de Blaxland ou celle de Sienna ?

— Que pouvez-vous me dire d'autre à propos de ce rêve ?

— L'élément le plus récurrent était sa conviction d'être éveillée et consciente, mais dans l'incapacité de bouger, d'allumer la lumière, d'appeler à l'aide. Elle disait qu'elle se sentait « coincée » dans ce rêve et qu'elle entendait un bourdonnement constant.

— Un faux éveil ?

— Précisément.

Sienna a évoqué ce bruit lors de notre entretien à la Oaklam House.

— Était-elle en mesure de reconnaître cet homme ?

— Non, mais c'était quelqu'un de manipulateur.

— Pourrait-il s'agir de son père ?

— J'ignore si ce personnage de rêve est lié à un être en chair et en os, ou à une combinaison de plusieurs individus. Cela reflétait peut-être une facette de la personnalité de Sienna – un côté sombre.

— Ces rêves revenaient-ils fréquemment ?

— Chaque nuit, selon elle. Elle se réveillait parfois pour s'apercevoir que sa chambre avait été saccagée. Ses vêtements, ses affaires jonchaient le sol.

— Vous a-t-elle avoué qu'elle avait subi des sévices sexuels ?

Blaxland hésite.

— Non, mais je m'en doutais.

— Vous n'avez pas jugé bon de rapporter vos inquiétudes ?

— Je n'avais aucune preuve, réplique-t-il, sur la défensive.

De l'endroit où je suis assis, j'aperçois une chambre à coucher au bout d'un couloir – une chambre d'enfant avec un alphabet sur le mur et des jouets qui débordent d'un coffre.

— Sienna vous a-t-elle jamais parlé de l'école ?

— Bien sûr.

— De ses enseignants ?

Il pianote sur son genou.

— De personne en particulier.

— Pas même de Gordon Ellis, son professeur d'art dramatique ?

— Il se faisait beaucoup de soucis pour elle, manifestement.

— Vous a-t-elle dit qu'elle avait un petit ami ?

— Oui. J'ai eu l'impression qu'il était un peu plus âgé qu'elle.

— Pourquoi ?

— Elle a parlé de partir en week-end avec lui. J'ai trouvé ça étrange. Elle est si jeune.

— Vous a-t-elle précisé où ?

Il hausse les épaules.

— J'ignore si ça s'est vraiment produit. Sienna était le genre de fille à dire des choses pour choquer.

— Saviez-vous qu'elle était enceinte ?

Une surprise sincère surgit dans ses yeux. Il cille. Cille. À cet instant, j'entrevois quelque chose. Un trouble. De l'embarras. Il est passé à côté d'un détail essentiel.

— Avez-vous enregistré vos séances, monsieur Blaxland ?

— Non.

— Prenez-vous des notes ?

— Je préfère me concentrer complètement sur ce que dit le patient. Il m'arrive de prendre quelques notes après coup.

— Mais pas toujours ?

Un léger repli, mais pas dans le regard.

— Non.

Je l'observe attentivement en quête d'un signe de dissimulation.

— Verriez-vous un inconvénient à mettre vos notes à ma disposition ?

— Je me suis mis à votre disposition. Ça devrait vous suffire.

Des pas dans l'escalier. Mme Blaxland guigne entre les barreaux de la rampe d'escalier.

— Ton dîner refroidit, Robin.

— Je suis désolé, dis-je en me levant lentement. Merci de m'avoir reçu.

Après avoir récupéré mon manteau, à la porte d'entrée, je me tourne vers lui.

— Combien ? demandé-je.

— Pardon ?

— Vos séances. Combien faisiez-vous payer Sienna ?

— Mon tarif habituel – 45 livres pour cinquante minutes.

— Où trouvait-elle l'argent ?

— Je n'en ai pas la moindre idée.

Il est 20 heures passées. La journée se termine, mais j'ai le sentiment d'avoir accompli quelque chose. La température a encore baissé ; des gouttes de rosée perlent les véhicules en stationnement. Tous, sauf un – un 4 × 4 foncé garé un peu plus bas dans la rue.

Les vitres sont teintées. Je ne vois personne à l'intérieur. Je cherche mes clés et, là, je distingue l'écran d'une montre qui s'éclaire à un poignet. Le type assis au volant a vérifié l'heure.

Je m'engage sur la chaussée et bifurque dans London Road. La circulation est dense jusqu'aux faubourgs de la ville. J'ai mis la radio. L'émission de Brian Noble qui donne la parole aux auditeurs. « La parole du Seigneur » est sa formule fétiche et résume son état d'esprit à leur égard.

« … Cette semaine, le ministre de l'Intérieur a rangé Bristol parmi les cinq pires "repaires" du crime en Grande-Bretagne, mais je suis heureux de vous informer que ce vieux Bill a magnifiquement réagi en annonçant une attaque tous azimuts, non pas contre les dealers de crack ou les voleurs à main armée, mais à l'encontre des automobilistes qui ne mettent pas leur ceinture de sécurité.

» Dans ce pays, nous avons des imams qui prônent la haine et le jihad. Pourtant, notre police distribue des amendes pour excès de vitesse et non-port de la ceinture.

» Où sont passés nos meilleurs éléments à part ça ? Ils montent la garde devant le palais de justice de Bristol sans empêcher pour autant les gens de se faire couvrir d'œufs et d'insultes.

» Qu'on soit d'accord ou pas avec les opinions de Novak Brennan, il mérite d'entrer dans la salle d'audience sans se faire malmener par des vandales qui se qualifient eux-mêmes de manifestants antiracisme et de défenseurs des réfugiés. Honte à eux… »

Des phares apparaissent dans mon rétroviseur. Gros. Proches. Des feux de route. Quelqu'un est pressé.

Je ralentis, puis me rabats sur le côté. La voiture ne me dépasse pas. Il y a peut-être un problème avec ma Volvo. Les feux arrière ne marchent pas, si ça se trouve. De la fumée s'échappe peut-être du pot d'échappement ? Aucun voyant ne clignote. L'indicateur de température est normal.

Nous sommes pare-chocs contre pare-chocs. J'appuie légèrement sur la pédale de frein. Il ne ralentit pas. Pleins phares dans mon rétroviseur. J'ai du mal à distinguer la route.

Inconsciemment, j'accélère pour essayer de me dégager. Un long virage à gauche, suivi d'un coude à droite où Combe Hay Lane s'enfile dans un bosquet. Pas moyen de me ranger sur le bas-côté.

Cramponné au volant, je roule trop vite. Ébloui, je vois des ombres jaillir des fossés, de derrière les arbres. J'essaie de me rappeler la configuration de la route plus loin. Il y a un sentier sur la gauche avec un terre-plein destiné aux tracteurs. À deux cents mètres. Je vais m'arrêter. Le laisser passer.

Nous ne sommes plus qu'à quelques centimètres d'écart. Je freine. Je mets mon clignotant. Je veux éviter qu'il me rentre dedans. Les pneus gauches quittent la chaussée et s'enfoncent dans la terre meuble de l'accotement. Je manque de perdre le contrôle et tourne brusquement le volant à droite. La Volvo chasse à l'arrière et vire soudain vers l'autre côté de la route, droit vers un fossé. Je redresse.

Devant moi, je vois les phares d'une voiture qui approche en sens inverse. Les feux derrière moi s'éteignent subitement. Quand la voiture passe, dans le rétroviseur, j'entrevois un bref instant le véhicule qui me suit. Imposant. Une Range Rover peut-être. Noire. Le conducteur est seul. Il a dû éteindre ses phares.

Quand il les rallume, la brusque clarté me fait mal aux yeux, provoquant une tache blanche qui ne veut pas s'en aller.

La Volvo penche fortement dans les tournants et bondit au-dessus des ornières. Les arbres, les haies ne sont que des ombres passantes. J'ai raté le sentier. Il y a une bifurcation à Combe Hay, cent mètres plus loin. À cette vitesse, je n'arriverai pas à tourner.

Cinquante mètres. Quarante. J'enfonce la pédale de frein. Je tourne le volant en me préparant au choc. La Volvo frôle le fossé, mais je négocie le virage avant de m'arrêter en dérapant sur du gravier. Je m'attends à voir la Range Rover passer en trombe, mais elle fait la même manœuvre, avec beaucoup plus d'adresse, pour s'arrêter vingt mètres derrière moi.

J'ouvre la porte d'un coup d'épaule en vitupérant contre l'imbécillité du conducteur. Mon cœur bat à tout rompre. En protégeant mes yeux de la clarté, je fais trois pas vers la voiture. Pas de réaction. Les portières restent closes, le moteur tourne toujours.

— C'est quoi, votre problème ? je hurle.

Pas de réponse.

Je jette un coup d'œil à ma voiture. Tout a l'air de marcher. Les phares arrière fonctionnent.

J'hésite. Je pense à des dizaines de raisons pour lesquelles je ne devrais pas approcher. Je suis seul. Sans arme. Je n'ai même pas de crique pour briser ses foutues vitres.

Pour finir, je recule et je plonge dans ma voiture pour récupérer mon portable.

— Vous voyez ça ? Je vais appeler la police.

Le 4 × 4 fait un bond en avant, s'arrête. Qu'est-ce qu'il fout ?

Je compose le numéro de police-secours en jetant un coup d'œil à l'écran illuminé. À cet instant, le véhicule accélère en faisant rugir ses chevaux-vapeur. Il fonce droit sur moi.

Je n'ai pas le temps de fuir. Je me jette sur le siège avant en repliant les jambes au moment où la portière côté conducteur s'arrache à ses charnières avec un craquement sans appel.

Un souffle brutal soulève un nuage de poussière à l'intérieur de la Volvo. Et puis, silence. Plus un bruit, à part ma respiration.

Je m'extirpe du véhicule et je regarde la route déserte. La portière froissée gît à trente mètres, dans le fossé. La Range Rover a disparu. Je traverse la chaussée pour récupérer la portière que je charge à l'arrière de la Volvo. Ensuite, je passe un coup de fil à Ronnie Cray.

— On se croirait dans *Duel*, commente-t-elle.

— Duel ?

— Le premier grand film de Spielberg. Un gars ordinaire – Dennis Weaver – roule dans le désert où un énorme camion le pourchasse inlassablement. Une sorte de Freddy Krueger routier, si vous voulez.

— Vous prenez mon histoire au sérieux ou pas ?

— Mais oui, bien sûr. Vous avez un numéro d'immatriculation ?

— Non.

— Le modèle ?

— Une Range Rover, je dirais. Noire.

— Une description du conducteur ?

— Je ne voyais rien du tout.

— Je ne peux pas faire grand-chose pour vous. Où alliez-vous ?

— Je rentrais.

— D'où veniez-vous ?

— Je suis allé voir le psy de Sienna Hegarty.

— Vous pensez que c'est lié ?

— C'est possible. Qu'en pensez-vous ?

— C'était peut-être juste un jeune chauffard au volant d'une voiture volée qui vous cherchait des noises.

— Et ma portière dans tout ça ?

— Vous êtes assuré. Faites-vous rembourser.

Elle s'apprête à raccrocher.

— Hé, professeur, vous devriez peut-être arrêter de poser autant de questions.

22

Quand je balance les jambes sur le côté du lit, mes pieds se disputent un moment en rebiquant, refusant de se poser à plat sur le tapis. Je dois me concentrer pour forcer mes orteils, puis mes talons sur le sol. Peu à peu, les spasmes cessent et j'arrive à atteindre la salle de bains.

Le miroir est cruel ce matin. Je tiraille la peau sous mes yeux injectés de sang et tire la langue pour l'examiner. Depuis deux nuits, une Range Rover noire aux phares éblouissants me pourchasse dans mes rêves. Je me réveille, le cœur battant, les poings serrés, cramponné à un volant imaginaire.

Strawberry se faufile entre mes jambes nues, me mordille les orteils, impatient d'être nourri. Je le suis au rez-de-chaussée et je remplis son écuelle en écoutant un Gunsmoke gémissant d'excitation battre de la queue contre la porte de derrière. Au moins une créature se félicite de mon apparition chaque matin.

Le téléphone sonne. Ruiz hurle pour se faire entendre au-dessus du vacarme d'un jet.

— Hé, professeur, vous vous êtes déjà demandé pourquoi, quand on se gare dans un aéroport complètement vide, quelqu'un vient toujours se garer juste à côté de vous ?

— C'est l'un des grands mystères de la vie.

— Comme les pigeons.

— Qu'est-ce qu'ils ont de si mystérieux, les pigeons ?

— Ils font tous la même taille. On ne voit jamais de bébés pigeons ni de vieux pigeons.

— Vous ne sortez pas assez.

— Je suis un penseur, c'est tout.

L'avion est passé. Un berlingot cogne contre ses dents.

— Il y a quelqu'un que j'aimerais vous présenter.

— Où ça ?

— À Edinburgh.

— De qui s'agit-il ?

— Je vous expliquerai quand vous serez là.

J'ai envie de résister à sa suggestion. Ça ne me dit rien de voyager. Je ne veux pas trop m'éloigner de chez moi – surtout depuis ce qui s'est passé il y a deux soirs –, mais c'est moi qui ai mis Ruiz sur la piste, et il ne me demanderait pas de venir si ça n'était pas important.

— Je réserve une place et je vous rappelle.

Je commence par joindre mon garagiste, Bill Johnson, pour le prier de venir chercher la Volvo et de me trouver une nouvelle portière. Je lui précise que je laisserai les clés sous le siège. Ensuite, j'allume mon ordinateur et je vais en ligne pour réserver une place sur un vol pour Edinburgh. Pour finir, j'appelle Julianne pour lui demander de me prêter sa voiture.

— Qu'est-ce qu'elle a, la tienne ?

— Je n'ai plus de portière.

— Comment ça se fait ?

— C'est une longue histoire.

Je l'imagine levant les yeux au ciel avec une expression lasse témoignant de son manque de surprise.

— Encore une chose. Je m'en vais demain. Juste pour la journée. Je ne serai pas de retour à temps pour aller chercher Emma.

— Je demanderai à une maman de la ramener à la maison.

— Tu es sûre ?

— Certaine.

Un quart d'heure plus tard, je m'introduis dans le cottage. Les assiettes du petit déjeuner sont rincées dans l'évier de la cuisine. J'aperçois les clés de Julianne sur le manteau de la cheminée. Je suis sur le point de repartir quand je me souviens qu'il me faut une photo de Sienna. Charlie en avait une, épinglée sur le tableau en liège au-dessus de son bureau. J'espère qu'elle ne m'en voudra pas de la lui emprunter.

Au premier, j'ouvre la porte de sa chambre qui s'orne d'un écriteau *Ne pas déranger*, avec un petit mot griffonné en dessous : « Ça te concerne, Emma. » Cela me paraît assez superflu vu qu'Emma ne sait pas encore lire, mais je ne doute pas un instant que le message a été transmis oralement.

Le pyjama de Charlie est plié sur son lit sens dessus dessous. Je m'approche du bureau, près de la fenêtre. L'ordinateur portable est ouvert. En jetant un coup d'œil au panneau, je repère une bande de photos prises dans un Photomaton. Charlie et Sienna, assises sur les genoux l'une de l'autre, faisant des grimaces. La dernière image montre Sienna penchée vers l'objectif comme pour lire les instructions, sans savoir que le flash va crépiter de nouveau.

Le reste du panneau est émaillé de Post-it, d'autres photos, de coupures de journaux, de pense-bêtes. Sur l'un des clichés, les deux copines sont sur la grande roue à la fête foraine de

Wessex. La photo est parue en première page du *Somerset Standard.*

L'ordinateur est en veille. J'appuie sur la barre d'espacement et le disque dur se met à vrombir. L'écran s'allume. J'ai tort de faire ça, je le sais. Je devrais respecter sa vie privée. Mais je n'arrête pas de penser à Sienna, à ses secrets, à ma fille pleurant à l'école, à notre conversation de samedi, après le match.

En ouvrant l'historique d'un clic, je passe en revue les sites visités récemment par Charlie. Je les reconnais pour la plupart : Facebook, iTunes, Twitter…

Je consulte sa page Facebook – les albums de photos. Des images de son dernier camp d'école, d'une fête, d'un week-end au Lake District, d'elle pourchassant Gunsmoke après qu'il lui a dérobé une basket. Certaines photos me font sourire. D'autres tirent sur des ficelles invisibles de mon cœur.

En accédant à un autre album, je découvre deux clichés dont le contexte m'est inconnu. Allongée sur un grand lit, Charlie joue avec un petit garçon. En tee-shirt et jean, elle est à plat ventre, dressée sur ses coudes. L'encolure de son haut est échancrée, ne révélant pas grand-chose, ce que je trouve néanmoins déconcertant.

Sur la photo suivante, elle est sur le dos, et le petit garçon est à cheval sur ses genoux. Qui était derrière l'objectif ? Une personne avec laquelle elle est à l'aise. En qui elle a confiance.

En regardant ces images, j'imagine Charlie en jeune femme mariée, avec des enfants. C'est étrange parce qu'en temps normal je continue de la voir en petite fille dans son pyjama de dalmatien, chaussée de bottes de cow-boy rouge, faisant un « spectacle » dans le jardin.

Je ferme le site, rabats le couvercle de l'ordinateur, le remettant en veille.

École de Shepparton Park. Milieu de matinée. Derek Stozer, le proviseur, est un homme de grande taille, aux épaules tombantes, qui ramène ses cheveux sur sa calvitie. Je ne l'ai rencontré qu'à deux occasions, notamment le jour de la remise des prix où il a marmonné son discours – quinze minutes qui avaient duré plus longtemps qu'un week-end pluvieux à Truro.

Sa secrétaire, Mme Summers, a tout de l'épouse protectrice à l'excès qui gâte trop son mari.

— Vous auriez dû téléphoner pour avoir un rendez-vous, me dit-elle. M. Stozer est un homme très occupé.

— Je suis désolé.

— De quoi souhaitez-vous l'entretenir ?

— C'est personnel.

Elle me dévisage en clignant des paupières, espérant plus de détails. Je me borne à sourire. Elle n'est pas contente. Elle se penche sur son bureau et chuchote dans l'interphone. Pour finir, on m'escorte dans un couloir moquetté, jalonné de tableaux d'honneur et de vitrines pleines de trophées.

Le proviseur se lève de derrière son bureau et remonte son pantalon avant de me serrer la main.

— Professeur O'Loughlin. En quoi puis-je vous être utile ? S'agit-il de Charlotte ?

— Non.

— Oh ?

Il m'observe en allongeant le nez.

Dès que je mentionne Sienna Hegarty, son humeur change. Il marmonne quelque chose qui pourrait être « terrible affaire », ou « péril d'enfer ». Puis il me désigne un siège avant de se rassoir.

— Les autorités judiciaires m'ont demandé de préparer un rapport psychologique sur Sienna. En interrogeant sa famille, j'ai appris que son père s'était plaint auprès de votre établissement environ une semaine avant son décès. Je crois savoir qu'il était question d'un membre du corps enseignant. Depuis lors, on m'a laissé entendre que cette même personne accusait Sienna de lui passer des coups de fil anonymes.

Stozer ne réagit pas tout de suite. Après un moment de réflexion, il se racle la gorge.

— Il arrive que des parents ou des élèves aient des problèmes avec les enseignants. Cela n'a rien d'exceptionnel.

— M. Hegarty a affirmé qu'il avait vu ce professeur embrasser sa fille.

Le silence se prolonge un peu plus longtemps cette fois-ci. Le proviseur se lève et se dégourdit les jambes en faisant les cent pas entre sa table et la fenêtre, les mains derrière le dos.

— M. Hegarty a fait erreur. J'ai parlé au professeur en question. Il m'a assuré qu'il ne s'était rien passé d'inconvenant. Il reconnaît ne pas avoir réalisé que cette élève s'était entichée de lui. Une tocade tout à fait inoffensive. L'enseignant a pris aussitôt ses distances vis-à-vis de la jeune fille et nous a fait un rapport.

— L'a-t-il embrassée ?

— Non. Ce n'est pas ce qui s'est produit.

— Que s'est-il passé ?

— Je serais enclin à penser que c'est la jeune fille qui a tenté de l'embrasser. Il a repoussé ses avances et nous a immédiatement informés des faits. J'étais au courant de l'incident avant même que M. Hegarty m'en fasse part.

— Sienna gardait son fils.

— Il n'aurait jamais dû accepter. C'est l'erreur qu'il a commise. Il l'a reconnu. Il a mal évalué la situation.

— Vous avez enquêté sur la question ?

— Bien sûr.

— En avez-vous parlé avec Sienna ?

— J'ai fait procéder à une évaluation interne des initiatives et des résultats de l'enseignant concerné en déléguant cette tâche à un membre supérieur de notre personnel, la conseillère pédagogique.

— Mme Robinson ?

— Elle a la formation nécessaire pour aborder les sujets sensibles avec les élèves.

Pourquoi Annie ne m'en a-t-elle rien dit ?

— Sienna nie qu'il se soit passé quelque chose, poursuit Stozer. Elle affirme que son père s'est trompé.

— Et vous l'avez crue ?

— Oui, monsieur O'Loughlin, je l'ai crue. Tout comme j'ai prêté foi aux propos de M. Ellis et de Mme Robinson.

Cette déclaration est énoncée avec beaucoup plus d'autorité que je ne l'aurais imaginé capable d'en manifester.

— Je ne vois pas l'opportunité de tout ça, ajoute-t-il. Sienna Hegarty était bonne élève. Elle n'était pas maltraitée par ses camarades. Elle n'avait aucune difficulté à suivre. Elle aimait bien l'école. C'était une adolescente saine, heureuse…

— Pourquoi Mme Robinson lui a-t-elle suggéré de voir un thérapeute dans ce cas ?

— Beaucoup de jeunes filles connaissent des difficultés au passage de l'adolescence. Je ne vous apprends rien, je suppose. J'ai cru comprendre que Sienna avait des problèmes à la maison.

— Mais pas à l'école ?

— Si vous sous-entendez que son état d'esprit ou ses agissements pourraient avoir quelque chose à voir avec notre établissement, je prendrais très mal…

Il laisse sa phrase en suspens, mais son ton glacial confirme sa détermination.

— Je suis attendu à une réunion d'enseignants, professeur, achève-t-il en se dirigeant vers la porte. Si vous avez d'autres questions, je vous suggère de les soumettre par écrit aux administrateurs de l'école.

Après avoir franchi le fleuve, au lieu de bifurquer dans Wells Road, je continue mon chemin le long de la rive jusqu'à Lower Bristol Road. En restant dans la voie de gauche, je roule lentement en essayant de déchiffrer les pancartes aux croisements.

Danny Gardiner a dit qu'il avait déposé Sienna à l'angle de Riverside Road et de Lower Bristol Road. Je dépasse un peu l'intersection et je me gare dans la cour d'un marchand de véhicules d'occasion. Une douce brise montant le fleuve fait tourbillonner des déchets dans le caniveau.

Des commerces, de part et d'autre de la rue – un vidéo-store, un fish & chips, une succursale de British Gas, un coiffeur, un sex-shop, une station de minicabs, un négociant en spiritueux.

D'après Gardiner, c'était la première fois qu'il déposait Sienna à cet endroit.

— Vous n'auriez pas quelques pièces en rab, mec ?

Un Noir maigre comme un clou, coiffé d'un bonnet en laine, me tend une main gainée d'une mitaine. Le Caddie contenant ses possessions est à proximité. Je fouille dans ma poche. Trouve une pièce d'une livre. Il la contemple comme si c'était un objet d'antiquité.

— Vous cherchez votre chemin ? demande-t-il.

— Non.

— Bonne journée.

— Vous aussi.

Je contourne le Caddie et pousse la porte du salon de coiffure. Une femme d'une trentaine d'années est en train de laver les cheveux de sa cliente.

— Excusez-moi.

— Qu'est-ce que je peux faire pour vous, mon chou ? Je ne coiffe pas les messieurs.

Je lui montre la photo d'identité de Sienna. J'ai plié la rangée d'images pour qu'une seule apparaisse.

— Est-ce que auriez déjà vu cette fille ?

Elle se sèche les mains avec une serviette tout en examinant le cliché.

— Qui est-ce ?

— Une amie de ma fille.

— Elle a disparu ?

— Elle a des ennuis. Vous travaillez le mardi ? Elle était ici il y a deux semaines. Vers 6 heures du soir. Elle portait une robe noire.

La coiffeuse secoue la tête.

— Je ne me souviens pas d'elle.

— Merci quand même.

Je sors de la boutique. Les fanions du concessionnaire de voitures claquent dans le vent. À côté de chez la coiffeuse, une femme brune, en jean et chemise de flanelle, déplace des seaux de fleurs pour les disposer joliment. Je lui montre la photo de Sienna. Elle me précise qu'elle ferme de bonne heure le mardi.

— Vous l'avez peut-être vue un autre jour de la semaine ?

— Je ne pense pas, me répond-elle en me dévisageant d'un air soupçonneux.

Je vais d'un magasin à l'autre dans l'espoir que quelqu'un reconnaîtra Sienna. Elle était ravissante dans sa robe des années 1920, encore maquillée après la répétition. Le sex-shop est fermé, barricadé derrière un rideau de fer. Un écriteau indique qu'il ouvre tard. Sept jours par semaine.

À côté, c'est l'agence de minicabs, à l'angle de la rue. À peine plus qu'une salle d'attente. Une demi-douzaine de chaises en plastique alignées contre un mur ; un bureau derrière une cloison en contreplaqué et un petit guichet. Une femme attend. Elle porte un long manteau et des souliers à talons. Elle est jeune. Jolie. Elle est trop maquillée et du rouge à lèvres macule ses dents.

Le préposé est au téléphone. Monstrueusement obèse, il a un triple menton et doit s'asseoir à soixante centimètres du bureau pour laisser la place à son ventre.

Son regard croise le mien. Il continue à parler.

— … ouais, ce pédé minable en voulait trois d'un coup… il rêve, putain ! Je lui ai dit… Ouais…

Il enfonce un doigt dans son oreille libre et en examine le bout.

— … exactement, on peut pas leur faire confiance à ces connards… Faut leur montrer qui est le patron, tu vois… Sinon quelqu'un va s'en prendre plein la gueule… À plus, Gaz.

Il raccroche. Parle dans son émetteur-récepteur.

— Ouais, Stevo, c'était George Street… au 18… bouton du bas sur l'interphone

Son regard m'effleure avant de se poser sur la jeune cliente.

— Cinq minutes, mon cœur.

Ses yeux s'attardent sur sa jupe courte, ses longues jambes. Son désir lubrique est presque palpable.

Finalement, il se tourne vers moi. Nous décidons aussitôt, d'un commun accord, de nous prendre en grippe.

— Je cherche cette jeune fille. Vous l'avez peut-être aperçue il y a deux semaines. Un mardi, en fin d'après-midi.

Je glisse la photo sous la vitre de sécurité. Il la brandit dans la lumière comme s'il examinait un gros billet.

— Qui est-ce ?

— Une amie à moi. J'essaie de l'aider.

— Une amie, hein ? Et vous essayez de l'aider comment ?

— Elle a des ennuis. Vous la reconnaissez ?

Je tends la main pour récupérer ma photo. Je ne veux pas qu'il la touche.

— Je peux pas dire, non, siffle-t-il. Mais si vous me laissez la photo, je demanderai à quelques chauffeurs.

Il pousse un bout de papier dans ma direction.

— Notez votre nom et votre numéro. Je vous appellerai si j'apprends quelque chose.

— Je ne peux pas m'en séparer. Je n'en ai pas d'autres.

Il a déplié la bande de clichés et il est en train d'étudier les images de Charlie et de Sienna ensemble. Il caresse le visage de ma fille du pouce.

— C'est qui, l'autre gamine ?

— Personne d'important.

Un sourire éclaire ses traits.

— Je suis sûr qu'elle dirait pas ça.

— Rendez-la-moi.

De nouveau ce regard de prédateur. Il me tend les photos en les pinçant entre son pouce et son index. Je dois tirer dessus trois fois avant qu'il accepte de les lâcher.

Une voiture s'arrête devant en laissant tourner le moteur.

— Voilà votre chauffeur, ma belle ! lance-t-il à la jeune femme.

Elle se lève et réajuste sa jupe sous son manteau avant de jeter un coup d'œil à son reflet dans la vitrine sombre. Je lui tiens la porte ; elle ne me remercie pas. Comme si elle faisait de son mieux pour passer inaperçue en dépit de sa tenue.

Le chauffeur sort de la voiture et lui ouvre la portière. Il porte un jean et un tee-shirt à manches longues au dos duquel on lit « Happy hours – sexe à moitié prix ».

Quand il se retourne, j'aperçois son visage étroit, blême, et les tatouages qui lui barrent les joues, comme des larmes noires coulant de ses yeux d'un vert chimique. C'est le type que j'ai vu devant le restaurant où j'ai déjeuné avec Julianne.

Le préposé interrompt le cours de mes pensées.

— Il a une photo. Il cherche une fille.

Le chauffeur ne répond pas, mais fait un pas dans ma direction. Mon instinct me crie de ne pas lui montrer la photo, mais il me la prend de la main, incline la tête de côté et étudie l'image comme s'il voulait mémoriser le visage de Sienna, son corps en plein épanouissement.

Puis lentement, il relève la tête. Je sens son after-shave et une autre odeur, tapie en dessous.

— C'est qui pour vous cette fille ?

— Peu importe.

— Vraiment ?

Je tends la main pour reprendre mon bien.

— Vous devriez nous laisser ça, ajoute-t-il. Je vais tâcher de la trouver.

En disant ces mots, il porte deux doigts à son visage et effleure les tatouages dégoulinant le long de ses joues en déformant son visage. Quelque chose frémit en moi.

— Oubliez ce que je vous ai demandé, dis-je. Désolé de vous avoir dérangé.

— Vous ne me dérangez pas. Comment vous appelez-vous ?

— Ça n'a pas d'importance.

— Oh que si ! Vous devriez nous laisser vos coordonnées – au cas où elle se pointerait.

Il est devant moi maintenant. Qu'est-ce que c'est que cette odeur ? Je lui prends les photos des mains, répugnant à le toucher. Les yeux baissés, je me faufile à côté de lui et je m'éloigne. Je ne veux pas penser à cet homme. Ni connaître son nom, ni savoir ce qu'il a fait.

Le taxi s'écarte du trottoir et me dépasse en accélérant, emportant la fille aux yeux tristes et l'homme aux larmes. À l'instant où il tourne à l'angle de la rue, une voix à l'intérieur de ma tête me chuchote qu'on m'a berné. Cette histoire est plus vaste, plus noire et plus complexe que je ne l'avais imaginé.

23

Annie Robinson m'ouvre la porte. Elle porte une robe jaune, et ses cheveux sont relevés en un chignon désordonné qu'elle a dû mettre une heure à faire. Je sens la fraîcheur de ses lèvres sur les miennes et presque le goût de son rouge à lèvres.

— Vous êtes venu ?

— Vous pensiez que j'allais vous poser un lapin ?

— Je me suis dit que vous trouveriez peut-être un prétexte.

— Pourquoi ?

— Il m'arrive de forcer un peu la main aux gens. Je n'ai pas toujours été comme ça, mais quand on approche de la quarantaine et qu'on est un cran en dessous de Bambi sur le plan esthétique, on ne laisse passer aucune chance de peur de moisir d'ennui à écouter ses copines parler de leurs injections de Botox ou de leur dernier régime en date…

Elle me sert un verre de vin. Le sien est presque vide. Elle se ressert.

— Quand je suis nerveuse, je parle trop. J'ai déjà commencé.

— Je vous trouve charmante.

— Je devrais feindre l'indifférence. Les hommes trouvent ça sexy.

Elle me regarde en quête d'une confirmation, mais je ne sais pas quoi lui répondre.

— C'est vrai, poursuit-elle. Pourquoi vingt-cinq types dans un bar draguent-ils systématiquement la plus jolie fille alors que leurs chances de succès sont quasi nulles et qu'a priori elle ne rentrera avec aucun d'eux ? Pendant ce temps-là, toutes les autres célibataires présentes se demandent ce qu'elles doivent faire pour attirer un peu l'attention.

Annie habite à Bath, dans une demeure classée de style géorgien, convertie en six logements et adossée à l'ancien Kent and Avon Canal. Son appartement, au rez-de-chaussée, s'agrémente d'un jardin clos avec une petite cour parsemée de plantes en pot et une pergola.

Après m'avoir fait visiter les lieux, elle me désigne le canapé où nous nous asseyons en buvant du vin. La seconde d'après, elle me prend par le cou et me donne un baiser fougueux, mouillé, en calant son ventre contre ma jambe. Elle glisse ma main entre ses cuisses en frottant son entrejambe contre mes doigts. Je réagis comme un homme mourant de soif qui a fait cent kilomètres dans le désert en rampant juste pour arriver là.

Elle me lève sans cesser de m'embrasser, envoie valser ses chaussures et m'oriente vers la chambre. À bout de souffle, nous basculons sur le lit. Elle atterrit sur moi en grognant.

— Ouille !

— Qu'est-ce qu'il y a ?

— Votre coude.

— Pardon.

Elle passe les doigts sous l'élastique de sa culotte et la fait descendre. J'essaie de tirer la fermeture Éclair de sa robe.

— Mes cheveux ! Ils sont pris dedans ! Ne bougez pas.

Elle s'assoit à califourchon sur moi en tendant la main derrière elle pour défaire la fermeture Éclair.

— Elle est coincée.

— Désolé.

Elle éclate de rire.

— On n'est pas très doués.

— Ça semble nettement plus facile au cinéma.

— On devrait peut-être recommencer.

— Je vais aller aux toilettes.

Je roule sur le lit et je me redresse, histoire de m'échapper un moment. Le sol dallé est glacé sous mes pieds malgré mes chaussettes. La salle de bains a été joliment rénovée, avec un miroir qui couvre tout un mur. Des étagères entières de shampoing, de dentifrice, de poudre, de crèmes hydratantes dont elle semble constituer des stocks.

Je m'examine dans la glace. J'ai la bouche barbouillée de rouge à lèvres. Ça fait combien de temps ? Deux ans sans sexe. La sécheresse plus qu'un passage à vide. J'ai traversé le Sahara, je ne sais plus boire.

Elle est sous la couette à présent, elle m'attend, ce que je trouve plus déprimant qu'excitant. Je contemple mon pénis en regrettant qu'il ne soit pas plus grand. J'aimerais bien qu'il me régente un peu plus souvent et cesse de rationaliser.

Je ne suis pas parfait. Je sais plus de choses sur les sentiments que sur le monde physique. C'est plus facile pour moi de comprendre la passion que de la vivre.

Annie est allée chercher une autre bouteille et des verres. Elle est allongée, en sous-vêtements, avec un air un peu emprunté. Elle s'efforce de se montrer à son avantage. Je me déshabille et je m'allonge à côté d'elle. Elle coupe court à mes hésitations en me prenant la main et en m'attirant vers elle. Sa langue s'agite contre mes dents.

Elle m'enfourche en me serrant entre ses cuisses, sa poitrine pressée contre la mienne. Je glisse une main dans son dos et effleure ses courbes d'un doigt. Elle soulève le bassin pour que je la caresse, mais mon doigt remonte avant de redescendre.

— Ne me taquinez pas, chuchote-t-elle d'une voix vibrante.

Comme je frôle son mont de Vénus, elle coince ma main sous elle en se frottant contre mes jointures. Sa bouche collée contre mon oreille me chuchote ce qu'elle veut.

Je sens des frémissements familiers monter en moi. On n'oublie pas. Comme lorsqu'on est déjà tombé d'une bicyclette, d'une falaise, ou amoureux. Quoi qu'il en soit, mon manque de pratique est vite manifeste. Et quand je dis vite...

Elle ne m'en veut pas. On a toute la nuit, me dit-elle. La fois suivante est plus lente, plus mesurée, moins fébrile, meilleure. L'espace d'un instant, toute ma solitude et la pensée de Julianne me quittent. On n'entend plus que le grincement des ressorts du lit sous notre poids et le doux clapotis du ventre d'Annie contre le mien. Je pousse un cri involontaire, plus comme une femme que comme un homme, perdu dans l'odeur de ses cheveux et les battements de son cœur.

Je la laisse endormie. Elle respire doucement. Tous les hommes rêvent de faire ça. On dirait une enfant recroquevillée sur un lit sens dessus dessous, un bras sur les yeux. Elle a un grain de beauté sur l'omoplate. La lèvre supérieure plus proéminente que l'autre. Des sourcils bien dessinés. Elle émet un doux fredonnement en dormant, et le petit renflement de son ventre est d'une féminité troublante.

Je m'habille sans faire de bruit et je sors de la maison sur la pointe des pieds. Ça fait bizarre d'avoir couché avec quelqu'un d'autre que Julianne, d'avoir caressé, goûté à un autre corps. Je ne sais pas ce que je ressens. Soulagement. Culpabilité. Bonheur. Perte.

J'ai toujours la voiture de Julianne. Sa trousse de maquillage de voyage est dans le vide-poches. Je sens presque l'odeur de son shampoing sur l'appui-tête.

Entre deux ébats, Annie m'a parlé de son divorce, du coup monté par son mari, aidé de son avocat, pour dissimuler des biens, plaider la pauvreté.

— J'ai été mariée six ans et quatre mois, sans parvenir à tomber enceinte, m'a-t-elle raconté. On a essayé. Mon mari avait une liaison avec sa secrétaire. Ça paraît tellement banal quand je dis ça. Un vrai cliché. Ma vie entière est un cliché.

— Ce n'est pas vrai, j'en suis certain.

J'avais envie de lui parler de Gordon Ellis. Elle était au courant des allégations de Ray Hegarty. Elle a mené une enquête en interne, pourtant elle n'a pas réagi quand j'ai évoqué la relation entre Gordon et Sienna. Faut-il attribuer cela à une prudence naturelle, à une question de confidentialité, ou protégeait-elle un collègue ?

Elle a ouvert une autre bouteille de vin qu'elle a bue presque à elle seule. Elle s'est excusée d'être aussi larmoyante.

— Je ne sais pas pourquoi je vous raconte tout ça.

— Vous n'avez pas à vous justifier.

— Vraiment ? Vous êtes sûr ?

Je n'en étais pas si sûr, mais j'avais répondu par l'affirmative. Elle avait continué, avide de tout me déballer, de partager ses secrets, de me raconter des histoires drôles et ses erreurs passées. Ça aurait dû être intime. J'avais plutôt l'impression d'une séance thérapeutique.

J'ai une patiente un jour qui était persuadée que le temps s'écoulait plus vite pour elle que pour les autres. Elle était étudiante, et convaincue que son temps d'examen était tronqué et que son « horloge » accélérait, ce qui expliquait qu'elle n'arrivait jamais à finir.

La même horloge avançait plus lentement pour ses camarades, affirmait-elle. Annie avait un peu la même attitude. Le monde avait conspiré contre elle et elle tenait à ce que je sache qu'elle n'y était pour rien.

24

Depuis Bristol, le vol pour Edinburgh prend un peu plus d'une heure. J'atterris avant 8 heures du matin. Ruiz m'attend dans le terminal en feuilletant le *Scotsman*.

— Vous pensez que si je réunis suffisamment de suffrages, on pourrait obtenir que Londres soit intégré à l'Écosse ?

— Sous quel motif ?

— Eh bien, les Écossais encaissent un plus gros pourcentage de nos contributions que qui que ce soit d'autre. Ils ont un meilleur système de santé, les médicaments sont remboursés et il n'y a pas de frais d'inscription universitaire. Ça me serait égal d'être un Écossais tant qu'on ne m'oblige pas à manger de la panse de brebis farcie et à supporter leur équipe de rugby.

— Ils ne sont pas très bons.

— Totalement nuls !

Il jette le journal sur un siège.

— Allons-y.

— On va où ?

— Prendre un petit déjeuner. Je crève de faim. J'ai mangé chinois hier soir. Ça m'a provoqué des gaz terribles. Les Écossais eux-mêmes ne peuvent pas rater un petit déjeuner.

Il m'entraîne vers sa voiture de location. Petite. Compacte. Tandis que nous nous engageons dans les embouteillages en direction d'Edinburgh, il continue à m'exposer ses théories sur la décentralisation de l'Écosse. Le lever de soleil, rose, brumeux, laisse des tentacules de brouillard, cramponnés aux vallées où les clochers d'église ont l'air de flotter comme des îles sur des flots blancs.

Nous nous garons près des murs de la vieille ville, et Ruiz me guide à travers un labyrinthe de petites rues jusqu'au Royal Mile. Les bâtiments en pierre gris ardoise donnent l'impression d'avoir surgi du sol.

Cela fait vingt ans que je n'ai pas mis les pieds à Edinburgh. Julianne et moi étions venus pour le « Fringe[1] » avec une bande de copains d'université. On avait campé, il avait plu toute la semaine, mais nous avions fait le plein de comédie et de satire.

Ruiz choisit un café d'aspect médiéval. La plupart des clients sont des touristes armés de caméras vidéo et de guides. Après s'être installé à une table près de la fenêtre, il commande

1. Festival de théâtre amateur qui a lieu l'été.

un petit déjeuner complet avec un supplément de saucisses et de toasts, ainsi que du thé.

— Vous savez ce que ces trucs-là font à vos artères ? demandé-je.

— Vous pouvez me faire un dessin ? J'adore les dessins.

La serveuse est une Polonaise fortement charpentée, aux cheveux décolorés, avec un piercing dans une narine. Sur sa recommandation, je commande des œufs pochés sur du pain au levain. Ruiz me regarde comme si j'avais demandé qu'on me castre.

Une fois qu'elle s'est éloignée, il sort son vieux carnet qu'il pose sur la table.

— Hé, vous voulez que je vous raconte une blague écossaise ?

— L'endroit n'est peut-être pas bien choisi.

— Absurde. Ils ont un excellent sens de l'humour. Songez à Gordon Brown.

Le thé arrive. Ruiz soulève le couvercle, agite le sachet avec impatience. Puis il ôte l'élastique qui tient les pages de son carnet.

— Vous voulez poser les questions ?

— Non. Je vous écoute.

Il commence par Ray Hegarty. Son affaire est solvable, pas d'arriérés d'impôts. Ni dettes, ni procès en cours. Ray était la face publique de la boîte, un héros authentique, décoré de la médaille du courage pour avoir sauvé deux enfants de la noyade dans un réservoir d'eau de pluie.

Lance, son fils, a arrêté l'école à seize ans pour intégrer l'équipe de football de Burneigh. Une blessure au genou a coupé court à sa carrière avant qu'il ait dix-huit ans. Faute de trouver une place d'entraîneur assistant, il a fini par faire une formation de mécanicien.

— Le gosse a eu quelques démêlés avec la justice. Il y a deux ans, il s'est fait arrêter et expulser de Croatie avec une vingtaine d'autres hooligans après un match de qualification où l'Angleterre jouait pour la Coupe du monde. Il a également écopé d'une inculpation pour voies de fait à connotation raciale et conduite en état d'ivresse.

On nous apporte le petit déjeuner. Ruiz glisse sa serviette en papier sous son col et dépose une cuillerée de haricots blancs à la tomate sur l'angle d'un toast.

— Concernant Danny Gardiner, je n'ai rien trouvé. Il est clean.

— Vous ne m'avez toujours pas dit ce que je fais ici.

Il me décoche un petit sourire en coin.

— Vous aviez raison pour ce qui est du prof.

— Gordon Ellis ?

— Ouais. Il ne s'est pas toujours appelé comme ça. Avant, c'était Gordon Freeman, mais il y a trois ans, il a pris le nom de jeune fille de sa mère.

— C'est important ?

— Ça aide lorsqu'on fuit quelque chose.

Ruiz va prendre son temps pour me raconter toute l'histoire. Il avale une gorgée de thé et se tapote les lèvres avec sa serviette.

— Que savez-vous de sa femme ?

— Natasha ?

— Oui.

— Ellis dit qu'ils se sont rencontrés au collège. Un amour de jeunesse.

— Eh bien, il disait la vérité.

— Ce qui signifie ?

— Le nom de jeune fille de Natasha est Stewart. Elle avait treize ans quand Gordon Ellis a commencé à enseigner au Sorell College. C'est une école privée ici, à Edinburgh.

— Elle était son élève ?

— Musique et art dramatique. En téléphonant au proviseur, j'ai déclenché un concert d'alarmes. Vingt minutes plus tard, j'avais un avocat super snob au bout du fil qui m'a prié avec une courtoisie infinie de leur lâcher la grappe.

» D'après l'annuaire scolaire, Natasha a arrêté l'école en troisième. Gordon Ellis a changé d'établissement un an plus tard. Elle a prétendu qu'elle avait dix-neuf ans quand elle s'est mariée, mais son certificat de naissance prouve qu'elle en avait trois de moins.

— Quel âge a-t-elle maintenant ?

— Officiellement, elle vient d'avoir dix-huit ans.

— Ils se sont peut-être mis ensemble après avoir quitté l'école tous les deux.

— Je veux bien, mais pourquoi avoir menti à propos de l'âge de Natasha sur le certificat de mariage ?

Je repense à ma rencontre avec Natasha devant l'école. Elle était venue chercher Billy, qui est dans la même classe qu'Emma.

— Mais elle a un fils ? souligné-je.

— Ce n'est pas le sien, répond Ruiz. C'est là que ça devient intéressant.

Il essuie son assiette avec une demi-tranche de toast qu'il avale en deux bouchées avant de finir son thé. Ensuite il sort quinze livres de son portefeuille qu'il pose sur la table.

— Vous ne m'avez toujours pas dit pourquoi je suis venu à Edinburgh.

— Vous êtes venu rencontrer une famille. Les Regan. Ils habitent près d'ici.

— Pourquoi faut-il que je les rencontre ?

— Ils ont une fille, Carolinda, qui a été l'épouse de Gordon Ellis.

— Il était déjà marié avant ?

— Exactement.

— Et divorcé ?

— Pas exactement.

— Que s'est-il passé ?

— D'après Gordon Ellis, Caro aurait fait sa valise et fichu le camp. Ça n'aurait rien d'exceptionnel. Certaines personnes répugnent à se réveiller tous les matins en face de la même tronche sur l'oreiller voisin. Ça les déprime.

— Comme vous êtes romantique ! Pourquoi est-elle partie ?

— Selon Ellis, pour fuir avec un amant secret. Seulement personne n'a jamais vu le gentleman en question.

— Je ne comprends pas.

— Carolinda a disparu de la circulation. Elle n'a pas contacté sa famille, n'a pas touché à son compte bancaire, ni utilisé sa carte de crédit ni demandé d'allocations familiales ni vu de médecin. Elle n'a pas eu d'amende pour excès de vitesse, ni rempli sa déclaration de revenus ni voyagé à l'étranger. Elle n'a pas envoyé de carte de vœux ou d'anniversaire à son gamin. La police locale et celle des frontières ont enquêté, mais ça n'a rien donné. On n'a pas pu prouver que Caro était morte, ni décelé le moindre indice d'un acte criminel.

Ruiz n'a pas besoin de préciser ce qu'il insinue. Des gens disparaissent régulièrement. Des femmes au bout du rouleau prennent l'argent des commissions et montent dans un taxi à la station la plus proche. Des épouses battues fuient la brutalité de leur conjoint. Des enfants échappent aux sévices sexuels qu'ils subissent. Des entrepreneurs véreux se soustraient aux vérificateurs de comptes. Des criminels changent de nom et achètent des villas sur la Costa del Sol.

Ruiz continue à m'expliquer la situation en marchant. Nous serpentons d'une ruelle à l'autre en passant devant des pubs historiques, des hôtels, des boutiques de cadeaux avec des étagères remplies de souvenirs et des stands de cartes postales.

— Gordon Freeman (désormais Ellis) est né à Glasgow en 1974. C'est le fils d'un portraitiste et d'une infirmière. Son père est mort d'un cancer du poumon quand Gordon avait quatorze ans. Sa mère et lui sont venus s'installer à Edinburgh où il a fréquenté six établissements scolaires successifs en l'espace de quatre ans.

» À la fin du secondaire, il a fait des études d'art dramatique à l'université Keele ; il a décroché quelques petits rôles dans des séries télé et sur les planches avant de se lancer dans l'enseignement. Il s'est installé à Edinburgh et a épousé une fille du coin. Il était bel homme, populaire, très respecté. Et puis il s'est passé quelque chose.

Ruiz s'est arrêté devant une grande bâtisse gris ardoise, convertie en appartements, dressée si abruptement au bord du trottoir qu'on a l'impression qu'elle penche au-dessus de la rue.

— Nous y voilà, dit-il en appuyant sur le bouton de l'interphone.

Une voix de femme répond. La porte d'entrée se déverrouille automatiquement. En montant les marches, j'entends une autre porte s'ouvrir au-dessus de nous. Elle nous attend sur le seuil – une femme imposante en robe à fleurs avec un cardigan.

Philippa Regan s'essuie les mains sur sa robe. Ses cheveux roux cuivré, permanentés en un enchevêtrement de petites boucles, sont du même ton que ses yeux bordés de rouge. Elle nous serre la main et nous invite dans la cuisine en nous priant d'excuser le froid qu'il y fait. Elle monte le thermostat et tend l'oreille jusqu'à ce que le chauffe-eau éructe et tousse comme un phtisique.

— On ne parvient plus à se réchauffer à cette époque-ci de l'année.

Des sachets de thé détrempés se sont solidifiés dans l'évier, et un robinet qui fuit fait retentir la même note encore et encore.

Elle propose de faire du thé, mais ne semble pas avoir l'énergie de s'y coller. Elle jette un coup d'œil vers la porte entrebâillée du salon d'où nous parvient le son de la télé.

— Le professeur souhaiterait vous poser quelques questions à propos de Carolinda, lui annonce Ruiz. Je lui ai expliqué que vous n'aviez pas entendu parler d'elle depuis longtemps.

Nouveau coup d'œil vers la porte.

— Vous avez des enfants, professeur ?

— Deux. Des filles.

Son buste généreux se dilate quand elle soupire.

— Je sais que ma Caro est morte. Je sais qui l'a tué, mais Coop n'aime pas que j'en parle.

Elle se frotte les yeux.

— Que lui est-il arrivé?

— Elle est allée acheter quelque chose pour son dîner et n'est jamais revenue. C'est ce qu'a prétendu Gordon, ce salopard, cet assassin !

La table de la cuisine tremble sous ses coudes.

— Je ne lui ai jamais fait confiance. J'ai tout de suite compris qu'il ne nous apporterait que des ennuis, à toujours vouloir mieux ! Il traitait Caro comme un chien qu'il aurait sorti de la SPA, espérant d'elle qu'elle lui soit reconnaissante juste parce qu'il l'avait épousée.

Mme Regan est sur le point d'ajouter quelque chose, mais les mots ne réussissent pas à franchir la boule qui lui obstrue la gorge. Elle fait une nouvelle tentative.

— Vincent a dit que vous étiez psychologue, monsieur O'Loughlin. (Elle désigne la porte.) Parlez-lui. Parlez avec mon Coop.

— Que voudriez-vous que je lui dise ?

— Il ne dort plus et boit toute la journée. Je ne sais plus quoi faire.

Mon cœur saigne pour elle.

Au fil des années, j'ai vu d'innombrables êtres terrassés par une perte. Chacun réagit à sa manière. Certains époux se regardent droit dans les yeux sans avoir besoin de paroles. D'autres sont comme des étrangers assis dans la salle d'attente d'un dentiste. Certains hommes ont tellement envie de taper sur quelqu'un qu'ils n'arrivent plus à marcher droit pendant un mois. D'autres boivent jusqu'à l'oubli. D'autres encore font comme si rien n'avait changé.

J'imagine Coop et Philippa Regan côte à côte dans le lit conjugal. Immobiles comme des cadavres, le regard rivé au plafond, se demandant si leur fille pourrait être encore en vie. C'est ce qu'il y a de tragique quand une personne disparaît. Les morts, on leur dit adieu, on les pleure et on leur offre un lieu de repos. Les disparus flottent dans des limbes, laissant leurs proches dans l'incertitude et l'espoir.

Ruiz pousse la porte du salon. Il fait sombre dans la pièce. Les rideaux sont fermés.

— Ce n'est que moi, Coop. Je viens bavarder avec vous.

La réponse est chargée de flegme.

— Suis pas d'humeur.

M. Regan est assis dans un fauteuil, ses bras tatoués reposant sur les accoudoirs. Je ne vois pas son visage dans la pénombre, mais il porte un débardeur crasseux tendu sur son torse puissant.

L'écran vacillant du téléviseur jette des ombres autour de lui. Il regarde un vieux film de famille. Une petite fille, âgée d'environ trois ans, joue sous un appareil d'arrosage. Le son est coupé.

M. Regan porte un verre à ses lèvres. En passant devant la lumière, le liquide foncé se change en ambre.

— Je vous présente Joe O'Loughlin. C'est un ami à moi, dit Ruiz. Il vient vous interroger à propos de Carolinda. Il peut peut-être vous aider.

— Il ne peut pas la faire revenir, si ?

— Non, je réponds, en proie à une envie presque irrésistible de tourner les talons, de dévaler l'escalier et de regagner la voiture pour me retrouver aussi loin de là que possible.

Coop attrape la bouteille posée à ses pieds et remplit son verre. Ses tatouages donnent l'impression de s'animer sous l'éclairage de la télé, racontant des histoires de nuits d'ivresse, de boutiques de tatouage et de gueules de bois.

Ruiz s'assoit en face de lui.

— Il est un peu tôt pour boire.

Coop ne réagit pas. Je m'avance dans la pièce et m'installe dans un fauteuil près de la télévision. Le regard de Coop passe sur moi avant de se poser sur l'écran qui se reflète dans ses yeux.

— Je voulais vous parler de Caro.

— Je vous écoute.

— Comment était-elle ?

Coop prend une inspiration chevrotante qu'il semble retenir.

— Je voulais un garçon, dit-il finalement. J'étais sûr que Caro serait un petit gars. Ça m'a fait un choc quand elle est sortie. J'ai cru que quelque chose était allé de travers. « C'est une belle petite fille », j'ai dit et Philippa m'a répondu : « Tu es sûr, Coop ? » J'ai regardé de nouveau pour être sûr.

Les images sur l'écran ont changé. Caro chante dans un micro imaginaire à présent. Elle porte une robe de sa mère, qui ne cesse de lui tomber des épaules.

— Je l'ai regardée grandir, poursuit Coop. J'ai compté ses sourires, ses premiers pas. Elle avait dix mois la première fois qu'elle a marché, de ce fauteuil à celui où vous êtes assis. Elle était toujours pressée. Impossible de la ralentir. Même mariée, elle faisait tout à toute vitesse. Le bonhomme ne me plaisait pas trop, je lui faisais pas confiance, mais Caro l'aimait. J'ai payé pour la noce. Loué un endroit chic pour la réception. Je l'ai conduite à l'autel. C'était une belle mariée.

Coop me regarde d'un air perplexe.

— C'était le mariage de ma fille, mais Gordon nous a flanqués dans un coin. Ils nous traitaient comme des moins que rien sous prétexte qu'on n'était pas riches ni introduits.

— À quand cela remonte-t-il ?

— Sept ans maintenant. Caro n'était plus la même après ça. Gordon lui a fait quelque chose.

— Quoi donc ?

Il hausse les épaules

— Je ne saurais pas vous dire, mais il lui a volé son sourire.

Il fait lentement tournoyer le liquide dans son verre.

— Quand un gosse perd ses parents, ça fait de lui un orphelin, mais il n'y a pas de nom pour désigner les parents qui perdent un enfant.

— Non.

— Il m'arrive de prier. Suis pas très doué pour ça. Je prie qu'il n'ait pas abandonné son corps quelque part dans le froid. Pour que Caro soit au paradis. Elle y croyait au paradis. Je peux pas en dire autant !

L'écran clignote. Une nouvelle scène se déroule sous nos yeux. Caro à dix ans, sur une grande roue. Chaque fois qu'elle passe près du sol, elle fait un signe à la caméra en serrant sa robe entre ses genoux pour empêcher qu'elle se soulève.

— Comment vous appelez-vous ? s'enquiert Coop.

— Joe.

— Vous vous êtes déjà demandé si la douleur de la perte d'un enfant équivaut au bonheur de devenir père, Joe ?

Il n'attend pas ma réponse.

— Ça ne peut pas se comparer, bon Dieu ! Devenir père, c'est ce premier pas, ce premier sourire, ce premier mot. La première fois qu'elle fait du vélo, qu'elle grimpe à un arbre, qu'elle va à l'école, au bal, son premier rendez-vous, son premier baiser. Vous additionnez tous ces moments ensemble – chaque Noël, chaque anniversaire, chaque rêve. Y'a pas de comparaison, je vous dis !

» Quand on a un enfant, on a le sentiment que not' vie vaut quelque chose, vous comprenez. Ce n'est pas comme si on avait trouvé un remède contre le cancer ou qu'on dirigeait l'Écosse, mais vous avez eu un enfant ! Vous laissez quelque chose derrière vous !

Sa voix s'est mise à trembler et il halète. Il se mord le poing avec vigueur.

— Vous voulez que je vous dise ce qu'il y a de pire ? reprend-il, mais il a de la peine à parler maintenant. Je lui en veux, à Caro. J'ai envie de la gronder, de la priver de sortie, de l'envoyer dans sa chambre. Je veux l'empêcher de grandir, de quitter la maison, de se marier.

» Je suis en colère contre elle parce qu'elle nous a pris nos vies. Nos journées commençaient et finissaient avec elle. On organisait ses études, ses vacances, son avenir. Quel avenir ? Pour tout cet amour, cette souffrance, voilà ce qu'on a ! À quoi ça sert, bon sang ?

— Vous penserez différemment un jour, Coop.

— À quoi vous voulez que je pense ?

— À votre femme, dans la cuisine à côté.

Il hoche la tête d'un air penaud.

— J'avais honte avant, de moins aimer Philippa après la naissance de Caro.

— Vous les aimiez toutes les deux.

Il acquiesce. Une nouvelle séquence commence. Caro est adulte. Elle est dans un lit d'hôpital, un nouveau-né dans les bras. Les cheveux collés sur le front. Elle sourit malgré sa fatigue.

— C'est notre petiot, Billy, dit Coop en désignant l'écran. On n'a plus le droit de le voir. Gordon ne l'amène plus et il refuse qu'on le prenne en vacances. On est ses grands-parents. On ne devrait pas le laisser faire.

— Quel âge avait Billy quand Caro a disparu ?

— Presque deux ans. Caro est passée nous voir la veille de l'anniversaire du petit. Elle était obligée de venir en douce. Ça ne plaisait pas à Gordon.

— Pourquoi ?

Coop hausse les épaules.

— Il voulait la contrôler, je crois bien.

— Elle vous l'a dit ?

— J'ai bien vu !

— Que s'est-il passé quand Caro a disparu ?

— Gordon a prétendu qu'elle s'était barrée. Qu'elle l'avait quitté. Il a déclaré à la police qu'elle avait un amant, mais c'était pas vrai.

Coop tremble de la tête aux pieds. Il renverse un peu de scotch, se lèche les doigts, le poignet.

— La police l'a-t-elle interrogé ?

— Ouais.

— Vous connaissez le nom du policier en charge de l'affaire ?

— Frank Casey. Il a pris sa retraite depuis.

Une autre séquence d'images. Caro, jeune adolescente, monte un poney incroyablement grand qui galope entre deux obstacles. Elle agite la main en passant devant la caméra. Tout le corps de Coop bascule en avant chaque fois qu'elle est sur le point de sauter, comme s'il chevauchait avec elle.

C'est le vide en lui qui est le plus insoutenable. La voix qu'il n'entendra plus jamais. J'ai failli perdre un enfant. J'ai presque perdu ma femme. Je peux comprendre. Je me souviens de chaque instant avec une clarté qui submerge les sens. Les mots se coincent dans ma trachée. Mon front se couvre de sueur. Mes entrailles se tordent.

Les gens qui perdent un enfant ont le cœur tout biscornu. Certains tentent de nier l'évidence. Ce n'est pas la même chose que de perdre un ami, un parent. Cela dépasse l'entendement. Cela défie la biologie. Cela contredit l'ordre naturel de l'histoire et de la généalogie. Le bon sens déraille. Le temps est violé. Cela engendre un immense trou noir, sans fond qui engloutit tout espoir.

Nous quittons l'appartement. Ruiz marche devant moi, les poings serrés, comme s'il avait envie de cogner quelqu'un. Je repense à ce que Coop a dit à propos du sens de la vie. La mienne n'en a pas. Je vis dans une sorte d'impasse. Le processus est à l'arrêt. J'attends que ma femme me reprenne – alors que je devrais profiter de chaque journée et la vivre comme si c'était la dernière.

Je suis comme un type coincé dans un embouteillage qui se demande pourquoi ça bouchonne, si quelqu'un est blessé et s'il sera rentré à l'heure pour regarder *La Ferme des célébrités.*

Alors que j'ai envie d'être le gars qui contemple une jolie femme dans un sentier et s'imagine en train de lui faire l'amour. L'homme qui accueille la vie à bras ouverts, qui vit à cent à l'heure. L'homme qui embrasse souvent, étreint sans honte et traite chaque journée comme l'histoire d'amour la plus brève.

Pourquoi est-ce que je ne peux pas être lui ?

25

Nous quittons Edinburgh pour nous diriger vers la côte. Ruiz a mis de la musique, quelque chose de *bluesy* avec des accords de guitare scandés qui font vibrer les haut-parleurs logés dans les portières. En fermant les yeux, à la place des mornes collines écossaises, j'imagine des champs de canne à sucre à perte de vue dans le sud des États-Unis. Quand je rouvre les yeux, mon regard se pose sur les panaches blancs que le vent arrache aux vagues et sur des arbres courbés et tordus comme de vieux arthritiques.

— Vous pensez à Carolinda Regan ? demande Ruiz.

— Je pense à Gordon Ellis.

— Vous fait-il l'effet d'un tueur ?

— Jusqu'à présent, non.

Je revois mentalement la scène de crime. Ray Hegarty n'était pas censé rentrer ce soir-là. Ellis n'aurait eu aucun mal à savoir qu'Helen travaillait de nuit et que Sienna serait seule. Ces données et l'opportunité de la situation ne suffisent pas pour le situer dans la chambre de Sienna ou lui mettre une arme dans la main.

— Quelles sont les chances ? dis-je à haute voix.

Ruiz me jette un coup d'œil.

— Les chances que quoi ?

— Ray Hegarty a vu sa fille embrasser Ellis et s'est plaint auprès de l'école. Une semaine plus tard, il était mort. Est-ce une coïncidence ?

— Les coïncidences sont une manière pour Dieu de garder l'anonymat.

— Vous ne croyez pas en Dieu.

— Exactement. Une liaison avec une écolière est un motif de meurtre. Ça a le pouvoir d'anéantir une carrière, de mettre un terme à un mariage. Un tel homme a beaucoup à perdre.

— Assez pour tuer ?

— J'ai vu des gens se faire massacrer à coups de pied pour cinquante centimes et un paquet de jambon.

Quarante minutes plus tard, nous franchissons le portail d'un club de tir. Des cyprès bordent la longue allée. Des fanions claquent bruyamment contre leurs mâts. Des ouvriers sont en train d'ériger un échafaudage autour du pavillon en pierre accroché à flanc de coteau comme une bernique à un rocher.

Frank Casey a une bonne soixantaine d'années. Des cheveux blancs clairsemés qui dépassent de son bonnet en laine et le genre de regard bleu qui s'approfondit avec l'âge. Sous nos yeux, il ouvre un fusil de chasse, loge deux cartouches dans les chambres et referme l'arme d'un coup sec avant de l'épauler.

— Allez-y !

Deux disques en argile s'élèvent dans les airs, volant de gauche à droite. Le fusil rebondit entre ses mains ; chaque disque disparaît dans un nuage de poussière qui se disperse dans le vent.

Casey rabat son casque jaune sur son cou et se retourne, prêt à recharger. La plupart des stands sont vides.

— Je vous connais ? s'enquiert-il.

— Je suis un ancien inspecteur divisionnaire du Met. Vincent Ruiz. Et voici Joe O'Loughlin.

Nous échangeons une poignée de main.

— Depuis combien de temps êtes-vous à la retraite ? demande Casey à Ruiz.

— Cinq ans.

— Moi, ça fait deux. J'étais à deux doigts de me retrouver entre quatre planches à cause de l'hypertension. J'aurais dû faire ça plus tôt, mais ma femme n'était pas d'accord. Elle devient dingue à force de m'avoir tout le temps dans les pattes.

Son accent est un mélange de glasgowien et de quelque chose d'un peu moins rude à l'oreille. Il plonge la main dans sa poche et en sort une flasque en argent.

— Vous voulez un gorgeon ?

— Ça va, merci, répond Ruiz.

Je secoue la tête.

— Comme vous voulez.

Casey porte la flasque à ses lèvres et avale bruyamment.

— Bon, que puis-je faire pour vous, messieurs ? demande-t-il en posant le fusil sur son avant-bras.

— Nous aimerions vous interroger au sujet de Gordon Ellis, dis-je. Il s'appelait Gordon Freeman avant.

— Oui. (Casey m'observe un instant au-dessus de son flacon.) J'ai effectivement connu un gars qui s'appelait Gordon Freeman. Mais pourquoi voudriez-vous parler de lui ?

— Vous étiez chargé de l'enquête au moment de la disparition de sa femme.

— Exact.

— Nous enquêtons nous-mêmes sur un crime qui s'est produit plus au sud. Une adolescente est accusée d'avoir tué son père.

— Et vous pensez que Gordon Freeman est lié à cette affaire ?

— C'est un suspect potentiel.

Le regard de Casey se reporte constamment sur Ruiz.

— Il ne s'agit donc pas d'une requête officielle ?

— Non. Nous faisons des recherches au nom de la jeune fille qui est inculpée.

Casey appuie son pouce au milieu de son front.

— Quel âge a-t-elle ?

— Quatorze ans.

Il hoche la tête d'un air entendu.

— Vous pêchez, Vincent ?

— Non.

— Et vous, Joe ?

— Non plus.

— Vous voyez, les poissons manifestent deux pulsions – la peur et la faim. Les gros mangent les petits. Même les leurs – en commençant par les plus jeunes, qui n'ont pas écouté à l'école. Vous comprenez ce que je veux dire ?

La réponse est non, mais je m'en voudrais de l'interrompre.

— Gordon Freeman – ou quel que soit le nom qu'il se donne – dévore les plus jeunes. Il jette son dévolu sur les faibles. Les plus jeunes, les plus jolies, les plus heureuses. Il les bouffe petit à petit.

Deux autres tireurs nous ont rejoints depuis le pavillon. Ils prennent possession d'un stand à l'autre bout de la rangée et enfilent des gilets à cartouches.

Casey presse sa main au creux de son dos comme pour soulager une douleur.

— Gordon m'a échappé. Je regrette de ne pas l'avoir hameçonné.

Il jette un coup d'œil à Ruiz. Il a l'air épuisé tout à coup. Son regard vacille.

— Nous avons retrouvé la voiture de Caro garée près de la gare. Il manquait une valise chez elle, ainsi que des vêtements, mais elle n'a pas laissé de mot ni averti sa famille de son départ.

» Trois mois se sont écoulés avant qu'on prenne les Regan au sérieux. La piste avait refroidi entre-temps. Les images de vidéo-surveillance n'ont pas été conservées. On a dû compter sur les témoins. On a interrogé les passagers des trains, on a filmé une reconstitution avec une actrice habillée comme Caro. Elle est passée à la télé, mais personne ne s'est présenté.

— Quelle a été la réaction de Gordon ?

— Il a prétendu que Caro avait une liaison et qu'elle s'était fait la belle avec son jules.

— Que s'est-il passé à votre avis ?

— À mon avis ? Je pense que Caro Regan est morte. Il a dû la jeter dans une mine abandonnée en lestant son corps. Il y en a partout dans la campagne par ici. De vieilles mines de charbon et d'argent. On n'avait pas de relevé complet. (Ses lèvres se plissent.) On a essayé de le faire craquer. On l'a appréhendé, on l'a suivi, on a reconstitué son emploi du temps. Que dalle ! Le salopard a de l'eau glacée dans les veines. C'est un psychopathe authentique, vous voyez ce que je veux dire ? Futé. Sans remords. Deux ans après la disparition de sa femme, il a demandé le divorce.

— Il avait une nouvelle compagne.

— Ouais.

Casey boit encore un petit coup.

— Carolinda Regan ne serait jamais partie de chez elle sans son fils. C'était l'anniversaire de Billy le lendemain. Elle lui avait acheté un cheval à bascule. Quelle mère abandonne son fils la veille de son anniversaire ?

Casey ferme les yeux. Ses sourcils sont si clairs qu'ils sont presque invisibles.

— Je ne l'ai jamais rencontrée, mais je crois qu'elle m'aurait plu. Je lui parle des fois, dans ma tête. Vous devez penser que je suis maboule.

— Seulement si elle vous répond.

Il sourit.

— Je lui demande où elle est maintenant, mais elle n'en sait rien. C'est peut-être ce qu'on entend par purgatoire – coincé entre le paradis et l'enfer. Je connaissais sa mère. Philippa. Un joli brin de fille quand elle était jeune. Ça ne saute pas aux yeux quand on la voit aujourd'hui, mais vous pouvez me croire sur parole.

Il se produit comme un déclic dans sa gorge. Il souffle comme pour éteindre une allumette, lève la tête vers le ciel. Renifle l'air.

— Gordon avait une caravane. Nous avons trouvé le reçu, mais pas trace du véhicule.

— Il l'a peut-être vendue, souligne Ruiz.

— Elle est toujours enregistrée sous son nom.

— C'est important ?

Casey hausse les épaules.

— On a cherché partout, passé le moindre lopin de terre au crible.

— Que vous a dit Gordon Ellis à ce sujet ?

— Qu'il l'avait perdue en jouant au poker. Il aime bien les jeux de cartes. Les chevaux aussi. Des paris diversifiés. L'œuvre du diable ! Il paraît que lorsqu'il a quitté la ville, il devait quinze mille livres à un prêteur du nom de Terry Spencer.

» Terry est un type plutôt accommodant, mais il a fini par perdre patience. Il a envoyé un de ses sbires sur les traces d'Ellis pour lui rappeler ses devoirs fiscaux. Vous voyez ce que je veux dire ? Stan Keating a pris l'avion pour Bristol dans l'intention de lui rendre une petite visite. Il l'a un peu malmené, il a versé de l'acide dans son moteur. La routine quoi !

» Une quinzaine de jours plus tard, de retour à Edinburgh, Stan était en train de boire un coup dans son bistrot habituel, dans Candlemaker Row, quand un type est venu le chercher – un Irlandais avec de drôles de tatouages sur la figure. Il a demandé après lui, alors que Stan était assis à moins de trois mètres, mais la barmaid était de la vieille école. Elle l'a bouclé.

» L'Irlandais a attendu pendant une heure en sirotant son jus d'orange tout en faisant des mots croisés. Parfaitement cool. Stan l'avait à l'œil. Il a passé un coup de fil pour avoir du renfort. Des frères jumeaux, les Lewis, de grands manieurs de barres de fer, sont venus à sa rescousse.

» L'Irlandais a fini par en avoir assez de poireauter. Stan l'a suivi dehors où les jumeaux l'attendaient. "C'est moi que tu cherches ?" il a dit en ôtant sa montre en or avant de retrousser ses manches. L'Irlandais a hoché la tête. "Tu as quinze secondes pour me dire de quoi il retourne. — Vous êtes allé rendre visite à un prof. — Qu'est-ce que ça a voir avec toi ? — Vous avez commis une erreur." Stan a jeté un coup d'œil aux jumeaux par-dessus son épaule. Et il a souri. En une fraction de seconde, il a su tout ce qu'il y avait à savoir sur l'Irlandais. Un poing américain hérissé de clous d'un centimètre lui a fracassé la trachée. Ils étaient trois contre un. Ils n'avaient pas une chance. L'Irlandais a balancé son poing américain dans la mâchoire d'un des jumeaux et dégommé l'autre avec une matraque télescopique en lui cassant les deux bras.

» La bagarre a duré moins de trente secondes. Stan et les deux frangins étaient à genoux, le front à terre, pleurnichant. On n'a jamais pu réparer le larynx de Stan.

La peau se tend sur le visage de Ruiz.

— Comment Gordon Ellis s'est-il fait un copain pareil ?

Casey hausse les épaules.

— Je ne le lui envie pas.

— Et Terry Spencer dans tout ça ?

— Il a fini par récupérer son pognon. Ça doit être la nouvelle famille d'Ellis qui a casqué. Enfin, c'est ce que je pense.

— Et Stan Keating ?

— Il boit toujours dans le même pub, mais il ne dit plus grand-chose. Un homme de peu de mots, on pourrait dire ! (Casey se lève du banc et tend la main.) Je ne devrais pas dire ça, je m'en rends compte, mais je suis content de ne plus avoir à m'occuper de Gordon Ellis. J'espère que vous aurez plus de chances que nous.

En posant son fusil sur son épaule, il remonte en traînant les pieds la piste cendrée en avant vers sa retraite.

C'est le milieu de l'après-midi. Il y a une douzaine de clients à l'intérieur du Bobby's Bar. Les accros à la nicotine sont attablés dehors. Les retraités, les chômeurs et les non « embauchables » – des vieux en vestes capitonnées avec des dentures épouvantables. On croirait un film d'horreur : *La Nuit des papys taciturnes.*

Une plaque sur le mur raconte l'histoire du lieu. John Gray, un policier d'Edinburgh, mort de la tuberculose en 1858, a été enterré dans le jardin voisin. Son chien, un skye-terrier du nom de Bobby, a passé les quatorze années suivantes à monter la garde devant la tombe de son maître, jusqu'à sa mort en 1872. Il y a une statue de Bobby sur un socle. Un monument de plus pour célébrer notre engouement pour les monuments.

La serveuse essaie de ne pas réagir quand je mentionne le nom de Stan Keating, mais un petit frémissement au coin de ses lèvres m'indique qu'elle ment. Ruiz a déjà commandé une pinte pour justifier le trajet. Il tend un billet de cinq à la barmaid et attend la monnaie. Les bouteilles d'alcool au-dessus de sa tête me font penser à des tuyaux d'orgue en verre.

Il prend sa pinte et me rejoint à la table en promenant son regard sur la salle. Un jeu vidéo aux tons criards braille dans un coin, tentant en vain d'inciter les clients à entrer en lice.

— Vous voulez que je vous dise pourquoi c'est un problème d'interdire de fumer dans les pubs ? demande Ruiz après avoir fait baissé le niveau de sa Guinness de deux centimètres.

— Dites-moi.

— L'odeur.

— De la fumée ?

— De pets.

J'attends une explication plus précise.

— Reniflez-moi cet endroit. Ça empeste le désinfectant et les pets. Des pets à la bière, à la Guinness, au cidre. Quand les gens fumaient, on ne sentait rien. Maintenant, si.

— Des pets, hein ?

— Ouais.

Il boit une énorme lampée et s'essuie la bouche. Puis il désigne quelque chose derrière moi en pointant le menton. Un client assis au comptoir est plongé dans une revue hippique. Le foulard qu'il porte autour du cou lui donne des allures de vedette de cinéma vieillissante des années 1950.

Je m'assois sur le tabouret voisin du sien.

— Je cherche Stan Keating.

Pas de réponse. Sa veste est trouée aux coudes. Son nez est une carte routière de capillaires. Des marques au stylo rouge partout dans son magazine.

— J'aimerais qu'on parle de Gordon Ellis, je précise. Vous le connaissez sans doute sous le nom de Gordon Freeman.

La serveuse intervient.

— Il ne peut pas parler.

Je me tourne vers elle.

— J'ai juste besoin de lui poser quelques questions.

— Je vous souhaite bonne chance, répond-elle en essuyant un verre. M. Keating n'aime pas qu'on le dérange.

— Il devrait peut-être me le dire lui-même.

Keating attrape sa pinte et la porte à ses lèvres. Son foulard glisse, révélant une cicatrice qui va de la pomme d'Adam jusqu'au col de sa chemise où elle disparaît.

— Il ne peut pas parler, insiste la serveuse, à moins qu'il ait son appareil.

— Quel appareil ? demande Ruiz qui s'est installé sur le tabouret de l'autre côté.

Elle porte la main à son cou et remue les lèvres en silence.

Keating repose son verre et se replonge dans sa lecture.

— Mais vous n'êtes pas sourd, hein, Stan ? poursuit Ruiz. Je vous offre un verre. (Il fait signe à la serveuse.) La même chose.

Keating sort lentement sa main de sa poche. J'entrevois un éclat mat au moment où il applique une sorte de stylo contre sa gorge.

— Dis-leur de me foutre la paix, Brenda.

Ses paroles ont une tonalité métallique, bourdonnante, comme lorsqu'on écoute une interview de Stephen Hawking sans pauses entre les mots.

Brenda essuie son comptoir.

— Vous avez entendu, messieurs.

Keating abaisse son appareil et recommence à lire.

— Vous ne comprenez peut-être pas ce qui nous amène, insiste Ruiz. Nous faisons une enquête sur Gordon Ellis. Nous sommes au courant pour sa première femme. Et pour ses dettes de jeu.

Aucune réaction de la part de Keating. Il plie son journal et regarde la pendule derrière le comptoir.

Ruiz tente une autre approche.

— Vous avez des enfants, Stan ? J'en ai deux. Un garçon et une fille. Des jumeaux. Ils sont grands maintenant, mais je continue à me faire du souci pour eux. Joe, lui, a deux filles. Elles sont encore jeunes. Gordon Ellis est un pédophile. Il se tape des écolières.

Keating s'agite légèrement. Il tend la main vers son verre et l'écluse avant de le reposer avec précaution.

Il plaque l'amplificateur contre son cou à nouveau, d'un geste agressif cette fois-ci.

— Je chantais avant. Pas professionnellement ou quoi que ce soit. Dans les pubs, les boîtes. Je faisais les levers de rideau. Je chantais du Dean Martin, du Bing Crosby. Vous vous rappelez Dean Martin ?

Ruiz hoche la tête.

— Sacré crooner, ivre ou à jeun. Il préférait être ivre.

Keating marque un temps d'arrêt. Il prend une grande inspiration accompagnée d'un gargouillis. Nos regards se croisent dans la glace derrière le bar.

— Je ne peux plus chanter.

— Qui vous a fait ça ?

— Rentrez chez vous. Ça ne sert à rien de venir ici.

— De quoi avez-vous peur ?

Cette remarque fait mouche. Ses narines frémissent quand il inhale à nouveau. Ses oreilles font penser à des choux-fleurs pressés contre son crâne.

— Allez-vous faire foutre ! articule-t-il en silence.

À cet instant, la porte s'ouvre et une jeune femme fait son apparition. En jean taille basse, baskets sans chaussettes et tee-shirt gris moulant et court, dévoilant un ventre plat et lisse. Ses cheveux sont relevés par un élastique. Un bambin, perché sur sa hanche, suçote un biscuit.

— Viens, papa, dit-elle. Je suis en retard.

Keating plie son journal et pivote sur son tabouret avant de poser les pieds par terre. Sa fille nous dévisage, Ruiz et moi. Une lueur anxieuse voile son regard.

Keating pointe le doigt vers les toilettes.

— Dépêche-toi alors, dit-elle.

Il pousse la porte et disparaît. Sa fille discute avec Brenda, nous ignorant sciemment.

— Qui est-ce qui lui a fait ça ? demandé-je.

Son regard passe de mon visage à celui de Ruiz, puis vice versa.

— Vous êtes flics ?

— Je l'étais, répond Ruiz. Nous essayons d'aider votre père.

— Laissez-moi deviner. Il ne veut pas vous parler, alors vous me demandez à moi ?

— A-t-il jamais fait allusion à un individu du nom de Gordon Ellis ?

— Jamais entendu parler.

Elle cueille une miette de biscuit détrempée sur sa poitrine et l'enveloppe dans un mouchoir en papier. En faisant passer son enfant sur l'autre hanche, elle enfonce le mouchoir dans la poche serrée de son jean. Elle ne porte pas d'alliance.

— Quel âge a le petit ?

— Il vient d'avoir deux ans, me répond-elle en me regardant d'un air soupçonneux.

— Comment s'appelle-t-il ?

— Tommy.

— Ça doit être dur.

— Quoi donc ?

— D'être une mère célibataire, de vous occuper de Tommy tout en ayant votre père à l'œil. Il vit avec vous ?

— Oui. (Elle est inquiète maintenant.) Qui êtes-vous ?

— J'essaie d'aider une fille qui a de gros ennuis. Elle n'est pas beaucoup plus jeune que vous. Elle va encore à l'école.

— Qu'est-ce que ça a à voir avec nous ?

— Votre père est allé recouvrer une dette auprès d'un certain Gordon Ellis. C'est comme ça qu'il s'est fait taper dessus. Nous essayons de savoir qui a fait le coup.

Le bambin commence à peser lourd. Elle le pose par terre en le tenant fermement par la main. Puis elle jette un coup d'œil par-dessus mon épaule vers la porte des toilettes.

— Mon père s'est battu aux Falklands. Il était dans les paras. La bataille de Goose Green.

— Le deuxième bataillon ? demande Ruiz.

Elle hoche la tête.

— Ils lui ont donné une médaille et un bout de papier. Ça sert à quoi ?

— Il s'est battu pour son pays.

— Il n'arrête pas d'en parler. Les Falklands. Deux mois de sa putain de vie et il n'arrive pas à oublier ! Il n'a pas envie d'oublier. (Elle nous dévisage l'un après l'autre.) Il y a des moments où je crois qu'il regrette d'être revenu.

La porte des toilettes s'ouvre à la volée. Stan Keating dit au revoir à Brenda d'un signe de tête. Il se tourne vers sa fille en portant l'amplificateur à sa gorge.

— Allons-y.

Je m'adresse à cette dernière d'un ton pressant.

— Gordon Ellis s'attaque à des mineures. J'essaie d'aider l'une d'entre elles.

— Papa n'a rien à voir là-dedans.

— Qui est-ce qui lui a bousillé le larynx ?

Elle tripote la chaîne en argent qu'elle porte autour du cou.

— Il ne l'a jamais dit.

Keating est déjà à la porte. Elle se penche pour prendre son petit garçon dans ses bras. Il lui enlace le cou.

— On a entendu dire que c'était un Irlandais.

Elle hausse les épaules.

— Je ne saurais pas vous dire, mais il parle parfois de lui dans son sommeil.

— Comment l'appelle-t-il ?

Elle fait glisser deux doigts le long de ses joues en laissant des traces blanches qui rosissent vite sur sa peau lisse.

— Le Pleureur.

26

Assis face à la grande baie vitrée dans une salle d'embarquement de l'aéroport d'Edinburgh, je regarde les rideaux de pluie qui s'abattent sur le tarmac. Des hommes en cirés jaunes chargent des bagages et des chariots de nourriture sous le fuselage d'un jet.

Mon avion décolle dans quarante minutes. Ruiz devra attendre une heure de plus pour s'envoler pour Londres.

— Vous en voulez un ? me propose-t-il en me tendant une boîte en fer ronde contenant des berlingots.

— Non, merci.

Un bonbon cogne contre ses dents. Il range sa boîte dans la poche de sa veste. Certaines personnes ont des odeurs, d'autres des sons. Ruiz cliquette quand il marche, il craque quand il se penche.

Je lui raconte ma visite dans l'agence de taxis, le jour où j'ai vu l'Irlandais avec des tatouages en forme de larmes. Le même homme se tenait devant le restaurant où j'ai déjeuné avec Julianne.

— Comment Gordon Ellis a-t-il obtenu la protection de quelqu'un comme ça ? C'est un prof de théâtre au collège, pas un gangster.

— C'est un prédateur sexuel.

— Oui, et personne n'aime les pointeurs. Même les criminels endurcis ne peuvent pas encaisser les tripoteurs de gosses. Ellis ne tiendrait pas un mois s'il était écroué. Quelqu'un le poignarderait dans la file du réfectoire ou le pendrait aux barreaux.

— L'Irlandais ne sait peut-être pas que c'est un pédophile.

En regardant un jet se poser en soulevant des geysers, je songe à une de mes anciennes patientes qui avait tellement peur de voler qu'elle avait essayé d'ouvrir la porte d'un avion en plein vol pour sauter. Il s'était avéré qu'elle ne redoutait pas de s'écraser. Elle était claustrophobe. Parfois la réponse évidente colle parfaitement, pourtant elle est fausse.

— Comment va Julianne ? me questionne Ruiz.

— Bien.

— Vous vous parlez toujours ?

— Absolument.

— Vous la sautez encore ?

— Elle voit quelqu'un d'autre. Un architecte.

— C'est sérieux ?

— Je ne sais pas.

Le silence s'installe entre nous. Je pense à Harry Veitch. Quand Julianne et moi étions ensemble, nous blaguions à son sujet, en évoquant cette manière qu'il avait d'insister pour goûter le vin au restaurant, en décrire le bouquet, la robe. C'était peut-être moi qui le mettais en boîte, mais je suis sûre que Julianne souriait.

Et puis je songe à la veille au soir, avec Annie Robinson. Pendant des années, je n'imaginais pas trouver le courage de montrer mon corps nu à une autre femme. C'est arrivé maintenant et je ne sais pas ce que je ressens.

J'ai envie de demander à Ruiz si ça devient plus facile avec le temps. Le mariage. La séparation. Le divorce éventuel. Il a vécu ça, c'est derrière lui. En définitive, je préfère éviter le sujet. Vivre dans le déni.

— Le jour où Julianne m'a annoncé qu'elle me quittait, elle m'a dit que j'étais triste, que je ne savais plus profiter de la vie. J'ai regardé Coop aujourd'hui, lui qui a arrêté de vivre après la disparition de sa fille, qui a renoncé à tout, et je me suis demandé si Julianne n'avait pas raison à mon sujet.

— Vous n'êtes pas comme Coop.

— J'espère toujours que les choses redeviendront comme avant.

— Ça n'arrivera pas. Croyez-en mon expérience.

— Vous ne pensez pas qu'elle me reprendra ?

— Non. Ce que je veux dire, c'est que ça ne sera plus jamais la même chose.

— Vous continuez à voir Miranda.

— La situation est différente. Miranda est une ex-femme avec des avantages.

— Des avantages ?

— Une poitrine parfaite et des cuisses capables de broyer un meuble classeur.

Je ris en secouant la tête, ce que j'ai tort de faire parce que cela ne fera que l'encourager.

Mais il retrouve son sérieux.

— Savez-vous ce qui fait de nous de bons détectives, professeur ? Nous sommes soupçonneux. Nous pensons que tout le monde ment. Les suspects. Les victimes. Les innocents. Les coupables. Les imbéciles. Malheureusement, cela fait aussi de nous de mauvais maris.

» Quand j'étais marié avec Miranda, elle supportait mes humeurs, mes retours à la maison à des heures indues, mon penchant pour la bouteille, mais je sais qu'elle restait éveillée parfois à se demander quelles portes j'enfonçais et ce qui se trouvait de l'autre côté. La seule chose qu'elle voulait, c'était que je franchisse sain et sauf son propre seuil.

» Elle aurait peut-être pu vivre avec cette incertitude si je ne laissais pas chaque fois une partie de moi-même dans mon sillage. Quand on allait au restaurant, à un dîner, quand on regardait la télévision, elle savait pertinemment que je pensais au boulot. Ça a dégénéré à tel point qu'à certains moments, je n'avais même plus envie de rentrer au bercail. Je trouvais des prétextes pour rester au travail. C'est ça votre problème, Joe. Vous n'arrivez pas à lâcher.

J'ai envie de le contredire. De lui rappeler que je n'ai plus de foyer à protéger ni à saboter, mais il me flanquerait une rossée en me taxant de pessimiste, de défaitiste. C'est une des choses que j'ai remarquées depuis qu'il est à la retraite : il est nettement plus pragmatique. Il parvient à vivre avec ses regrets parce qu'il les a relativisés les uns après les autres, les a rangés dans un coin de son esprit. Il a fait amende honorable ou a accepté les choses auxquelles il ne pouvait rien changer. Quand on vous a poignardé, tiré dessus, que vous avez failli vous noyer, chaque jour devient une bénédiction, chaque anniversaire une fête. La vie est un repas en trois plats, parfois assaisonnés de merde, mais mangeable tout de même. Ruiz a appris à faire des réserves.

— Si vous voulez un conseil, ajoute-t-il, je vous suggère de continuer à coucher.

— Que voulez-vous dire ?

— Ça se passe d'explication.

— Vous pensez que le sexe me guérira.

— Le sexe, c'est crade, ça donne chaud, c'est balourd, bruyant, épuisant, mais même dans les pires circonstances…

Il n'achève pas sa phrase. À la place, il m'observe attentivement.

— Alors, qui est-ce ?

— Qui ça ?

— Votre à-côté.

J'ai envie de nier, mais il sourit en exhibant son berlingot entre ses dents.

— Comment avez-vous su ?

— Je ne suis pas né de la dernière pluie.

— C'est écrit sur mon front ?

— Quelque chose comme ça. Qui est-ce ?

— Je préfère ne pas en parler.

— Comme vous voulez.

Nous sombrons dans le silence. Je pense à Annie Robinson. Je revois les taches de rousseur sur ses épaules, je sens son souffle sur ma figure, son bras posé sur mon torse, ses seins pressés contre mes côtes. Je me sens toujours vide après l'amour. Heureux en même temps.

— Hé, je ne vous ai pas raconté ? reprend Ruiz. J'ai entendu l'interview d'un type l'autre soir dans une de ces émissions sur les thérapies sexuelles. Le présentateur lui demandait de décrire en un mot la pire pipe qu'on lui ait faite. Vous savez ce qu'il a dit ?

— Non.

— Fabuleux.

Une myriade de rides plisse son visage ; ses yeux pétillent. Nous rions de concert. Il est tout content maintenant.

Le vent secoue l'avion au moment du décollage, jusqu'à ce qu'il s'élève au-dessus de la couche de nuages. La pluie, muette, strie les hublots.

Il est 21 heures passées quand j'arrive chez moi. La maison est plongée dans l'obscurité. Tout est silencieux. J'ouvre la porte d'entrée, j'allume dans le vestibule et je vais dans la cuisine, m'attendant à entendre Gunsmoke tambouriner de la queue contre la porte donnant sur le jardin.

Il doit être dans la buanderie. Il ne m'a peut-être pas entendu. J'ouvre derrière et je l'appelle. Pas de chien accourant du bout de l'allée pour venir me lécher les mains. Son vieux matelas en caoutchouc est inoccupé.

Je vais chercher une lampe de poche dans la buanderie et je pars explorer le jardin. Il a peut-être creusé sous la clôture, à moins que quelqu'un ne lui ait ouvert le portail. Un jour, quand ce n'était encore qu'un chiot, il s'est échappé et je ne l'ai pas revu de la journée. Un voisin l'a trouvé assis à l'arrêt de bus en train d'attendre que Charlie rentre de l'école. Il avait dû sentir son odeur.

Un bruit. Je me fige, je tends l'oreille. C'est un gémissement presque inaudible, venant du compost. Le faisceau de ma torche balaie le sol et éclaire quelque chose de brillant dans l'herbe. Mes doigts se referment autour – la plaque du collier de Gunsmoke.

Je l'appelle. La plainte s'intensifie.

Et là, je le vois. Ses pattes avant sont entravées et son cou est fixé au tronc d'un arbre par une flèche qui fait saillie à angle droit. Son poil hirsute brille dans la lumière, luisant de sang.

Sa tête pend. À la place des yeux, il a des plaies suintantes. On l'a arrosé d'un acide ou d'un détergent puissant qui a dissous sa fourrure, ses chairs, le rendant aveugle.

Je tombe à genoux et je passe mes bras autour de son cou en posant sa tête contre ma poitrine pour essayer d'atténuer la pression de la flèche qui le maintient debout. Comment peut-il être encore vivant ?

Il tourne la tête un peu à gauche et me lèche le cou. Un grognement profond en lui me montre à quel point il souffre.

Gunsmoke mon labrador, mon compagnon de promenade, mon colocataire, mon pseudo-chien de garde… Pourquoi voudrait-on lui faire du mal ?

Je l'abandonne un instant pour courir à la remise prendre une scie à métaux sous l'établi. Avec douceur, je glisse la main entre le corps du chien et le tronc pour tâter la flèche. Puis je la scie.

J'enveloppe Gunsmoke dans une couverture et je le porte à travers la maison jusqu'à la voiture.

Quelle voiture ? La Volvo est toujours au garage.

Au bord des larmes, je m'assois sur la marche de l'entrée, la tête de mon chien sur les genoux. À tâtons, je compose le numéro des renseignements sur mon portable et j'appelle la clinique vétérinaire. La plus proche est dans Upper Wells Way, à cinq kilomètres. Je compte les sonneries et puis le répondeur s'enclenche. Un message enregistré indique les horaires d'ouverture et un numéro d'urgence.

Je n'ai pas de stylo. Je me répète le numéro pour essayer de ne pas l'oublier.

Ça sonne. Une femme me répond.

— J'ai besoin d'aide. Quelqu'un a tiré sur mon chien.

— Tiré ?

— Une flèche.

— Attendez. Je vais chercher mon mari.

Je l'entends l'appeler. Il répond en hurlant.

Je chuchote : « S'il vous plaît, dépêchez-vous, dépêchez-vous. Dépêchez-vous. »

— Ici, le docteur Bradley. Que puis-je pour vous ?

Je veux parler trop vite et je m'étouffe à moitié avec une boule de salive qui est passée de travers. Je lui tousse dans l'oreille.

— Y a-t-il un problème ?

— Le problème, c'est que quelqu'un a torturé mon chien et lui a planté une flèche dans le cou.

Les questions requièrent des réponses. Où est la flèche ? Combien de sang a-t-il perdu ? Est-il conscient ? Ses pupilles sont-elles fixes, dilatées ?

— Je n'arrive pas à voir ses yeux. On y a versé un produit caustique. Il est aveugle.

Le vétérinaire se tait.

— Vous êtes toujours là ?

— Donnez-moi votre adresse.

Il est en route. J'appuie ma tête contre la porte et j'attends, à l'affût des battements de cœur de Gunsmoke. Lents. Irréguliers. Il a tellement mal. Je devrais l'abattre. Mettre fin à son calvaire. Comment ? Je ne pourrais jamais…

Mes parents n'ont jamais voulu que j'aie un chien. J'étais en pension la plupart du temps, si bien qu'ils ne voyaient pas l'intérêt. Je me souviens d'un été où j'avais trouvé un jack russell coincé sur une corniche au-dessus de la marée montante. Nous avions loué une maison près de la péninsule de Great Ormes, surplombant Penrhyn Bay, et après le déjeuner, mes sœurs m'avaient emmené faire une promenade jusqu'au phare.

Je gambadais devant parce qu'elles s'arrêtaient constamment pour ramasser des fleurs des champs ou regarder les bateaux. J'avais entendu le chien avant de le voir. Couché à plat ventre, j'avais jeté un coup d'œil dans l'à-pic en serrant des touffes d'herbe dans mes poings. L'eau écumeuse se déversait sur les rochers, tourbillonnant dans les fissures avant de se retirer. Des bancs tapissés d'herbes séparaient les étages de roche effritée qui descendaient par intervalles irréguliers vers l'étroite plage de galets. J'avais vu un petit chien blotti sur un rebord à cinq mètres environ au-dessus des vagues. Il avait la tête toute blanche avec une tache noire sur l'œil, comme un pirate.

J'avais foncé à la maison. Mon père, le médecin préposé de Dieu en personne, faisait la sieste sous le *Times* dans un hamac au jardin. Pas très content d'être réveillé, il m'avait accompagné à contrecœur. Mes supplications pour l'inciter à presser le pas ne lui avaient fait ni chaud ni froid.

Les filles avaient accouru et multiplié les conseils jusqu'à ce que mon père leur crie de se taire pour le laisser réfléchir.

Nous étions allés chercher des câbles de remorquage au garage. Un vieux pantalon avait servi à fabriquer un harnais. J'étais le plus léger. C'était à moi de descendre. La corde attachée autour de sa taille, mon père s'était assis le dos tourné au cap, les jambes écartées, les talons enfoncés dans le sol.

— Vas-y lentement, m'avait-il recommandé en me poussant en avant.

Je n'avais pas peur de tomber. Je savais qu'il ne me lâcherait pas. C'était plutôt le chien qui m'inquiétait. Allait-il me mordre ? Ne risquait-il pas de s'échapper de mes bras et de tomber à l'eau ?

Le jack russell n'avait rien fait de tout ça. Je l'avais senti tout frissonnant quand j'avais déboutonné ma chemise pour le glisser à l'intérieur. J'avais appelé et senti aussitôt une pression autour de ma taille. La corde m'avait tiré vers le haut, je m'étais agrippé à des touffes d'herbe, me servant des rochers pour prendre appui.

Le jack russell n'avait pas tardé à défoncer notre pelouse en pourchassant des rubans et des ballons. Je voulais le garder. J'estimais en avoir le droit. Mais mon père avait envoyé deux de mes grandes sœurs à Llandudno coller des affiches devant les cafés, au supermarché, à la poste.

Deux jours plus tard, une vieille dame était venue chercher son chien, qui s'appelait Rupert. À ce stade, d'un point de vue affectif, si ce n'est en théorie, il m'appartenait. Elle avait offert une récompense – dix livres –, mais mon père lui avait assuré que ce n'était pas nécessaire.

La dame était repartie avec Rupert. Plus tard, elle avait déposé un sac de navets et un potimarron sur notre pas de porte. Je détestais les navets. Ce qui est toujours le cas. Mais mon père avait insisté pour que j'en mange.

— Tu les as mérités, m'avait-il dit. C'est ta récompense.

La tête de Gunsmoke tombe de mes genoux. Sa langue frôle ma main, mais il n'a pas la force de la lécher.

Une camionnette s'engage dans Station Street en roulant lentement comme si elle cherchait un numéro. Le nom de la clinique vétérinaire est peint sur le côté, sous un chien de dessin animé avec une tête bandée et une attelle à la patte.

Le docteur Bradley ouvre les portières arrière, attrape sa sacoche. La vision de Gunsmoke le prend au dépourvu. Quelque chose dans ses yeux : de l'incertitude.

Il s'accroupit près de moi, pose son stéthoscope contre le torse de Gunsmoke. Écoute. Le déplace. Écoute à nouveau. Son regard croise le mien, empreint d'une triste vérité. C'est tout ce que j'ai besoin de savoir.

— Vous n'auriez pas pu le sauver, dit-il. Ses blessures… c'est mieux comme ça.

Il m'effleure l'épaule. Une boule se loge dans ma gorge.

— Voulez-vous que je m'occupe du corps ?

— Non. Je peux m'en charger. Merci d'être venu.

Il s'y reprend à trois reprises pour faire demi-tour, agite la main pour me dire au revoir.

En gémissant sous l'effort, je prends Gunsmoke dans mes bras et je le porte à travers la maison pour aller le poser sur le vieux matelas qui lui sert de lit. Puis je vais chercher une pelle dans la remise. En dégageant les feuilles près du compost, je choisis un emplacement entre les parterres de fleurs.

Je creuse la tombe sans savoir combien de temps ça me prend. Je m'arrête régulièrement et je prends appui sur la pelle. Mes remèdes ne font plus d'effet, et mon côté gauche ne cesse de se bloquer, me déviant sur le côté. Tout va bien si je continue de creuser. Dès que je m'interromps, ça foire. Une fois que le trou est assez profond, j'enveloppe Gunsmoke dans sa couverture préférée. En le descendant dans la fosse, je manque de perdre l'équilibre et de le rejoindre.

— Trop de gâteries, mon vieux ! Pas étonnant que tu n'arrivais pas à attraper ces lièvres.

Je ne suis pas homme à prier, pas plus que je crois à la vie après la mort pour les animaux (sans parler des humains), alors il n'y a rien à dire à part au revoir quand je jette les premières pelletées sur son corps. Quand j'ai fini, je disperse des feuilles sur la terre retournée avant d'aller ranger la pelle dans la remise. Et puis je rentre, je me sers un verre et je m'assois à la table de la cuisine, trop épuisé pour monter les marches, trop en colère pour dormir.

27

Le froid me réveille avant l'aube. Je suis raide. J'ai mal partout. Je tremble. Je me brosse les dents, je m'asperge le visage d'eau chaude et je réussis à me raser. Pas de promenade ce matin. Ça me fait bizarre. Je prends mes remèdes à la place, je fais du café, et je m'assois à la table de la cuisine en écoutant Strawberry manger ses croquettes.

Si Gordon Ellis avait une liaison avec Sienna, quelqu'un devait le savoir. Il y a forcément des indices : des mails, des textos, des petits mots rédigés à la main.

Mon répondeur clignote. Trois messages.

Le premier est de Bill Johnson, le garagiste.

« J'ai trouvé une porte à la casse. Elle ne fermera jamais complètement, mais ça devrait faire l'affaire. Il faudra la caler en place d'un coup de hanche. Vous pouvez venir la chercher quand vous voulez. »

Clic !

Annie Robinson.

« Bonjour, Joe. C'est Annie. (Suit une longue pause pendant qu'elle rassemble ses pensées.) *Je n'ai pas votre numéro de portable. J'ai passé un bon moment l'autre soir. Vous aussi j'espère. Appelez-moi à votre retour. Même tard. Au revoir. »*

Clic !

Troisième message. Annie de nouveau.

« Rebonjour. J'ai approfondi la question … concernant Gordon. J'ai trouvé quelques photos de fac. Hé, je pensais faire à dîner ce soir. Je promets de faire la cuisine pour de bon cette fois-ci. 19 h 30. Plus tôt si vous voulez. Dites-moi si vous n'êtes pas libre. »

Clic !

Un peu après 8 heures, je prends une douche, je mets une tenue décontractée et puis je monte la colline en direction de l'école d'Emma. Les enfants arrivent, tout emmitouflés. Emma sera parmi les derniers. Elle dort comme une ado, enroulée dans sa couette, ignorant les appels successifs. J'imagine Julianne la tirant hors du lit, enfilant des habits par-dessus sa frimousse ensommeillée.

Un peu plus loin dans la rue, j'aperçois Natasha Ellis en train de garer sa Ford Focus. Elle extrait Billy de son siège rehausseur avant de glisser un petit sac à dos sur ses épaules. Il porte un bonnet en laine rabattu sur les oreilles et serre contre lui son Tigger défraîchi. Ils se dirigent vers le portail, main dans la main. Natasha s'accroupit et le serre dans ses bras. L'enfant lui remet solennellement sa peluche avant de tourner les talons et de rejoindre un groupe d'enfants.

— Madame Ellis ?

Au son de ma voix, elle se retourne.

— Bonjour. Vous vous appelez Joe, n'est-ce pas ?

— C'est ça.

— Je vous en prie, appelez-moi Natasha. Personne ne m'appelle madame Ellis. Ça me donne l'impression d'être vieille.

— C'est loin d'être le cas.

Elle rit gaiement.

— Gordon m'appelle Nat. On dirait un nom de bestiole, vous ne trouvez pas ?

Elle porte un jean moulant, des bottes, un pull à col roulé. Ses joues sont rosies par le froid.

— J'espérais pouvoir discuter un instant avec vous.

— Rien de grave, j'espère.

— Connaissez-vous Sienna Hegarty ?

Elle hausse un sourcil.

— Bien sûr. Elle faisait du baby-sitting pour nous avant. Je suis au courant de ce qui s'est passé. Quel choc ! Je ne peux pas croire qu'elle ait fait une chose pareille.

— J'essaie de l'aider.

— Tant mieux. C'est ce que j'apprécie dans la vie de village. Les gens s'entraident. N'est-ce pas ?

Elle me jette un regard en biais, les lèvres légèrement écartées. Elle a envie de s'en aller. Ma main gauche bat la mesure contre ma cuisse. C'est nerveux.

— Depuis combien de temps êtes-vous mariée ?

— Presque deux ans.

— Vous êtes heureuse ?

— Drôle de question.

— Pardonnez-moi. Votre famille doit vous manquer. Vous êtes écossaise, n'est-ce pas ?

— Une petite jeune fille d'Edinburgh ! me répond-elle avec l'accent.

Elle sourit avec tendresse.

— C'est amusant, en fait. Il raconte qu'on était à l'école ensemble, mais c'est parce qu'il veut que les gens pensent qu'il est plus jeune qu'il l'est. Il a été mon professeur. On est sortis ensemble après que j'ai arrêté mes études. Je l'ai revu à un match de rugby.

— Il joue au rugby ?

— Seigneur ! Bien sûr que non ! Gordon n'est pas sportif. Il était spectateur.

— Vous deviez être très jeune.

— J'avais dix-huit ans.

Elle ment.

— Ça fait une grande différence d'âge. Qu'est-ce que vos parents en ont pensé ?

— Oh ! Ils adorent Gordon.

— Billy n'est pas votre fils alors ?

— Non. Gordon était marié avant. Sa femme l'a quitté… en abandonnant Billy. Gordon n'arrive toujours pas à comprendre pourquoi.

Elle détourne les yeux vers la rue.

— Vous connaissiez Ray Hegarty ?

L'inquiétude assombrit ses traits.

— Pas vraiment. J'ai dû l'avoir au téléphone quand j'appelais pour que Sienna vienne garder Billy. Je ne suis pas sûre s'il m'aurait plu. C'est horrible à dire, maintenant qu'il n'est plus là.

— Qu'est-ce qui vous fait dire ça ?

— J'ai l'impression que c'était une brute. Si on en croit ce que Sienna disait parfois…

— Elle parlait de lui ?

— Oui.

— Que disait-elle ?

— Il était très autoritaire. C'est lui qui décidait de ses tenues. Il l'empêchait de voir son petit ami. Il la battait, je crois… (Elle hésite.) Et je pense que ça ne s'arrêtait pas là. C'est pour ça qu'elle faisait souvent du baby-sitting chez nous. On la laissait même dormir à la maison. Avez-vous vu Sienna depuis ? Est-ce que ça va ?

— Elle tient le coup.

Natasha hoche la tête, puis elle écarte ses cheveux de ses yeux.

— Saviez-vous que Ray Hegarty avait déposé une plainte à l'école à propos de votre mari ?

Elle pâlit, ses traits se crispent. Je crois un instant qu'elle va tout nier en bloc ou plaider l'ignorance, mais elle a l'esprit vif.

— C'est ma faute, déclare-t-elle.

— Comment ça ?

— J'aurais dû me rendre compte que Sienna devenait trop proche de Billy… et de Gordon. Elle s'était entichée de mon mari. Un soir où il la raccompagnait chez elle, elle a essayé de l'embrasser.

— C'est ce que Gordon vous a dit ?

— C'est ce qui s'est passé, réplique-t-elle d'un ton sans appel. Gordon était bouleversé. Il en a parlé à ses parents et à l'école. Elle ne pouvait plus garder Billy après ça. C'est pour ça qu'on a demandé à Charlie.

— Pardon ?

— C'est pour ça que Charlie fait du baby-sitting pour nous, maintenant. Elle est charmante. Billy l'adore. Quelque chose ne va pas ?

Je ne peux pas lui répondre. Les photos sur la page Facebook de Charlie. Elle est allongée sur un lit, en train de jouer avec un petit garçon. Billy. Je repasse la scène dans ma tête comme si je la voyais à travers l'objectif. J'étudie ma fille, je vois comment elle réagit.

Je fixe Natasha. Je ne me rends pas toujours compte de la manière dont ma maladie fige mes traits, changeant mon visage en un masque vivant. Mal à l'aise, Natasha s'écarte de moi et se rapproche de sa voiture.

— Votre mari a eu une dispute avec Ray Hegarty.

Une lueur de colère passe dans ses yeux. Je vois son pouls battre dans son cou. Elle tripote nerveusement ses clés de voiture.

— Vous n'aurez qu'à en parler avec Gordon.

— Était-il à la maison ce soir-là ?

— Oui.

— Vous m'avez l'air très sûre de vous.

— C'était mon anniversaire. Il m'a offert un bouquet de fleurs et m'a préparé à dîner.

En déverrouillant sa voiture, elle manque de laisser tomber son sac.

— Votre anniversaire. C'est charmant. Combien de bougies a-t-il mises sur le gâteau ?

Elle tourne brusquement la tête et me dévisage avec une fureur glaciale qui anéantit quelque chose en moi.

— Laissez ma famille tranquille ! lance-t-elle d'une voix sèche.

28

Julianne et Emma apparaissent à l'angle de la rue. Emma porte un bonnet en laine avec des rabats noués sous son menton.

Elle tiraille sur le bras de sa mère en se plaignant d'être en retard.

— À qui la faute ? dit Julianne. La prochaine fois, lève-toi quand je te le dis. Et habille-toi. Prends ton petit déjeuner. Brosse-toi les dents… Mets tes chaussures.

Emma me voit et vient se jeter dans mes bras. Je tente de la hisser sur mes épaules, j'arrive à peu près à mi-chemin. Elle est trop grande pour être balancée dans les airs.

Julianne voudrait savoir ce qui ne va pas, mais elle ne me pose pas de questions. Elle va attendre que Emma ait rejoint ses camarades. On a droit tous les deux à une grosse étreinte et à un petit signe depuis le portail. Emma met chaque instant à profit. Elle se retourne, agite la main, se retourne, agite la main.

— Que se passe-t-il ? demande Julianne.

— J'ignorais que Charlie faisait du baby-sitting pour Gordon Ellis, je lance, d'un ton beaucoup trop accusateur.

Julianne est aussitôt sur la défensive.

— Où est le problème ?

— Je ne veux pas qu'elle aille chez lui. Qu'elle soit seule avec lui.

— Je ne comprends rien à ce que tu dis.

— Nous ne pouvons pas parler ici.

Je l'entraîne dans la rue, loin de l'école. Nous nous installons à une table de pique-nique près du parc, avec vue sur l'église. Une voiture au pot d'échappement trafiqué tourne à l'angle dans un bruit de tonnerre. Mon cœur s'emballe.

— Bon. Dis-moi ce qui t'arrive ?

Je lui raconte mon voyage à Edinburgh, je lui parle de la disparition de Caro Regan, du mariage de Gordon Ellis avec une ancienne élève, une écolière, et de son départ.

— Natasha Ellis a tout juste dix-huit ans. Elle en avait seize quand elle s'est mariée, et treize seulement quand elle a rencontré Gordon.

— Et Billy alors ?

— Ce n'est pas son fils. Caro Regan s'est volatilisée la veille du deuxième anniversaire de Billy. Il y a quatre ans de cela. Elle n'a jamais contacté sa famille ni tenté de revoir son enfant. Elle n'a jamais demandé d'allocations, ni effectué de retraits sur son compte bancaire. La police est convaincue qu'elle est morte.

Julianne porte sa main à son visage, couvrant en partie sa bouche.

— Et ils pensent que Gordon…

— Oui.

— L'école est-elle au courant ?

— Ray Hegarty a vu Ellis embrasser Sienna. Il a déposé une plainte auprès de la direction de l'établissement, mais Sienna a nié, si bien que l'allégation a été écartée. Je suis allé voir M. Stozer lundi. Il m'a parlé de malentendu, d'une tocade de collégienne, inoffensive. Il a tort. Je pense qu'Ellis couchait avec Sienna.

— Tu as dit qu'elle était enceinte !

— Oui.

— Il faut que tu en parles à la police.

— J'ai besoin de la confirmation de Sienna.

Julianne jette un coup d'œil en direction de l'école.

— Tu es sûr de toi ? ajoute-t-elle d'un ton radouci.

— Même si je me trompe, je ne veux pas que Charlie approche Ellis.

— Faut-il la dissuader d'aller à l'école ?

— Non.

J'hésite à continuer, de peur de l'effrayer. Dans quelle mesure dois-je la mettre au courant ? Faut-il lui dire que quelqu'un a tenté de m'envoyer dans le fossé, lui parler de ce qui est arrivé à Gunsmoke ? C'est pour ça qu'elle m'a quitté. Chaque fois que je m'implique dans une affaire de ce genre, les enjeux deviennent trop élevés.

— Tu prends bien tes médicaments ? me demande-t-elle en m'observant attentivement.

— Oui.

Elle tend la main, m'effleure la joue. Puis elle se rapproche de moi et m'enlace en attirant ma tête contre sa poitrine. Je reste sans bouger, à écouter les battements de son cœur.

Soudain je me redresse, rompant brusquement le contact avec elle.

— Qu'est-ce qu'il y a ? proteste-t-elle.

— Rien.

— Je t'ai perturbé ?

— Non, ça va. Mais je ne pense pas qu'on devrait…

— Devrait quoi ?

Elle attend. Je ne parviens plus à la regarder.

— Chaque fois que tu me touches, j'ai l'impression que tu me quittes à nouveau.

— Ce n'est pas ma faute, Joe.

— Je sais.

Elle analyse mon expression et comprend que quelque chose a changé entre nous. Elle se détourne et contemple les branches dépouillées des chênes dans la cour de l'église.

— Il faut que j'y aille. On m'attend au tribunal. Tu vas régler tout ça.

— Je vais essayer.

Elle tourne les talons et s'éloigne en contournant les flaques. Peut-être est-ce l'effet de mon imagination, mais j'ai l'impression d'avoir vu des larmes briller dans ses yeux.

29

L'Oakham House n'a pas le même aspect aujourd'hui. L'imposante bâtisse est estompée sur les bords, comme délavée, dans des tons mornes qui font songer à un vieux film en noir et blanc. Une brume maritime couvre les vagues. On ne distingue plus le point de rencontre entre l'océan et la terre. Seuls les pins, échevelés et rugueux, émergent, pareils à une armée obscure et silencieuse massée sur les corniches, prête à envahir.

Je me perds en essayant de retrouver la salle où j'ai vu Sienna la fois précédente. Elle a réquisitionné sa place préférée, le rebord de la fenêtre.

Un peu plus loin dans la pièce, un adolescent obèse aux joues rondes comme des pommes va de meuble en meuble en cueillant des peluches sur les canapés, en redressant les coussins. Il a un casque en cuir sur la tête, attaché sous le menton. Un autre jeune joue tout seul aux échecs en déplaçant sa chaise à chaque coup.

Celui qui fait le ménage s'approche de l'échiquier et s'empare de la reine blanche qu'il essuie avec son chiffon.

— Putain, Trevor, tu peux pas laisser ma reine tranquille !

Trevor remet la pièce en place d'un air penaud avant d'en prendre une autre. Le joueur tente de la récupérer en lui courant après autour de la table.

— Fais ça encore une fois, Trevor, et je te casse la gueule !

Sienna regarde obstinément par la fenêtre. Ses omoplates qui font saillie sous son chandail ressemblent à des ailes tronquées. Au son de ma voix, elle se retourne et m'adresse un petit sourire las. Puis elle observe un instant la poursuite jusqu'à ce que Trevor, acculé, cède le pion.

— Trevor est notre clown attitré, m'explique-t-elle. Les autres sont fous, mais lui, il est juste idiot.

— Pourquoi est-ce qu'il ne parle pas ?

— Il n'a plus de langue. Il l'a mordue. (Elle se penche vers moi et chuchote :) Il paraît que toute sa famille est morte dans un accident d'avion. Trevor est le seul à avoir survécu. On l'a retrouvé attaché dans son siège au milieu des morts. Vous vous rendez compte. On voit ce que ça lui a fait.

Elle fait pivoter son doigt sur sa tempe.

— Pourquoi porte-t-il un casque ?

— Pour empêcher sa cervelle de s'échapper.

Elle dit ça comme si c'était évident.

Trevor se remet à épousseter et à arranger les coussins. Sienna bascule les jambes à terre et va s'asseoir sur le canapé.

— Vous voulez qu'on joue au poker ? Personne ne veut jouer avec moi.

— Comment ça se fait ?

— Je gagne toujours.

— Tu as l'air bien sûre de toi.

— C'est vrai. Les gens essaient de bluffer, mais je m'en aperçois toujours.

Elle écarte les genoux et baisse sa robe entre, pour former comme un hamac. Mon bras gauche se dresse malgré moi et manque de la frapper. Sienna sursaute.

— Qu'est-ce que c'est que ça ?

— Juste un tremblement. Ne t'inquiète pas.

— Vous feriez un super joueur de poker avec tous ces tics. Les gens ne pourraient pas savoir si vous avez quatre as ou que dalle !

J'éclate de rire. Son visage s'éclaire, puis elle hausse les épaules en inclinant la tête.

— Je vous aime bien.

— Pourquoi ça ?

— Vous êtes un peu cassé.

Cette déclaration m'ébranle un peu.

— Ce n'est pas moi qui suis enfermé ici.

Nouveau haussement d'épaules.

— Vous n'auriez pas une cigarette ?

— Tu es trop jeune pour fumer.

— Ce n'est pas pour moi. Je peux l'échanger contre autre chose.

— Comme quoi ?

— Des canettes de soda, des barres de chocolat, tout ça.

À l'autre bout de la salle, Trevor s'est arrêté devant la télé et fredonne le jingle d'une pub pour des céréales.

— Tu ne m'as pas dit qu'il n'avait plus de langue ?

Sienna me regarde d'un air penaud.

— C'est un miracle.

Elle s'empresse de changer de sujet.

— Vous allez divorcer ?

— On n'est pas là pour parler de moi.

— Charlie veut que vous vous remettiez ensemble.

— Je sais.

— Pourquoi vous vous êtes séparés ?
— C'est compliqué.
— À cause de la tremblote ?
— Non.
— Pourquoi alors ?
— Julianne n'aimait pas ce que j'étais devenu.

Des images du palais de justice de Bristol passent à la télé. On voit ensuite un hélicoptère de la police volant en rase-mottes au-dessus de l'édifice, des policiers à cheval repoussant les manifestants.

Sienna jette un coup d'œil à l'écran.

— C'est là que je dois aller ?
— Oui.
— Je n'ai rien fait de mal.
— Ça faciliterait les choses si tu disais la vérité.
— Le monde est plein de menteurs.
— Ce n'est pas une excuse.

Sa peau est si translucide que je vois les veines qui sillonnent son cou.

— Tu savais que tu étais enceinte ?

Elle écarquille les yeux. Quelque chose étincelle dans son regard. La peur. Le choc. Elle me dévisage avec une froideur inattendue.

— Je ne suis pas enceinte.
— Mais tu l'étais. Les médecins peuvent s'en rendre compte.

Sans me quitter des yeux, elle réfléchit à une réponse avant de se laisser tomber dans le canapé.

— Qui était le père ? Je sais que ce n'était pas Danny.

Elle tire des mèches de cheveux sur son front pour couvrir ses yeux.

— Ça n'a plus d'importance.
— Qui protèges-tu ?
— Personne.
— Parle-moi de Gordon Ellis.

Elle hésite.

— Je fais du baby-sitting pour lui. Il a un petit garçon, Billy. Un vrai ange. Vous devriez le voir quand il dort. Il a un Tigger qu'il trimballe partout. Il lui a mâchonné la queue et les oreilles, si bien qu'on dirait un mutant, mais Billy ne veut pas le lâcher. J'ai fabriqué une nouvelle queue pour Tigger, je lui ai cousu. Billy n'a rien dit. Comme s'il avait oublié qu'il la lui avait bouffée.

Sienna parle pour occuper le terrain. Elle redoute la question suivante. Mais il faut bien qu'elle reprenne son souffle.

— Gordon Ellis t'a-t-il violée ?

— Non !

— Était-ce le père ?

Elle ne répond pas.

— Tu couchais avec lui ?

Là encore, elle garde le silence, mais je sens sa défiance. Elle n'éprouve aucune honte, ni embarras.

— Tu l'aimes ?

— Oui, chuchote-t-elle.

— Dis-moi comment ça a commencé.

— Vous ne pourriez pas comprendre.

Elle joue avec ses cheveux en les étirant le long de son nez, ce qui la fait loucher.

— Explique-moi.

— Vous allez dire des méchancetés sur Gordon. Je sais ce que vous pensez. Vous croyez qu'il a fait quelque chose de mal.

— J'essaie de t'aider.

— Pas du tout. Vous faites tout pour nous séparer. Pour l'écarter de moi.

Elle crache ces mots d'un ton accusateur. Soudain elle flanque un coup de pied dans une chaise qui part valdinguer sur le parquet ciré avant de percuter le mur avec fracas. Elle se recroqueville et lève vers moi un regard gêné.

— Vous avez quel âge ? demande-t-elle.

— Quarante-neuf ans.

— Vous pensez qu'il y a un âge pour tomber amoureux ?

— Je crois qu'il faut être assez grand pour comprendre ce qu'est l'amour.

— Ma mère dit que certaines personnes ne comprennent jamais.

— C'est peut-être vrai, Sienna, mais certaines relations ne devraient pas exister. M. Ellis est ton professeur. C'est illégal.

Elle sourit pour elle-même.

— Vous ne comprenez pas. Ça va aller en fait.

— Comment ça ?

— L'amour trouve toujours un moyen d'arriver à ses fins.

— Où est-il, cet homme qui t'aime tant ? Il t'a laissée ici. C'est toi qui encaisses tout.

— Pas du tout. Il va venir me sauver.

— Il nie avoir une relation avec toi.

— Il ne peut pas faire autrement.

— Il dit que tu es une petite sotte qui s'est entichée de lui, que tu as tout inventé.

— Il est obligé.

— Tu savais qu'il avait déjà été marié ? Sa première femme a disparu. La maman de Billy. Elle a quitté le foyer conjugal, d'après Gordon, mais on ne l'a jamais revue depuis. Elle n'a pas contacté ses parents, ni ses amis. Elle n'a même pas essayé de revoir Billy. Tu ne trouves pas ça étrange ?

Sienna a sombré dans le silence. Je continue.

— Gordon a rencontré Natasha quand elle était encore à l'école. Elle avait à peu près ton âge. Il était son professeur.

— C'est différent.

— En quoi est-ce différent ?

— Il m'aime.

— Il te l'a dit ?

Elle ne répond pas.

— T'a-t-il promis de quitter Natasha, quand tu serais plus vieille ?

— Vous ne le comprenez pas.

— Oh que si ! Des prédateurs sexuels, j'en ai connu des tas !

— JE VOUS INTERDIS DE DIRE ÇA ! hurle-t-elle en se levant brusquement. VOUS NE LE CONNAISSEZ PAS COMME JE LE

CONNAIS. IL AURAIT PU AVOIR N'IMPORTE QUELLE FILLE, MAIS C'EST MOI QU'IL A CHOISIE.

Elle est en larmes à présent. De la morve lui coule du nez.

— PERSONNE NE M'AVAIT CHOISIE AVANT. JAMAIS.

À l'autre bout de la salle, le joueur d'échecs relève les yeux et pose un doigt sur ses lèvres pour qu'on fasse moins de bruit. Sienna lui fait la grimace, puis elle hausse les épaules, sa colère se dissipant dans un silence boudeur. Elle se rassoit en calant ses mains entre ses cuisses. Son buste étroit se soulève et retombe.

— Je sais exactement ce qu'il t'a fait éprouver.

Elle ne réagit pas.

— Te souviens-tu du premier jour où il t'a souri ? Il n'était pas comme les autres profs. Tu l'as trouvé beau, charmant. C'est pour ça que tu rougissais quand il te regardait, que tu riais quand il te racontait des blagues. Tu flirtais avec lui. Innocemment. Et il en faisait de même avec toi. Il te posait des questions sur le livre que tu étais en train de lire. Il te parlait de ton travail en cours d'art dramatique. Je parie qu'il te faisait des compliments sur tes cheveux. Tu lui as dit que tu aurais voulu avoir les cheveux raides, il t'a répondu qu'il aimait beaucoup tes boucles et que les cheveux raides, c'était sans intérêt.

» Très vite, tu as trouvé des prétextes pour passer du temps avec lui. Tu t'attardais après les cours, tu arrivais en avance. Tu pouvais discuter avec lui, il t'écoutait. Tu lui as parlé de ton père, de tes problèmes à la maison, de ta solitude maintenant que ton frère et ta sœur étaient partis. Tu lui as expliqué que tu n'avais pas le sentiment d'appartenir à cette famille, que tu pensais avoir été adoptée. As-tu pleuré sur son épaule ? T'a-t-il dit qu'il comprenait ?

— Arrêtez ! chuchote-t-elle.

— Vous en êtes arrivés à échanger des regards discrets en classe, des plaisanteries que les autres élèves ne pouvaient pas comprendre. Il déposait des petits cadeaux dans ton casier. Il trouvait des prétextes pour te frôler ou se pencher sur ton bureau en cours. Tu trouvais ça gentil, excitant. Ça n'avait rien de bizarre ou de condamnable à tes yeux.

— S'il vous plaît ! Arrêtez.

— Il t'interrogeait sur tes petits copains, je parie. Il te taquinait. “Si seulement j'avais vingt ans de moins…” Il te disait que tu étais belle. Du coup, tu te *sentais* belle. Tu n'étais pas n'importe quelle élève, il n'était pas n'importe quel prof. Il ne te traitait pas comme une enfant. Et quand il posait les mains sur tes épaules, ou qu'il te chuchotait quelque chose à l'oreille, ton cœur battait plus vite que celui d'un chaton.

Sienna refuse de me regarder maintenant. Je ne vois plus que le sommet de son crâne, de vagues pellicules près de sa raie.

— Il te préparait, Sienna. Il te savait vulnérable.

— Ce n'était pas ça, gémit-elle.

— Tu es allé faire du baby-sitting chez lui et tu l'as vu avec Natasha et Billy. Il t'a attirée dans son foyer et tu t'es rendu compte à quel point ils étaient proches. Tu les enviais. Tu aurais voulu être à la place de Natasha.

Dans son déni, elle secoue obstinément la tête.

— Et puis un soir, il t'a embrassée, il t'a tenue dans ses bras et il t'a dit qu'il t'aimait très fort, mais qu'il fallait que ça reste un secret. Personne ne devait le savoir. Pas tout de suite. Jamais. Son visage était proche du tien, sa bouche faisait pression sur la tienne. Tu as senti sa langue qui s'immisçait entre tes lèvres. Il ne cherchait pas à coucher avec toi. Il prenait son temps, il te caressait, il te faisait des compliments, son souffle dans ton oreille. “Tu en as envie. Tu en as besoin. Ça va te plaire. Personne ne peut comprendre ce qu'il y a entre nous… Je veux te montrer à quel point tu es spéciale pour moi. Et toi, tu me montreras combien tu tiens à moi.”

Une larme atterrit sur les mains jointes de Sienna. Elle roule sur ses jointures avant de glisser entre ses doigts.

— Tu as eu honte après, tu étais gênée, mais il t'a fait sentir que tu étais trop prude, coincée. Quand tu as refusé de recommencer, il est devenu froid avec toi, sarcastique, mais il s'est excusé ensuite. "Tu ne te rends pas compte à quel point je t'aime, t'a-t-il dit. Je vais mourir si tu cesses de m'aimer."

Une autre larme glisse le long de sa joue.

— Tu as commencé à le voir le soir après les cours, pendant les week-ends. Parfois tu passais la nuit chez lui quand tu gardais Billy ; il venait te voir dans ta chambre en douce. T'a-t-il emmenée en voyage ?

Elle esquisse un hochement de tête.

— Mais vous deviez faire très attention. Il ne fallait pas vous écrire. Pas de textos ni de coups de fil. Vous parliez toujours face à face ; vous veillez à ce qu'on ne vous voie jamais seuls. Tu l'as retrouvé ce mardi après-midi-là ? Où t'a-t-il emmenée ?

— Je ne peux pas vous le dire.

— Pourquoi ?

— Il me punirait.

— Il ne peut pas t'atteindre.

Elle relève la tête. Plonge son regard dans le mien. Des paillettes d'or dans le brun de ses yeux.

— Il peut *toujours* m'atteindre.

Pendant le trajet du retour, j'essaie de voir quelque chose à travers un pare-brise strié de pluie sous un ciel qui ressemble à du papier peint déchiré. Les essuie-glaces vont et viennent en claquant. Des feux arrière rouges jaillissent puis s'évanouissent devant moi. Ma Volvo est réparée, mais on dirait qu'elle a été rafistolée dans une casse et customisée à coups de gnon.

C'est l'heure des nouvelles à la radio.

« Une fausse accusation de viol émanant d'une adolescente est peut-être à l'origine de l'incendie criminel qui a coûté la vie à une famille de demandeurs d'asile, a-t-on indiqué aujourd'hui au tribunal. La jeune fille en question a prétendu avoir été enlevée et agressée sexuellement par quatre Ukrainiens. Par la suite, elle a reconnu avoir inventé toute l'histoire

parce qu'étant rentrée en retard, elle redoutait d'avoir des ennuis avec ses parents.

» Le ministère public allègue que l'incendie du refuge de Bristol était une mesure de représailles pour ce prétendu viol. Cinq personnes, toutes apparentées, y ont trouvé la mort, dont trois fillettes âgées de onze, six et quatre ans. L'unique survivant, Marco Kostin, le frère aîné, a réussi à échapper au brasier en sautant d'une fenêtre du deuxième étage.

» À la barre, Stacey Dobson, dix-sept ans, a déclaré qu'elle avait passé l'après-midi et la soirée précédentes en compagnie de Marco Kostin, mais qu'elle avait menti lorsqu'elle avait prétendu que des demandeurs d'asile l'avaient entraînée de force dans une camionnette pour la violer. Plusieurs individus, dont Marco Kostin, ont été arrêtés, puis relâchés faute de preuves.

» Vingt-quatre heures plus tard, le logement de Marco Kostin faisait l'objet d'une attaque incendiaire alors que sa famille et lui dormaient. Trois hommes, dont le candidat du parti national britannique, Novak Brennan, ont plaidé non coupables face aux accusations de meurtre avec préméditation.

» Brennan aurait conduit la camionnette utilisée lors de l'attaque. Il aurait été vu un peu plus tard en train de célébrer l'événement dans un bar où un de ses coaccusés se serait vanté d'être allé à un “barbecue russe”. »

Après m'être garé sous un chêne dégoulinant, mon manteau sur la tête, je cours jusqu'à la porte de la maison en évitant les flaques. La clé tourne dans la serrure. La porte s'ouvre. Avant même d'avoir franchi le seuil, je perçois un changement. Ce n'est pas tant une odeur étrangère qu'une variation de température ou de pression. J'ai peut-être laissé une fenêtre ouverte à l'étage. À moins que je ne sois déboussolé par l'absence de Gunsmoke, et du sempiternel battement de sa queue contre la porte de derrière.

Je pose doucement mon portefeuille et mes clés de voiture sur la petite table du vestibule en jetant un coup d'œil dans le couloir qui mène à la cuisine. Il y a deux portes sur la gauche. La première donne dans le salon. En la poussant du pied, j'actionne l'interrupteur. Rien ne bouge. Tout est en place.

J'avise le tisonnier sur son socle en cuivre près de la cheminée à gaz. Je m'en saisis et le soupèse dans le creux de ma main. Puis je recule jusque dans le couloir et passe à la pièce suivante, la salle à manger. Elle est vide.

Là encore je m'arrête et je tends l'oreille.

Puis j'avance à pas de loup vers la cuisine. Par la fenêtre, j'aperçois les arbres du jardin et la silhouette du moulin en brique du XVIIIe siècle à côté. Un éclair illumine les détails de la pièce. L'évier, la table de la cuisine, trois chaises... Pourquoi pas quatre ?

— Entrez donc, professeur, il n'y a que moi, lance une voix.

Ellis m'a attendu dans le noir. Il se lève et pivote sur lui-même pour me faire face.

— La porte n'était pas fermée. J'espère que vous ne m'en voulez pas.

J'ai toujours le tisonnier à la main.

— J'avais verrouillé.

— Ah oui, je me trompe. J'ai trouvé la clé sous une pierre. Vous devriez trouver une cachette un peu plus sûre.

Il porte un jean et une chemise noire, avec de vagues traces de pellicule ou de poudre devant. Une égratignure carmin surmontée d'une ecchymose lui barre la joue droite. Il renifle et se frotte le nez de la paume. Je vois ses pupilles dilatées qui peinent à retenir la lumière.

— Qu'est-ce que vous avez l'intention de faire avec ça ? demande-t-il en désignant le tisonnier.

— Vous l'enrouler autour de la tête.

— Vous ne me faites pas l'effet d'un homme violent.

— Vous êtes entré chez moi par effraction.

Son sourire indolent s'élargit peu à peu.

— Je vous fais peur ?

— Non.

— Ce n'est pas grave d'avoir peur.
— Je n'ai pas peur.
Avec des gestes lents, il porte sa chaise jusqu'à la table.
— Ça vous ennuie que je m'assoie ?
— Oui.
— Vous n'êtes pas très courtois, dites-moi.
— Qu'est-ce que vous voulez ?
— Que vous cessiez de harceler ma femme.
— Je me suis borné à lui poser quelques questions.
— C'était très malvenu. Je ne veux plus que vous vous approchiez d'elle.
— Est-elle au courant pour Sienna ?
Il ferme les yeux comme s'il méditait.
— Qu'est-ce qu'elle raconte, la gamine ?
— Que vous couchiez avec elle.
— Elle ment.
— Pourquoi mentirait-elle ?
— Elle est gênée, et elle m'en veut. Elle a essayé de m'embrasser un soir où elle avait gardé mon fils. Je l'ai repoussée, je lui ai parlé durement. J'ai dû la froisser.
— Ce n'est pas sa version des faits.
— Elle ment, je vous dis.
C'est un salopard. J'ai envie d'effacer ce sourire suffisant d'un coup de poing.
— Vous m'avez déclaré un jour que l'enseignement était une question de séduction. Que vous séduisez vos élèves pour qu'ils apprennent mieux. Vous avez séduit Sienna pour qu'elle couche avec vous.
— C'est faux.
— Elle était spéciale à vos yeux.
— Tous mes élèves sont spéciaux.
— Oui, mais certains le sont plus que d'autres. De temps à autre, une fille se détache du lot, et vous lui portez un intérêt tout particulier. Ce n'est pas la meilleure, la plus intelligente ni la plus jolie, mais elle a quelque chose qui fait que vous êtes attiré par elle. Une faiblesse que vous pouvez exploiter, une arrogance que vous voulez châtier.

Ellis secoue la tête.

— C'est elle qui s'est amourachée de moi et non le contraire.

— Je parie que vous vous souvenez de la première fois où vous avez vu Sienna. Vous l'avez remarquée de loin – quand elle franchissait la grille ou qu'elle marchait dans le couloir. Elle se distinguait des autres. Elle était sûre d'elle. Très sexualisée. Elle aimait bien flirter. En même temps, il y avait quelque chose de vulnérable chez elle. De meurtri. Vous avez pensé qu'elle subissait peut-être des sévices à la maison ou que ses camarades d'école la maltraitaient. Vous avez vu en elle un être aisément manipulable.

— J'ai décelé chez elle un bon potentiel d'actrice.

— Sienna ne se rendait même pas compte qu'elle usait de ses charmes. C'est souvent le cas des toutes jeunes filles. Elles jouent. Elles s'exercent. Elles commettent des erreurs.

— Je l'ai éduquée. Je sais où il faut s'arrêter.

— C'est exact. Vous vous disiez que vous ne faisiez que votre travail. Les conseils d'un aîné sont si importants. Elle vous parlait de ses problèmes à la maison… des attentions déplacées de son père. Vous la réconfortiez. Vous lui tapotiez le genou. Vous serriez sa main dans la vôtre.

Ellis se hérisse.

— Je refuse d'écouter ces sornettes !

— Peu à peu, vous avez trouvé des moyens de la voir seule. En l'isolant dans un endroit tranquille, loin des regards, vous pouviez lui prouver à quel point vous teniez à elle, à quel point vous la compreniez et désiriez la protéger.

— Vous êtes malade !

— Vous lui avez dit qu'elle était belle. Elle vous a cru.

— Elle ment ! Il n'y a pas la moindre preuve pour étayer son histoire.

— Au début, je n'arrivais pas à comprendre comment vous aviez réussi à garder tout ça secret. Et puis je me suis souvenu de vous avoir vu la critiquer pendant la répétition. C'est votre manière d'écarter les soupçons – vous la débinez, vous la punissez et elle marche.

— Vous n'êtes qu'un pervers !

— Ce n'est pas moi le malade, Gordon. Je sais tout sur vous. Je sais comment vous avez procédé. Et pourquoi vous avez agi ainsi. Vous étiez le gros gosse binoclard à l'école, celui qu'on taquinait, qu'on brutalisait, que tout le monde charriait. Il y en a un dans toutes les cours de récréation. Comment vous surnommait-on ? Gros lard ? Patapouf ? Combien de fois vous a-t-on forcé à boire l'eau des toilettes, Gordon ? Combien de gens se sont payé votre tête ?

Ellis s'est levé. Il fait quelques centimètres de plus que moi. Il est plus jeune. Plus en forme.

— Je suis prêt à parier qu'il y avait une fille à l'école qui ne se moquait pas de vous. Elle était gentille. Douce. Jolie. Elle ne vous taquinait pas. Elle ne vous traitait pas de tous les noms.

— La ferme !

— Vous l'aimiez vraiment beaucoup. Et vous pensiez qu'elle aussi vous appréciait.

Ellis surgit de l'ombre sous la faible clarté provenant du couloir.

— Je vous ai dit de vous taire !

— Un jour, vous vous êtes décidé à lui dire ce que vous ressentez, à lui demander d'être votre petite amie. Vous lui avez écrit un petit mot ou envoyé une carte de la Saint-Valentin ? Et là, que se passe-t-il ? Elle rit. Elle en parle autour d'elle. Elle se fiche de vous comme les autres.

Ellis se penche en avant, le cou gonflé, les poings serrés.

— C'est pour ça que vous jetez votre dévolu sur des filles gentilles, populaires. Les princesses. Vous vous attaquez à des gamines qui ne vous auraient même pas regardé à l'école quand vous étiez en surpoids et bigleux – celles qui riaient le plus fort. Vous voulez les punir. Les anéantir. Des êtres vivants. Jeunes. Je suis au courant pour votre première femme. Je sais ce que vous lui avez fait. Cette griffure sur votre joue… Natasha a-t-elle piqué une colère contre vous ? Vous a-t-elle accusé de séduire une nouvelle écolière ? Elle est bien placée pour le savoir…

— Je vous interdis de parler de ma femme !

— Sienna était enceinte. Elle portait la preuve en elle – une pièce à conviction. C'est pour ça que vous avez essayé de la tuer.

Il plonge son regard dans le mien. Des filets de bave coule des commissures de ses lèvres.

— Vous êtes très fort à ce petit jeu-là, n'est-ce pas ? fait-il en riant sèchement.

— Ce n'est pas un jeu.

Il détourne momentanément le regard pour concentrer son attention sur le tisonnier que je serre dans mon poing. Ses narines se dilatent, puis se ferment partiellement.

— Vous voulez savoir ? chuchote-t-il d'un ton plein de défi. Vous voulez vraiment savoir ?

— Oui.

Une lueur malveillante brille dans ses yeux.

— Oui, je l'ai baisée. Je l'ai baisée dans tous les sens, par-devant, par-derrière. (Il se rapproche d'un pas.) Et puis, vous voulez que je vous dise ? J'ai sauté votre petite chérie aussi. Charlie. Elle m'a suppliée de le faire et je l'ai fait saigner. Elle gémissait sous moi en disant : « Baise-moi, Gordon. Vas-y plus fort. »

Ce qui s'est passé ensuite, je ne saurais l'expliquer. Ma vision est devenue floue et la pièce s'est mise à valser. J'empoigne le tisonnier qui s'abat sauvagement sur la tempe d'Ellis. Le dos de ma main effleure sa peau mal rasée ; sa bouche laisse une traînée de salive sur mes jointures.

Sa tête bascule de côté. Je le frappe à nouveau, à droite, lui faisant perdre l'équilibre. Il essaie de se recroqueviller, mais je lui tape sur les bras, la colonne vertébrale, les genoux, les tibias. À chaque coup, je sens le contrechoc dans mon poing, jusque dans mes os.

— Ça, c'est pour Charlie, je hurle, et ça, pour mon chien !

Il relève la tête et me regarde d'un air incertain.

Le tisonnier tombe à terre avec fracas. Je soulève Ellis par le devant de sa chemise et je l'assois sur une chaise. Ma main est couverte de sang.

Au lieu de se tapir, il tourne son visage vers moi.

— Comment vous sentez-vous ? marmonne-t-il entre des dents ensanglantées.

Je ne réponds pas.

— J'ai sauté votre princesse, répète-t-il. Ça vous fait quoi ?

Je l'attrape par les cheveux et je fais basculer sa tête en arrière.

— Je ne vous crois pas.

Il sourit.

— Mais si, vous me croyez.

30

La cellule empeste le vomi, l'urine, la sueur. Des odeurs aptes à me transporter instantanément ailleurs, à une époque antérieure – dans une autre cellule tapissée elle aussi de dessins de parties génitales et de jurons visant la police et les homosexuels.

Assis sur un banc en bois, j'appuie la tête contre le mur en écoutant des portes se fermer avec un bruit métallique, des chasses d'eau et des détenus qui dessoûlent en baragouinant dans le couloir.

Ma peau paraît morte au toucher, j'ai du mal à respirer comme si mes poumons étaient bourrés de coton mouillé. Je serre le poing droit, je le desserre en me demandant si je me suis fracturé quelque chose.

Un ivrogne dort sur le banc en face de moi. Il m'a volé ma couverture pour la caler sous sa tête, mais je ne vais pas me battre pour ça. Il ronfle, chaque expiration s'achevant par un long frémissement de ses lèvres couleur framboise.

Je ne sais pas quelle heure il est. On m'a pris ma montre, ainsi que ma ceinture et mes lacets. De temps à autre, j'entends des pas dehors, et le judas s'ouvre. Des yeux me scrutent. Au bout de quelques secondes, le volet se rabat et je recommence à fixer le plafonnier en réfléchissant à la malchance et aux mauvais choix qui m'ont conduit ici. D'où est-elle venue, cette violence qui a surgi en moi ?

Je suis un homme civilisé, rationnel, intelligent, pourtant le sang sur ma chemise raconte une autre histoire. Ce que j'ai fait est stupide. Irresponsable. Mal. Pourtant, je ne regrette rien. Je ne m'apitoie pas sur mon sort. J'aurais pu le tuer. J'avais envie de le tuer.

J'enlève ma chemise, je la roule en boule et je la glisse sous ma tête et me couvre les yeux d'un bras.

La voix de Ronnie Cray me parvient avant qu'elle entre, tel un éléphant s'engouffrant dans une cabine téléphonique. Je m'attends à ce qu'elle me fasse libérer, mais on m'emmène dans la salle des interrogatoires. Elle tire une chaise.

— Vous aviez l'intention de le trucider ?

— Je ne crois pas.

— Vous feriez peut-être bien de formuler ça autrement.

— D'accord. Non.

— Il dit qu'il n'y a eu aucune provocation. Que vous avez harcelé sa femme et que vous l'avez agressé lorsqu'il est venu se plaindre.

— Il est entré chez moi par effraction.

— La porte n'a pas été forcée.

— Il a trouvé la clé.

— Il dit que vous l'avez invité à entrer.

— C'est ridicule ! Ellis a séduit Sienna Hegarty. Il se préparait à attaquer à d'autres filles. (Je n'arrive pas à prononcer le nom de Charlie.) Sa première femme a disparu il y a quatre ans. Elle s'appelait Caro Regan…

— Je suis au courant…, m'interrompt Cray.

Ça me cloue le bec.

— N'ayez pas l'air aussi surpris, professeur ! Et cessez de me traiter comme un bleu mal dégrossi qui aurait débarqué d'une autre planète. Je me suis renseignée sur Gordon Ellis dès que son nom a surgi dans le cadre de l'affaire Hegarty. J'ai sorti son dossier, et je l'ai interrogé.

— Et alors ?

— Il avait un alibi. Natasha Ellis a déclaré que son mari avait passé toute la soirée à la maison.

— Elle le couvre.

— C'est possible.

— J'ai parlé avec Sienna. Elle voyait Ellis.

— L'a-t-elle accusé ?

— Je l'accuse.

— Vous et moi savons très bien que ce n'est pas la même chose. À moins qu'elle fasse une déposition, je suis pieds et poings liés.

— Elle a quatorze ans.

— Les adolescentes ont souvent des toquades pas forcément très saines pour leurs profs. Elles se persuadent parfois que c'est l'amour. Elles arrivent même à se convaincre que c'est réciproque.

— Elle était enceinte. Ellis était le père.

— Pouvez-vous le prouver ?

— Non.

— Ce n'est donc qu'une théorie. Il y a une différence entre vous et moi, professeur. Je traite avec des faits, vous avec des théories. Nous avons comparé l'ADN d'Ellis avec celui des taches de sperme trouvées sur les draps de Sienna Hegarty. Ça ne correspond pas. Vous avez demandé au brigadier Abbott de vérifier les relevés de son portable et de son serveur. Pas un seul mail ou texto émanant de Gordon, ou adressé à lui. Aucune lettre d'amour, ni mots ni photos. Personne ne les a vus ensemble, personne ne les a entendus parler…

— Danny Gardiner les a vus.

— Ellis dira qu'il emmenait Sienna chez son psy.

— Ray Hegarty s'est plaint auprès de l'école.

— On a enquêté là-dessus, et ça n'a rien donné.

— C'est n'importe quoi !

Cray se lève et arpente la pièce.

— Vous abordez la question sous un mauvais angle, professeur. Je sais que Gordon Ellis est un chiotte humain. Il méritait peut-être d'être tabassé. Mais vous êtes trop proche.

— Que voulez-vous dire ?

— Sienna est la meilleure amie de votre fille. Vous êtes trop impliqué sur le plan affectif.

— Vous me trouvez irrationnel.

— Vous avez battu un homme quasiment à mort.

— Quelqu'un m'a expédié dans le fossé. On a tué mon chien. On me suit.

En disant cela, je me rends compte qu'au lieu de plaider en ma faveur, j'ai l'air complètement parano.

Cray hausse les épaules et cille.

— Vous avez fichu quelqu'un en rogne. Je vois bien comment ça a pu se produire. Vous êtes inculpé de coups et blessures volontaires.

— Il est entré chez moi par effraction !

— Il n'était pas armé et vous vous êtes déchaîné sur lui.

Elle se tourne vers la porte et tape deux coups.

— Vous voulez que je prévienne votre femme ou vous pouvez vous en charger vous-même ?

— Ne vous donnez pas cette peine.

Mon sarcasme l'agace.

— C'est comme vous voulez. Vous êtes convoqué au tribunal demain matin. Trouvez-vous un avocat.

L'ivrogne parle dans son sommeil. Il se dispute avec son addiction. Couché sur le banc, je sens le dégoût que j'ai de moi-même. On a pris mes empreintes, des photos. On m'a mis à poil et on m'a écarté les fesses. J'ai rejoint les êtres sans visage, sans éducation, ineptes, humiliés, en garde à vue. S'il y a un repère pour montrer à quel point ma vie est allée à vau-l'eau, c'est bien celui-là.

Gordon Ellis couchait avec Sienna, et Ray Hegarty l'a compris. Cela justifiait-il qu'on le supprime ? On peut invoquer toutes sortes de mobiles. Peut-être Sienna et Ellis ont-ils organisé le meurtre ensemble ? Ils avaient tous les deux de bonnes raisons de vouloir éliminer Hegarty.

La journée pèse sur moi comme une fièvre. Mon esprit ne cesse de divaguer. J'ai mal partout. Jusqu'à la racine des cheveux. Le sommeil est une bénédiction.

À un moment donné, pendant les heures qui suivent, ma tête et mes bras commencent à trembler d'une manière incontrôlable. Les médicaments ont cessé de faire effet. Monsieur Parkinson, en marionnettiste cruel, tire sur les ficelles et tord mon corps dans des postures inhumaines.

Je frappe à la porte de la cellule du plat de la main et j'attends. Pas de réaction. L'ivrogne roule sur lui-même et me demande de faire moins de bruit. Je tape de nouveau.

Je sens mes membres se secouer et mon corps se contorsionner en une danse bizarre, sans musique ni rythme discernable. Ma tête plonge, oscille, mes bras se tortillent, mes jambes s'agitent constamment, secouées de spasmes. L'ivrogne ouvre un œil, puis l'autre. Il les écarquille. Il se redresse brusquement et va se caler dans le coin. Pris d'un élan de ferveur, il se signe.

— Qu'est-ce qui t'arrive, mec ? Tu fais une crise cardiaque ?

— Non.

— Tu es possédé ?

— J'ai la maladie de Parkinson.

Le judas s'ouvre. Un jeune agent jette un coup d'œil dans la cellule.

— Il est possédé, putain ! hurle l'ivrogne.

— J'ai besoin de mes cachets, je lui explique.

— Sortez-le de là ! Il me fout les jetons.

— J'ai la maladie de Parkinson.

L'agent me dit de m'asseoir.

— Nous ne sommes pas autorisés à donner des médicaments.

— Ils me sont délivrés sur ordonnance… dans mon manteau.

— Éloignez-vous de la porte, monsieur.

— Vous trouverez un petit flacon en plastique blanc. De la levodopa.

— Je vous ne le répéterai pas, monsieur. Éloignez-vous de la porte.

En faisant appel à des trésors de volonté, je parviens à m'immobiliser. J'arrive à garder la pose quelques secondes, et puis ça recommence.

— Un coup de fil. Laissez-moi passer un coup de fil.

Le flic me dit d'attendre. Il revient dix minutes plus tard. J'ai droit à un appel.

Le premier nom auquel je pense est celui de Julianne, mais il n'y a personne. C'est la voix de Charlie sur le répondeur. Après le bip, je commence à parler, mais je me rends compte que je ne sais pas quoi dire. Je raccroche et j'appelle Ruiz.

— Que se passe-t-il, grand sage ? Vous avez une voix épouvantable.

— Je suis en prison.

— Qu'est-ce que vous avez fait ? Oublier de rapporter un livre à la bibliothèque ?

— J'ai tabassé Gordon Ellis.

Je dois attendre qu'il arrête de se bidonner.

— Je suis content de voir que ça vous amuse.

— J'ai des visions de duel.

— J'ai besoin de votre aide. Mes remèdes. La police ne veut pas me les donner. Je n'arrive plus à fonctionner.

— Je m'en occupe.

Je recommence à attendre en me trémoussant sous les yeux de l'ivrogne. Si je cale mes chevilles l'une contre l'autre, j'arrive parfois à bloquer mes jambes. Mais je fige une partie de mon être, ce qui veut dire que l'énergie trouve un autre endroit pour se déchaîner.

Une heure passe. Le jeune agent finit par déverrouiller la porte. Il m'apporte un verre d'eau et mon flacon de médicaments. Je parviens à poser les comprimés sur ma langue, mais je n'arrête pas de renverser l'eau. Je les avale secs et je m'assois sur le banc en attendant que les tremblements se calment.

— Votre avocat est en route, m'annonce le flic.
— Je n'ai pas d'avocat.
— Vous en avez un maintenant.

Deux autres heures s'écoulent. On me conduit à l'étage, dans une salle d'interrogatoire. Avant même de l'atteindre, je reconnais l'accent sud-londonien et les sempiternels jurons d'Eddie Barrett, un homme capable de faire passer un sourire pour une insulte. C'est Ruiz qui a dû l'appeler.

Eddie est un avocat de la défense qui a la réputation de malmener et de cajoler tour à tour témoins et jurés. Il y a des années, il a acquis le surnom de « Bulldog », peut-être à cause de son corps trapu et de sa démarche un peu bancale, à moins que ce ne soit dû à sa passion pour tout ce qui est britannique. (« Terre d'espoir et de gloire » est gravé sur la pierre qui orne sa bague, et on raconte qu'il porte des sous-vêtements Union Jack.)

— Eh bien, eh bien ! Voyez-moi qui s'est fait arrêter. Le Hugh Grant de la grande profession psy. Si tant est qu'on puisse appeler ça une profession ? C'est bon pour les prostituées, je suppose…

Comme si j'étais d'humeur à entendre ça !

En voyant mon expression, il me prie de m'asseoir. Il s'installe en face de moi et écarte les cuisses comme s'il avait des couilles de la taille d'un pamplemousse.

— Je vais faire vite, Britney. J'ai du sommeil en retard. J'espère que vous n'êtes pas passé aux aveux… que vous n'avez signé aucune déposition.

— Non.

— Bien. On vous traite convenablement ?

Je hoche la tête avant de jeter un coup d'œil à la montre. Il est minuit passé. Il a dû venir de Londres.

— Bon, voilà ce qu'on va faire, Oprah. Votre affaire doit passer demain matin. Nous ne plaiderons pas. Je vais faire une demande de remise en liberté, ce qui devrait être une simple formalité. Vous avez des économies ?

— Pas vraiment.

— Votre famille peut avancer la caution ?

— Mes parents peut-être.

— Bon.

Il commence à prendre des notes sur un calepin, me pose des questions sur Julianne, les filles, mon travail. Me demande si je donne de l'argent à des œuvres de bienfaisance.

— Avez-vous déjà été arrêté ?

— Une fois. C'était un malentendu.

Il lève les yeux au ciel et griffonne quelque chose.

— Vous pensez pouvoir obtenir un non-lieu ?

— Vous n'avez pas pissé dans une cabine téléphonique, professeur.

— Il est entré chez moi sans autorisation.

— Et vous avez tenté de le décapiter.

— On doit pouvoir trouver un arrangement tout de même ?

— Au cas où vous n'auriez pas remarqué, Dorothy, nous ne sommes plus au Kansas.

Eddie se lève et se rajuste tant bien que mal avant de jeter son imperméable sur son bras.

— C'est tout ?

— Pour le moment, oui.

— Vous ne voulez pas savoir ce qui s'est passé ?

— Pour l'heure, j'aspire à un grand lit, à un chateaubriand d'une demi-livre et un minibar. C'est vous qui régalez.

Il ramasse sa serviette, soulève le rabat et range son calepin avant de fermer la boucle.

— Au fait, le gars que vous avez tabassé a eu besoin de trente points de suture et d'une transfusion de sang. J'espère qu'il l'avait mérité.

31

Sous le rai de soleil qui s'infiltre entre les nuages, on croirait que le palais de justice de Bristol a été blanchi à la chaux. Le front collé contre la vitre du panier à salade, je regarde des petits groupes de travailleurs grelottant de froid qui fument dans l'embrasure des portes.

Le véhicule doit s'arrêter à un poste de contrôle. Des barricades gardées par des policiers en tenue antiémeutes, épaule contre épaule, bloquent les deux extrémités de la rue. Les manifestants, armés de bannières et de pancartes, ont été canalisés sur le trottoir. On les maintient à l'écart de l'entrée du tribunal.

Tout au bout de la rue, j'aperçois une autre bande qui forme une garde d'honneur improvisée pour un fourgon pénitentiaire plus imposant. Certains protestataires brandissent des affiches politiques et des écriteaux réclamant de « récupérer notre pays ». C'est un étrange mélange de jeunes au crâne rasé, couvert de tatouages, d'hommes d'âge mûr en sweat-shirts et de retraités arborant leurs décorations militaires. Parmi eux je remarque une femme avec un bébé en kangourou et une vieille dame munie d'un panier de pique-nique et d'un thermos.

Mon regard s'arrête sur un visage familier. Il me faut quelques secondes pour l'identifier. C'est Lance Hegarty, au premier rang, en train de brocarder les avocats des réfugiés et les manifestants pro-immigration. La foule s'élance dans l'espoir de suivre le fourgon. Les policiers forcent tout le monde à reculer en se tenant par les bras.

— Novak, on t'aime ! crie une femme.

— C'est un coup monté ! Une conspiration de l'État ! hurle un autre.

Les équipes de tournage de la télévision et les journalistes immortalisent le moment, à l'abri dans une sorte de no man's land, au milieu des protestataires.

De grandes portes en bois s'ouvrent, le fourgon descend une rampe en béton. Les prisonniers mettent pied à terre et pénètrent en file indienne dans les entrailles du bâtiment.

On me conduit au bas de la même rampe et on m'oblige à attendre que les portes se referment derrière nous. Un policier m'emmène dans une cellule. Les autres détenus discutent avec leurs avocats. Pas trace d'Eddie Barrett.

— O'Loughlin ! me crie un garde. Vous passez en second.

Vingt minutes plus tard, on m'entraîne dans des couloirs, puis à l'étage et j'émerge directement dans la salle d'audience. Le banc des accusés est sur le côté, derrière une cloison en verre. Face à un banc des jurés vide. Une demi-douzaine de magistrats en toge noire et perruque de crin attendent près de la barre, pareils à des corbeaux rôdant autour de cadavres d'animaux. Eddie Barrett ne fait pas partie du lot.

Les conversations cessent quand le juge apparaît et grimpe les trois marches menant à la barre. L'huissier réclame le silence. Le juge Spencer préside. Il contemple la salle du haut de son énorme fauteuil en cuir tel un maître d'école qui aurait convoqué de mauvais éléments dans son bureau. Son visage rond est marbré de vaisseaux sanguins qui teintent son nez et ses joues d'un incarnat rouge écarlate.

— S'il vous plaît, Votre Honneur, je suis Me Mellor, représentant du ministère public. Nous avons une demande de remise en liberté et deux autres affaires à traiter. S'il nous est possible de régler cela d'abord, vous pourrez poursuivre le procès.

Le juge se tourne vers le greffier.

— Les jurés ont-ils été informés ?

— Oui, Votre Honneur.

À cet instant, Eddie Barrett pousse une lourde porte et s'approche de la barre en plastronnant :

— Me Barrett, avocat de l'accusé, Votre Honneur.

— Avez-vous eu la possibilité de vous entretenir avec votre client, maître Barrett ?

— Oui, Votre Honneur.

Eddie a encore les cheveux mouillés après sa douche, et un pan de chemise qu'il a omis de rentrer dans son pantalon voltige quand il tire une chaise.

— Nous ne voyons aucun inconvénient à renoncer à la lecture des chefs d'accusation, Votre Honneur, et nous n'envisageons pas de plaider à ce stade. En revanche, nous souhaiterions aborder la question de la remise en liberté.

Personne ne m'a adressé la parole ni même pris acte de ma présence.

Me Mellor prend la parole :

— L'accusation ne s'oppose pas à une remise en liberté, Votre Honneur, mais nous requerrons une caution substantielle et d'autres garanties. Nous avons affaire à une attaque brutale, sans provocation, qui a fait subir de graves lésions faciales à un jeune enseignant. La victime est toujours hospitalisée et risque de devoir recourir à de la chirurgie esthétique.

Eddie s'est levé d'un bond.

— Mon client défendait sa personne ainsi que ses biens face à un intrus qui a pénétré chez lui illégalement.

— La victime n'était pas armée.

— Elle s'est introduite dans une propriété privée.

— Ses blessures sont épouvantables.

— Je n'ai pas vu le rapport médical.

Le juge interrompt cet échange.

— Vous aurez la parole plus tard, maître Barrett.

Eddie lève les deux mains en signe de reddition, pointant ses petits doigts boudinés vers le plafond.

— Continuez, maître Mellor.

— Merci, Votre Honneur. L'accusation requiert également un ordre de protection. Le prévenu a menacé et harcelé Gordon Ellis et son épouse. Nous demandons à la cour d'interdire à M. O'Loughlin de les approcher, l'un ou l'autre, que ce soit à leur domicile ou sur leur lieu de travail…

Épuisé, j'arrive tout juste à suivre et je ne ressens rien en dehors d'un terrible sentiment d'humiliation. Eddie Barrett se lance dans des envolées lyriques, me décrivant comme un membre émérite de la société, professeur d'université, marié, deux enfants… un passé irréprochable… les liens étroits avec la communauté… des antécédents dans le service public… bla bla bla…

Il fait l'impasse sur la séparation.

— Il s'agit d'une affaire d'intrusion dans une propriété privée. L'inculpé a trouvé un étranger caché chez lui. Il faisait sombre. Il a pris peur. Il a agi de façon à se protéger et à protéger ses biens.

Eddie sort un mouchoir et l'agite comme un drapeau blanc. Joli geste.

— C'est un scandale. Une parodie de justice. Incarcérer un homme dont la propriété privée a été violée. Un homme qui a servi la communauté d'une manière totalement désintéressée…

Le juge Spencer lève la main.

— Entendu, maître Barrett, nous avons compris. Gardez votre laïus pour le procès.

Sentant un regard posé sur moi, je jette un coup d'œil par-dessus mon épaule. Les travées sont vides, mais il y a un angle mort, à droite de la grande porte, une zone d'ombre assez grande pour qu'on puisse s'y cacher.

Quelqu'un pousse la porte, éclairant un bref instant ce coin obscur. Julianne m'observe. Elle a les cheveux relevés, mais sa frange tombe en diagonale sur son front. Elle porte le tailleur pantalon foncé qu'elle a acheté à l'époque où elle travaillait à Londres.

Je lève la main, mais elle se détourne, tire la porte.

Spencer a fini. Eddie Barrett me fait signe de m'approcher du banc des accusés.

— Pouvez-vous rassembler la somme de vingt mille livres ?

— Ça fait beaucoup.

— Ça aurait pu être pire.

— Appelez Ruiz. Il saura quoi faire.

On me place dans une autre cellule. Trois hommes sont assis sur des bancs distincts contre les murs. Tous trois sont en costume ; l'un d'eux est penché en avant pour éviter que sa veste se froisse.

Je les reconnais d'après les photos que j'ai vues. Celui qui est le plus proche de moi, c'est Gary Dobson. À côté de lui, il y a Tony Scott, et, légèrement à l'écart, Novak Brennan. Je me rappelle ce que j'ai lu à leur sujet. Scott mesure un mètre quatre-vingts, il a le crâne rasé. C'est un ancien hooligan des terrains de football qui a purgé des peines de prison pour vol et coups et blessures. Dobson est plus petit, plus massif. Il a dix ans de moins. Il a été condamné pour vol de voitures, possession de drogue et voies de fait contre un officier de police. Les deux hommes fréquentaient le même pub, et c'étaient des activistes du BNP.

Quant à Brennan, c'était l'un des candidats du parti aux dernières élections municipales. Il a failli obtenir un siège au conseil municipal de Bristol parce que le parti travailliste avait retiré son propre candidat en exhortant ses partisans à voter pour le démocrate-libéral afin d'empêcher le BNP de gagner.

Brennan fait plus jeune en chair et en os. Il a le visage presque lisse. Son épaisse chevelure noire, si caractéristique, laisse son front dégagé ; il a des pattes-d'oie autour des yeux. Contrairement à ses codétenus, il porte un costume qui ne ressemble pas à une camisole de force.

Scott et Dobson croisent son regard à mon arrivée. Les coudes sur les genoux, Brennan est en train de curer ses ongles manucurés. Je m'installe sur le banc en face de lui. Les murs ont été repeints. Sans les graffiti, j'ai moins de choses à lire et plus de temps pour réfléchir.

Je me retrouve en train de dévisager Brennan. Il lève les yeux et plonge son regard dans le mien, se fixant quelque part dans ma tête. Je détourne le regard et contemple le sol.

Je retiens mon souffle. Quand je m'en rends compte, j'expire trop vite.

— Comment se passe le procès ? je demande.

À présent, ils me dévisagent tous les trois.

— Je viens d'obtenir ma remise en liberté, précisé-je. J'attends que quelqu'un paie.

— Qu'est-ce qu'on en a à foutre ! marmonne Scott en secouant la tête.

Brennan continue de m'observer comme s'il cherchait à fouiller dans ma conscience.

— Félicitations, dit Dobson, plus content, semble-t-il, d'avoir quelqu'un à qui parler. Qu'est-ce que vous n'avez *pas* fait ?

Il s'esclaffe.

Brennan sort un mouchoir humide d'une petite pochette de voyage et entreprend de s'essuyer les doigts avec soin, l'un après l'autre, en faisant presque briller ses ongles.

— Vous devez en avoir assez d'être dans ce tribunal, dis-je.

Il dresse l'index, m'intimant l'ordre de me taire.

— Connaissez-vous la leçon numéro un dans un endroit comme celui-ci ?

— Non.

— Il faut la boucler au cas où la personne qu'ils ont mise dans la cellule est un mouchard qui s'aviserait de prétendre qu'il vous a entendu dire un truc que vous n'avez jamais dit.

Il a un léger accent irlandais. Du nord. Belfast, peut-être.

— Je ne suis pas un mouchard.

— Oh ! Vous avez des références sur vous, hein ?

— Non, je veux dire…

— Je vous conseille de vous taire.

Je hoche la tête. Il recommence à se nettoyer les ongles.

Julianne m'avait dit qu'il n'avait rien d'un monstre. J'avais eu envie de lui rétorquer que c'était rarement le cas des criminels. Ils n'ont pas de gènes aberrants ni de tatouage sur le front et, malgré ce qu'affirment les gens, ça « ne se voit pas dans leurs yeux ».

Quelques minutes plus tard, on emmène mes trois codétenus à l'étage. Leur procès va reprendre. Julianne sera là. Son client doit témoigner à la barre aujourd'hui. Le survivant.

32

Deux heures plus tard, je sors de la régie du palais de justice au côté de Ruiz qui vient de payer ma caution.

— Où avez-vous trouvé une somme pareille ?

— Ça n'a pas d'importance.

— Vous avez mis votre maison sur le marché.

— Je plaindrais l'acheteur ! Elle tombe en ruine.

— Je ne sais pas comment vous remercier.

— Assurez-vous d'être présent à l'audience, c'est tout. Sinon je vous traquerai moi-même et je vous abattrai comme un chien.

Nous venions de passer une heure à attendre que les documents soient vérifiés. J'en ai profité pour lui relater les événements de la veille – mon entretien avec Sienna d'abord, puis avec Gordon Ellis. En lui exposant les faits, j'ai perçu chaque ornière, chaque dérive, toutes mes erreurs. Quand j'en suis arrivé au moment où Ellis avait prétendu avoir couché avec Charlie, j'ai senti la température de Ruiz monter en flèche.

— C'est faux ! s'est-il écrié. Charlie est trop intelligente pour ça.

— Je sais. Je regrette de ne pas avoir été en mesure de réfléchir plus clairement sur le moment. Je ne pensais qu'à le tuer.

— Ouais. Bon. Évitez de vous en vanter !

Nous sommes sur les marches du palais. Personne dans la rue, à part des policiers et une poignée de manifestants restés en rade. Ruiz dévisse le couvercle de sa boîte à bonbons et glisse un berlingot dans sa bouche.

— Vous avez pris vos cachets ?

— Ça va aller.

— Vous devriez dormir un peu.

— Il faut que je passe voir Julianne. Elle travaille ici aujourd'hui.

Je jette un coup d'œil dans la direction du tribunal en m'efforçant de chasser de mon esprit l'image d'elle en train de m'observer à la barre des accusés. Ce regard qu'elle a posé sur moi. Vide. Sans expression.

— Dans quelle salle est-elle ?

— Elle est au procès de Novak Brennan.

On dirait que Ruiz a quelque chose de désagréablement amer dans la bouche. Il crache son bonbon dans le caniveau, où il se fracasse.

— Qu'est-ce qu'il y a ?

— Rien.

— Vous connaissez Brennan ?

— Ouais, je le connais. Depuis longtemps.

— Je viens de rester une heure avec lui en cellule.

— Je vous conseille de prendre une douche dans ce cas.

Ruiz enfonce ses mains dans ses poches et contemple d'un air indolent le ciel gris perle, mais tandis qu'il passe en revue des événements antérieurs, il est totalement absorbé par ses pensées. Après s'être éclairci la voix, il entreprend de me parler de ses années en Irlande du Nord, à l'époque où on l'avait mandaté auprès de la Royal Ulster Constabury afin de superviser les services de renseignement relatifs aux cellules terroristes de l'IRA opérant en Grande-Bretagne, mais contrôlées depuis Belfast.

— En 1972, une prostituée du nom de Mae Grace Brennan est morte d'une overdose dans un meublé d'Antrim Road. C'était juste après Bloody Friday. Quand des voisins ont pénétré dans l'appartement, elle avait rendu l'âme depuis deux jours. Ils y trouvèrent Novak et sa sœur dans une crasse immonde. Novak avait trois ans, sa sœur, Rita, neuf mois. La petite était tellement sous-alimentée qu'elle avait des escarres sanguinolentes sous les fesses et dans le dos. Quant à Novak, il pouvait à peine marcher.

» Les deux enfants ont été mis sous tutelle judiciaire, et placés dans un foyer. Un pasteur méthodiste et son épouse les adoptèrent, mais concernant Novak, les dés étaient jetés depuis longtemps. Il souffrait de troubles du comportement qui lui valurent de se faire renvoyer de l'école et nécessitèrent une aide psychopédagogique dès l'âge de sept ans. À dix ans, il tuait le chat de la maison en l'expédiant contre un mur, parce qu'il l'avait griffé. Quatre ans plus tard, il tabassait la femme du pasteur avec une telle violence qu'il fallait l'hospitaliser.

» La famille a fini par renoncer à l'élever. On a replacé Novak et Rita dans un foyer. Quatre mois plus tard, ils s'enfuirent et se retrouvèrent dans les rues de Belfast. On était en 1983, juste avant que j'aie mon affectation.

» En décembre de cette année-là, l'IRA avait fait sauter une voiture piégée devant Harrods, tuant six personnes, dont trois flics. Je connaissais l'un d'eux. L'inspecteur Stephen Dodd. Il est mort le soir de Noël. Nous étions en train d'essayer de débusquer les responsables. La piste menait à Belfast.

Ruiz regarde passer une voiture de police. Le pare-brise reflète la lumière tel un flash, et deux policiers nous dévisagent comme si nous étions des tueurs kamikazes d'âge mûr.

— Que sont devenus Novak et Rita ?

— Ils ont vécu dans la rue, dans des squats, des usines désaffectées, des wagons. Et puis Novak a concocté une arnaque pour piéger le chaland. Rita se baladait dans Adelaide Street, vêtue d'une petite jupe en cuir et d'un haut moulant, destinés à attirer l'attention de ces messieurs. Elle les entraînait dans une allée sombre, descendait leur braguette et se mettait à genoux. Novak arrivait à ce moment-là à pas de loup, tapotait l'épaule de sa sœur et réclamait de l'argent en pointant son couteau vers les parties sensibles du pauvre bougre.

» Il leur volait des portefeuilles, leurs cartes de crédit, leurs vêtements aussi parfois. Plus tard, il a amélioré sa technique en les faisant chanter avec des Polaroids qu'il menaçait d'expédier chez le gus s'il ne crachait pas un peu plus au bassinet. Rien de tel que la photo d'une mineure en train de faire une pipe à un homme pour faire pleuvoir de l'argent.

» Ils n'ont pas tardé à amasser une coquette somme. Alors ils ont loué un appartement où ils ont continué leur manège, échappant ainsi à l'attention des travailleurs sociaux. Ça paraissait idéal.

— Que s'est-il passé ?

— Un soir, Rita est tombé sur un mauvais client. Un motard du nom de Nigel Geddes l'a cueillie dans la rue avant que Novak ait le temps d'intervenir. Il l'a emmenée à une fête où elle a été violée par une douzaine de motards. En découvrant qu'elle était vierge, ils se sont bidonnés. Ils en avaient de la chance, hein !

» Après ça, ils l'ont larguée dans la rue. Elle souffrait d'une hémorragie interne et de multiples brûlures de cigarette qui dégénérèrent en plaies purulentes. Novak perdit complètement la boule. L'unique constante dans l'enfer merdique qu'était sa vie, c'était sa petite sœur, et il s'était fait la promesse de la protéger.

» Pendant que Rita était à l'hôpital, prise en charge par les services sociaux, Novak a acheté un calibre .25 automatique à un trafiquant d'armes de l'IRA appelé Jimmy Ferris, alias le Furet. Pour 80 livres.

» Je sais ce que vous pensez. Vous vous dites qu'un gosse comme Novak, avec son passé de violence et son tempérament explosif, se prendrait pour Dirty Harry et ferait tout sauter, mais ça ne s'est pas du tout déroulé comme ça. Pas question pour lui de faire irruption dans le pavillon en tirant dans tous les sens. Il a monté la garde, et a suivi les motards un à un, mémorisant leurs visages, leurs emplois du temps, leur domicile…

» Sa première cible lui facilita la tâche. Le gars sortit d'un bar de Short Strand accompagné d'une gamine qu'il entraîna dans un parking souterrain mal éclairé. Novak ne les avait pas rejoints que le motard avait agenouillé la fille devant lui.

» C'était une scène qui lui était familière. Novak lui a tapoté l'épaule. Effrayée, la fille s'est s'écartée. Le motard a rouvert les yeux quand le pistolet glissait entre ses lèvres.

» Novak a ordonné à la petite de déguerpir et a attendu qu'elle ait disparu avant de se tourner vers le motard dont le pénis mouillé, tout rétréci, pendait toujours hors de son pantalon.

» La fille l'a entendu implorer qu'on l'épargne. Faire des excuses. Novak a compté jusqu'à trois avant d'appuyer sur la détente. Comme il s'agissait d'un faible calibre, au lieu d'avoir une trajectoire nette, la balle a ricoché à l'intérieur du crâne, réduisant le cerveau en bouillie.

» Novak s'est servi de la chemise du gars pour essuyer sa salive et son sang sur le canon de l'automatique. Deux heures plus tard, il s'en est pris à un autre motard. L'homme a couru se réfugier dans une école et s'est caché dans les toilettes. Novak l'a trouvé dans un des box et lui a tiré dessus à quatre reprises, mais pas avant de l'avoir assommé à coups de pied. En glissant sur le sol gluant, Novak a laissé une empreinte de main bien nette. C'est grâce à ça que la police l'a finalement attrapé, mais pas avant qu'il ait tué encore huit fois.

» L'un après l'autre, il a fini par débusquer tous les hommes qui avaient violé sa sœur. Nigel Geddes fut le dernier. Comme celui-ci se savait traqué, il avait déjà fui à Liverpool où il avait changé de nom. Novak a pris le ferry depuis Holyhead et dormi à la dure dans les rues d'Anfield deux mois durant jusqu'à ce qu'il retrouve son homme. Geddes était en train de se faire un fix dans un squat d'Everton. Novak l'a aidé à trouver une veine, puis une artère. Il l'a saigné à blanc.

» La police lui a mis le grappin dessus alors qu'il descendait du ferry à Belfast. Il n'a pas prononcé un mot pendant les interrogatoires. Il a refusé de parler aux assistants sociaux, aux pédopsychiatres. L'empreinte ensanglantée lui a valu d'être inculpé d'un des meurtres, mais les enquêteurs ne disposaient pas d'assez d'éléments pour lui coller les autres crimes sur le dos.

» Lorsque son avocat a pris la parole à la barre, il a déclaré que Novak avait été violé par le motard qui l'avait pris pour un jeune prostitué. Les jurés ont avalé son histoire et le procureur a accepté qu'il plaide l'homicide involontaire. Novak était encore mineur. On l'envoya dans une maison de redressement où il purgea une peine d'à peine quatre ans.

Ruiz ne cherche pas à voir ma réaction. Son langage corporel n'exprime pas davantage son avis sur la question. C'est de l'histoire ancienne. Irrémédiable.

Un fracas métallique le fait se retourner. Sur le trottoir d'en face, une benne disparaît sous une forêt de tubes d'acier. Des ouvriers sont en train de démanteler l'échafaudage autour du Guildhall. Un autre tuyau tombe de haut et rebondit sur les pavés.

— Comment savez-vous tout ça ? demandé-je.

— Nigel Geddes faisait partie de la cellule de l'IRA qui a fait sauter la bombe à Harrods. Il était sous surveillance depuis près de deux ans.

— Mais si vous dites vrai, si Novak Brennan a été inculpé d'homicide involontaire, pourquoi est-ce que ça ne se sait pas ?

— Il était encore mineur. On ne peut pas divulguer son nom. Les casiers des délinquants juvéniles sont couverts par le secret de l'instruction. Quiconque tente de publier ce genre d'information risque la prison.

Ruiz n'a pas l'air de s'en offusquer. Je perçois même chez lui une certaine admiration pour Novak.

— Qu'est-ce que vous pensez de tout ça ?

— Novak aimait sa sœur.

— Ce qui veut dire ?

— Qu'il est capable d'aimer, comme nous tous.

— Que lui est-il arrivé ensuite ?

Ruiz hausse les épaules.

— Il a changé, sans changer vraiment. Il a fini ses études secondaires en prison. Une fois relaxé, il s'est installé à Londres. Je crois qu'il est allé à l'université dans les Midlands. Après quoi il a fait fortune en employant essentiellement la même technique que Rita et lui avaient mise au point, sur une plus grande échelle.

— Il faisait chanter les gens ?

— Il tirait parti de leurs faiblesses.

— À quel moment est-il devenu le pin-up boy des néo-nazis ?

— Pas la moindre idée, répond Ruiz en secouant la tête.

— Vous pensez qu'il est sincère ?

— Tous les hommes politiques ont un programme.

— Et Rita dans tout ça ?

— Elle est toujours dans les parages. Elle ne s'est jamais mariée. Elle a une véritable vénération pour son frère.

Julianne avait mentionné que Novak avait une sœur.

Nous poussons les portes à tambour donnant accès au hall du palais de justice. Des agents de sécurité passent les sacs aux rayons X et fouillent les visiteurs avec un scanner. Ruiz est contraint de vider ses poches.

Des magistrats, des greffiers sillonnent la salle en marbre. Un escalier en spirale mène aux étages supérieurs. Les audiences du jour sont affichées sur un panneau vitré. Novak Brennan est en salle 1. Le même tribunal, le même juge que celui qui a entendu ma demande de remise en liberté.

Le bas des travées doit rester vide. On nous dirige vers le balcon. Ruiz s'y glisse après moi et referme discrètement la porte derrière lui.

Dans la salle d'audience, en contrebas, les jurés siègent le long du mur voisin de la barre des témoins. En face, Novak Brennan, Tony Scott et Gary Dobson sont assis en rang d'oignons sur le banc des accusés, derrière une cloison vitrée. Les avocats sont plus nombreux que tout à l'heure. Chaque inculpé est représenté.

Julianne est installée sur une chaise entre la barre des témoins et les jurés. Elle semble calme, professionnelle, mais je me rends compte qu'elle est nerveuse parce qu'elle tripote les breloques de son bracelet. D'ordinaire, quand je l'imagine, c'est la jeune femme que j'ai rencontrée en 1983 lors d'une manifestation antiapartheid à Trafalgar Square, qui s'impose à mon esprit. Elle est toujours belle, avec une voix qui laisse à penser qu'elle vous fait des avances quand elle vous propose un café. Mais, depuis deux ans, elle a changé ; elle semble lasse. J'y suis peut-être pour quelque chose.

On vient d'appeler un nouveau témoin à la barre : Marco Kostin. Des murmures s'élèvent dans l'assistance. Un frisson d'excitation déferle, tel un courant électrique invisible, des bancs de la presse jusqu'au box des jurés. À chaque procès, sa scène majeure – au cours de laquelle la situation peut se retourner du tout au tout. À cause d'un témoin, d'une pièce à conviction, d'un plaidoyer de clôture brillant ou d'un contre-interrogatoire cinglant. L'acte principal, le voilà. Marco Kostin. Le survivant.

Il s'avance en marchant les pieds légèrement en dedans dans le sillage de l'huissier qui le conduit à la barre. Grand, dégingandé, il ne fait pas ses dix-huit ans avec ses grands yeux, ses longs sourcils qui lui donneraient presque un air efféminé s'il n'avait pas de gros sourcils d'adulte. En posant sa main gauche sur la bible, il lève la droite et promet de dire toute la vérité, rien que la vérité…

Julianne traduit son serment et adresse un signe de tête au juge Spencer qui se tourne vers les jurés.

— Mesdames, messieurs, je vous prie de nous excuser pour le retard que nous avons pris ce matin, mais nous avions d'autres affaires à traiter, et certains points de droit demandaient à être approfondis. Ce témoin, connaissant mal notre langue, a besoin d'un interprète. Je suis conscient que cela complique les choses et requiert davantage de temps, mais Me Scriber et Me Hurt ont consenti à limiter leur interrogatoire et à accorder au témoin du temps supplémentaire pour répondre.

Me Scriber, l'avocat de la Couronne, est une femme aux traits pointus, avec des sourcils fins comme un trait de crayon. Son corps semble sans forme sous sa toge noire. Elle demande à Marco son nom complet, son âge, son lieu de naissance. De temps à autre il répond sans l'aide de Julianne, mais le plus souvent, il attend qu'elle traduise les questions.

Au cours des vingt minutes suivantes, il révèle que son père, Vasily Kostin, était un « liquidateur » chargé par les autorités soviétiques de nettoyer l'usine nucléaire de Tchernobyl après la catastrophe de 1986. Au volant d'un bus, il a aidé à évacuer les habitants de Pripyet. C'est à l'occasion d'un de ces trajets qu'il a rencontré Olga. Ils se sont mariés deux ans plus tard. Leur premier enfant, Oles, naquit sans cerveau ; il ne vécut que quelques heures. Puis vinrent Marco, et ses sœurs, Vira, onze ans, Aneta, six ans, et Danya, quatre ans.

La famille a débarqué en Angleterre il y a quatorze mois. Ils ont passé deux mois dans un camp de rétention avant de s'intégrer à la communauté. Les institutions locales leur ont fourni un logement, des bons pour de la nourriture et des vêtements. Marco s'est inscrit dans une école de langue. La famille fréquentait une église locale.

— Pourquoi êtes-vous venus en Angleterre ? demande Me Scriber.

— On voulait commencer une nouvelle vie.

— Que vous a-t-on dit ?

— Qu'on ne pouvait pas rester, mais on avait l'intention de faire appel.

L'avocate en vient à la semaine de l'incendie.

— Connaissiez-vous bien Stacey Dobson ?

— C'est une amie.

— Est-ce votre petite amie ?

Marco fronce les sourcils.

— On se croise de temps en temps à l'arrêt du bus. On prend le même. Elle se moque de mon anglais.

— Est-ce qu'elle flirte avec vous ?

Marco se tourne vers Julianne pour avoir la traduction de « flirter ».

— Elle est gentille. Je n'ai pas rencontré beaucoup de filles anglaises.

Marco raconte qu'ils ont passé un samedi après-midi ensemble. Ils sont allés au cinéma et dans une arcade de jeux. Il l'a raccompagnée chez elle plus tard.

— Vous l'avez embrassée ?

— Oui.

— Vous avez couché avec elle ?

Marco baisse les yeux et marmonne quelque chose. Il est gêné.

Me Scriber lui repose la question.

— Oui.

— Avez-vous enlevé Stacey Dobson ?

— Non.

— L'avez-vous violée ?

— Non.

L'avocate jette un coup d'œil à ses notes.

— Avez-vous rencontré Gary Dobson ?

— Oui.

— À quelle occasion ?

— Il était au commissariat quand on m'a emmené là-bas. Il m'a crié dessus.

— Qu'a-t-il crié ?

— Des gros mots.

— Vous souvenez-vous de ce qu'il a dit ?

— Il a dit : « Tu es mort, putain, tu es mort ! »

— L'homme qui a prononcé ces mots est-il dans la salle aujourd'hui ?

Marco lève lentement le bras droit dans la direction de Gary Dobson qui se redresse un peu sur son banc, un sourire rayonnant, absurde, aux lèvres. Des acclamations dans les tribunes. Le juge Spencer réclame le silence. L'espace d'un instant, les jurés semblent plus intéressés par ce qui se passe dans l'assistance, mais la première question relative à l'incendie focalise à nouveau leur attention.

Marco raconte qu'il dînait avec sa famille. Sa mère avait préparé son plat préféré. Ils avaient prié parce que Marco était de retour à la maison après une nuit en garde à vue. Après le repas, il avait lu une histoire à ses petites sœurs avant d'éteindre la lumière dans leur chambre.

Lui dormait au dernier étage dans une petite mansarde en haut d'un escalier étroit. On projette des photos de la maison et un plan des lieux sur un écran blanc. Marco désigne chaque chambre. Ses sœurs dormaient au premier, à l'arrière du bâtiment. Ses parents, dans la chambre principale donnant sur la rue.

Un bruit de verre brisé l'a réveillé juste après minuit. Au début, il a cru que quelqu'un avait cassé une bouteille dehors, sur le trottoir. En regardant par la fenêtre, il a vu une camionnette Ford blanche. Et deux hommes courir. La portière s'est ouverte. Grâce au plafonnier, il a aperçu un troisième homme assis au volant.

— Vous l'avez reconnu ?

— Oui. J'avais vu sa photo dans les journaux.

— Vous connaissez son nom ?

— Novak Brennan.

— Se trouve-t-il dans cette salle ?

Là encore, Marco pointe le doigt vers le banc des accusés. Novak Brennan a l'air parfaitement détendu, ses jambes croisées à angle droit révélant un tibia blanchâtre sous le revers de son pantalon.

— Que s'est-il passé ensuite ?

— La camionnette est partie.

— Et ensuite ?

Marco tend la main vers le verre d'eau à sa disposition. Il en renverse quelques gouttes qu'il essuie avec la manche, redoutant de se faire réprimander. Le juge lui dit de ne pas se faire de souci.

Me Scriber précise sa question.

— Qu'avez-vous fait après le départ de la camionnette ?

— Je me suis recouché, j'ai fermé les yeux, et puis j'ai senti une odeur de fumée. Je me suis relevé, j'ai ouvert la porte. Il y avait de la fumée partout. J'ai dû descendre l'escalier à quatre pattes. J'ai vu des flammes dans le couloir près de la porte. On ne pouvait plus sortir.

— Où étaient vos sœurs ?

— Je les ai entendues tousser. Elles étaient dans leur chambre près de celle de mes parents. J'ai entendu des fenêtres voler en éclats… ma mère crier.

— Qu'avez-vous fait après cela ?

— J'ai rampé jusqu'à la chambre de mes sœurs. Je n'arrivais pas à les trouver. Je les ai appelées, je les ai cherchées à tâtons. Aneta était sous le lit. Danya sous la fenêtre. Je les ai portées. Je leur ai dit de ne pas respirer.

— Et Vira ?

— Elle était dans le couloir. Je ne sais pas comment elle avait pu sortir. Elle appelait papa et maman, mais on ne les entendait plus.

Marco relève la tête. La salle est si silencieuse que je perçois le tremblement dans la voix de Julianne qui traduit. Marco explique qu'il est remonté dans sa mansarde en portant ses jeunes sœurs. Il a essayé la fenêtre, mais ne pouvait pas l'ouvrir de plus de dix centimètres. Il a porté ses sœurs, chacune à leur tour, pour qu'elles puissent respirer. Mais ça n'était pas suffisant. Vira a paniqué. Elle a voulu redescendre en courant.

— Je l'ai entendue tomber, reprend Marco d'une voix étranglée. Quand je l'ai appelée, elle ne m'a pas répondu. J'espère qu'elle est morte sans souffrir…

Un juré laisse échapper un sanglot. Impossible de se soustraire à l'émotion à vif, insoutenable qui émane de la voix du témoin. Marco raconte qu'il s'est servi d'une valise pour casser la fenêtre en l'expédiant en l'air de toutes ses forces contre la vitre renforcée jusqu'à ce que les charnières cèdent. Après quoi il a délogé les bris de verre à coups de pied. Il voulait hisser Danya sur le toit, mais la pente était trop forte.

Alors il a tiré le lit jusque sous la fenêtre et il a grimpé. En se penchant par l'ouverture, il a dit à Danya de soulever Aneta, la petite de quatre ans, pour qu'il puisse la tirer dehors, mais elle n'avait plus la force.

— Elle a essayé, mais elle n'arrivait plus à respirer. Ni à voir quoi que ce soit… Je ne pouvais pas les faire sortir… Aneta m'a appelée. Danya était sur ses genoux. Elles suffoquaient.

Marco avale une goulée d'air comme s'il tentait encore de les aider. Le juge Spencer lui demande s'il veut faire une pause.

En jetant un coup d'œil dans les travées, je remarque une femme assise seule, tête baissée, qui tient quelque chose sur ses genoux. Elle porte des couches de vêtements mal assortis, des collants en laine, de gros godillots. Alors qu'elle se balance doucement dans son siège, je m'aperçois qu'elle serre contre elle un ours en peluche tout cabossé avec un ruban autour du cou. Une mascotte.

La maman d'un des inculpés peut-être, me dis-je. D'après Ruiz, la mère de Brennan est morte d'une overdose, pourtant je note une vague ressemblance dans la forme du visage, les lèvres minces.

La vérité s'impose à moi dans le silence qui règne tout à coup dans la salle. Ça doit être Rita, la sœur de Novak.

Des mèches de cheveux lui tombent sur la figure. Je m'efforce de retrouver son regard parmi les ombres et me demande dans quelle mesure elle se souvient des rues de Belfast quand elle avait douze ans. Elle a un air hagard comme j'en ai tant vu dans les foyers et les salles de consultation. Un air abattu, brisé. Sur ses gardes. Les victimes de viol n'arborent pas l'expression confiante, attendrie de cette jeunesse avide de clamer son autosatisfaction. Elles sont perpétuellement vigilantes, sans que cela leur épargne la souffrance qui éclate sur leurs visages.

Le juge Spencer a ordonné une suspension d'audience. Il se lève, l'assistance en fait autant. Novak Brennan se retourne et cherche le regard de sa sœur. Quelque chose passe entre eux. Moins un sourire qu'une entente tacite, comme s'il l'avait touchée, en lui pressant l'épaule ou en lui tapotant la main. Elle rougit de tendresse. On emmène Novak.

Au même moment, une porte s'ouvre sur les travées. Un homme apparaît. Il attend Rita. Grand, ses cheveux noirs enduits de gel étincelant sous l'éclairage au plafond, il porte une veste en cuir et un jean, mais ce n'est pas sa tenue qui fait qu'on le remarque. Les os de son visage font l'effet d'un échafaudage métallique sous sa peau, et des larmes d'encre coulent de ses yeux le long de ses joues.

C'est l'homme dont Stan Keating m'a parlé. Celui que j'ai vu dans l'agence des minicabs, et devant le restaurant. Ruiz l'a repéré lui aussi. Même s'il ne réagit pas physiquement, je le sens presque se recroqueviller intérieurement.

La porte se ferme. Ils sont partis.

Ruiz n'a pas bougé.

— Vous allez le suivre ?

Il secoue la tête.

— Je vais m'arranger pour savoir qui c'est.

— Et après ?

— J'essaierai de le laisser tranquille.

33

J'ai eu un patient un jour, un acteur, qui avait invité sa famille et tous ses amis à boire un verre pour fêter son quatre-vingt-deuxième anniversaire dans un pub près du Vauxhall Bridge, à Londres. « C'est ma tournée », avait-il annoncé en posant l'argent sur le bar, ainsi qu'une lettre adressée à l'assemblée.

À un moment donné, au cours de la soirée, il s'était éclipsé. Le lendemain matin, un pêcheur avait trouvé son corps flottant dans la Tamise.

Il avait écrit :

Je n'aime guère l'idée de passer les dernières années de ma vie alité, entouré de mes enfants et de mes petits-enfants contraints de veiller mon vieux corps démoli jusqu'à son dernier soupir.

J'espère que vous comprendrez et que vous acclamerez en levant votre verre l'homme qui s'en est allé ce soir avec la marée.

Il y a quelque chose de noble dans une telle sortie de scène, mais je doute d'en avoir moi-même le courage ou la conviction. Il a fallu que quelqu'un récupère le cadavre. Un parfait inconnu ne mérite pas une journée aussi merdique.

Je pensais que ça me serait égal de perdre le contrôle de mon corps, tant que mon esprit restait fort. Un psychologue qui perd l'esprit, c'est comme un peintre qui devient aveugle, un compositeur qui devient sourd. On pourrait appeler ça une tragique ironie, mais seulement si l'on croit au destin, ou si Dieu a un sens de l'humour macabre.

Pour l'heure, j'ai l'impression que ma raison m'échappe. On a manipulé mes émotions, perturbé mon esprit. C'est comme si je regardais un prestidigitateur faire un tour de passe-passe, détournant subtilement mon attention pour que je ne voie pas ce qu'il fait.

Je peux faire le lien entre Gordon Ellis, Ray Hegarty et Sienna, mais j'ignore quel genre de colle les assemble. Où le Pleureur cadre-t-il là-dedans ? Et Lance Hegarty ? Quelqu'un a tué mon chien. On m'a expédié dans le fossé avec ma voiture. Gordon Ellis m'a regardé bizarrement quand j'ai parlé de Gunsmoke. Comme s'il ne comprenait pas.

Il faut que je recommence depuis le début, que je remette tout en cause, mais je suis trop fatigué pour réfléchir. Je suis sale, mal rasé, à bout de forces. J'ai envie d'une douche. D'un lit. Et je veux m'expliquer avec Julianne et Charlie.

Ruiz me dépose chez moi avant de regagner Bristol. Le fait de revoir Novak Brennan a rallumé quelque chose en lui – un instinct qui n'abandonne jamais un policier, même à la retraite.

En ouvrant ma porte, j'ai un flash de la veille au soir. Les vestiges maculent le sol de la cuisine – une traînée de sang à l'endroit où Gordon Ellis, assis par terre, se tenait la tête, où il a fait sous lui, où il m'a souri en dévoilant ses dents tachées de sang. Je remplis l'évier d'eau savonneuse, et je commence à nettoyer. Quand je tords la serpillière pour la rincer, je regarde l'eau rose filer entre mes doigts.

Le voyant du répondeur clignote :

C'est Bruno Kaufman.

« Joe, tu dépasses les bornes, là. Tu as raté deux conférences et deux réunions importantes. Tiens-tu vraiment à garder ce boulot ? Tes étudiants se plaignent que tu ne réponds pas à leurs mails. Appelle-moi. J'espère que tu as une bonne excuse. »

Clic !

Annie Robinson :

« Écoutez, mon petit coco ! Je ne suis pas une adolescente boutonneuse qui attend à côté de son téléphone. Je suis assez âgée pour mériter un peu de respect. Si vous ne voulez plus me voir, pas de problème ! Mais ayez au moins la décence d'appeler ou de me le dire en face. Pas sympa ! »

Clic !

Je fais la grimace. Pas comme quand on cherche à éviter une balle ou un caillou. C'est un frémissement intérieur – le genre de crispation que l'on ressent quand on a passé la nuit avec une femme et qu'on ne donne pas suite.

Annie n'est pas la première femme à provoquer ce type de réaction chez moi. Cet honneur discutable revient à Brenda, une fille que mes parents avaient embauchée un été pour faire le ménage à la maison. J'avais économisé mon argent de poche pour pouvoir regarder ses seins. Elle me faisait payer cinquante centimes chaque fois, et le double si je voulais qu'elle soulève sa jupe et tire sa culotte vers le haut, ne laissant guère de latitude à mon imagination.

Elle vivait au village. Elle avait un frère, Jonathan, qui avait mon âge. C'est lui qui m'avait révélé les mécanismes du sexe, mais il avait fallu que Brenda m'offre une visite guidée personnelle de l'anatomie féminine pour que j'admette que le piton A puisse entrer dans la fente B.

En repensant à Brenda, je fais de nouveau la grimace. À cause de son regard triste et parce que, cinq ans plus tard, à force de cajoleries et de promesses d'amour, elle avait baissé sa culotte sur la banquette arrière d'une voiture (ce que la jeune personne toujours bien disposée avait déjà fait des tas de fois) afin de me permettre de perdre ma virginité. Brenda avait envie d'être proche des autres. Elle ne savait pas comment faire autrement.

Annie Robinson est gentille, bien intentionnée, elle a une bonne nature. Elle est un peu amochée – je devrais peut-être dire meurtrie. Le son de sa voix me fait grincer des dents. Il m'indique tout ce que j'ai besoin de savoir.

À 15 heures, je vais chercher Emma à l'école. Elle porte une étiquette sur son pull qui dit « 1er prix de calcul ».

— Je sais compter jusqu'à soixante et un, m'annonce-t-elle fièrement.

— C'est très bien. Qu'est-ce qu'il y a après ?

— Soixante-deux.

— Tu peux aller plus loin.

— Oui, je peux, mais la maîtresse voulait que je m'arrête. Je crois qu'elle commençait à s'embêter.

J'éclate de rire. Ça met Emma en colère. Elle n'aime pas que les gens rient sauf si elle comprend pourquoi.

À peine de retour à la maison, elle cherche sa robe de Blanche-Neige.

Je lui dis qu'elle est dans le panier de linge sale.

— Elle sera propre quand ?

— Pas pour un bout de temps.

— Tu peux la mettre dans le séchoir.

— Elle risque de rétrécir.

Elle me regarde d'un air suspect avant d'ouvrir la machine à laver.

— Tu n'as même pas commencé.

— J'avais d'autres choses à faire.

Pour finir, elle fouille dans le linge sale jusqu'à ce qu'elle trouve sa robe et l'enfile, malgré les taches de chocolat et de bolognaise.

Charlie arrive vers 16 heures. Elle largue son sac dans le couloir.

Je lui demande comment ça va.

— Devine.

Elle souffle pour écarter une mèche de ses cheveux en évitant mon regard.

— Qu'est-ce qui ne va pas ?

— Laisse-moi réfléchir… Ah oui, mon père est un imbécile. Ça s'arrête à peu près là.

— Ce n'est pas très aimable, Charlie.

— J'allais te traiter de trou du cul, alors imbécile, c'est plutôt correct.

En se laissant tomber sur le canapé, elle attrape la télécommande d'un geste rageur et zappe furieusement sans prêter la moindre attention aux images.

— Je peux m'expliquer.

— On ne parle que de ça à l'école. Tu as tabassé M. Ellis, il s'est retrouvé à l'hôpital. C'est le prof préféré de tout le monde – ce qui me rend à peu près aussi populaire que la grippe porcine. Je vais être obligée de quitter l'école, le pays, de changer de nom.

— Tu n'en fais pas un peu trop là ?

— Ah ouais ! (La haine est perceptible dans sa voix.)

— Gordon Ellis racontait des trucs sur toi.

— Quoi donc ?

— Peu importe.

— Vas-y ! Dis-moi !

— Il dit qu'il a couché avec toi.

— Et alors ! Tu l'as cru et tu lui as cassé la gueule ! J'ai gardé son petit garçon, papa. Je n'ai couché avec personne. C'est ridicule. Gordon n'était même pas là…

— Ne l'appelle pas Gordon.

Elle me fusille du regard.

— Je sais des choses sur lui, Charlie.

— Et tu ne me fais pas confiance, c'est ça ?

— Ce n'est pas ça.

Elle me jette un regard dédaigneux.

— Qu'est-ce qui va se passer quand j'amènerai un copain à la maison ? Tu vas le tabasser lui aussi ? T'as peut-être envie de casser la gueule à mon entraîneur de foot ? C'est un dragueur. Et le sale type dans le bus qui me reluque tout le temps ? Lui aussi tu pourrais lui défoncer le portrait.

— Ne sois pas ridicule.

— Y'a pas que moi qui suis ridicule. Je commence à comprendre pourquoi maman t'a quitté !

Cette proclamation transperce ma cuirasse, jusqu'aux tissus mous. Là où ça fait le plus mal. Charlie se rend compte qu'elle est allée trop loin, mais elle ne se rétracte pas, ce qui ne fait qu'intensifier la douleur.

Elle se glisse à côté de moi, enfile son manteau.

— Où vas-tu ?

— Je sors.

— Où ça ?

— Loin de toi.

La porte claque derrière elle. Je me dis qu'elle finira par me pardonner, qu'elle comprendra ce qui s'est passé. Et puis je me rends compte que je n'ai pas envie qu'elle comprenne. Je ne veux pas qu'elle sache ce que Gordon Ellis a dit, ni à quel point j'avais envie de le tuer. Je veux à tout prix éviter qu'elle sache ce genre de choses.

— Je peux regarder la télé ? chuchote Emma.

Elle est à l'entrée du salon. Qu'a-t-elle entendu exactement ?

— Viens, Squeak, je vais te trouver un bon programme.

Quelques heures plus tard, j'emmène Emma faire une promenade, à la recherche de sa sœur. En entrant chez Julianne, je m'aperçois que les bottes d'équitation de Charlie ont disparu de la buanderie. Elle est de l'autre côté de la rue, à Haydon Field, à l'écurie où elle doit être en train de bichonner sa jument.

En me glissant discrètement à l'intérieur, je la vois jeter une couverture capitonnée sur le dos de Peggy et la lisser. Je l'aide à soulever la lourde selle et à la mettre en place. Charlie se penche sous l'animal et boucle la sangle qu'elle serre étroitement.

Elle glisse sa botte dans l'étrier gauche, se hisse, me regarde.

— Je te demande pardon pour ce que j'ai dit.

— Je le méritais.

Sa tresse pend sous sa bombe.

— Tu n'as pas à t'inquiéter pour moi et les garçons.

— Comment ça ?

— J'ai un cheval.

Elle rit, talonne l'animal et s'élance dans le champ, les cheveux au vent, son jodhpur moulant ses jeunes cuisses. Elle s'éloigne de plus en plus de moi, à tous égards.

34

Norman Mailer disait qu'un mariage comportait quatre étapes. La liaison d'abord, puis le mariage proprement dit, les enfants et finalement l'ultime phase, sans laquelle on ne connaît pas vraiment une femme : le divorce.

Ce soir-là, Julianne vient me voir pour me remettre des papiers. J'ai pris deux sédatifs et j'ai bu un grand whisky dans l'espoir de dormir. L'alcool et le Valium commencent à faire leur effet quand elle arrive. Elle me bouscule un peu pour entrer et se dirige à grands pas vers la cuisine. Elle avise la bouteille de scotch, qui semble confirmer ses soupçons.

Calmement, sans émotion, elle m'annonce sa décision. Elle veut que je comprenne bien qu'elle y a sûrement réfléchi. Elle a peut-être dit « posément », mais mon esprit commence à s'embrouiller. J'ai l'impression de flotter au plafond en me regardant de là-haut tout en m'écoutant essayer de m'expliquer.

— Gordon Ellis s'est introduit chez moi. Il m'a dit des choses à propos de Charlie – des horreurs. J'ai pété un câble.

— Pété un câble ?

— Oui.

— Ça ne t'arrive jamais, Joe. Ce n'est pas ton genre.

— Je sais, mais la situation était particulière.

— Tu as eu envie de le tuer ?

J'hésite avant de répondre par l'affirmative.

Elle garde le silence un long moment, le regard perdu au loin, les lèvres pincées. J'attends qu'elle reprenne la parole.

— Tu as une si mauvaise opinion de nous ?

— Comment ?

— On compte aussi peu que ça à tes yeux ? (Je vois la colère envahir son visage.) Tu as tenté de tuer quelqu'un. Et si on t'envoie en prison ? Quel genre de père seras-tu alors ? On n'est plus au Moyen Âge, Joe. Les hommes ne se provoquent plus en duel.

Elle écarte ses cheveux de ses yeux. J'aperçois les deux plis fins au-dessus de l'arête de son nez. Charlie a les mêmes. J'ai envie de me défendre, mais les drogues ont changé ma cervelle en mélasse.

Julianne me tend les documents de divorce en soupirant.

— Il est temps de passer à autre chose, Joe.

— Qu'est-ce que ça veut dire exactement ?

— Quoi donc ?

— Passer à autre chose. Je ne pense pas qu'on évolue vraiment. On piétine, c'est le monde qui évolue autour de nous. Les jours, les semaines, les mois défilent sous nos pieds.

— Tu nous compares à des hamsters dans leur roue ?

— On ne va nulle part.

Julianne ricane d'un air méprisant en me suggérant de grandir. Le regard fixé sur ses mains plutôt que sur mon visage, elle me prie de signer les papiers en marmonnant que nous sommes tous les deux responsables. Nous nous sommes mariés très jeunes, trop vite – six mois et trois jours après notre rencontre.

— Il n'est plus question d'amour, Joe. Tu blagues à propos de ta maladie. Tu prétends que rien n'a changé. Mais tu es devenu triste. Tu es centré sur toi-même. Obnubilé. Tu surveilles tes moindres tics et tremblements. Tu me fais penser à un archéologue en train de reconstituer ses propres restes à partir de vestiges incomplets. Ça me fend le cœur.

Ses traits sont tour à tour nets et flous. Je me concentre sur la toute petite veine qui bat dans son cou, juste à l'endroit où ses cheveux rebiquent et frôlent sa peau. Son cœur ne cesse jamais de battre. J'ai l'impression que le mien se brise peu à peu ou ralentit inexorablement comme un moteur privé d'huile.

Je me souviens du jour de notre mariage, lorsque nous nous sommes dit oui devant l'autel. Après le baiser, j'avais eu envie de brandir le poing en l'air en m'exclamant : « Regardez-moi ! J'ai eu la fille. »

De mon côté de l'assemblée, il y avait des médecins, des chirurgiens, mes camarades d'université. Du sien, ses copains hippies, des peintres, des sculpteurs, des poètes, des acteurs. Mon père les avait qualifiés de « déjantés ».

— Tu m'écoutes, Joe ?

— Pourrait-on parler de ça demain ?

— Il n'y a plus rien à dire.

— S'il te plaît. Je suis crevé. J'ai juste besoin de dormir.

Elle hoche la tête et se lève. J'ai l'impression de ne pas tenir sur mes jambes.

— Ne me déteste pas, Joe.

— J'en serais bien incapable.

Elle dépose quelques assiettes sales dans l'évier et me dit d'aller me coucher.

— Reste avec moi, juste quelques minutes.

— Je ne pense pas que ce soit une bonne idée.

Je lui effleure les cheveux du bout des doigts. J'ai envie de la serrer contre moi et de poser mes lèvres sur cette veine qui palpite dans son cou. Elle ouvre la bouche, prête à dire quelque chose, puis se ravise.

— Reste.

— Il faut que j'y aille.

— Rien que cinq minutes.

— Ce n'est pas possible.

— Pourquoi ?
— Ça ne fera qu'aggraver les choses.
— Pour toi ou pour moi ?
— Pour nous deux.

Au moment où elle ouvre la porte d'entrée, je découvre Annie Robinson sur le pas de ma porte, le doigt sur la sonnette. Elle écarquille grand les yeux et vacille sur ses talons.

— Oh !
— Je m'en vais, lance Julianne. Annie, c'est ça ?

Annie ricane bêtement.

— Pardonnez-moi. Je ris quand je suis gênée. Même chose quand je bois. (Elle se penche et chuchote :) Je sors du pub.
— Ce n'est pas grave, répond Julianne.

Annie me regarde d'un air accusateur.

— Je vous ai laissé plusieurs messages.
— Désolé. J'ai été très occupé.
— Occupé à m'ignorer ou à tabasser Gordon Ellis ? Je venais dans l'intention de vous flanquer une baffe. Je suis trop ivre maintenant.
— Je ne cherchais pas à vous ignorer.
— Je vais peut-être dégobiller dans votre jardin à la place.

Julianne semble encore plus mal à l'aise.

Annie titube. Julianne doit la retenir. Annie s'excuse.

— Ne vous occupez pas de moi. J'ai commis l'erreur de baiser avec votre mari.

Julianne tressaille.

Annie ricane.

— Plutôt surréaliste, non !

Ce n'est pas le terme que j'aurais choisi, mais je ne vais pas ergoter. Sous l'emprise des sédatifs et de l'alcool, j'arrive tout juste à garder les yeux ouverts.

Julianne contourne Annie et s'éloigne à grands pas dans la rue. Elle ne tarde pas à disparaître de ma vue.

— Pouvons-nous nous voir demain ? je demande à Annie.

Ses narines se dilatent.

— Vous êtes un connard ! clame-t-elle d'une voix altérée.

— On m'a déjà dit ça aujourd'hui. À moins qu'on m'ait traité d'imbécile. Je ne m'en souviens plus. Je suis tellement fatigué.

— Vous couchez encore avec votre femme ?

— Non.

Je n'arrive plus à la distinguer clairement. Elle parle de honte, d'humiliation.

— Je suis juste venue vous donner des informations.

— Des informations ?

— À propos de Gordon Ellis. Nous avons fait nos études ensemble, vous vous souvenez. En regardant un vieil album, je suis tombée sur quelque chose.

Je lis sur ses lèvres.

— Il y avait quelqu'un d'autre sur une de ces photos. Je l'ai reconnu parce qu'on le voit dans les journaux en ce moment. C'était un copain de Gordon. Ils étaient colocataires.

— Qui ça ?

— Novak Brennan.

35

Les cimetière et crématorium de South Bristol sont perchés sur une crête surplombant Ahston Vale où des nuages de pluie menaçants s'accumulent. Les parapluies flottent au-dessus de l'assemblée, et des perles d'eau se cramponnent sur les panneaux du fourgon mortuaire telles des paillettes sur une robe noire.

Ray Hegarty a droit à une garde d'honneur. Il est porté par six policiers. Ronnie Cray est là, resplendissante dans son uniforme complet, assise à côté du commissaire divisionnaire adjoint et d'une poignée d'autres huiles.

Plusieurs habitués du Fox and Badger sont venus présenter leurs respects, y compris Hector, le propriétaire, et sa fille, Susanne. Les villageois sont regroupés derrière Helen, l'autre côté de la chapelle étant occupé par des officiers de police en exercice ou à la retraite. Annie Robinson est également venue, malgré sa gueule de bois que les lunettes noires et le rouge à lèvres éclatant n'arrivent pas à cacher.

J'aperçois Helen Hegarty au premier rang, entre Lance et Sienna qu'on a autorisée à sortir de Oakham House pour l'enterrement. Calé entre le cercueil et les bancs, le fauteuil roulant de Zoé bloque en partie l'allée centrale.

En observant Sienna entre les têtes inclinées, je me rends compte qu'elle a perdu du poids. Elle ne doit pas beaucoup dormir. Elle sait que les gens la dévisagent en se demandant si elle a tué son père, et pourquoi elle aurait fait ça. Elle resserre son manteau autour de ses épaules et s'affaisse un peu, comme pour disparaître complètement.

Le silence s'apparente à des miasmes alourdis par les respirations inaudibles. J'aimerais que quelqu'un joue un air. Ce serait mieux que les bruits de piétinements et les grincements des bancs sous les fesses.

Au-dessus de nous, une minuscule cloche tinte une fois, deux fois et puis la musique commence. C'est un cantique entonné par un chœur gallois que diffuse la sono.

Je n'aime pas les enterrements. Je sais que c'est stupide de dire ça, mais ce n'est pas pour les raisons évidentes. Chaque fois que je me rends dans ce genre d'endroit, je ne peux me défaire de l'idée que la mort peut se transmettre comme une maladie, ou s'inhaler comme une spore. Et si elle germait en moi comme dans le cas de ce Russe qui a inhalé une graine et s'est retrouvé avec un sapin qui lui poussait dans les poumons ? Et si j'assistais à la répétition générale de mon propre destin ?

À la fin de la cérémonie, les hommes emportent Ray Hegarty au cimetière entre sa garde d'honneur. Enveloppé dans un drapeau, le cercueil est surmonté d'une photographie encadrée d'un jeune homme en uniforme de la police, le regard clair, la mâchoire carrée, prêt à aller au-devant de sa mission.

Sienna le suit en levant les yeux de temps en temps comme si elle cherchait quelqu'un. Elle croise le regard d'Annie Robinson et détourne les yeux.

Helen Hegarty avance d'un pas assuré, l'œil sec. Peut-être garde-t-elle ses larmes pour lorsqu'elle sera seule, à moins qu'elle n'ait déjà assez pleuré. Ses longs cheveux sont détachés. Je remarque qu'elle grisonne beaucoup et que les plis jumeaux entre ses sourcils sont encore plus marqués.

Le vent s'est levé, agitant l'herbe artificielle autour des flancs du cercueil. Des paroles de réconfort flottent au-dessus du cimetière. Les chapeaux sont maintenus en place. Les manteaux claquent contre les jambes. Un peu plus loin, j'avise un couple agenouillé devant la tombe d'un enfant, en train de remplacer les fleurs. Un vase et une photo encadrée ont été cimentés à la base de la pierre tombale. On a épinglé un jouet sous la grille en fil de fer pareil à un papillon dans une vitrine.

À la fin, j'arrête Ronnie Cray alors qu'elle se dirige vers le parking.

— Je voulais m'excuser de ma conduite de l'autre jour.

Elle ne répond pas. Ses yeux sont voilés par le vent.

— J'ai l'impression de vous avoir laissée tomber, ajouté-je.

Elle ne dit toujours rien.

— Le moment est sans doute mal choisi.

Elle soupire.

— Vous êtes un gars bien, professeur, mais vous vous apprêtez à plonger. Je ne peux pas me permettre d'être associée à quelqu'un comme vous.

— Je comprends. (J'ai la sensation d'avoir avalé une bulle d'air.) Puis-je vous poser juste une question : Y a-t-il un lien entre Novak Brennan et Ray Hegarty ?

Elle plisse les yeux.

— Essaieriez-vous d'insinuer que Ray était corrompu ?

— Non.

— Pourquoi cette question alors ?

— J'ai vu Lance Hegarty devant le palais de justice. En compagnie des supporters de Brennan.

— Le gamin a le droit d'avoir ses opinions, réplique-t-elle. C'est tout ce que vous vouliez savoir ?

— Gordon Ellis est allé à l'université avec Novak Brennan.

— C'est une affirmation. Pas une question.

— Ellis a eu maille à partir avec un bookmaker à qui il devait beaucoup d'argent. Le bookmaker a envoyé quelqu'un le rappeler à l'ordre. Son messager a passé trois mois à l'hôpital et parle désormais par un trou dans sa gorge.

— C'est Gordon Ellis qui lui a fait sa fête ?

— Non, mais j'ai vu l'homme qui a fait le coup. Il s'est occupé de Rita Brennan pendant le procès.

— La sœur ?

— Oui.

Je décris les tatouages que l'homme a sur les joues, ces larmes noires. Cray donne l'impression de déguster l'information comme si elle suçotait un des berlingots de Ruiz.

— C'est tout ?

— Je pense que cela mérite une petite enquête.

— Dans un premier temps, vous essayez de me convaincre que Sienna était la victime désignée. Maintenant vous venez me dire que Novak Brennan a organisé une attaque contre Ray Hegarty. Pourquoi aurait-il fait une chose pareille ?

— J'aimerais juste que vous gardiez l'esprit ouvert.

— Oh ! Je m'y entends, professeur, pour ce qui est d'avoir l'esprit ouvert. Le vôtre l'est à tel point que toutes vos idées s'échappent. Il faut que je fasse attention de ne pas marcher dessus.

L'enterrement est fini. Le vent pousse tout le monde vers les voitures. Pas de veillée de commémoration prévue. Ronnie Cray et ses collègues vont très probablement se retirer dans un bar. Ils lèveront leur verre en l'honneur de Ray Hegarty en échangeant des anecdotes sur lui tout en méditant leur propre mortalité.

Sienna est autorisée à passer quelques heures chez elle. Son chaperon, un infirmier de l'hôpital psychiatrique, a des cheveux enduits de gel, un jean moulant, une cravate noire scintillante. Il se nomme Jay Muller, et sa poignée de main – une brève pression – ne m'éclaire guère sur le personnage.

— Appelez-moi Jay, dit-il. C'est vous le psychologue ?

— Oui.

— Vous êtes chargé du rapport sur Sienna ?

— C'est exact.

Il se tape dans les mains comme s'il venait de remporter un concours de devinettes. Je lui demande comment Sienna supporte son internement.

Il se penche vers moi, prêt à me donner son point de vue de professionnel.

— Le problème, c'est le sommeil. Elle rêve qu'elle se réveille sauf qu'elle ne peut pas bouger ni dire un mot. Elle raconte qu'elle se sent coincée dans son corps, sans pouvoir appeler ni appuyer sur la sonnette d'urgence. Et puis il y a les cris dans sa tête.

— Les cris ?

— C'est plus un bourdonnement, selon elle, mais assourdissant.

— A-t-elle parlé de son père ?

— Pas un mot.

— Puis-je la voir aujourd'hui ?

Jay a un tic qui consiste à se tripoter les commissures des lèvres comme s'il grattait des restes de nourriture incrustés là.

— Ça ne me pose pas de problème, tant que sa mère est d'accord. Je dois la ramener à Oakham House à 18 heures.

À l'autre bout du parking, Lance Hegarty fume une cigarette, adossé à une limousine noire. Sienna est à l'intérieur du véhicule, derrière les vitres teintées. Helen et Zoé prennent congé du commissaire adjoint devant la chapelle.

En montant la pente en direction de la limousine, je m'arme de courage pour affronter Lance. La dernière fois que je l'ai vu, il proférait des injures devant le palais de justice.

— Vous avez un sacré culot de venir ici, clame-t-il en me bloquant le chemin, son visage à quelques centimètres du mien. (De minuscules veines rouges sillonnent le blanc de ses yeux.) Vous travaillez pour la police.

— Faux.

— C'est vous qui l'avez fait enfermer.

— Je m'efforce de la faire sortir.

Il crache un glaviot qui atterrit près de ma chaussure.

— Je vous ai vu hier, lui dis-je. Devant le palais de justice. Je ne m'attendais pas à ce que vous fassiez partie de ces brutes néo-nazies.

— Je suis un patriote.

— L'ultime refuge des fripouilles.

Il ne comprend pas l'allusion.

— Vous ne savez rien sur moi.

— C'est là que vous vous trompez. Vous avez arrêté l'école à seize ans pour jouer au football dans l'équipe de Burnleigh, mais une blessure au genou a mis brutalement fin à votre carrière. Il y a deux ans, vous vous êtes fait arrêter et expulser de Croatie après un match de qualification pour la Coupe du monde. Il y a sept mois, vous avez tabassé un étudiant pakistanais que vous aviez vu embrasser une fille blanche. Vous êtes une brute, Lance ! Et vous êtes raciste. Je sais que vous enragez. Vous vous en voulez de ne pas avoir pu protéger vos sœurs de votre père. De ne pas avoir tenu tête à ce tyran et empêcher ses sévices sexuels. Mais ce qui vous fait le plus peur, Lance, c'est cette petite voix insistante qui ne cesse de vous chuchoter à l'oreille que vous êtes exactement comme lui.

Le sang lui monte aux joues. Il serre les poings.

— Je ne suis pas *du tout* comme mon père.

J'ai l'impression qu'il va me frapper, mais au même moment la vitre de la limousine descend. Le regard de Sienna a quelque chose d'étrangement androgyne. Elle a des écouteurs blancs sur les oreilles qui laissent filtrer un vague sifflement.

— Il faut qu'on parle, lui dis-je.

Elle dodeline de la tête au rythme de la musique.

— J'en ai assez de parler.

— J'ai encore des questions à te poser.

— Plus rien n'a d'importance, répond-elle d'un ton morne, dénué d'émotion.

Elle remonte la vitre. Si je ne dis pas quelque chose maintenant, je vais rater l'occasion de discuter avec elle.

— J'ai un message pour toi de la part de Charlie.

La vitre s'arrête. Sienna écarte les écouteurs de ses oreilles.

— Ça va, elle ?

— Tu lui manques.

— Elle aussi, elle me manque. (Sa langue pointe entre ses lèvres, humectant sa lèvre inférieure, et disparaît.) Dites-lui que je suis désolée.

— Tu pourrais le lui dire toi-même.

Sienna remet ses écouteurs, emplissant sa tête de musique. La vitre se ferme.

Helen Hegarty a fini de faire ses adieux. La compassion, les marques de sympathie l'ont épuisée, et je vois presque le masque glisser de son visage quand elle pousse le fauteuil roulant de Zoé vers la voiture. Elle a envie que la journée se termine.

— J'espérais pouvoir passer chez vous… pour m'entretenir un instant avec Sienna.

— Elle repart dans quelques heures.

— Je sais.

Helen jette un coup d'œil à la limousine et soupire :

— Elle ne veut pas me parler. Elle acceptera peut-être de vous en dire un peu plus à vous.

J'aide Zoé à s'installer dans la voiture en la soulevant sans peine. Elle noue ses bras autour de mon cou en me serrant étroitement, ce qui me facilite la tâche. Assise à côté de Sienna, elle lui prend la main. Sienna ne réagit pas.

Après avoir plié et rangé le fauteuil dans le coffre, je regarde s'éloigner la limousine, atterré par la manière dont le malheur peut s'abattre sur une famille. Une fille handicapée. Un père assassiné. Un fils raciste. Une autre enfant accusée de meurtre. Le cliché qui veut que la chance soit répartie équitablement est erroné. Peut-être dans les jeux de hasard, mais pas dans la vraie vie.

Un bras se glisse sous le mien, s'accrochant à mon coude. C'est un geste qui m'est si familier que je m'attends à voir Julianne.

— Je suis désolée pour hier soir, dit Annie Robinson. Je n'aurais pas dû débarquer comme ça. Je ne sais pas à quoi je pensais.

— Ce n'est pas votre faute.

— Vous ne m'aviez pas rappelé.

— Il y a des tas de gens que je n'ai pas rappelés.

— Vous êtes fâché.

— Ça a été difficile ces derniers jours.

Sa joue frôle la mienne.

— Venez me voir. Je vous montrerai la photo de Gordon et de Novak Brennan.

36

Helen Hegarty vient m'ouvrir la porte. Je la suis dans la cuisine où flottent des effluves de sucre et de zeste de citron. Elle fait de la confiture. Des casseroles bouillonnent sur le fourneau, et des bocaux stérilisés reposent à l'envers sur des torchons étalés sur la table.

La vapeur lui a raidi quelques mèches qui lui collent au front. Elle s'essuie les mains en levant les yeux vers le plafond.

— Sienna est en haut. Elle est en train d'emballer quelques affaires.

— Vous êtes seules ?

— Zoé et Lance sont allés en ville.

Je monte à l'étage et je frappe doucement à la porte de Sienna.

— N'entrez pas ! s'exclame-t-elle, prise de court apparemment.

— C'est moi.

— Vous pouvez revenir plus tard ?

— Non. Je vais attendre.

L'oreille contre le battant, j'entends des tiroirs se fermer, une fenêtre s'ouvrir.

— Je n'ai vraiment pas envie de vous parler aujourd'hui.

— Pourquoi ?

— Je ne me sens pas bien.

— Désolé de l'apprendre. Si on en discutait un peu ?

— Je me change. Je n'en ai pas pour longtemps.

Elle finit par m'ouvrir. Elle pivote aussitôt sur ses talons et grimpe sur le lit pour aller se blottir contre le mur. Elle remonte ses genoux contre sa poitrine en tirant sa jupe étroitement autour. La pièce est plus rangée que dans mon souvenir. Le tapis taché de sang a disparu ; le parquet a été nettoyé.

Je m'approche de la fenêtre et je jette un coup d'œil dehors en me demandant s'il n'y avait pas quelqu'un auprès d'elle plus tôt. Le jardin est juste en dessous. Elle s'est vantée auprès de Charlie de faire le mur en dégringolant le long de la gouttière alors que ses parents pensaient qu'elle faisait ses devoirs. Le cerisier tout noueux a été taillé afin que ses branches ne raclent plus contre la façade.

— Ça a dû être pénible pour toi aujourd'hui.

Elle hausse les épaules.

— Tu t'es dit qu'il viendrait peut-être, non ?

Elle ne répond pas.

— M. Ellis ne risquait pas de venir, Sienna. Il dit que tu as tout inventé.

Pas de réponse.

— Il s'est plaint auprès de l'école que tu l'avais harcelé au téléphone. Il a demandé qu'on t'exclue temporairement.

Elle incline la tête en me fusillant du regard.

— Je ne vous crois pas.

Derrière sa tête, je remarque un pan de papier peint déchiré qui s'enroule comme un parchemin. Il y a une couche plus ancienne en dessous, où je déchiffre un passage d'une comptine. On aperçoit Little Bo Peep à la recherche de son troupeau égaré.

— Je ne veux pas me disputer avec toi, Sienna. J'essaie juste de comprendre.

— Vous ne pouvez pas. Vous êtes trop vieux. Vous ne savez pas ce que c'est de… de…

— D'être amoureux ?

— Oui.

— Tu n'as aucun doute sur tes sentiments pour lui, Sienna, je le sais. Tu es convaincue qu'il t'aime. Dis-moi comment ça a commencé.

— Et vous me laisserez tranquille après ?

— Si tu m'aides à comprendre.

— Vous vous souvenez quand je vous ai raconté comment je m'étais fait cette cicatrice au genou ? chuchote-t-elle. Malcolm Hogbin m'avait mise au défi de grimper à un arbre et je suis tombée.

— Oui.

— M. Ellis a été le premier professeur à accourir auprès de moi. Il m'a portée à l'infirmerie, m'a enveloppée d'une couverture. Il a appelé l'ambulance et puis il s'est assis à côté de moi et m'a raconté des blagues jusqu'à ce que les secours arrivent. « Ne ris pas ou tu auras encore plus mal », il disait. Il ne voulait pas que je regarde ma jambe parce que l'os sortait. Je me souviens de m'être demandé s'il m'avait vue tomber. Ma robe a volé dans tous les sens, ce qui veut dire qu'il en a probablement vu plus qu'il aurait dû. En fait, ça ne m'a pas gênée autant que je pensais qu'il ait vu ma culotte.

» Il a fallu qu'on me mette des broches dans la jambe et j'ai porté un plâtre pendant trois mois. M. Ellis a mis sa signature dessus. Il a même dessiné un petit oiseau. "Pourquoi un oiseau ? lui ai-je demandé. — Parce que les oiseaux peuvent voler et toi pas, manifestement."

» Je me rappelle avoir regardé ses longs doigts quand il a signé. Il avait de si jolies mains. Et une voix tellement profonde qui tonnait et m'explosait dans les oreilles. Il a dit que je pouvais l'appeler Gordon, mais seulement quand on était seuls.

— C'est à ce moment-là que tu as commencé à garder Billy ?

Elle hoche la tête en lissant sa jupe sur ses genoux. Son regard meurtri paraît ensommeillé maintenant.

— J'ai raté six semaines de cours, mais Gordon m'a aidée à rattraper. Vous pensez qu'il a fait quelque chose de mal, je sais, mais vous avez tort. Je me sentais bien grâce à lui. Jolie. Spéciale. Comme une grande personne.

— Quel âge avais-tu quand il t'a fait te sentir une grande personne ?

— On était assis dans la voiture. Il m'a saisi le menton et, tout à coup, ses lèvres se sont posées sur les miennes.

Le front sur les genoux, elle évite mon regard.

— Je savais ce que c'était que le sexe. Lance avait des magazines dans sa chambre et un jour, j'ai vu Margo Langdon et lui le faire dans la grange des Simpson. Margo était sur le dos, Lance avait baissé son pantalon et il allait et venait au-dessus d'elle. Je m'en souviens parce que Lance a commencé à gémir et à trembler. À ce moment-là, Margo a tourné la tête et elle m'a regardée.

— Quel âge avais-tu quand tu as couché avec Gordon ?

— Treize ans.

— C'est illégal.

— Juliette n'avait que treize ans quand elle est tombée amoureuse de Roméo. C'est Gordon qui me l'a dit.

— Roméo n'avait pas quarante ans.

— Ça n'a pas d'importance. Le vrai amour n'attend pas.

Elle lance ça sur un ton plein de défi, répétant sans doute mot pour mot ce que Gordon lui a chuchoté à l'oreille quand il l'a prise.

— J'aimerais tellement que vous compreniez, ajoute-t-elle. Vous ne pouvez pas savoir à quel point je me sens bien avec lui. Il aurait pu avoir n'importe quelle fille, mais c'est moi qu'il a choisie.

— Il est marié.

— Il avait l'intention de quitter Natasha quand j'aurai fini mes études. Il ne l'aime pas. C'est moi qu'il aime.

Je sors de ma poche une photo que je tiens entre le pouce et l'index.

— Tu te rappelles, je t'ai dit que Gordon avait déjà été marié ? Elle s'appelle Carolinda Regan. Tout le monde l'appelait Caro. C'est la maman de Billy. Elle a disparu depuis trois ans.

— Et Natasha ?

— Gordon l'a rencontrée à l'école – comme toi. Elle avait à peu près ton âge.

Sienna se mordille la lèvre inférieure, laissant une marque rouge qui s'efface petit à petit. En serrant ses genoux plus fort contre elle, elle fait la grimace, comme si elle avait mal. Ses pieds nus sont calés sous le dessus de lit.

— Tu m'as dit que Gordon t'avait emmenée en week-end. Où êtes-vous allés ?

— Je ne sais pas exactement. C'était pendant l'été. Natasha était partie voir ses parents en Écosse.

— Où était Billy ?

— Il est venu avec nous. On l'a emmené faire un tour au bord de la mer. Gordon a une caravane. J'avais dit à maman que je passais la nuit chez Charlie.

— Cette caravane… se trouve-t-elle près de la mer ?

— Je crois que oui. Je ne me souviens pas de grand-chose. Tout ce week-end me semble flou. Je sais qu'on est parti vendredi après-midi, mais je ne me rappelle pas du retour. Gordon a dit que j'avais dormi presque tout le temps. À cause d'une intoxication alimentaire, d'après lui.

— C'est la seule fois où vous êtes partis ?

Elle hoche la tête. Ses paupières sont à demi closes. Elle s'oblige à les rouvrir.

— Quelqu'un t'a-t-il vue avec Gordon en dehors de l'école ?

— Je ne crois pas. On restait dans la voiture le plus souvent, ou on allait dans un endroit tranquille. Je dormais chez lui parfois quand je faisais du baby-sitting. Dans la chambre d'amis, à côté de celle de Billy. Gordon venait me voir en douce et passait quelques heures avec moi.

— Et Natasha ?

— Elle dormait. J'avais peur qu'elle se réveille, mais Gordon m'assurait que ça n'arriverait pas.

— Comment ça se fait ?

— Il a parlé de somnifères, je crois.

Sienna est blême. Des gouttes de transpiration perlent au-dessus de sa lèvre supérieure.

— As-tu parlé de Gordon à qui que ce soit ?

— Il m'a fait promettre de ne pas le faire.

— Quelqu'un avait-il des soupçons ? à l'école ? une amie ?

Elle secoue vivement la tête, puis se fige brusquement.

— Mlle Robinson m'a posé des questions.

— Que t'a-t-elle demandé ?

— Si je voyais Gordon en dehors de l'école.

— Quand était-ce ?

— À la fin de l'année dernière.

— Tu es sûre ?

— Certaine.

— Dis-moi où tu es allée ce mardi-là, après que Danny t'a déposée en ville.

Elle hausse les épaules.

— Ça n'a plus d'importance.

— Avais-tu rendez-vous avec Gordon ? T'a-t-il emmenée quelque part ?

Son regard glisse derrière moi comme si elle voyait approcher quelque chose de terrible, auquel elle doit à tout prix échapper. Elle a envie de fuir, mais j'ai besoin qu'elle reste là. En la saisissant par les épaules, je la force à me regarder dans les yeux.

— Tu n'as pas à avoir peur, Sienna. Je vais te protéger.

— Je n'ai pas tué papa.

— Prouve-le-moi. Où étais-tu ?

Des larmes planent au bout de ses cils.

— Avec Gordon, chuchote-t-elle.

— Il dit qu'il n'était pas avec toi. Il l'a déclaré à la police. Il a un alibi. Que Natasha a étayé.

— Ils mentent.

— Il te laisse te faire accuser à sa place, Sienna. Dis-moi juste où tu es allée après que Danny t'a déposée.

— Gordon voulait que je fasse quelque chose pour lui.

— Quoi donc ?

Elle ouvre la bouche, mais n'arrive pas à se décider à me le dire. J'attends. Elle essaie de nouveau. Les mots viennent lentement, puis précipitamment comme si elle a envie qu'ils disparaissent, oubliés, enfouis.

— Gordon m'a dit qu'il avait des ennuis, mais que je pouvais l'aider. Il fallait juste que je fasse un petit truc pour lui et tout s'arrangerait. Je ferai mes preuves comme ça. Il saurait que j'étais l'élue. On pourrait être ensemble après ça.

— Quel genre d'ennuis ?

— Il ne me l'a pas dit.

— Que voulait-il que tu fasses ?

Elle secoue la tête, honteuse. Mortifiée.

— Il fallait que j'aille voir quelqu'un et que je fasse ce que la personne me demandait.

Elle appuie la paume de sa main contre son front. Elle a des taches rouges sur la gorge comme si quelqu'un lui avait enroulé une corde invisible autour du cou.

— Que fallait-il que tu fasses ?

— Que je couche avec quelqu'un, murmure-t-elle.

Je sens des picotements dans ma poitrine, comme si on me pressait un fil de fer chauffé à blanc contre le cœur.

— Qui était-ce ?

— Je ne sais pas comment il s'appelle. Un vieux qui habite dans une grande maison. (Sa voix se brise.) On m'a déposée là-bas et on est venu me chercher plus tard.

— Qui t'a déposée ?

— Gordon et un autre homme.

— Un autre homme ?

— On aurait dit qu'il saignait des yeux.

— Où t'ont-ils emmenée ?

— Je ne sais pas. C'était une grande baraque. Vieille. Il y avait une drôle d'odeur. (Elle se penche en avant, respirant par la bouche.) C'était horrible. J'ai dû… Il a fallu que je le laisse… Il m'a fait des trucs. Gordon a dit que ça prouverait à quel point je l'aimais.

Je l'entends déglutir avec difficulté. Un frisson la parcourt de part en part, comme la tension quittant un ressort.

— Que s'est-il passé ensuite ?

— Gordon m'a emmenée chez lui, mais on n'a pas pu entrer parce que Natasha était là. Il m'a dit que ça l'excitait de penser à ce que l'autre type m'avait fait. Il m'a déshabillée dans la voiture et on a fait l'amour, mais il était brutal. J'ai eu mal. Je lui ai demandé de faire attention.

— Tu lui as dit que tu étais enceinte ?

— Oui.

— Comment a-t-il réagi ?

— Il a juré et il m'a repoussée. Il me criait dessus en disant que je l'avais piégé, que j'avais fait exprès de tomber enceinte. Il m'a dit de me débarrasser du bébé. De me faire avorter. C'est là que je suis partie en courant. Jusqu'à la maison.

Sienna me regarde d'un air absent, trop bouleversée pour parler. En effleurant le haut de son bras, je sens sa peau glacée. Elle s'appuie contre moi en calant son visage sous mon menton. Immobile dans mes bras, elle reste recroquevillée là, sa jupe serrée sur ses genoux.

La couverture en patchwork a glissé, découvrant ses pieds. Elle a une marque foncée sur le droit. On dirait une tache de vin ou une plaie. Et puis je remarque que ça brille, que c'est visqueux et que le drap sous son pied est taché.

— Qu'est-ce que tu as fait ? je chuchote en lui dénouant les bras et en levant sa jupe jusqu'aux mollets, puis aux genoux qui sont humides de sang.

Elle a les yeux fermés comme si elle était sur le point de s'endormir, mais elle est encore consciente.

— Ne le dites pas à maman, murmure-t-elle.

Les lacérations parallèles à l'intérieur de ses cuisses sont enflées, suintantes. Elle s'est entaillée depuis le bord de sa culotte vers les genoux, à l'aide d'une lame de rasoir enveloppée dans un mouchoir.

Je jette des coups d'œil dans sa chambre. Où a-t-elle caché son matériel ?

— Tu as besoin de points de suture.

— Ça va aller.

— Il faut que tu ailles à l'hôpital.

— Mais non !

Elle ferme les yeux.

— Tu as pris quelque chose, Sienna ?

Elle ne répond pas. Je la secoue légèrement.

— As-tu pris quelque chose ?

— Des comprimés blancs, des jaunes, des verts tout allongés, chantonne-t-elle.

— Où les as-tu trouvés ?

— Je les ai volés. Sur les chariots, les tables de nuit.

Elle parle de Oakham House.

J'ouvre la porte à la volée et je hurle du haut de l'escalier :

— Appelez une ambulance !

Sienna ouvre les yeux suffisamment pour m'adresser un regard implorant.

— Ils ne vont plus jamais me laisser sortir maintenant ?

Je m'empare du drap du dessus et le déchire en bandages de fortune dont j'entoure ses cuisses. Il faut que je sache ce qu'elle a pris. Quels médicaments ?

En glissant de côté contre le mur, Sienna pose la tête sur l'oreiller et marmonne :

— Il m'a dit de ne rien écrire. Il a dit que trop de suicidés passent un temps fou à composer des lettres, à chercher les mots. « On pourrait mourir de vieillesse à essayer d'écrire une note, disait-il. Il faut juste se lancer. »

— Qui t'a dit ça ?

— Il m'a dit de faire comme Juliette, mais je n'y arrivais pas. Alors j'ai fait comme Roméo.

37

Gordon Ellis se moque de moi, son sourire reptilien dévoilant des dents tachées de sang. Je n'arrête pas de revoir les cuisses ensanglantées de Sienna et ses yeux révulsés.

Lui faire mal ne suffirait pas. J'ai envie de le gaver de bris de verre. Je veux voir de l'écume aux coins de sa bouche. Je veux qu'il souffre comme Sienna a souffert.

Après avoir suivi l'ambulance jusqu'à l'hôpital, je continue ma route. Le cœur au bord des lèvres. La bouche sèche. Cramponné au volant. Un mantra tourne en boucle dans ma tête : Ce n'est qu'une gamine. Une enfant. Il s'est servi d'elle. Il lui a empoisonné le cerveau.

La rage me consume. Mes pensées rationnelles ont laissé place à une seule et unique idée, sur des rails comme un TGV fonçant vers sa destination.

Une fois garé, je pousse ma portière gémissante et me dirige vers le coffre d'où je sors mon cric. Le visage de Sienna se décompose sous mes yeux. Ses paupières se ferment. Ses cuisses sont toutes collantes.

Julianne veut le divorce. Ma fille aînée me considère comme un loser. Ma vie foire complètement, et j'aurais dû empêcher ça. J'aurais dû me douter de ce qui allait arriver. Rien n'arrête les prédateurs tels qu'Ellis. Ils n'abandonnent jamais le contrôle. Ils ont passé trop de temps, mis trop d'énergie à préparer leur victime.

Je me rue sur le portail et je fonce vers la maison. Comme si j'avais des œillères. À mi-chemin, Ruiz surgit brusquement devant moi. Je tente de me faufiler à côté de lui, il ne veut pas me laisser passer. Ses lèvres remuent, mais je n'entends pas ce qu'il dit.

Puis je sens qu'on me tord le bras gauche dans le dos. Vient ensuite une douleur aiguë qui se propage de l'articulation de l'épaule jusqu'à la base de la colonne vertébrale. Ruiz me fait une balayette et je plonge en avant, dans un parterre de fleurs.

Ruiz me tombe dessus, me coupant le souffle. Je tente de rouler sur le côté, mais il m'enserre le cou comme s'il voulait m'étranger.

— Ça suffit maintenant ! aboie-t-il en faisant pression sur ma gorge.

— D-d'accord.

— Laissez-vous faire.

— D'accord.

Une bulle de fatigue éclate en moi. Ma fureur se dissipe.

— Je vais lâcher, dit Ruiz.

— OK.

Il écarte le bras. Il m'aide à m'agenouiller, mais je n'ai pas la force de me redresser.

— Qu'est-ce que vous fichez ici ?

— Je pourrais vous poser la même question.

— Sienna a pris des médicaments. Elle a voulu se suicider. (Je fixe mes mains maculées de boue.) C'est Ellis qui lui a dit de le faire. Il voulait qu'elle meure.

— Comment s'y est-il pris ?

Ma gorge s'obstrue.

— Je n'en sais rien. Elle m'a dit qu'il pouvait la joindre à tout moment. Je ne l'ai pas crue.

Ruiz me force à me relever.

— Alors vous avez décidé d'affronter Ellis. Vous êtes venu le tabasser encore un coup, ou aviez-vous l'intention de le tuer cette fois-ci ?

Il me repousse d'un air écœuré.

— Quel imbécile… Vous n'êtes vraiment pas futé. Vous êtes en liberté conditionnelle. J'ai hypothéqué ma baraque pour la caution. Vous n'êtes pas autorisé à approcher à moins d'un kilomètre de Gordon Ellis et pourtant, vous êtes là, à enfreindre la loi. Ils peuvent vous enfermer pour de bon. Il n'y a pas que ça. Ils pourraient me prendre ma baraque en plus !

— Je suis désolé.

Il plaque la main sur mon torse pour me pousser vers la voiture.

— Montez là-dedans !

— Je ne pensais pas…

— Faites ce qu'on vous dit.

Je jette un coup d'œil vers la maison. Natasha Ellis est à la fenêtre. Elle a écarté le rideau. On dirait un enfant qui regarde dehors un jour de pluie. On a mis son jardin sens dessus dessous.

Ruiz m'ouvre la portière.

— Montez et démarrez.

— Pour aller où ?

— À l'hôpital.

— Et vous ?

— Je vous suis.

— Qu'est-ce que vous faisiez là ?

— Je surveillais Gordon Ellis.

Je m'écarte du trottoir. Avant d'atteindre le bout de la rue, j'aperçois la Mercedes de Ruiz dans mon rétroviseur, une 280^{E} rouge vif avec des roues bicolores. Sa joie. Sa fierté.

Ma colère est un peu retombée, mais j'ai toujours un trou noir en moi, fixe, immuable, qui absorbe toute la lumière. Ellis ne peut pas s'en tirer comme ça. On ne peut pas le laisser détruire une autre vie.

L'air de l'hôpital donne l'impression d'être sale, recyclé. Ruiz est allé chercher du thé au comptoir de la cafétéria, me laissant assis à la table, les yeux rivés sur du sucre renversé et une auréole de café.

Sienna est dans un état stationnaire. On lui a fait un lavage d'estomac. Les médecins lui ont administré du charbon actif pour enrober les comprimés présents dans l'estomac et les intestins et limiter ainsi la quantité absorbée par le sang.

Elle a pris du TCA – un antidépresseur préconisé pour le traitement de la dépression. La dose létale est huit fois supérieure à la dose thérapeutique, ce qui en fait un médicament à risque pour quelqu'un comme elle.

En fermant les yeux, je laisse la fatigue me glisser dessus comme une couverture de prison. Mon esprit a envie de se recroqueviller et de s'endormir. Je me réveillerai peut-être sans sang sur les mains.

C'est Gordon Ellis le responsable de tout ça. Il présente le comportement type du prédateur. Il a attiré Sienna tout près de lui avant de la repousser en la maintenant dans un déséquilibre constant. Il lui a fait des compliments, et puis il l'a rabaissée, lui refusant son affection avant de la lui réaccorder au compte-gouttes, jusqu'à ce qu'elle commence à douter d'elle. Elle lui a livré son corps, puis son amour-propre. Elle a couché avec un autre homme parce qu'il lui a dit de le faire. Elle a fait une overdose, sur son ordre. Ultime démonstration du contrôle et de l'arrogance de ce monstre.

En temps normal, un prédateur jette son dévolu sur les faibles, mais Ellis avait envie de relever un défi. Il a choisi quelqu'un d'aventureux, d'extraverti, apte à prendre des risques. Une jeune adolescente intelligente, dynamique qu'il a pliée à sa volonté, brisée, avant de la reconstruire pour l'écraser à nouveau.

Ruiz revient. Il pose une tasse de thé devant moi et commence à y verser des cuillerées de sucre.

— Je n'en prends pas.

— Aujourd'hui, si.

Il veut que je lui raconte toute l'histoire.

Je commence par le début, en lui parlant de l'enterrement et de ma visite chez Sienna. À mesure que les détails se précisent, les questions aussi abondent. Ellis a une caravane quelque part sur la côte. Il se pourrait que ce soit la même que celle qu'il avait en Écosse, à l'époque où sa femme a disparu. Que la police n'a jamais pu retrouver.

Sienna ne se souvenait pas de leur destination. Elle a dit qu'elle avait dormi presque tout le week-end. Gordon avait prétendu qu'elle avait eu une intoxication alimentaire. Il a dû la droguer. Ce qu'il devait faire avec Natasha quand il couchait avec Sienna sous son propre toit. Des sédatifs, des barbituriques, des drogues du violeur… Qu'a-t-il utilisé ?

Il a couvert ses arrières. Il n'a pas laissé de mots ni envoyé de textos ou de mails. Quand il passait chercher Sienna après l'école, elle devait se cacher sous une couverture sur la banquette arrière et éteindre son portable. Il la conduisait à ses séances de thérapie avec Robin Blaxland et repassait la chercher ensuite.

Je vois Helen Hegarty apparaître dans la cafétéria. Elle porte un pantalon et un pull beiges. Abandonnant Ruiz, je me faufile entre les tables et je reste planté là, mal à l'aise, pendant qu'elle cherche des mouchoirs en papier dans son sac.

— Comment va-t-elle ?

Son regard va se perdre derrière moi. La peau autour de sa bouche tressaille.

— Ils l'ont plongée dans un coma artificiel. Ils disent que ça va l'aider.

Lance Hegarty émerge des toilettes voisines. Il me pousse contre une table en déversant un torrent d'obscénités et de postillons.

— Vous êtes content ? Vous ne serez pas satisfait tant qu'elle ne sera pas morte.

Ruiz s'empresse de s'interposer entre nous.

Lance grimace un sourire.

— Qui êtes-vous, bordel ?

— Baissez la voix, fiston ! Et montrez-vous un peu plus respectueux, siffle Ruiz. Je vous le demande gentiment.

— Allez-vous faire foutre !

Lance prend son élan pour lui asséner un coup de poing, mais Ruiz s'y attendait. En le faisant basculer du bras gauche, il lui flanque un coup magistral dans le mou du ventre. La colère fait place à la surprise dans le regard de Lance. Il se plie en deux, le souffle coupé. Ruiz l'assoit sur une chaise en s'excusant auprès d'Helen.

— Vous devriez peut-être vous en aller, dit-elle en désespoir de cause.

Lance glapit en cherchant à reprendre son souffle.

Nous nous retirons, laissant la mère et son fils dans la cafétéria vide. Je les entends se disputer quand la porte de l'ascenseur se referme derrière nous.

— Les familles des autres, marmonne Ruiz.

— Et alors ?

— Elles devraient nous servir de mise en garde.

38

Ronnie Cray ferme la porte de la grange et la cale avec une planche. Elle porte un jean, une chemise à carreaux et des bottes en caoutchouc maculées de boue. J'entends les chevaux remuer à l'intérieur. Je sens leur odeur.

— Alors c'est ça que vous faites pendant vos loisirs ?

— Oui. Je charrie du crottin.

Elle s'essuie les mains sur son pantalon et puis elle repère Ruiz qui n'a jamais fait partie de ses favoris.

— Monsieur Ruiz.

L'usage du « monsieur » est délibéré, histoire de lui rappeler qu'il ne fait plus partie de la police.

— Inspecteur.

— Je vous trouve vieilli, commente-t-elle.

— Et moi je vous trouve bonne mine. C'est tout l'intérêt de ne pas mettre de soutien-gorge. Ça lisse les rides en les tirant vers le bas.

— Allons, allons, les enfants, soyez gentils l'un avec l'autre, j'interviens.

— Je serai plus gentille quand il essaiera d'être un peu plus fute-fute, rétorque Cray.

Elle allume une cigarette en mettant ses mains en coupe autour de la flamme. Le briquet se referme avec un bruit sec et une odeur d'essence me chatouille les narines.

— C'est joli chez vous ! lance Ruiz d'un ton qui se veut sarcastique.

Cray regarde autour d'elle.

— C'est un taudis.

— Ouais, mais vous arrangez ça petit à petit.

— C'est le piège quand on achète ce genre de propriété. On voit tout l'espace qu'il y a, c'est excitant. On imagine de belles pelouses, un potager. Au final, on passe tous ses week-ends à déterrer des cailloux et des souches d'arbre.

— Quand on ne pelle pas du purin, dit Ruiz.

— Exact.

Elle pousse une brouette sur le côté de la grange et jette un seau d'épluchures de légumes aux poules.

— Du côté de ma mère, j'ai derrière moi plusieurs générations de femmes bâties pour tirer la charrue. Côté paternel, c'était plutôt des gratte-papier, fragiles comme des Asiats. Dans la distribution des cartes génétiques, j'ai eu droit au gabarit agricole.

Elle rapporte le seau à la maison.

— Vous feriez mieux de venir à l'intérieur, messieurs.

Après avoir gratté la boue de ses bottes et s'être déchaussée, elle franchit le seuil en se baissant comme si elle faisait cinquante centimètres de plus. La cuisine est remplie de mobilier campagnard français ; des casseroles en cuivre pendent du plafond. Un chat fauve s'étire, tourne en rond avant de se reposer sur une étagère au-dessus du fourneau. C'est la championne de la dératisation dont elle m'a parlé, la mère de Strawberry.

— Mettez-vous à votre aise, suggère Cray en se lavant les mains. J'espère que c'est une visite de courtoisie. C'est samedi et je suis en congé.

Ni l'un ni l'autre ne répond.

— Vous voulez boire quelque chose ?

— Je me demandais quand vous alliez vous décider à nous poser la question, réplique Ruiz en zieutant la rangée de bouteilles d'alcool sur l'étagère du haut. Un scotch avec un tout petit peu d'eau.

— Je vous propose du vin.

Elle prend une bouteille ouverte sur le comptoir et essuie deux verres à vin avec une serviette en papier.

— Et vous, professeur ?

— Rien, merci.

Ronnie n'est pas très sociable, ce qui a peut-être quelque chose à voir avec la piètre opinion qu'elle a des êtres humains, dont elle n'attend pas grand-chose. L'essentiel de sa vie reste un mystère pour moi, même si je sais qu'elle a été mariée brièvement et qu'elle a un grand fils. Elle ne cache pas le fait qu'elle est homosexuelle, mais il n'est pas question d'en parler non plus. Je soupçonne qu'il y a eu des femmes dans sa vie, qu'elle a eues dans la peau et dans le cœur, mais elle semble se fermer désormais, ancrée à ses souvenirs comme un marin solitaire qui paraît déplacé sur la terre ferme et n'est heureux que dans la solitude.

En allumant une autre cigarette, elle aspire à fond comme si elle redoutait que l'air frais, sans fumée de tabac, puisse nuire à sa santé.

— Sienna Hegarty a fait une overdose de médicaments hier après-midi, lui dis-je.

— Où a-t-elle trouvé les cachets ?

— Elle les a volés sur les chariots de médicaments à l'Oakham House.

Cray jette un coup d'œil à ma main gauche. Mon pouce et mon index se frottent, roulant une pilule imaginaire entre eux.

— Ce n'est pas pour ça que vous êtes ici.

— J'ai parlé avec Sienna. Elle a reconnu avoir couché avec Gordon Ellis quand elle n'avait que treize ans. Elle était enceinte de lui.

— Acceptera-t-elle de faire une déclaration ?

— Je pense que oui. Il y a autre chose : Gordon Ellis avait rendez-vous avec elle l'après-midi du jour où Ray Hegarty est mort.

— Natasha Ellis lui a fourni un alibi.

— Et vous l'avez cru ?

— Non, mais cela nous oblige à faire la preuve du contraire.

— Danny Gardiner a déposé Sienna à un coin de rue dans Lower Bristol Road, près d'une agence de minicabs. De là, on l'a conduite à une adresse – elle ne se souvient pas de l'endroit – et Ellis lui a donné ses instructions.

— Quel genre d'instructions ?

— Elle devait coucher avec quelqu'un.

Cray me dévisage d'un air incrédule.

— Il lui faisait faire le tapin ?

— Il lui a dit que c'était l'ultime moyen de prouver qu'elle l'aimait.

Cray s'essuie la figure de la manche et plisse le nez comme si elle humait l'odeur de son aisselle.

— C'était qui, le type ?

— Elle ne se souvient pas de l'adresse et on ne lui a pas précisé son nom.

— Vous n'avez que sa parole alors ?

Je lui emprunte un bout de papier et un stylo, et je commence à noter des noms, que je relie entre eux par des traits. Sienna, Gordon Ellis, Caro Regan, Novak Brenna et le Pleureur – tous liés par un ou plusieurs actes d'extrême violence.

Cray ne réagit pas. Elle écrase sa cigarette et tend la main pour en prendre une autre.

— Vous voudrez bien me pardonner de ne pas faire un communiqué officiel, professeur. (Elle tapote le fond de son paquet, et une cigarette surgit.) Il y a quarante ans, mon père a changé l'orthographe de son nom de famille parce qu'il ne voulait pas qu'on sache qu'on était apparentés à Ronnie et Reggie Cray. C'était ses cousins. Il ne les a jamais rencontrés, mais il ne tenait pas à être associé à un couple de gangsters psychopathes.

— Je ne vois pas le rapport.

— Certains liens sont totalement inoffensifs. Même s'il y avait un écart de six générations. Nous sommes tous liés à un degré ou à un autre.

Ruiz réagit.

— Qu'est-ce que c'est que cette réponse à la mords-moi le nœud…

Elle l'interrompt.

— Laissez-moi finir. Vous avez probablement raison à propos de Gordon Ellis. Il s'est débarrassé de sa première femme pour épouser une de ses élèves, mais essayer de l'associer à Novak Brennan, c'est pousser le bouchon un peu loin. Ça fait six ans que le M15 enquête sur lui. Ils ont infiltré les partis de droite locaux, les organisations néonazies, ils ont surveillé leurs réunions, mis leurs téléphones sur écoute, suivi leurs voitures, pris des photos. Le nom de Gordon Ellis n'apparaît nulle part.

— Ellis et Brennan sont allés à la fac ensemble.

— Il y a quinze ans.

— Et le Pleureur ?

— C'est votre croquemitaine. Pas le mien. Stan Keating n'a pas déposé plainte. Personne d'autre ne s'est plaint de ce type.

Le ton de l'inspecteur s'adoucit.

— Si Sienna Hegarty fait une déposition, je m'engage à me charger personnellement de l'enquête. Seulement nous savons, vous et moi, ce qui se passera ensuite. C'est la parole de Sienna contre celle d'Ellis, et il a un alibi. Si nous l'accusons d'agression sexuelle, Sienna devra fournir des preuves. Elle subira un contre-interrogatoire de la part de l'avocat d'Ellis. Sa vie sera passée au peigne fin. Sa personnalité, décortiquée. Attendez qu'il en arrive à l'accusation de meurtre qui pèse sur elle…

» Ne me regardez pas comme ça, professeur. Il y a mieux que ça. Un mot glissé à la bonne oreille, et Ellis se verra suspendu de ses fonctions ; il fera l'objet d'une enquête de la part des services sociaux, du ministère de l'Éducation, de son propre syndicat. Il aura une équipe de la protection de l'enfance sur le dos, jusque dans son trou du cul, et il passera les deux années suivantes à se battre pour essayer de se blanchir. Même s'il gagne, aucune école de ce pays ne prendra le risque de l'employer.

Cray tend la main pour la poser sur la mienne. Mon bras cesse de trembler.

— Si j'étais vous, professeur, je prendrai un peu de recul par rapport à tout ça. De graves accusations pèsent sur vous, et vous ne devriez pas parler avec Sienna Hegarty. Le procureur m'a appelée hier. Oubliez votre rapport psychologique. Ils ont désigné quelqu'un d'autre. Si vous tenez à aider Sienna, dites-lui de se trouver un bon avocat et d'obtenir le meilleur deal possible.

— Elle a besoin de protection.

— Je mettrai un vigile devant sa chambre.

— Elle est suicidaire.

— Nous nous efforçons d'empêcher les décès en garde à vue.

Tout ce que Cray vient de dire est parfaitement logique, mais j'ai quand même envie de protester avec véhémence. Je suis tout à fait d'accord pour tirer le meilleur parti d'une mauvaise situation, mais ça sent la capitulation plutôt que le compromis. Les avocats ont tout loisir d'être pragmatiques, les policiers aussi, mais les victimes doivent vivre avec les conséquences.

En m'éloignant de la maison, je me secoue pour essayer de chasser cette conversation de mon esprit. Ma pire crainte est qu'elle puisse être contagieuse.

39

C'est le premier week-end des vacances de printemps. Dimanche matin. Ruiz dort toujours dans la chambre d'amis. Ses pieds dépassent de dessous une couette Night Garden et une pyramide de peluches qui lui sont tombées dessus pendant la nuit. Je l'imagine en train de se battre avec des oursons dans son sommeil, s'imposant grâce à son haleine.

Je prépare le café et le petit déjeuner. Les effluves le réveillent. Il apparaît, en caleçon et maillot de corps.

— Je pensais que vous seriez plutôt du genre boxer, lui dis-je.

— Vous avez quelque chose contre les slips ?

— C'est un caleçon.

— Un slip.

— C'est vous qui le dites.

Il se regarde par-dessus son estomac.

— Je porte des slips depuis toujours.

— Tant mieux pour vous.

— C'est confortable.

— Je n'en doute pas. C'est ce que mettent la plupart des culturistes et des cow-boys.

Il me jette un regard compatissant.

— Vous êtes un drôle de gus.

— Où allez-vous ? Le petit déjeuner est prêt.

— M'habiller.

Pendant que nous mangeons, il me raconte ce qu'il a fait l'après-midi de la veille, après notre visite à la ferme de Ronnie Cray. Il a commencé par faire le guet à l'agence de minicabs – dans l'espoir d'apercevoir le Pleureur.

— Il ne s'est pas pointé, mais une idée m'est venue à l'esprit pendant que je montais la garde. La plupart de ces chauffeurs chargeaient des jeunes femmes sur leur trente et un – jupes courtes, hauts talons, ultra maquillées. Ils les déposaient à une adresse et attendaient.

— Combien de temps ?

— Une heure. Parfois plus.

— Et vous expliquez ça comment ?

— Ça sent le sexe.

— Des call-girls.

Je repense à la fille que j'ai vue attendre dans le petit bureau le jour où j'ai fait circuler la photo de Sienna. Une vingtaine d'années. Tenue super sexy. La mine revêche, pourtant. J'ai déjà vu cette expression dans mon cabinet de consultation et quand je faisais la leçon à des groupes de prostituées afin qu'elle restent à l'abri du danger dans la rue.

Ruiz prend la dernière tranche de bacon dans la poêle.

— On a déposé Sienna à ce même coin de rue. Peut-être s'agissait-il d'une transaction commerciale – quelqu'un aurait demandé une jeune fille et l'agence d'escorte lui en a fourni une, offerte par Gordon Ellis ?

— Et il en tire quoi ?

— De l'argent ? Des services.

— Il s'intéresse aux écolières, pas aux prostituées.

— De quoi pourrait-il s'agir alors ?

Je pense à Sienna – aux médicaments volés, à la tentative de suicide. Aucun tribunal ne lui accordera une remise en liberté après ce qui s'est passé. Gordon Ellis a réussi à la joindre une fois, il pourrait tenter de recommencer. Elle est si vulnérable, si facile à manipuler. C'est aussi son maillon faible.

Ruiz se lèche les doigts.

— Je n'arrive toujours pas à comprendre comment il a fait.

— Fait quoi ?

— Pour communiquer avec Sienna ? Elle était dans une unité sécurisée.

— Il lui a peut-être téléphoné.

— Les appels sont surveillés. On peut savoir d'où ils viennent. Les visiteurs doivent inscrire leur nom sur le registre.

— Dans ce cas, il n'a pas pu la contacter par téléphone, ni lui rendre visite…

Je repasse en revue les événements. Quand Ray Hegarty a été retrouvé mort dans la chambre de sa fille, la seule chose qui manquait, c'était l'ordinateur portable de Sienna.

— Son compte email ?

— La police a vérifié son serveur.

— Dans ce cas, elle s'est servie de l'ordinateur de quelqu'un d'autre…

Avant de finir ma phrase, je mesure ce à côté de quoi je suis passé.

— Allez chercher votre manteau ! je lance à Ruiz.

— Où allons-nous ?

— Voir Charlie.

Julianne nous ouvre la porte et dépose un baiser sur la joue de Ruiz en lui suggérant de se raser. Emma pousse des cris de surprise et exige toute l'attention du colosse telle une petite amie jalouse.

Charlie n'est pas encore levée. Elle ne fera pas surface avant 11 heures, mettant sa fatigue, son épuisement, sur le compte d'une trop grosse charge de devoirs. J'envoie Emma la tirer du lit.

— Et si elle ne se réveille pas ?

— Saute-lui sur la tête, suggère Ruiz.

Quelques minutes plus tard, j'entends Charlie hurler contre sa sœur. Jeter quelque chose. Quelque chose d'autre tombe avec un bruit sourd.

Ruiz appelle du bas de l'escalier.

— On se dépêche un peu, jeune fille. Je doute que tu aies envie que je monte te chercher.

Silence à l'étage.

Ruiz se réinstalle à la table de la cuisine. Julianne propose de lui préparer un petit déjeuner. Il va en prendre un deuxième.

— Alors, il paraît que vous allez divorcer ? clame-t-il comme s'il parlait de la voiture neuve qu'elle s'apprêterait à acheter.

Cette déclaration tombe comme un caillou dans une mare étale. Julianne l'observe d'un air soupçonneux tout en continuant à casser des œufs.

— Nous sommes séparés depuis plus de deux ans.

— Il faut que ce soit d'un commun accord.

Le regard de Julianne se porte sur moi. Accusateur.

— Ça ne vous regarde pas, Vincent, dit-elle.

— Si ça vous embarrasse trop d'en parler…

— Ça ne m'embarrasse pas.

J'interviens :

— Vous devriez peut-être changer de sujet, Ruiz.

— Vous ne l'aimez plus alors ? demande-t-il à Julianne.

Elle hésite avant de répondre :

— Je ne l'aime plus comme avant.

— Seigneur ! Il n'y a pas trente-six sortes d'amour !

— Qu'est-ce que vous racontez ! proteste-t-elle, furieuse. On n'aime pas un enfant comme on aime un mari, ni un ami, ni un parent, ni un film !

— Qu'est-ce qui vous déplaît chez lui ?

Julianne bat les œufs comme si elle cherchait à leur faire mal.

— Je n'ai pas envie de parler de ça.

Ruiz refuse de s'avouer vaincu.

— Il est toujours amoureux de vous.

— Je sais, répond Julianne.

— Et ça ne change rien à la donne ?

— Ça change énormément de choses. C'est d'autant plus pénible.

— Hé ! Je suis là ! leur rappelé-je.

— Oui, rétorque Julianne. S'il te plaît, dis à Vincent de laisser tomber.

Il lève les mains.

— D'accord, mais répondez juste à une question. Est-ce parce qu'il est malade ?

Je me recroqueville. Julianne se raidit. On a l'impression qu'il n'y a plus d'air dans la pièce, qu'on est dans un vide.

Julianne a abandonné ses œufs.

— Je sais pertinemment ce que vous essayez de faire, Vincent, murmure-t-elle, mais je n'ai pas besoin de vous pour me sentir coupable. Je le suis déjà assez. Quel type d'épouse faut-il être pour abandonner son mari alors qu'il a des problèmes de santé ? Je sais ce que les gens chuchotent derrière mon dos. Que je suis une harpie au cœur dur. La méchante.

— Ce n'est pas ce que j'ai dit.

— Tout le monde aime Joe. Il fait du bien aux gens. Il donne à chacun l'impression d'être la seule personne dans la pièce. J'étais jalouse avant. J'avais envie que quelqu'un dise quelque chose de méchant, de cruel à son sujet. C'était terrible. Je m'en voulais terriblement.

Elle évite mon regard.

— Vous ne savez pas ce que c'est… de le regarder s'affaiblir, sachant que ça ne fera qu'empirer, que je ne peux pas l'aider.

— Vous vous trompez, dit Ruiz d'une voix adoucie. J'ai vu ma première femme mourir du cancer.

— Et vous avez vu comment ça s'est fini ! s'exclame Julianne. Vous avez disjoncté. Vous avez abandonné les jumeaux pour filer en Bosnie. Vous vous efforcez toujours de compenser le coup que vous leur avez fait.

Une lueur douloureuse passe dans le regard de Ruiz. Je n'ai jamais rencontré sa première femme, mais je sais qu'elle a succombé à un cancer du sein et que Ruiz a pris soin d'elle jusqu'aux derniers mois, aux dernières semaines. Quelques jours après son décès, il avait démissionné pour partir en Bosnie en tant que soldat de la paix de l'ONU, laissant les jumeaux aux soins de sa famille. Il ne supportait rien qui puisse lui rappeler Laura, même ses enfants.

Julianne regrette ce qu'elle vient de dire.

— Je vous demande pardon, Vincent, dit-elle à voix basse. J'essaie de tenir le coup, c'est tout. Pour les filles.

Charlie fait son apparition, en pyjama, les cheveux en bataille.

— Bonjour, princesse, dit Ruiz. J'ai droit à un bisou ?

— Non.

— Tu n'es plus ma petite amie alors ?

— Comme si je l'avais jamais été.

— Et si j'avais vingt-cinq ans de moins ?

— Essayez cinquante !

Tout le monde rit – même Charlie qui se laisse tomber sur une chaise en posant les coudes sur la table.

— Pourquoi est-ce que vous hurlez tous ?

— Nous ne hurlons pas, répond Julianne. Nous discutions.

Elle demande à Charlie si elle veut des œufs. Celle-ci secoue la tête.

— Sienna se servait-elle quelquefois de ton ordinateur ? questionné-je.

— Oui. C'est arrivé.

— As-tu une idée de ce qu'elle faisait dessus ?

— Pourquoi ?

— J'essaie de déterminer quels sites elle visitait, si elle envoyait des messages à des gens.

Charlie glisse deux tranches de pain dans le toasteur.

— Donc tu veux jeter un coup d'œil à mon ordinateur ?

— Oui.

— Mais tu ne vas pas m'épier, moi ?

— Non.

Elle hausse les épaules.

— Je n'ai rien à cacher de toute façon.

Une fois son toast beurré, je la suis jusque dans sa chambre où elle mâchonne bruyamment près de mon oreille pendant que l'ordinateur démarre. Un jour, elle a qualifié sa chambre de « désordre de designer », sous-entendant qu'elle laissait traîner ses habits dans un but artistique.

— Te rappelles-tu la dernière fois que Sienna s'en est servie ?

— Quand elle a dormi ici.

Ce devait être un jour de semaine. Je fouille l'historique pour la période précédant l'arrestation de Sienna. Je reconnais certains sites – Facebook, Twitter, Youtube. Il y a des pages musicales, des recherches sur Google.

— C'est toi qui as fait ces recherches ?

— Je crois que oui.

— Vois-tu quelque chose d'inhabituel ?

Elle fait défiler les données en glissant l'index le long de l'écran. Un site resurgit régulièrement : Teenbuzz.

— Qu'est-ce que c'est ?

— Un chat room. J'ai plein d'amis qui y vont.

— Sienna ?

— Bien sûr.

— Quel est ton pseudo ?

Charlie me regarde d'un air penaud.

— Folledevous.

— Celui de Sienna ?

— C'est Hippychick.

Le site comporte différents forums de discussion aux noms évocateurs tels que « Rien qu'amis », « Jeunes dans le cœur » et « Salle de décompression ». Certains ont trait à la musique, au cinéma, aux relations. Tous s'accompagnent d'une liste d'avertissements, recommandant aux utilisateurs de ne pas fournir d'informations personnelles ni d'adresses et de ne pas recourir à leur vrai nom.

• NOUS VOUS CONSEILLONS FORTEMENT DE NE JAMAIS RENCONTRER QUELQU'UN QUE VOUS NE CONNAISSEZ QUE PAR INTERNET.

• LES MANŒUVRES DE PRÉDATEURS, LES HARCÈLEMENTS, LES MENACES ET LES COMPORTEMENTS ILLÉGAUX NE SERONT PAS TOLÉRÉS. LA POLICE SERA CONTACTÉE ET LES CONTREVENANTS ENCOURRONT DES POURSUITES.

— Sienna allait-elle fréquemment sur ce forum ?

— À peu près tous les jours, je dirais.

Charlie comprend où je veux en venir.

— C'est sans danger, papa. On n'est pas idiotes. On ne va pas dire aux gens où on habite. On discute, c'est tout.

— Sienna avait-elle des favoris avec qui elle échangeait ?

Charlie hésite.

— Je crois que oui.

— Qui ça ?

— Il y avait un certain Rockaboy.

— Que sais-tu à son sujet ?

Elle hausse les épaules.

— Ils se voyaient.

— Où ça ?

— Dans une chat room privée.

— Seuls ?

— Relaxe, papa. Ce n'est pas comme si on pouvait tomber enceinte en s'envoyant des messages.

— T'est-il arrivé de discuter avec ce Rockaboy ?

— Parfois, me répond-elle en écartant ses cheveux de ses yeux.

— Est-ce qu'il t'a dit des choses sur lui ?

— On n'est pas censés faire ça.

— Il a dû te donner des indices.

Elle s'assied en tailleur sur son lit, son assiette en équilibre sur le genou.

— Il aime bien les groupes indies comme Arctic Monkeys et les Kooks. Il n'apprécie pas trop l'école.

— Avait-il les mêmes goûts musicaux que Sienna ?

— Comment tu le sais ? s'étonne-t-elle en fronçant les sourcils.

— Quelle était sa matière préférée ?

— Le théâtre.

Mal à l'aise, Charlie change de sujet.

— Tu viens mardi soir ?

— Où ça ?

— Voir la comédie musicale.

— Je croyais qu'on avait tout ajourné.

— M. Ellis a décidé de le faire quand même. On ne donne qu'une seule représentation. Jodie Marks va remplacer Sienna. J'ai peur qu'elle le prenne mal.

Charlie ignore que Sienna a fait une tentative de suicide. Et je n'ai pas l'intention de le lui dire. Elle risquerait de me mettre ça aussi sur le dos plus tard.

— Je peux la voir ? demande-t-elle.

— Pas aujourd'hui.

Nous montons la colline, côte à côte, nos respirations remplissant le silence. Ruiz boite légèrement. Il a une jambe plus courte que l'autre, vestige d'une balle rapide qui lui a déchiré le haut de la cuisse en laissant un trou de sortie de huit centimètres. Un autre projectile lui a amputé l'annulaire. Cela remonte à cinq ans. On l'avait retrouvé flottant dans la

Tamise, se vidant de son sang, sans aucun souvenir d'une fusillade.

Il s'en est sorti, et la mémoire lui est revenue. Certains êtres sont faits pour vaincre. Ils restent calmes, sereins sous les pires pressions alors que d'autres paniquent et se désagrègent. Chacun de nous a une personnalité spécifique en temps de crise – un état d'esprit qui se déclenche quand les choses tournent mal. Les vrais survivants savent quand il convient d'agir ou de battre en retraite. Ils font le bon choix au bon moment. Les psychologues parlent de « passivité active », lorsqu'il est préférable de ne rien faire. Quand l'action équivaut à l'inaction. C'est le paradoxe qui peut vous sauver la vie.

— Ellis est passé par un forum de discussion Internet pour atteindre Sienna.

— Comment a-t-elle eu accès à un ordinateur ?

— Elle a dû en emprunter un à l'Oakham House. Cela explique peut-être aussi que son ordinateur portable ait été volé cette nuit-là.

— Il couvre ses arrières.

Le soleil brille à travers un nuage fin comme de la gaze, mais je le trouve suffisamment éclatant pour me briser en deux. Avant d'arriver à la maison, j'aperçois la voiture de police banalisée. Les agents Abbott et Safari Roy sont assis sur le muret de brique, en train de manger des sandwichs dans des sacs en papier, tachés de graisse.

Monk nous fait attendre en mâchant lentement.

— On a eu une plainte, annonce-t-il. Natasha Ellis a dit que vous vous êtes pointé chez elle vendredi. C'est vrai ?

Ruiz intervient avant que j'aie le temps de répondre.

— C'était ma faute, brigadier. Je suis allé voir Gordon Ellis.

Monk le regarde d'un air dubitatif.

— Pourquoi faire ?

— Sienna Hegarty a fait une overdose de médicaments. Elle était à l'hôpital. Elle a dit que Gordon Ellis avait pris des libertés avec elle.

— Des libertés ?

Ruiz peut rendre un mensonge très noble.

— Oui, monsieur. Des libertés. J'étais furieux. J'aurais peut-être fait quelque chose que j'aurais regretté sans Joe. Il m'a arrêté, il a su me calmer.

Monk n'en gobe pas un mot. Il porte son attention sur moi.

— Entendons-nous bien, professeur. L'unique raison de votre présence devant chez Gordon Ellis, c'était pour éviter qu'il y ait du grabuge ?

Il veut que j'acquiesce.

— C'est exactement ça, clame Ruiz.

— C'est au professeur que j'ai posé la question, précise le brigadier, puis il attend.

Mon regard passe de Ruiz à Safari Roy qui hoche lentement la tête.

— Oui, dis-je. C'est ça.

Monk soulève le couvercle d'une poubelle sur le trottoir pour jeter l'emballage de son sandwich.

— Mme Ellis a dû se tromper alors. (Il laisse sa phrase en suspens avant d'ajouter :) Dans le cas contraire, il aurait fallu qu'on vous arrête, professeur, pour violation d'un ordre de protection.

Je ne réponds rien.

— Sienna Hegarty doit être interrogée demain. Nous allons enquêter sur ses allégations. Vous ne chercherez pas à faire entrave ou à mettre en péril nos investigations, j'en suis sûr.

— Non.

Monk paraît satisfait. Il fait un signe à Safari Roy qui s'efforce de faire disparaître la tache de jaune d'œuf qu'il a sur sa cravate en la frottant avec son mouchoir.

— Bonne journée, messieurs ! lance Monk. Faites attention où vous mettez les pieds.

40

Annie Robinson ne répond pas. J'appuie de nouveau sur le bouton de l'interphone et je lui accorde quelques secondes supplémentaires avant de regagner ma voiture. Un coup de klaxon retentit. Elle est en train de se garer. Elle sort avec des sacs de provisions plein les bras.

— Si vous êtes occupée…

— Si vous pouviez m'aider à porter ça…

Elle me charge de sacs plastique. Je la suis à l'intérieur. Elle porte des bottes en cuir sur un jean moulant avec une ceinture de cow-boy qui pend sous un chemisier noir, cintré. Mon regard se fixe sur ses cuisses gainées de bleu qui vont et viennent devant moi. Je me rappelle quand elles se sont nouées autour de ma taille et je ressens à nouveau la même chose.

Elle ouvre sa porte et me guide vers la cuisine où elle entreprend de défaire ses paquets sans arrêter de parler.

— Je sais que je me suis excusée pour l'autre soir, mais j'étais sincère. Je ne fais *jamais* ce genre de choses.

Cherche-t-elle à me dire qu'elle ne s'enivre jamais, ou qu'elle ne frappe jamais à la porte d'un homme qui l'a battue froid pour l'insulter ?

— Je suis un peu trop blonde, vous ne trouvez pas ?

— Peut-être juste à cause des racines apparentes.

Je lui souris. Elle en fait autant.

— Vous avez mangé ?

— Je n'ai pas faim.

— Asseyez-vous. Déjeunez avec moi.

Elle fait réchauffer deux petites quiches et ouvre un sachet de salade prélavée. Elle a l'habitude de faire la cuisine pour elle seule, d'acheter des repas tout préparés.

Je jette un coup d'œil autour de moi.

— C'est joli chez vous.

— Je suis en location. Je ne pouvais pas me permettre d'acheter. Je n'ai pas vraiment les moyens de m'offrir celui-là, mais j'ai passé ma vie à attendre. J'en ai eu assez. Il faut que ça vaille la peine d'attendre. Là, ça valait le coup.

— J'ignorais qu'il y avait différentes sortes d'attente.

— Bien sûr que si. Tout le mystère est là.

Elle éclate de rire, faisant voltiger ses fins cheveux blonds.

— Déjeunons dans le jardin.

Elle désigne la petite table ronde au plateau de carrelage bleu et blanc, de l'autre côté de la porte vitrée. Elle y dépose des couverts pour deux, des assiettes, des serviettes.

— Vous arrive-t-il de penser à votre ex-mari ?

Elle verse un filet de vinaigrette sur la salade.

— Non.

— Jamais ?

— David Robinson. Voilà. C'est la première fois que je prononce son nom depuis des mois. J'ai bien pensé à reprendre mon nom de jeune fille quand on a divorcé, mais je n'avais pas envie de m'embêter à faire refaire passeport et permis de conduire.

Elle s'apprête à allumer une bougie.

— C'est trop ?

— Probablement.

— Bon, d'accord. Pas de bougie.

Elle ouvre la porte du four. Ce n'est toujours pas prêt.

— Vous m'aviez parlé d'une photo de Gordon Ellis et Novak Brennan.

— Oui. Venez voir.

Je la suis dans sa chambre où elle sort un vieil album de son placard. Nous nous asseyons côte à côte sur le lit pour feuilleter les pages.

— Là, c'est moi, dit-elle Avec mon amie Jodie. Là, c'est Heidi et son petit ami, Matt. Vous voyez Gordon ? Il est avec Alison. Ils sont sortis ensemble environ trois mois, jusqu'à ce qu'il fasse du gringue à Jodie. C'est la blonde. Ils sont restés ensemble presque un an. La liaison la plus longue qu'il ait jamais eue.

Jodie a les cheveux coupés court, un long cou mince, de grands yeux.

— Elle a l'air d'avoir douze ans !

Annie éclate de rire.

— On lui demandait toujours sa carte d'identité quand on allait en boîte.

Elle tourne une page.

— Voilà encore Gordon.

Il porte un trench ceinturé, qu'il a dû acheter dans une friperie pour se donner un genre distingué. Alors qu'en fait il a l'air d'avoir emprunté l'imper de son paternel.

La photo a été prise lors d'une fête. Entre Jodie et Annie qu'il tient par les épaules, Ellis sourit, ses doigts déployés planant au-dessus de leurs seins. Il n'y a rien de vorace dans sa pose, mais on voit que c'est un homme qui sait ce qu'il veut.

— C'est la photo dont je vous ai parlé, dit Annie en désignant une autre image de la même série. Quelqu'un rôde en bordure du cadre, pour essayer d'éviter l'objectif – un Novak Brennan juvénile, aux cheveux plus longs, au teint plus lisse. Son visage est en partie obscurci par le bras d'Annie qui brandit un bock de bière. Son seul œil visible est rougi par le flash.

— Vous le connaissiez ?

— Je ne m'en souvenais pas du tout jusqu'à ce que je voie cette photo. Je crois qu'il était en colocation avec Gordon. Ils traînaient toujours ensemble.

— Mais si vous étiez liée avec Gordon…

— Il sortait avec mes copines, vous vous souvenez ?

— Où ces photos ont-elles été prises ?

— À une fête, me répond Annie en haussant les épaules. On ne se rappelle pas toujours de tout. C'est comme ça, la fac.

Elle tourne encore quelques pages de l'album. Des photos de vacances en Turquie. Annie en bikini, allongée sur le pont d'un voilier. Jolie.

— Vous n'avez pas envie de regarder ces vieilleries, dit-elle en prenant néanmoins son temps avant de fermer l'album.

Nous sommes assez proches pour que mon avant-bras frôle sa poitrine.

— Les quiches sont peut-être prêtes, dis-je.

Annie a compris le signal. Elle baisse la tête.

— Vous êtes attendu quelque part ?

— J'ai promis d'emmener Emma au parc.

Je mens. Elle le sait.

— Mangez au moins quelque chose avant de partir.

Elle me laisse dans la chambre. Je continue de feuilleter l'album qui contient d'autres photos de l'université. La fête de la rentrée. Des représentations théâtrales. Un rallye de bienfaisance, avec une coccinelle costumisée.

Gordon Ellis apparaît sur plusieurs autres photos, souvent en arrière-plan. Un cliché en particulier attire mon attention parce que deux filles dansent au premier plan. Derrière elles, sur le côté, on aperçoit Ellis en train d'en bécoter une autre sur un canapé en orientant son visage vers le sien. Ils ont tous les deux la bouche ouverte, à quelques centimètres d'écart. Il a l'air d'un oiseau en train de déposer de la nourriture dans le bec de son petit.

La table basse en verre devant eux est jonchée de tout un attirail de junkie. Il y a des traînées de poudre blanche.

J'examine de plus près la fille du canapé. Le chapeau de Gordon dissimule presque entièrement son visage, mais elle a un grain de beauté sur l'omoplate gauche, juste en dessous du cou. J'y ai déposé un baiser. J'ai senti le pouls de cette femme s'accélérer sous mes lèvres.

Annie m'appelle de la cuisine. J'emporte la photo avec moi et je la glisse sur la table à côté de son assiette. Elle y jette un coup d'œil et ne dit rien, mais une étrange transformation semble s'opérer. Elle se lève et va faire un tour dans le jardin en inspectant les buissons, les nouvelles pousses.

— Il n'y a pas que les fêtes qu'on oublie, dit-elle. Il y a aussi des tas d'autres choses à propos de la fac.

— Vous embrassez Gordon Ellis.

— Je le bécote, pour être exact.

— Pourquoi ne pas me l'avoir dit ?

— Je suis sortie avec lui deux fois. Ça n'a jamais été plus loin.

Elle soupire. Ses yeux se mettent à briller comme si un générateur se mettait en route en elle.

— Et Novak Brennan… Que savez-vous d'autre sur lui ?

— Il avait la réputation de faire du trafic sur le campus.

— Du trafic ?

— Hash. Ecstasy. Speed. Cocaïne. Novak pouvait tout se procurer. Il a toujours été très mystérieux. Les gens disaient qu'il avait fait de la prison, mais je n'ai jamais su si c'était vrai.

Annie attrape la photo et la déchiquette en laissant les morceaux tomber dans le jardin. Elle détourne la tête.

— Pourquoi ne pas m'en avoir parlé ?

— Le passé est le passé.

Le cours de la conversation a changé. Quand elle prend son verre de vin, sa main tremble légèrement. Les quiches refroidissent.

— Sienna a tenté de se suicider vendredi. Elle a pris des médicaments.

Annie ne réagit pas. Sous la clarté impitoyable du soleil, sa peau paraît granuleuse, épaisse.

— Elle va s'en tirer ?

— Elle est hors de danger. Avant de partir à l'hôpital, elle m'a dit quelque chose qui me tracasse.

— Quoi donc ?

— Elle m'a dit que vous lui aviez demandé si elle voyait Gordon Ellis en dehors de l'école. C'était à la fin de l'année dernière.

Annie porte son verre à ses lèvres. Son regard croise le mien au-dessus du bord. Une pensée secrète enfouie au fond.

— J'avais entendu dire qu'elle faisait du baby-sitting pour lui.

— Vous soupçonniez quelque chose ?

— Ça m'a semblé inapproprié.

— Mais vous n'avez rien dit à l'école, ni aux parents de Sienna.

— Vous vous imaginez que je cherchais à le couvrir, c'est ça ! lance-t-elle d'une voix aiguë.

— J'ai le sentiment que vous saviez. Que vous protégiez Gordon. Je voudrais que vous m'expliquiez pourquoi.

Elle repose son verre. Il n'y a plus une once de chaleur dans sa voix.

— Il est temps que vous partiez.

— Expliquez-moi, Annie.

— Allez-vous-en ou j'appelle la police !

Après avoir récupéré mon manteau dans le salon, je me dirige vers la porte d'entrée. Annie l'ouvre pour moi. J'ai envie de dire quelque chose. De la mettre en garde contre le risque qu'il y a à trop s'approcher de Gordon Ellis, parce que tout ce qu'il touche se putréfie et périt. Soudain elle me saisit les bras et m'embrasse avec vigueur, mais sans rudesse, sur la bouche.

— C'est ça qui vous manque, chuchote-t-elle contre mes lèvres.

41

Le problème avec les secrets et les mensonges, c'est que tant qu'on ne les a pas déterrés, reniflés, on n'arrive jamais à faire la distinction entre les deux. Certaines choses sont enfouies pour être mises sous bonne garde, d'autres pour dissimuler leur puanteur, d'autres encore parce qu'elles sont toxiques et mettent beaucoup de temps à disparaître.

Annie Robinson ment aussi facilement qu'elle embrasse. Je sens toujours le goût de ses lèvres. Je revois ses yeux sous sa frange, fuyants et tristes. Je vois une femme prête à s'abandonner complètement – à tomber en chute libre dans l'amour, ne serait-ce que pour échapper aux souvenirs d'un mariage désastreux.

Une demi-heure plus tard, je suis presque arrivé chez moi. Mon portable pépie. C'est Ruiz.

— J'ai trouvé le dingo aux tatouages.

— Où ça ?

— Je faisais le planton devant l'agence des minicabs en me disant qu'il n'allait jamais venir, que j'avais sûrement mieux à faire, que j'étais à la retraite, trop vieux pour ces conneries…

— OK, OK.

— Bref, il a fini par se pointer pour chercher une fille qu'il a emmenée dans un hôtel à Bristol. Un hôtel de luxe. Après l'avoir déposée, il a attendu dans le lobby pendant qu'elle faisait son numéro de polka horizontal avec un gus en voyage d'affaires. Après ça, il l'a conduite à une gare avant de se rendre dans une bicoque de Stapleton Road – un Bed & Breakfast baptisé le Royal. Il lui faudrait un lifting ou un bulldozer à cette turne. Maintenant, il est dans un pub à l'angle de la rue. Je suis garé devant.

— On connaît son nom ?

— Un de mes amis, qui gardera l'anonymat, a vérifié le numéro d'immatriculation de son Audi A4. Elle est enregistrée sous le nom de Mark Conlon. Il habite à Cardiff. Anonyme est en train de faire une vérification informatique approfondie. Nous devrions avoir des renseignements plus complets dans quelques heures. Vous voulez me rejoindre ? Pas question que j'affronte ce cinglé tout seul.

On n'a pas intérêt à l'affronter du tout, à mon avis.

Une demi-heure plus tard, je frappe à la vitre embuée de sa Mercedes. Ruiz déverrouille les portières, je me glisse à l'intérieur. Sinatra chante *Fly me to the moon*. Des emballages de plats à emporter jonchent le sol.

Ruiz me tend une frite froide.

— J'ai mangé.

— Ouais, mais quoi ? C'est du rouge à lèvres que je vois là ? Vous vous êtes fait votre copine prof pendant que je me gelais les fesses ici.

— Ça ne s'est pas passé comme ça.

— Honte à vous. Vous en avez aussi ailleurs du rouge ?

— Vous ne pensez donc qu'à ça !

— Quand on a mon âge, c'est la seule pensée qui vaille la peine qu'on s'y attarde.

Nous sommes devant un vilain pub moderne aux lignes disgracieuses avec des murs en brique rouge et des petites fenêtres. Les lampes des réverbères se reflètent sur l'asphalte mouillé. Ruiz boit une gorgée dans un thermos.

— Vous êtes déjà entré ?

— Non. Pas encore.

En jetant un coup d'œil vers le pub, je me demande si c'est bien sage. Nous ne savons rien de ce Conlon, en dehors du fait qu'il a envoyé trois personnes à l'hôpital, et bousillé le larynx de l'un d'entre eux.

— Novak Brennan fournissait ses copains de fac en dope. Il se peut qu'Ellis ait été un de ses dealers.

— Qui vous a raconté ça ?

— Annie Robinson.

Ruiz descend sa vitre et jette le fond de son thé.

— Novak a toujours eu le flair pour les opportunités commerciales.

La porte du pub s'ouvre. De la lumière se répand sur le trottoir. Deux hommes sortent. Conlon, le plus grand des deux, porte un jean foncé et un sweatshirt à capuche. Son compagnon est plus âgé, un peu dégarni. Un port raide, militaire. Il est vêtu d'un imperméable beige et son parapluie fait office de canne.

Conlon inspecte la rue. L'espace d'un instant, j'ai l'impression que son regard s'oriente droit sur nous, mais il fait trop sombre pour qu'il distingue quoi que ce soit dans la Mercedes. Conlon réagit à une remarque de l'autre homme. Il l'attrape par les revers de son manteau et le plaque contre une voiture. Le type hoche la tête. Il a peur.

Conlon l'écarte brutalement et se glisse derrière le volant. L'Audi démarre.

— Vous voulez qu'on le suive ? demande Ruiz.

Le gars malmené se dirige vers nous.

— Attendez ! Je veux voir qui c'est.

Ruiz tend le bras vers le tableau de bord et tire le levier d'ouverture du capot. Puis il sort de la voiture. Le capot s'ouvre en grand. L'homme est presque arrivé à notre hauteur. L'éclairage fait briller son crâne lisse ; son parapluie cliquette sur le trottoir tous les deux pas.

— Hé, m'sieur, vous n'auriez pas des câbles de démarrage par hasard ? lance Ruiz. Je n'arrive même pas à avoir une étincelle.

Le type s'arrête à peine. Le teint bistre, fiévreux, il marmonne quelque chose et continue à avancer. Il a une cinquantaine d'années. Une couronne de cheveux gris solitaires lui réchauffe juste le haut des oreilles. Je l'ai déjà vu quelque part.

— Y a-t-il un garage dans le coin ?

L'autre s'immobilise, se retourne.

— Vous devriez peut-être appeler AA.

Il a un accent de la haute. Distingué. Affecté.

— Je ne suis pas membre, répond Ruiz. J'ai toujours pensé que c'était un gaspillage d'argent. Ce n'est pas votre avis ?

— Absolument, réplique l'homme en se tournant à nouveau. Nos regards se croisent. Il n'a pas l'air de me reconnaître.

— Bonne soirée, dit Ruiz.

Le parapluie se balance et cliquette à nouveau tandis qu'il s'éloigne.

Ruiz ferme le capot et se réinstalle au volant.

— Ça pour une surprise…, dit-il en jetant un coup d'œil dans le rétroviseur.

— Vous l'avez reconnu.

— Pas vous ?

Ce qu'il y a avec Ruiz, c'est qu'il n'oublie jamais. Il a la mémoire des noms, des dates, des lieux, des visages – ceux des victimes comme ceux des auteurs de crime, jusqu'à dix, vingt, trente ans en arrière.

— Je sais que je l'ai déjà vu quelque part, dis-je.

— C'était jeudi.

Et là, ça me revient… Le palais de justice de Bristol. Il était assis au premier rang dans le box des jurés. C'est le premier juré.

Ruiz a trouvé le cadeau d'anniversaire de mon père – la bouteille de scotch que j'ai oublié d'emballer et d'envoyer. Il dévisse le couvercle et verse une généreuse ration sur des glaçons avant de poser la bouteille sur une table du salon pour qu'elle lui tienne compagnie.

Assis face à face, nous écoutons la glace fondre. Ruiz m'a déclaré un jour qu'il ne parlait plus politique, qu'il ne lisait plus les journaux et ne regardait plus les nouvelles. L'une de ses ex-épouses l'a accusé de se dérober au débat public. Il lui a rétorqué qu'il avait fait sa période de service. Il a fait les barricades contre des pacifistes indignés, des manifestants antimondialisation, des émeutiers protestant contre les impôts locaux, des opposants à la chasse. Il a mené les bons combats contre les violents, les corrompus, les traîtres, les hypocrites, les lâches, les déviants, les déments. Le moment était venu pour d'autres de prendre le relais parce que lui-même avait renoncé à essayer de sauver le monde, ou de le changer. Il voulait juste survivre.

— Qu'est-ce qu'on vient de voir ? demandé-je.

— La preuve d'un jury soudoyé.

— Ils se sont peut-être rencontrés par hasard.

— La loi interdit d'approcher un juré.

— Ils sont douze.

— C'est le *président* !

— Certes, mais ce n'est pas Henry Fonda et nous ne sommes pas dans *Douze hommes en colère*. Il faut dix jurés pour un verdict majoritaire.

— Pour un jury sans majorité, il suffit de trois.

— Ils en ont peut-être trois.

— Dans ce cas, il y aura un nouveau procès et ils recommenceront avec d'autres jurés. Ça n'aide pas Novak.

— Que suggérez-vous alors ?

— Il faut qu'on en parle à quelqu'un.

— Le juge ?

Ruiz manque de s'étrangler.

— Vous plaisantez ! Il sera destitué du procès. Ce pauvre gosse qui a témoigné serait obligé de tout recommencer.

— Peut-être qu'il écartera le premier juré. Ils pourront quand même délibérer. Onze, ça suffit.

Ruiz fixe obstinément la cheminée.

— On ferait peut-être bien de parler à un avocat.

Il appelle Eddie Barrett. Met le haut-parleur. C'est un lundi de vacances et quelqu'un va payer pour les quinze minutes d'Eddie. Moi probablement. Sa voix résonne comme une corne de brume.

— Vous êtes en train de vous tailler une sacrée réputation, les loulous. On croirait Elton et David, sans le mariage. Je croyais que vous aviez pris votre retraite, Ruiz.

— En vacances.

— Essayez le Benidorm la prochaine fois, ou la Jamaïque. Trouvez-vous une belle paire de fesses toutes noires. Qu'est-ce que vous me voulez?

— J'ai une question hypothétique à vous poser, enchaîne Ruiz.

— J'ai horreur des hypothèses. Jamais vous faites face aux situations réelles, vous autres tapettes ?

— On a été boy-scouts, comme vous, Eddie.

— Bon d'accord. Je capitule. Quelle est votre hypothèse ?

Ruiz la lui expose.

— Vous êtes en procès. Vous découvrez que le premier juré rencontre une connaissance du prévenu. La connaissance en question a l'habitude de s'en tirer, quelle que soit l'horreur qu'il commette. Que faire ?

— Je suis l'inculpé ou l'accusation ?

— Cela change-t-il quelque chose ?

— Et comment !

— Vous êtes neutre.
— Est-ce qu'il pourrait s'agir d'une rencontre fortuite ?
— J'en doute.
Eddie aspire de l'air entre ses dents.
— Le procès est probablement foutu parce que le juge risque de se défaire du président du jury. Prévenir les jurés. Continuer.
— Vous avertiriez le juge alors ?
— Non. J'en parlerais à la police.
— Accepteriez-vous de nous aider ? j'interviens.
Eddie éclate de rire.
— Ça, c'est une sacrée hypothèse !

42

Mardi matin. Chaud et ensoleillé. La météo annonce de la pluie. Les routes sont tranquilles en direction de Bristol. Accoudé à la fenêtre, Ruiz tient le volant d'une main.

Son contact à la Met l'a rappelé dans la nuit. Il a trouvé quelque chose qui correspond au nom de Mark Conlon : le directeur d'une agence bancaire de Pontypool qui s'est vu retirer son permis quatre ans plus tôt pour conduite en état d'ivresse. Un mètre quatre-vingts. Brun. Pas de tatouages. Ce n'est pas le Pleureur. Les plaques d'immatriculation de l'Audi ont été volées ou copiées. Retour à la case départ. Ronnie Cray aura peut-être eu plus de chance.

Nous décidons de prendre le petit déjeuner près de Queen's Square, dans un établissement moderne plein de meubles en chrome et de vapeur sifflante. Les serveuses sont des Roumaines en jupes noires, courtes, qui se glissent dehors pour fumer quand c'est tranquille. Ruiz commande un sandwich au bacon et à l'œuf frit. (« Avec du vrai pain, pas cette merde au levain. ») Il feuillette le journal. Le procès de Novak Brennan fait toujours la une.

Marco Kostin va recommencer à témoigner aujourd'hui. Je le vois à la barre avec une clarté hyperréaliste, chaque tremblement, chaque clignement des paupières, la moindre oscillation de la tête. Le contre-interrogatoire n'a pas encore eu lieu. Trois avocats vont s'ingénier à mettre en lumière les lacunes de son récit.

La porte s'ouvre. Entre un adolescent en tenue de motard multicolore qui s'emmêle les pieds. Un coursier. Il parle avec une des serveuses, l'embrasse sur la bouche. Un amour naissant.

— La journée d'hier m'a laissé une drôle d'impression, dit Ruiz.

— À quelle partie de la journée faites-vous allusion ?

— Quand j'ai suivi le dingo aux tatouages, j'ai gardé mes distances. Je voulais être sûr qu'il ne se savait pas suivi. Quand il a déposé la princesse du trottoir. Quand il l'a récupérée. Lorsqu'il est allé dans cette turne ensuite. Je suis resté hors de vue.

— Je ne vois pas ce qu'il y a d'étrange là-dedans.

— Je me trompe probablement, précise Ruiz en haussant les épaules, mais j'ai eu la sensation qu'il était conscient de ma présence. À une ou deux occasions, il m'a semblé qu'il ralentissait comme s'il craignait que le feu passe au rouge et que je reste coincé.

— Il vous avait repéré ?

— C'est l'impression que j'ai eue en tout cas. (Ruiz repousse son assiette.) On devrait peut-être jeter un coup d'œil dans sa piaule avant de voir Cray. On pourrait faire un saut à l'hôtel.

— Et le procès ?

— Il ne va pas se terminer aujourd'hui.

En sortant du café, Ruiz jette une pièce dans le chapeau d'un musicien des rues avant de gagner la zone piétonne. À la sortie du parking souterrain, nous traversons le port flottant jusqu'à Temple Circus où nous nous engageons sur la Temple

Way. En empruntant la sortie de Old Market Street, nous passons à proximité du poste de police de Trinity Road, sur le chemin d'Easton.

Dans Stapelton Road, des affiches placardées sur les poteaux électriques mettent en garde contre les dragueurs motorisés et les trafiquants de drogue. Il est tôt. Les prostituées bourrées de crack et les dealers sont encore dans leurs cercueils. Nous nous garons dans Belmont Street, derrière la mosquée. Une musulmane aux yeux pris dans une boîte aux lettres passe devant nous en se dandinant comme un canard. Elle pousse un landau. Elle pourrait aussi bien avoir dix-sept ans que soixante-cinq.

Le Royal Hotel est une bâtisse en ruine, de trois étages, avec des barreaux aux fenêtres du rez-de-chaussée. Un vieux Noir profite du soleil sur les marches du perron. Ses mains, criblées de taches de vieillesse, tremblent un peu. Pas à cause de Parkinson, mais d'une sorte de paralysie agitante. Il tient son journal à bout de bras. Un sandwich encore dans son emballage, mais à moitié consommé, repose à côté de lui sur un sac en papier brun.

— Bonjour, lance Ruiz. Belle journée, hein ?

L'homme met sa main en visière en clignant des paupières.

— Vous l'avez dit, m'sieur.

— C'est l'heure de la pause.

— J'ai pas arrêté de briquer depuis que je suis debout.

Ruiz s'assoit à côté de lui.

— Je m'appelle Vincent, et lui, c'est Joe.

Le vieux hoche la tête.

— On m'appelle Clive.

— Comme Clive Lloyd.

— Euh… lui, il est de la Guyane et moi de la Jamaïque. C'est pas très loin l'un de l'autre.

Quand il glousse, on croirait entendre un basson.

Après avoir vaguement plié son journal, il mord dans son sandwich en se demandant pourquoi deux Blancs adressent la parole à un employé d'hôtel chargé du ménage alors que la plupart des gens passent à côté de lui comme s'il était invisible.

Ruiz expose son visage au soleil, ferme les yeux.

— Je suis un ancien officier de police, Clive. On cherche un homme aux cheveux foncés, plaqués en arrière, avec des tatouages sur la figure, comme des larmes noires.

Le vieil homme sursaute. Il se lève et secoue énergiquement la tête à tel point que sa charpente fragile en est ébranlée.

— Ne me parlez pas de ce gus.

— Pourquoi ?

— Le Seigneur va nous rappeler à lui avant que cet homme-là apporte quoi que ce soit de bien dans ce monde.

— Il loge ici ?

— Il s'est pris une piaule. J'sais pas s'il dort là.

— Que voulez-vous dire ?

— Je le vois pas souvent. J'm'occupe de mes affaires.

— Mais vous nettoyez sa chambre ?

Clive secoue la tête.

— Il veut pas qu'on la fasse. Il a mis un écriteau sur sa porte. Pas de ménage. Ça me va. Suis payé à l'heure, pas à la chambre.

Il se tape la cuisse avec son journal.

— Bon, je ferais bien de m'y remettre.

— L'homme aux tatouages. Vous connaissez son nom ?

— Non, m'sieur.

— Vous lui avez déjà parlé ?

Il secoue de nouveau la tête, le front tout plissé.

— Un type comme lui, ça cause pas à quelqu'un comme moi. Il aime pas ma couleur de peau.

— Qu'est-ce qui vous fait croire ça ?

— Des petits gosses blacks avaient essayé de forcer sa portière. Quand il a débarqué, ils ont pris la fuite, mais il les a rattrapés. Il en a obligé un à bouffer de la crotte de chien. Il l'a fait s'agenouiller et manger par terre. J'avais jamais vu ça ! Le môme est pas près d'avaler du solide. Sa maman va le bourrer de bananes écrasées.

En déglutissant avec peine, il se penche pour remballer son sandwich. Il n'a plus faim.

— Vous nous avez bien aidés, dit Ruiz en lui serrant la main.

Clive baisse les yeux sur le billet de dix livres qu'il a dans le creux de la main. Il serre le poing. Le rouvre juste pour être sûr.

— Vous pourriez peut-être nous rendre encore un petit service, ajoute Ruiz. Ce type a dû inscrire son nom quelque part. Vous pourriez nous montrer le registre de l'hôtel.

Clive fourre l'argent dans sa poche en le poussant tout au fond, puis il inspecte la rue, de part et d'autre, avant de nous emmener dans une salle de réception délabrée, au papier peint défraîchi, à la moquette usée. Le registre est un long rectangle ; il y a des taches d'encre sur la couverture. Il l'ouvre et fait glisser un doigt noueux le long des numéros de chambre.

Chambre 6. Payée cash, un mois d'avance. Une signature à la place du nom. Et le numéro d'immatriculation de l'Audi.

Ça ne nous aide pas.

Clide ferme le registre et le range dans un tiroir du bureau.

— Bon, c'est pas tout ça…

— Vous devriez faire le ménage à la 6, lance Ruiz.

Le vieil homme a l'air horrifié.

— Faut pas croire ça.

— Croire quoi ?

— Que je vais vous ouvrir sa porte.

Ruiz redresse brusquement la tête, renifle.

— Vous sentez ça ?

Clive lève le menton à son tour.

— J'sens rien.

— De la fumée, dit Ruiz.

— Y'a pas de fumée.

Ruiz s'élance dans l'étrange assemblage de marches qui constitue l'escalier. Il s'arrête au premier.

— De la fumée, sans aucun doute. Ça vient d'une chambre. Il y a peut-être le feu.

L'homme de ménage se traîne à l'étage. Ruiz est planté devant la chambre 6.

— On devrait appeler les pompiers et évacuer les lieux, à mon avis.

Clive secoue frénétiquement la tête.

— Non, non, non. Ne me faites pas ce coup-là, m'sieur.

Ruiz pose une main sur le battant.

— Ça me semble un peu chaud. Il vaudrait peut-être mieux ouvrir. Par sécurité.

— N'essayez pas de me faire marcher.

— Vous n'avez jamais entendu parler de ce qu'on appelle la suspicion légitime, Clive ? Ça veut dire qu'on a le droit de s'introduire dans un lieu si on pense avoir un motif.

— Mais il n'y a pas d'incendie !

— Rien n'est moins sûr.

Le trousseau de clés pendu à la ceinture du vieil homme cliquette. Il nous regarde d'un air triste avant de secouer une fois de plus la tête en signe de reddition.

La clé tourne dans la serrure et la porte s'ouvre sur une pièce plongée dans le noir. Ruiz tend le bras vers l'interrupteur. Le lit est intact. Les rideaux sont tirés. Il y a une armoire à deux battants avec une glace entre les deux. Une table de chevet, une valise sous le sommier. J'entends quelque chose couler. Ça peut venir de dehors comme de dedans.

Ruiz a commencé à explorer les lieux. Il ouvre l'armoire, les tiroirs, jette un coup d'œil sous le lit. On sent une odeur bizarre qui donne envie de se boucher les narines et de pincer les lèvres.

— Y'a rien là-dedans, marmonne Clive. Partons.

En entendant une porte s'ouvrir en bas, je jette un coup d'œil par-dessus la rampe d'escalier, mais je ne vois personne. À cet instant, un pigeon prend son envol du rebord de fenêtre, battant des ailes contre la vitre. Mon cœur aussi fait une envolée.

— On ferait mieux d'y aller, dis-je.

Ruiz a sorti la valise de dessous le lit. Il tient la poignée avec un mouchoir et se couvre aussi les doigts pour détacher les lanières, soulever le couvercle.

La valise contient des coupures de journaux et des photos. Des scènes de rue. Des visages. Des gros titres. Je reconnais le palais de justice de Bristol. Des manifestants agitent leurs bannières et leurs pancartes. On voit les policiers affronter la foule, la repousser. Un visage est entouré d'un trait de marqueur rouge : une femme en veste grise, portant une carte d'identification autour du cou. La police la laisse passer au poste de contrôle. Je l'identifie sans peine. Elle fait partie des jurés, elle aussi.

Ronnie Cray ne veut pas qu'on se retrouve à Trinity Road. C'est officieux, confidentiel. Réfutable. Elle décline toute responsabilité. Elle opte pour un ancien club de billard situé dans la vieille ville où les bâtiments font penser à une dentition compacte, où des sacs-poubelles ont taché les trottoirs. Les tables de jeu sont à l'étage. J'entends les boules se cogner.

Craig nous attend à une table du bar, une tasse de thé entre les mains. Son regard m'effleure, puis elle considère Ruiz d'un air morne avant de boire une gorgée.

— Je croyais que vous étiez rentré à Londres, dit-elle à Ruiz.

— Je continue de faire du tourisme.

Un long comptoir borde tout un côté de la salle, presque entièrement dans la pénombre, mis à part un écran plasma qui diffuse les derniers événements sportifs. De vieilles guirlandes de Noël et des cloches en papier toutes chiffonnées pendent des poutres à nu.

Nous commençons par le commencement en racontant à Cray comment le président du jury s'est fait molester devant un pub.

— Il avait rendez-vous avec le gars dont je vous ai parlé – le Pleureur, celui qui est dans les travées pendant les audiences pour chaperonner la sœur de Novak Brennan.

Elle ne réagit pas. Ses cheveux coupés court sont striés de gris, et ses rides semblent plus marquées aujourd'hui.

— Vous avez abordé le gars du jury ?

— Oui. Non. Enfin, pas vraiment.

— Êtes-vous conscients du nombre de lois que vous avez enfreintes ?

— Pas précisément.

Quelque part au-dessus de nos têtes, une boule en heurte plusieurs autres. Ça claque comme un coup de feu. Cray a l'air d'avoir mal aux dents tout à coup.

— Redites-moi pourquoi vous suiviez ce type ?

— Sienna s'est souvenue de lui. Le soir où Gordon l'a forcée à faire une passe, il était là. C'est lui qui l'a conduite au lieu de rendez-vous.

— Vous êtes sûrs que c'est le même ?

— Aucun doute là-dessus.

— Qu'est-ce que la fille Hegarty a à voir là-dedans ?

— Et si elle avait couché avec une personne impliquée dans l'affaire ? Elle est mineure.

— Du chantage, vous voulez dire ?

— Gordon Ellis et Novak Brennan se connaissaient à la fac. Ils ont été colocataires. Ils sont peut-être restés en contact.

— Certes, mais le nom d'Ellis n'apparaît nulle part dans les fichiers des services secrets.

Ruiz l'interrompt.

— Il s'appelait Freeman avant. Il a pris le nom de jeune fille de sa mère après la disparition de sa première femme.

Pas du tout convaincue, Cray émet un grognement dédaigneux. Elle plonge son regard dans le mien.

— Les noms et adresses des jurés sont gardés secrets. Les listes sont protégées, et détruites après chaque procès.

— Ce n'était pas une coïncidence.

— Vous sous-entendez que Brennan a truqué le vote du jury ? souffle Cray en baissant la voix.

— Il a peut-être réussi à se procurer leurs noms, à moins qu'il les ait fait suivre chez eux. Ce procès dure depuis des mois.

Les avant-bras de Cray pèsent sur la table.

— Vous parlez d'un jury soudoyé. De conspiration. D'un magistrat corrompu. Brennan est en détention depuis huit mois. Tout son courrier, chaque coup de fil est surveillé. Même s'il est parvenu à atteindre un juré, ça ne lui servira à rien. Il lui en faut dix pour obtenir un acquittement.

Je jette un coup d'œil dans la direction de Ruiz. Il sort une douzaine de photographies de sa poche. Qu'il glisse entre les avant-bras de Cray qui ne baisse pas les yeux. L'espace d'un moment, je me dis qu'elle va se lever et partir. Son regard, flou, reste fixé sur moi.

Elle finit par se résoudre à jeter un coup d'œil. Elle reste impassible, mais je vois qu'elle avale sa salive avec peine et sa poitrine se gonfle un bref instant contre son chemisier.

— Les cercles rouges désignent les membres du jury, dis-je.

Les lèvres légèrement écartées, Cray me jette un regard en coulisse.

— Oserais-je vous demander comment vous avez eu ça ?

— Elles étaient dans une valise sous un lit, dans une chambre d'hôtel. Le Royal. Près de Stapleton Road. Le type avait des photos, une liste des témoins, des coupures de journaux, des cartes. Ça ne rigole pas.

— Quel type ?

— Le Pleureur, répond Ruiz. Il a loué cette chambre il y a trois semaines. Payé cash. Signé le registre sous un faux nom.

Cray est devenue blême. Ce qu'elle dit ensuite n'est qu'un murmure inintelligible.

— N'en parlez à personne.

— Que comptez-vous faire ?

— Il faut que vous en parliez au procureur ! s'exclame Ruiz.

La colère éclate dans les yeux de l'inspecteur.

— Je n'ai pas d'ordre à recevoir de vous, rugit-elle.

Des visages blafards se détournent de la télé. Cray pivote en avant sur ses coudes.

— Ce procès a été un vrai cirque depuis le début. Il a coûté des millions. Je ne parle pas seulement de la protection des témoins et du contrôle de la foule. Si ça capote, ça va vraiment être la merde et il me faut autre chose que quelques clichés avant que j'amorce une telle bombe.

Elle rassemble les photos. En redresse nerveusement les angles. Les repose à l'envers. Elle réfléchit déjà aux initiatives qu'elle va prendre. Elle va placer le Royal Hotel sous surveillance, ou le mettre sous scellés, envoyer une équipe de la police scientifique relever des empreintes ou des traces d'ADN.

Elle jette un coup d'œil à la pendule au néon rouge au-dessus du bar. 11 h 46. Ça pourrait être le matin ou le soir.

— Et Sienna ?

— On est allés la chercher à l'hôpital à 9 heures ce matin. Nous sommes en train de l'interroger.

Cray lève à nouveau sa tasse qu'elle tient en équilibre entre ses doigts. Son thé a refroidi.

— Ray Hegarty était un bon flic. C'était peut-être un mauvais père. Si cette gamine l'a tué, elle affrontera la justice. Pour l'instant, je lui accorde le bénéfice du doute.

43

Une sonnerie retentit, se répercutant dans l'air de la nuit pour inciter le public à entrer dans le hall où les élèves chargées de faire office d'ouvreuses distribuent le programme. Dans la salle de spectacle, les rideaux sont fermés, mais de temps à autre, un mouvement gonfle le tissu, et une frimousse excitée, aux yeux brillants, apparaît dans une fente.

Les musiciens accordent leurs instruments en chuchotant pendant que, sous la lueur des feux de la rampe, Ellis donne ses instructions de dernière minute et tente d'apaiser ses acteurs en herbe qui ont le trac. Il a encore le visage enflé, un œil à demi fermé, mais il porte des lunettes noires, et une épaisse couche de maquillage dissimule les dommages.

Je ne devrais pas être là. En ma qualité de tricard, j'ai interdiction d'approcher Ellis ou sa femme à moins d'un kilomètre. Mais il n'est pas question que je rate la grande soirée de Charlie, ni que je laisse ce salopard seul avec elle.

En jetant un coup d'œil de derrière mon pilier, j'aperçois Julianne en grande conversation avec Harry Veitch. Elle éclate de rire. Emma est assise entre eux deux, mais elle n'arrête pas de grimper sur les genoux de sa mère pour avoir une meilleure vue. Julianne se rend-elle compte que Harry a une tête pleine de bosses ? Une grosse tête pleine de bosses. En tout cas, c'est ce que je vois de l'endroit où je me trouve.

Les lumières faiblissent. Les conversations cessent. L'orchestre attaque et le rideau s'écarte en cliquetant sur ses rails. Toute la troupe apparaît sur la scène, des banlieusards allant et venant dans une rue animée de New York. Millie, la petite provinciale originaire du Kansas, vient de débarquer à Manhattan.

Même si je suis fasciné par la présence de Charlie sur les planches, la représentation me paraît étrangement atone comparée à la répétition à laquelle j'ai assisté trois semaines plus tôt. La musique, la mise en scène sont identiques, mais ça n'a pas la même énergie ni autant d'ardeur. Peut-être Sienna est-elle l'ingrédient manquant ?

Personne d'autre ne semble s'en apercevoir. À la fin, tout le public se lève pour acclamer. Il y a trois rappels. Deux filles entraînent un metteur en scène réticent vers l'avant-scène en le tirant par les bras. Gordon Ellis s'incline théâtralement en effleurant le sol du bout des doigts avant de se redresser, les bras écartés pour inviter toute la troupe à venir saluer avec lui. Il enlace ses deux voisines, dont Charlie. Je sens de la bile me monter dans la gorge.

Le rideau se ferme. Les lumières se rallument.

Dehors, à l'écart, je cherche Julianne des yeux. Elle bavarde avec d'autres mamans. Harry rôde autour, en quête d'un interlocuteur. J'essaie d'éviter son regard, mais il m'a vu.

— Quel spectacle, hein ? Magnifique, n'est-ce pas ?

Il porte des chaussures de bateau et une de ces vestes de ski molletonnées dont la fermeture Éclair monte jusqu'au menton.

— C'était un film à la base, vous savez.

— Quoi donc ? demandé-je.

— *Millie.* C'est Julie Andrews qui jouait le rôle principal. Il y avait Mary Tyler Moore aussi dans le film. Sept nominations aux Oscars. Il a remporté le prix de la meilleure partition musicale.

J'aurais dû m'en douter. Harry est un expert en comédies musicales américaines.

— La musique est d'Elmer Bernstein, à ne pas confondre avec Leonard Bernstein. Ils n'étaient même pas de la même famille. À Broadway, on les avait surnommés West Bernstein et East Bernstein.

Harry éclate de rire.

Il est peut-être homo.

Comme il en a fini avec son anecdote, il me sourit. C'est à moi d'ajouter quelque chose à la conversation, semble-t-il, mais je ne trouve rien à dire. Après une longue pause, il suggère que nous fassions une partie de golf ensemble un de ces jours. Je pourrais venir dans son club.

— Je ne joue pas au golf, je lui rappelle.

— Ah oui, bien sûr. Au tennis alors ?

— Pas beaucoup ces temps-ci.

Il tiraille le lobe de son oreille. Après un autre silence prolongé, il se rapproche de moi et chuchote :

— Vous pensez que nous finirons par être amis, vous et moi ?

Il dit ça avec une telle sincérité que j'en conçois un élan de compassion pour lui.

— J'en doute, Harry.

— Comment ça se fait, à votre avis ?

— Parce que la seule chose qui nous rapproche, c'est Julianne, et si nous nous lions d'amitié, au bout du compte, vous vous estimerez en droit de discuter d'elle librement avec moi. La perdre, c'est une chose. Parler d'elle comme d'un intérêt commun, c'est une autre paire de manches.

Harry tire un peu plus durement sur son oreille

— Vous l'avez rendue très triste, vous savez.

— Je l'ai aussi rendue heureuse pendant vingt ans.

— Les gens changent, je suppose.

C'est à pleurer !

— Je vais essayer de la rendre heureuse, m'annonce-t-il.

Je sens les poils de mes bras se hérisser. Un frisson me parcourt la colonne vertébrale. Malgré sa taille et sa forme physique, j'ai envie de le frapper. Je suis en train de prendre goût à la bagarre, on dirait.

— Je ne veux pas qu'il y ait un malaise entre nous, s'obstine-t-il, ignorant totalement tous les signes avant-coureurs, mon langage corporel, le ton de ma voix, mes poings serrés. Et puis il me parle de plates-bandes sur lesquelles il ne veut pas marcher en m'affirmant qu'il n'y aura ni gagnant ni perdant.

Un son guttural s'échappe de ma gorge.

— Pardon ? fait-il.

— J'ai dit que c'étaient des conneries.

— Oh !

Il écarquille les yeux.

— Voyons les choses en face, Harry. Vous n'en avez rien à foutre de mes plates-bandes ou de mes sentiments. (Je parle les dents serrées en m'efforçant de ne pas attirer l'attention.) Vous adorez les trophées. Vous avez une maison trophée remplie de vitrines bourrées à craquer de trophées de golf et de squash, outre la lettre encadrée de Margaret Thatcher vous remerciant d'avoir fait un don à sa cause. Maintenant, c'est ma femme que vous voulez.

À court de mots, Harry bat des paupières. Le rouge monte de son cou à ses joues. J'ai envie de continuer. Je dois me faire violence pour la boucler. J'ai envie de lui dire qu'il n'est pas Frank Lloyd Wright ni Norman Foster, et que dessiner le chalet d'un millionnaire du télémarketing à Val-d'Isère ne lui vaudra pas le titre de chevalier. Je veux qu'il sache que son pantalon au-dessus de la taille n'allonge pas sa silhouette, que le gel qui fait briller ses cheveux ne le rajeunit pas. Que son gros bracelet en argent est bling bling et lui donne l'air d'un gangster.

Je crève d'envie de lui dire tout ça, mais je m'en abstiens, parce que ça ne m'intéresse même pas de le haïr comme je le devrais. Je ne suis pas vraiment en colère. Je suis triste, je me sens seul et j'en ai marre de ne pas arriver à aider des gens qui ont besoin de moi.

Julianne apparaît à côté de lui.

— N'était-ce pas merveilleux ?

— Splendide, dis-je.

Emma lui lâche la main pour s'approcher de moi.

— Je me demande où est passée Annie Robinson, ajoute Julianne en me regardant. C'est elle qui a fait les costumes et les décors, mais elle n'est pas venue.

— Elle avait peut-être quelque chose de plus important à faire, je réponds, sans parvenir à m'en convaincre.

— Charlie va à la fête organisée pour la troupe.

— Gordon Ellis sera là ?

— C'est juste pour les enfants. Une maman va aller leur chercher des pizzas. Tu peux passer la chercher plus tard ?

Julianne me donne l'adresse.

— Je lui ai dit 23 heures. Je sais qu'elle est censée être privée de sortie, mais elle a été si géniale ce soir, que je n'ai pas le cœur de jouer les méchants flics.

— Je veux aller avec papa ! déclare Emma.

— Non, ma chérie. Nous rentrons à la maison avec Harry.

— Je veux aller chez papa.

Julianne tente de la convaincre en soulignant que Harry a une très belle voiture.

— Il y a des sièges en cuir et ça sent super bon, tu te souviens ?

Harry pose une main sur sa tête.

— J'ouvrirai le toit, si tu veux.

Emma se dérobe en balançant un bras. Son poing cogne l'entrejambe de Harry. Il se penche brusquement en avant en aspirant péniblement une goulée d'air. Toujours plié en deux, il gémit – de loin, en tout cas, ça ressemble à un gémissement, mais de plus près, il a clairement dit : « Putain ! »

Emma a entendu elle aussi.

— Harry a dit un gros mot.

Julianne la prie de faire ses excuses.

— Mais, maman, c'était vraiment un gros mot !

— Dis pardon à Harry.

— J'ai pas fait exprès.

— Je le sais, mais tu dois quand même lui demander pardon.

Harry n'arrive toujours pas à se redresser complètement.

— … Pas grave… Ça n'a pas d'importance.

— Il a dit putain ! piaille Emma.

— Je t'interdis de répéter ce mot.

Emma désigne Harry.

— Et lui, alors ?

— Ça lui a échappé.

— Il devrait être puni aussi.

— Laisse-la aller avec son père, intervient Harry.

— Non ! proteste Julianne. Il s'agit d'établir des limites. Il faut qu'elle apprenne à obéir.

Emma serre ses bras autour de sa taille.

— Je me sens mal. Je crois que je vais vomir.

— Tu dis des bêtises, répond Julianne, pleinement consciente de la démonstration d'hypochondrie de sa fille (et de ses haut-le-cœur encore plus théâtraux.)

— Elle ferait peut-être mieux d'aller dans la voiture de Joe, suggère Harry en pensant à sa Lexus et à ses sièges en cuir. Il pourrait la déposer à la maison.

Julianne le fusille des yeux.

Pendant ce temps-là, Emma se livre à une de ses célèbres crises qui sous-entendent : « Faudra que vous me traîniez par terre si vous voulez que je m'en aille d'ici. » Julianne fait de son mieux pour l'ignorer, mais le corps d'Emma semble s'être liquéfié. Impossible de la soulever.

Nous dispersons la foule plus que nous attirons son attention. Chacun s'en retourne vers sa voiture.

Julianne se tourne vers moi.

— S'il te plaît, va-t'en !

— Qu'est-ce que j'ai fait ?

— Rien, mais tu aggraves les choses.

La dernière chose que j'entends, c'est Harry qui marmonne dans sa barbe :

— Pour l'amour du ciel, pourquoi ne pouvait-elle aller avec son père ?

Julianne lui décoche un regard noir.

Je le plains presque. Ses chances de tirer le gros lot ce soir viennent de partir en fumée.

Le portable d'Annie Robinson est éteint, elle ne répond pas sur le fixe. Je fais le trajet désormais familier en essayant de trouver une explication plausible à son absence à la représentation. Elle aurait dû venir saluer sur la scène.

Je tente une nouvelle fois de la joindre chez elle. Le répondeur se déclenche au bout de la huitième sonnerie.

Bonjour, désolée de ne pas pouvoir vous répondre. Laissez-nous un message après le bip.

C'est une femme célibataire qui vit seule. D'où le « nous ».

Bip !

— Annie, c'est Joe. J'étais à l'école ce soir. Je pensais vous voir... (Je marque un temps d'arrêt dans l'espoir qu'elle décroche.) Le spectacle était superbe... Les décors magnifiques.... Si vous êtes là, Annie, décrochez... J'espère que tout va bien... Appelez-moi quand vous aurez ce message.

Au moment où je m'engage dans sa rue, je vois sa voiture garée devant son immeuble. Elle ne répond pas à l'interphone. J'enfonce les touches de part et d'autre. Pas plus de chance. Je retourne sur le trottoir que je longe jusqu'à ce que je tombe sur une allée menant au canal entre deux résidences. En m'acheminant le long de la berge tapissée d'herbe, je compte les maisons jusqu'à ce que j'arrive au jardin clos d'Annie.

J'escalade le mur et j'atterris lourdement dans un buisson de roses grimpantes. Des épines se plantent dans mes vêtements, et je dois démêler les branches. La table dallée bleue et blanche est toujours sur la terrasse. Les deux chaises sont inclinées pour ne pas collecter l'eau de pluie.

En collant mon visage contre la vitre coulissante, j'inspecte le salon et la cuisine, plongés dans l'obscurité. J'aperçois une horloge au néon qui clignote sur le four. L'unique autre source de lumière s'infiltre sous la porte de la chambre d'Annie. On dirait qu'elle scintille. Comment ça se fait ? De l'eau ? La chambre est inondée !

Je ne devrais pas entrer. Il faut que j'appelle la police. Et si Annie avait glissé ? Elle est peut-être blessée, elle saigne si ça se trouve. Je tape au carreau, je l'appelle à tue-tête.

C'est de la folie. Je devrais faire quelque chose. J'attrape la chaise la plus proche et je l'expédie contre la vitre. Qui résiste. J'essaie de nouveau. Plus fort. Le panneau vibre avant de se désintégrer en une mosaïque de bris de verre.

Le salon est en ordre. Un catalogue IKEA est resté ouvert sur le canapé. Des chaussures sous la table basse. À gauche, les plans de travail de la cuisine sont propres. Des tasses et des assiettes s'amoncellent dans l'égouttoir. Il y a un paquet enveloppé d'un papier cadeau scintillant sur le comptoir, près d'une bouteille de vin. Ouverte. À moitié vide.

Le sol est trempé. Ça vient de la chambre. Je frappe, j'appelle Annie. Puis je tourne la poignée et je pousse la porte. La lampe de la table de chevet est allumée. Des vêtements jetés pêle-mêle près d'un panier en osier. Un soutien-gorge et un slip assortis. Mauves. Des habits propres, choisis pour la soirée, sont disposés sur le lit.

Je me souviens de la salle de bains. Du carrelage blanc, une odeur de parfum et de pot-pourri. Un écran en verre dépoli dissimule la baignoire et la robinetterie. Des pétales de fleurs ont débordé de la baignoire ; ils bloquent l'orifice d'évacuation au sol.

Annie gît dans la baignoire, une main sur le rebord au-dessus d'un verre à vin cassé. Il y a du sang et des vomissures dans l'eau.

Elle est vivante. Elle convulse.

Je glisse mes bras sous elle et je la soulève tant bien que mal. L'eau éclabousse partout autour de moi. Je parviens à l'agenouiller sans cesser de lui parler. En lui disant de tenir bon. Que ça va aller.

Puis je la traîne à moitié jusqu'au lit, je l'allonge sur le côté et je la couvre. Ensuite j'appelle police-secours. Une ambulance. La police. Nom. Adresse. Numéro de téléphone.

— Je crois qu'on l'a empoisonnée, j'explique au préposé.

— Avec quoi ?

— Je n'en sais rien. C'était peut-être dans le vin.

— Est-elle ivre ?

— Non… Je ne pense pas. Je ne suis pas sûre.

— Son poids et sa taille, approximativement ?

— Comment ?

— Son poids et sa taille ?

— Euh… un mètre soixante-cinq. Dans les soixante kilos.

— Avez-vous bu de ce vin, monsieur ?

— Non. Je suis arrivé après...

— Ne touchez pas la bouteille.

Je vais dans le couloir et j'ouvre la porte d'entrée. Les clés de voiture et le sac de Annie sont posés dans une coupe. Une lumière clignote sur le répondeur. Le compteur indique « 2 ».

J'appuie sur « play ».

Une voix de femme :

« Bonjour, ma chérie, c'est ta maman. Je suppose que tu es sortie ! Penny est de nouveau enceinte. À quoi pense-t-elle ? La pauvre chérie est malade comme un chien. Ça doit être un garçon. Ils vous font toujours souffrir. Passe-lui un coup de fil pour lui remonter le moral. »

Clic !

Deuxième message :

« Annie, c'est Joe. J'étais à l'école ce soir. Je pensais vous y voir… »

J'appuie sur la touche « Arrêt ». Silence.

De retour dans la chambre, je prends Annie dans mes bras et j'écoute sa respiration vacillante. Elle a les yeux fermés. Que sais-je sur les poisons ? J'ai fait trois ans de médecine, mais la toxicologie ne faisait pas partie de mes priorités. Ne jamais faire vomir la victime si elle fait des convulsions. Je me souviens de ça au moins. Ça me fait une belle jambe…

Annie ouvre les yeux. La peau autour de ses lèvres est toute brûlée, à vif. Elle a l'estomac gonflé, dur.

— Je savais que vous reviendriez.

44

22 heures passées. Des dizaines de gens se massent sur le trottoir – des résidents, des voisins, des passants, en robes de chambre, anoraks, bonnets en laine. Une lumière bleue éclaire leurs visages par intermittence.

Quatre voitures de police sont garées devant la rangée de pavillons, ainsi que deux ambulances et une camionnette de la police scientifique. Trempé jusqu'aux os, je refuse d'aller m'asseoir à l'intérieur des voitures de police, de peur de passer pour un suspect. Les agents m'ont dit d'attendre. L'un d'eux est chargé de me surveiller. Il se tient à moins de cinq mètres de moi, dos aux badauds, les yeux rivés sur moi.

— Pourquoi êtes-vous mouillé, mon cœur ? demande une voix.

Elle appartient à une petite femme noire, en uniforme vert foncé de secouriste. Le badge épinglé à sa poitrine indique « Yvonne ».

— Je l'ai trouvée dans son bain, je réponds, hébété.

Yvonne hausse un sourcil.

— J'aimerais pas qu'on me trouve dans mon bain.

Quand elle éclate de rire, son corps s'ébranle de la tête aux pieds.

— Elle est blanche, hein ? On ne vit pas dans un endroit comme ça à moins d'être un Blanc ou de prétendre en être un. Vous voyez ce que je veux dire ?

— Pas vraiment.

Yvonne incline son large visage vers moi.

— Ça va, mon cœur ? Vous voulez vous asseoir ? Je peux vous trouver une couverture. Un peu d'oxygène ?

Elle désigne l'ambulance.

— Ça va.

— Comme vous voulez.

Elle se mouche en jetant un coup d'œil aux curieux.

— Vous savez ce qu'ils pensent ?

— Non.

— Ils se demandent ce qui se passe dans le monde. C'est ce qu'ils disent toujours quand on leur braque des caméras de la télévision sous le nez. « On s'y attend, pas vrai ? Seulement, pas où on vit. C'est un quartier convenable. Dieu sait comment tout ça va se terminer. Bla bla bla. » C'est pas ça qu'ils disent ?

— Si.

La porte s'ouvre, et deux ambulanciers apparaissent en poussant une civière pliante. Annie est attachée dessus, une intraveineuse dans le bras, une poche pendue au-dessus de sa tête.

— On y va, là, me dit Yvonne. Prenez soin de vous.

La civière glisse dans l'ambulance, et les portes se referment. Je sens l'odeur d'Annie sur mes mains – celle de la CPE, douce comme le velours, au rouge à lèvres éclatant, aux yeux bruns humides. Elle m'a confié que personne ne la trouvait belle à l'époque où elle était à l'école, mais elle s'est épanouie dans le mariage avant de devenir une jolie divorcée.

J'aimerais que Ruiz soit là… ou Ronnie Cray. J'ai laissé mon portable dans la voiture. Elle est au bout de la rue. Je peux les appeler. Il faut que quelqu'un aille chercher Charlie.

L'agent aux cheveux cendrés me bloque le passage avant que j'atteigne la Volvo.

— Où allez-vous comme ça, monsieur ?

— Je vais juste chercher mon téléphone.

— On vous a dit de ne pas bouger.

— J'ai besoin de passer un coup de fil.

— Retournez à la voiture, monsieur.

Une main sur sa ceinture, il me regarde avec une parfaite indifférence.

Je prends un ton qui laisse entendre que je serais content de coopérer dans la mesure de mes moyens. J'écrirai une lettre d'éloges informant ses supérieurs de sa conscience professionnelle, si seulement il voulait bien me laisser aller prendre mon téléphone.

À cet instant, inopinément, mon bras gauche se dresse tout seul. On dirait que je fais le salut nazi. Je dois le baisser de la main droite.

— Vous me menacez, monsieur ?

— Non.

— Vous vous moquez de moi ?

— Bien sûr que non. J'ai la maladie de Parkinson.

Les tremblements se sont changés en secousses. L'effet des médicaments commence à s'estomper. En me concentrant au maximum, je m'efforce en vain de maintenir une pause constante.

— Je suis le professeur O'Loughlin. Il faut que j'appelle ma fille. Je suis censé aller la chercher… Mon portable est dans ma veste… Sur le siège avant. Si vous pouviez me le rapporter. Voici les clés.

— Ne m'approchez pas, monsieur. Baissez les bras.

Tous les regards sont tournés vers nous maintenant. Mon apparente innocence s'est muée en soupçon. En culpabilité.

— Prenez juste les clés, apportez-moi mon téléphone et laissez-moi parler à ma fille.

— Reculez d'un pas, monsieur.

Il ne veut pas m'écouter. Je tente un pas en arrière, mais mes neurotransmetteurs sont quasi à plat. Au lieu de reculer, je fais un bond en avant. En un clin d'œil, une matraque dépliable allonge le poing de l'agent. Quand il la brandit, j'entends un sifflement. Elle s'abat sur ma main tendue. Je lâche mes clés de voiture.

La douleur ne se fait pas sentir tout de suite. Et puis j'ai l'impression d'avoir des os cassés. Dans la foulée, mes jambes se dérobent sous moi, je me retrouve à genoux, à plat ventre. Le policier pèse sur moi de tout son poids, plaquant mon visage contre le trottoir.

— Détendez-vous, monsieur, et on ne vous fera pas de mal.

Une joue collée contre le bitume, je vois les voitures de police, les camionnettes de l'équipe scientifique, la foule qui nous observe. En biais. Les curieux se demandent si je suis le suspect numéro 1. Ils aimeraient bien pouvoir dire demain à leurs amis qu'ils ont assisté à mon arrestation, qu'en me regardant dans les yeux ils ont tout de suite su que j'étais coupable.

Louis Preston est en plein conciliabule avec un des techniciens. Je hurle son nom. Il se retourne, cligne des yeux.

— Louis, c'est moi. Joe O'Loughlin.

Le policier me dit de me taire.

— Je connais le docteur Preston, dis-je. Il est médecin légiste.

Preston s'approche finalement de moi. En combinaison bleue. Il penche la tête et me dévisage.

— Qu'est-ce que vous fabriquez, professeur ?

— Quelqu'un est assis sur moi.

— Je vois ça.

Preston regarde l'agent.

— Pourquoi êtes-vous assis sur le professeur ?

— Il essayait de s'enfuir.

— S'enfuir où exactement ?

Le flic met un moment à comprendre son sarcasme.

— Laissez-le se relever, monsieur l'agent. Il n'ira nulle part.

Je me redresse et, soudain, mes jambes se bloquent. Je plonge en avant. Monsieur Parkinson a pris le contrôle. Les comprimés sont dans mon manteau… avec le téléphone.

Preston me saisit l'avant-bras.

— Qu'est-ce que vous fichez ici ?

— Annie Robinson est une de mes amies. C'est moi qui ai prévenu la police.

— Quand l'avez-vous vue pour la dernière fois ?

— Hier. À l'heure du déjeuner.

Preston jette un coup d'œil vers le pavillon.

— J'ai du travail.

— Vous voulez bien juste aller me chercher mes médicaments et mon téléphone. Ils sont dans mon manteau, dis-je en désignant la voiture.

Il prend les clés. En atteignant la Volvo, il enfile ostensiblement un gant en caoutchouc. Il ouvre la portière arrière et se penche par-dessus la banquette pour prendre mon manteau devant. L'insinuation est claire.

Il me rapporte le flacon, mais pas le téléphone.

J'attrape deux comprimés que j'avale tels quels en regardant deux inspecteurs se diriger vers nous. L'un d'eux a la tête rasée sur les côtés.

Preston ôte son gant.

— Faites attention, professeur. Ces gars-là ne sont pas vos amis.

45

Deux inspecteurs trapus, le brigadier Stoner et son patron, Wickerson, qui a des allures de marine américain. Il est 23 heures passées maintenant. Je suis censé aller chercher Charlie, mais ils refusent de me laisser téléphoner.

— Elle a quatorze ans. Elle m'attend. S'il lui arrive quelque chose, je m'assurerais personnellement que vous passiez le reste de votre vie professionnelle à briefer des avocats.

— Est-ce une menace, monsieur ?

— Non. Je n'en suis plus là. Je vous ai demandé gentiment. J'ai supplié. J'ai fait appel à votre bon sens. Laissez-moi juste téléphoner. Il faut qu'elle rentre à la maison.

Stoner et Wickerson discutent de la chose en aparté. Pour finir, on me tend un portable. J'appelle Ruiz.

— J'ai un truc intéressant à vous raconter ? m'annonce-t-il d'emblée.

— Pas maintenant.

— Quelque chose ne va pas ?

— Je suis avec la police. J'ai besoin que vous alliez chercher Charlie.

Je lui parle d'Annie Robinson, de mon arrestation.

— Passez prendre Charlie. Assurez-vous qu'elle rentre à la maison.

Je lui donne l'adresse.

— Je m'en occupe.

Stoner récupère le téléphone avant de me conduire dans une salle d'interrogatoire. Je reste là, dans mes vêtements mouillés, à boire un café instantané que l'on pourrait inscrire au registre des tortures au même titre que la privation de sommeil ou le supplice de la planche à eau.

Je n'arrête pas de penser à l'appartement d'Annie, à la bouteille de vin ouverte, au cadeau empaqueté. À la carte de remerciements abandonnée sur le comptoir. Quelqu'un a tenté de l'empoisonner. Pourquoi ?

Elle était au courant pour Ellis et Sienna. L'école l'avait chargée de mener une enquête, mais elle n'a pas donné l'alerte. L'amitié ne suffit pas à expliquer cette décision. Je repasse mentalement l'appartement en revue – des parfums de prix, des sacs haute couture dans le placard. Elle s'est plainte de s'être fait plumer lors du règlement de divorce.

Quand je lui ai demandé comment elle avait pu se permettre de louer un aussi bel appartement, elle m'avait répondu qu'elle ne voulait plus attendre pour avoir ce qu'elle voulait. Peut-être a-t-elle trouvé un moyen de compléter ses revenus. Le chantage peut se révéler lucratif.

À minuit et demi, les inspecteurs réapparaissent et me font des excuses. L'espace d'un instant, je m'imagine qu'on va me libérer, mais ils s'installent tous les deux, et branchent un magnétophone. Stoner ressemble à un trader yuppie des années 1980 avec ses bretelles sur sa chemise blanche.

— Raconte-nous tout ça encore une fois, Joe, dit-il, comme si on était des vieux copains.

Je leur parle de la comédie musicale, de l'absence d'Annie que j'ai essayé de joindre en vain.

— Si bien que vous avez décidé de passer chez elle.

— Oui. En voyant sa voiture, j'ai pensé qu'elle devait être rentrée, mais elle n'est pas venue ouvrir quand j'ai sonné.

— Alors vous avez escaladé la clôture ?

— J'étais inquiet.

— Quand mes amis ne sont pas chez eux, je n'escalade pas la clôture et je ne défonce pas la porte de leur patio.

— J'ai vu de l'eau couler sous la porte de sa chambre.

— Vous avez dit que tout était éteint.

— Il y avait de la lumière dans la chambre.

— Et vous pouviez voir de l'eau ?

— Oui.

Ça continue dans cette veine un moment. Chaque détail est minutieusement décortiqué : dans quelles pièces suis-je entré, ce que j'ai touché, la dernière fois que j'ai vu Annie. Et puis on recommence au début. Stoner joue les durs alors que Wickerson veut être mon meilleur pote, me sourit, m'encourage, me fait des clins d'œil. À certains moments, il semble perplexe, presque triste comme s'il écoutait un individu diminué.

Stoner se lève et passe derrière moi de sorte que je dois tourner la tête pour continuer à le regarder. Ce n'est pas un type compliqué. Il fait simple. Il parle lentement.

— Rappelez-nous comment vous avez fait la connaissance d'Annie Robinson ?

— C'est une amie. Elle travaille à l'école de ma fille. Nous nous sommes croisés à plusieurs reprises.

— Ce n'est pas votre petite amie ?

— Non.

— Vous ne couchez pas avec elle alors ?

— C'est arrivé une fois.

— *Ah bon !*

Stoner a l'air de penser que c'est un aveu révélateur. Ils ne m'écoutent pas.

— Dites-nous ce que vous avez mis dans ce vin.

— Je ne l'ai pas touché.

— Elle vous a repoussé, Joe ? Avez-vous fait usage d'une sorte de drogue du violeur ?

— Non.

— Allons-nous trouver votre sperme sur ces draps ?

Gaspillage de mots. Perte de temps. C'est Gordon Ellis qu'ils devraient interroger.

Au bout d'une heure d'interrogatoire, ils font une pause. On me laisse dans la salle à essayer de reconstituer le puzzle. Où Novak Brennan s'intègre-t-il dans cette affaire ? Le procès, le jury, le Pleureur – j'ai les fragments d'une histoire, des photos sans le récit.

Des éclats de voix dans le couloir. Ronnie Cray fait irruption dans la pièce comme si elle voulait élargir la porte avec les hanches.

— Je dois reconnaître, professeur, que quand vous vous mettez dans la merde, vous enfilez vos bottes et vous sautez dedans à pieds joints.

J'entends Stoner et Wickerson protester derrière elle.

— Vous avez fait une déposition ? me demande-t-elle.

— Oui.

— Vous avez quelque chose à ajouter ?

— Non.

— Bon. Prenez votre manteau.

Wickerson ne veut pas en entendre parler.

— Vous ne pouvez pas débarquer comme ça. L'interrogatoire n'est pas fini.

— Portez l'affaire devant le commissaire divisionnaire, rétorque Cray. Passez-lui donc un coup de fil. Il adore qu'on le réveille à 2 heures du matin.

Elle discourt toujours en m'entraînant dans le couloir. Stoner marmonne quelque chose qui se termine par « trop moche pour se faire sauter ».

Cray s'arrête, se retourne lentement, le dévisage.

— Je vous connais ?

— Non, madame, répond-il avec un sourire moqueur.

— Mais si ! Derek Stoner. Derek le mortel. Vous êtes un homme à femmes. Vous êtes sorti avec une des policières du commissariat de Trinity Road. Une gentille fille. Elle m'a dit que vous aviez une bite de la taille d'un crayon et que vous n'auriez pas trouvé son clitoris même avec un compas et une carte routière. (Elle marque un temps d'arrêt, puis lui adresse un clin d'œil.) Pourtant un de nous deux l'a fait crier.

Quelques secondes plus tard, on est dehors. Monk attend au volant d'une voiture.

— Où va-t-on ? demandé-je.

— Trinity Road, me répond Ronnie. Sienna Hegarty a fait sa déposition. Nous arrêtons Ellis à l'aube.

— Vous allez l'inculper ?

— Nous allons lui parler, mais si j'étais vous, je ne me ferais pas trop d'illusions.

— Pourquoi ?

— Il a déjà été mis en examen. Il connaît la chanson – interrogatoires, fouilles, surveillance clandestine. Question suspect, c'est un expert !

46

Recouverte d'une mince couverture, la tête dans l'ombre, Sienna est recroquevillée sur un lit de camp dans le bureau de Cray. Une policière, assise sous une lampe, veille sur elle, un magazine ouvert sur ses genoux.

— Prévenez-moi quand elle se réveille.

Un hochement de tête. Elle se replonge dans sa lecture.

Le bureau du commissariat est presque entièrement plongé dans l'obscurité en dehors d'un halo de lumière, tel un projecteur sur une scène. Cray me tend une transcription et des cassettes de l'interrogatoire de Sienna.

— Nous ne pouvons pas confirmer son histoire. Il n'y a pas de mails, aucun mot, pas de coups de fil. Personne ne les a vus ensemble à part Danny Gardiner, et encore, dans une voiture. Nous avons traqué leurs deux portables. En dehors de l'école, impossible de situer Sienna et Ellis à moins de cinquante mètres l'un de l'autre.

— Gordon l'obligeait à éteindre son téléphone. Et les conversations sur les forums de discussion ?

— Nous allons avoir les transcriptions. Même si elles montrent que Sienna a agi sous la contrainte, il reste à prouver qu'Ellis a créé ce personnage de « Rockaboy ». On a un mandat de perquisition pour son domicile et son bureau, mais je doute fort d'y trouver des ordinateurs.

Elle scrute mon visage.

— Expliquez-moi comment Annie Robinson s'est trouvée mêlée à cette affaire.

— Je pense qu'elle faisait chanter Gordon Ellis à propos de sa liaison avec Sienna.

— Vous avez des preuves ?

— Elle était au courant de leur relation, mais elle n'en a parlé ni à l'école ni aux parents de Sienna.

— Elle protégeait un collègue.

— Ça va au-delà de ça. Elle vit au-dessus de ses moyens. Vêtements, chaussures de luxe. Son appartement. Elle m'avait caché qu'elle était sortie avec Gordon Ellis à la fac aussi.

— Et Novak Brennan dans tout ça ?

— Ellis et lui étaient colocataires à l'université. D'après Annie, Brennan fournissait la moitié du campus en drogues. Ellis était un de ses dealers.

— Ça remonte à des années.

— Ne dit-on pas que les amitiés que l'on noue à la fac sont pour la vie ?

— Vous pensez que c'est Ellis qui lui a envoyé ce vin ?

— Je n'en sais rien. Cela semble trop maladroit.

— Maladroit ?

— Il ne commet pas beaucoup d'erreurs.

— Il a peut-être paniqué.

— J'en doute.

Cray se lève, s'étire, fait rouler sa tête latéralement.

— On n'a pas beaucoup de temps, professeur. On ne peut pas prouver qu'Ellis a attiré Sienna dans ses filets. Ni qu'il a couché avec elle. Ni qu'il l'a engrossée. À moins qu'Annie Robinson corrobore la version de la gamine, Ellis va sortir d'ici à l'aise, prêt à jeter son dévolu sur d'autres écolières.

Je lève les yeux vers la pendule. Je ne dispose que de quelques heures pour trouver une stratégie d'interrogatoire. Il faut que je sache un maximum de choses sur Ellis – son passé, ses amitiés, ses relations... Sa mentalité aussi, sa personnalité, les côtés obscurs de sa vie. Je dois pénétrer son esprit, voir le monde à travers ses yeux, découvrir ce qui l'excite et ce qu'il craint le plus.

Je m'assois dans un coin tranquille et commence à écouter les enregistrements de l'interrogatoire de Sienna. En recourant à l'avance rapide, ne passant que des extraits, je l'écoute expliquer comment elle a été séduite par son professeur préféré qui l'a abreuvée de compliments pour l'appâter. Pour finir, elle a cédé à ses avances. Ils se donnaient rendez-vous dans la voiture de Gordon après les cours, se garaient dans des allées tranquilles. Toujours dans un endroit différent. De temps à autre, il l'emmenait dans des hôtels bon marché ou s'arrangeait pour qu'elle dorme chez lui, lorsqu'elle venait garder Billy. Il se glissait dans son lit la nuit, tout excité à l'idée de la prendre pendant que sa femme dormait à côté.

« J'étais inquiète parce que j'avais perdu une boucle d'oreille. C'était la paire préférée de maman. Je pensais qu'elle était peut-être tombée du canapé ou restée dans le lit. Gordon était furieux quand Natasha l'a trouvée dans leur chambre. Elle l'a accusé de coucher avec moi. Elle ne voulait plus que je fasse du baby-sitting après ça. Maman a cherché la boucle d'oreille comme une folle. Elle a mis toute la maison sens dessus dessous. Vous ne lui direz pas, hein ? »

Monk lui promet que non. Il lui demande si elle a conservé des mots, des photos, des cadeaux de Gordon.

« Il disait que je ne devais en parler à personne.

— Mais tu as bien dû garder quelque chose. Un petit souvenir.

— Comment ça ?

— Un objet quelconque, pour penser à lui.

— Non, pas vraiment. J'écrivais mon journal sur mon ordinateur, mais je changeais les noms.

— Où est ton ordinateur maintenant ?

— On l'a volé… le soir où papa s'est fait… où il est mort. »

Ils abordent ensuite la journée du meurtre de Ray Hegarty. Après que Danny Gardiner l'eut déposée à un coin de rue dans Bath, Sienna a attendu Gordon Ellis. Il est venu avec quelqu'un d'autre. Ils l'ont obligée à s'allonger sur la banquette arrière.

« À quoi ressemblait l'autre homme ?

— Je n'étais pas censée voir son visage.

— Mais tu l'as vu quand même.

— Oui. Il avait des larmes noires qui lui coulaient des yeux.

— Des tatouages ?

— Oui.

— Sais-tu comment il s'appelle ?

— Non.

— Que t'a dit Gordon ? »

Sienna hésite. Bredouille.

« *Il a dit que je devais coucher avec quelqu'un. Je lui ai demandé pourquoi. Il a répondu que c'était pour prouver à quel point je l'aimais.*

"Mais tu sais que je t'aime, j'ai dit.

Prouve-le-moi encore une fois.

Et si je ne veux pas ?

Tu le feras quand même.

Et s'il est laid ?

Ferme les yeux et pense à moi." »

Monk l'interroge sur le trajet qui a pris plus de quinze minutes, mais moins d'une heure, d'après Sienna. Quand la voiture s'est arrêtée, Gordon lui a dit de se coiffer et de se remaquiller. Elle portait sa robe années 1920.

« *Gordon m'a emmenée jusqu'à la porte. Il a frappé. Un monsieur est venu ouvrir.*

— Comment était-il ?

— Vieux. Cinquante ans peut-être. Il avait le teint rouge.

— Les cheveux ? Quelle couleur ?

— Il n'en avait pas beaucoup. Il m'a offert une coupe de champagne. J'ai commis une erreur en lui disant que j'étais trop jeune pour boire. Et puis je me suis rappelé que Gordon m'avait dit qu'il ne fallait pas que je lui dise mon âge. "Quel âge as-tu donc ?" il m'a demandé. J'ai menti en lui disant que j'avais dix-huit ans.

— Tu trembles. Tu as froid ?

— Non.

— Tu avais déjà fait ça avant ?

— Non. Après ça il a posé ses mains sur mes épaules et il a fait glisser ma robe le long de mes bras. J'ai essayé de me couvrir, mais il m'a dit que je n'avais pas à avoir honte... »

Sienna se met à pleurer. Monk interrompt l'interrogatoire, en précisant l'heure. Un silence sur la bande, puis j'entends de nouveau sa voix. Il entame une nouvelle séance.

Au même instant, du coin de l'œil, je remarque un mouvement. Sienna est réveillée. Somnolente.

— Qu'est-ce que vous écoutez ? demande-t-elle.

— Ton interrogatoire.

Elle baisse les yeux. Gênée.

— Comment te sens-tu ?

— J'ai l'impression qu'un éléphant s'est assis sur moi.

Je tire une chaise. Elle serre ses genoux contre elle.

— Je suis vraiment bête, hein ?

— Ne sois pas trop dure avec toi-même.

— Vous allez l'arrêter ?

— Oui.

Une policière lui apporte une tasse de thé. Sienna la serre dans ses mains pour se réchauffer. Je reconnais à peine la fille que j'ai rencontrée jadis. Son attitude franche, directe, son assurance ont été laminées.

Va-t-elle se remettre de tout ça ? Possible. Elle est intelligente, sensible. Avec de bons modèles, des conseils judicieux, elle peut encore faire quelque chose de sa vie. Sinon, elle échouera dans les bras d'un mari violent, d'un détraqué qui aura compris que Ray Hegarty et Gordon Ellis ont préparé le terrain pour briser son âme.

Je l'interroge sur la maison où on l'a conduite. Sur l'homme avec laquel elle a dû coucher. Elle hésite, répugnant à revenir dessus encore une fois.

— Tu te rappelles ce qu'on a fait la dernière fois ? Si tu ne veux pas répondre à une question, tu n'as qu'à lever la main droite. Rien que les doigts. C'est notre signal.

Elle hoche la tête.

— De quoi te souviens-tu à propos de la maison ?

— Il y avait des tas de vieilleries. Des meubles anciens, je crois. Et une de ces grandes pendules qui sonnent toutes les heures. Elle sonnait quand il était en train.. en train… enfin, vous comprenez.

— Il t'a emmenée à l'étage ?

— Oui.

— Est-ce qu'il y avait des tableaux sur les murs ?

— Des gens morts encadrés.

— Et lui qu'est-ce qu'il portait ?

— Une robe de chambre. Et des chaussons comme ceux de mon grand-père. Ils claquaient à chaque pas.

— Est-ce qu'il t'a parlé ?

— Il était gentil. Il m'a demandé comment je m'appelais. Quand je le lui ai dit, il m'a répondu : « Je suppose que ce n'est pas ton vrai nom. » Je savais que j'aurais dû en inventer un.

— T'a-t-il dit comment il s'appelait ?

— Non.

Sienna me regarde, évaluant ma réaction, cherchant à savoir si elle s'est rabaissée à mes yeux.

— Au début, j'ai pensé qu'il était juste seul, vous voyez, comme un vieux qui n'a personne, mais je me suis aperçu qu'il était marié.

— Comment t'en es-tu rendu compte ?

— Il a ouvert un placard et j'ai vu des robes et des chaussures de femmes. Je pense qu'il avait peut-être une fille de mon âge parce qu'à un moment donné, il m'a appelée autrement.

— Comment t'a-t-il appelée ?

— Megan.

Je pourrais lui soutirer davantage de détails si je la ramenais à cette nuit-là, si je procédais à une interview cognitive en règle en l'incitant à se concentrer sur les sons, les odeurs, les images. Mais quel prix aurait-elle à payer pour ça ? Je risquerais de traumatiser une jeune fille qui a déjà assez souffert.

À la place je choisis un autre événement : le week-end où elle est partie avec Gordon Ellis. C'était à l'automne, peu après la rentrée des classes.

— Danny est venu me chercher à l'école et m'a déposée dans une allée sur la A26. Gordon voulait s'assurer que personne d'autre ne nous verrait ensemble. Il m'a dit de me coucher sur la banquette arrière, sous une couverture.

— Où était Billy ?

— À côté de moi, dans son rehausseur. Il a cru qu'on jouait à cache-cache.

— Est-ce que Gordon a précisé où vous alliez ?

— Au bord de la mer. Je crois qu'il a dit que la caravane était en Cornouailles.

— C'est loin.

Elle hausse les épaules.

Je lui pose des questions sur le trajet, mais elle ne souvient d'aucune pancarte ou nom d'agglomération. À un moment donné, Gordon a dit qu'il avait faim. Ils ont fait halte dans un fish & chips. Sienna a attendu dans la voiture. Il a emmené Billy avec lui.

— Je veux que tu fermes les yeux et que tu repenses à ce moment-là. Tu es seule dans la voiture. Rappelle-toi de l'odeur, de ce que tu portais. Tu es excitée. Anxieuse aussi. Nerveuse peut-être. Gordon est allé chercher à manger. Tu attends. De quoi te rappelles-tu ?

— Une chanson de Lily Allen passait à la radio.

— C'est bien.

— J'avais oublié de dire à Gordon de me prendre du ketchup. Je n'aime pas le vinaigre sur les frites.

— Es-tu allée le lui dire ?

— Non. Il m'avait dit de rester dans la voiture.

— Tu avais ton portable.

— Il m'avait demandé de l'éteindre.

— Qu'est-ce que tu voyais dehors ?

— Un magasin d'encadrement. Un autre avec des saucissons dans la vitrine.

— Quoi d'autre ?

— Il y avait un pub de l'autre côté de la rue avec un écriteau dehors, qui disait : « Les chiens sont les bienvenus. » Ça m'a fait rire et je l'ai montré à Gordon. J'imaginais des chiens qui allaient commander à boire au bar. (Elle ouvre les yeux et me regarde.) Ça ne doit pas beaucoup aider, dit-elle.

— Tu serais surprise…

Je l'incite à me raconter le reste du trajet, lui soutirant des petits détails souvent au hasard. Elle se rappelle certaines chansons à la radio, une affiche pour un terrain de golf, l'odeur d'un élevage de volaille.

— Je crois qu'après ça, je me suis endormie.

— Pendant combien de temps ?

Elle se concentre en faisant la grimace.

— Gordon a dit que j'avais eu une intoxication alimentaire.

— Il a dû te réveiller à un moment donné.

— Il a dit que je m'étais vomi dessus, que c'était pour ça qu'il m'avait déshabillée. « J'ai apporté un pyjama », je lui ai répondu, mais il a dit que je l'avais sali aussi.

— Tu étais nue ?

Elle rougit, et j'ai comme de la poussière dans la bouche.

— Parle-moi de la caravane.

Elle plisse le front.

— Il y avait un lit, un petit lavabo, une table pliante.

— Des rideaux ?

— Des rideaux noirs, scotchés.

— Tu as pu jeter un coup d'œil dehors ?

— Je me suis réveillée pendant la nuit. Je crevais de soif. Au début, j'ai eu peur. Je n'arrivais pas à me souvenir où j'étais ni pourquoi il faisait aussi sombre.

— Où était Gordon ?

— Il avait dû sortir. J'avais la tête affreusement lourde. J'ai glissé les doigts sous le scotch des fenêtres et j'ai soulevé un angle. Je voyais des lumières de toutes les couleurs, j'entendais de la musique. Des enfants crier. C'était une fête foraine. Ça m'a rappelé la fois où on est allés à Blackpool quand j'avais onze ans. Lance avait gagné un panda au stand de tir et j'ai embrassé un garçon de Maidstone, un cousin d'après ma mère, mais c'était juste un ami de la famille, en fait.

Sienna sourit timidement.

— Cette fête foraine… tu as vu quelles attractions ?

— Il y avait un carrousel, je crois. Je voyais les lampes multicolores sur le dessus. C'est important ?

— Peut-être.

47

Les prémices de l'aube apparaissent à l'horizon tandis que le gris du ciel s'estompe. F. Scott Fitzgerald a écrit que l'authentique nuit profonde de l'âme se situe à 3 heures du matin, mais ce n'est pas exact. Le moment le plus obscur, c'est juste avant l'aube quand on se réveille et qu'en jetant un coup d'œil entre les rideaux on se demande où est passé le monde.

Des phares surgissent puis s'évanouissent sur la M32. Un camion d'éboueurs fait marche arrière dans une allée. Sur le trottoir, un ouvrier se dépêche d'aller rejoindre son poste. La journée commence.

Je vais aux toilettes me soulager et j'avale quelques comprimés avant de me lancer à la recherche de Ronnie Cray. Je la trouve en train de faire les cent pas dans le garage, une cigarette éteinte entre les lèvres. Telle une personne atteinte de troubles obsessionnels compulsifs, elle est bourrée de tics. Elle tapote sa cigarette sur son poignet avant de la glisser entre ses lèvres.

Le procès de Novak Brennan reprend ce matin. Je ne lui ai pas demandé ce qu'elle comptait faire au sujet du président du jury et des photos.

— Alors, vous en êtes où ? me demande-t-elle d'un ton plein d'espoir.

Je sens une montée acide au creux de mon estomac.

— Ellis ne craquera pas. Il est déjà passé par là – la garde à vue, les interrogatoires. On n'arrivera pas à lui arracher des aveux. Vu qu'il a assassiné sa femme sans se faire pincer, il s'estime plus intelligent que la police.

Je jette un coup d'œil à mes notes. Le nom de Gordon Ellis Freeman est gribouillé en haut de la page.

Âge : 36 ans.
Intelligence au-dessus de la moyenne.

Grande connaissance des techniques médico-légales.

Sûr de lui sur le plan technologique.

Manipulateur exercé et prédateur qui planifie longuement et a l'aptitude de mettre ses projets à exécution.

Sa motivation n'est pas particulièrement sexuelle. La chasse lui procure plus de satisfaction que de la conquête. Soumettre une jeune fille à sa volonté. L'inciter à tomber amoureux de lui. À s'offrir à lui sans conditions.

Cray referme son briquet d'un geste du poignet.

— Vous pouvez traiter Ellis de pointeur, de pervers, de pédophile, mais ça ne suffit pas à expliquer sa personnalité. À moins de saisir le plaisir intense qu'il tire du fait de coucher avec une mineure et de faire d'elle le paroxysme de ses fantasmes, vous ne le comprendrez jamais. Sienna était l'aboutissement d'une longue trajectoire.

Je m'arrête et j'attends. J'ai toujours l'attention de l'inspecteur.

— Vous devez analyser d'une manière très précise sa version des faits. Ne le laissez pas tergiverser ni faire du délayage. Posez-lui des questions directes relatives aux dates, aux lieux, aux heures. Si vous ficelez bien le tout, il risque de se planter.

— Mais vous n'y croyez pas trop ?

— Non.

— Dites-moi quand vous m'annoncerez la bonne nouvelle, marmonne-t-elle.

— Sienna est son maillon faible – le seul élément qu'il ne peut pas contrôler. Pour le moment, il pense que personne ne la croira parce qu'elle est soupçonnée de meurtre et qu'elle n'a que quatorze ans, mais il est inquiet. C'est la raison pour laquelle il a essayé de la museler.

» Vous vous souvenez de la caravane ? La police n'arrivait pas à la retrouver quand sa femme a disparu. Ellis a prétendu qu'il l'avait perdue en jouant au poker, mais c'est faux. Il l'a cachée, ou alors il a réussi à s'en procurer une autre.

— Pourquoi aurait-il besoin d'une caravane ?

— Il lui faut un endroit isolé pour être seul avec ses victimes, savourer l'expérience et la faire durer. Sienna l'a accompagné de son plein gré. Il l'a quand même droguée pour qu'elle ne connaisse pas leur destination. C'était aussi pour lui faire des choses contre son gré.

Une veine palpite dans le cou de Cray, au rythme de ses battements cardiaques.

— Il a gardé des souvenirs, à votre avis ?

— Des photos. Des vidéos peut-être. Il avait mis des rideaux noirs aux fenêtres, ce qui laisse supposer l'existence d'une chambre noire.

L'inspectrice ouvre sa main en grand et frotte sa paume du bout des doigts.

— Comment va-t-on trouver cette fichue caravane ?

— On n'a pas besoin de la trouver.

— Je ne comprends pas.

— Nous devons convaincre Gordon que nous approchons du but. Lui faire croire que nous avons découvert son secret. C'est la catastrophe pour lui si nous parvenons à localiser la caravane. Il sera obligé de passer à l'action.

Pendant le quart d'heure qui suit, je dresse un plan à grands traits. La plupart des décisions ne pourront pas être prises tant que je n'aurais pas vu comment Ellis réagit. Plus il sera sous pression, plus il y aura de chances qu'il commette une erreur.

— Je veux que vous informiez la presse, dis-je à Cray. Faisons de son arrestation un événement public. Un enseignant appréhendé pour abus sexuels présumés – les tabloïdes réclameront sa tête.

— Il nous accusera de le persécuter.

— Laissez-le se plaindre. Faites-le passer par les grandes portes, sous les éclairages des équipes de télévision. Soumettez-le aux invectives du public. Montrez-lui comment la société réagit face aux satyres d'enfant.

— Et après ?

— Parlez-lui de la déposition de Sienna. L'époque, les dates, les lieux. En vous abstenant de mentionner la caravane. Faites totalement l'impasse dessus. Il se demandera comment vous pouvez disposer d'autant de détails, sans avoir celui-là.

— Et ensuite ?

— Ensuite, laissez-moi faire.

L'exécution du mandat d'arrêt a lieu à 6 heures du matin. Une dizaine d'agents écartent Natasha de leur passage et investissent rapidement la maison. On fait attendre Gordon en sous-vêtements, tremblant dans le couloir. Une heure plus tard, on l'entraîne, menotté, vers une voiture de police sous les yeux de ses voisins.

La sirène retentit jusqu'au poste de police de Trinity Road où une foule de journalistes, de photographes, de reporters de la télévision immortalisent son arrivée. Ébloui par les éclairages et les flashs, il a l'air étonné par la rapidité avec laquelle sa situation a changé.

On dit que les histoires cruelles se répandent comme une traînée de poudre, et celle-là ne fait pas exception. L'arrestation de Gordon fait la une de tous les bulletins télévisés et radiophoniques. Elle est le thème du jour et elle donne lieu à des débats avec les auditeurs, à des discussions dans les cafés.

On demande à Gordon Ellis de se planter devant une toise en tenant un écriteau portant son nom et sa date de naissance.

— Levez les yeux.

Il obéit. Le flash crépite.

— Tournez-vous vers la droite.

En redressant les épaules, il lève la main pour lisser ses cheveux. Nouveau flash. Les points de suture sont à peine visibles à la naissance des cheveux, mais il a encore une ecchymose à l'œil, en train de virer au jaune.

On lui a laissé le temps de s'habiller avant de partir de chez lui. Il a choisi sa tenue avec soin, conscient de l'impression qu'il cherche à produire : des lunettes à la place de ses verres de contact, chemise blanche, blazer bleu marine et jean. Elégant mais décontracté. Sérieux.

L'interrogatoire à proprement parler commence à 9 heures. Ronnie Cray et Safary Roy entrent dans la pièce avec une dizaine de classeurs à spirale dans les bras. Ellis a réclamé un avocat qui réside en Écosse. On lui a répondu qu'il fallait qu'il en trouve un autre plus près. Il s'est rabattu sur un petit juriste trapu au sourire alangui, insolent qui tape sur les nerfs des inspecteurs.

Au début des échanges, Ellis a l'air d'apprécier l'attention dont il fait l'objet. C'est un jeu qu'il joue comme un footballeur professionnel qu'on aurait contraint de rétrograder en petite ligue.

— Sienna Hegarty a déclaré que vous aviez couché avec elle, dit Cray.

— Elle ment.

— Pourquoi mentirait-elle ?

Ellis soupire d'un air las en secouant la tête.

— Elle essaie de me punir. Vous ne comprenez donc pas ? Elle estime que je l'ai éconduite. Elle a pris ma gentillesse pour autre chose. Maintenant, elle veut ma perte.

— Nous allons trouver son ADN chez vous et dans votre voiture.

— Elle a gardé mon fils. Je la raccompagnais chez elle.

— Vous avez couché avec elle.

— Elle a essayé de m'embrasser et je l'ai repoussée. Elle s'est sentie blessée.

Cray consulte ses notes.

— Est-ce la raison pour laquelle vous avez dit au professeur O'Loughlin que vous l'aviez « baisée dans tous les sens » ?

Ellis a un rire amer.

— Et vous l'avez cru ! L'homme qui m'a fait ça !

Il soulève sa frange, montrant les croisillons rougeâtres des points de suture sur son crâne.

— Il se prétend psychologue, mais il a la tête dans le caniveau. Je vais vous dire ce qu'il fait – il analyse sa propre tête, son propre cœur et il y voit de la perversion, la maladie. Après quoi il veut nous faire croire que les autres sont comme lui.

Gordon change subitement de ton. Renonçant à ses remarques belliqueuses, sarcastiques, il devient plaintif, suppliant ses interlocuteurs de voir les choses à sa manière. Il fait penser à un immigré clandestin qui essaie de s'expliquer, sans posséder le langage adéquat, devant les services d'immigration. Il gémit. Fait la grimace. Gonfle les joues.

Son comportement est en partie feint, mais dans une certaine mesure son complexe de persécution est authentique. Comme beaucoup d'hommes qui profitent de leur pouvoir sur les femmes, Ellis semble avoir l'intime conviction qu'il est la victime. L'incompris. Détourné du droit chemin. Que d'autres sont responsables.

— Pourquoi avez-vous tué Ray Hegarty ?

— Vous plaisantez !

— Il vous a vus, Sienna et vous, ensemble.

— Il abusait d'elle sexuellement. J'essayais de l'aider.

— Comment vous y preniez-vous ?

— Je l'ai emmenée voir un psychologue. Elle ne voulait pas que ses parents le sachent.

— Pourquoi vous ?

— Cela risque de vous surprendre, j'en suis conscient, inspecteur, mais je suis un professeur engagé, attentionné. La seule erreur que j'ai commise, c'est de prendre les choses trop à cœur. J'aurais dû reconnaître les signes. Me rendre compte qu'elle était en train de s'amouracher de moi.

— Vous l'avez amadouée.

— Non.

— Vous l'avez droguée.

— Non.

L'avocat intervient.

— Mon client a déjà répondu à ces questions.

— Votre client dit tellement de conneries qu'il va s'étouffer, riposte Cray. (Elle change de tactique.) Annie Robinson était-elle au courant de votre liaison ?

Ellis hésite.

— Je ne vois pas le rapport.

— Elle savait.

Ellis réagit en brandissant un doigt.

— Qu'est-ce qu'elle vous a dit, cette salope ?

— C'est moi qui pose les questions, monsieur Ellis.

— Elle ment. Elle a menacé de détruire ma carrière à moins que…

— À moins que quoi ?

— Que je lui donne dix milles livres.

L'avocat pose une main sur l'épaule de son client pour le faire taire. Ils chuchotent, hochent la tête. Ellis se ressaisit, se redresse sur sa chaise.

Cray lui repose la question.

— Pour quelle raison avez-vous versé dix mille livres à Mme Robinson ?

— Elle me faisait chanter.

— Si vous n'aviez pas de liaison avec Sienna Hegarty, pourquoi lui avoir versé de l'argent ?

— Parce que je savais qu'elle pouvait foutre ma vie en l'air. Même sans preuve, on aurait pu mener une enquête sur moi, à sa demande, et me suspendre de mes fonctions.

— Alors vous l'avez empoisonnée ?

— Quoi ?

— Vous avez versé de l'antigel dans une bouteille de vin dans l'intention de la tuer.

La colère cède la place à la stupéfaction. Le regard d'Ellis passe de Cray à Safari, puis à son avocat.

— De quoi ils parlent, ces clowns ?

L'avocat veut que l'on suspende l'interrogatoire, mais Ellis crie plus fort que lui :

— Comment ça de l'antigel ? Qu'est-ce qui lui est arrivé ? Où est-elle ?

— Quand avez-vous vu Annie Robinson pour la dernière fois ? poursuit Cray.

— Je veux savoir ce qui lui est arrivé.

— Répondez à ma question, monsieur Ellis.

— Dimanche.

— Êtes-vous déjà allé chez elle ?

L'esprit agité, Gordon fixe un point derrière Ronnie, passant rapidement en revue les explications possibles. À présent moins sûr de lui, il hésite avant de répondre. Il se contente de prendre un ton neutre.

— Mon client a besoin d'aller aux toilettes.

— Il n'a qu'à se retenir, réplique Cray.

— Je veux qu'il soit noté qu'on lui a refusé l'accès aux toilettes.

— C'est noté.

Ellis prend de plus en plus son temps pour répondre. C'est ce qui le rend si difficile à épingler. Il s'adapte aux circonstances, modifiant la cadence et les facettes de sa personnalité en fonction de la situation. Ronnie Cray doit s'attarder sur le sujet, mais elle est à court de questions.

— Vous connaissiez Annie Robinson à l'université ?

— Oui.

— Vous connaissiez aussi Novak Brennan.

Un petit sourire étire les commissures des lèvres d'Ellis. Le charme est rompu. Il a repris pied sur la terre ferme.

— Nous avons cohabité pendant quelque temps.

— Quand lui avez-vous parlé pour la dernière fois ?

— Je ne me souviens plus.

— Cette semaine ?

— Je ne me souviens plus.

— Quand l'avez-vous vu pour la dernière fois ?

— Je ne me souviens plus.

Cray jette un coup d'œil par-dessus son épaule vers la vitre sans tain. Ellis va se fermer maintenant. Ses réponses seront résolument identiques.

La séance est suspendue. On arrête la bande. Cray sort de la salle et passe devant moi. Je la retrouve dehors dans le parking sécurisé, assise sur des marches au soleil.

— C'est le coin fumeurs. Vous voulez vous joindre à moi ? On est les gens cool.

— Non, merci.

— On ne va nulle part.
— Vous l'avez ébranlé.
— Il s'en est tenu à son scénario.
— Sauf quand vous avez mentionné Annie Robinson.
— Il n'était pas au courant, à votre avis ?
— Non.

Quelqu'un comme Gordon Ellis se définit presque par son sentiment de supériorité et de maîtrise. Il joue constamment un rôle, dissimulant un esprit tordu mais calculateur. Pourtant, l'espace d'un instant, quand il a été question d'Annie Robinson, tout jeu, tout artifice a disparu. Il était sorti de sa zone de confort.

— Je n'arrive toujours pas à le comprendre, reprend Cray. Il a une femme ravissante à la maison. De l'argent. Il est beau gosse. Il pourrait avoir n'importe quelle femme.

— Ce n'est pas ce qu'il cherche. Sous des dehors de joli garçon, il reste le gamin obèse, moche, binoclard qui n'arrivait pas se trouver de copine. Il s'est métamorphosé. Il a fait du sport, perdu du poids. Il a reçu une bonne éducation, mais il n'a jamais oublié ces filles qui se moquaient de lui à l'école. Les jolies, sûres d'elles. Les intouchables.

» Ellis est narcissique. C'est la raison pour laquelle il s'emporte si vous vous avisez de suggérer qu'il puisse avoir un défaut. Il attache beaucoup d'importance à son apparence, à l'impression qu'il donne. Autrefois il détestait se regarder dans la glace, mais désormais, il le fait automatiquement, de manière compulsive. Il met toutes les fibres de son être à contribution pour cadrer avec cette image parfaite qu'il a de lui-même, avide de rabaisser, de détruire quiconque sème le doute sur cette vision qu'il cultive de sa personne.

Cray hoche la tête puis elle contemple ses chaussures cirées.

— Je suis à court de questions.

— Ce n'est pas grave. Continuez à le pousser dans ses retranchements. J'ai remarqué un certain nombre de choses. Quand il ment, il vous regarde directement comme s'il était face à une caméra. Quand la nervosité le gagne, il fourre sa main gauche dans sa poche comme s'il voulait y prendre quelque chose. Il doit porter une sorte de talisman sur lui d'habitude. Vérifiez la liste de ses effets personnels. Voyez ce qu'on lui a pris.

Cray a oublié de faire tomber sa cendre de sa cigarette qui pend au coin de sa bouche.

— Pour l'amour du ciel, comment savez-vous ce genre de choses ?

— J'observe les gens.

— Soyez gentil. Ne m'observez jamais. Ne pensez pas à moi. Ne m'analysez pas.

— Ça vous inquiète ?

Elle époussette la cendre tombée sur sa veste.

— Vous êtes un petit futé, professeur, mais il y a une chose qu'il faut que vous sachiez à propos des femmes en pleine ménopause. Nous connaissons parfois l'insomnie, la dépression, des bouffées de chaleur, de la rétention d'eau et nous souffrons en permanence du syndrome prémenstruel. Mieux vaut ne pas venir chercher la petite bête.

J'emmène Sienna dans une salle d'interrogatoire à l'étage. Ses Converse grincent sur le sol ciré.

— Il sait que je suis ici ?

— Il doit s'en douter.

Elle prend une grande inspiration, retient son souffle.

— Il va me haïr, non ?

— Ce qu'il a fait est mal. Tu n'as pas à avoir honte.

Le brigadier Abbott nous rejoint avec une chemise remplie de photos que j'étale sur la table – des images de parcs de caravane, des photos aériennes de la côte du Somerset et de la Cornouaille. Je prends les meilleures et les dispose sur un tableau blanc. Sienna me regarde faire.

— Tu te souviens ce qu'on a dit ?

Elle hoche la tête.

— C'est comme si tu étais une actrice. Tu es ma vedette.

— Je sais.

— N'aie pas peur.

— Je n'ai pas peur.

Je plonge mon regard dans le sien.

— Je ne le déteste pas, vous savez. Même s'il ne m'aime plus.

Au bout du couloir, Ronnie Cray sort de l'autre salle d'interrogatoire. On reconduit Ellis dans sa cellule. À son côté, son avocat lui chuchote des consignes à l'oreille.

Sienna frotte une mèche de cheveux entre son pouce et son index. Gordon a atteint la porte.

— Alors depuis la caravane, tu as une vue sur une fête foraine ?

— Oui.

— Que voyais-tu exactement ?

— Le haut d'un carrousel avec des tas de lampes de toutes les couleurs… J'entendais de la musique, des gens rire.

— Quoi d'autre ?

— La mer.

— Pouvais-tu apercevoir la plage ?

— Oui.

— Tu la reconnaîtrais ?

— Sûrement.

Elle s'est approchée du tableau blanc et désigne une photo.

Dans le couloir Gordon s'est arrêté en attendant que Roy déverrouille une porte. En entendant la voix de Sienna, il se retourne, découvre les cartes, les photos. Ses yeux clairs s'emplissent de dégoût. Roy lui donne un petit coup de coude pour qu'il avance. La porte se referme.

Sienna inspire à nouveau à fond.

— Je m'en suis bien tirée ?

— Une vraie star.

48

— Il s'appelle Carl Guilfoyle, déclare Cray en regardant les gens courir dehors pour se mettre à l'abri de la pluie. Il est de Belfast, mais il a passé la moitié de sa vie aux États-Unis – dont douze ans derrière les barreaux en Arizona pour tentative de meurtre.

Un bus passe avec fracas en soulevant une gerbe d'eau.

— Nous avons relevé ses empreintes dans sa chambre du Royal Hotel. Il a essayé de tout essuyer, mais nous en avons récupéré deux partielles sur la valise.

Elle ouvre un dossier posé sur son bureau. Il contient une poignée de clichés de Carl Guilfoyle – des photos d'identité judiciaire pour la plupart. Sur les premières, datant de son adolescence, il a la peau claire, les cheveux foncés, la bouche en coin.

— Quand ont-elles été prises ?

— Il avait dix-sept ans. Il a balancé une bouteille sur le crâne d'un gars pendant une bagarre dans un bistrot. Quand la police de l'Arizona l'a cueilli, il avait une fausse carte d'identité sur lui. Un juge l'a fait placer en détention dans une prison pour adultes. Ce soir-là, un taulard plus âgé a essayé de profiter de lui dans les douches. Grave erreur. Ils ont trouvé le gus dans un bac en train de s'étouffer avec son sang. Il avait avalé sa langue. On l'a retrouvée dans son estomac pour être exact.

— Qu'est-il arrivé à Guilfoyle ?

— Il a pris douze ans pour le coup de bouteille.

— Il était mineur.

— Aux États-Unis, ça ne change rien.

J'étudie chaque photo avec l'impression de voir un maquilleur d'Hollywood en train de métamorphoser un acteur en lui mettant un masque prothétique, en modifiant ses traits, son âge. Seul le regard reste le même, imprégné d'une énergie fébrile. Je me souviens de la manière dont il a examiné la photo d'identité de Sienna, mémorisant son visage, ses cheveux, son corps en plein épanouissement. J'avais senti l'odeur de son after-shave, et de quelque chose d'autre, sous-jacent.

— Vous avez déjà entendu parler d'Aryan Brotherhood ?

— Le gang de prisonniers blancs.

— Ils représentent 1% de la population carcérale américaine, mais commettent un quart des meurtres perpétrés en prison. C'est de là que Guilfoyle tient ses tatouages – les larmes sont censées symboliser une mise à mort.

— De qui s'agit-il ?

— D'un Noir du nom de Walter Baylor. Carl l'a estourbi dans la file d'attente du réfectoire devant cent quarante-sept témoins. Personne n'a rien vu. C'est comme ça avec le Brotherhood. Les gens souffrent apparemment d'amnésie collective et d'aveuglement en masse chaque fois qu'il se passe un truc de ce genre derrière les barreaux.

— Y a-t-il un lien entre Guildfoyle et les inculpés du procès ? L'Aryan Brotherhood a été associée à Combat 18, l'aile armée de l'organisation néo-nazie britannique baptisée *Sang et Honneur*. Le 18 procède de la première et de la huitième lettre de l'alphabet : les initiales d'Adolf Hilter. Le C 18 est un groupe dissident du BNP qui s'est formé au début des années 1990, certains membres regrettant que le parti délaisse la lutte armée au profit de la politique.

» Il a lancé une série d'attaques contre des immigrants et des minorités ethniques, mais la plupart des meneurs ont été embarqués il y a dix ans, lors d'une opération secrète orchestrée par Scotland Yard et le M15. Certains étaient des soldats britanniques en exercice.

» Tony Scott appartenait à Combat 18. Quand le groupe a été démantelé dans les années 1990, elle s'est scindée en factions, mais elle a réussi à survivre en se liant à des organisations racistes en Russie, en Allemagne et en Amérique.

— Des organisations comme l'Aryan Brotherhood ?

— Exactement. Ils ont également établi des cellules dans des villes telles que Belfast où certains anciens paramilitaires loyalistes étaient plutôt bien disposés vis-à-vis de leur programme raciste.

— Brennan a grandi à Belfast.

— Guildfoyle et lui vivaient à quelques pâtés de maisons l'un de l'autre.

Cray referme son dossier et le range dans un meuble classeur qu'elle ferme à clé.

— Ils auraient très bien pu se connaître alors ?

— Le M15 a fait des recherches sur Guilfoyle. Brennan et lui étaient dans les rues de Belfast à peu près à la même époque, mais ils n'ont jamais été arrêtés ensemble, ni liés de quelque manière que ce soit.

Une policière frappe à la porte du bureau et tend un DVD à Cray. Après l'avoir glissé dans l'appareil, celle-ci appuie sur une touche de la télécommande. L'écran d'un téléviseur s'illumine. Elle enfonce le bouton d'avance rapide. Puis stop. Et play.

— Ces images ont été prises devant chez Annie Robinson.

Le code digital en bas de l'écran indique 15.24.07. La silhouette floue dans le cadre, vêtue d'un sweatshirt ou une parka à capuche, s'éloigne de la caméra. Un homme ? Une femme ? Elle porte quelque chose.

Trente mètres plus loin, l'individu monte trois marches et tend le bras vers l'interphone. Quel bouton ? Un du bas. Rien de plus clair. La porte s'ouvre. Quelqu'un a dû répondre.

Cray actionne à nouveau l'avance rapide. 15.26.02. La même personne, dans la rue, la tête penchée, marche vers la caméra cette fois-ci. Je ne vois que la capuche, et ses mains vides.

— C'est ce que je déteste chez ces imbéciles chargés d'installer les caméras de surveillance, commente Cray. Ils se trompent d'angle. Ces images ne servent pratiquement à rien.

Elle revient en arrière avant de repasser la scène. Une main gauche se tend vers l'interphone. L'autre main tient un sac en papier ciré.

— À quelle distance du sol se trouve ce panneau d'interphone ? demandé-je.

— À la hauteur standard.

— Quelle taille est-ce que ça lui fait ?

— Ça dépend de la distance focale de l'objectif et de l'écart par rapport au mur. Un photographe devrait pouvoir nous le dire.

En actionnant de nouveau l'avance rapide, l'inspecteur passe à un second lot d'images, captées par une autre caméra de surveillance.

— Celles-ci ont été prises à deux pâtés de maisons de là, dans Warminster Road.

Une Ford Focus est en train de se diriger vers l'objectif.

— Impossible de déchiffrer la plaque. Elle est dans l'ombre.

Cray éjecte le disque avant de lorgner sa montre. Il est 13 heures.

— Comment va Sienna ?

— Elle tient le choc.

Cray se tourne vers la fenêtre. Une cigarette éteinte pend de ses doigts.

— Je veux la sortir d'ici. Nous la ferons entrer discrètement dans le palais de justice. Pour qu'elle voie le président du jury.

— Et après ?

Elle ne répond pas. Elle ne sait peut-être pas. Avec des gestes lents, elle attrape son manteau et ouvre la porte de son bureau.

— On va commencer par relâcher Gordon Ellis. Histoire de voir où court notre lapin.

La réceptionniste de l'hôpital parle comme un répondeur automatique.

— Vous êtes de la famille ?

— Non. Je suis un ami.

— On ne renseigne que la famille.

— Je veux savoir si elle va bien.

— Quel est le nom de la patiente ?

— Annie Robinson. Elle a été admise hier soir.

— Son état est stationnaire.

Je l'arrête avant qu'elle me raccroche au nez.

— A-t-elle quelqu'un de sa famille ?

— Pardon ?

— Y a-t-il quelqu'un auprès d'elle ?

La réceptionniste change son fusil d'épaule.

— Ses parents sont arrivés il y a un petit moment, dit-elle d'un ton radouci. Ils sont à son chevet.

— Merci.

En raccrochant, j'éprouve un mélange de soulagement et de culpabilité. Tout ce que j'entreprends ces temps-ci semble avoir des conséquences désastreuses. Quand je prends une mauvaise décision, je sais qu'il y aura des répercussions négatives, mais actuellement même mes bonnes initiatives semblent périlleuses. Les petits détails que je remarque presque instinctivement d'ordinaire m'échappent désormais. J'aurais dû constater la vulnérabilité de Sienna. J'aurais dû mettre Annie en garde contre Gordon Ellis.

J'appelle Julianne.

— Tout va bien ? me demande-t-elle.

— Ça peut aller.

— Charlie m'a dit que Vincent avait dû la raccompagner.

— J'étais pris. Annie Robinson est à l'hôpital. C'est une longue histoire.

Un temps d'arrêt. J'ai envie qu'elle dise quelque chose, qu'elle me révèle le fond de sa pensée.

— Je dois y aller, répond-elle à la place. On m'attend au tribunal.

J'ai le temps de passer un autre coup de fil. Ruiz débite tout un chapelet de questions dans ce langage sténo propre à la police.

— La gouine s'occupe de votre cas ?

— Elle est de notre côté. J'ai encore besoin d'un service.

— Je n'en ai plus beaucoup pour vous en rayon.

— Ayez un œil sur Julianne. Elle est au tribunal aujourd'hui.

— Et le Pleureur dans tout ça ?

— Il s'appelle Carl Guilfoyle. On vient de lancer un mandat d'arrêt contre lui.

Le trottoir devant le commissariat est devenu une sorte de cellule de presse de substitution pour des dizaines de journalistes et de photographes. Ils sont plantés devant les camions de diffusion garés dans la rue ; des gobelets en carton s'amoncellent dans le caniveau.

J'ai traversé la moitié du hall quand Natasha Ellis surgit devant moi. Entièrement vêtue de noir, les lèvres exsangues, pincées, les cheveux tirés sévèrement en arrière et les sourcils arqués par la rancœur, elle a tout d'une secrétaire juridique.

— Pourquoi vous nous faites ça ? demande-t-elle, la haine crispant sa silhouette fragile.

Je tente de me faufiler à côté d'elle. Elle m'emboîte le pas.

— Cette petite vipère raconte des bobards. Gordon ne l'a jamais touchée.

— N'aggravez pas les choses, Natasha. Je sais ce que Gordon vous a fait.

— Vous ne savez rien sur moi.

Ses traits déformés par la colère n'ont plus rien de charmant.

— Je sais qu'il vous a séduite quand vous n'étiez qu'une écolière. Qu'il s'est débarrassé de sa première femme pour pouvoir vous épouser. Et, à mon avis, vous le savez vous aussi.

— De quel droit me parlez-vous sur ce ton condescendant ?

— Je vous fais mes excuses si c'est l'impression que je vous donne.

— Ce n'est pas une impression.

— Excusez-moi, quoi qu'il en soit.

Elle fait volte-face en vacillant sur ses talons. Je n'ai pas d'antidote pour sa détresse. Sa vie est en train de s'effondrer et elle assiste, impuissante, à ce triste spectacle.

Quelques instants plus tard, Gordon apparaît en compagnie de son avocat. Natasha se jette à son cou, il la repousse. Ils ont atteint les portes. L'avocat tente de couvrir son client de son manteau, mais Gordon l'écarte.

— Je n'ai rien à cacher, marmonne-t-il.

Une trentaine de journalistes attendent dehors. Des cliquetis et des flashs ponctuent chacun de ses pas, ses moindres gestes et expressions. Quand il écarte sa frange de ses yeux, quand il essaie de sourire, quand il enlace Natasha.

Au-delà de la mêlée des journalistes, un peu à l'écart, j'aperçois un groupe de badauds informés de l'affaire par la radio, la télé ou Twitter. Parmi eux, des fillettes en uniforme d'école. Gordon sort un bout de papier de sa poche et le lisse entre ses doigts. Il se racle la gorge et sourit timidement comme un gamin. Les caméras réagissent par un tir groupé de clics et de ronronnements.

— Pour commencer, je voudrais vous dire que j'ai consacré près de quinze ans de ma vie à l'enseignement et que j'ai chéri chaque enfant que j'ai eu dans mes classes. Je ne suis qu'une victime dans cette affaire. On s'acharne sur moi. On me punit parce que je prends les choses trop à cœur. (Il marque une pause, se compose un visage.) J'ai une charmante épouse, un enfant. Jamais je ne ferais quoi que ce soit qui risque de les embarrasser ou de les blesser.

Les tremblements dans sa voix, son incrédulité flagrante, la douleur dans ses yeux, tout paraît authentique.

— Avez-vous fait subir des sévices sexuels à une de vos élèves ? crie un journaliste.

— Non.

— Pourquoi a-t-elle déposé plainte ?

— Je pense qu'elle y a été contrainte par un psychologue qui m'a récemment agressé et que la police a inculpé. Le professeur Joseph O'Loughlin a lancé une vendetta contre moi. Il a harcelé mon épouse et l'a menacée.

— Pour quelle raison ? demande un autre reporter.

— C'est à lui qu'il faut poser la question.

Un autre reporter beugle plus fort que ses collègues :

— Soutenez-vous votre mari, madame Ellis ?

Natasha hoche la tête.

— Alors, selon vous, cette fille ment ?

C'est Gordon qui répond :

— La jeune fille qui a porté ses accusations est une adolescente très perturbée qui se livre à l'automutilation. Elle est également accusée d'un crime grave. Il se pourrait qu'elle soit en train d'essayer de détourner l'attention d'elle.

— Pourquoi s'en prendrait-elle à vous ?

— Elle s'est entichée de moi. Elle me harcelait.

D'autres questions fusent :

— Était-elle la baby-sitter de votre fils ? Est-elle montée dans votre voiture ? Vous est-il arrivé de vous trouver seul avec elle.

— Est-ce vrai qu'elle était enceinte ? hurle une journaliste.

Gordon se met à bégayer.

— Avez-vous tenté de la faire avorter ?

L'atmosphère a subitement changé et le masque d'Ellis commence à craquer. Désormais, c'est la curée, les chiens veulent sa peau.

À présent, il tient une photographie à la main.

— Voici Billy, mon fils. Ma joie. J'adore les enfants. Je ne leur ferai jamais de mal.

C'est un appel à la bienveillance plutôt qu'une riposte. Dans le moment de silence qui suit, il apparaît clairement qu'il n'a pas d'emprise sur son auditoire. Son avocat tente d'intervenir, mais les questions se bousculent.

— Qu'est devenue votre première femme, monsieur Ellis ?

— Vous a-t-on soupçonné de l'avoir assassinée ?

— Pourquoi avez-vous changé de nom ?

Gordon fixe les caméras en clignant des yeux, à court de mots. En écartant les journalistes sur son passage, il réussit à traverser le trottoir pour rejoindre la voiture qui l'attend. La foule, de plus en plus nombreuse, bloque presque la rue.

— On vous aime, monsieur Ellis ! braille une des adolescentes, déclenchant un chœur de voix. On croit en vous.

Ellis s'arrête, redresse les épaules et les gratifie d'un sourire reconnaissant. Les filles poussent des cris perçants comme s'il s'agissait d'une vedette de cinéma.

La voiture démarre. Les photographes la poursuivent en prenant des photos à travers les vitres teintées. Natasha Ellis s'est couvert le visage. Gordon lève le menton en une attitude pleine de défi.

Ronnie Cray apparaît à mes côtés. Elle allume une cigarette et souffle.

— Il s'est comporté comme une rock star, ils l'ont traité comme une ordure. En définitive, la vie s'équilibre d'elle-même.

— Vous avez briefé les journalistes.

— Je ne saurais faire de commentaires à cet égard.

49

Trois voitures de police banalisées et deux motos suivent Gordon Ellis. Ni trop récentes ni trop anciennes, elles se fondent dans le flot de la circulation en changeant constamment de voies.

Safari Roy est dans le véhicule de tête. En tenue d'homme d'affaires, il est censé rentrer chez lui du travail. La voiture numéro 2, une Land Rover Discovery, à une centaine de mètres derrière, est conduite par une policière qui a tout de la maman allant chercher ses enfants à l'école. Il y a aussi une camionnette de livraison, une moto et un minibus.

Gordon Ellis s'attend probablement à ce que la police le suive, ce qui n'apaisera en rien son anxiété. Cela ne l'empêchera pas de jeter des coups d'œil par-dessus son épaule et d'examiner les véhicules et les visages des automobilistes.

Chaque fois il verra une voiture différente, un autre visage. Rien de familier. Rien de suspect.

— Ça coûte une fortune, grommelle Cray tout en suivant des yeux des points lumineux sur un écran d'ordinateur – représentant les différentes équipes de surveillance. Il faut que je change de bagnoles et d'effectifs toutes les douze heures.

— Combien de temps vous a-t-on accordé ?

— Quarante-huit heures. D'ici là, il va falloir qu'il bouge.

— Il bougera.

Nous avons descendu Newgate Street en passant devant Castle Park. Le port tout en longueur défile sous nos yeux, léthargique et brunâtre. Quelques bateaux sont amarrés le long du quai, pour la plupart de façon permanente et bardés de publicité.

Assise à côté de moi, Sienna arbore une casquette de base-ball qui dissimule ses yeux. La tête appuyée contre la vitre, elle regarde des joggeurs en Lycra courir sur les sentiers, des mères poussant leur progéniture sur des tricycles. La plupart portent des vestes imperméables et semblent las d'attendre le retour d'un temps plus clément. C'est comme ça à Bristol. En hiver, la ville regorge de citadins fatigués, aux traits crispés, mais dès que vient l'été, ils retrouvent le sourire.

La voiture s'arrête à un point de contrôle de la police. Nous attendons qu'on lève la barrière en plastique. Tout est tranquille dans la cour du palais. La plupart des manifestants se sont dispersés, même si une poignée d'entre eux traînent encore sur les marches de Guildhall. Les policiers sont plus nombreux.

Nous conduisons Sienna dans le grand hall en franchissant le sas de sécurité. L'horloge indique 14 heures passées de quelques minutes. L'audience a dû reprendre dans la salle 1.

En poussant les portes les unes après les autres, nous emmenons Sienna à l'étage. Elle se glisse sur un banc dans les travées. Sa casquette cache toujours son visage. Rita Brennan se tient deux rangs devant nous. Ruiz s'est installé sur le côté. Il me jette un coup d'œil en esquissant un vague signe de tête.

Un peu plus bas, Novak Brennan, Gary Dobson et Tony Scott attendent en silence sur le banc des accusés. Julianne est devant son micro, et le juge Spencer, tête baissée, tapote sur un ordinateur. Sa perruque en crin argenté étincelle sous l'éclairage des plafonniers.

Une porte s'ouvre sur le côté de la salle. Les jurés entrent en file indienne et gagnent leurs places. Le président siège à proximité du juge.

— Dis-moi si tu reconnais quelqu'un, chuchote Cray à Sienna.

Sienna lève les yeux. Son regard va d'un visage à l'autre. Elle secoue la tête.

— Même pas le monsieur au premier rang, tout à gauche ?

Sienna se penche. L'examine. Secoue de nouveau la tête.

— Tu es sûre ?

Elle hoche la tête.

Cray me regarde.

On rappelle Marco Kostin à la barre. Il traîne les pieds, moins sûr de lui que dans mon souvenir. Diminué. Ses yeux ont perdu leur éclat. Il a le teint terne, marbré.

L'avocat de Novak Brennan, Me Hurst, a le visage étroit, des petits yeux vifs de colérique. En faisant les cent pas devant le banc du jury, il croise le regard de chacun, les forçant, semble-t-il, à baisser les yeux ou les détourner. Puis il se tourne vers la barre des témoins.

— Avant l'interruption, monsieur Kostin, vous étiez en train de nous décrire la maison. Vous avez dit que vous dormiez lorsque vous avez entendu du verre se briser. C'est exact ?

Julianne traduit la question.

Marco hoche la tête avant de répondre d'une voix enrouée.

— Si vous dormiez, comment pouvez-vous être sûr que c'est un bruit de verre cassé qui vous a réveillé ?

— Je l'ai entendu plusieurs fois.

— Combien de fois ?

— Je ne sais pas exactement.

— Vous ne savez pas exactement. Je vois. (Me Hurst échange un regard avec les jurés.) Vous êtes certain d'être allé à la fenêtre ?

— Oui.

— Vous prétendez avoir vu mon client assis au volant de la camionnette depuis le deuxième étage. Quelle distance est-ce que cela représente, à votre avis ?

Le regard de Marco passe de Julianne à l'avocat. Il ne comprend pas la question.

— Quelle distance y avait-il entre la camionnette et vous ? Cinquante mètres… Cent… Plus ?

Marco cligne des yeux et l'incertitude lui fait faire la moue.

— Depuis le deuxième étage, dit-il, je ne sais pas combien ça fait. Quatre-vingt-dix mètres peut-être.

— Quatre-vingt-dix. Vous n'avez pas l'air très sûr.

— Je n'ai pas mesuré.

Quelques éclats de rire se font entendre dans la salle. Hurst s'autorise un sourire fugace.

— Il faisait sombre. C'était minuit passé en fait. Vous devez avoir une vue remarquable.

— J'ai une bonne vue.

— Vous avez dit à la police que vous n'arriviez pas à voir la plaque d'immatriculation de la camionnette parce qu'il faisait trop noir.

Marco hésite.

— Je ne comprends pas.

— Avez-vous déclaré à la police qu'il faisait trop noir pour voir la plaque ?

— Elle était dans l'ombre.

— Il faisait trop noir, oui ou non ?

— Oui.

— Pourtant vous avez pu voir mon client à travers une vitre sale située au deuxième étage, à quatre-vingt-dix mètres de distance au milieu de la nuit ?

— Le plafonnier de la camionnette s'est allumé quand la porte s'est ouverte.

— Vous avez dit à la police qu'il y avait trois hommes ?
— Oui.
— Comment se fait-il que vous n'ayez pas pu identifier les autres ?
— Je ne les ai pas vus clairement.
— Parce qu'il faisait nuit.
— Oui.
Hurst lance un nouveau regard plein de sous-entendus vers les jurés.
— Aviez-vous déjà vu M. Brennan quelque part ?
— J'avais vu sa photo.
— Où ça ?
— Dans le journal.
— Pendant les élections municipales. Vous avez dû voir les affiches de sa campagne et ses brochures.
— Oui.
— Est-ce la raison pour laquelle vous l'avez désigné pendant la séance d'identification au poste de police ?
— Je l'ai reconnu, oui.
— Vous n'êtes pas d'accord avec sa politique, alors vous avez décidé de le punir.
— Non.
— Qui vous a demandé de l'identifier ?
Ne comprenant pas, Marco se tourne vers Julianne. Elle lui précise la question. Il secoue la tête.
Hurst s'agrippe des deux mains à sa table, de part et d'autre de son bloc-notes.
— Vous êtes venu dans ce pays en tant que demandeur d'asile, c'est bien ça ?
— Nous avons fait une demande, oui.
— Mais, à votre arrivée, vous avez dit aux services d'immigration que vous étiez des touristes.
— Oui.
— Vous avez donc menti.
Marco regarde Julianne, puis le juge. Hurst insiste :
— Vous avez menti aux agents de l'immigration ?
— J'ai fait ce que mon père m'a demandé de faire.

— Vous a-t-on promis quelque chose pour témoigner à ce procès ?

— Promis ?

— Quelle est votre situation vis-à-vis de l'immigration maintenant ?

— On m'a autorisé à rester ici quatre ans.

— Alors, vous pouvez rester ?

— Oui.

— N'est-ce pas vrai aussi qu'un journal vous a contacté en vous offrant de l'argent pour que vous racontiez votre histoire ?

— Objection, Votre Honneur ! intervient Me Scriber en se levant précipitamment. Me Hurst a déjà suggéré que le statut d'immigration de M. Kostin avait influencé son témoignage. Et maintenant il sous-entend qu'il cherche à profiter des circonstances.

L'avocat de l'accusation semble indigné.

— Je m'efforce de déterminer si ce témoin a des arrière-pensées susceptibles de peser sur son témoignage, c'est tout.

Le regard de Marco passe de l'un à l'autre tandis qu'il tente de suivre leurs argumentations.

Le juge Spencer intervient :

— À moins que vous n'ayez l'intention de fournir les preuves d'une conspiration, maître Hurst, vous êtes en terrain précaire. Je vous suggère de changer de tactique.

Soudain, je sens Sienna se raidir. Elle serre les poings, et les muscles de sa mâchoire, de ses épaules et de ses bras se crispent, la figeant dans une posture de statue. Elle ne cille même plus. Rien ne bouge hormis les doigts de sa main droite qui s'agitent sur sa cuisse. C'est notre signal.

Puis elle tourne lentement la tête et ses yeux croisent les miens. Écarquillés. Terrifiés. Elle reporte son attention sur le tribunal et je suis son regard vers la table des magistrats, vers la silhouette solitaire, à perruque, dominant tout le monde, qui est en train de pianoter sur son ordinateur portable.

Ronnie Cray entraîne Sienna dans le greffe. Elle ouvre la porte à coups de pied pratiquement, s'adosse ensuite contre le chambranle pour s'assurer qu'elle est fermée.

— Tu es sûre ?

Sienna hoche la tête.

Cray fait la grimace.

— Merde !

Sienna tressaille.

— Ce n'est pas toi, lui dis-je. Tu n'as rien fait de mal.

— Merde, merde et merde !

L'inspecteur éprouve un besoin impérieux de faire les cent pas, mais la pièce n'est pas assez grande. Elle a envie de fumer. De refiler ce panier de crabes à quelqu'un d'autre.

En m'attirant à l'écart, elle chuchote d'un ton furibard.

— Qu'est-ce que je fais, nom de Dieu ! À qui j'en parle ? C'est un juge de la Couronne !

— Il faut interrompre le procès.

— Il est le seul à pouvoir le faire ! (En jurant de plus belle, elle pivote sur ses talons et se remet à arpenter la pièce.) J'ai besoin de réfléchir. De parler à des gens. De demander conseil. Un juge. Un putain de juge !

Elle se tourne vers Sienna.

— Il faut que tu sois sûre, à cent pour cent. Tu comprends ?

Sienna hoche la tête.

Cray ouvre son portable, le referme.

— Bon ! Il faut que je sorte d'ici.

Trop énervée pour attendre l'ascenseur, elle prend l'escalier. Ruiz m'arrête sur le palier.

— Qu'est-ce qui ne va pas ?

— Je ne peux pas parler. Attendez-moi.

Quelques minutes plus tard, on se retrouve dehors. Monk a avancé la voiture. Cray ne lui dit pas un mot. Elle essaie de décider de la marche à suivre… Que faire ? Où aller ? Que se passe-t-il ensuite ?

Elle ouvre son téléphone et fixe l'écran. Elle ne peut pas faire ça par téléphone. C'est trop risqué. Elle le referme.

— Je vais à Portishead ! annonce-t-elle. Il faut que je voie le commissaire divisionnaire.

Elle se tourne vers Sienna.

— Tu vas devoir tout lui raconter. (Puis s'adressant à moi :) Ne soufflez pas un mot de tout ça à quiconque. Pas un mot !

— Et Ellis, dans tout ça ?

— C'est notre problème maintenant.

50

Ruiz m'écoute, imperturbable. Nous sommes installés sur un banc de Castle Park qui surplombe le port flottant. Des canards et des mouettes émaillent les flots, attendant d'être nourris par des bambins en poussette et leurs aînés qui vacillent sur leurs vélos à stabilisateurs.

La vieille brasserie se dresse à pic sur la rive d'en face. Les murs en brique délabrés par les intempéries sont maculés de suie et de fientes. Il n'empêche qu'ils restent préférables au béton et au verre des temps modernes. Quelque part, à proximité de la cathédrale, un musicien ambulant pince les cordes d'un banjo, une fleuriste dispose des seaux de tulipes, de jonquilles et d'autres floraisons printanières sur son étal brillamment éclairé.

Ruiz n'a pas dit un mot. Le soleil qui darde ses rayons à travers les rets fins des nuages fait ressortir le gris de ses cheveux et l'oblige à plisser les yeux lorsqu'il me regarde. Il a de grandes mains carrées, qui ne sont plus calleuses. Un berlingot claque contre ses dents.

— Que feriez-vous dans ces circonstances ? je lui demande.

— Rien.

— Pourquoi ?

— Vous avez une collégienne suicidaire qui a subi des sévices sexuels et qui affirme avoir couché avec un juge de la Cour du comté dont elle ignore son nom. Elle ne se souvient pas de son adresse. En plus, elle est accusée de meurtre. Vous ne disposez d'aucune preuve médico-légale ni confirmation.

— Elle l'a reconnu.

— Vous ne pouvez pas interrompre un procès et anéantir la carrière d'un homme avec ce genre de témoignages.

— Qu'est-ce que Cray va faire dans ce cas ?

— Elle va se suicider professionnellement.

Un souffle de vent ride l'eau, et incline les tulipes et les jonquilles dans leurs seaux.

— À mon avis, elle va aller trouver le Doyen des juges qui chiera dans son froc avant d'appeler le procureur général. On procédera à une enquête judicaire complète, ce qui est exceptionnel. Et, à moins que les investigations corroborent tout ça, Ronnie Cray peut dire adieu à sa carrière.

— Et le procès ?

— Ils ne vont pas couper court à un procès pour meurtre coûteux et ultra médiatisé à cause du témoignage d'une collégienne de quatorze ans.

— Mais les photos trouvées dans la valise… ?

— Quelqu'un a pris les jurés en photo. Ça ne suffit pas. Il vous faut la preuve qu'un d'eux a été démarché ou intimidé. Des versements. Des menaces. Des aveux…

Ruiz se lève, s'étire, me laissant craindre de voir craquer les coutures de ses vêtements.

— On ne peut rien faire alors ?

— Sans preuves, non.

Son regard gris-bleu, direct, soutient longuement le mien. Il semble appartenir au visage d'un homme plus jeune – un officier de police qui a commencé sa carrière il y a plus de trente ans, plein d'espoir et d'orgueil civique. Beaucoup d'eau est passée sous ce pont-là – violence, corruption, scandale, banalités, médiocrités, absurdités, insanités, des rapaces, des colombes, des lâches, des traîtres, des ripoux, des hypocrites, des fous à lier –, mais Ruiz n'a jamais perdu sa foi en l'humanité.

Je suis fatigué. Sale. J'en ai assez de parler. J'ai l'esprit rempli de morceaux de vies brisées – celles de Ray Hegarty, de Sienna, d'Annie Robinson. Je veux rentrer chez moi, prendre une douche, serrer mes filles dans mes bras. J'ai envie de me sentir normal pour quelques heures.

Ruiz me dépose à la maison. Il coupe le contact de la Mercedes, attentif au silence et au cliquetis du moteur qui refroidit. De vilains nuages noirs arrivent de l'ouest, trop rapides pour apporter la pluie.

— Je pense que je vais peut-être rentrer à Londres, dit-il. Arroser les plantes.

— Vous n'avez pas de plantes.

— Je vais peut-être me mettre au jardinage. Faire pousser des légumes.

— Vous n'aimez pas les légumes.

— Un bon Cornish pasty, j'adore.

Des rides se creusent autour de ses yeux, et ses bajoues bougent avec sa mâchoire.

Je lui demande de rester encore un jour – pour voir ce qui se passe. C'est peut-être égoïste de ma part, mais j'apprécie sa présence. Avec lui, pas d'erreur sur la marchandise. Il y a peu de contradictions chez cet homme, mis à part le contraste entre ses dehors bourrus et son fond tendre.

Depuis que le diagnostic est tombé à mon sujet et que nous avons quitté Londres, j'ai perdu contact avec la plupart de mes vieux amis, semble-t-il. Ils appellent moins souvent, envoient de moins en moins d'emails. Dans le cas de Ruiz, c'est différent. Il ne m'a pas connu avant Parkinson. Il m'a vu au plus bas, sanglotant à la table de la cuisine après l'enlèvement de Charlie, quand Julianne m'a quitté. Et moi je l'ai vu sur un lit d'hôpital, après qu'on lui eut tiré dessus, incapable de se rappeler ce qui s'était passé la veille.

En vieillissant, on a de plus en plus de mal à cultiver des amitiés. J'ignore pourquoi. Peut-être que, parvenus à l'âge mûr, la plupart des gens sont suffisamment bien entourés. Nous aurions un quota. Une fois qu'il est atteint, il faut attendre que quelqu'un meure ou déclare forfait pour compléter la liste.

En jetant un coup d'œil à sa montre, Ruiz suggère que c'est peut-être « l'heure de la bière ». Il attend que je me douche et que je me change, puis je l'accompagne au Fox and Badger où je le laisse accoudé au comptoir, à regarder sa pinte de Guinness virer du blanc boueux au brun foncé.

Emma ne va pas tarder à sortir de l'école. Un peu à l'écart, je regarde les mamans et les grands-mères arriver.

— Billy n'est pas venu à l'école aujourd'hui, m'annonce Emma quand elle me rejoint. Il était malade, je crois. Je trouve, ajoute-t-elle, qu'on devrait me donner plus de jours de maladie, sinon ce n'est pas juste.

— Tu as tort de souhaiter d'être malade.

— J'ai pas envie d'être malade. Je veux juste rester à la maison.

Charlie rentre un peu après 16 heures. Elle ne parle pas d'Ellis, mais je ne doute pas que son arrestation a donné lieu à pléthore de discussions, de textos, de messages sur Facebook. Elle se prépare une tartine à la confiture pour le goûter.

— Comment vas-tu ?

— Ça va.

— Tu veux qu'on parle ?

— Nan.

— Tu es sûre ?

Elle lève les yeux au ciel et monte dans sa chambre.

À 18 heures, je les conduis chez leur mère. Julianne est là. Elle a pris une douche, elle s'est mise à l'aise et prépare le dîner. Ses cheveux gouttent sur le col de sa robe de chambre.

— Je t'ai vu aujourd'hui, dit-elle. Qu'est-ce que Sienna faisait au tribunal ?

Je ne sais pas jusqu'à quel point je dois l'informer. Il serait sans doute préférable de ne pas trop m'étendre.

— Ronnie Cray voulait lui montrer quelque chose.

— Quoi donc ?

— Je ne peux pas vraiment te le dire.

Elle me décoche un de ces regards qui lui sont propres. Ça me rappelle à quel point elle a horreur des secrets. Mais elle se reprend, refusant de me laisser gâcher sa bonne humeur.

— Eh bien, ma tâche est accomplie, dit-elle, satisfaite apparemment. Marco a fini de témoigner. Je l'ai trouvé étonnant. Ils ne l'ont pas épargné. Ils ont tout fait pour semer le trouble dans son esprit, pour le coincer en prétendant qu'il mentait. C'était horrible. J'espère que le jury s'en est rendu compte. Qu'ils ont pris cet avocat pugnace en grippe.

— Il faisait son travail.

— Ne le défends pas, Joe. Tu es un pragmatique, je sais, mais ne va pas prendre le parti d'un type comme ça.

Elle me prend le sac d'Emma des mains. Je suis dans la cuisine, qui chavire tout à coup, si bien que je chancelle sur le côté. Julianne me saisit le bras. Je me redresse.

— Ça va ?

— Pas de souci. Je n'ai pas dormi, c'est tout.

Monsieur Parkinson me fait le coup de la métamorphose, perturbant mes réactions au traitement. L'effet des médicaments s'est réduit dans le temps.

Julianne m'oblige à m'asseoir et m'enguirlande parce que je n'ai pas pris soin de moi. Dans le même temps, elle remplit la bouilloire pour me préparer une tasse de thé.

Avide de changer de sujet, je lui parle d'Annie Robinson en gardant un œil sur l'escalier au cas où Charlie nous espionnerait. À 18 h 30, nous allumons la télévision et regardons Gordon Ellis répondre aux questions des journalistes sur les marches de Trinity Road.

— Je n'arrive pas à croire qu'il agit de la sorte, commente Julianne. Et j'ai laissé Charlie faire du baby-sitting pour lui.

— Tu ne pouvais pas savoir.

Elle frissonne. Son épaule frôle la mienne.

— Puis-je te poser une question ?

— Quoi donc ?

— Le juge Spencer. Comment est-il ?

Elle me regarde d'un drôle d'air.

— Pourquoi tu me demandes ça ?

— Penses-tu qu'il penche pour une des parties ?

— Pourquoi ?

— Comme ça.

Elle m'étudie quelques instants, consciente que je lui cache quelque chose.

— C'est un vieux grognon, mais il est plutôt équitable. Il est très gentil avec les jurés. Il les plaint, je crois. C'est une affaire assez atroce… Toutes ces photos de corps carbonisés.

— A-t-il écarté certaines preuves ?

— Je n'étais pas présente lors de la lecture de l'argumentation juridique.

— Que va-t-il se passer maintenant ?

— L'accusation a terminé. La défense va commencer à appeler ses témoins à la barre demain. (Julianne baisse le son de la télévision.) J'espère juste qu'ils seront déclarés coupables et que Marco pourra continuer à mener sa vie.

— Que compte-t-il faire ?

— Il veut aller à Londres. Des amis ont proposé de le loger et de l'aider à trouver du travail. Il s'est inscrit à l'université, mais les cours ne débutent pas avant l'automne.

Nous gardons le silence quelques instants. Julianne enlève des peluches sur la manche de son pull.

— Tu veux dîner avec nous ? demande-t-elle. À moins que tu ne préfères rentrer te coucher ?

— Non.

Elle se lève et me tourne le dos avant que je puisse interpréter son invitation de quelque manière que ce soit. Elle appelle les filles et sert le repas. Nous prenons place à table, comme une famille ordinaire, ou plutôt comme les familles ordinaires des publicités pour les légumes surgelés. Ça m'est familier. C'est ce dont je rêve.

Cela ne peut pas durer, évidemment. Charlie a des devoirs à faire. Il faut coucher Emma. Julianne me suggère de lui lire une histoire mais je m'endors en cours de route. Une heure plus tard, Julianne me réveille, un doigt sur ses lèvres.

La machine à laver vrombit quand je descends. La télé est mise tout bas.

— J'ai réfléchi à ce que tu m'as dit à propos du divorce, dis-je.

Julianne ferme les yeux, les rouvre en portant son attention ailleurs. Elle relève le menton.

— Et alors ?

— Je pense que tu crois que ça va changer les choses, mais on ne se débarrasse pas des bagages. On se charge encore plus.

— Tu as peut-être raison.

Elle n'a pas envie de se quereller avec moi.

— Tu souhaites te remarier ?

— Non.

— Alors pourquoi ?

— Je n'ai plus l'impression d'être mariée.

— Moi si.

Elle remonte ses bracelets vers son coude.

— Tu veux que je t'explique ton problème, Joe ?

Je sais déjà ce qu'elle va me dire.

— Tu veux que tout *ait l'air* parfait, heureux. Tu es prêt à assimiler l'apparence et la réalité.

Son reproche est personnel et si empreint de mélancolie que je ne trouve rien à répondre.

— Tu n'es pas obligé de rentrer, dit-elle. Tu peux dormir sur le canapé.

— Pourquoi ?

— Parce que tu es fatigué et que, certaines nuits, j'ai un peu peur ici toute seule.

— Peur ?

Elle fait glisser sa main le long de mon avant-bras et attrape le bout de mes doigts.

— Moi aussi je fais des cauchemars.

Ma tête vibre. La sensation va et vient toutes les deux ou trois secondes. En ouvrant les yeux, il me faut un moment pour me situer. Je suis sur le canapé au cottage.

Je me souviens de Julianne me donnant un oreiller, des couvertures. Je me souviens aussi d'avoir regardé les nouvelles, en proie à un profond sentiment d'impuissance. Des problèmes à Gaza, le réchauffement climatique, la crise des crédits, les trous de la couche d'ozone, la montée en flèche du chômage, des victimes en Iraq et en Afghanistan…

Je ne me rappelle pas avoir éteint la télévision et la lumière dans le couloir. Julianne a sans doute décidé de ne pas me réveiller. En revanche, je me souviens d'avoir rêvé des seins d'Annie Robinson pris dans un soutien-gorge en dentelle.

Les frémissements recommencent. Mon portable est coincé entre ma tête et l'accoudoir du canapé.

J'enfonce la touche verte. C'est Ronnie Cray.

— Où êtes-vous ?

— Que se passe-t-il ?

— Ellis s'est mis en route.

Mon esprit lance des ordres. Mes pieds prennent un peu plus de temps à réagir. Je navigue à tâtons dans la maison plongée dans l'obscurité, je m'asperge la figure d'eau, je lace mes chaussures. Je n'arrive pas à faire les boucles, les nœuds.

Julianne apparaît en haut de l'escalier, en chemise de nuit de coton légère. La clarté derrière elle dessine une silhouette qui ferait rompre ses vœux à un évêque.

— Que se passe-t-il ? demande-t-elle.

— Recouche-toi. Je dois y aller.

— C'est ça que je n'aime pas, Joe.

— Je sais.

Deux voitures de police banalisées attendent dehors. Monk m'ouvre la portière arrière. Ronnie Cray est à l'intérieur, en train de parler au téléphone. Elle n'a pas dormi depuis la veille.

Nous roulons en silence dans Wellow Road en direction de Radstock avant d'enfiler une série de petites rues. Sur le siège avant, Kieran, le technicien, tapote sur son clavier en tripotant son oreillette. Les véhicules de surveillance sont des points colorés sur la carte satellite qui emplit l'écran.

Safari Roy parle dans une radio :

— Mobile 1 : nous sommes deux voitures derrière. On ne le perd pas de vue. Il a mis son clignotant à droite… il tourne dans la B3135.

— Bien reçu.

Une autre voix :

— Mobile 3 : Je suis trois kilomètres devant, sur la A39. Je peux reprendre la filature à Green Ore.

Le soleil se lèvera dans une heure. Cray regarde sa montre.

— D'ici combien de temps peut-on avoir un hélico dans les airs ?

— Quarante minutes, répond Kieran.

Nous nous enfonçons dans la nuit noire d'encre, attentifs aux conversations radio, en nous arrêtant aux feux d'intersection qui émaillent les abords des grandes villes. Nous nous dirigeons vers l'ouest, traversant Cheddar, Axbridge et des dizaines de petites bourgades toutes identiques qui surgissent pour disparaître presque aussitôt.

Gordon Ellis s'oriente vers la côte du North Somerset. De temps à autre, il se range, attend ou rebrousse chemin sur plusieurs kilomètres avant de faire demi-tour pour poursuivre son voyage. Il s'assure qu'il n'est pas suivi, vérifie peut-être les plaques d'immatriculation. Safari Roy s'en inquiète et se laisse un peu plus distancer. Un dispositif de pistage posé sur la Ford Focus maintiendra le contact tant qu'Ellis reste à bord de son véhicule.

À l'est, l'horizon est comme une entaille jaune. Les cimes des arbres sur les hauteurs changent de couleurs. L'hélico a pris son envol, mais il est encore à une demi-heure de là. Nouveau message dans le chœur des jacassements et de la friture à la radio.

Ellis semble ralentir. À chaque rond-point, il fait tout le tour et repart en sens inverse. Il est sur la A38, passe sous le M15. Au prochain sens giratoire, il emprunte la deuxième sortie dans Brigdewater Road. Quelques centaines de mètres plus loin, il tourne à gauche vers Berrow et la côte. Le paysage est tout plat, battu par les vents, interrompu de temps à autre par un village et les Mendip Hills, au sud.

Kieran désigne une image satellite montrant des grappes de formes blanches le long de la plage d'une dizaine de kilomètres qui s'étend de Burnham-on-Sea à Brean Down. Des parcs à caravanes, des lotissements parsemés de bungalows ou de cabines de vacances qui, sur la grille, s'apparentent à des agglomérations miniatures, séparées par d'étroites routes goudronnées.

Les véhicules de poursuite sont à un kilomètre les uns des autres désormais, tandis que nous suivons le littoral à travers des hameaux que le soleil matinal effleure à présent, colorant les cottages de tons pastel et intensifiant le vert des champs.

Des terrains de camping bordent de part et d'autre la route, ainsi que le front de mer. Ils s'alignent en rangées bien nettes dans des champs jadis cultivés. Certains mobile-homes jouissent de petits jardins, d'auvents défraîchis, de cordes à linge. D'autres semblent fermés pour l'hiver.

— Y a-t-il une fête foraine à proximité de l'un d'eux ? demande Cray.

— Le parc de loisirs de Brean, répond Kieran en pointant le doigt sur l'image satellite où apparaît une série de cercles, d'araignées, de vagues ondulées, privés de perspective par l'angle de la caméra.

Le point vert sur l'écran poursuit sa route le long de la côte pendant cinq cents mètres encore avant de bifurquer à gauche vers un centre commercial. Ellis fait lentement le tour du parking désert avant de se garer près d'un sentier menant à la plage.

Il attend, assis au volant, en surveillant l'entrée. Une moto passe et disparaît au bout de la route. C'est l'un de nous. Les autres véhicules de surveillance restent à distance.

Le soleil s'est levé au-dessus d'une crête de nuages déchiquetés, blanchissant les moutons sur la mer. Nous avons arrêté de bouger et nous sommes garés à l'entrée de la fête foraine où les manèges, ligotés, sont silencieux. J'entends des toiles et des drapeaux claquer en rythme dans le vent.

Les minutes passent. Le moteur cliquette. Les nerfs de Cray sont aussi tendus que les cordes d'un violon. J'ai envie de l'interroger à propos du procès. Quelle décision a-t-elle prise ? Ce n'est pas un sujet dont nous pouvons parler ouvertement.

Une femme qui promène son chien s'approche de nous. Elle porte un caleçon rose. La masse de ses cheveux teints en noir s'accorde avec la couleur de son caniche. En traversant la rue, elle nous observe d'un air soupçonneux.

Safari Roy, à la radio :

— La cible se déplace. Il est sorti de sa voiture. Il prend quelque chose dans son coffre… Un jerrican. Il part à pied.

— Où ça ?

— Il se dirige vers la plage.

— Ne bougez pas. Il pourrait revenir sur ses pas.

— Mobile 2 : je l'ai en visuel.

— Ne vous approchez pas trop.

Cray en a marre de regarder des points se balader sur un écran. Elle a envie d'être dehors, de marcher, de se rapprocher.

— Mobile 1 : la cible a atteint la plage.

— Mobile 2 : je l'ai perdu de vue. Non, le voilà !

— Bien reçu.

— Mobile 3 : Je reste à la voiture.

— Où est passé l'hélico ? demande Cray.

— Il sera là dans huit minutes, répond Kieran.

— Vous êtes toujours avec lui, Roy ?

— Je l'ai toujours en visuel.

— Qu'est-ce qu'il fait ?

— Il coupe à travers les dunes pour rejoindre la route. Vous devriez le voir d'ici dix… cinq…

— Mobile 2 : Il se faufile entre les caravanes.

Cray, parlant dans le micro :

— Personne ne bouge tant qu'il n'a pas identifié le véhicule. (Après quoi elle tape sur l'épaule de Monk :) Rapprochez-nous.

Nous reprenons la route et bifurquons dans un sentier une centaine de mètres plus loin. Les autres voitures convergent vers nous, bloquant les entrées du terrain de camping. J'aperçois Ellis entre les caravanes, à une soixantaine de mètres. Il a une capuche sur la tête, une main dans la poche de son jean foncé tandis que dans l'autre, il tient un jerrican orange. Il s'arrête, s'accroupit, jette des regards autour de lui, mais ses yeux reviennent se poser sur un van en particulier.

Cray a un écouteur logé au creux de l'oreille.

— Attendez mes ordres.

Je sens la tension monter dans mon crâne… dans ma vessie. Cray bondit hors de la voiture et se rue, à croupetons, vers un muret de brique. Elle jette un coup d'œil par-dessus.

Pendant les dix minutes suivantes, personne ne bronche. Je m'efforce de faire correspondre les souvenirs glanés par Sienna avec le monde réel. Elle apercevait le sommet d'un manège, pourtant le parc de loisirs est à cent mètres de là.

Ellis se redresse et plonge la main dans sa poche. Quelque chose cloche. C'est trop facile.

— Ce n'est pas sa caravane, je chuchote à Cray.

Elle se tourne vers moi.

— Ce n'est pas le bon endroit. Par rapport à la description de Sienna.

— Il l'a peut-être déplacée.

— Ou il sait qu'on est là.

— Balivernes ! On a fait super gaffe.

— Sienna n'a pas vu Billy la nuit où elle s'est réveillée. Ellis a peut-être une deuxième caravane. Il va nous mener sur une fausse piste.

L'inspecteur me dévisage.

— Je ne peux pas le laisser entrer. Et s'il était armé ? On ne peut pas risquer une situation de siège.

Ellis n'est plus qu'à quelques mètres de la porte du camping-car.

— Ce n'est pas celle-là.

J'entends Cray grincer des dents. Elle active sa radio.

— Restez à vos postes. Personne ne bouge.

Ellis a atteint la porte. Il fait le geste de mettre une clé dans la serrure et puis brusquement il se retourne et franchit en deux secondes une allée goudronnée, disparaissant de notre vue.

— Mobile 1 : J'ai perdu le visuel, annonce Safari Roy.

— Mobile 2 : Je ne vois plus la cible.

— Quelqu'un a-t-il un visuel ? demande Cray qui commence à s'agiter.

Toutes les réponses sont négatives. Elle jure avant de prendre une décision. Elle veut qu'on boucle le terrain, que plus personne n'entre ou sorte.

En courant, accroupi, je retourne à la voiture et je demande à Kieran de faire réapparaître l'image satellite. J'étudie la disposition des lieux en promenant mon doigt en un cercle approximatif autour de l'écran.

— Vous allez où ? s'enquiert Kieran.

— Me balader.

Ma jambe gauche tremble et mes bras ne se balancent pas à l'unisson, mais ça fait du bien d'être dehors, en mouvement. En suivant la route, je dépasse le parc de loisirs avant d'enjamber un petit mur de brique pour reprendre la direction de la plage. Il y a des caravanes de part et d'autre de l'étroite voie, et d'autres plus bas, dans des rues transversales. Je me retourne de temps en temps pour chercher du regard le toit d'un manège.

En chemin, je sors mon portable de ma poche et compose le numéro de Cray. Pratiquement au même instant, je vois Ellis émerger d'une rangée d'arbres à une quarantaine de mètres devant moi. Il disparaît au petit trot derrière un bâtiment de douches et resurgit près la dernière caravane de la rangée.

Sans perdre une seconde, il dévisse le bouchon du jerrican et arrose copieusement les parois, les fenêtres en faisant de grands moulinets qui font gicler l'essence jusque sur le toit.

— Bonjour, Gordon.

Il se retourne, tenant son jerrican à bout de bras. Il glisse l'autre bras derrière son dos et sort un pistolet de dessous son sweatshirt. Il devait être calé sous sa ceinture, contre sa colonne vertébrale.

— Je présume que vous n'êtes pas venu seul, dit-il.

— Non.

— Vous avez amené les flics avec vous alors.

— Vous avez compris ça tout seul ?

Je le vois calculer mentalement ses chances de s'en tirer, chercher un moyen de s'échapper. Quelque chose bouge dans la haie rabougrie au-delà de lui. Safari Roy est tapi derrière. Il parle dans sa radio, réclamant du renfort.

— Vous êtes différent des autres, dit Ellis.

— Quels autres ?

— La police. Ils veulent savoir comment. Vous, vous voulez savoir pourquoi. Vous crevez d'envie de savoir si j'ai subi des sévices sexuels quand j'étais petit, si je me suis fait sodomiser par un oncle ou le prêtre de la paroisse. Ai-je perdu ma mère ? Est-ce que je faisais pipi au lit ? Est-ce qu'on m'obligeait à dormir sur mes draps souillés ? Vous vous imaginez qu'il y a forcément un phénomène de cause à effet – et c'est là qu'est votre faiblesse. Il n'y a rien à comprendre. Je suis un prédateur. C'est comme ça qu'on a tous commencé. Qu'on survit. Qu'on évolue.

— Certains d'entre nous ont évolué un peu plus que les autres.

Je veux continuer à bouger pour empêcher mes jambes de se bloquer.

— Dites-moi une chose, Gordon ? Est-ce que vous comptiez jeter votre dévolu sur Charlie ?

Il me gratifie d'un sourire reptilien.

— Qu'est-ce que vous lui avez fait à cette pauvre petite ? C'est un chaton timide.

— Elle a connu des années difficiles.

Il hoche la tête.

— J'ai vu ça. Je me suis dit que quelqu'un se l'était faite avant moi.

Encore ce sourire. Il me provoque.

Dans la seconde qui suit, j'entends la voix de Cray amplifiée par un porte-voix, exigeant qu'il jette son arme et qu'il lève les mains au-dessus de sa tête. Ellis pivote sur lui-même en expédiant vers moi le jerrican qui rebondit et se retrouve à l'envers.

Ellis se retourne et glisse une clé dans la serrure. Derrière lui, je vois Safari Roy surgir de sa planque et s'élancer, l'arme au poing.

— Foncez ! Foncez ! hurle Cray.

La porte de la caravane s'ouvre à la volée et l'air se met à onduler comme si Dieu secouait la caméra. Je vois un nuage de fumée gris sale, comme la mer, avant de sentir l'onde de pression provoquée par la bombe. Gordon Ellis est projeté en arrière par le souffle, comme si on rembobinait le film en accéléré.

La caravane se désintègre de l'intérieur – les vitres explosant vers l'extérieur, le toit se soulevant, les parois s'atomisant en un puzzle de débris volants – un évier, une cuvette de toilette, du plastique, de l'acier, des barres, des tiges, qui volent au-dessus du terrain de camping avant de retomber lourdement à terre.

Une pluie de fragments métalliques, de clous ou de roulements à bille sans doute enveloppés autour des explosifs, se dispersent en une gerbe, perforant indifféremment fibre de verre et chairs humaines.

Ronnie Cray se relève et détale, les cheveux trempés de sang. Elle a un clou planté dans l'épaule. Elle hurle dans sa radio, rendue sourde par la déflagration, incapable de modérer sa voix. Elle veut des secouristes sur place.

Ellis avait bien une chambre noire. L'explosion a embrasé les produits chimiques à l'intérieur, l'essence dehors, donnant naissance à une boule orange qui bouillonne et s'évapore en une vague de fumée et de débris. Des fragments de photos, des papiers déchirés, des négatifs tordus, des planches contact carbonisées, portés par le vent, s'accrochent aux branches et aux buissons, sautillent sur l'herbe.

Deux caravanes sont en feu – l'une d'elles couchée sur le flanc, l'autre trouée comme de l'emmental. Roy est à terre entre les deux. Monk arrive le premier à sa hauteur. Il me fait signe. La chemise de Roy est trempée de sang. Je l'arrache et je découvre une demi-douzaine de plaies rondes. Deux clous sont encore logés dans son torse.

Quelqu'un me tend une trousse de premiers secours. Je sors des pansements, des bandages en expliquant à Monk ce qu'il faut faire. Roy est conscient et blague avec Ronnie Cray.

— Hé, patron, je vais m'offrir quelques semaines de vacances. Je vais m'acheter dix boîtes de préservatifs et j'ai bien l'intention de tous les utiliser.

— Vous feriez mieux de vous acheter dix tickets de loterie, répond-elle.

— Vous pensez que j'ai de la chance à ce point-là ?

— De la malchance, oui !

En s'accroupissant à côté de moi, Cray extrait le clou de son épaule avant de glisser de la ouate sous la bretelle de son soutien-gorge.

— Il devrait s'en sortir, dis-je en regardant autour de moi en quête d'autres blessés. Tout le côté de la caravane voisine a été arraché. Ellis gît au milieu des décombres. Il a un bras tendu, comme pour atteindre quelque chose, tandis que l'autre n'est qu'une pointe osseuse calée contre un mur.

La peau de son visage a pelé, et l'un de ses yeux n'est qu'un trou ensanglanté. J'examine sa poitrine, écrasée par la déflagration. Il est à l'agonie. Il peut tenir le coup quelques secondes, quelques heures, mais il va mourir.

Je lui dis de tenir bon, que les secours arrivent, un hélicoptère.

L'œil qui lui reste me fixe. Des mots bouillonnent dans sa gorge.

— Votre curiosité est mortelle.

— Ce n'est pas moi qui suis en train de mourir.

Sa langue apparaît, léchant le sang sur ses lèvres. Sent-il le goût de la mort ?

— Qui vous a fait ça ?

Il prend une inspiration saccadée, tousse.

— Je ne servais plus à rien.

Il parle de Novak Brennan.

— Pourquoi l'aidiez-vous ?

— Novak collectionne les gens.
— Il les fait chanter ?
— Difficile de lui dire non.

Il grimace. Ses dents ressemblent à des morceaux de céramique cassée plantés dans ses gencives.

— Et Ray Hegarty ?
— La fille a dû le tuer.
— Non. Il y avait quelqu'un d'autre dans la maison ce soir-là, qui attendait Sienna. Quelqu'un qui voulait la faire taire.
— Pourquoi est-ce que je me serais embêté à faire ça ? Elle m'appartenait.

J'entends des sirènes au loin, qui se rapprochent. Son sang me coule entre les doigts, sur les mains. De plus en plus lentement.

Quelque chose me frôle l'épaule – une photo racornie, tombée du toit de la caravane, soufflée par le vent. Une image en noir et blanc d'une fillette nue, figée par l'objectif. La meilleure amie de ma fille, les bras attachés aux chevilles, son corps arc-bouté. Exposé. Obscène. Inconscient.

Je regarde Ellis.

Je regarde mes mains.

Je m'éloigne.

Des pales scintillent sous le soleil, battant l'air, le chassant. Des visages apparaissent derrière les hublots de l'ambulance volante. Une portière coulisse, les secouristes sautent sur le sable tourbillonnant, les cheveux aplatis par le courant descendant.

Ronnie Cray beugle des ordres tout en aboyant dans son portable. Scotland Yard envoie une équipe de la brigade antiterrorisme et de déminage. Louis Preston a été convoqué aussi.

Les rotors de l'hélicoptère ont ralenti. On installe Safari Roy et Gordon Ellis sur des civières ; on les transporte vers l'appareil. Il n'y a de la place que pour une seule personne supplémentaire. Cray regarde nerveusement l'hélicoptère.

— Vous allez avec eux. J'ai horreur de ces trucs-là.
— Et votre épaule ?
— Ça va. On a besoin de moi ici.
On hisse la deuxième civière dans l'appareil.
— Pourquoi piéger la caravane ? me demande-t-elle.
— Ellis était devenu un fardeau. Il attirait trop l'attention.
— C'était sur l'ordre de Brennan alors ?
— Il règle les derniers détails.
— Ellis a-t-il dit quelque chose à propos de Ray Hegarty ?
— Qu'il ne l'avait pas tué.
Cray regarde ailleurs, mais je sais ce qu'elle pense.
— Et le procès, alors ? Vous allez l'interrompre ?
— Ce n'est pas votre problème.
— Ruiz dit que ça pourrait vous coûter votre carrière.
— On n'en arrivera peut-être pas là.
Elle marque un temps d'arrêt en portant son attention vers l'extrémité de la plage derrière moi, où un phare sur pilotis semble pris au piège entre les vagues et la rive. Le jour point derrière lui.
— Vous avez beaucoup d'amis, professeur ?
— Pas tant que ça. Et vous ?
— Pareil. Comment ça se fait, à votre avis ?
— Je sais trop de choses sur les gens.
— Et ce que vous voyez ne vous plaît pas.
— Pas beaucoup.
Elle hoche la tête d'un air entendu.
— La décence est gravement sous-estimée. (Ses yeux étincellent et ses lèvres remuent, hésitantes.) Je suis allée trouver le juge Spencer hier soir. Je lui ai montré une photo de Sienna. J'étais certaine qu'il nierait. Je pensais que, sous sa toge et sa perruque, il se révélerait être un de ces hommes de loi qui savent jouer le jeu. Nier, nier encore et toujours et ne rien dire du tout.
Elle passe sa main dans ses cheveux hirsutes. De la poussière et des débris lui restent dans la paume.
— Que vous a-t-il dit ?

— Qu'il ignorait qu'elle n'avait que quatorze ans. Il fait parfois appel à une agence d'escorte quand sa femme s'en va. Toujours la même histoire – le désir, la luxure, l'attrait du fruit défendu.

— Que va-t-il faire ?

— Ce qu'il faut, je l'espère, me répond-elle en secouant la tête.

Elle pointe le doigt vers l'hélicoptère. Les moteurs grondent, les pales s'emballent. Le copilote casqué brandit le pouce.

— Vous feriez mieux d'y aller.

Du sable fin me mitraille le pantalon et les yeux alors que je m'élance à croupetons avant de me hisser à bord. Quelques secondes plus tard, mon estomac se soulève en même temps que la queue de l'appareil. Nous quittons la terre ferme et nous élevons rapidement dans les airs en regardant les caravanes rétrécir jusqu'à avoir la taille de Lego et les routes se muer en rubans noirs.

Plus haut encore, nous survolons les vagues, la côte rocheuse, les Mendip Hills et les champs en patchwork où tout est baigné d'une clarté chatoyante qui se moque de tout ce que la journée a de sombre.

51

Le Frenchay Hospital situé dans la banlieue nord de Bristol fut construit sur le terrain d'une demeure géorgienne transformée dans les années 1920 en sanatorium pour les petits tuberculeux, à l'époque où les maladies pulmonaires étaient aussi indissociables du pays de Galles que les chœurs masculins.

Il ne reste pas grand-chose de l'ancien édifice, semble-t-il. Les urgences, repeintes dans les tons primaires, sont équipées de meubles modulaires, de coussins et même de poufs. L'unité de soins intensifs se trouve au rez-de-chaussée, au bout d'un vaste couloir dont le lino grince sous les semelles en caoutchouc des infirmières.

Je commence à en avoir assez des hôpitaux. L'odeur qui me rappelle mon enfance me reste dans les narines. Descendant d'une longue lignée de médecins, j'ai grandi aux abords de ce genre d'endroits, jusqu'au jour où j'ai cassé le moule en abandonnant mes études de médecine en troisième année. Mon père, futur médecin préposé de Dieu en personne, ne m'a pardonné que tout récemment.

Les portes métalliques s'écartent, livrant passage à une petite femme asiatique. En tenue chirurgicale verte, elle a les cheveux courts, un visage rond et des dents tellement blanches qu'elles semblent neuves. C'est le Dr Chou. Elle a un accent de Birmingham et des yeux couleur de miel.

— L'officier de police est hors de danger. Nous avons extrait des fragments de son abdomen ; les organes vitaux semblent avoir été à peu près épargnés. Mais nous allons faire de nouvelles radios pour nous assurer que nous ne sommes pas passés à côté d'éclats.

Elle consulte sa planche à pince.

— Concernant Gordon Ellis, les nouvelles sont moins bonnes.

Elle entreprend de répertorier ses blessures. Jusqu'à sa conclusion, la plupart des détails m'échappent :

— En gros, nous ne parvenons pas à arrêter l'hémorragie. Par ailleurs, les radios ont montré qu'un clou s'est logé dans la colonne vertébrale. Il ne sent plus rien en dessous du cou.

Elle marque une pause, pour s'assurer que je comprends bien ce qu'elle est en train de m'expliquer.

— Il est sous assistance respiratoire et sous perfusions continues, ajoute-t-elle. Nous allons attendre l'arrivée de sa femme avant de le débrancher.

Un prêtre replet au crâne étincelant émerge des soins intensifs en quête d'une âme à réconforter. Il avise une adolescente en tee-shirt dans le coin, un magazine à la main, et jette son dévolu sur elle. Ailleurs, un couple aux allures d'orphelins est recroquevillé sur lui-même comme pour se tenir chaud. Le garçon a un piercing au sourcil et la fille une douzaine de boucles aux oreilles.

— J'aimerais le voir, dis-je.

— M. Ellis ne pourra pas vous parler.

— Je sais.

Après m'être frictionné les mains, je suis le docteur Chou au-delà d'une lourde porte silencieuse. Mes yeux mettent un moment à s'accoutumer à la pénombre. Seuls les lits sont éclairés, comme si les machines les soumettaient à un interrogatoire. Gordon Ellis est allongé sur un lit à roulettes bordé de barres métalliques. Il a les yeux bandés, sa bouche et son nez disparaissent sous un masque à oxygène. Ses pansements à la poitrine et aux bras sont imprégnés de sang.

L'espace d'un instant, j'ai l'impression qu'il est déjà mort, mais je vois son torse se soulever, et le masque se trouble sous l'effet de la condensation avant de s'éclaircir à nouveau.

Le médecin pose un doigt froid sur mon poignet. Elle doit partir. Je reste à l'écart du lit, répugnant à approcher. Les appareils bourdonnent. Le sang circule. Des tubes, des fils, des sondes serpentent sur les draps et gravitent autour du patient en direction de poches en plastique ou des moniteurs.

Une infirmière, perchée sur un tabouret rembourré au milieu du matériel, me regarde avec bienveillance, se demandant pourquoi je reste dans l'ombre. Elle n'est pas consciente de ce que j'ai sous les yeux ni des questions que je me pose encore.

Novak Brennan devait être au courant de l'attirance de Gordon pour les mineures et de son aptitude à les dompter. Il devait savoir aussi pour la caravane – la chambre secrète des perversités d'Ellis.

Faire chanter le professeur était facile. Corrompre un juge de la Cour du comté était en revanche plus ardu. Les désignations des audiences sont publiées avant chaque procès, ce qui a laissé à Novak le temps d'enquêter sur le juge Spencer et de découvrir ainsi son penchant pour les prostituées jeunes et innocentes. Sienna Hegarty correspondait au profil. Elle était mineure. Une collégienne. Gordon avait ce qu'il fallait sous la main.

Il y avait des milliers de photographies parmi les vestiges du camping-car, de jeunes filles principalement, ligotées, bâillonnées, ayant subi les plus terribles offenses. Combien d'autres victimes y a-t-il eu ? Natasha en faisait-elle partie ? Et Caro Regan ? Ses parents ne sauront jamais la vérité sur le sort subi par leur fille, à moins que l'épave de la caravane ne livre des indices.

— Vous pouvez vous asseoir si vous voulez, me propose l'infirmière.

Elle a un accent du Nord ; ses yeux verts reflètent les panneaux d'affichage lumineux à sa portée.

— Je ne le connaissais pas vraiment.

J'ai voulu sa mort. J'ai failli le tuer.

— Je n'en connais aucun, me répond-elle, mais je leur parle quand même. Du temps. De ce qu'il y a à la télé. Je leur fais la lecture parfois.

Elle brandit un roman à l'eau de rose tout écorné.

— Vous avez une voix agréable pour la lecture, j'en suis sûr.

— Merci.

Elle contourne le lit et remet en place le bout de scotch qui maintient un tube contre l'avant-bras de Gordon.

— Était-ce quelqu'un de bien ?

— Cela a-t-il de l'importance ?

— Je suppose que non. (Elle le regarde tristement.) Je me demande parfois dans quelle mesure on contrôle ce qui nous arrive, ou si nos vies ne sont qu'une réaction en chaîne. Un effondrement après l'autre.

De retour dans le couloir, je pousse les portes donnant sur la salle d'attente des urgences. Quelques personnes sont regroupées sous un téléviseur suspendu au plafond. J'entrevois le gros titre qui défile à la base de l'écran : PROCÈS SUR LA HAINE RACIALE ABANDONNÉ.

Un journaliste se tient devant le palais de justice de Bristol.

« Le procès de Novak Brennan, Gary Dobson et Tony Smith a été ajourné aujourd'hui dans des circonstances sujettes à controverse, liées à des allégations de corruption et de jury soudoyé.

» Lors d'une matinée pleine de rebondissements, le juge Spencer a annoncé à la Cour qu'un juré s'était plaint d'avoir été approché et menacé par une tierce personne en dehors du tribunal. Spencer a déclaré que le risque d'intimidation était trop important pour qu'on puisse passer outre. Il a donné congé aux cinq femmes et sept hommes du jury avant d'ordonner que les trois inculpés soient rejugés à une date ultérieure.

» Les avocats de Novak Brennan et de ses coaccusés ont aussitôt requis une mise en liberté, arguant que leurs clients avaient déjà passé huit mois en détention... »

Mon portable vibre.

— Tu as entendu la nouvelle ?

C'est Julianne. Elle est quelque part, en plein air.

— À l'instant.

— Pauvre Marco.

— Lui as-tu parlé ?

— Je vais le voir dans quelques minutes. Je l'accompagne pour faire quelques courses avant qu'il prenne son train pour Londres.

— Comment va-t-il ?

— Je ne pense pas qu'il comprenne vraiment. Je croyais que les jurys soudoyés, ça n'arrivait que dans les films.

— Il va falloir que tu lui expliques la situation.

— Tu peux peut-être m'aider.

J'hésite et elle perçoit quelque chose dans ma voix.

— Tu le savais ! C'est pour ça que tu m'as posé des questions à propos du juge.

Je ne réponds pas, ce qui ne fait que confirmer ses soupçons.

— Que s'est-il passé, Joe ?

— Je ne peux pas t'en parler.

Avant d'avoir le temps de me poser une autre question, elle s'exclame :

— Voilà Marco ! Je dois te laisser.

Elle raccroche avant que je puisse dire au revoir. J'ai envie de la rappeler tout de suite pour entendre sa voix douce.

Un taxi vient de s'arrêter devant l'entrée de l'hôpital. Natasha Ellis en sort, tenant la main de Billy serrée dans la sienne. Le gamin est en uniforme d'école et serre son Tigger sous son bras. Natasha paie sans même regarder le chauffeur. Elle a les yeux injectés de sang et semble se mouvoir comme de mémoire, incapable d'assimiler ce qui s'est passé.

Le docteur Chou vient la chercher pendant qu'une infirmière emmène Billy vers l'espace de jeux avec des jouets et des livres à colorier. Je reste là un moment à le regarder dessiner en agitant furieusement son crayon.

Vingt minutes plus tard, Natasha réapparaît en s'essuyant les yeux. À l'évidence, elle a de la peine à voir clair. Billy commence à lui parler de son dessin. Elle hoche la tête, essaie d'écouter, mais elle n'arrive pas à suivre ce qu'il dit. Elle m'aperçoit, et une nouvelle émotion jaillit en elle.

Elle se précipite vers moi et sa main gauche s'abat sur mon visage en raclant ses ongles contre ma joue. La gifle retentit dans la salle d'attente. Ma vue se trouble.

Le chagrin, la rage tord ses traits.

— C'est votre faute !

Je me touche la joue où ses ongles ont entamé la peau. Mon pouce et mon index glissent l'un contre l'autre, lubrifiés par une goutte de sang.

Elle tente de me frapper de nouveau, mais cette fois-ci, je lui saisis le poignet et je la tiens jusqu'à ce que je sente son énergie se dissiper. Ses épaules s'affaissent. S'avouant vaincue, elle me laisse la conduire à une chaise où elle regarde fixement le mur en face en respirant par saccades.

— Puis-je appeler quelqu'un ? Vos parents ?

Elle secoue la tête.

— Je peux demander un soutien psychologique.

Elle ne répond pas.

— Ou téléphoner à une de vos amies… Vous ne devriez pas rester seule.

Après avoir pris une grande inspiration, elle m'implore du regard.

— Vous ne pouviez pas nous laisser tranquilles ? On allait bien. On était heureux. Vous ne voyez pas que c'était sa faute. C'est elle la responsable.

Je m'abstiens de répondre tandis que la colère se ranime dans sa poitrine.

— Vous êtes comme Gordon. Il était gaga de cette petite traînée. Elle a trompé tout le monde, sauf moi. J'ai trouvé sa boucle d'oreille dans la chambre. Gordon a essayé de me mentir, mais je ne suis pas idiote. Je savais très bien ce qu'il lui faisait.

» Je les ai suivis un jour. Gordon avait emprunté ma voiture pour aller la chercher à l'école. Il l'a emmenée à Bradford-on-Avon et lui a acheté une glace en pot. Ils se sont assis au bord de la rivière. Je l'ai regardé lui faire manger sa glace. Elle ouvrait la bouche et il la taquinait, écartant la cuillère de ses lèvres, la tendant de nouveau.

Natasha s'essuie les yeux.

— Gordon disait que j'étais parano à propos de Sienna. Il prétendait que la jalousie me rendait laide. Qu'il m'aimait toujours mais qu'il fallait que j'arrête de l'étouffer… Si cette petite pute n'avait pas essayé de me le voler…

Quelques instants passent, elle se recroqueville sur elle-même.

— Qu'est-il arrivé à sa première femme ?

— Elle a fui, répond Natasha en détournant les yeux.

— Vous le croyez vraiment ?

— Gordon m'a affirmé que jamais il ne me mentirait.

— Vous avez vu ce qu'il a fait.

Son regard croise le mien, flou.

— Ce n'est pas un monstre. Il m'aimait.

52

Dehors, sous un pâle soleil, une tondeuse trace des bandes vert clair et vert foncé sur la pelouse de l'hôpital. Un rideau de pluie pend au-dessus de l'horizon, comme s'il hésitait à gâcher la journée, créant une lumière étrange qui plairait sans doute à un peintre ou à un photographe. Mais je n'y trouve rien de réconfortant ou d'apaisant.

Je palpe à nouveau ma joue. Les égratignures suintent. Natasha Ellis m'a frappé de la main gauche, laissant libre cours à son chagrin, à sa fureur. Elle a perdu son mari. Perdu l'existence qu'elle protégeait avec tant d'acharnement. C'est le détail que je n'avais pas pris en compte. Je n'avais pas réalisé jusqu'où elle irait pour sauver son couple. Les péchés sur lesquels elle fermerait les yeux. Les risques qu'elle prendrait.

J'ai un appel manqué sur mon portable. Ruiz. Je le rappelle.

— Vous êtes au courant ? me demande-t-il. Ils ont laissé tomber le procès.

— Je viens de l'apprendre aux nouvelles.

— Ronnie Cray a réussi son coup, on dirait. Elle a toujours un job ?

— D'après ce que j'en sais, oui.

Il m'interroge à propos de hier soir. Pourquoi ne suis-je pas rentré ?

— J'ai dormi chez Julianne.

— Ah ouais !

— Il ne s'est rien passé. J'ai dormi sur le canapé.

— Elle espérait peut-être que vous feriez irruption dans sa chambre et que vous lui sautiez dessus.

Les gens se sautent-ils encore dessus ?

Je lui parle de la caravane piégée et de mon vol en hélicoptère jusqu'à l'hôpital avec Ellis.

— Il est mort alors ?

— Oui.

— Qu'en est-il pour Caro Regan ?

— Les décombres révéleront peut-être quelques indices.

Ruiz garde le silence un instant. Il pense à Coop et à Philippa Regan, à leur appartement-mausolée d'Edinburgh, à l'existence funèbre qu'ils mènent en se demandant ce qu'il est advenu de leur fille.

— Où êtes-vous ? me demande-t-il.

— Au Frenchay Hospital.

— Vous avez besoin qu'on vienne vous chercher ?

— Ce n'est pas de refus.

— J'aurais dû être chauffeur de taxi.

— Vous auriez été mieux payé.

— Les horaires sont plus libres.

Il raccroche. Je traverse l'allée et je sens l'herbe sous mes semelles. Je comprends un peu mieux la situation maintenant. Je sais pourquoi Ray Hegarty a été assassiné, Annie Robinson empoisonnée, pourquoi Sienna a été victime d'un coup monté.

Cependant tout n'est pas clair. S'il y a une exception à toute règle, alors cette règle elle-même a dû être une exception. Novak Breenan a tenté de soudoyer un juge. De corrompre les jurés. D'influencer le verdict. Pourtant tant de choses dépendaient de facteurs qu'il ne pouvait pas entièrement contrôler. Un vote majoritaire en vue d'un acquittement requérait dix jurés – c'était beaucoup exiger. En faisant chanter un juge, la seule chose qu'il pouvait véritablement garantir était une radiation du rôle et un nouveau procès avec un autre jury, un juge distinct.

En jetant un coup d'œil vers l'hôpital, je vois mon image se refléter dans les portes vitrées. Je suis un homme seul, debout dans un champ. Il y a certaines choses que nous devons faire seul. La naissance. La mort. Témoigner à la barre.

Un malaise m'envahit, monte en moi pour venir se loger dans ma gorge. Je sors maladroitement mon téléphone de ma poche et j'appelle Julianne. C'est occupé. Je rappelle. Elle finit par répondre.

— Où est Marco ?

— Il est allé acheter un cadeau.

— Tu as son numéro ?

— Il n'a pas de portable.

Elle est au centre commercial de Broadmead, à quinze minutes d'où je me trouve.

Elle perçoit ma peur.

— Qu'est-ce qui ne va pas ?

— Il faut que tu le trouves. Que tu le sortes de là.

— Pourquoi ?

— Il n'est pas en sécurité. Trouve-le et rappelle-moi.

Ruiz vient de se ranger devant l'hôpital. J'essaie de courir, mais je me fige brusquement et regarde mes jambes auxquelles j'ordonne en vain de bouger. Je focalise mon attention sur la gauche en l'incitant à faire un pas en avant. Je dois avoir l'air d'un homme qui tente de franchir un obstacle invisible. Dès que j'aurai pris un peu d'élan, ça ira. Une jambe suivra l'autre. Je marcherai, et puis je courrai.

J'ouvre la portière et je me jette dans la voiture en ordonnant à Ruiz de démarrer. Julianne est en danger. Sans hésitation, il accélère, se faufilant entre les voitures tout en réclamant des explications.

Nous sommes sur la M32. La voie du milieu. On passe devant des tours en béton, des boutiques fermées, des usines, des bureaux de prêteur sur gages, des écriteaux « À vendre ». Des prostituées arpentent le trottoir dans Fishponds Road : des femmes, dont certaines sont des hommes, des accros au crack qui feront ce que vous voulez.

— Quand vous suiviez Carl Guilfoyle, vous aviez l'impression bizarre qu'il se savait suivi. C'est bien ce que vous m'avez dit. Nous étions peut-être censés trouver ces photos.

Ruiz me regarde d'un air dubitatif avant de reporter son attention sur la route.

— Pourquoi ?

— Novak n'avait pas la certitude d'être acquitté, mais le désistement d'audience d'aujourd'hui, il pouvait le garantir.

— Il voulait que le procès soit abandonné, c'est ça ?

— Il avait besoin de gagner du temps.
— Pour quoi faire ?
— Pour faire taire Marco Kostin.
— Je croyais qu'il était sous surveillance policière.
— Jusqu'à ce matin.
Le feu passe à l'orange, puis au rouge. Ruiz pile.
Mon portable pépie. C'est Julianne.
— Je l'ai vu.
— Marco ?
— Non. Le Pleureur.
Mon cœur fait un bond dans ma poitrine.
— Je l'ai vu devant WHSmith.
— Il te suivait ?
— Je ne sais pas, mais je n'arrive pas à trouver Marco.
Je lui demande de garder son calme.
— Je vais raccrocher et appeler la police.
— Que dois-je faire ?
— Où avais-tu rendez-vous avec Marco ?
— À la brasserie Blanc.
— Vas-y. Installe-toi à la terrasse. Un endroit public.
Mon cœur cogne contre mes côtes. La ligne de Cray est occupée. J'essaie à nouveau. Monk répond. Je lui demande de me passer le patron. C'est une urgence.
L'inspecteur prend l'appareil.
— Carl Guilfoyle est aux trousses de Marco Kostin. Ils sont au centre commercial de Broadmead.
— Y a-t-il quelqu'un avec Marco ?
— Julianne le cherche. On sera sur place dans quelques minutes.
— N'approchez pas Guildfoyle. Sortez-les de là.
Le feu devient vert. Ruiz accélère. 110 à l'heure. Il fonce sur les feux arrière qui nous précèdent et les dépasse.
Mon esprit se projette en avant en zigzaguant comme un furet détalant dans les broussailles, suivant une odeur, changeant de direction, me laissant en rade. Nous ne roulons pas assez vite.

Ruiz enfonce le klaxon alors que nous sommes coincés dans un bouchon sur un rond-point. Il franchit deux voies, freine brutalement en faisant crisser les pneus. Nous évitons de peu un camion et Ruiz tourne le volant à toute vitesse, corrigeant la direction à deux reprises. Le désodorisant d'atmosphère parfumé au pin et pendu au rétroviseur se balance furieusement.

Nous avons atteint Quakers Friars. Ruiz se range. Après avoir allumé ses feux de détresse. Je suis déjà sorti de la voiture et je cours sur les dalles en esquivant les piétons, les clients, les employés de bureau.

Julianne est seule devant le restaurant. Elle porte un trench-coat boutonné et les bottes qu'elle a achetées à Milan. Près d'elle, des enfants gambadent en tous sens autour des jets d'eau qui jaillissent tel de l'argent en fusion du trottoir glissant.

— Nous étions censés nous retrouver ici, lance-t-elle d'un ton anxieux, les yeux écarquillés.

— Où l'as-tu vu pour la dernière fois ?

— Dans Merchant Street.

— Il y a combien de temps ?

— Il devrait être de retour maintenant.

Ruiz nous rejoint. Nous allons nous séparer et nous lancer à sa recherche. Quelqu'un devrait rester sur place au cas où Marco réapparaîtrait. Julianne.

— Appelle si tu le vois.

Je m'élance. Mon crâne, trempé de sueur, me démange. Il y a des centaines de commerces sur près de six blocs et trois niveaux – des grands magasins, des boutiques de bric et de broc, des restaurants, des cafés. C'est la plus grande galerie commerciale de Bristol. Tant que Marco reste dans un endroit public. À découvert…

En me faufilant dans la foule, je dévisage tout le monde, m'attendant à voir Marco ou Carl Guilfoyle. Il y a trop de monde. Ils pourraient passer à côté de moi sans que je m'en aperçoive.

En poussant les portes de BHS, je monte l'escalator à fond de train et fais du slalom entre les portants. La baie donne sur l'intersection entre Broadmeal et Merchant Street.

Je parcours la foule des yeux. De jeunes mamans avec des poussettes, des joggeurs en shorts Lycra, un jeune à capuche avec un skateboard, un couple âgé se mouvant au ralenti, courbé en deux par l'arthrite. Un jongleur en tenue de clown attire le public en jetant des ballons colorés dans les airs avant de les faire rebondir sur le trottoir.

Il y a tellement de gens qui se déplacent sous mes yeux. Un océan humain. Soudain, j'aperçois Marco en lisière du petit attroupement en train de regarder le clown. Il a une casquette de baseball rouge sur la tête et porte un sac brillant.

Je dévale l'escalator, je passe les portes automatiques en sens inverse et j'émerge au niveau rue. Un petit garçon se jette dans mes jambes. En le rattrapant au vol pour l'empêcher de tomber, je fais volte-face, plantant le bambin sur ses deux pieds. Pendant que sa mère me déverse un tombereau d'insultes, je cherche Marco des yeux derrière elle.

Je ne le vois plus. Il était de l'autre côté de la place. En écartant les gens devant moi, je tente de repérer sa casquette rouge. Du coin de l'œil, j'aperçois Julianne. Que fait-elle là ? Elle a dû repérer Marco elle aussi.

Soudain, quelqu'un se heurte à moi de front, côté droit, et continue son chemin. J'entrevois son visage, les marques sur ses joues, des cicatrices plus que des tatouages, comme si on lui avait cousu un visage à partir de lambeaux de peau.

Voyant sa main droite glisser dans la poche de son manteau, je m'entends pousser un cri. Il s'éloigne. Je dois le poursuivre, je le sais. L'arrêter. Mais j'éprouve soudain une terrible sensation de fatigue. Un pas. Deux pas. Trois. Qu'est-ce qui m'arrive ?

Je baisse les yeux. Un panache rouge se répand de mon torse vers mon pantalon. La lame a glissé si facilement que je ne l'ai pas sentie s'enfoncer sous mes côtes, monter vers mon cœur, mes poumons.

Je titube maintenant, je tombe à genoux malgré des efforts désespérés pour rester debout. Ma tête n'arrête pas de s'agiter, mais ce n'est pas une des plaisanteries cruelles de Monsieur Parkinson cette fois-ci. La douleur a surgi, sourde au début, de plus en plus intense, me hurlant de m'arrêter. J'ai l'impression qu'on m'a planté une barre en métal chauffée à blanc dans la poitrine et qu'on l'agite en tous sens.

Ma chemise trempée me colle à la peau. Je lève les yeux et regarde autour de moi, terrifié. À travers la forêt de jambes, je ne distingue plus Marco. Il est peut-être parti. Il court. Julianne ne doit pas être loin de lui. Je la repère en premier. Ils sont ensemble.

À cet instant, je reconnais le sweatshirt à capuche de Guilfoyle. Sa main droite émerge de sa poche. La lame est calée contre son avant-bras. Il progresse rapidement dans la foule.

J'essaie de hurler, mais il ne sort qu'un gémissement. Guilfoyle n'est qu'à quelques pas d'eux. Il dépasse Marco, côté droit, le bras déjà en mouvement, profitant de son élan pour enfoncer la lame sous les côtes en visant le cœur.

À ce moment, une fillette en jupe rose bonbon et en collants à rayures lâche son ballon à l'hélium. Marco pivote sur un pied pour tenter de rattraper la ficelle. La lame traverse sa chemise et pénètre dans la chair, mais l'angle n'est pas bon.

Guilfoyle le sait. La force de l'impact l'a écarté de Marco de deux pas, il se tourne. Julianne l'a vu. Elle crie, la bouche grande ouverte, terrifiée. Tête baissée, les mains dans les poches, Guilfoyle s'éloigne à travers la foule.

Marco tombe à genoux en se tenant le flanc. Je ne le vois plus. Les gens se pressent autour de moi, me bousculent. Une femme trébuche contre mes jambes et manque de tomber. Un jean moulant gaine son énorme postérieur. Un autre visage, à l'envers. Son mari en tee-shirt de AC/DC.

— Est-ce que ça va ? s'enquiert-il.

Je n'arrive pas à répondre.

— C'est du sang ! s'exclame sa femme.

— On lui a tiré dessus, dit quelqu'un d'autre.

— Vous voulez que j'appelle une ambulance ?

— Qui lui a tiré dessus ? demande une autre voix.

— C'était peut-être un tireur isolé.

— Un tireur isolé ! Où ça ?

— Il y a un tireur dans la foule.

C'est comme regarder un caillou jeté dans une mare lisse faire ricochet. Les gens se dispersent. En poussant des cris. Ils courent. Ils tombent. Traînant leurs enfants. Se battant pour prendre la fuite. Des cris. Des hurlements. Des bruits de piétinement.

Maintenant je vois Julianne clairement. Elle est indemne. Mon cœur se tord de plus en plus fort. Elle enlève la chemise de Marco. Le sang coule sur la ceinture de son caleçon et de son jean.

À l'autre bout de Merchant Street, une Range Rover noire se range le long du trottoir. Carl Guilfoyle s'engouffre à l'avant. J'entrevois une femme derrière le volant. Rita Brennan.

Ruiz s'élance à leur poursuite. Il court comme un marathonien, tête baissée, levant haut les genoux. Il saisit la poignée de la porte côté conducteur et tire. Rita Brennan accélère. La portière s'ouvre à la volée, se rabat. Ruiz attrape le volant et le tourne brutalement. Quelques secondes plus tard, j'entends un fracas métallique, mais je ne vois pas ce qui se passe.

Des sirènes retentissent, elles se rapprochent.

La douleur dans ma poitrine émousse mes sens. J'ai les doigts froids, la peau moite. Je n'ai pas l'impression qu'on va me venir en aide. Où sont les secouristes ? Que quelqu'un aille chercher un médecin !

Julianne lève les yeux et m'aperçoit. J'aimerais pouvoir sourire bravement, mais j'ai peur et je tremble.

Elle est auprès de moi à présent. À genoux.

— Où ?

Je lève le bras. Elle voit la plaie sous ma cage thoracique. On dirait que le trou respire. Elle enlève son trench-coat et le presse dessus.

— Ça va faire une tache, dis-je.

— Je le ferai tremper.

À califourchon sur moi, elle appuie les doigts contre mes côtes pour maintenir la pression. Ses yeux étincellent. Elle n'est pas censée pleurer.

— Je veux que tu restes réveillé, Joe.

— Je vais juste fermer les yeux une seconde.

— Non. Reste éveillé.

— Tu avais raison. J'aurais dû vous protéger, Charlie et toi.

Elle secoue la tête. Je ne dois pas parler de ça maintenant.

— Comment va Marco ?

— Ça va aller.

Mon cœur ne palpite plus. Il ralentit.

— Je vais juste me reposer un peu.

— Non ! S'il te plaît.

— Désolé.

Elle pose sa tête sur ma poitrine et j'ai le sentiment qu'on a remonté toutes les années depuis notre séparation, qu'elle écoute les battements de cœur qui l'ont bercée pour qu'elle s'endorme pendant vingt ans.

— Ne m'en veux pas, chuchote-t-elle.

— Je ne t'en veux pas.

Ma bouche se presse contre ses cheveux.

Je me souviens de la dernière fois où nous avons fait l'amour. J'étais rentré tard à la maison. Elle était endormie ou à demi réveillée. Nue. Elle avait roulé sur moi dans l'obscurité, exécutant le rituel accompli, presque à l'aveuglette. S'élevant et se rabaissant centimètre par centimètre, acceptant mon abandon. J'avais senti que ce n'était pas des ébats réconciliateurs ou annonciateurs d'un nouveau départ, mais un adieu, soupir mourant faisant rougeoyer des braises.

Si ça doit être la dernière fois, me dis-je en rouvrant les yeux, je peux le supporter.

— Ça va aller pour Charlie, tu sais, dis-je.

Julianne relève la tête pour me regarder.

— Je sais. Ça me rend juste un peu triste parce que vous vous ressemblez tellement.

— Tu trouves?

— Je vous connais trop bien tous les deux.

Elle glisse son doigt le long de ma joue droite, effleurant les égratignures.

— Qui t'a fait ça ?

— La femme qui a tué Ray Hegarty.

— C'était Sienna ?

— Non.

Épilogue

Un étudiant m'attend devant la porte de mon bureau. Il s'appelle Milo Coleman. Je suis censé superviser sa thèse en psychologie, ce qui serait nettement plus facile à faire s'il en avait une à me soumettre.

L'un de mes plus brillants éléments, Milo, a passé les quatre derniers mois à essayer de trouver un sujet de thèse. Sa proposition la plus récente était la suivante : « La musique forte dans les bars augmente-t-elle la consommation d'alcool ? » C'était un peu mieux que la précédente, à savoir : « L'alcool rend-il une femme plus ou moins susceptible de se laisser séduire au premier rendez-vous ? »

Je lui ai dit que, si j'appréciais le zèle avec lequel il se creusait la cervelle, je doutais de lui obtenir l'aval du conseil d'administration de l'université.

En ouvrant la porte de mon bureau, je le trouve assis sur une des chaises le long du couloir. Il discute avec Chloé, une étudiante en licence qui fait office de réceptionniste au département de psychologie. Milo porte un tee-shirt à l'effigie de James Dean, un jean taille basse, des baskets Nike. Chloé l'aime bien comme le montre son langage corporel – les épaules en arrière, la main qui taquine ses cheveux.

— C'est quand tu veux, dis-je à Milo.

Chloe lui décoche un regard qui sous-entend : la prochaine fois.

— Professeur O'Loughlin. Ça gaze ?

— Pas mal.

— J'ai appris que vous aviez reçu un coup de couteau. J'étais sous le choc, vous savez. C'est du lourd.

— Oui, Milo. Du lourd.

Il s'assoit en face de mon bureau, se penche en avant, les coudes sur les genoux. Une longue mèche de cheveux lui tombe sur un œil. Il la repousse et la cale derrière son oreille, en un geste plutôt féminin. Il me sourit en silence. Radieux.

— Je crois que je la tiens : la grande idée.

— Dites-moi.

— Eh bien, je suis allé voir un comique un soir de la semaine dernière. J'étais en train de regarder ce grand Black en train de raconter des blagues, des trucs vraiment osés, vous voyez, plutôt racistes. Il raconte des blagues de nègres et tous ces Blancs dans la salle se marrent et applaudissent. Du coup, je me suis demandé l'effet que l'humour racial pouvait avoir sur les préjugés.

Milo me regarde nerveusement. Dans l'attente. Plein d'espoir.

— C'est une super idée, je trouve.

— Vraiment ?

— Oui, vraiment. Comment allez-vous vous y prendre ?

Milo se lève et se met à arpenter la pièce tout en m'exposant ses idées sur une étude cognitive impliquant un public et une série de questions. Il est très animé. Débordant d'énergie.

— Alors, j'ai combien de temps ?

— Mettez-vous au travail tout de suite. Vous viendrez me dire où vous en êtes fin novembre.

Il incline la tête en me fixant d'un seul œil. Il me regarde souvent de biais, si bien que je ne vois jamais ses deux yeux en même temps.

— Ça ne fait que deux mois.

— C'est bien assez.

— Mais il faut que je sélectionne les questions. Les paramètres. Les groupes d'études…

C'est l'autre facette de la personnalité de Milo – se trouver des excuses, s'interroger sur le travail impliqué.

— Deux mois, c'est suffisant. Si vous ne m'en montrez pas assez, je vous taxerai de paresseux. À l'inverse, si vous en faites trop, je penserai que vous me léchez les bottes.

— Vous êtes sérieux ?
— À votre avis ?
— Hein ?
— Vous avez passé quatre années à étudier le comportement humain. À vous de décider si je mens.

Il écarte sa frange. Fronce les sourcils. Il a envie d'ergoter.

— Je vous connais, Milo. Vous flottez. Vous surfez. Vous portez cette boucle d'oreille et ce tee-shirt parce que vous vous considérez comme un rebelle sans cause, canalisant l'esprit de James Dean. Laissez-moi vous dire une chose à propos de James Dean. C'était le fils d'un prothésiste de l'Indiana. Il a fréquenté une école select, étudié le violon et les claquettes.

Milo n'a pas l'air d'en revenir. Je pose une main sur son épaule. L'oriente vers la porte.

— Commencez votre thèse. Fini les prétextes. Arrangez-vous pour me présenter quelque chose d'ici novembre.

Je le regarde s'éloigner d'une démarche chaloupée dans le couloir. Mon instituteur, M. Swanson (qui ressemblait à Dieu avec ses longues boucles blanches), lui aurait crié : « Il a fallu un million d'années pour que les humains apprennent à marcher en se tenant droit, Coleman, et vous nous ramenez dans les arbres. »

Coop Regan m'attend nerveusement, assis sur une chaise. En costume-cravate, il a lissé ses cheveux gominés en travers de son crâne et boutonné son veston comme s'il s'apprêtait à passer un entretien d'embauche.

Il n'a plus rien à voir avec l'homme que j'ai rencontré il y a quatre mois à Edinburgh, qui se terrait dans un salon obscur en regardant de vieux films sur sa fille disparue. Sobre, le regard clair, il se dresse et me serre énergiquement la main en me regardant dans les yeux.

— Je suis désolé de vous déranger, dit-il avec une voix ravagée par des années de tabac. Je sais que vous êtes un homme occupé.

— Pas de problème.

— Nous ne pouvions pas rentrer chez nous sans vous dire au revoir.

— Où est votre épouse ?

Il désigne l'extérieur.

— Billy avait envie de jouer. Le trajet va être long.

En jetant un coup d'œil par la fenêtre, je vois un petit garçon en train de courir entre les arbres, poursuivie par une femme forte arborant un cardigan vert vif. Philippa n'a pas la moindre chance d'attraper Billy, mais elle continuera à le pourchasser tant qu'il continuera à rire.

— C'est Vincent qui nous a conduits ici, précise Coop.

Je remarque alors la présence de Ruiz debout sous un arbre aux fleurs aussi grosses que ses poings. Billy s'élance dans sa direction et va se cacher derrière lui comme si ses jambes étaient des troncs d'arbres.

— Il va falloir qu'on le surveille celui-là. Il est aussi effronté que sa mère.

— Vous vous en sortirez très bien.

Le torse de Coop se gonfle. Il regarde fixement ses chaussures impeccablement cirées.

— Je vous ai dit des choses avant… quand vous êtes venus nous voir. J'en voulais à Caro de nous avoir forcés à trop l'aimer. J'avais perdu la tête.

— Je comprends.

Il hoche lentement la tête.

— Je crois que oui, en effet.

Soudain il me prend dans ses bras. Je sens l'odeur de son after-shave et d'un produit de nettoyage à sec sur sa veste.

Il me lâche et se détourne en s'essuyant les yeux. Je le raccompagne en bas pour dire au revoir à Philippa, toute rose, essoufflée. Elle fait dix ans de moins que dans mon souvenir avec ses cheveux d'un roux flamboyant encadrant son visage rond.

Dans la voiture, ils agitent tous la main et Coop klaxonne, heureux de ramener leur petit-fils chez lui. Le regard de Ruiz glisse vers un groupe de jolies étudiantes en train de piqueniquer à l'ombre sur la pelouse. L'espace d'un bref instant, je perçois en lui la nostalgie – l'envie de recouvrer la jeunesse. Mais il n'est pas homme à regarder par-dessus son épaule ou à réfléchir à ce qui aurait pu être.

Cela fait deux mois que je suis sorti de l'hôpital, trois mois que j'ai été blessé. La lame a pénétré sous les côtes avant de monter vers ma rate, visant le cœur. Ratant l'aorte de peu, elle m'a perforé le poumon qui s'est affaissé lentement. La minceur de la lame a limité l'hémorragie externe, mais ma cavité thoracique s'est remplie de sang. Il m'a fallu trois transfusions et deux opérations.

Je suis sorti de l'hôpital le jour où Natasha Ellis comparaissait au palais de justice de Bristol pour le meurtre de Ray Hegarty et une tentative de meurtre à l'encontre d'Annie Robinson. Des crimes passionnels, revanchards. Natasha croyait perdre Gordon à cause d'une maîtresse collégienne – quelqu'un comme elle.

Au début, elle a nié ces allégations. Louis Preston ayant trouvé son ADN sur une serviette de toilette présente sur la scène de crime, elle a tenté ensuite d'obtenir un arrangement.

Le mardi soir du crime, Natasha s'était introduite chez les Hegarty à l'aide d'un double qu'elle avait fait faire avec la clé de Sienna. Cachée derrière la porte de la chambre de l'adolescente, elle avait fixé son attention sur le reflet dans la glace pour déterminer exactement à quel moment frapper.

Elle s'attendait à voir arriver Sienna, mais Ray Hegarty était rentré chez lui à l'improviste. Il avait dû entendre du bruit dans la chambre de sa fille et il était monté. Peut-être avait-il entraperçu Natasha au dernier moment, à l'instant où la crosse de hockey s'abattait sur lui.

Ne pouvant risquer d'être reconnue ou identifiée, elle l'avait fait taire en lui tranchant le cou, de gauche à droite.

Ronnie Cray l'avait dit le premier jour – seule une personne menue avait pu se cacher derrière cette porte. Quelqu'un de gaucher. Qui avait replié soigneusement la serviette après s'être essuyé les mains.

La quantité de sang avait dû surprendre Natasha – la vitesse à laquelle il coulait, la surface qu'il avait couverte, imprégnant rapidement ses mains, ses vêtements. Sienna était rentrée quelques minutes plus tard. Elle avait vu le sac de son père en bas. Elle avait gravi les marches à pas de loup, avec l'espoir de l'éviter, mais elle avait entendu l'eau couler dans la salle de bains et la chasse d'eau.

En courant les derniers mètres, impatiente d'aller s'enfermer dans sa chambre, elle avait trébuché sur le corps de son père. Elle s'était relevée, en hurlant, laissant l'empreinte de sa main sur la chemise de Hegarty. Natasha n'avait pas réagi assez vite pour l'empêcher de fuir. Cependant, elle avait eu vite fait de concevoir un autre moyen de se débarrasser de sa rivale. Elle avait jeté le cutter dans la rivière, près de l'endroit où Sienna avait été retrouvée ce soir-là.

Annie Robinson s'était révélée une autre source de danger inattendue. Elle faisait chanter Gordon à propos de sa liaison avec Sienna, lui extorquant de l'argent et menaçant de ruiner sa carrière. Natasha avait déjà tué pour protéger son couple ; elle n'aurait pas hésité à recommencer. Elle avait versé de l'antigel dans une bouteille de vin qu'elle avait portée chez Annie, accompagnée d'une carte censée provenir d'une âme reconnaissante.

Annie m'avait appelée le jour où j'étais sorti de l'hôpital.

— Vous n'avez pas la même voix, m'avait-elle dit.

— Quel genre de voix j'ai ?

— Elle me laisse entrevoir que vous pourriez peut-être me pardonner un jour.

Elle avait ri nerveusement avant d'ajouter :

— Je voulais venir vous rendre visite, mais je ne savais pas comment vous réagiriez, ni ce que votre femme dirait. J'ai fait quelque chose de très mal en demandant de l'argent à Gordon. J'aurais dû protéger Sienna. J'aurais dû mettre un terme à tout ça.

Un long silence avait suivi. Elle s'attendait probablement à ce que je la contredise. Elle avait envie que je la rassure. J'en étais incapable.

Après quoi, elle m'avait fait part de son projet de prendre un long congé sans solde pour aller visiter le Vietnam, le

Laos et le Cambodge. Elle pousserait peut-être jusqu'à l'Australie.

— Je crois que je vais apprécier les Australiens. Ils sont moins coincés.

— Vous me trouvez coincé ?

— Non. Juste raide dingue de votre ex-femme.

Novak Brennan et ses coaccusés comparaissent la semaine prochaine à Old Bailey. Le procès a été dépaysé à Londres pour des raisons de sécurité, et l'avocat général a promis une meilleure protection des jurés et des témoins.

Marco Kostin sera le témoin vedette cette fois-ci encore. Julianne est allée le voir à deux reprises à l'hôpital avant qu'on l'emmène dans un refuge. J'ignore si on va lui offrir une nouvelle identité après le procès, mais s'il décidait de rentrer à Kiev ou choisissait de recommencer sa vie ailleurs, je le comprendrais.

J'ai moi aussi un rendez-vous avec le tribunal. Pas en tant qu'inculpé, Dieu merci ! Les charges retenues à mon encontre ont été abandonnées. Je dois témoigner contre Carl Guilfoyle, lui-même sous le coup de deux tentatives de meurtre, outre entrave à la justice et corruption des jurés. Rita Brennan sera jugée en même temps que lui comme complice.

L'enquête sur le meurtre de Gordon Ellis est toujours en cours, mais Ronnie Cray a Guilfoyle dans le collimateur. Elle a recommandé que l'on décerne à Safary Roy la médaille du courage, mais a refusé d'accepter une récompense pour elle. La cicatrice à son épaule fera office de trophée.

Le juge Spencer a quitté la magistrature très discrètement pendant l'été. Il y a eu un entrefilet dans les pages juridiques du *Times* et un petit article dans le *Guardian,* mais ni enquête judiciaire ni investigations policières. Il a pris sa retraite avec une réputation et une pension intactes, bien qu'un bref article ait précisé qu'il s'était séparé de son épouse après quarante ans de mariage. Le châtiment est peut-être suffisant.

L'effondrement du procès dit de la haine raciale a fait la une des journaux toute une semaine pendant que les experts et les commentateurs débattaient et s'interrogeaient sur le principe du jury – un système dépassé qui revenait à demander à des ignorants de comprendre l'incompréhensible et de se prononcer sur l'inconnaissable.

Je ne connais pas la réponse, mais si ma vie dépendait d'un tribunal, je préférerais confier mon sort à douze personnes trop bêtes pour se soustraire à leur devoir de juré qu'à un juge qui a peut-être tout un programme. Les jurés peuvent être extrêmement mal informés et facilement déconcertés par la sophistique des gens de loi, mais je tenterais ma chance avec l'homme et la femme ordinaires parce qu'ils savent faire la différence entre la justice et la loi.

De temps à autre, je croise Helen Hegarty dans le village, mais elle reste sur la réserve et sourit rarement. Elle ne travaille plus de nuit, et Zoé est revenue à la maison en reportant ses études universitaires d'une année. Sienna a intégré une nouvelle école à Bath, mais Charlie et elle se voient toujours. L'une se débat pour reconquérir son enfance tandis que l'autre fait de son mieux pour sortir de la sienne.

Avant, j'avais envie d'empêcher Charlie de grandir. Je cherchais à me cramponner à la gamine qui regardait le *Seigneur des anneaux* avec moi, qui aimait la pizza avec un supplément de pepperoni et se moquait de l'incapacité de sa mère à rattraper un ballon. À présent, j'ai une vision plus réaliste de l'avenir, qui n'est plus fondée sur un désir pathologique de protéger mes enfants de gens comme Gideon Tyler, Gordon Ellis ou Liam Baker, en plus des petits amis pas très recommandables, des patrons ignorants, des commentaires cruels, des ivrognes fous et des fanatiques intolérants.

Être parent s'apparente assez à l'art du trapéziste. Il s'agit de savoir quand lâcher prise et regarder son enfant basculer en l'air en tenant les mains vers le prochain échelon, se mettant ainsi à l'épreuve. Ma mission consiste à être là, prêt à la rattraper quand elle me revient en boomerang, et à la réexpédier dans le monde.

Ces derniers temps, je suis davantage optimiste quant à l'avenir de Charlie. Elle endurera l'adolescence et un divorce (si tant est qu'on en arrive là), et je serai là quand elle recevra son diplôme d'université, quand elle ira chercher son prix Nobel, quand elle tombera amoureuse, se mariera pour être heureuse jusqu'à la fin de ses jours.

Quand je gis éveillé dans mon lit le matin à inventorier mes tics, mes soubresauts en attendant que les médicaments fassent leur effet, je pense parfois à tout ce que je n'ai pas encore accompli. Je n'ai pas couché avec une vedette de cinéma, ni escaladé le Kilimandjaro, ni appris de langue étrangère, en dehors de rudiments de français à l'école. Je n'ai pas écrit de livres ni couru de marathon ni nagé avec des dauphins.

Monsieur Parkinson ne me tuera pas, mais je mourrai avec lui, à moins que la course aux médicaments ne l'emporte sur l'inexorable progrès de la maladie. Certaines personnes pensent que ce genre de nouvelles modifierait leur attitude vis-à-vis de l'existence. Ils ont des rêves d'autotransformation, ils s'imaginent gravissant des montagnes, sautant en parachute.

Pas moi. Vous ne me verrez jamais courir avec les taureaux à Pampelune, ni chercher la source du fleuve Amazone. Je préfère une fin banale à une fin glorieusement courageuse ou stupide.

D'ici là, je vais me diriger vers l'âge mûr en tremblant, secoué de spasmes. Non que je ne ressens pas la douleur sourde de la perte. Quand je vois des images de moi il y a six ans, bien droit, pétant la forme – des images d'un moi plus jeune, plus sain –, la colère m'envahit bel et bien. Ma force, mon équilibre, ma dextérité sont atteints. Je suis la moitié de l'homme que j'étais, en quête de l'autre moitié.

Je vais peut-être retourner vivre à Londres. Prendre des cours de danse. Je serai peut-être le type que je rêvais d'être, en phase avec la vie que je me promettais d'avoir.

Certains soirs, je m'assois dehors sur le muret pour regarder ma famille. J'aperçois des ombres derrière les rideaux. C'est le plus beau spectacle en ville et je bénéficie encore d'une assez bonne place.

J'en suis venu à la conclusion qu'élever des enfants était beaucoup plus triste que je pensais. Le fait de les voir grandir dans la joie et la bonne humeur est tempéré par l'idée que chaque année apporte son lot de « dernières fois ». La dernière fois que je pousse ma fille sur une balançoire, que je joue à la petite souris ou au père Noël. Que je lui lis une histoire au lit.

Si je pouvais donner un conseil à mes filles, je leur dirais de profiter au maximum des premières fois – le premier baiser, le premier rendez-vous, le premier amour, le premier sourire de leur premier enfant…

Il n'y en aura qu'une.

Remerciements

L'écriture est peut-être considérée comme une activité solitaire, mais ce n'est certainement pas le cas de l'édition. Je suis redevable envers beaucoup de gens sans lesquels ce roman n'aurait jamais vu le jour, ce qui m'aurait contraint à trouver un autre travail.

Je me dois d'abord de remercier mes agents, Mark Lucas et Richard Pine, dont les réflexions et les annotations ont considérablement amélioré mon manuscrit. On pourrait en dire autant de mon éditrice, Ursula Mackenzie, et de mon correcteur, David Shelley, qui font partie de ceux qui croient vraiment en moi.

Pour leur amitié et leur hospitalité, toute ma gratitude à Mark et Sara Derry, Richard et Emma Honey, ainsi que Marilyn Forrester, qui savent à quel point je déteste les chambres d'hôtel et combien j'apprécie leur compagnie.

Pour leur amour et leur patience, je serais à jamais reconnaissant à mes trois filles, Alex, Charlotte et Bella, qui supportent mes sautes d'humeur et rient de mes excentricités. Dieu merci, elles ressemblent à leur mère qui garde les pieds sur la terre afin de me permettre de vivre avec la tête dans les nuages.

Pour finir, je tiens à mentionner Annie Robinson, dont le nom figure dans *Saigne pour moi*. Bien qu'elle n'ait pas eu la possibilité de découvrir son homonyme, je suis sûr qu'elle fait la fête avec les anges en continuant à vivre dans nos cœurs.

LE SUSPECT

À Vivien, Alexandra, Charlotte et Isabella,
les quatre femmes de ma vie.

Livre I

« “Je l’ai fait, dit ma mémoire.
— Je n’ai pu l’avoir fait”, réplique mon orgueil, inexorable.
Et la mémoire finit par s’incliner. »

Friedrich Nietzsche,
Par-delà le bien et le mal.

1

Depuis les toits du Royal Marsden Hospital, si on regarde entre les cheminées et les antennes, on ne voit que ça, à perte de vue – une forêt d'antennes et de cheminées. On se croirait dans la scène des ramoneurs de *Mary Poppins*.

D'ici, on a une vue imprenable sur le Royal Albert Hall. Par temps clair, j'apercevrais sans doute Hampstead Heath, encore qu'il soit permis de douter que le ciel londonien puisse retrouver un jour un tel degré de limpidité.

« Ça vaut le coup d'œil, hein ! » lancé-je en glissant un regard complice vers le garçon qui s'est accroupi à environ trois mètres de moi, sur ma droite. Il s'appelle Malcolm, et il a eu dix-sept ans, aujourd'hui. Il est grand et maigre. Ses yeux sombres papillonnent quand ils se posent sur moi. Sa peau est plus pâle qu'une feuille de papier glacé. Il ne porte qu'un pyjama et un bonnet de laine qui dissimule son crâne chauve. La chimiothérapie est un coiffeur cruel.

Tout à l'heure, l'air était à trois degrés, mais le vent frisquet qui s'est levé a dû faire chuter le thermomètre en dessous de zéro. J'ai les doigts gourds. Je ne sens plus mes orteils dans mes chaussettes. Malcolm, lui, est pieds nus.

Je ne pourrais pas le rattraper, s'il venait à trébucher ou à sauter. Même en tendant le bras au maximum, même en rampant le long de la gouttière, il me manquerait près de deux mètres pour l'atteindre. Il a tout calculé. Selon son cancérologue, ce gamin a un quotient intellectuel exceptionnel. Il joue du violon et parle cinq langues – même si, pour l'instant, il n'en parle aucune avec moi.

Voilà une heure que je le bombarde de mes questions et de mes histoires. Je sais qu'il m'entend, mais pour lui, ma voix n'est qu'un bruit de fond. Il reste plongé dans son débat intérieur : que vaut-il mieux, pour lui – vivre ou mourir ? J'aimerais participer à la discussion, mais, pour cela, il faudrait qu'il m'y invite. Le National Health Service a édicté toute une série de directives s'appliquant aux situations extrêmes – attentats, prises d'otages, menaces de suicide. Un comité de crise a été constitué d'urgence. Il comprend des représentants de l'équipe soignante et des forces de l'ordre, et un psychologue chargé des négociations – moi. Notre première tâche a été de centraliser tout ce que nous savions de Malcolm, pour mieux comprendre ce qui a pu l'amener au point où il en est. L'équipe interroge donc ses parents, ses médecins, ses infirmières et ses camarades du service.

Quant au « négociateur », il se trouve propulsé au sommet du triangle opérationnel. Tout se concentre sur moi. Et voilà pourquoi je me gèle sur ce toit, pendant que mes collègues étudient leurs graphiques, et enquêtent auprès des infirmières, au chaud.

Que savons-nous de Malcolm ? Qu'il a une tumeur au lobe temporal postérieur droit, dangereusement proche du tronc cérébral. Le cancer a provoqué une hémiplégie du côté gauche et la surdité totale de son oreille droite. Il en est à la deuxième semaine de sa deuxième chimiothérapie.

Ce matin, ses parents sont venus lui rendre visite. Le cancérologue était plutôt optimiste. La tumeur semblait avoir régressé. Une heure plus tard, Malcolm a jeté un mot sur un papier : *Désolé*. Il a quitté sa chambre et s'est hissé sur les toits par un des vasistas du quatrième étage, qui avait dû être mal fermé, et qu'il a réussi à ouvrir.

Vous en savez aussi long que moi sur ce garçon qui semblait plus prometteur que bon nombre des adolescents de son âge. J'ignore s'il a une petite amie, un acteur préféré, un joueur de foot, ou un héros de BD favori. En fait, j'en sais moins long sur lui que sur le mal qui le ronge.

Mon premier objectif est d'en apprendre davantage.

Mon harnais de sécurité, passé par-dessus mon pull, me gêne aux entournures. C'est un appareil à peu près semblable à ceux qu'on utilise pour attacher les bambins turbulents. Il devrait me retenir en cas de chute, en supposant que quelqu'un ait songé à fixer l'extrémité de la sangle quelque part – ça peut faire sourire, mais c'est exactement le genre de détail qui passe inaperçu, dans le feu de l'action. Il serait prudent de rebrousser chemin jusqu'à la fenêtre, pour m'en assurer. Est-ce que ça risquerait de me faire perdre la face ? Sans doute. Est-ce que la situation le justifierait ? Plutôt deux fois qu'une.

Le toit est couvert de déjections de pigeons, et les ardoises ont été colonisées par des mousses et des lichens dont les motifs évoquent ces plantes fossiles que l'on retrouve imprimées dans la pierre. À ceci près que celles-ci ont pour effet de rendre la surface du toit particulièrement visqueuse et glissante.

« Ça ne doit pas faire grande différence pour toi, Malcolm, mais je crois que j'ai une idée assez précise de ce que tu ressens, lui dis-je, en une énième tentative pour établir le contact. Moi aussi, je suis malade. Pas du cancer, et bien sûr… comparer ta maladie et la mienne, ça reviendrait à tenter d'additionner des pommes et des oranges – quoique, tout ça, c'est quand même des fruits, tu crois pas… ? »

Le récepteur que je porte dans l'oreille se met à crépiter : « Purée ! Ça commence à bien faire, tes salades de fruits ! s'insurge une voix. Grouille-toi de nous le ramener ! »

Je détache l'oreillette et je la laisse pendre sur mon épaule.

« Tu sais, les gens qui te disent, “t'inquiète pas, ça va finir par s'arranger…”, c'est parce qu'ils n'ont rien trouvé de mieux. Moi non plus, je ne sais pas quoi dire, Malcolm. Je ne trouve même pas les bonnes questions à te poser. La plupart des gens sont désarmés devant la souffrance d'autrui. Dans ce domaine, on ne dispose ni d'un code des bons usages, ni d'une liste d'erreurs à éviter. On a le choix entre la larme à l'œil, avec ou sans sourire tristounet, ou la bonne humeur crispée, avec petit laïus d'encouragement. Ou alors, on fait carrément mine de rien... »

Malcolm ne répond pas. Il regarde au-dessus des toits, comme s'il contemplait le ciel gris par une minuscule fenêtre ouverte dans le plafond de sa chambre. Il grelotte, dans son pyjama de pilou blanc souligné d'un liseré bleu, au col et aux manches.

En bas, entre mes genoux, je vois s'attrouper toute une armada. Trois autopompes, deux ambulances, une demi-douzaine de voitures de flics. L'une des autopompes est équipée d'une grande échelle télescopique, sur table pivotante. Jusqu'à présent, je n'y ai guère prêté attention, mais je la vois tourner lentement, tout en se dépliant dans notre direction. Pourquoi ? C'est absurde ! Malcolm prend appui sur ses reins, pour s'écarter du toit, et il se redresse. Il est tout au bord, à présent, les orteils repliés sur le rebord de la gouttière, comme un oiseau sur sa branche.

J'entends des cris... juste avant de réaliser que ce sont les miens. Je gesticule comme un forcené, en leur hurlant d'enlever cette échelle. Un observateur non averti me prendrait pour le candidat au suicide. Malcolm, lui, reste de marbre.

Je pars à tâtons à la recherche de l'oreillette... c'est un vrai capharnaüm, là-dedans ! Le comité de crise vocifère à l'intention du capitaine des pompiers, qui hurle ses ordres à son premier lieutenant, lequel s'égosille après un troisième.

« Attends, Malcolm ! Ne saute pas... attends ! m'écrié-je. Regarde l'échelle... Ils sont en train de l'enlever. Elle descend. Tu vois, ils l'enlèvent. » Le sang me bat aux oreilles. Malcolm reste posé au bord du toit, comme suspendu. Ses orteils se replient et se détendent tour à tour. De profil, je vois battre ses longs cils noirs. Son cœur s'emballe, dans son étroite cage thoracique, comme celui d'un oiseau.

« Tu vois le pompier, là, avec le casque rouge ? risqué-je, en désespoir de cause. Celui qui a tout un tas de boutons dorés sur ses épaulettes… Tu paries combien que je fais mouche sur son casque, en crachant d'ici ? »

L'espace d'une demi-seconde, Malcolm a glissé un œil en bas. Victoire ! – c'est la première fois qu'il réagit à quelque chose que je dis ou que je fais.

« Y a des gens qui s'amusent à cracher des grains de melon ou des noyaux de cerise. En Afrique, il paraît qu'ils crachent des crottes de kudu, ce que je trouve personnellement assez dégueulasse… J'ai lu quelque part que le record du monde du cracher de crottes de kudu est d'une dizaine de mètres. À vue de nez, un kudu, ça doit être un genre d'antilope, mais je n'en jurerais pas. De toute façon, je préfère la bonne vieille salive… et ça n'est pas un problème de distance. Tout est dans la précision. »

Malcolm me regarde. Propulsant la tête en avant, j'envoie un petit flocon d'écume blanche que le vent fait légèrement dévier. Il part sur la droite, pour finir sur le pare-brise d'une voiture de police. Je médite là-dessus en silence, tâchant de comprendre pourquoi j'ai raté mon coup.

« T'aurais dû compter avec le vent », fait Malcolm.

Je hoche la tête d'un air philosophe, comme si je ne lui avais prêté qu'une oreille – mais au tréfonds de moi-même, en un endroit qui n'est pas encore totalement gelé, je sens luire quelque chose de chaud. « T'as raison. Les immeubles doivent créer une sorte de courant ascendant.

— Tu cherches des prétextes, là.

— J'aimerais bien t'y voir ! »

Il regarde en bas. Il réfléchit. Il s'est rassis, et ses bras se sont refermés sur ses genoux, comme s'il voulait se réchauffer. Très bon signe.

Une seconde plus tard, c'est lui qui envoie un petit globule de salive dans le vide, en direction des pompiers. Nos regards suivent ensemble sa trajectoire, et nous nous retenons presque de croiser les doigts, pour l'accompagner jusqu'à sa cible. Finalement, il percute le front d'un journaliste télé, juste entre les deux yeux. D'une même voix, nous poussons un gloussement de triomphe.

Mon essai suivant atterrit innocemment sur l'une des marches de l'entrée. Malcolm me propose de changer d'objectif : il veut à nouveau viser les journalistes.

« Si seulement on avait des bombes à eau… soupire-t-il, le menton appuyé sur ses genoux.

— Si tu avais le choix de ta cible, pour tes bombes à eau, qui tu prendrais ?

— Mes parents.

— Pourquoi ?

— Je ne veux pas recommencer tout ce cirque, avec la chimio. J'en ai plus que ras-le-bol. » Il ne rentre pas dans les détails, mais ça n'est pas nécessaire : il n'y a pas beaucoup de traitements plus redoutables que le sien, pour ce qui est des effets secondaires. Vomissements, nausées, constipation chronique, anémie, fatigue – l'un après l'autre, ou simultanément.

« Qu'est-ce qu'il en dit, ton cancérologue ?

— Il dit que la tumeur a diminué.

— Bonne nouvelle, non ? »

Il s'esclaffe. « C'est ce qu'ils avaient dit, la dernière fois. Mais la vérité, c'est qu'ils n'arrivent qu'à repousser le cancer un peu plus loin. Il ne s'en va pas pour autant. Ils le pourchassent à travers tout mon corps, et il se trouve toujours de nouvelles cachettes. D'ailleurs, il n'est jamais question de guérison – de rémission, tout au plus. Et certains jours, ils ne me disent plus rien du tout. Ils ne parlent qu'à mes parents, à voix basse. » Il se mord la lèvre, marquant sa peau d'une ligne pourpre, festonnée.

« Mon père et ma mère, ils pensent que la mort me fait peur, mais c'est pas vrai. Tu parles ! Suffit de voir certains des gosses qui sont ici… Moi au moins, j'ai eu le temps de vivre. Ça serait pas mal, d'avoir encore cinquante ans devant moi, mais comme je te dis, j'ai pas peur.

— Combien de séries de chimio il te reste encore ?

— Six. Après ça, ils attendent de voir ce que ça donne. Je m'en fiche, de perdre mes cheveux. Y a des tas de super footballeurs qui sont chauves. Regarde David Beckham !

C'est le roi des emmerdeurs, mais sur le terrain, il est génial. Le fait de ne pas avoir de sourcils, ça frappe !

— Il paraît qu'il se les fait épiler.

— Par Posh ?

— Ouais. »

Dans le silence, je l'entends claquer des dents.

« Même si la chimio ne marche pas, mes parents vont dire aux médecins de continuer. Ils ne me ficheront jamais la paix.

— Tu es assez grand pour prendre tes propres décisions.

— Va donc leur expliquer ça !

— Je le ferai, si tu me le demandes. »

Il secoue la tête et je vois des larmes briller dans ses yeux. Il s'efforce de les retenir, mais elles débordent de sous ses cils et tombent, en grosses gouttes, qu'il essuie d'un revers de manche.

« Est-ce qu'il y a quelqu'un à qui tu peux parler ?

— Y a une de mes infirmières, que j'aime bien. Elle est vraiment sympa avec moi.

— C'est ta copine ? »

Il rougit. Je vois le sang lui monter à la tête, sous la pâleur diaphane de sa peau.

« Si on se mettait à l'abri, pour bavarder ? Je commence à manquer de salive, là. Ça me ferait du bien, de boire quelque chose de chaud. »

Il garde le silence, mais ses épaules s'affaissent. Il s'abîme à nouveau dans son dialogue interne.

« J'ai une fille de huit ans qui s'appelle Charlie, dis-je, m'efforçant de maintenir le contact. Un jour, elle devait avoir quatre ans, on est allés au parc et je poussais sa balançoire, quand elle me sort : "Papa, est-ce que tu sais que si tu fermes les yeux, serré, serré, jusqu'à ce que ça te fasse des étoiles blanches, eh bien quand tu les rouvres… le monde est tout neuf !" Chouette idée, non ?

— Sauf que ça n'est pas vrai.

— C'est vrai, si tu décides que ça l'est.

— À condition de faire semblant.

— Pourquoi ? Qu'est-ce que ça te coûterait ? Les gens se figurent qu'il n'y a rien de plus facile que d'être cynique et pessimiste, mais c'est un boulot épuisant. Il est bien plus simple de rester ouvert à l'espoir.

— L'espoir ? ricane-t-il, incrédule. Eh ! j'ai une tumeur inopérable au cerveau, je te signale.

— Je sais, oui… »

Est-ce que mes exhortations sonneraient aussi creux à ses oreilles qu'aux miennes ? J'y croyais pourtant dur comme fer, il n'y a pas si longtemps. Mais bien des choses peuvent changer, en l'espace de dix jours.

Malcolm m'interrompt : « T'es quoi, toi ? Un médecin ?

— Un psychologue.

— Tu peux à nouveau m'expliquer pourquoi je devrais redescendre ?

— Parce qu'on se gèle, ici, et que c'est dangereux. J'ai déjà vu à quoi on ressemble, après une chute de vingt mètres du haut d'un toit. Allez, viens, allons nous mettre au chaud. »

Son regard s'attarde un instant sur le grouillement des ambulances, des autopompes et des fourgonnettes de la télé. « C'est moi qui ai gagné, au concours de mollards, hein ?

— Haut la main.

— Et tu vas parler à mes parents ?

— Promis. »

Il tente de se relever, mais ses jambes transies refusent de lui obéir, et son hémiplégie l'empêche de prendre appui sur son bras gauche. Or, il a besoin de ses deux bras, pour se hisser sur ses pieds.

« Ne bouge pas. Reste où tu es. Je vais leur dire de nous envoyer l'échelle…

— Non ! » proteste-t-il. Et son visage reflète une expression que je déchiffre aussitôt. La dernière des choses qu'il veut, c'est d'être descendu comme un paquet, dans le brasier des projecteurs de la télé, à la merci de la meute.

« OK. Tiens bon, je viens te chercher », annoncé-je, sidéré de ma propre audace. J'avance en crabe, centimètre par centimètre, en me traînant sur le derrière – pas question de me mettre debout ! Je n'oublie pas mon harnais de sécurité, mais je doute plus que jamais que quiconque ait pris la peine de l'attacher quelque part…

Tandis que je glisse sur les fesses au bord du toit, ma tête bourdonne de scénarios catastrophes. Si nous étions à Hollywood, Malcolm glisserait au dernier moment et je devrais plonger dans le vide pour le rattraper ; à moins que ce ne soit moi qui tombe, et lui qui me rattrape. Mais comme ça n'est pas du cinéma, il se pourrait bien que nous y restions tous les deux. Ou alors Malcolm pourrait survivre, tandis que son valeureux sauveteur irait s'écraser, vingt mètres plus bas.

Bien qu'il n'ait pas bougé d'un cheveu, j'entrevois une émotion toute nouvelle, dans les yeux de Malcolm. Il y a quelques minutes à peine, il était prêt à sauter et il l'aurait fait sans l'ombre d'une hésitation. Maintenant qu'il a décidé de vivre, le vide qui s'ouvre sous ses pieds lui fait l'effet d'un abîme.

En 1884, William James, philosophe américain et phobique à ses heures, écrivit un article sur la nature de la peur. Il prenait l'exemple d'un promeneur qui rencontre un ours : détale-t-il parce qu'il a peur, ou se met-il à avoir peur après avoir pris ses jambes à son cou ? En d'autres termes, le sujet a-t-il le temps de décider que telle chose est effrayante, ou est-ce la réaction qui précède la peur ?

Depuis, scientifiques et psychologues se trouvent coincés dans un dilemme comparable à celui de l'œuf et de la poule : qu'est-ce qui émerge d'abord – la conscience du sentiment de peur, ou l'accélération cardiaque et l'élévation du taux d'adrénaline qui nous poussent, soit à faire front, soit à fuir ?

À présent, je tiens la réponse… mais j'ai si peur, que j'ai oublié la question !

Un mètre à peine me sépare encore de Malcolm. Ses joues ont pris une nuance violacée, et il ne frissonne plus. Fermement adossé au mur, je déplie mes jambes sous moi, en poussant de toutes mes forces, pour me mettre sur mes pieds. Malcolm semble hésiter un moment devant ma main tendue, puis je vois la sienne s'avancer. Je l'attrape par le poignet et je l'attire à moi, jusqu'à ce que mon bras puisse se refermer autour de sa taille menue. Il a la peau glacée.

La boucle de mon harnais peut se décrocher pour permettre d'allonger les sangles. Je les lui passe autour de la taille, avant de refermer le tout, et nous voilà solidement arrimés l'un à l'autre. La laine de son bonnet me gratte la joue.

« Je peux faire quelque chose ? demande-t-il d'une voix rauque.

— Ouais… prie pour que cette foutue sangle soit fixée quelque part… »

2

Je risquais sans doute moins gros sur le toit du Marsden que dans ma cuisine, en tête à tête avec ma femme. Je n'ai plus qu'un vague souvenir des qualificatifs qu'elle a employés, mais il y en avait une sacrée brochette, tous commençant par la lettre I : d'inconséquent à immature, en passant par irresponsable et incapable d'assumer son rôle de père. Elle a commencé par m'envoyer une volée de coups, en se servant de son *Marie-Claire* comme d'une matraque, pour me faire jurer de ne plus jamais commettre d'actes d'héroïsme aussi stupides.

En revanche, je sais que je peux compter sur le soutien inconditionnel de ma fille. Elle me poursuit dans toute la maison, en m'assaillant de questions. Est-ce que c'était vraiment aussi haut que ça ? Est-ce que j'ai eu peur ? Est-ce que les pompiers avaient amené leur grand filet pour me rattraper ?

« Enfin un truc super à raconter aux copines ! » jubile-t-elle, en me boxant le bras. Une chance qu'elle l'ait dit hors de portée des oreilles de sa mère.

Tous les matins, en m'extrayant de mon lit, je me soumets à un petit examen. Il me suffit de me pencher sur mes lacets de chaussures pour avoir une idée assez précise de la façon dont se présente la journée. En début de semaine, lorsque je suis encore relativement frais, j'arrive à faire obéir les doigts de ma main gauche. Les boutons acceptent de glisser dans leur boutonnière, et les ceintures dans leur boucle. Certains jours, j'arrive même à faire coulisser mon nœud de cravate. Mais dans mes mauvais jours, tels qu'aujourd'hui, tout se complique. Le type dont je vois la tête dans mon miroir doit mobiliser ses deux mains pour se raser, sous peine d'arriver à table le cou et le menton constellés de confettis de papier-toilette.

« Mais tu as un rasoir électrique tout neuf dans le tiroir ! me fait remarquer Julianne.

— Les rasoirs électriques, j'ai jamais pu blairer ça.

— Ah ? Pourquoi ?

— Parce que je préfère la mousse à raser. J'aime m'en tartiner le visage.

— Je ne vois pas ce que ça a de si réjouissant.

— J'aime l'idée, et le mot lui-même – “s'en tartiner”. Je trouve ça sensuel et délicieusement décadent. Pas toi… ? »

Elle étouffe un petit rire, sans pour autant se départir de son air pincé.

« On peut se tartiner le corps de savon ou de gel de douche, tout comme on tartine des crêpes de miel ou de confiture. Et cet été, nous pourrons même nous tartiner de crème solaire… si nous avons un été !

— Là, tu fais l'andouille, papa ! s'esclaffe Charlie, en levant le nez de son bol de céréales.

— Merci, mon poussin.

— Un génie comique ! » lance Julianne en enlevant de mes joues les pansements improvisés.

Une fois attablé, je verse une cuillerée de sucre dans mon café avant de remuer. Le regard de Julianne suit le moindre de mes gestes. Ma cuiller s'est figée dans ma tasse. Je me concentre, enjoignant à ma main gauche de passer à l'acte, mais toute l'autorité du monde n'y suffirait pas. Je fais discrètement passer la cuiller dans ma main droite.

« Quand vois-tu Jock ? demande-t-elle.

— Vendredi. » *De grâce... plus de questions...*

« Il aura les résultats de tes examens ?

— Il ne me dira rien de plus que ce que nous savons déjà.

— Mais je croyais que...

— Je n'en sais rien ! » Je déteste le tranchant qu'a pris ma voix.

Elle n'a pas sourcillé. « Pas la peine de te fiche en rogne. Je préfère encore quand tu fais l'andouille !

— Je ne *fais* pas l'andouille, j'en suis une. C'est de notoriété publique. »

Je lis dans ses pensées à livre ouvert. Elle est persuadée que je lui fais le numéro du macho qui cache ses sentiments et s'évertue à sauver la face, alors que je suis à deux doigts de craquer. Ma mère aussi semble avoir décidé de se recycler dans la psychanalyse sauvage. Pourquoi les femmes de ma vie ne laissent-elles pas aux professionnels le soin de se gourer ?

Julianne me présente résolument son dos. Elle s'est retournée pour émietter du pain rassis, pour les oiseaux. Faire le bien autour d'elle est l'un de ses hobbies préférés.

Dans son jogging gris, coiffée d'une casquette de base-ball qu'elle porte sur ses boucles brunes coupées très court, on lui donnerait vingt-sept ans plutôt que trente-sept. Elle semble avoir découvert le secret de la jeunesse éternelle, alors que je dois m'y reprendre à deux fois pour m'extirper du lit chaque matin. Le lundi elle a yoga, le mardi gymnastique douce ; le jeudi et le samedi, musculation. Et entre-temps elle tient la maison, élève notre fille, enseigne l'espagnol, et trouve encore l'énergie de voler au secours du monde. Elle a même réussi à enfanter sans en faire une montagne ! Dans l'ensemble, tout ça m'a eu l'air d'un jeu d'enfant, mais je ne me risquerais pas à lui faire ce genre d'aveu, à moins d'avoir développé une pulsion de mort particulièrement dévastatrice.

Voilà seize ans que nous sommes mariés, et à ceux qui me demandent pourquoi je suis devenu psychologue, je réponds :

« À cause de Julianne : je *veux* savoir ce qu'elle a dans le crâne. »

Sur ce point, c'est l'échec total. Je n'en ai toujours pas la moindre idée.

D'ordinaire, le dimanche matin est mon jour. Je m'enfouis sous plusieurs strates de journaux dominicaux, en buvant café sur café, jusqu'à ce que ma langue et mon estomac crient grâce. Mais après mon exploit d'hier, je préfère éviter les unes et leurs gros titres – malgré Charlie, qui ambitionne de monter un dossier de presse, en collectionnant les articles. Et elle qui, hier encore, trouvait mon boulot plus barbant que le cricket…

Elle a enfilé un jean, un polo et une doudoune de ski. Ce matin, je lui ai promis de l'emmener avec moi. Elle a englouti son petit déjeuner en un rien de temps et me fixe d'un œil impatient, comme pour m'exhorter à accélérer, dans la descente de mon café.

À l'heure dite, nous sortons les cartons de l'auvent du jardin, et nous les déposons près de ma vieille Metro. Julianne est venue s'asseoir sur les marches du perron, sa tasse sur les genoux. « Vous savez que vous êtes complètement dingues, tous les deux ?

— Ce ne serait pas impossible.

— Vous allez finir par vous faire pincer.

— Ça, ça sera ta faute.

— Ma faute ? Pourquoi ?

— Parce que tu refuses de venir avec nous. On a besoin d'un bon chauffeur, au cas où il faudrait mettre les voiles d'urgence.

— Allez, quoi, maman ! Papa a dit que tu faisais ça tout le temps, avant.

— Du temps de ma jeunesse folle, peut-être. Quand je n'étais pas déléguée des parents d'élèves de ta classe.

— Quand je pense qu'à notre deuxième rendez-vous, elle s'est fait embarquer par les flics, pour avoir piqué le drapeau de l'ambassade d'Afrique du Sud, en haut de son mât ! »

Julianne fronce les sourcils.

« Je t'interdis de raconter des choses pareilles à ta fille !

— C'est vrai, maman ? Ils t'ont vraiment *embarquée* ?

— Interpellée. Rien à voir ! »

Nous enfournons quatre cartons sur la galerie, deux dans le coffre et deux sur le siège arrière. Des gouttelettes de sueur ont perlé sur les lèvres de Charlie. Elle se débarrasse de sa doudoune et la fourre entre les sièges.

Je me tourne une dernière fois vers Julianne.

« Tu es sûre que tu ne veux pas venir ? Je sais que tu en meurs d'envie.

— Et qui s'occuperait de verser notre caution ?

— Ta mère. Elle s'en fera un plaisir ! »

Elle plisse les paupières, mais se décide à aller poser sa tasse dans la cuisine. « Je ne m'y résous que sous la contrainte !

— C'est noté. »

Elle tend la main vers les clés. « Et c'est moi qui conduis. »

Charlie se faufile à l'arrière entre les cartons et se penche vers moi, excitée comme une puce. « Vas-y, papa ! Raconte encore ! Tu sais… l'histoire ! » s'exclame-t-elle, tandis que nous nous engageons sur Prince Albert Road, qui longe Regent Park. « Et surtout, t'avise pas de changer des trucs, sous prétexte que maman écoute ! »

De « l'histoire », je ne peux lui livrer qu'une version fragmentaire – je ne suis même pas sûr de tous les détails. C'est celle de ma tante Gracie, la personne qui m'a vraiment décidé à devenir psychologue. C'était la sœur cadette de ma grand-mère maternelle. Elle est morte à quatre-vingts ans, après avoir passé une soixantaine d'années sans avoir mis le nez hors de chez elle.

Elle vivait à un kilomètre ou deux du quartier où j'ai grandi, dans l'ouest de Londres. Elle habitait une grande maison victorienne, avec des tourelles aux quatre coins du toit, des balcons de fer forgé, et une grande cave à charbon. Sa porte d'entrée s'ornait de deux panneaux de vitraux rectangulaires.

Appuyant mon nez sur les petites vitres biseautées serties de plomb, j'apercevais une douzaine de tantes Gracie en miniature qui s'engouffraient dans le couloir. Mais la porte ne s'entrouvrait jamais de plus de quelques centimètres – juste ce qu'il fallait pour me laisser me couler à l'intérieur, avant de se refermer aussitôt sur mon passage.

Gracie était une grande asperge efflanquée, presque squelettique, avec des yeux bleu ciel et des cheveux blonds mêlés de fils blancs. En toute saison, elle portait une longue robe noire, avec un rang de perles qui semblaient éclairées de l'intérieur, sur le velours noir de sa robe.

« Vite, Finnegan ! Viens vite ! C'est Joseph ! »

Finnegan était un jack russell aphone. Il s'était fait broyer le sifflet dans une bagarre avec un berger allemand du quartier. Ne pouvant plus japper, ni aboyer, il se contentait de ahaner, en soufflant comme une forge – on aurait dit qu'il briguait le rôle du Grand Méchant Loup dans les Trois Petits Cochons.

Gracie lui parlait comme à une personne. Elle lui lisait des articles, lui posait des questions, lui demandait son avis sur les problèmes du quartier. Et elle l'approuvait d'un hochement de tête, lorsqu'il lui répondait, en ahanant et en soufflant comme une forge, voire d'un petit pet distingué. Finnegan avait sa chaise à table. Gracie lui glissait des morceaux de gâteau – tout en se maudissant de « donner de si mauvaises habitudes à cet animal ».

Quand elle servait le thé, elle remplissait toujours ma tasse à mi-hauteur de lait, parce que j'étais trop jeune pour boire mon thé pur. Mes pieds ne touchaient qu'à peine le sol, quand je m'asseyais à sa table, et lorsque je me calais les fesses contre le dossier de ma chaise, mes jambes arrivaient tout juste sous la nappe de dentelle blanche.

Des années plus tard, quand mes pieds touchèrent enfin le sol et que je dus me pencher pour l'embrasser, ma tante Gracie persista longtemps à me servir mon thé coupé de lait. Peut-être ne tenait-elle pas à me voir grandir.

Je lui rendais visite en revenant de l'école. Elle m'installait à côté d'elle, sur la causeuse, et, réchauffant mes mains dans les siennes, me soumettait à un feu roulant de questions. Elle voulait tout savoir : ce que j'avais appris en classe, les jeux auxquels j'avais joué dans la cour, le contenu de mes sandwichs. Elle se délectait du moindre détail, comme si elle avait pu se représenter chacun de mes pas.

Gracie était un cas on ne peut plus classique d'agoraphobie. Elle était terrifiée par les espaces ouverts. Une fois, lassée d'esquiver mes questions, elle avait tenté de s'expliquer :

« Est-ce qu'il t'arrive parfois d'avoir peur du noir ? me demanda-t-elle.

— Oui.

— De quoi as-tu peur, quand les lumières s'éteignent ?

— D'un monstre, qui pourrait venir me dévorer.

— Et tu l'as déjà vu, ce monstre ?

— Non. Maman dit qu'il n'existe pas.

— Elle a raison. Il n'existe pas. Alors, ce monstre, où habite-t-il ?

— Ici, fis-je, en me tapotant le front.

— Exact. Moi aussi, j'ai un monstre, là. Exactement au même endroit. Et il a beau ne pas exister, il refuse de s'en aller.

— À quoi il ressemble ?

— Il mesure au moins trois mètres, et il a une grande épée. Si je m'avisais de faire ne serait-ce qu'un pas hors de chez moi, il me trancherait la tête.

— Mais tu l'as inventé, tout ça, hein, tante Gracie ? »

Elle éclata de rire et se mit à me chatouiller, mais je repoussai ses mains : je voulais une vraie réponse.

Elle parut soudain se lasser de notre conversation. Fermant les yeux, paupières serrées, elle entreprit de rappeler à l'ordre quelques mèches rebelles qui s'étaient échappées de son petit chignon. « Tu as déjà vu l'un de ces films à suspense, où le héros tente d'échapper à ses poursuivants, et où sa voiture refuse de démarrer ? Il s'acharne sur le démarreur et appuie sur l'accélérateur comme un forcené, mais le moteur refuse de partir. Et le méchant arrive à toute vitesse, brandissant son pistolet ou son couteau. Alors on trépigne intérieurement, en se disant : mais vas-y donc ! Qu'est-ce que tu attends ? Il arrive ! »

Je fis « oui » de la tête, les yeux écarquillés.

« Eh bien, cette frayeur, si tu peux la multiplier par cent, tu auras une petite idée de ce que ça me fait, quand je pense à franchir cette porte. »

Elle se leva et quitta la pièce. Le sujet était clos et je n'y suis jamais revenu. Pour rien au monde je n'aurais voulu faire de la peine à ma tante Gracie.

Je n'ai jamais su au juste de quoi elle vivait. Elle recevait régulièrement des chèques, par l'intermédiaire d'un cabinet juridique, mais elle les laissait exposés sur sa cheminée, où elle pouvait les admirer tout à loisir, jusqu'à leur date d'expiration. Je suppose que c'était sa part d'héritage, mais, pour une raison qui m'échappait, à l'époque, elle ne voulait pas de l'argent de sa famille.

Elle était devenue couturière à façon. Elle créait des robes de mariée et de demoiselle d'honneur. En arrivant, je trouvais souvent son salon jonché de coupons de soie ou d'organza, avec une future mariée perchée sur un tabouret, et ma tante à ses pieds, la bouche pleine d'épingles. Son atelier improvisé n'était pas « un endroit pour un garçon », à moins qu'il n'ait songé à se lancer dans la haute couture.

L'étage du dessus servait d'entrepôt à ce que Gracie appelait ses « munitions » : ses collections de livres et de magazines de mode, ses coupons, ses rouleaux de tissus, ses bobines, ses cartons à chapeaux, ses albums photos, ses jouets en peluche, et toute une ribambelle de boîtes et de malles inexplorées.

La plupart de ces trésors avaient été soigneusement récupérés et recyclés, ou achetés par correspondance. Les catalogues restaient ouverts en permanence, sur la petite table du salon. Chaque jour, le facteur lui apportait de nouveaux colis.

Comme on peut s'y attendre, Gracie avait une vue assez limitée de son époque. Les journaux télévisés et les documentaires ne faisaient qu'amplifier les conflits et la souffrance du monde extérieur. Sa télé lui montrait des peuples en guerre, une nature toujours plus menacée par le progrès, des bombes, des crises, des larmes, des famines. Ce n'était certes pas ce qui l'avait contrainte à fuir le monde, mais ça ne devait guère lui inspirer l'envie de revenir.

« C'est effrayant de te voir si petit, me disait-elle. Tu as bien mal choisi ton époque pour être enfant. »

Son regard se perdait de l'autre côté de la grande baie vitrée, et elle frissonnait, comme si elle avait pu voir les terribles épreuves que le sort me réservait. Moi, je ne voyais qu'un jardin un tantinet embroussaillé, avec des papillons blancs qui voletaient entre les branches noueuses des vieux pommiers.

« Tu n'as jamais envie de sortir, tante Gracie ? Tu ne voudrais pas aller regarder les étoiles, marcher le long de la rivière ou admirer les jardins ?

— J'ai cessé d'y penser il y a bien longtemps.

— Et qu'est-ce qui te manque le plus ?

— Rien.

— Il doit bien y avoir quelque chose. »

Elle parut y réfléchir un moment.

« Autrefois, j'aimais l'automne. Tu sais, juste au moment où les feuilles changent de couleur et commencent à tomber. Nous allions nous promener dans les jardins de Kew, et j'aimais courir dans les allées en faisant voler les feuilles mortes à coups de pied, pour essayer de les rattraper. Elles s'enroulaient sur elles-mêmes, et elles tanguaient en glissant sur l'air, comme des petits bateaux, avant de revenir accoster dans mes mains.

— Si tu veux, je peux te mettre un bandeau sur les yeux, lui proposai-je.

— Non.

— Et avec un carton sur la tête ? Tu n'aurais qu'à te dire que tu te promènes dans une sorte de petite maison…

— Pas si simple !

— Je pourrais attendre que tu dormes, et pousser ton lit dehors.

— Dans l'escalier ?

— Hmmm... effectivement, ça risque de poser un problème. »

Elle me passa le bras autour des épaules. « Ne t'en fais pas pour moi. Je suis très heureuse, ici. »

Et par la suite, nous avons institué une sorte de rituel, Gracie et moi. Une plaisanterie pour initiés : j'inventais sans cesse de nouveaux stratagèmes pour la faire sortir et je lui suggérais des passe-temps inédits, tels que le delta-plane, ou les acrobaties sur l'aile d'un avion. Ma tante feignait d'être horrifiée, en prétendant que le plus psychopathe des deux n'était pas celui que l'on pensait.

« Alors, et son anniversaire ? » demande Charlie, qui commence à trouver le temps long.

Nous roulons dans St. John's Wood, le long du terrain de cricket. Les taches colorées des feux des intersections contrastent agréablement avec le gris morose des murs d'enceinte.

« Je croyais que tu voulais savoir toute l'histoire ?

— Oui, mais tu sais... à mon âge, on ne rajeunit pas ! »

Julianne ne peut réprimer un éclat de rire. « Je vois qu'elle a hérité ton sens de l'humour !

— OK, répliqué-je, dans un soupir. Voilà donc l'histoire de l'anniversaire de la tante Gracie. Elle a toujours refusé *mordicus* d'avouer son âge, mais j'avais découvert quelques dates, dans ses albums photos et j'avais calculé qu'elle allait sur ses soixante-quinze ans.

— Même que tu m'as dit qu'elle était très belle, dans le temps, dit Charlie.

— Oui. C'est presque impossible de s'en rendre compte en regardant les vieilles photos, parce que les gens qui posent prennent tous un air sinistre – les femmes, en particulier. Mais pas Gracie. Elle, elle avait comme une étincelle, dans l'œil. Elle avait toujours l'air sur le point de pouffer de rire. Elle resserrait un peu sa ceinture et se plaçait à contre-jour, pour faire jouer la lumière dans la dentelle de ses jupons.

— Une grande coquette, dit Julianne.

— C'est quoi, "une grande coquette" ? demande Charlie.

— T'occupe ! »

Charlie fronce les sourcils, les bras croisés sur ses jambes, le menton appuyé sur les pièces de cuir de son jean.

« Lui faire une surprise, ça n'était pas une sinécure, puisqu'elle était toujours chez elle. Il fallait tout préparer pendant qu'elle dormait.

— Quel âge tu avais ?

— Quinze, seize ans. J'étais toujours à Charterhouse. »

Charlie hoche la tête et joue à rassembler ses cheveux au sommet de sa tête. C'est tout le portrait de sa mère, quand elle fait ça.

« Gracie ne mettait jamais les pieds dans son garage, puisqu'elle n'avait jamais eu de voiture. Le garage s'ouvrait vers l'extérieur, par de grandes portes en bois, et vers l'intérieur, par une petite porte donnant sur la buanderie. J'ai commencé par y faire un brin de ménage. J'ai viré toutes les vieilleries, et j'ai lavé les murs.

— Et tout ça sans faire le moindre bruit ?

— Exact.

— Et après, tu as installé des guirlandes électriques…

— Par centaines. On aurait dit un ciel étoilé.

— Et t'as amené le grand sac.

— Tout juste. Ça m'a pris quatre jours. J'ai dû faire des tas d'allers et retours à vélo, avec un énorme sac de toile sur le dos. Les gens me prenaient pour un balayeur municipal, ou pour un gardien du parc.

— Ou pour un vrai ouf !

— Aussi, probablement.

— Tout comme nous !

— Yep ! » Je glisse un œil du côté de Julianne, qui reste de marbre.

« Et après ? demande Charlie.

— Eh bien, le matin de son anniversaire, Gracie est descendue au rez-de-chaussée et je lui ai demandé de fermer les yeux. Elle a pris mon bras et je l'ai pilotée dans la cuisine, jusqu'à la buanderie, puis jusqu'au garage. Et quand elle a ouvert la porte, une avalanche de feuilles s'est abattue sur elle. Elle en avait jusqu'à la taille. J'ai crié : "Bon anniversaire, tante Gracie !" Et là, vous auriez dû voir son visage. Son regard a fait la navette entre les feuilles et moi. J'ai craint un instant qu'elle ne se mette en colère, mais elle m'a fait un de ses plus beaux sourires…

— Et après, on sait, dit Charlie.

— Oui. Je t'ai déjà raconté.

— Elle s'est mise à courir dans les feuilles.

— Oui, et moi aussi. On sautait dedans, on les faisait voler. On y pataugeait jusqu'aux genoux. On a fait des bagarres de feuilles, puis une montagne de feuilles et à la fin, on s'est écroulés sur un lit de feuilles pour regarder les étoiles.

— Sauf que ça n'était pas de vraies étoiles, hein ?

— Non. Mais on a fait comme si… »

L'entrée du cimetière de Kensal Green débouche sur Harrow Road et passe facilement inaperçue. Julianne suit la petite route, et gare la Metro dans un bouquet d'arbres, le plus loin possible du cottage du gardien. Par ma vitre, je vois des alignements de pierres tombales, coupés de chemins et de parterres de fleurs.

« C'est défendu, ce qu'on va faire ?

— Oui, dit Julianne.

— Oh, pas vraiment, répliqué-je, en commençant à décharger les cartons.

— Je peux en prendre deux ! annonce Charlie.

— OK. Moi, j'en prends trois. Je reviendrai chercher les autres, à moins que maman ne se décide à…

— Je suis très bien où je suis. » Julianne semble résolue à ne pas bouger de derrière son volant.

Nous partons avec nos cartons, en suivant le plus longtemps possible la lisière des arbres. D'étroites bandes de gazon s'étirent entre les tombes. Je marche avec précaution, pour ne pas piétiner les fleurs ou me cogner les chevilles sur une pierre tombale dissimulée dans l'herbe. La rumeur de Harrow Road s'estompe, graduellement remplacée par des bribes de chants d'oiseaux et par le grondement intermittent des trains de banlieue.

« C'est encore loin ? demande Charlie, légèrement essoufflée.

— C'est là-bas, du côté du canal. Tu veux qu'on fasse une pause ?

— Oh, ça va... » Puis sa voix prend une nuance dubitative : « P'pa ?

— Oui.

— Tu sais, quand t'as dit que Gracie aimait shooter dans les feuilles... ?

— Oui.

— Là, elle ne va pas vraiment venir le faire, hein ?

— Non.

— Parce qu'elle est morte ?

— Oui.

— Je veux dire, elle ne va pas se réveiller, pour venir shooter dans les feuilles, pas vrai ? Les morts, ils ne font jamais ça. Il y a des BD où on voit des zombies et des momies qui reviennent de chez les morts, mais en vrai, ça n'arrive jamais, hein ?

— Non.

— Et la tante Gracie, elle est au ciel, maintenant, hein ? C'est là qu'elle est partie.

— Oui.

— Alors qu'est-ce qu'on fiche, avec toutes ces feuilles ? »

C'est dans de telles occasions que j'envoie ma fille à sa mère – et Julianne de me la renvoyer aussitôt : « Ton père a tous ses diplômes de psychologie appliquée – il s'y connaît bien mieux que moi ! »

Charlie attend.

« Ce qu'on fait, là, eh bien... c'est une action symbolique.

— Qu'est-ce que c'est ?

— T'as jamais entendu quelqu'un dire “il n'y a que l'intention qui compte” ?

— C'est toi qui dis ça, quand quelqu'un me fait un cadeau que j'aime pas. Tu dis qu'il faut toujours remercier, même pour un cadeau vraiment nul.

— C'est pas tout à fait à ça que je pensais. » Et d'essayer un nouvel angle d'approche : « La tante Gracie ne va pas *réellement* shooter dans nos feuilles. Mais où qu'elle puisse être, si elle nous voit, je suis sûr qu'elle s'amuse et qu'elle est très touchée par ce que nous faisons – et c'est ce qui compte.

— Tu crois qu'elle va shooter dans les feuilles, au ciel ?

— Ça ne serait pas impossible.

— Tu crois qu'ils sont à l'extérieur, au ciel, ou qu'ils ont des genres de maisons ?

— Ça, mystère ! »

Je pose mes cartons, avant d'aider ma fille à poser les siens. La stèle funéraire de ma tante est un simple carré de granit. Quelqu'un a laissé une pelle encore pleine de boue contre la plaque de laiton qui porte son nom, et il me vient l'image d'une équipe de fossoyeurs s'absentant momentanément, le temps de prendre une petite pause – sauf que par les temps qui courent, ce sont des pelleteuses qui se chargent de ce genre de boulot. Je balance la pelle de côté, tandis que Charlie astique un peu la plaque, du revers de sa manche, pour donner du lustre à l'inscription. Je me faufile derrière elle sur la pointe des pieds et je l'ensevelis sous un carton de feuilles.

« Hé ! c'est de la triche ! » Elle rassemble une grosse poignée de feuilles, qu'elle fourre dans le dos de mon pull. Et en un clin d'œil, tout le secteur se retrouve enseveli sous les feuilles. La stèle de Gracie disparaît totalement sous notre offrande automnale.

Je me retourne en entendant un raclement de gorge, et Charlie étouffe un glapissement de surprise.

Le gardien du cimetière est venu se planter juste derrière moi, les mains aux hanches, bien d'aplomb sur ses jambes. Sa silhouette se découpe sur le gris pâle du ciel. Il est vêtu d'un gros blouson vert kaki, et chaussé d'une paire de Wellingtons[1] alourdies de boue, trop grandes pour lui de deux tailles.

« On peut savoir ce que vous fabriquez ? » demande-t-il d'une voix monocorde. Il fait un pas vers moi. Il a une grosse tête ronde et plate, surmontée d'un vaste front, totalement déplumé. Il me vient l'image de Thomas The Tank Engine.

« C'est une longue histoire, murmuré-je.

— Vous profanez cette tombe ! »

Le ridicule de cette interprétation m'arrache un éclat de rire. « Ça, ça m'étonnerait !

— Parce que vous trouvez ça drôle, vous ? gronde-t-il, menaçant. C'est du vandalisme. Ça tombe sous le coup de la loi. Il est strictement interdit de déposer des ordures dans ce cimetière !

— D'un point de vue technique, on ne peut pas dire que des feuilles mortes soient des ordures…

— Ah ! Essayez pas de jouer au plus fin ! » éructe-t-il.

Charlie décide d'y mettre son grain de sel : « C'est l'anniversaire de notre tante Gracie, mais on ne peut pas lui faire de fête, puisqu'elle est morte, débite-t-elle, presque sans reprendre souffle. Et vous savez, elle détestait sortir de chez elle, alors on lui a amené des feuilles – parce qu'en automne, elle adorait shooter dans les feuilles. Vous inquiétez pas, c'était une tante tout ce qu'il y a de normal. Pas une momie, ni une zombie. Elle ne va pas se réveiller et sortir de sa tombe. Elle est au ciel – vous pensez qu'ils ont des arbres, au ciel ? »

Le gardien la considère, estomaqué. Il lui faut quelques secondes pour comprendre que la dernière question lui est adressée. Il en reste d'abord sans voix, puis, après quelques tentatives infructueuses pour articuler une réponse, finit par renoncer. Désarmé, il s'accroupit devant ma fille et lui parle les yeux dans les yeux.

---

1. Bottillons ou bottes courtes en caoutchouc (en référence au duc de Wellington, 1769-1852). *(N.d.T.)*

« C'est comment votre nom, ma petite demoiselle ?

— Charlie Louise O'Loughlin. Et le vôtre ?

— Mr Gravesend[1].

— C'est rigolo.

— Oui, il paraît. » Il sourit.

Après quoi il se tourne vers moi, et me lorgne d'un œil nettement plus froid. « Vous savez depuis combien d'années j'essaie de mettre la main sur l'enfoiré qui me balance des feuilles sur cette tombe ?

— Une quinzaine ? risqué-je.

— J'aurais dit treize, mais je vous fais confiance… Aujourd'hui, il se trouve que vous tombez bien : je travaillais à l'extérieur, et je vous ai vus arriver. Vous pensez que j'avais noté la date. J'ai bien failli vous pincer, il y a deux ans, mais vous aviez dû venir avec une autre voiture…

— Celle de ma femme.

— Et l'an dernier, l'anniversaire de votre tante tombait un samedi – mon jour de congé. J'avais prévenu mon aide, le petit Whitey. Je lui ai dit d'ouvrir l'œil, mais il a cru que je me faisais des idées, et il m'a répondu de ne pas faire tant de foin pour un vulgaire tas de feuilles ! »

Du bout de sa botte, il envoie un coup rageur dans l'objet du délit. « Mais figurez-vous que j'ai de la conscience professionnelle ! Les gens feraient vraiment n'importe quoi, si on les laissait. Ils planteraient des chênes sur les tombes, ils y abandonneraient des jouets d'enfants… Où est-ce qu'on va, à ce train là, hein !

— Ça doit pas être facile tous les jours, votre boulot… compatis-je.

— Ça, je vous le fais pas dire, bon sang de bonsoir ! Euh, excusez mon franc-parler, ma petite demoiselle. »

La petite demoiselle pouffe de rire.

Au-dessus de son épaule droite, de l'autre côté du canal, des gyrophares bleus attirent mon regard. Deux voitures de police se sont arrêtées près d'une troisième, déjà garée sur le

1. Soit, approximativement, M. Delafosse, ou Dutrou… *(N.d.T.)*

chemin de halage. Leur lumière intermittente miroite sur l'eau noire, illuminant en pointillé les troncs des arbres dénudés qui s'alignent le long du cimetière, telles des sentinelles.

Quelques policiers se penchent sur un petit fossé à proximité du canal. Ils restent un bon moment comme pétrifiés sur place, puis l'un d'eux se relève et s'active. Il commence à délimiter le secteur, à l'aide d'une banderole bleue et blanche qu'il déroule et fait passer autour des arbres et des piquets de clôture.

Mr Gravesend garde le silence. Il semble hésiter sur les suites à donner à l'incident. Jusqu'ici, son plan se bornait à me prendre la main dans le sac ; il n'avait pas pensé à ce qu'il ferait de moi. Et par-dessus tout, il ne s'attendait pas à tomber sur Charlie.

Je plonge la main dans ma poche de pardessus et j'en sors le Thermos. Dans l'autre poche, j'ai deux gobelets. « Nous allions boire un petit chocolat, pour nous réchauffer. Si vous voulez bien nous faire l'honneur ?

— Vous pouvez prendre mon gobelet, propose Charlie. Je partagerai celui de mon papa. »

Il réfléchit. La proposition ne frise-t-elle pas la tentative de corruption ? « Ah, je vous vois venir ! dit-il, d'une voix joviale, et désormais limpide. Et si j'appelle les flics, j'y ai toujours droit, au chocolat ?

— Toute façon, maman nous l'avait bien dit, qu'on finirait par se faire arrêter, soupire Charlie. Elle a même dit qu'on était complètement dingues !

— Eh bien, vous auriez mieux fait de l'écouter. »

Je tends un gobelet au gardien et l'autre à Charlie.

« Joyeux anniversaire, tante Gracie ! » dit-elle. Mr Gravesend marmonne une réplique de circonstance. Il ne semble toujours pas revenu de la rapidité avec laquelle ma fille l'a retourné.

C'est à cet instant que j'aperçois nos derniers cartons, qui rappliquent sur deux jambes chaussées de sneakers.

« Tiens ! Voilà ma maman ! s'écrie Charlie. Elle avait pour mission de faire le guet.

— Ça n'a pas l'air d'être son point fort », réplique Mr Gravesend.

Julianne en laisse tomber ses cartons, avec un petit cri de surprise qui n'est pas sans évoquer celui précédemment poussé par sa fille.

« T'en fais pas, maman. Tu ne vas pas aller en prison, cette fois-ci ! »

Le gardien lève les sourcils, tandis que Julianne esquisse un pâle sourire. Puis, les gobelets de chocolat aidant, nous nous remettons à papoter. Mr Gravesend connaît personnellement tous les hôtes de marque de son domaine – peintres, écrivains, hommes d'État. Il en parle comme si c'étaient de vieux copains à lui, y compris ceux qui sont là depuis des lustres.

Charlie, qui gambadait autour de nous en shootant dans les feuilles, reste tout à coup rivée sur place, les yeux fixés au talus qui descend en pente douce vers le canal. Deux gros projecteurs s'allument. On a installé près de l'eau une sorte de tente blanche. Toutes les quelques secondes, on voit briller le flash d'un appareil photo.

« Wow ! qu'est-ce qui se passe ? » demande-t-elle, piaffant d'aller s'en assurer *de visu*. Julianne l'attire doucement à elle les bras noués autour de ses épaules.

Le regard de ma fille fait la navette entre moi et le gardien. « Qu'est-ce qu'ils font ? »

Personne ne pipe mot. Nous assistons à la scène en silence, soudain submergés par une émotion qui dépasse le chagrin ou l'inquiétude. L'air a fraîchi. Il y flotte des relents de vase et de décomposition. D'une gare de triage, au loin, nous parviennent des grincements métalliques qui vibrent dans l'air du soir, comme des cris de douleur.

Il y a un bateau, sur le canal. Des types équipés de gilets jaunes fluo se penchent sur les plats-bords, inspectant l'eau avec des torches électriques. D'autres, formant une ligne approximative, progressent lentement, tête baissée, le long de la rive, comme s'ils cherchaient quelque chose. De temps à autre, l'un d'eux s'arrête et semble ramasser un objet par terre. Les autres l'attendent, sans rompre l'alignement.

« Tu crois qu'ils ont perdu un truc ? demande Charlie.

— Chttt ! » lui glissé-je à l'oreille.

Julianne affiche un masque morose et fermé. Elle me jette un regard éloquent : il est grand temps d'y aller.

Au même instant, une fourgonnette du service médico-légal s'arrête près de la tente. Les portes noires s'ouvrent. Deux hommes, empaquetés dans de grandes combinaisons, en sortent un brancard pliable monté sur roulettes.

Derrière mon épaule droite, une voiture de police, que je reconnais à son gyrophare, a franchi les portes du cimetière, suivie de près par un second véhicule.

Mr Gravesend est déjà à mi-chemin du parking et de sa loge.

« Venez, on ferait mieux de rentrer », décrété-je en vidant les dernières gouttes du chocolat, désormais froid. Charlie est toujours aussi perplexe, mais elle semble avoir compris qu'il vaut mieux ne pas insister. Je lui ouvre la portière de la Metro, où elle s'engouffre pour échapper au vent glacé. Au-delà du capot, à une petite centaine de mètres, le gardien est en grande conversation avec les flics. Des bras se tendent vers le canal. On sort des calepins. On prend des notes.

Julianne s'est installée sur le siège passager. Pour le retour, elle préfère me laisser conduire. J'empoigne le levier de vitesse pour faire cesser le tremblement qui m'agite le bras droit. Comme nous passons devant les voitures de police, l'un des flics lève le nez vers nous : un grand maigre entre deux âges, avec les joues grêlées et le nez bizarrement tordu. Il est vêtu d'un imper mastic fatigué, et affiche une expression à la fois cynique et fataliste – l'air du type qui en a vu d'autres, qui n'en est pas au bout de ses mauvaises surprises, et qui le sait.

À la seconde où son regard croise le mien, je me sens littéralement transpercé. Je n'y discerne rien – pas l'ombre d'une étincelle, d'une histoire ou d'un sourire. Il lève le sourcil, la tête inclinée sur l'épaule. Mais je suis déjà loin.

Je m'évertue à passer ma troisième, agrippé à mon levier de vitesse.

Comme nous franchissons la grille d'entrée, Charlie jette un œil par la lunette arrière. « Tu crois qu'on pourra quand même revenir, l'an prochain, papa ? » s'inquiète-t-elle.

3

Chaque matin, je traverse Regent's Park à pied pour me rendre à mon cabinet. En période de grand froid, je me munis de chaussures antidérapantes, d'une bonne écharpe de laine et d'un froncement de sourcils de circonstance. Réchauffement de la planète, mon œil ! Plus on vieillit, plus il fait froid c'est un fait.

Le soleil n'est plus qu'une grosse boule pâlotte, dérivant dans la grisaille. Des amateurs de jogging me dépassent, tête baissée, laissant dans leur sillage l'empreinte de leurs semelles sur l'asphalte trempé. Les jardiniers devraient commencer à planter des bulbes pour le printemps, mais leurs brouettes se remplissent d'eau à vue d'œil. J'en aperçois quelques-uns qui se sont réfugiés sous l'auvent de la cabane à outils pour s'en fumer une petite, en tapant le carton.

Comme je traverse Primrose Hill Bridge, je jette un coup d'œil au canal par-dessus le parapet. Une péniche solitaire est amarrée près du chemin de halage. Des lambeaux de brume s'attardent sur l'eau, comme des volutes de fumée.

Que pouvaient bien chercher les flics, hier soir ? Qu'ont-ils trouvé ?

J'ai regardé le journal télévisé, et ce matin, j'ai écouté la radio. Rien. Ça a sûrement quelque chose de morbide, mais j'ai le vague sentiment d'avoir été témoin, sinon du crime lui-même, du moins de ses retombées, comme dans ces émissions de télé-réalité où les flics lancent des appels à témoin aux téléspectateurs. Mais d'habitude, on ne se sent pas vraiment concerné. Ça s'adresse toujours à quelqu'un d'autre. Et il ne s'agit jamais d'une personne connue.

Un petit crachin se met à tomber et s'accroche à ma veste. Je continue mon chemin. La tour de la Poste se profile, sur le ciel qui s'assombrit. C'est l'un des phares qui permettent aux Londoniens de naviguer dans leur ville. Les rues peuvent bien s'achever en cul-de-sac sans crier gare, zigzaguer ou tournicoter sans rime ni raison, notre tour s'élève toujours, inébranlable, au-dessus des lubies du plan d'urbanisme.

J'ai toujours eu un faible pour cette vue de Londres. D'ici, la ville a gardé une certaine majesté. Il faut y regarder de plus près, pour distinguer ce qui pèche – mais on pourrait en dire tout autant de moi.

Mon bureau, qui donne sur Great Portland Street, fait partie d'une pyramide de cubes blancs – l'architecte a dû puiser l'inspiration dans ses souvenirs de maternelle. Vu du sol, l'immeuble a un petit air inachevé ; on s'attend toujours à voir surgir le bras d'une grue, venue déposer quelques cubes supplémentaires dans les espaces restés vacants.

Comme je gravis les marches de l'entrée, un klaxon me fait tourner la tête, et une Ferrari rouge s'arrête sur le trottoir. Son conducteur, le docteur Fenwick Spindler, lève vers moi une main gantée, en guise de salut. Il a l'allure d'un avocat, mais c'est le chef du service de psycho-pharmacologie de l'hôpital universitaire de Londres. Il a en outre une consultation privée, et il se trouve que son cabinet jouxte le mien.

« Salut, vieux ! » me lance-t-il. Et il plante sa voiture au beau milieu du trottoir, obligeant les piétons à descendre sur la chaussée pour la contourner.

« Vous ne craignez pas les contredanses ?

— Pas avec ça, réplique-t-il en me montrant le caducée collé sur son pare-brise. Impeccable, pour les urgences médicales ! »

Il m'a rejoint au sommet des marches, et pousse la porte de verre.

« Je vous ai vu à la télé, l'autre soir – super, l'émission ! Ce n'est sûrement pas moi qui serais allé faire le con là-haut !

— Je suis sûr qu'en cas d'urgence…

— Dites donc, faut absolument que je vous raconte mon week-end. Je suis allé chasser en Écosse. Je me suis fait un chevreuil.

— Parce qu'on peut "se faire" un chevreuil ?

— Vous pouvez le dire comme vous voulez, me concède-t-il, avec un geste évasif. Mais je l'ai eu, ce petit con. En plein dans l'œil gauche ! »

Le réceptionniste appuie sur l'interrupteur qui actionne le verrou de sécurité, et nous appelons l'ascenseur. Une fois dedans, Fenwick inspecte son image dans le miroir et chasse d'un revers de main les quelques pellicules qui se sont déposées sur son costard ruineux. La veste tire un peu, aux épaules. Mauvais signe – même un veston taillé sur mesure rechigne à épouser son corps…

« Alors, ça boume toujours, avec vos putes ? me demande-t-il.

— Je donne des conférences.

— Ah ! s'esclaffe-t-il en se réajustant, *via* sa poche de pantalon. C'est comme ça que ça s'appelle, de nos jours ? Et ça rapporte ? »

Je le fais bénévolement, mais il ne me croirait pas. « Formidable ! Elles me filent des bons, que je peux ensuite échanger contre des pipes. J'en ai déjà un plein tiroir. »

Il pique un violent fard et paraît à deux doigts de s'étrangler. J'ai le plus grand mal à garder mon sérieux.

En dépit de sa remarquable carrière, Fenwick est de ces gens qui s'évertuent à être quelqu'un d'autre. Ce qui fait qu'il a toujours l'air vaguement ridicule au volant de sa Ferrari. Un peu comme Bill Gates à la barre d'un voilier, ou George W. Bush à la Maison-Blanche. On se dit qu'il y a comme un truc qui cloche.

« Comment ça va, du côté de ce que vous savez ? s'enquiert-il.

— Au poil.

— Je n'aurais rien remarqué, vieux. Et, à propos... Je voulais vous signaler que Pfizer va lancer un nouveau protocole de traitement. Faites un saut à mon cabinet, j'ai de la documentation pour vous. »

Les liens qu'il entretient avec l'industrie pharmaceutique sont de notoriété publique. Son cabinet est un sanctuaire dédié à Pfizer, Novatis et Hofmann-Laroche. Des stylos à la machine à café, on y chercherait vainement un objet qui ne soit pas un cadeau publicitaire de ses sponsors, tout comme ses loisirs : week-end de voile à Cowes, pêche au saumon en Écosse, chasse à la bécasse dans le Northumberland...

Comme nous tournons au coin du couloir, Fenwick lance un coup d'œil dans mon cabinet. Dans ma salle d'attente, une femme entre deux âges s'accroche à une bouée de sauvetage orange, en forme de torpille.

« Je me demande vraiment comment vous faites, mon vieux, marmonne Fenwick.

— Comment je fais ?

— Pour les écouter.

— C'est comme ça que je finis par comprendre ce qui ne va pas.

— Mais qu'est-ce qu'on en a à foutre ? Prescrivez-leur un bon antidépresseur, et basta ! »

Fenwick ne croit pas en l'existence de facteurs sociaux ou psychologiques, dans la maladie mentale. Pour lui, le mal est d'origine totalement biochimique, et donc, par définition, chimiquement curable. Le seul problème étant de trouver la bonne combinaison de molécules.

Tous les matins (car il ne travaille pas l'après-midi), ses patients défilent l'un après l'autre dans son cabinet et répondent à quelques questions de routine, avant de se voir remettre leur ordonnance, moyennant la modique somme de cent quarante livres. S'ils lui parlent de leurs symptômes, il leur répond molécules, gélules et comprimés. S'ils se plaignent d'effets secondaires, il ajuste la posologie.

Le plus bizarre, c'est que ses patients l'adorent. Ils vont le voir pour avoir leurs pilules, peu importe lesquelles. Plus il leur en prescrit, et plus ils l'aiment. Peut-être parce qu'ils ont l'impression d'en avoir pour leur argent.

Se mettre à l'écoute de ses patients passe pour une pratique désuète, par les temps qui courent. Les miens aussi aimeraient parfois que je leur prescrive une pilule qui les guérisse de tous leurs maux. Quand ils comprennent que je veux juste leur parler, certains ont l'air vaguement déçus.

« Bonjour, Margaret. Je vois que vous êtes venue jusqu'ici sans encombre. »

Elle lève sa bouée.

« Par où êtes-vous passée ?

— Par Putney Bridge.

— Celui-là, on peut lui faire confiance. Il ne date pas d'hier ! »

Elle souffre de *géphyrophobie* – la peur de passer sur les ponts. Et pour ne rien arranger, elle habite la rive sud et doit traverser la Tamise tous les jours, pour emmener ses enfants à l'école. Elle prend sa bouée, au cas où le pont s'écroulerait, ou serait balayé par un raz-de-marée. Ça peut paraître absurde, mais les phobies, c'est comme ça.

« J'aurais dû m'installer au Sahara », soupire-t-elle et elle ne plaisante qu'à moitié.

Je lui parle alors de l'*érémophobie*, la peur des sables ou des déserts, mais elle a peine à me croire.

Margaret est la mère de deux petits garçons qu'elle doit accompagner deux fois par jour à leur école, aller-retour, en traversant Putney Bridge. Trois mois plus tôt, elle était systématiquement prise de panique au milieu du pont. Un jour, elle est restée clouée sur place, incapable d'émettre un son, ni même de hocher la tête. Il a fallu une bonne heure pour que les gens s'en rendent compte. Ses enfants pleuraient, en s'agrippant à elle. Quelques passants l'ont prise pour une candidate au suicide. De fait, Margaret empêchait le pont de s'écrouler par la seule force de sa volonté.

Depuis, nous avons fait du chemin. Elle sort avec sa bouée et s'efforce de briser le cycle des pensées qui engendrent cette peur irrationnelle.

« Que va-t-il se passer, si vous traversez le pont ?
— Il va s'écrouler.
— Pourquoi s'écroulerait-il ?
— Je n'en sais rien.
— De quoi est-il fait, ce pont ?
— De béton, d'acier, de rivets.
— Depuis combien de temps existe-t-il ?
— Des années.
— S'est-il déjà écroulé ?
— Non… »

Chaque séance dure cinquante minutes, ce qui me laisse dix minutes pour rédiger quelques notes, avant l'arrivée du patient suivant. Meena, ma secrétaire, est une horloge atomique, ponctuelle à la nanoseconde près.

« Une minute perdue ne se rattrape jamais ! » dit-elle, en tapotant de l'index la montre qu'elle porte accrochée à son pull.

Cette Anglo-Indienne, plus anglaise que les fraises à la crème, porte des jupes au mollet, des chaussures confortables et des cardigans. Elle me rappelle certaines de mes camarades de lycée, accros à Jane Austen, qui passaient leur vie à rêver au jour où elles rencontreraient leur Mr Darcy.

Hélas, je vais bientôt la perdre. Elle et ses chats partent tenir un *Bed and Breakfast* à Bath. Je vois ça d'ici : petits vases sur napperons de dentelle, statuettes de chats en biscuit et piles de toasts tirées au cordeau, avec œufs à la coque cuits en trois minutes chrono…

Meena s'occupe d'organiser les interviews d'embauche de ma future secrétaire. Elle a déjà écrémé la liste, mais je vais avoir du mal à choisir. Contre toute raison, je persiste dans mon espoir de la faire changer d'avis. Si j'apprenais à ronronner, peut-être…

En milieu d'après-midi, je jette un œil dans la salle d'attente. « Où est Bobby ?
— Il n'est pas arrivé.
— Est-ce qu'il a appelé ?
— Non. » Elle s'efforce d'éviter mon regard.

« Vous pourriez essayer de le joindre ?

— Voilà deux semaines qu'il n'a pas donné signe de vie. »

Je sais qu'elle n'a aucune envie de l'appeler. Elle n'aime pas Bobby. Au début, je mettais ça sur le compte de son manque de ponctualité, mais ça va plus loin. Il lui porte sur les nerfs. Peut-être à cause de sa corpulence, de ses cheveux mal coupés, ou de cette tendance à prendre la mouche de façon imprévisible. En fait, elle ne le connaît pas – mais qui connaît Bobby ?

Il apparaît à la porte comme par magie, avec sa démarche claudicante et son air perpétuellement inquiet. Le gros pudding qui lui tient lieu de corps, surmonté d'une tignasse châtain clair et de lunettes rondes à monture métallique, tente désespérément de s'échapper d'un long pardessus dont les poches, bourrées de paperasses, n'ont plus aucune forme.

« Désolé d'être en retard. Il m'est arrivé des trucs. » Il jette un regard circulaire dans la salle d'attente, comme s'il hésitait à s'y risquer.

« Il vous est arrivé “des trucs” chaque jour, depuis deux semaines ? »

Nos regards se croisent, puis il détourne la tête.

Cette attitude renfermée et dissimulatrice ne me surprend guère de sa part, mais cette fois, j'y sens autre chose. Il ne se contente plus de dissimuler. Il ment. Un peu comme quand on claque une porte au nez de quelqu'un en prétendant que cette porte n'existe pas.

Je fais un rapide état des lieux. Ses chaussures sont cirées et ses cheveux peignés. Il a même dû se raser, ce matin, mais l'ombre d'une barbe naissante lui assombrit à nouveau le bas du visage. L'air glacé lui a mis le rouge aux joues, ce qui ne l'empêche pas d'être en nage. Je me demande combien de temps il a pu rester dehors, devant la porte, à rassembler son courage avant de m'affronter.

« Où étiez-vous, Bobby ?

— J'avais peur.

— Pourquoi ? »

Il hausse les épaules. « J'ai dû prendre un peu le large.

— Où ça ?

— Nulle part. »

Je ne me donne même pas la peine de souligner la contradiction. Bobby en est tissé. Ses mains fébriles se cherchent un refuge et finissent par disparaître dans ses poches, achevant de les déformer.

« Vous ne voulez pas enlever votre manteau ?

— Non. Ça va.

— Vous pourriez au moins vous asseoir. » Du menton, je lui indique mon bureau. Il franchit le seuil et vient se planter devant ma bibliothèque, parcourant des yeux les titres des ouvrages. La plupart de mes livres sont des traités de psychologie, ou du comportement animal. Il finit par s'arrêter sur l'un d'eux, dont il tapote la reliure. *L'Interprétation des rêves*, de Sigmund Freud.

« Je croyais que plus personne ne s'intéressait aux théories freudiennes, ricane-t-il avec un soupçon d'accent nordiste. Il ne savait même pas distinguer l'hystérie de l'épilepsie.

— Effectivement, ça n'était pas son point fort. »

Je lui indique un fauteuil, où il se laisse choir, recroquevillé, les genoux serrés et déportés sur le côté, en direction de la porte.

En dehors de mes propres notes, son dossier est presque vide. Il ne contient qu'une lettre de recommandation, les résultats d'un examen neurologique et une prescription émanant d'un médecin généraliste du nord de Londres – laquelle fait mention de « cauchemars perturbants » et d'un « sentiment de perte de contrôle ».

Bobby a vingt-deux ans. Il n'a aucun antécédent de maladie mentale ni de toxicomanie. Il a un quotient intellectuel nettement supérieur à la moyenne, une santé de fer et une fiancée, prénommée Arky, avec qui il entretient une relation stable et suivie.

J'ai quelques éléments de sa biographie. Né à Londres, études élémentaires dans l'enseignement public, brevet d'études élémentaires, puis cours du soir, petits boulots comme chauffeur-livreur, ou magasinier. Il habite avec Arky un appartement situé dans un grand ensemble à Hackney. Elle a un petit garçon et travaille à la confiserie du cinéma du quartier. Il semble que ce soit elle qui l'ait convaincu de se faire aider. Ses cauchemars s'aggravaient. Il se réveillait en hurlant en pleine nuit, dégringolait de son lit et se précipitait contre les murs, la tête la première, en essayant d'échapper à ses rêves.

Avant l'été, son état s'était amélioré. Nos efforts semblaient porter leurs fruits, quand Bobby a disparu pendant trois mois. J'ai cru que je ne le reverrais jamais. Il est pourtant revenu, voici cinq semaines, sans prendre rendez-vous et sans la moindre explication. Il semblait plus heureux. Il dormait mieux. Les cauchemars étaient moins fréquents et moins effrayants.

Mais voilà que les choses semblent à nouveau se gâter. Il reste figé dans son fauteuil. Ses yeux papillonnent sans arrêt, mais rien ne leur échappe.

« Vous avez eu des ennuis ?

— Non, rien.

— Quelque chose qui ne va pas, chez vous ? »

Il cligne les yeux. « Non.

— Alors ? »

Je laisse le silence travailler pour moi. Les doigts de Bobby s'agacent sur tout ce qui passe à leur portée. Il se gratte les mains comme s'il était pris de soudaines démangeaisons, et s'agite de plus en plus, de minute en minute.

Je lance une sonde, pour l'aider à démarrer : « Comment va Arky ?

— Elle lit trop de magazines.

— Comment ça ?

— Elle rêve d'un conte de fées moderne. Vous savez, tous ces bobards qu'ils écrivent, dans la presse féminine – comment avoir des orgasmes en chaîne, comment mener sa carrière tout en étant une fée du logis et une mère modèle. Foutaises. Dans la vraie vie, les femmes ne sont pas des top models. Et on ne peut pas se découper l'homme de ses rêves dans un magazine. Je ne sais pas ce qu'elle attend de moi. Est-ce qu'elle veut que je sois un mec “new age”, ou un homme, un vrai ? Je vous demande ! Qu’est-ce que je dois faire – sortir avec les copains et revenir pinté, ou y aller de ma petite larme, si le film est triste ? Parler de bagnoles ou des couleurs de cette saison ? Les femmes croient être à la recherche d’un homme, mais ce qu’elles veulent, c’est un reflet d’elles-mêmes.

— Qu’est-ce que ça vous inspire ?

— De la frustration. De la colère.

— Contre qui ?

— Ça, on n’a que l’embarras du choix. » Ses épaules s’arrondissent, et le col de son manteau lui remonte jusqu’aux oreilles. Ses mains sont sorties de ses poches. Ses doigts s’acharnent sur un morceau de papier fatigué, qu’ils plient et replient compulsivement.

« Vous avez noté quelque chose ?

— Un nombre.

— Lequel ?

— Vingt et un.

— Je peux le voir ? »

Il cligne les yeux à toute vitesse, et déplie lentement la feuille, la lissant contre sa cuisse, du bout des doigts. Le nombre 21 y a été inscrit plusieurs centaines de fois, en pavés minuscules qui se déploient à partir du centre, en forme de moulin à vent.

« Vous saviez qu’on ne peut plier un carré de papier sec plus de sept fois consécutives ? dit-il, pour changer de sujet.

— Non.

— Essayez, vous verrez !

— Qu’est-ce que vous avez d’autre, dans vos poches ?

— Mes listes.

— Quel genre de listes ?

— Des trucs à faire. Les trucs que je voudrais changer. Les gens que j’aime.

— Et ceux que vous n’aimez pas ?

— Aussi. »

Bobby est de ces personnes qui ne correspondent pas à leur voix. Quoique grand et fort, il paraît parfois presque frêle, à cause de cette voix qui reste haut perchée et superficielle, et de ses épaules qui s'écroulent, comme s'il faisait le gros dos.

« Auriez-vous des ennuis, Bobby ? »

Il a un haut-le-corps si brusque que les pieds de sa chaise décollent du sol. Il se met à hocher vigoureusement la tête, d'avant en arrière.

« Quelqu'un qui vous a mis en colère ? »

Il serre les poings, l'air désespérément triste.

« Qui est-ce qui vous a mis en colère ? »

Il secoue la tête, en marmonnant quelque chose.

« Désolé. Je n'ai pas entendu. »

Il articule à nouveau la phrase.

« Vous pourriez me le dire un peu plus fort ? »

Et sans crier gare, il explose : « PUTAIN ! ARRÊTEZ DE ME TRITURER LE CERVEAU ! »

Son hurlement se répercute hors de l'espace exigu de mon bureau. Des portes s'ouvrent dans le couloir. Le voyant de mon intercom se réveille. Je presse la touche « réponse » : « Pas de problème, Meena. Tout va bien. »

Je vois battre un petit vaisseau sanguin sur le front de Bobby, près de sa tempe, juste au-dessus de son œil droit. Il murmure, d'une voix de petit garçon : « Fallait bien que je la punisse.

— Qui deviez-vous vous punir ? »

Il fait tourner l'anneau qu'il porte à l'index droit, dans un sens, puis en sens inverse, comme s'il cherchait une station de radio.

« Nous sommes tous connectés – six degrés de séparation, parfois moins. Dès que quelque chose se passe, à Liverpool, à Londres ou en Australie, tout est connecté ! »

Mais je maintiens le cap : « Si vous avez des problèmes, je peux vous aider, Bobby. Mais vous devez me dire exactement ce qui s'est passé.

— Qui sait dans le lit de qui elle traîne, en ce moment ? marmonne-t-il.

— Pardon ?

— Il n'y a que sous terre qu'elle dormira seule !

— C'est Arky, que vous avez punie ? »

Il éclate de rire, comme s'il venait de s'apercevoir de ma présence. « Le *Truman Show*, vous connaissez ?

— Oui.

— Eh bien, certains jours, c'est comme si j'étais Truman. Comme si le monde entier épiait mes faits et gestes. Ma vie a été créée de toutes pièces, selon des plans établis par quelqu'un d'autre. Tout n'est qu'une façade. Les murs sont en contreplaqué, et les meubles en polystyrène. Et j'ai l'impression que si je pouvais piquer un sprint jusqu'au prochain coin de rue, je découvrirais l'envers du décor. Mais ils sont trop rapides pour moi. Le temps que je tourne le coin, ils ont déjà construit une autre rue, puis une autre. »

4

En termes d'immobilier, nous sommes au purgatoire. Pas encore tout à fait dans le luxuriant nirvana de Primrose Hill, mais très nettement au-dessus du cloaque qu'est devenu le sud de Camden Town, avec ses graffitis et ses rideaux de fer.

Les échéances de remboursement du prêt sont écrasantes et la plomberie totalement à refaire, mais Julianne a succombé au charme de la maison ; tout comme moi, je dois l'admettre. En été, pour peu que le vent souffle dans la bonne direction, on entend rugir les lions et les hyènes du zoo de Londres, et on a l'impression d'être en safari. Il ne manque plus que les Jeeps.

Le mercredi soir, Julianne donne des cours d'espagnol à un groupe d'adultes. Charlie est partie dormir chez sa meilleure amie. J'ai donc toute la maison pour moi, ce qui, en principe, me va parfaitement. Je fais réchauffer ma soupe au micro-ondes et je me coupe une moitié de baguette. Ma fille m'a laissé un poème sur le tableau à marqueur, près de la recette du pain à la banane. Je sens un petit pincement de solitude. Elles me manquent déjà, elles, leurs éclats de rire et leur remue-ménage.

Je monte flâner au premier, pour inspecter le chantier. Les pots de peinture s'alignent sur le rebord de la fenêtre. Le plancher disparaît sous des vieux draps qui commencent à ressembler à des Jackson Pollock. L'une des chambres a été transformée en entrepôt pour les cartons, les tapis et les meubles au rancart, égratignés par des griffes de chats. La vieille poussette de Charlie et sa chaise de bébé ont échoué dans un coin, où elles attendent de nouvelles instructions. Ses vêtements de nouveau-né sont entreposés dans des containers plastique joliment étiquetés.

Voilà six ans que nous essayons d'avoir un deuxième enfant. Pour l'instant, nos efforts se sont soldés par deux fausses couches et d'innombrables crises de larmes. Personnellement, je préférerais en rester là, vu les circonstances, mais Julianne persiste. Elle prend toujours ses vitamines, fait ses analyses et note consciencieusement sa température. Nos ébats tiennent de la fécondation médicalement assistée, avec pour objectif de déterminer le meilleur moment pour l'ovulation, et de mettre dans le mille.

Chaque fois que je le lui fais remarquer, elle me promet de me faire ma fête, de façon totalement spontanée et aléatoire, dès que notre deuxième bébé sera en route.

« Et je peux te dire que tu ne perds rien pour attendre !

— Je sais.

— C'est pour Charlie. On lui doit bien ça.

— Oui. »

Ce ne sont pourtant pas les objections qui me manquent. J'ouvre parfois la bouche pour lui opposer une foule d'arguments : et si cette maladie venait brusquement à s'aggraver, et que je me retrouvais un beau jour dans l'incapacité de prendre mon propre enfant dans mes bras ? Et s'il y avait un lien génétique ? Ça n'est ni de la délectation morose, ni du nombrilisme. C'est du réalisme, pur et simple.

Une tasse de thé et un digestif, voire deux, ne suffiront pas à résoudre le problème. Cette maladie est comme un train qui nous arrive dessus dans la nuit, lancé à toute vitesse. La distance qui nous en sépare encore peut sembler immense, mais elle fond inexorablement. Tôt ou tard, il sera sur nous.

À dix-huit heures trente, mon taxi arrive. Nous partons affronter l'heure de pointe. Euston Road est bloquée jusqu'à Baker Street, et ça ne nous avancerait pas à grand-chose de prendre des raccourcis semés de bornes de stationnement, de ralentisseurs et de sens interdits.

Le chauffeur se met à râler contre les immigrés clandestins qui entrent en douce par le tunnel sous la Manche, et viennent gonfler les embouteillages. Comme, par définition, ils débarquent sans voitures, j'ai un peu de mal à suivre son raisonnement, mais je n'ai pas l'énergie de protester. Il est dix-neuf heures tout juste passées, quand il me dépose à Langton Hall, à Clerkenwell – un immeuble carré, en brique rouge, avec des fenêtres bordées de blanc et des gouttières peintes en noir. Sans la lumière qui brille au-dessus des marches de l'entrée, les lieux auraient l'air déserts. Je pousse la double porte et, après avoir traversé un petit sas d'entrée, je pénètre dans le grand hall. Des chaises en plastique y sont alignées, sur plusieurs rangs. Sur le côté, on a installé une table où trône une grande urne à thé, entourée d'un petit stock de tasses et de soucoupes.

Je dénombre dans l'assistance une quarantaine de femmes, de quinze à quarante ans. La plupart portent de grands manteaux, sans doute pour dissimuler leur tenue de travail – talons, minijupes, pantalons moulants et bas résille. Il flotte dans l'air un bouquet composé de tabac et d'une foule de parfums, tous plus exubérants les uns que les autres.

Sur l'estrade, Elisa Velasco – yeux verts et crinière blonde – a déjà le micro en main. Ce petit bout de femme parle avec cet accent qui donne aux femmes du Nord cet air à la fois sémillant et plein de bon sens. Dans sa jupe droite et son pull cachemire moulant, elle a le charme d'une pin-up de la dernière guerre.

Derrière elle, projetée sur un écran, je reconnais une toile baroque italienne, signée Artemisia Gentileschi. La Marie-Madeleine – l'acronyme PGCA apparaît en bas, avec, en lettres plus petites, sa traduction : *Les prostituées sont des gens comme les autres.*

Elisa m'a repéré. Elle semble soulagée. Je tente de me faufiler le long du mur sans l'interrompre, mais elle tapote son micro et toutes les têtes se retournent.

« Je vais enfin avoir le plaisir de vous présenter celui que vous êtes venues écouter. Voici l'homme dont le nom a récemment fait la une de toute la presse : le Pr Joseph O'Loughlin… »

Deux ou trois applaudissements – ironiques – retentissent, çà et là. Le public est loin de m'être acquis. D'un gargouillis, mon estomac se rappelle à mon bon souvenir, tandis que je gravis les marches de l'estrade pour m'avancer dans le cercle de lumière. Mon bras gauche tremble et je dois m'agripper au dossier d'une chaise pour stabiliser mes mains.

Je m'éclaircis la gorge, le regard fixé sur un point au-dessus de leurs têtes.

« La plupart des meurtres non élucidés de ce pays ont été commis contre des prostituées. Quarante-huit d'entre elles ont été victimes d'homicides, ces cinq dernières années. Chaque jour, à Londres, au moins cinq viols sont commis contre des prostituées, et une douzaine d'entre elles sont victimes de voies de fait, de vols ou d'enlèvements. Si elles sont ainsi agressées, ça n'est pas parce qu'elles sont consentantes ou aguichantes, ni parce qu'elles le cherchent, mais parce qu'elles sont exposées et vulnérables. Elles sont plus faciles à aborder et plus anonymes que n'importe quel membre d'un autre groupe social. »

Soulagé d'avoir capté leur attention, j'ose à présent abaisser mon regard et établir le contact visuel avec les visages qui se sont levés vers moi. L'une des femmes du premier rang porte un manteau avec un col de satin violet et des gants jaunes fluo. Elle croise haut les jambes et la fente de son manteau laisse entrevoir la peau laiteuse de sa cuisse. Les lacets noirs de ses chaussures s'entrecroisent, en s'enroulant autour de ses mollets.

« Malheureusement, vous ne pouvez pas toujours choisir vos clients. Il y en a de tous les genres et de tous les gabarits. Certains sont ivres, et d'autres carrément dangereux…

— Sans compter les gros dégueulasses !… s'exclame une blonde platine.

— … qui puent des pieds », renchérit une adolescente dont le regard se dissimule derrière des lunettes noires.

Je laisse se calmer l'éclat de rire général. La plupart d'entre elles se méfient de moi, mais qui les en blâmerait. Pour elles, toute relation, que ce soit avec leur mac, leurs clients ou leur psy, présente des risques. D'expérience, elles ont appris à se méfier des hommes.

J'aimerais pouvoir leur rendre ce danger encore plus tangible. J'aurais peut-être dû leur apporter des photos – une des victimes les plus récentes a été retrouvée dans un bain de sang, avec son utérus sur le lit, à côté d'elle. Mais d'un autre côté, inutile de souligner l'évidence. Je ne vais pas leur apprendre dans quel monde elles vivent. Elles savent que le danger y est omniprésent.

« Je ne suis pas venu vous faire la leçon. J'espère simplement vous aider à renforcer votre sécurité. Le soir, quand vous travaillez dans la rue, combien de vos amis ou de vos parents savent-ils où vous êtes ? Si vous veniez à disparaître, combien de temps s'écoulerait-il avant que quiconque ne s'en inquiète ? »

Je laisse la question en suspens, comme une toile d'araignée dans le courant d'air. Ma voix s'est faite un poil plus rauque et plus brusque que je ne l'aurais souhaité. Je lâche ma chaise pour me mettre à marcher de long en large au bord de l'estrade. Ma jambe gauche refuse soudain de suivre le mouvement et je suis à deux doigts de trébucher, mais je me rétablis de justesse. Elles échangent des regards, comme si elles se demandaient que penser de moi.

« Évitez, autant que possible, de travailler dans la rue et, si vous devez le faire, prenez un minimum de précautions. Organisez-vous entre amies. Assurez-vous que quelqu'un prend note du numéro d'immatriculation, si vous montez dans une voiture. Ne travaillez que sur des trottoirs bien éclairés. Prévoyez des pied-à-terre où vous pouvez emmener vos clients, au lieu d'utiliser leur voiture… »

Quatre types sont entrés au fond de la salle, et ont pris position de chaque côté des portes. Des flics en civil, manifestement. Tandis que la nouvelle de leur arrivée se répand peu à peu dans l'assistance, j'entends s'élever des murmures d'incrédulité et de résignation. Plusieurs des présentes me fusillent du regard, comme si j'y étais pour quelque chose.

« Gardez votre calme. Je vais voir ce qui se passe. » Je descends prudemment l'escalier de l'estrade, dans l'espoir d'intercepter Elisa avant qu'elle ne leur tombe dessus.

Je n'ai aucun mal à repérer leur chef – c'est le grand maigre qui était au Kensal Green Cemetery, avec sa trogne grêlée, son nez curieusement tordu et sa dentition anarchique. Il a toujours sur le dos son vieil imper mastic, avec toute une collection de taches retraçant ses menus de la semaine. Il porte une cravate de style rugby, piquée d'une épingle qui s'orne d'une représentation argentée de la tour de Pise.

Ce type me plaît. Il ne vit pas pour ses fringues. Les hommes trop préoccupés de leur aspect extérieur sont généralement ambitieux, prétentieux et vains. Quand il parle, il regarde au loin, comme quelqu'un qui tient à voir ce qui arrive. J'ai observé le même comportement chez les paysans, qui semblent avoir du mal à se concentrer sur un objet trop proche – les visages, en particulier. Il nous décoche un sourire en coin.

« Désolé d'interrompre votre petit symposium, lance-t-il à Elisa, avec une note de sarcasme.

— Eh bien, si vous l'êtes tant, pourquoi ne pas vous casser tout de suite ! répond-elle d'une voix suave, que dément un sourire venimeux.

— Charmé de faire votre connaissance, mademoiselle – ou devrais-je dire madame ? »

Je m'interpose entre eux. « En quoi pouvons-nous vous être utiles ?

— À qui ai-je l'honneur ? » Il me toise des pieds à la tête.

« Professeur Joseph O'Loughlin.

— Sans blague ! Dites donc, les gars, c'est le type du Marsden ! Celui qui a récupéré le gamin, sur le toit... » Son gosier produit une sorte de graillonnement rauque. « De ma vie, je n'avais jamais vu personne faire autant dans son froc ! » Il part d'un éclat de rire, qui résonne comme une bille lâchée dans un égout. Mais une autre idée lui vient : « Et vous êtes aussi, incidemment, le fameux spécialiste de la psychologie du tapin – c'est bien ça ? Vous avez même sorti un bouquin sur le sujet, il me semble.

— Un article. »

Il m'oppose un indéchiffrable haussement d'épaules, et fait signe à ses hommes, qui se déploient dans la salle en remontant les allées.

Il s'éclaircit la gorge et s'adresse à toute l'assistance.

« Bonsoir, mesdames ! Je suis l'inspecteur divisionnaire Vincent Ruiz, de la police métropolitaine. Voici trois jours, le corps d'une jeune femme a été retrouvé près de Kensal Green, dans le West End. La mort remonte à une dizaine de jours. Pour l'instant, nous ne sommes pas en mesure de l'identifier, mais nous avons de bonnes raisons de penser qu'elle était prostituée. Nous allons donc faire passer dans vos rangs un portrait-robot de la victime. Si quelqu'une d'entre vous la reconnaît, je la remercie d'avance de bien vouloir se manifester. Nous sommes à la recherche d'un nom, d'une adresse, d'une collègue ou d'une amie – de toute personne qui pourrait nous aider à l'identifier. »

Clignant les yeux, je m'entends lui demander : « Où l'a-t-on retrouvée ?

— Dans un petit fossé, près du Grand Union Canal. »

Les images me reviennent, comme des photos souvenir. La tente de toile blanche, les projecteurs, les banderoles délimitant la scène du crime. La danse rythmique des gyrophares. Le corps d'une jeune femme, fraîchement mis au jour. J'y étais. J'ai assisté à la scène.

Les bruits semblent tout à coup se répercuter différemment dans la salle. Les flics ont distribué des feuilles, qui passent de main en main. Le niveau sonore est insensiblement monté. L'une des présentes me tend paresseusement un croquis. Il ressemble à ces portraits au fusain que les touristes se font faire à Covent Garden. Un visage jeune, cheveux courts, grands yeux sombres. Ça pourrait être une douzaine des femmes de l'assistance.

Cinq minutes plus tard, les flics reviennent bredouilles. Ils se regroupent autour de leur chef, lequel émet un grognement déçu et sort un mouchoir, avec lequel il se mouche bruyamment.

« Vous savez que c'est illégal, votre petite sauterie ? fait-il, avec un coup d'œil en direction de la grande théière. Il est interdit d'organiser un rassemblement de prostituées avec distribution de boissons.

— Le thé, c'était pour moi », lui objecté-je.

Il s'esclaffe. « Ben voyons ! Soit vous avez une sacrée descente, soit vous me prenez pour un crétin. » Il me défie.

« Je sais parfaitement à quoi m'en tenir, sur votre compte…

— Vraiment ? Allez-y, ne me laissez pas sur les charbons ardents !

— Vous avez grandi à la campagne, avant de monter à la ville. Vous avez longtemps vécu dans une ferme, où vous avez appris à traire les vaches et à ramasser les œufs. Vous avez joué au rugby, jusqu'à ce qu'une blessure ou un accident mette fin à votre carrière, mais vous seriez curieux de savoir si vous auriez pu aller jusqu'au bout, en tant que rugbyman. Depuis, vous avez lutté pied à pied pour ne pas prendre un kilo de trop. Vous êtes divorcé, ou veuf, ce qui explique que votre chemise ait besoin d'un bon coup de fer, et votre costume d'un petit séjour au pressing. Vous allez volontiers boire une bière après le boulot ; après quoi, vous dînez d'un curry. Vous essayez d'arrêter de fumer, ce qui explique que vous passiez votre temps à fouiller dans vos poches, en quête d'un chewing-gum. Vous êtes convaincu que l'usage des gymnases est réservé aux homos ; à moins qu'ils ne soient équipés d'un ring et d'un punching ball… Quant à vos dernières vacances, vous les avez passées en Italie, sur les conseils d'un ami qui vous avait vanté les charmes du voyage… mais vous en êtes revenu furieux, exécrant les Italiens, leurs vins et leur cuisine. »

Je lui ai débité ce petit speech avec une assurance et une froideur dont je suis le premier surpris. Comme si j'avais été contaminé par les ondes de méfiance et d'âpreté dont la salle vibre.

« Impressionnant. C'est un tour que vous avez mis au point, pour briller en société ?

— Non, non… » Je suis en proie à un embarras soudain. Je cherche quelque chose à dire pour atténuer la virulence de mes propos, ou pour m'excuser, mais rien ne me vient.

Ruiz fouille un instant dans ses poches, puis s'immobilise. « À propos, professeur, si vous êtes capable de voir tout ça du premier coup d'œil, qu'est-ce que vous pourriez me dire, devant le cadavre d'une victime ?

— Je vous demande pardon ?

— Cette jeune prostituée. Vous pourriez peut-être m'en dire quelque chose d'utile, si je vous montrais son corps ? »

Je suis pris d'un doute – est-il vraiment sérieux ? En théorie, ça n'aurait rien d'impossible, mais c'est ordinairement de l'esprit des gens que je m'occupe. Je déchiffre leurs tics, leur expression corporelle. J'observe leurs vêtements, la façon dont ils interagissent. Je guette leurs inflexions de voix, leurs mouvements d'yeux. Mais un cadavre… ça ne voit rien, ça ne parle pas, et ça me retourne l'estomac.

« Ne vous bilez pas, elle ne va pas vous mordre ! Je vous attends demain matin à neuf heures, à la morgue de Westminster. » Il griffonne une adresse sur un papier qu'il glisse dans la poche intérieure de ma veste. « Après ça, je vous offrirai le petit déjeuner, si ça vous dit », ajoute-t-il en rigolant dans sa barbe.

Sans me laisser le temps de répondre, il tourne les talons et s'éloigne, flanqué de ses inspecteurs. Puis, comme il s'apprête à franchir la porte, il se retourne et me lance : « Vous vous êtes gouré sur un point, professeur.

— Lequel ?

— L'Italie. En fait, je l'adore. »

5

Un peu plus tard, sur le trottoir, Elisa m'embrasse sur la joue. « Désolée pour tout ça », me glisse-t-elle.

La dernière voiture de flics disparaît au coin de la rue, tandis que s'éparpillent les dernières participantes à notre conférence.

« Tu n'y es pour rien.

— Je sais. C'est juste que j'aime t'embrasser. » Elle éclate de rire, en m'ébouriffant les cheveux, puis s'empresse de sortir une brosse de son sac pour me recoiffer. Elle s'est plantée devant moi et m'oblige à baisser la tête, sous prétexte de me refaire une beauté. D'où je suis, j'ai une vue imprenable sur son décolleté, la courbe de ses seins voilés de dentelle et la vallée plus sombre qui les sépare.

« Ça pourrait faire jaser..., minaude-t-elle.

— Il n'y a vraiment pas de quoi ! » La constatation est trop brusque. Ses sourcils se sont imperceptiblement arqués.

Elle allume une cigarette, puis guillotine la flamme de son briquet en rabattant le couvercle. Mais l'espace d'une seconde, j'ai vu scintiller les paillettes d'or de ses yeux verts. Quelle que soit la façon dont elle les coiffe, ses cheveux ont toujours l'air en bataille, comme si elle émergeait de son lit. Elle me regarde avec un intérêt concentré, la tête inclinée sur l'épaule.

« Je t'ai vu au journal télé. Tu m'as épatée. Quel courage !

— J'étais mort de trouille.

— Tu crois qu'il va s'en sortir, le gamin du toit ?

— Oui.

— Et toi ? Tu t'en sors ? »

La question me prend à rebrousse-poil. Je ne trouve rien à répondre. Comme elle retourne dans la salle, je lui emboîte le pas, pour l'aider à ranger les chaises. Elle débranche le projecteur du plafond et me tend une boîte de brochures, avec la Marie-Madeleine en première page. Elisa pose le menton sur mon épaule : « Marie-Madeleine est la patronne des prostituées.

— Je croyais que c'était une pécheresse repentie.

— Pour les Évangiles gnostiques, c'est une sainte visionnaire. Elle a même reçu le titre d'Apôtre des apôtres. C'est elle qui leur a annoncé la Résurrection.

— Tu y crois, à ce genre de chose ?

— Le Christ disparaît trois jours et la première personne à le revoir vivant, comme par hasard, c'est une pute ! Typique, non ? » Et dans sa bouche, ça n'a rien d'une plaisanterie.

Je la suis jusqu'aux marches de l'entrée, où elle se retourne pour fermer la porte. « J'ai ma voiture. Je peux te ramener chez toi », dit-elle, en cherchant ses clés. Comme nous tournons le coin, je reconnais sa Coccinelle rouge, garée devant un parcmètre.

« Tu sais, j'avais une autre bonne raison de choisir la Madeleine, comme emblème de l'association…

— Parce que l'artiste est une femme ? suggéré-je.

— Aussi, mais pas seulement. C'est plutôt à cause de ce qu'elle a dû vivre. À dix-neuf ans, Artemisia Gentileschi a été violée par son maître, Tassi, qui a toujours nié les faits. Au procès, il a prétendu qu'Artemisia était un mauvais peintre et qu'elle avait inventé toute l'histoire par jalousie. Et dans la foulée, il l'a accusée d'être une insatiable putain et a rameuté tous ses amis pour qu'ils témoignent contre elle. Ils sont allés jusqu'à la faire examiner par des sages-femmes, pour prouver qu'elle n'était plus vierge. » Elisa pousse un soupir douloureux. « Les choses n'ont qu'à peine changé, en quatre siècles. On n'oserait peut-être plus mettre les femmes violées à la question, pour voir si elles disent vrai, mais à part ça… »

Elle allume la radio pour mettre fin à la conversation, et je me laisse choir sur le siège passager, en écoutant Phil Collins. *Another Day in Paradise…*

Ma rencontre avec Elisa remonte aux années 85. Je l'ai vue pour la première fois dans le parloir délabré d'un foyer pour mineures, à Brentfort. Je venais de décrocher le poste de psychologue clinicien stagiaire auprès de la West London Health Authority.

Elle est entrée, s'est assise et a allumé une cigarette, sans paraître s'apercevoir de ma présence. Elle n'avait que quinze ans, mais ses mouvements avaient déjà cette assurance et cette fluidité qui accroche le regard, et le retient juste une seconde de trop.

Le coude appuyé à la table, une cigarette à quelques centimètres de ses lèvres, elle regardait à travers moi la petite fenêtre qui s'ouvrait dans le mur, à deux mètres du sol. La fumée s'enroulait dans les mèches rebelles qui lui retombaient sur le front. Son nez avait été fracturé, en cours de route, et de temps à autre, je voyais le bout de sa langue se promener sur l'arête ébréchée d'une de ses incisives.

On l'avait ramassée dans un bordel de fortune, installé dans le sous-sol d'une maison abandonnée. Les poignées des portes avaient été arrachées pour qu'on ne puisse pas les ouvrir de l'intérieur. Avec une autre adolescente prostituée, elle avait été séquestrée trois jours et violée par des douzaines d'hommes, à qui on avait fait miroiter l'attrait de leur jeune âge. Un juge l'avait placée en foyer, mais elle ne cessait de faire le mur. Tout en ayant passé l'âge d'être confiée à une famille d'accueil, elle était encore trop jeune pour vivre seule.

Durant cette première entrevue, elle m'a regardé avec une

curiosité mêlée de mépris. Les hommes, elle connaissait. Elle avait appris à en jouer.

« Quel âge avez-vous à présent, Elisa ?

— Vous savez déjà tout ça, répondit-elle, avec un mouvement du menton vers le dossier que j'avais entre les mains. Allez-y, ne vous gênez pas ! Prenez le temps de lire, si vous voulez vous renseigner. On a toute la journée devant nous ! » Elle me narguait.

« Où sont vos parents ?

— Morts, j'espère. »

Selon le dossier, elle habitait à Leeds avec sa mère et son beau-père, lorsqu'elle avait fui le domicile familial, juste après son quatorzième anniversaire.

La plupart de ses réponses étaient réduites au strict minimum. Pourquoi dire deux mots, quand un seul suffit ? Elle se retranchait derrière une indifférence narquoise, mais sa souffrance crevait les yeux. Je parvins tout de même à la faire sortir de ses gonds. « Putain, comment vous pouvez être si nul ! » hurla-t-elle les yeux brillants d'émotion.

C'était le bon moment.

« Tu te prends pour une femme, et tu te crois capable de manipuler les hommes, moi le premier. Mais là, tu te trompes. Je ne suis pas un billet de cinquante livres ambulant, et je ne suis pas en quête d'une pipe ou d'une passe dans un recoin sombre. Ne me fais pas perdre mon temps. J'ai tout un tas de choses bien plus importantes à faire. »

Sa colère lui fit flamboyer le regard, avant de disparaître comme elle était venue. Ses yeux s'étaient voilés. Elle fondit en larmes. Pour la première fois, elle avait le comportement d'une fille de son âge. Elle me dévoila toute son histoire, entrecoupée de sanglots.

Son beau-père, un homme d'affaires honorablement connu à Leeds, avait fait fortune en achetant des appartements qu'il faisait rénover. Pour une mère célibataire comme celle d'Elisa, c'était le prince charmant. Grâce à lui, elles avaient pu quitter leur minuscule appartement à loyer modéré pour emménager dans une vraie maison, avec un jardin. Elisa avait sa chambre à elle. Elle fréquentait désormais un collège privé.

Une nuit, alors qu'elle avait douze ans, son beau-père débarqua dans sa chambre. « Je vais te montrer comment on fait, quand on devient une grande fille », fit-il en lui soulevant les jambes sur ses épaules, et en la bâillonnant de sa main.

« Après ça, il était super sympa avec moi, m'expliqua-t-elle. Il m'achetait des tas de fringues et du maquillage. »

Ça avait duré deux ans, jusqu'à ce qu'Elisa se retrouve enceinte. Sa mère l'avait traitée de traînée, et avait exigé de savoir le nom du père. Elle s'était plantée devant elle, attendant sa réponse lorsque son beau-père apparut à la porte, et dans le dos de sa mère, menaça Elisa d'un geste du pouce en travers de la gorge.

Elle avait fait une fugue. Dans la poche de sa veste d'uniforme, elle avait l'adresse d'une clinique, au sud de Londres. C'est là qu'elle avait rencontré Shirley, une infirmière d'une quarantaine d'années avec qui elle s'était liée d'amitié et qui lui avait proposé de l'héberger, le temps de s'en remettre.

« Et garde bien ton uniforme, surtout !

— Pourquoi ?

— Ça peut toujours servir. »

Shirley s'occupait ainsi d'une demi-douzaine d'adolescentes qui l'adoraient. Elle devait leur tenir lieu de substitut maternel. Elle les rassurait…

« Mais son fils, c'était un vrai petit con. Il dormait avec un flingue sous son lit et il se croyait des droits sur nous, ce branleur ! La première fois que Shirley m'a mise sur le tapin, elle m'a dit : “Vas-y, tu vas y arriver !” J'étais sur Bayswater Road, avec mon uniforme d'écolière. “C'est parfait. T'as qu'à leur demander s'ils aiment les gamines…” Je ne voulais pas la décevoir. Je savais que ça l'aurait foutue en rogne.

» La fois d'après, j'ai fait quelques branlettes, mais pour ce qui était du reste, je n'y arrivais pas. Je ne sais pas pourquoi, mais ça m'a pris trois mois. J'avais grandi, ma jupe d'uniforme commençait à être un peu courte, mais Shirley disait qu'avec mes jambes je pouvais tout me permettre. Elle disait que j'étais "son petit bas de laine en or". »

Pour Elisa, ses clients n'étaient pas de vulgaires « michetons », et elle ne supportait pas qu'on laisse planer le moindre doute sur sa conscience professionnelle : avec elle, ils en avaient pour leur argent. Elle n'avait aucun mépris pour eux, même si c'était pour la plupart des hommes mariés, fiancés ou en couple. Elle avait le perfectionnisme détaché d'une super pro. Pour elle, c'était une transaction comme une autre : elle avait quelque chose à vendre, et ses clients étaient partants pour l'acheter.

Au fil des mois, elle s'était totalement désensibilisée et s'était intégrée à sa nouvelle famille. Jusqu'au jour où un proxénète rival l'avait kidnappée sur le trottoir. Il voulait lui proposer un « contrat d'exclusivité », disait-il. Il l'avait séquestrée dans le sous-sol d'une maison abandonnée, collectant à l'entrée le fric des clients qui faisaient la queue. « J'ai vu passer un raz-de-marée humain de toutes les races et de toutes les couleurs, résuma-t-elle, en écrasant une autre cigarette.

— Et vous voilà dans ce foyer.

— Où personne ne sait que faire de moi.

— Qu'est-ce que vous souhaiteriez ?

— Qu'on me foute la paix. »

6

La première loi, dans l'administration de la Santé publique, c'est qu'il est toujours plus simple de se débarrasser des emmerdeurs ou des incapables en les faisant grimper dans la voie hiérarchique, que de les virer. Ça fait partie de la culture locale.

À la morgue de Westminster, le surveillant-chef est un gros chauve, avec des bajoues de bouledogue. Du premier coup d'œil, sa décision est prise : je suis un cheveu sur sa soupe. « Vous avez une convocation ? De qui ?

— J'ai rendez-vous avec l'inspecteur Ruiz.

— Première nouvelle. Personne n'a pris rendez-vous, ce matin.

— Est-ce que je peux attendre quelque part ?

— Non. La salle d'attente est réservée aux familles des défunts.

— Où puis-je l'attendre ?

— Dehors. »

Je capte une bouffée d'effluves âcres. Des auréoles se sont formées sous ses bras. Il a dû bosser toute la nuit. Il a fait des heures sup. Il est à cran. En temps ordinaire, j'ai tendance à plaindre les gens qui font les trois-huit – un peu comme on plaint les filles un peu enveloppées que personne n'invite à danser. Sans compter que surveiller des cadavres, ça n'a rien de particulièrement exaltant…

J'ouvre la bouche pour répliquer, lorsque je vois débouler Ruiz. Le surveillant tente de replacer son numéro, mais Ruiz se penche sur son comptoir et empoigne le téléphone : « Écoute un peu, ma poule – en arrivant, j'ai dû voir une bonne dizaine de bagnoles en défaut de stationnement. Je ne te dis pas la tête de tes collègues, quand ils se seront tous pris des contredanses ! »

Une minute plus tard, je marche sur les talons de l'inspecteur dans d'étroits couloirs, éclairés au néon. Le sol est de béton peint. De temps à autre, nous passons des portes garnies de verre cathédrale. L'une d'elles est restée entrouverte. Comme j'y jette un rapide coup d'œil, j'aperçois une table d'inox installée au centre de la pièce, avec un caniveau qui aboutit à une bonde. Du plafond pendent des lampes halogènes, et des micros.

Un peu plus loin, dans ce même couloir, nous croisons trois techniciens du labo, vêtus de leurs grandes blouses vertes, et réunis autour d'une machine à café. Aucun ne nous prête la moindre attention.

Ruiz marche vite, mais parle en pesant chaque mot. « On a retrouvé le corps dimanche matin à onze heures, enterré dans une petite fosse. Un quart d'heure plus tôt, on avait reçu un appel anonyme passé depuis une cabine, à cinq cents mètres de là. Selon ce correspondant inconnu, son chien aurait déterré une main… »

Nous poussons des portes battantes en Plexiglas, et nous nous effaçons sur le passage d'un chariot poussé par un type de la maison. Un drap blanc recouvre ce qui m'a tout l'air d'être un corps. On a posé en équilibre sur le sternum un râtelier garni d'éprouvettes.

Nous arrivons devant la grande porte en verre de l'antichambre. Ruiz frappe à une fenêtre et l'opératrice installée au comptoir actionne le verrou électrique. Sur le pourtour de la pièce s'alignent des placards à dossiers et des tableaux blancs. Dans le mur d'en face s'ouvre une porte en inox où on lit : « Réservé au Personnel ».

Il me revient un souvenir de mes études de médecine – de ma première séance de travaux pratiques d'anatomie, plus précisément. En présence d'un vrai cadavre. Je suis tombé dans les pommes. Quand je suis revenu à moi, quelqu'un m'agitait des sels sous le nez. Le professeur m'avait alors désigné comme cobaye pour montrer à la classe comment faire passer une aiguille de quinze centimètres dans un abdomen, en direction du foie, pour prélever un échantillon à des fins d'autopsie. Après le cours, j'avais reçu ses félicitations : je détenais le nouveau record du plus grand nombre d'organes perforés en un seul prélèvement, dans les annales de l'université.

Ruiz tend une lettre à la réceptionniste.

« Voulez-vous que je vous fasse préparer une salle d'examen particulière ?

— Bougez pas ; le frigo fera l'affaire, réplique-t-il. Mais faut prévoir un *SH*. »

Elle lui tend un sac de papier imperméabilisé.

La lourde porte s'ouvre avec un chuintement évoquant celui d'une boîte de conserve sous vide. Ruiz s'efface pour me laisser entrer. Je m'attends à avoir les narines assaillies par le formol – l'odeur que j'associe, dans mon souvenir, avec tous les cadavres de mes travaux pratiques d'anatomie. Mais je ne discerne que quelques effluves d'antiseptiques et de détergents industriels.

Les murs sont intégralement tapissés d'inox poli. Une dizaine de chariots attendent, dans un coin. Les cryptes de métal s'alignent sur trois des murs. On pourrait les prendre pour de gigantesques tiroirs à dossiers, munis de grandes poignées carrées, assez larges pour qu'on y glisse les deux mains.

Je m'aperçois tout à coup que Ruiz parle toujours : « Selon le légiste, elle serait restée là-dessous neuf ou dix jours. Elle n'avait sur elle qu'une chaussure, avec autour du cou une chaîne en or, portant une médaille de saint Christophe. Ses autres vêtements sont restés introuvables. Il n'y a aucune trace d'agression sexuelle. » Il lit l'étiquette d'un des tiroirs. Sa main s'est posée sur la poignée. « Je pense que vous devinerez pourquoi nous n'avons eu aucun mal à déterminer la cause de la mort… »

Le tiroir glisse sur ses roulements à billes. J'ai un brusque haut-le-corps, et je recule aussitôt, plié en deux, tandis que Ruiz me tend le sac de papier kraft. Je hoquette lamentablement – il est presque impossible de reprendre souffle, pendant que l'on vomit.

Ruiz n'a pas cillé. « Comme vous voyez, elle a tout le côté gauche du visage tuméfié. L'œil est complètement fermé par l'ecchymose. Elle a dû se faire salement tabasser. Ce qui explique que nous ayons préféré montrer un croquis, plutôt qu'une photo. On a compté plus d'une vingtaine d'entailles, faites au couteau, toutes superficielles ; aucune ne dépasse les deux centimètres et demi de profondeur. Et voici le plus curieux : elles ont toutes été pratiquées par la victime elle-même. Les pathologistes ont relevé des marques d'hésitation. La victime a dû rassembler tout son courage, chaque fois qu'elle enfonçait la lame. »

Comme je relève la tête, j'aperçois celle de Ruiz, démultipliée par les parois d'inox poli. Et je vois l'inquiétude assombrir ses traits. Il a peur. Il n'y comprend rien. Il n'en est pas à son premier crime, mais celui-ci, c'est autre chose.

J'ai l'estomac vide. Trempé de sueur, frissonnant dans l'atmosphère glacée de la salle, je me redresse pour regarder le corps. On n'a rien fait pour rendre un peu de dignité à cette pauvre femme. Elle est étendue, sans un fil sur elle, les bras le long du corps, les jambes réunies.

La blancheur mate de sa peau évoquerait presque le marbre d'une statue, après le passage d'une bande de vandales particulièrement hargneux. Elle a la poitrine, les bras et les cuisses constellés d'entailles roses ou violacées. Là où la peau est plus tendue, les plaies béent comme des orbites vides. En d'autres endroits, leurs bords se referment naturellement et suintent un peu.

J'ai assisté à des autopsies, en fac de médecine. Je connais la routine. La victime a été photographiée, récurée, puis on a prélevé tous les échantillons possibles et imaginables de ses fluides corporels, avant de l'ouvrir, du cou au pubis. Ses organes ont été sortis de leurs cavités, examinés et pesés. Le contenu de son estomac a été analysé. On a prélevé des spécimens de poils et de cheveux, des pellicules de peau morte, des rognures d'ongles, avant de les isoler sous plastique ou entre des lamelles de verre. Et ce qui était naguère un être humain plein de vie et d'énergie est devenu la pièce à conviction n° xxx.

« Quel est son âge ?

— Entre vingt-cinq et trente-cinq.

— Qu'est-ce qui vous porte à croire que c'était une prostituée ?

— Ça s'est passé il y a bientôt deux semaines, et personne n'a signalé sa disparition. Vous savez aussi bien que moi comment fonctionnent les prostituées. Elles partent bosser plusieurs jours, voire plusieurs semaines d'affilée pour refaire surface de façon totalement imprévisible, dans un tout autre coin. Certaines suivent les congrès ou les séminaires. D'autres font les restaurants pour routiers. Si cette fille avait pu compter sur un réseau stable d'amis ou de parents, quelqu'un aurait fini par signaler sa disparition. Ça pourrait aussi être une immigrée, mais on n'a rien reçu d'Interpol.

— Je ne vois pas en quoi je puis vous être utile.

— Qu'est-ce que vous pourriez m'en dire ? »

Sans même y penser, et malgré la révulsion que m'inspire la vue de ce visage dévasté, j'ai déjà commencé à collecter certaines informations. Qu'est-ce que je peux en dire ? Ses cheveux blonds sont coupés court, une coupe pratique, facilitant les shampooings et évitant les brushings. Elle n'a pas les oreilles percées. Ses ongles sont nets, soigneusement taillés. Pas de bagues, ni de signes indiquant qu'elle en portait d'ordinaire. Elle est svelte, avec le teint clair et les hanches plus épanouies que son buste. Ses sourcils sont épilés avec soin et son maillot a été fait récemment, dessinant un triangle pubien bien net.

« Elle avait du maquillage ?

— Un peu de rouge à lèvres et d'eye-liner.

— J'aimerais pouvoir m'installer un moment au calme pour consulter le rapport d'autopsie.

— Je vais vous trouver un bureau. »

Dix minutes plus tard, seul face au dossier, je feuillette une pile d'albums photos et de chemises cartonnées débordant de comptes rendus, dont le rapport d'autopsie et les résultats des analyses sanguines et toxicologiques. Je parcours le rapport.

Ville de Westminster – Service de pathologie médico-légale

Rapport d'autopsie

Nom : inconnu	Numéro d'autopsie : DX-34 468
Date de naissance : inconnue	Date et heure du décès : inconnu
Âge : inconnu	Date et heure de l'autopsie : 1012 2000 – 09/15
Sexe : F	

Observations anatomiques

1 – Quatorze entailles et incisions sur la poitrine, l'abdomen et les cuisses, présentant une profondeur maximum de 2,8 cm, pour des longueurs s'échelonnant de 1,5 à 7,5 cm ;
2 – quatre entailles sur le haut du bras gauche ;
3 – trois entailles à l'épaule gauche et sur le côté gauche du cou ;
4 – la force tranchante est généralement exercée vers le bas, provoquant un mélange de perforations, d'incisions, et d'entailles ;
5 – les marques d'hésitation sont généralement perpendiculaires, et accompagnent les incisions les plus profondes ;
6 – ecchymose massive avec tuméfaction au niveau de la pommette et de l'orbite oculaire gauches ;
7 – trace d'ecchymose légère à l'avant-bras droit, avec éraflures sur le tibia et le talon droits ;
8 – les prélèvements vaginaux, rectaux et buccaux sont négatifs.

Examens toxicologiques préliminaires

Taux d'alcoolémie – néant
Taux de substances narcotiques – néant

Cause de la mort

L'examen radiologique révèle la présence d'air dans le ventricule cardiaque droit, suggérant une embolie massive, ayant entraîné la mort.

Je feuillette rapidement le rapport, en quête de détails particuliers. Ce qui m'intéresse, ce ne sont pas tant les modalités de sa mort que les indices qui pourraient me permettre d'imaginer ce qu'a pu être sa vie. Avait-elle d'anciennes fractures ? A-t-on retrouvé des traces de toxicomanie ou de MST ? Qu'a-t-elle mangé à son dernier repas ? Combien d'heures s'étaient-elles écoulées depuis qu'elle avait mangé pour la dernière fois ?

Ruiz entre, sans prendre la peine de frapper.

« Je me suis dit que vous étiez du genre au lait et sans sucre. »

Il dépose une tasse plastique sur le bureau, puis se tapote la poche, en quête d'un hypothétique paquet de cigarettes. La frustration le fait grincer des dents. « Alors ? Qu'en dites-vous ?

— Ce n'était pas une prostituée.

— Parce que ?

— L'âge moyen des filles qui se prostituent n'est que de seize ans. Celle-ci en a au minimum vingt-cinq. Il n'y a aucun signe d'activité sexuelle prolongée, ni de maladie sexuellement transmissible. Les avortements sont particulièrement fréquents chez les prostituées – surtout si on les oblige à travailler sans préservatif. Mais la victime n'a jamais été enceinte. »

L'index de Ruiz martèle la table de trois coups, comme pour ponctuer mes explications de trois points imaginaires. Il me fait signe de poursuivre.

« Les prostituées haut de gamme vendent des fantasmes. Elles travaillent leur image et leur présentation. Cette femme avait les ongles courts. Elle se coiffait comme un garçonnet, se maquillait à peine. Elle portait des chaussures plates, pratiquement pas de bijoux. Elle utilisait très peu de produits de beauté, et pas de vernis à ongles. Elle s'était fait épiler le maillot dans un style des plus discrets… »

Ruiz s'est remis à faire les cent pas dans la pièce, bouche entrouverte, sourcils froncés.

« Elle prenait soin de sa forme. Elle avait des activités physiques régulières, ne mangeait pas n'importe quoi. Elle devait surveiller sa ligne. À vue de nez, son niveau intellectuel est d'une bonne moyenne, voire d'un niveau supérieur à la moyenne. Elle a dû faire de solides études. Elle est d'un bon niveau social.

» Je ne crois pas qu'elle soit de Londres. Quelqu'un aurait signalé sa disparition. Ce n'est pas le genre de fille à disparaître sans crier gare. Elle doit avoir des amis, de la famille. Si elle est venue à Londres pour passer un entretien d'embauche, ses proches ne comptent peut-être pas avoir de ses nouvelles avant encore quelques jours. Mais ils vont finir par s'inquiéter. »

Je repousse un peu ma chaise, sans pour autant avoir l'énergie de me hisser sur mes pieds. Que pourrais-je lui dire de plus ?

« À propos… ce n'est pas saint Christophe, sur la médaille. Je pencherais plutôt pour saint Camille. En y regardant de plus près, vous constaterez qu'il tient une cruche et une serviette.

— Et qui était saint Camille ?

— Le patron des infirmiers. »

L'information paraît retenir son attention. Il penche la tête de côté. Je pourrais presque voir s'ébranler les rouages de son cerveau, qui trient et organisent ces éléments. Sa main droite ouvre et referme en cadence une boîte d'allumettes qu'il tient dans sa paume – ouverte, fermée, ouverte, fermée…

Je passe en revue les documents et survole une fois de plus le rapport d'autopsie. Mais cette fois, un paragraphe retient mon attention :

On relève des traces d'anciennes lacérations, le long de ses deux avant-bras et sur la face interne des cuisses, en haut. Le degré de cicatrisation suggère des tentatives de points de suture. La victime s'était probablement infligé elle-même ces scarifications, qui semblent indiquer un passé d'auto-agression ou d'automutilation.

« Je peux voir les photos ? »

Ruiz fait glisser vers moi les dossiers polycopiés et dans la foulée, il m'annonce : « Je vais passer un coup de fil. Nous tenons peut-être une piste. Une assistante radiologue de Liverpool, qui a signalé la disparition de sa colocataire. Et qu'est-ce que vous en dites, mon bon Sherlock ? La disparue était infirmière… »

J'attends que la porte se soit refermée sur lui, pour ouvrir le premier recueil de photos. Tout à l'heure, dans son tiroir, elle avait les bras le long du corps, et je n'ai pu voir ni ses poignets, ni l'intérieur de ses cuisses. Une adepte de l'automutilation portant de multiples traces d'entailles, toutes infligées de sa propre main…

Les premières photos sont des plans généraux – un terrain vague jonché de barils rouillés, de rouleaux de fil de fer, de poteaux d'échafaudages. En arrière-plan, on reconnaît le Grand Union Canal, mais sur le côté, se dresse un imposant rideau d'arbres, entre lesquels se profilent des stèles funéraires.

Les photos suivantes sont des plans de plus en plus rapprochés des rives du canal. Les policiers ont tendu des banderoles bleues et blanches, fixées par des piquets de fer, pour délimiter le secteur.

La deuxième série de photos montre la fosse, avec cette tache blanche qu'on pourrait prendre pour une vieille bouteille de lait, échouée là. Sur un plan plus serré, la tache se révèle être une main émergeant de terre à la verticale, les doigts écartés. La terre d'alentour est lentement grattée, tamisée, puis recueillie dans des sacs et le corps apparaît enfin, gisant avec la jambe bizarrement repliée en dessous. Le bras gauche est relevé sur les yeux, comme pour les protéger du flash du photographe.

Je tourne les pages à toute vitesse pour trouver les photos du corps. L'objectif a fixé jusqu'à la moindre ecchymose et la moindre égratignure, mais je cherche un certain cliché.

Le voilà. Une photo de ses avant-bras posés à plat sur l'inox du plan de travail, présentant leur face interne. Je parviens à me remettre sur pieds, et je rebrousse chemin le long des couloirs. Ma jambe gauche se bloque, et pour pouvoir marcher, tant bien que mal, je dois la faire pivoter sur le côté et d'arrière en avant, à partir de ma hanche.

À ma demande, l'opératrice actionne le verrou électrique de la pièce sécurisée et je reste un instant interdit devant les rangées de sarcophages de métal. Troisième rangée à partir du haut, quatrième tiroir sur la droite. Je vérifie l'étiquette. Je saisis la poignée, et le tiroir s'ouvre. Cette fois, je me force à examiner ce visage, et c'est comme une minuscule étincelle, qui mettrait en branle une énorme machine. Les souvenirs se télescopent dans ma tête. Elle a les cheveux plus courts. Elle a pris quelques kilos, mais rien de trop.

Je retourne son bras droit, effleurant du bout des doigts les cicatrices pâles. Sur le blanc livide de sa peau, elles dessinent de petits bourrelets qui par endroits fusionnent ou se croisent, avant de disparaître. Elle rouvrait ces entailles, encore et encore, en arrachant les points de suture, ou en les incisant à nouveau. Elle ne l'avait dit à personne d'autre, mais à moi, elle avait confié son secret.

« Vous aviez besoin d'y regarder à deux fois ? » Ruiz m'observe depuis la porte.

« Oui. » Je serais bien incapable de réprimer ce tremblement dans ma voix. Ruiz s'avance jusqu'à moi et referme le tiroir.

« Vous n'auriez pas dû venir seul. Il fallait m'attendre », laisse-t-il tomber, en détachant chaque mot.

Je marmonne quelques excuses, mais je sens son regard dans mon dos, tandis que je vais me laver les mains à l'évier. Je cherche désespérément quelque chose à dire.

« Vous avez des nouvelles de Liverpool ? Vous avez réussi à identifier la personne qui…

— Le service des Renseignements Généraux doit nous amener la colocataire, cet après-midi. Nous devrions pouvoir établir une identification définitive, dans les meilleurs délais.

— Mais vous avez déjà un nom, je suppose ? »

Il garde le silence. Au lieu de répondre, il m'entraîne dans le couloir, puis me demande de l'attendre quelques minutes, le temps qu'il rassemble les photos et les rapports d'autopsie. Cela fait, je lui emboîte le pas dans le dédale souterrain qui nous mène au parking.

Pendant tout le trajet, je reste plongé dans mes réflexions. J'aurais dû lui dire. Je devrais le lui dire, maintenant. Et une autre partie de moi-même regimbe : quelle importance, à présent ? Il a son nom. Laissons le passé enterrer le passé. À présent, tout ça relève de l'histoire ancienne.

« Je vous avais promis un petit déjeuner.

— Je n'ai pas faim.

— Moi, si. »

Nous marchons sous des arches de chemin de fer noircies, avant de nous engager dans une ruelle. Ruiz semble être chez lui, dans ces petites rues. Il est d'une étonnante agilité pour un homme de son gabarit. Il évite d'un pied léger les flaques d'eau et les crottes de chien.

Les grandes vitrines du café sont envahies de buée, à moins qu'il ne s'agisse d'un film de graisse plus permanent, provenant de la friteuse. Une clochette retentit au-dessus de notre tête, lorsque nous poussons la porte. L'atmosphère moite, chargée de fumée, nous cloue au sol.

Il n'y a pas grand monde dans la place. Dans un coin, deux petits vieux fripés, en cardigan, jouent aux échecs. Derrière le bar vaque un cuisinier indien, vêtu d'un tablier taché de jaune d'œuf. La matinée touche déjà à sa fin, mais l'établissement sert des petits déjeuners jusqu'au soir : haricots braisés, chips, œufs au bacon, et champignons, dans toutes les combinaisons possibles. Ruiz s'assied à une table près de la fenêtre.

« Qu'est-ce que vous prendrez ?

— Un café, ça me suffira.

— Ici, il est imbuvable.

— Un thé en ce cas. »

Il se commande un plateau complet, avec des toasts et deux thés. Puis sa main plonge dans sa poche, à la recherche d'une cigarette, et il grogne quelque chose concernant son téléphone portable qu'il a oublié.

« Ce n'est vraiment pas de gaieté de cœur que je vous ai entraîné là-dedans, me dit-il.

— Oh, que si !...

— Peut-être, admet-il. Mais guère. » Je discerne dans son regard un sourire dénué de toute trace d'autosatisfaction. Je ne retrouve plus trace de la pétulance que j'avais sentie en lui, hier soir. Il est nettement plus détendu. Et plus stoïque.

« Vous vous demandez peut-être comment on devient inspecteur divisionnaire, professeur O'Loughlin ?

— Non.

— Avant, ça dépendait du nombre de crimes que vous aviez élucidés, et du nombre de malfaiteurs que vous aviez mis à l'ombre. Maintenant, le vrai critère, c'est plutôt votre capacité à ne pas dépasser le budget et à éviter les plaintes. Ce qui fait de moi un vrai dinosaure dans mon propre service. Depuis que les nouvelles lois sont entrées en vigueur, les flics de ma trempe sont une espèce en voie de disparition.

» Maintenant, il n'est plus question que de "stratégie policière interactive". Vous savez ce que ça veut dire ? Ça signifie que le nombre d'inspecteurs affectés à un dossier dépend de la grosseur des titres, à la une des journaux. Par les temps qui courent, ça n'est plus les flics qui mènent les enquêtes, c'est les médias !

— Je n'ai rien vu dans la presse, concernant cette affaire.

— Normal. Pour l'instant, tout le monde pense qu'il s'agit d'une pute. Si on découvre que c'est la réincarnation de Florence Nightingale en personne, ou la fille d'un duc, j'aurai quarante flics au lieu de douze, sur l'affaire. Le chef constable adjoint s'en occupera personnellement, vu la "nature complexe du dossier". Et la moindre directive d'investigation devra être visée par son service, ainsi que chaque déclaration publique de notre part.

— Pourquoi vous ont-ils confié l'enquête ?

— Parce qu'ils étaient persuadés que c'était un meurtre de prostituée. Ils se sont dit, refilons ça à Ruiz. Il va tout mettre sens dessus dessous chez les macs ; ça leur remontera un peu les bretelles. Et en supposant qu'il y en ait un ou deux qui râlent, tout le monde s'en fout. Il y a tellement de lettres de protestations dans mon dossier, qu'ils m'ont réservé toute une étagère, aux Affaires internes. »

Un petit détachement de touristes japonais s'arrête devant la vitrine. Ils consultent le menu, inscrit sur un tableau noir, puis lorgnent vers Ruiz, avant d'aller voir ailleurs.

Notre plateau arrive, avec les couverts enveloppés dans une serviette en papier. Ruiz nappe ses œufs frits de sauce barbecue, avant de les attaquer. J'essaie de regarder ailleurs.

« Vous avez une question, on dirait ? articule-t-il entre deux bouchées.

— Oui. Vous avez eu son nom ?

— Vous connaissez la musique : on n'a pas le droit de divulguer le moindre détail, tant que nous n'avons pas définitivement identifié la victime et informé la famille.

— Mais je me disais que… » Je renonce à achever ma phrase.

Ruiz boit une gorgée de thé, et se beurre un toast. « Catherine Mary McBride. Elle venait d'avoir vingt-sept ans le mois dernier. Elle était infirmière – comme vous le saviez déjà. Selon sa colocataire, elle était venue à Londres pour passer un entretien d'embauche. »

Je le savais déjà, comme il dit. Mais le choc n'en est en rien atténué. Pauvre Catherine… Là, j'aurais dû tout dire à Ruiz. J'aurais dû tout déballer, sans attendre. Pourquoi faut-il toujours que je coupe les cheveux en quatre ? Pourquoi ne pas dire les choses telles quelles, au fur et à mesure, comme elles me viennent à l'esprit ?

Penché sur son assiette, Ruiz se tartine des haricots sur un coin de toast. Sa fourchette s'est immobilisée à mi-chemin de sa bouche ouverte. « Pauvre Catherine ! Pourquoi vous dites ça ? »

J'ai dû penser tout haut. Mais mon regard est plus éloquent qu'un long discours. Sa fourchette retombe d'un coup dans son assiette, tandis que la colère et la suspicion s'insinuent dans son esprit. « Vous la connaissiez ! »

Ça tient de l'accusation, plutôt que de la question ou de la simple constatation.

« Il m'a fallu un certain temps pour la reconnaître. Le croquis que vous m'avez montré hier aurait pu être à peu près n'importe qui, et moi aussi, j'étais persuadé que vous cherchiez une prostituée.

— Et aujourd'hui ?

— Son visage était méconnaissable. Elle est dans un tel état… Ce n'est qu'au vu des cicatrices que j'ai compris. C'est une de mes anciennes patientes. »

Mon explication semble le laisser sur sa faim : « N'essayez pas de me mener à nouveau en bateau, professeur, sinon je vous mets mon pied au cul, si profond que vous en aurez l'haleine parfumée au cirage.

— Je ne vous ai pas menti. J'attendais seulement d'être sûr. »

Son regard reste rivé au mien. « Et vous comptiez me le dire quand, tout ça ?

— J'aurais fini par vous le dire.

— C'est ça, oui. » Il repousse son assiette. « Alors, allons-y : pourquoi Catherine vous avait-elle consulté ?

— Toutes ces scarifications, sur ses cuisses et ses poignets… Elle s'incisait délibérément la peau.

— Tentative de suicide ?

— Non. »

Manifestement, l'information a du mal à passer. Je me penche vers Ruiz, m'efforçant de lui expliquer que l'on peut réagir de diverses manières, face au désarroi ou aux émotions négatives. Certains forcent sur la bouteille ou sur la bouffe. D'autres se rattrapent en tapant sur leur femme ou sur le chat. Et d'autres, plus nombreux qu'on le penserait, préfèrent poser la main sur une plaque chauffante ou se taillader la peau avec un rasoir.

« C'est un mécanisme de résistance à l'angoisse comme un autre. Ces patients vous expliquent que c'est une manière d'exorciser leurs souffrances morales. De les extérioriser. Ils leur permettent de se manifester sur le plan physique, pour pouvoir mieux les supporter.

— Et Catherine, qu'est-ce qu'elle tentait d'exorciser, comme ça ?

— Le manque d'estime de soi, principalement.

— Où l'aviez-vous rencontrée ?

— Elle était infirmière au Royal Marsden Hospital, où j'avais une consultation. »

Ruiz fait tourner son thé, en scrutant le fond de sa tasse, comme s'il tentait d'y lire l'avenir. Tout à coup, il repousse sa chaise, chasse les miettes de son pantalon et se lève.

« On ne vous a jamais dit que vous étiez un sacré emmerdeur ? »

Un billet de cinq livres atterrit sur la table. Je me lève à mon tour et lui emboîte le pas vers la sortie. Sur le trottoir, au bout d'une douzaine de mètres, il se retourne et me fait face.

« OK. Dites-moi un truc : on est sur un meurtre, là, ou sur un suicide ?

— Elle a été tuée.

— On l'a donc forcée à se faire ça – toutes ces entailles ? En dehors des bleus sur son visage, rien n'indique qu'elle ait été ligotée, bâillonnée, ou physiquement contrainte à se blesser. Comment vous expliquez ça, vous ? »

Je secoue la tête.

« Eh bien, c'est votre boulot, non ? C'est vous, le psy ! Vous êtes censé comprendre le monde dans lequel on vit ! Moi, je ne suis qu'un simple flic, putain ! Et tout ça dépasse mon entendement. »

7

Pour autant que je m'en souvienne, je n'ai plus jamais pris de cuite, depuis la naissance de Charlie. Jock avait mis un point d'honneur à me faire picoler plus que de raison, sous prétexte que c'est, semble-t-il, ce que l'on attend d'un père avisé, intelligent et conscient de ses devoirs, lorsque l'enfant paraît.

Quand on a une nouvelle bagnole, on préfère éviter l'alcool, et quand on achète une nouvelle maison, on ne peut s'offrir le luxe de boire, mais dans le cas d'un nouveau-né, on se croit tenu d'arroser ça – ou plutôt, dans mon cas, d'arroser le siège du taxi qui me ramenait chez moi, en contournant Marble Arch.

Je n'ai pas bu, le jour où Jock m'a annoncé que j'avais la maladie de Parkinson. J'ai préféré passer la nuit avec une femme qui n'était pas la mienne. La gueule de bois, c'est une chose. Les remords, c'en est une autre.

Aujourd'hui, j'ai pris deux vodkas doubles au déjeuner – une grande première, pour moi. Je tenais simplement à vérifier si le souvenir de Catherine McBride serait soluble dans l'alcool. Ce n'est pas tant son visage qui me hante, que son corps dénudé, exposé, privé de toute dignité, sans même un slip ou un drap pudiquement disposé. Je voudrais la protéger. La soustraire aux regards de tous ces inconnus anonymes.

Je comprends Ruiz à présent – non pas ses paroles, mais la mine qu'il avait. Ce meurtre n'est pas la conclusion de quelque terrible passion. Il n'a rien d'un homicide ordinaire, perpétré dans une cuisine, entre le frigo et l'évier, avec pour mobile la jalousie ou l'appât du gain. Catherine McBride a souffert. Atrocement. Chaque entaille a dû saper son énergie, comme autant de banderilles plantées dans le cou d'un taureau.

En 1987, Daniel Wegner, psychologue américain, a mené une expérience célèbre, sur la répression des idées. Lors d'un test qui aurait pu surgir de l'imagination de Dostoïevski, il a demandé à un groupe de sujets de ne *pas* penser à un ours blanc. Chaque fois que l'image de l'ours blanc faisait irruption dans leur esprit, ils avaient pour consigne d'actionner une sonnerie. Ils eurent beau faire, aucun des sujets ne parvint à éviter l'idée interdite pendant plus de quelques minutes.

Wegner y voyait l'action de deux processus contradictoires qui s'affrontaient : d'une part, les efforts de votre esprit s'évertuant à penser à n'importe quoi d'autre qu'à cet ours blanc, tandis qu'une autre partie de vous-même pousse subtilement vers votre conscience l'élément que vous voulez éviter.

Catherine McBride est mon ours blanc. Impossible de la chasser de mes pensées.

J'aurais mieux fait de rentrer déjeuner chez moi et d'annuler tous mes rendez-vous de l'après-midi. Mais j'attends Bobby

Moran, qui arrive en retard, une fois de plus. Meena lui réserve un accueil glacial : il est six heures passées et il lui tarde de rentrer chez elle.

« Je n'aimerais pas être son mari, à votre secrétaire », me lance-t-il, avant de se reprendre : « Ce n'est pas votre femme, au moins ?

— Non. »

D'un signe, je lui indique le fauteuil, où ses grosses fesses s'épatent. Il tire sur les revers de ses manches de veste. Il a l'air anxieux et distrait.

« Vous avez passé une bonne semaine ?

— Non, merci, je viens d'en prendre un. »

Je marque une pause, pour voir s'il est conscient d'avoir dit une absurdité. Pas de réaction.

« Qu'est-ce que je vous ai demandé, Bobby ?

— Si je voulais un thé ou un café.

— Non. »

L'ombre d'un doute passe rapidement sur ses traits. « Mais c'était ce que vous alliez me demander.

— Vous lisez dans mes pensées ? »

Il a un petit sourire crispé, et secoue la tête. « Vous croyez en Dieu ? me demande-t-il.

— Et vous ?

— Avant, oui.

— Que s'est-il passé ?

— Je ne l'ai trouvé nulle part. Pourtant, on dit qu'il est partout… Je veux dire… il n'est tout de même pas censé jouer à cache-cache, si ? » Il jette un coup d'œil à son propre reflet dans les vitres de la fenêtre, qui s'obscurcit.

« Quelle sorte de Dieu préféreriez-vous, Bobby ? Un Dieu vengeur, ou un Dieu miséricordieux ?

— Vengeur.

— Pourquoi ?

— Les salauds doivent payer, pour leurs péchés. C'est un peu facile, de prétendre qu'on regrette, ou de se repentir sur son lit de mort. Les gens qui ont fait le mal doivent recevoir leur châtiment. »

Sa dernière phrase reste en suspens dans l'air, comme un penny qu'on fait rouler sur une table.

« Et vous Bobby, de quoi vous repentez-vous ?

— De rien. » Il a répondu trop vite. Toute son expression corporelle en est un démenti criant. « Qu'est-ce que ça vous fait, quand vous perdez patience ?

— C'est comme si j'avais le cerveau en ébullition.

— À quand remonte la dernière fois où vous avez ressenti ce genre de chose ?

— C'était il y a quelques semaines.

— Que s'est-il passé ?

— Rien.

— Qui vous avait mis en colère ?

— Personne. »

Il est inutile de lui poser des questions directes. Il y fait immédiatement obstruction. Je préfère donc le ramener à un point précis du passé, en le laissant peu à peu prendre de l'élan, comme un rocher qui dévalerait une colline. Je connais la date – le 11 novembre –, parce qu'il a manqué son rendez-vous, ce jour-là. Je lui demande l'heure à laquelle il s'est levé, ce qu'il a pris au petit déjeuner, et l'heure à laquelle il est sorti. Je l'amène insensiblement au moment où il a perdu le contrôle. Il a pris le métro pour se rendre dans le West End, puis il est passé chez un bijoutier à Hatton Garden. Ils vont se marier au printemps, Arky et lui. Bobby s'était chargé de prendre les alliances. Il s'est disputé avec le bijoutier et il est reparti furieux, en claquant la porte. Il pleuvait. Il était en retard. Il est resté coincé à Holborn Circus, en tâchant de trouver un taxi.

À ce point de son récit, Bobby esquive à nouveau, et change de sujet. « À votre avis, qui est-ce qui gagnerait, dans un combat entre un tigre et un lion ? demande-t-il, le plus naturellement du monde.

— Pourquoi ?

— J'aimerais avoir votre avis, là-dessus.

— Les tigres et les lions n'ont jamais l'occasion de se battre. Ils ne vivent pas dans les mêmes régions du globe.

— Oui, mais supposons qu'ils se battent. Qui aurait le dessus ?

— C'est une question absurde. Ça n'a pas de sens.

— C'est pas ça, le boulot des psychologues – de poser des questions absurdes ? »

Cette seule réplique a suffi à faire changer toute son attitude. Il est soudain devenu beaucoup plus gouailleur, et plus agressif. Son index se pointe sur moi. « Vous demandez aux gens ce qu'ils feraient, dans des situations hypothétiques. Pourquoi vous n'essayez pas ça, avec moi. Allez-y ! Qu'est-ce que je ferais, si je découvrais un début d'incendie, dans un théâtre ? – c'est pas ça, le genre de question que vous posez ? Est-ce que j'essayerais de l'éteindre ? Est-ce que j'irais chercher le responsable ? Est-ce que je ferais évacuer la salle ? Je connais la musique ! Ensuite, vous partez de la réponse la plus insignifiante, et vous vous arrangez pour faire un fou d'une personne parfaitement saine.

— C'est ce que vous en pensez ?

— Ce que j'en sais, vous voulez dire ! »

Il fait référence au protocole de bilan de santé mentale. Manifestement, il a déjà subi ce genre d'examen, bien qu'il n'en subsiste aucune trace dans son dossier. Chaque fois que j'exerce sur lui la moindre tension, il m'oppose une réaction hostile. Le moment me semble justement venu d'augmenter un peu la pression.

« Eh bien, je vais vous dire ce que j'en sais, moi, Bobby. Il s'est passé quelque chose, ce jour-là. Vous étiez à cran. La journée avait été rude. Pourquoi ? À cause du bijoutier ? Qu'est-ce qu'il vous avait fait, au juste ? »

Je l'ai dit d'un ton tranchant, dénué d'aménité. Bobby fait la grimace. Il se hérisse. « Il ment, ce salaud ! Il avait fait une faute en gravant les alliances. Une faute d'orthographe, au nom d'Arky, et il a dit que je lui avais donné une orthographe fausse. Il voulait me faire payer un supplément !

— Qu'est-ce que vous avez fait ?

— J'ai explosé la vitre de son comptoir.

— Comment ça ?

— D'un coup de poing. »

Il me montre le tranchant de sa main, encore marbré d'une ecchymose jaune moutarde, striée de violet.

« Et ensuite, qu'est-ce qui s'est passé ? »

Il secoue la tête avec un haussement d'épaules. Mais ça n'a pas dû s'arrêter là. Il a dû y avoir autre chose. Il a parlé de la punir, elle – une femme. Ça a dû se produire ensuite, après son départ de la boutique, quand il s'est retrouvé dans la rue, l'esprit en ébullition.

« Où était-elle, quand vous l'avez vue pour la première fois ?

Ses yeux clignent, deux ou trois fois, très vite. « Elle sortait d'un magasin de disques.

— Et vous ? Que faisiez-vous ?

— Je faisais la queue à la station de taxis. Il pleuvait. Elle m'est passée sous le nez. Elle a piqué mon taxi.

— À quoi elle ressemblait ?

— Aucun souvenir.

— Quel âge avait-elle ?

— J'en sais rien.

— Vous dites qu'elle a piqué votre taxi. Vous lui avez dit quelque chose ? Vous avez protesté ? »

Il fait la grimace.

« Elle était accompagnée ? »

Il me jette un coup d'œil, et semble hésiter. « Accompagnée ? Qu'est-ce que vous voulez dire ?

— Avec qui était-elle ?

— Avec un gamin.

— De quel âge ?

— Cinq ou six ans, je dirais.

— Qu'est-ce qu'il faisait ?

— Elle le traînait par la main, et il hurlait. Des vrais hurlements, vous voyez. Mais elle faisait comme si elle n'entendait rien. Il s'est laissé tomber comme un poids mort et elle l'a littéralement traîné derrière elle. Et ce gosse qui n'arrêtait pas de hurler ! Alors je me suis dit, mais pourquoi ne lui parle-t-elle pas ? Comment peut-elle le laisser crier, comme ça ? Il doit avoir mal quelque part ou peur de quelque chose. Et autour, les gens faisaient mine de ne rien voir. Ça m'a mis hors de moi. Comment ils pouvaient rester là, tous, sans rien faire ?

— Vous étiez en colère ? Contre qui ?

— Contre eux tous. Contre l'indifférence générale. Contre la négligence de cette femme. Et contre moi-même, parce que je le détestais, ce marmot. J'aurais fait n'importe quoi pour qu'il la boucle…

— Et alors ? Qu'est-ce que vous avez fait ? »

Sa voix n'est plus qu'un fil ténu : « Je voulais qu'elle le fasse taire. Qu'elle commence par l'écouter. » Il s'interrompt.

« C'est ce que vous lui avez dit ?

— Non.

— Alors quoi ?

— La porte du taxi était ouverte. Elle l'a poussé à l'intérieur. Le gamin se débattait, en balançant des ruades et des coups de pied. Elle est montée à son tour et s'est retournée, pour fermer la porte. Son visage était comme un masque – inerte et vide, vous voyez. Elle a balancé son bras en arrière et bang ! Elle lui a envoyé un coup de coude en pleine figure. Ça lui a coupé le souffle, et il est parti à la renverse… »

Bobby marque une pause, puis il semble vouloir poursuivre, mais il se reprend. Le silence se prolonge. Je le laisse s'éterniser, lui remplir la tête jusque dans ses moindres recoins.

« Je l'ai forcée à descendre du taxi. Je l'ai attrapée par les cheveux. Je lui ai cogné la tête contre la portière. Elle est tombée, et elle a essayé de rouler sur le côté pour m'échapper, mais là, je l'ai attrapée et je l'ai bourrée de coups de pied.

— Pour la punir ?

— Oui.

— Le méritait-elle vraiment ?

— Oui ! »

Il a planté ses yeux dans les miens. Son teint a pris une couleur de cire. En cet instant, il me vient l'image d'un enfant isolé, dans un coin d'une cour d'école, un gamin un peu grassouillet, trop grand pour son âge, affublé de surnoms tels que « gros lard », « cul de plomb » ou « gros plein de soupe ». Un pauvre gosse, triste et solitaire, pour qui le monde n'est qu'un immense désert. Un enfant qui n'aspire qu'à se rendre invisible, mais que sa taille condamne à attirer les regards.

« Aujourd'hui, j'ai trouvé un oiseau mort, dit-il d'un air absent. Il avait le cou brisé. Il a peut-être heurté une voiture.

— Peut-être.

— Je l'ai pris et je l'ai ôté du passage. Il était encore tiède. Vous y pensez, quelquefois, à la mort ?

— Tout le monde y pense.

— Certains mériteraient vraiment de mourir.

— Mais qui pourrait en être juge ? »

Il part d'un éclat de rire aigrelet. « Ni vous ni vos collègues, en tout cas ! »

La séance se termine avec un net retard sur l'horaire prévu. Meena a rejoint ses chats depuis belle lurette. La plupart des bureaux voisins sont fermés à double tour, et plongés dans l'ombre. Les balayeurs s'activent dans les couloirs, vident les poubelles et égratignent la peinture des plinthes avec les roues de leur chariot.

Bobby aussi, a fini par regagner ses pénates. Mais en contemplant le carré sombre de la fenêtre, je vois toujours son visage, ruisselant de sueur et maculé du sang de cette pauvre femme.

C'était à prévoir. Bobby est mon patient, et j'en suis responsable. Je sais bien que je ne peux pas rester derrière lui vingt-quatre heures sur vingt-quatre, ni l'obliger à venir consulter, mais ça n'est pas une consolation. Il était au bord des larmes en me racontant qu'il avait été arrêté et inculpé, mais c'était sur ses propres malheurs qu'il pleurait, pas sur ceux de sa victime.

J'ai un peu de mal à m'apitoyer sur certains de mes patients. Ils viennent dépenser quatre-vingt-dix tickets pour se regarder le nombril, ou pleurnicher en me confiant des choses qu'ils feraient mieux de dire à leur femme. Avec

Bobby, c'est différent. Je serais bien incapable de dire pourquoi. Par moments, il paraît totalement ligoté dans sa propre maladresse, et à d'autres, il fait preuve d'une assurance, d'une intelligence et d'une vivacité d'esprit confondantes. Il rit à contretemps, explose de façon imprévisible, mais ses yeux restent d'une pâleur glacée. Du verre bleu. J'ai parfois l'impression qu'il attend quelque chose – que les montagnes s'ébranlent, peut-être, ou que toutes les planètes de l'univers s'alignent. Lorsque tout sera en place, peut-être me dévoilera-t-il enfin ce qu'il a derrière la tête.

Mais je ne peux attendre jusque-là. C'est dès à présent que je dois le percer à jour.

8

Mohammed Ali sait de quoi je parle. Quand il a allumé la flamme olympique, à Atlanta, le monde entier a eu la larme à l'œil devant ce grand champion qui n'était plus qu'un infirme, agité de tics et incapable de lever les pieds. Cet homme qui dansait jadis sur les rings en était à présent réduit à trembloter comme une crème renversée.

Dans le cas d'un sportif, c'est saisissant. Quand c'est un Stephen Hawking qui est déserté par son propre corps, on se dit qu'il pourra toujours vivre dans sa tête. Mais un athlète infirme, c'est un oiseau aux ailes brisées. Plus haut on s'élève, plus douloureuse est la chute.

C'est vendredi. Je suis dans le cabinet de Jock – le Dr Emlyn Robert Owen, pour l'état civil (son nom est d'origine galloise, bien qu'il soit écossais), mais je ne l'appelle jamais autrement que Jock.

C'est un type robuste, puissamment charpenté, avec des épaules larges et un cou de taureau. On le prendrait plus aisément pour un boxeur à la retraite que pour un neuropsychiatre. Sur les murs de son bureau sont accrochées des gravures de Salvador Dali, ainsi qu'une photo de McEnroe lors de sa victoire à Wimbledon, avec cette dédicace : « Pincez-moi, je rêve ! »

Jock me fait signe de m'installer sur la table d'examen et se relève les manches, dévoilant des avant-bras velus et bronzés, qui lui permettent d'envoyer des balles aussi dévastatrices que des exocets. Jouer en face de lui, c'est une véritable épreuve composée à quatre-vingts pour cent de douleur. La moindre de vos balles vous revient dessus, comme un missile qui aurait pris votre tête pour cible. Même lorsqu'il pourrait marquer une balle facile, en l'envoyant à l'autre bout du court, Jock préfère toujours vous clouer au sol par la force de sa raquette.

Nos rencontres hebdomadaires n'ont rien à voir avec la passion du tennis. Il s'agit plutôt d'un vieux règlement de comptes. Ce qui est en jeu entre nous, c'est une jolie étudiante au corps de sirène qui m'a donné sa préférence, voilà vingt ans. Cela fait des lustres qu'elle est mon épouse, mais Jock ne l'a toujours pas digéré.

« Comment va Julianne ? me demande-t-il, en m'éblouissant de sa petite lampe torche.

— Bien.

— Qu'est-ce qu'elle en a pensé, de tes acrobaties sur le toit de l'hosto ?

— Elle m'en parle encore.

— Tu as fait part à quelqu'un de tes problèmes de santé ?

— Non. Tu m'as bien recommandé de me comporter normalement.

— *Normalement*, oui ! » Il ouvre un dossier, où il note quelque chose. « Des tremblements ?

— Pas vraiment. Mais de temps à autre, quand j'essaie de me lever de mon fauteuil ou de sortir de mon lit, mon cerveau dit “debout !” Mais rien ne se passe. »

Il s'est remis à écrire. « Ça s'appelle un délai d'inertie. Personnellement, ça m'arrive tout le temps. Quand il y a du rugby à la télé, en particulier. »

Il se met à marcher de long en large devant moi, pour tester la motricité de mes yeux. « Ça va, côté sommeil ?

— Moyen.

— Tu devrais t'acheter une cassette de relaxation. Tu vois le genre – un type qui te débite son baratin, d'un ton particulièrement rasoir ; au bout d'un quart d'heure, tu pionces à poings fermés.

— C'est justement pour ça que je te consulte. » Il m'assène un grand coup de marteau sur le genou. Je fais la grimace.

« Mince, j'ai mis dans le mille ! ricane-t-il. Sensible, cet endroit, hein ? » Il recule d'un pas. « Parfait. Maintenant, le train-train habituel. »

Je ferme les yeux et je joins les mains, index contre index, majeur contre majeur, et ainsi de suite. Tous mes doigts parviennent à peu près à se toucher, sauf les auriculaires. Je fais une seconde tentative, mais cette fois ce sont mes majeurs qui ont des problèmes pour se rejoindre.

Jock plante le coude sur son bureau et me propose une partie de bras de fer.

« Ça m'épatera toujours, ce déploiement de technologies de pointe ! » m'esclaffé-je, en m'installant face à lui. Il me broie les doigts. « Je suis sûr que tu fais ça uniquement pour le plaisir. Ça n'a probablement qu'un lointain rapport avec un quelconque examen clinique.

— Comment t'as deviné ! » grogne Jock, tandis que j'essaie de repousser son bras. Mes joues s'embrasent. Il me fait marcher. Je donnerais cher pour l'épingler, ce petit con, rien qu'une fois.

Je finis par m'avouer vaincu et je me tasse en arrière, en faisant jouer mes phalanges endolories. Il n'affiche aucun signe de triomphe. Sans même attendre son signal, je me lève et me mets à marcher dans la pièce en balançant les bras, façon défilé militaire. Mon bras gauche semble avoir décidé de ne pas suivre le mouvement.

Jock démaillote un cigare de son emballage de cellophane, et en coupe l'extrémité. Il l'humecte longuement du bout de la langue avant de l'allumer. Puis, les yeux clos, il laisse la fumée filtrer à travers son sourire.

« Purée, ce que c'est bon, le premier de la journée ! »

Il contemple un moment les volutes de fumée qui s'élèvent en direction du plafond, et les laisse meubler le silence, tandis qu'elles se répandent dans l'espace.

« Alors, quoi de neuf ? lancé-je, avec un soupçon d'impatience.

— Tu as la maladie de Parkinson.

— Ça, j'étais déjà au courant, merci.

— Qu'est-ce que tu veux que je te dise de plus ?

— Des choses que j'ignore. »

Il mâchonne le bout de son cigare. « Tu as dû te documenter, depuis la dernière fois. Je suis prêt à parier que tu peux me faire l'historique complet de la maladie – théories, programmes de recherche, patients célèbres. Vas-y. Je t'écoute ! Quels médicaments je vais te prescrire ? Quel régime alimentaire ? »

Ça m'écorcherait la bouche de l'admettre, mais il est dans le vrai. Je pourrais lui citer toute une bibliographie. J'ai écumé l'Internet et épluché les publications médicales. Je suis incollable sur tout ce qui concerne le docteur James Parkinson, le médecin anglais qui, en 1817, a décrit un mal qu'il a baptisé « paralysie agitante ». Je sais que rien qu'au Royaume-Uni, il existe cent vingt mille patients atteints de ce mal. Il frappe en majorité le troisième âge, mais un patient sur sept manifeste des symptômes avant la quarantaine. Les trois quarts des malades souffrent d'emblée de tremblements, mais environ un patient sur quatre y échappe.

Bien sûr que je me suis mis en quête d'informations. Qu'est-ce qu'il se figure ? Je voulais avoir des réponses à mes questions. Mais il n'y a pas grand-chose de plus à savoir. Tous les experts s'accordent à dire que le mal de Parkinson compte parmi les troubles neurologiques les plus complexes et les plus déconcertants.

« Et les analyses ?

— Je n'ai pas encore les résultats. La semaine prochaine, sans doute. Après ça, nous conviendrons d'un protocole de traitement.

— Un traitement ? Lequel ?

— Un petit cocktail de molécules.

— On croirait entendre Fenwick ! »

Il fait tomber les cendres de son cigare et se penche en avant. Chaque fois que je le vois, il a de plus en plus l'allure d'un PDG. Il ne va pas tarder à débarquer à son cabinet avec des bretelles multicolores et des chaussettes de golf. « Comment il va, ce vieux Bobby ?

— Moyen.

— Qu'est-ce qui lui arrive ?

— Il a roué de coups une femme qui lui avait piqué son tour à la station de taxis. »

Surpris, Jock inspire imprudemment et suffoque, pris d'une violente quinte de toux. « Charmant ! Encore un heureux dénouement… »

C'est lui qui m'a envoyé Bobby. Un médecin généraliste du quartier le lui avait adressé pour lui faire passer des examens neurologiques, mais n'ayant détecté aucun trouble organique, Jock m'a transmis le dossier. « Ne t'en fais pas, il a la Sécu, m'avait-il dit, mot pour mot. Avec un peu de chance, tu vas réussir à te faire payer ! »

À son avis, j'aurais mieux fait de m'en tenir à la « vraie médecine » pendant que j'en avais encore la possibilité, au lieu de m'offrir le luxe d'une conscience sociale plus ruineuse que le prêt immobilier de ma maison. Par une savoureuse ironie du sort, Jock professait des opinions politiques bien plus radicales que les miennes, à la fac. Quand j'essaie de lui rafraîchir la mémoire, il prétend qu'à l'époque les filles les mieux roulées étaient toutes d'extrême gauche. Pour lui, la révolution n'avait été qu'une sorte de flirt de vacances ; il aurait adhéré à n'importe quel groupuscule, ou presque, pour parvenir à ses fins.

La maladie de Parkinson n'entraîne pas la mort. « On n'en meurt pas ; on meurt avec » – c'est l'un des dictons favoris de Jock. Je le verrais bien sur un autocollant, à l'arrière d'une voiture. À côté de « Ce ne sont pas les fusils qui tuent, ce sont les gens qui s'en servent ! »

D'ordinaire, ma réaction à ma maladie se résume en deux mots : « Pourquoi moi ? » Mais ma petite conférence au sommet avec Malcolm m'a un tantinet cloué le bec. Dans l'échelle du malheur, je ne lui arrive pas à la cheville.

J'ai commencé à me rendre compte de quelque chose il y a une quinzaine de mois. Le principal signal d'alarme était une immense fatigue. Certains jours, j'avais l'impression de patauger dans la boue. Je jouais au tennis deux fois par semaine, et j'exerçais la fonction d'entraîneur dans l'équipe de foot de Charlie. Pendant les matchs, je me débrouillais pour me maintenir au niveau des gamins. Jusque-là, je m'étais imaginé sous les traits de Zidane, dispatchant les passes et tricotant des gambettes, en exécutant des dribbles virtuoses.

Mais j'ai peu à peu découvert que la balle ne voulait plus aller là où je l'envoyais, et que chaque fois que je démarrais trop brusquement je trébuchais. Charlie me soupçonnait de faire le clown, et sa mère m'accusait de tirer au flanc. Je me défendais tant bien que mal, rejetant la faute sur mon quarante-deuxième anniversaire.

Mais vu d'ici, en y réfléchissant, je vois à présent que tous les signes étaient là. Mon écriture se ratatinait de plus en plus, la moindre boutonnière devenait une redoutable épreuve. J'avais de plus en plus de mal à me sortir des fauteuils. Je devais tenir la rampe pour descendre les escaliers.

Lors de notre pèlerinage annuel au pays de Galles, pour le soixante-dixième anniversaire de mon père, j'ai emmené Charlie faire une balade à Great Ormes Head, une pointe qui surplombe Penrhyn Bay. Au début, nous apercevions l'île de Puffin, jusqu'à l'arrivée d'un orage qui l'avait engloutie, comme une gigantesque baleine blanche. Penchés pour résister au vent, la peau criblée d'embruns, nous regardions les vagues s'écraser sur les rochers, lorsque Charlie s'est écriée : « Papa ? Pourquoi tu bloques ton bras gauche, comme ça ?

— Pardon ? Qu'est-ce qu'il y a ?

— Ton bras – pourquoi tu le laisses pendre ? »

Elle avait bien vu. Mon bras pendait, bête et inutile, à mon côté.

Le lendemain matin, tout semblait rentré dans l'ordre. Je n'ai rien dit à Julianne, et encore moins à mes parents. Mon père, l'homme qui attend toujours sa nomination au poste de médecin particulier de Dieu le Père, m'aurait épinglé devant ma fille, en m'accusant d'hypocondrie. Lui non plus ne m'a jamais pardonné d'avoir abandonné la « vraie médecine » pour me consacrer aux sciences nébuleuses du comportement et de la psychologie.

Mais à mes heures de solitude, mon imagination se déchaîne. Il me vient des visions de tumeurs cérébrales et de caillots. Et si tout ça n'avait été qu'une petite attaque ? Devais-je m'attendre à une plus grosse ? J'avais presque réussi à me persuader que j'avais des pointes de douleur dans la poitrine.

Il s'écoula encore un an, avant que j'aille consulter Jock. Lui aussi avait fini par remarquer quelque chose. Nous entrions dans le vestiaire du club de tennis, lorsque je m'étais déporté vers lui, le contraignant à s'arrêter net. Il avait noté, lui aussi, le comportement bizarre de mon bras gauche qui pendait, inerte, à mon côté. Il m'avait lancé une vanne, d'un air dégagé, mais j'avais senti son regard s'attarder sur moi. Un regard scrutateur.

Il n'existe aucun test de diagnostic pour la maladie de Parkinson. Un praticien expérimenté tel que Jock se fonde sur ses observations. Il y a quatre symptômes principaux – l'agitation ou le tremblement des mains, des bras, des jambes, des mâchoires ou du visage, la rigidité musculaire des membres et du tronc, le ralentissement général de la motricité et le défaut d'équilibre et de coordination.

La maladie est chronique et progressive. Elle n'est pas contagieuse et probablement pas héréditaire. On ne manque pas de théories, pour ce qui est de son origine. Certains soupçonnent les réactions des radicaux libres avec des molécules voisines, qui endommageraient le tissu nerveux. Pour d'autres, les coupables sont les pesticides ou les autres produits polluants qui entrent dans la chaîne alimentaire. Les facteurs génétiques n'ont pas été totalement écartés, parce que certaines familles semblent présenter une certaine prédisposition. L'âge aussi, pourrait bien être un facteur déterminant.

De fait, il pourrait s'agir d'une combinaison de tous ces facteurs – voire de tout autre chose.

Je devrais peut-être accepter mon sort avec plus de gratitude. Dans ma longue expérience des médecins, et j'ai grandi dans l'ombre de l'un d'entre eux, le seul cas où ils rendent un diagnostic clair et univoque, c'est quand vous arrivez aux urgences avec, par exemple, un pistolet à colle fixé à votre tempe.

À seize heures trente, je suis dehors, et je tente de fendre le flux de la foule qui se dirige vers les stations de métro et de bus. Je marche en direction de Cavendish Square. De guerre lasse, je me résous à héler un taxi. La pluie s'est remise à tomber.

Au poste de Holborn, le flic de service à la réception arbore un visage rose et lisse, rasé de frais. Ses cheveux sont coquettement rabattus et lissés sur sa calvitie naissante. Penché sur son comptoir, il trempe dans sa tasse de thé un biscuit dont les miettes constellent les seins de la pin-up, en page 3 de son magazine. Il se lèche furtivement les doigts en me voyant franchir les portes vitrées puis, s'essuyant sur sa chemise, fait disparaître son journal sous son comptoir, et me décoche un sourire à s'en faire trembler les joues.

Je lui sors ma carte de visite, avant de lui demander si je peux voir la fiche d'inculpation de Bobby Moran, ce qui a pour effet immédiat d'effacer son sourire.

« Nous sommes débordés, en ce moment. Vous allez devoir patienter un peu… »

Je jette un coup d'œil par-dessus mon épaule. La réception est déserte, exception faite d'un adolescent dépenaillé, vêtu d'un jean et d'un T-shirt ACDC et chaussé de vieilles baskets, qui s'est endormi sur un banc de bois. Le sol est parsemé de marques de cigarettes. Dans un coin, quelques gobelets de plastique copulent autour de la poubelle métallique.

Avec un manque d'entrain appuyé, le sergent met le cap sur les armoires à dossiers qui tapissent les murs du fond. Il a dû s'asseoir par mégarde sur un biscuit, dont le glaçage rose a bavé sur son fond de culotte. Je réprime un sourire.

À en croire la fiche de police, Bobby a été arrêté dans le centre, voilà dix-huit jours. Il a plaidé coupable devant un juge du tribunal de Bow Street, et a été libéré sous caution. Il devra se représenter le 24 décembre à l'Old Bailey. Il est accusé de voies de fait avec blessures. C'est un délit de section 20 – agression avec blessures corporelles. Bobby encourt une peine maximum de cinq ans de prison ferme.

Sa déposition est tapée sur trois pages en double interligne, avec dans les marges quelques corrections paraphées. Nulle part, il n'y est fait mention du petit garçon, ni des différends de Bobby avec son bijoutier. La victime avait simplement tenté de court-circuiter la queue, ce qui lui a valu une fracture de la mâchoire, une pommette enfoncée, ainsi qu'un nez et trois doigts cassés.

« Où puis-je me renseigner sur les conditions de la remise en liberté de Mr Moran ? »

Le flic feuillette un instant le dossier et promène son doigt sur un document du tribunal.

« C'est Eddie Barrett qui détient l'assignation, grogne-t-il, d'un air dégoûté. Il va faire déférer ça en voies de fait simples, en moins de temps qu'il n'en faut pour dire ouf ! »

Comment Bobby a-t-il pu s'offrir les services d'un Eddie Barrett ? C'est l'avocat le plus cher de Londres. Il a le génie de l'autopromotion, avec un talent tout spécial pour tenir des petites conférences de presse improvisées sur les marches du tribunal.

« Quel montant, la caution ?

— Cinq briques. »

Où Bobby a-t-il pu se dégoter tout cet argent ?

Je consulte ma montre. Il n'est encore que dix-sept heures trente. C'est la secrétaire de Barrett qui prend le téléphone, mais je reconnais la voix d'Eddie qui lui crie quelque chose, en arrière-plan. Elle s'excuse et me demande de patienter. Elle échange quelques répliques un peu vives avec son patron (j'ai le sentiment d'assister à une scène de ménage), et finit par revenir en ligne. Eddie peut me consacrer une vingtaine de minutes.

Le cabinet de Barrett se trouve sur Chancery Lane ; j'aurais plus vite fait d'y aller à pied que de me chercher un taxi. La secrétaire m'ouvre la grande porte d'entrée via l'interphone, puis je gravis un minuscule escalier jusqu'au troisième étage, en zigzaguant entre des cartons de paperasses et de dossiers qui s'empilent dans le moindre mètre carré disponible.

Eddie est encore au téléphone, lorsqu'il m'invite à entrer dans son bureau et à prendre place dans l'un des fauteuils, déjà occupé par deux dossiers, que je dois déplacer pour pouvoir m'y poser. Eddie affiche une petite soixantaine d'années, mais il doit en avoir dix de moins. Chaque fois que je vois l'une de ses interviews à la télé, il me vient l'image d'un bouledogue. Il en a la démarche chaloupée, avec ces épaules qui semblent inébranlables, et cet arrière-train qui s'agite d'avant en arrière. Il en a la dentition : de puissantes incisives et des canines qui doivent être l'instrument idéal pour tailler ses adversaires en pièces.

En entendant le nom de Bobby, il se rembrunit, désappointé. Il devait espérer mieux – un procès avec dommages et intérêts pour faute médicale, probablement. Il fait pivoter son fauteuil et se met à farfouiller dans le tiroir d'une armoire à dossiers.

« Que vous a dit Bobby, concernant l'agression ?

— Vous avez lu sa déclaration, comme moi.

— Vous a-t-il parlé de la présence d'un jeune garçon ?

— Non, réplique Eddie, avec lassitude. Écoutez, Amédée, n'allez surtout pas le prendre mal, mais vous pourriez m'expliquer à quel titre je devrais répondre à vos putains de questions – si je puis me permettre ?

— Mais je vous en prie. » De près, il est nettement moins séduisant qu'à la télé. Je reprends tout depuis le début : « Bobby vous a-t-il dit qu'il consultait un psychologue ? »

L'humeur d'Eddie accuse une nette amélioration. « Merde, non ! Vous pourriez préciser ?

— Voilà environ six mois que je travaille avec lui. Je pense qu'il a passé au moins un bilan psychologique, avant de me consulter, mais je n'en ai pas eu les résultats.

— Un arrière-plan de maladie mentale – de mieux en mieux ! » Il décroche un téléphone qui sonne et me fait signe de poursuivre. Il tente de mener de front les deux conversations.

« Bobby vous a-t-il expliqué pourquoi il avait perdu patience ?

— Elle lui a piqué son taxi.

— Un peu léger, comme mobile, en regard de sa réaction.

— Facile à dire ! s'esclaffe-t-il. Vous avez déjà essayé de vous trouver un taxi à Holborn, un vendredi par temps de pluie ?

— Je crois qu'il y a autre chose, là-dessous.

— Écoutez, Barnabé, soupire Eddie. Je ne demande pas à mes clients de me dire la vérité. Je me contente de les sortir de taule pour qu'ils puissent refaire leurs conneries, et replonger, *ad nauseam*.

— Cette femme, à quoi ressemblait-elle ?

— C'était pas joli joli, à en croire les photos.

— Quel âge ?

— La quarantaine bien sonnée. Cheveux bruns.

— Son style vestimentaire ?

— Une minute. » Il raccroche le téléphone et crie à sa secrétaire de lui apporter le dossier de Bobby. « Jupe à mi-cuisse, talons hauts, petite veste moulante. Un mouton déguisé en agneau, dirons-nous. En quoi ça vous intéresse ? »

Je renonce à lui expliquer. D'ailleurs, je n'en ai moi-même qu'une idée très vague… « Que risque Bobby ?

— De purger sa peine. Le tribunal civil lui refusera les circonstances atténuantes.

— Ça ne l'aidera pas, d'aller en prison. Je peux vous faire un rapport psychologique. Je pourrais peut-être le faire inscrire dans un programme de gestion de la colère.

— Qu'est-ce que vous attendez de moi ?

— Une demande écrite. »

Son stylo court déjà sur le papier. Je ne peux même plus me souvenir de l'époque où je pouvais encore écrire avec une telle fluidité. Puis il fait glisser la feuille dans ma direction.

« Je vous remercie infiniment.

— N'exagérons rien, grogne-t-il. C'est une lettre, pas un rein. » Il doit avoir de sacrés problèmes. Peut-être qu'il se prend pour Napoléon – ou alors il compense, pour oublier sa laideur. Ce qui est sûr, c'est que je commence à lui taper sur les nerfs. Le sujet a perdu tout intérêt pour lui. Je me hâte de lui poser mes dernières questions.

« À votre avis, qui a avancé l'argent, pour la caution ?

— Aucune idée.

— Et qui vous a appelé ?

— Lui. » Et sans me laisser le temps d'ouvrir la bouche, il ajoute : « Écoutez, René… Là, je dois aller au tribunal et j'ai besoin d'aller pisser. C'est votre patient, ce petit con. Moi, je ne suis que son avocat. Le mieux, c'est que vous jetiez un coup d'œil à ce qu'il a dans le crâne, et si vous trouvez quelque chose qui fait tilt, vous me tenez au courant, OK ? Bon, ben… bien le bonjour chez vous, et à la prochaine ! »

9

Julianne et Charlie regardent la télé, au rez-de-chaussée. Je me suis installé dans le grenier, à même le sol, et je passe au crible les cartons où j'ai entreposé mes archives, pour remettre la main sur le dossier de Catherine McBride. Je ne saurais dire pourquoi. Peut-être dans l'espoir de la ramener à la vie dans mes souvenirs, et de lui poser quelques questions.

Ruiz se méfie de moi. Il pense que je lui cache quelque chose. J'aurais dû tout lui dire, tout de suite… mais ça n'aurait guère fait de différence. Ça ne nous aurait pas rendu Catherine.

Mes cahiers sont étiquetés par mois et par année, ce qui facilite grandement les recherches. J'en sélectionne deux, avec des couvertures vert sombre et des reliures noires, dont les poissons d'argent ont fait leurs délices.

De retour à mon bureau, j'allume ma lampe, et je m'y plonge. Les pages sont bien organisées avec une marge où figurent la date et l'heure de chaque rendez-vous. Tout y est. Le détail de mes évaluations, mes notes, mes observations.

Quelle image me reste-t-il d'elle ? Je la revois dans les couloirs du Royal Marsden, dans son uniforme bleu clair ourlé de bleu marine, au col et aux manches. Elle me fait signe et me sourit. Elle porte ses clés à la ceinture, sur une chaîne. La plupart des infirmières préfèrent les tuniques à manches courtes, mais pas Catherine. Elle porte toujours des manches longues.

Au début, ce n'était qu'un visage parmi tant d'autres. Je la croisais dans les couloirs ou à la cafétéria. Elle était d'une beauté un peu androgyne, avec ses cheveux courts, son front haut et ses lèvres pulpeuses. Elle inclinait la tête de côté puis de l'autre, avec un poil de nervosité, comme si elle n'avait pas voulu me regarder des deux yeux à la fois. Il m'arrivait souvent de tomber nez à nez avec elle, généralement au moment où je quittais l'hôpital. Il m'a fallu un certain temps pour douter que ce soit vraiment le fait du hasard.

Elle a fini par me demander si elle pouvait me parler, et j'ai mis quelques secondes à comprendre qu'elle voulait dire professionnellement. Je lui ai donné rendez-vous dès le lendemain.

Par la suite, je l'ai vue une fois par semaine, régulièrement. Elle posait une barre chocolatée sur mon bureau et la fractionnait dans son emballage argenté, comme une gamine qui veut se retenir de tout manger d'un coup. Entre deux cigarettes au menthol, elle picorait un à un ses petits morceaux de chocolat.

« Vous savez que votre bureau est le seul de tout l'hôpital où on puisse fumer…, disait-elle.

— C'est sans doute pour ça que j'ai tant de visites. »

Elle avait vingt ans. C'était une jeune femme pragmatique et intelligente. Elle avait une liaison avec un autre membre du personnel. Je n'ai jamais su de qui il s'agissait, mais on peut supposer que c'était un homme marié. De temps à autre, elle disait « nous », puis se reprenait et rétablissait le singulier.

Elle avait le sourire rare. Elle inclinait la tête pour me regarder, d'un œil puis de l'autre.

Elle avait dû voir au moins un autre psy, avant moi. Elle me posait des questions très précises. Elle n'ignorait rien de la façon dont on dresse le bilan et l'historique d'un patient, elle connaissait la thérapie cognitive. Et comme elle était trop jeune pour avoir déjà mené à leur terme des études de psychologie, j'en avais conclu qu'elle devait avoir suivi elle-même une thérapie.

Elle disait se sentir inutile, insignifiante. Intruse dans sa propre famille, elle avait d'abord tenté de surmonter les barrières, mais y avait renoncé, par crainte « de faire dérailler leurs petites vies bien huilées ». Tout en suçotant ses morceaux de chocolat, elle se frottait parfois les avant-bras, à travers ses manches boutonnées. Je subodorais qu'elle me cachait quelque chose, mais j'attendais qu'il s'établisse entre nous une relation de confiance mutuelle, pour l'amener à m'en parler spontanément.

Au cours de notre quatrième séance, elle se mit à remonter ses manches, centimètre par centimètre. Je sentais qu'une part d'elle était embarrassée de me dévoiler ces cicatrices, mais il y avait aussi en elle une pointe de défi, mêlée d'un brin d'autosatisfaction. Elle voulait m'impressionner par la gravité de ses blessures, en me présentant une sorte de carte de sa vie, qu'il m'aurait suffi de déchiffrer.

Elle avait commencé à s'entailler la peau dès ses douze ans. Ses parents s'empoignaient dans un divorce mouvementé, plein de rancune et de haine. Elle se sentait écartelée entre eux, comme une poupée de chiffon entre deux gosses belliqueux.

Un soir, elle avait enveloppé dans une serviette un petit miroir qu'elle avait fracassé contre un coin de son bureau. Elle y avait prélevé un éclat pour s'inciser le poignet. La vue du sang avait été un réel réconfort. Elle s'était sentie délivrée de son impuissance.

Ses parents l'enfournèrent en toute hâte dans la voiture, pour l'emmener à l'hôpital. En chemin, ils n'avaient cessé de se chamailler, chacun tentant de prouver à l'autre que tout était sa faute. Catherine, elle, avait retrouvé la paix. Elle avait passé la nuit à l'hôpital. Ses blessures ne saignaient plus. Elle les caressait avec tendresse. Elle leur avait souhaité bonne nuit, avec un baiser.

« J'avais enfin trouvé un truc sur lequel j'avais un contrôle total, m'expliqua-t-elle. Je décidais du nombre des entailles, de leur profondeur. La douleur ne me faisait pas peur. Au contraire. Je l'aimais. Je la méritais. Je devais avoir quelques petites tendances maso. Si vous aviez vu les types que je me dégotais, à l'époque… Et si je vous racontais certains de mes rêves… »

Elle n'a jamais explicitement reconnu avoir été admise en hôpital psychiatrique, ni avoir participé à une thérapie de groupe. Elle me dissimulait des pans entiers de son passé. Concernant sa famille, en particulier.

Elle pouvait tout arrêter, pendant de longues périodes. Mais à chaque rechute, elle se punissait en enfonçant la lame plus profond. Elle s'en tenait à ses bras et à ses cuisses, pour pouvoir dissimuler les plaies sous ses vêtements. Elle avait de l'expérience, à présent. Elle connaissait sur le bout du doigt la liste des pommades et des pansements qui accéléreraient la cicatrisation, en réduisant les marques.

Quand elle devait se faire recoudre, elle allait dans des hôpitaux de banlieue, aussi loin que possible du Marsden. Elle ne prenait aucun risque avec son boulot. Elle donnait un faux nom à l'infirmière de garde. Il lui arrivait même de se faire passer pour une étrangère, incapable de parler anglais.

Elle n'était que trop bien placée pour savoir ce que les médecins et les infirmières pensaient des pratiques d'automutilation. C'était, à leurs yeux, le fait d'emmerdeurs qui ne songeaient qu'à se rendre intéressants et à leur faire perdre leur temps. Il lui était arrivé de se faire recoudre sans anesthésie. « Ah, tu aimes souffrir ? Eh bien, à la tienne… c'est ma tournée ! » – telle était l'attitude la plus répandue, dans les services d'urgence.

Mais rien n'arrêtait Catherine. Faire couler son sang, c'était échapper à l'inertie. J'ai noté ses propres paroles : « Je me sens pleine de vie. Soulagée. Maîtresse de ma propre destinée. »

Quelques copeaux de chocolat ont échoué entre les pages. Elle laissait parfois tomber quelques miettes sur mon cahier, en émiettant un morceau. Elle détestait que j'écrive, pendant qu'elle parlait. Elle voulait avoir toute mon attention.

Je lui ai proposé d'autres stratégies, pour sortir de ce cercle vicieux. Je lui ai suggéré de prendre des glaçons dans sa main, au lieu d'avoir recours à une lame. De mordre dans un piment, ou de se mettre de la pommade au camphre sur les parties intimes. Ainsi, elle aurait eu la douleur sans les cicatrices, et sans la culpabilité. Une fois déjoué ce cercle vicieux comportemental, nous aurions pu trouver de nouveaux systèmes de défense, moins physiques et moins violents.

Quelques jours plus tard, le 15 juillet, elle vint me trouver dans le service de cancérologie. Elle avait les bras chargés d'une pile de draps et semblait surveiller les alentours d'un œil anxieux. Je discernai dans son regard quelque chose que je ne reconnus pas.

Elle me fit signe de la suivre dans un box où elle déposa sa pile de draps. Ce ne fut qu'au bout d'une minute que je remarquai les manches de son cardigan. Elle les avait bourrées de mouchoirs et de serviettes en papier. Le sang avait complètement imbibé les couches de papier et de tissus.

« Je vous en prie, me dit-elle. Ne dites rien. Je suis vraiment désolée.

— Je vais devoir vous envoyer aux urgences.

— Non ! je vous en supplie. J'ai besoin de ce boulot ! »

Un millier de petites voix intérieures me hurlaient de ne pas céder. Mais je les ai laissées crier. J'ai donné rendez-vous à Catherine dans mon bureau et je me suis procuré tout le matériel – des clips papillon, des pansements, des bandes, des produits antibiotiques. Tous stores baissés, porte fermée à double tour, je lui ai recousu les avant-bras.

« Vous avez un don pour ça.

— J'ai eu l'occasion de m'entraîner, répondis-je, en appliquant la crème. Qu'est-ce qui vous est encore arrivé ?

— J'ai voulu nourrir les ours… »

La saillie ne m'a pas fait rire. Elle a paru s'en offenser. « Non. J'ai eu une prise de bec avec quelqu'un. Je ne sais pas au juste qui je voulais punir.

— Votre ami ? »

Elle cligna les yeux, en ravalant ses larmes.

« Avec quoi vous vous êtes fait ça ?

— Une lame de rasoir.

— Propre ? »

Elle fit « non » de la tête.

« OK. À partir de maintenant, si vous tenez à vous mettre les bras en sang, utilisez plutôt celles-ci. » Je lui tendis un paquet de scalpels jetables, sous emballage stérile, et j'y ajoutai quelques bandes, et du matériel à points de suture.

« Nous allons fixer quelques règles, poursuivis-je. Si vous voulez vraiment continuer sur votre lancée, vous devrez inciser toujours au même endroit… À l'intérieur de votre cuisse. »

Elle hocha la tête.

« Et vous allez apprendre à vous recoudre seule. Si vous n'êtes pas capable de le faire, vous devrez aller dans un hôpital. »

Elle ouvrit de grands yeux.

« Je ne vous enlève pas totalement l'option de vous charcuter, Catherine ; et je ne vous dénoncerai pas. Mais en retour, vous devez vous engager à faire tout ce qui est en votre pouvoir pour vous contrôler. Je vous fais confiance. Je sais que vous pouvez cesser de vous mutiler. Si vous vous sentez faiblir, appelez-moi. Si vous ne le faites pas et que vous vous coupez à nouveau, je ne vous en blâmerai pas pour autant. Je ne vous rejetterai pas. Mais je ne vais pas non plus voler à votre secours, chaque fois que vous vous blessez. À chaque rechute, je cesserai de vous voir pendant une semaine. Ça n'est pas une punition, c'est un test. »

Elle réfléchissait à toute vitesse, soupesant le pour et le contre. Son visage reflétait toujours une certaine inquiétude, mais ses épaules s'étaient relâchées, attestant son soulagement.

« À partir de maintenant, nous allons fixer des limites à vos mutilations, et vous en serez responsable, poursuivis-je. Simultanément, nous trouverons de nouveaux systèmes de compensation. »

Je lui fis une brève démonstration de points de suture, sur un oreiller. Sur le mode plaisant, elle me lança que j'étais bon à marier et que je ferais une parfaite petite fée du logis. Juste avant de partir, elle me prit dans ses bras : « Merci… ! » Son corps se laissa aller contre le mien et elle m'étreignit si fort, que je sentis les battements de son cœur.

Après son départ, je me suis retrouvé en tête à tête avec le tas de serviettes et de pansements trempés de sang qui avaient atterri dans ma corbeille à papier. J'essayais d'y voir un peu plus clair. N'avais-je pas complètement perdu la tête ? J'entendais déjà le coroner me demander, blême d'indignation, ce qui avait bien pu me pousser à fournir une provision de scalpels à une patiente qui avait la manie de se lacérer la peau. Est-ce qu'il me viendrait à l'idée d'offrir des allumettes à un pyromane, ou de l'héroïne à un toxico ?

Mais je ne voyais pas d'autre moyen de venir en aide à Catherine. Une approche rigide, pure et dure, n'aurait pu que la conforter dans son sentiment de n'avoir aucun contrôle sur sa propre vie, de n'être qu'une personne de seconde zone, infantilisée, insignifiante et méprisable.

Au moins lui avais-je laissé le choix. Avec un peu de chance, la prochaine fois qu'elle prendrait une lame, elle y réfléchirait à deux fois. Elle pèserait les conséquences de ses actes ainsi que ses motifs. Elle envisagerait peut-être d'autres moyens de compensation.

Au cours des quelques mois qui suivirent, Catherine ne rechuta qu'une seule fois. Ses plaies s'étaient cicatrisées. Pour quelqu'un qui avait si peu l'occasion de s'exercer, j'avais fait un boulot remarquable sur ses avant-bras.

Là s'arrêtent mes notes, mais pas l'histoire. Et je fais toujours la grimace, en repensant au dénouement, parce que j'aurais dû le voir venir.

Catherine s'était mise à soigner sa mise. Elle prenait rendez-vous à la fin de son service, et venait en tenue de ville, parfumée et avec un soupçon de maquillage. Elle laissait son chemisier déboutonné un peu plus bas que d'habitude, juste un bouton de moins, rien de trop ostentatoire. Le changement restait très subtil. Elle me demanda ce que je faisais de mon temps libre. Un copain lui avait donné deux billets de théâtre. Est-ce que ça me disait, d'en profiter ?

Il court quelques vieilles blagues, sur les psychologues. On dit, par exemple, qu'ils se font payer pour vous poser des questions que votre femme se ferait un plaisir de vous poser gratuitement. Nous écoutons nos patients parler de leurs problèmes, nous tentons de déchiffrer le non-dit, de restaurer leur estime de soi, de leur apprendre à aimer ce qu'ils sont vraiment, tels qu'en eux-mêmes.

Pour Catherine, c'était un miracle que d'avoir rencontré un homme qui acceptait de l'écouter et de comprendre ses problèmes. Mais de là à se méprendre sur mes intentions, il n'y avait qu'un pas.

Ce baiser, dans mon bureau du Marsden, me prit donc totalement au dépourvu. Je l'ai repoussée d'un geste un poil trop brusque, et elle a cru que ça faisait partie du jeu.

« Tu peux me punir, si tu veux ! m'a-t-elle défié.

— Attendez – je ne veux pas vous…

— J'ai été vraiment méchante.

— Vous vous méprenez totalement…

— Oh, que non ! » Elle avait défait la fermeture Éclair de sa jupe.

« Catherine, vous faites erreur. Vous avez mal interprété mon attitude. »

Ce dut être la froideur de ma voix qui la ramena à la raison. Elle était près de mon bureau, la jupe sur les chevilles et le chemisier défait. Son collant masquait les scarifications de ses cuisses. La situation était affreusement gênante pour nous deux, mais surtout pour elle. Elle a couru à la porte, les joues barbouillées de mascara, en remontant sa jupe tant bien que mal.

Quelque temps après, elle a donné sa démission et a quitté l'hôpital, mais les suites de cette mésaventure m'ont longtemps empoisonné la vie, et m'empoisonneront encore durant tout le reste de ma carrière. L'enfer n'a pas de plus redoutable furie qu'une femme dépitée.

10

Julianne s'est retirée dans la chambre d'amis, où elle fait ses étirements matinaux. Elle pratique chaque jour ces postures qui portent des noms si poétiques, traduits de l'indien – du ruisseau babillant, au bond du chevreuil.

Cette éminente lève-tôt est sur le pont dès six heures trente. Pas moi. Ma nuit a été peuplée de visages tuméfiés et sanglants.

Elle arrive dans la chambre pieds nus, vêtue de sa seule veste de pyjama. Elle se penche vers moi et m'embrasse.

« Tu as passé une mauvaise nuit. »

Sa tête s'est posée contre ma poitrine, tandis que ses doigts partent faire des claquettes le long de ma colonne vertébrale, qu'ils remontent lentement jusqu'à ce que leur caresse me fasse frissonner. Ils connaissent chaque centimètre de ma peau…

« Je t'ai dit que Charlie avait chanté un programme de chants de Noël avec sa chorale ?

— Mince ! J'avais complètement oublié.

— C'était mardi matin sur Oxford Street.

— J'avais rendez-vous avec ce flic.

— Ne t'en fais pas. Tu es tout pardonné. Mais il paraît que le petit Ryan Fraser l'a embrassée dans le bus, au retour.

— Ce petit nigaud à face de lune ?

— Oh, ça n'a pas été sans mal ! Elle a dû demander à trois copines de l'aider à l'attraper et à le plaquer au sol. »

Nous éclatons de rire et je l'attire à moi, en lui effleurant la cuisse de mon érection.

« Reviens au lit. »

Elle s'échappe en riant. « Pas question ! J'ai un millier de trucs à faire.

— Allez !

— Ce n'est pas la bonne date. Il faut les ménager, tes petits gars. »

Mes « petits gars » sont mes spermatozoïdes, mais à l'entendre, on croirait qu'il s'agit d'un bataillon de parachutistes.

Elle s'habille. Un slip blanc glisse le long de ses jambes et se met en place avec un claquement d'élastique. Puis elle ôte son haut de pyjama et ondule des épaules pour enfiler ses bretelles de soutien-gorge. Elle se garde bien de m'embrasser. Cette fois, je ne la laisserais pas si facilement repartir.

Resté seul dans la chambre, j'écoute son pas léger qui passe d'une pièce à l'autre. J'entends la bouilloire qui se remplit, la bouteille de lait que l'on prend sur le perron. Le chuintement de la porte du frigo, le déclic du grille-pain…

Je me hisse sur mes pieds. Franchissant les six mètres qui me séparent de la salle de bains, je fais couler la douche. La chaudière, installée à la cave, émet un rot sonore. La tuyauterie se met à ferrailler en gargouillant. Je frissonne, pieds nus sur le carrelage froid, en attendant que l'eau se décide à couler. La pomme de la douche frémit. Je m'attends à voir les carreaux s'arracher d'un instant à l'autre, autour des robinets.

Quelques toussotements plus tard, un filet d'eau bouillante s'écoule, pour se tarir presque aussitôt.

« C'est la chaudière ! me crie Julianne, depuis la cuisine. Elle est encore en panne. »

Super ! Génial ! Il doit exister quelque part un plombier qui se tient les côtes en racontant à ses collègues comment il m'a roulé, en faisant mine de réparer une chaudière datant de l'ère tertiaire, moyennant le prix d'une semaine pour deux en Floride.

Je me résigne à me raser à l'eau froide, avec un rasoir neuf et sans me couper. Il n'y a pas de petite victoire.

Quand je débarque enfin dans la cuisine, Julianne a fait du café, et tartine d'une confiture ruineuse un toast au blé complet. J'ai toujours un délicieux sentiment de régression, devant mon bol de Rice Krispies.

Je ne suis pas près d'oublier le jour où je l'ai vue pour la première fois. Elle était en première année de linguistique à l'université de Londres. J'étais en première année de maîtrise. Ma mère elle-même n'aurait pu me trouver séduisant. J'avais une touffe de cheveux bruns frisés, et ma peau se couvrait de taches de rousseur au premier rayon du soleil. La forme de mon nez évoquait vaguement celle d'une poire.

J'étais resté à la fac, résolu à me faire toutes les filles arrangeantes et encore libres du campus, mais, à la différence des autres candidats séducteurs, je faisais dans l'excès de zèle. J'y mettais trop d'énergie. Je me prenais trop au sérieux. Je n'ai jamais réussi à me donner le look rebelle, savamment négligé. J'aurais pu dormir une semaine par terre chez un copain avec ma veste comme oreiller, elle refusait obstinément de se froisser, et de se salir. Et loin de prendre l'allure désinvolte et crasseuse des intellectuels blasés, j'avais toujours l'air, quoi que je fasse, de me rendre à mon premier entretien d'embauche.

« J'ai senti en toi un grand feu intérieur », devait-elle me confier un peu plus tard, après m'avoir entendu me déchaîner contre les démons de l'apartheid, lors d'un meeting à Trafalgar Square, en face de l'ambassade d'Afrique du Sud. Elle m'avait abordé dans un pub, s'était présentée et je lui avais servi un whisky bien tassé de notre bouteille personnelle.

Jock y était – les filles se battaient pour signer son T-shirt. Je savais qu'il ne manquerait pas de repérer Julianne. C'était un visage nouveau, et ravissant. Il l'a prise par la taille en lui glissant : « Je parierais que ta seule présence suffirait à faire de moi un homme meilleur. »

Elle avait ôté sa main et, sans l'ombre d'un sourire, avait rétorqué : « Malheureusement, l'érection n'a jamais été une preuve de développement personnel. »

Tout le monde avait hurlé de rire, sauf Jock. Puis Julianne était venue s'asseoir à ma table, et je l'avais contemplée d'un œil émerveillé. Jamais je n'avais vu personne lui clouer ainsi le bec.

Je me suis efforcé de ne pas rougir jusqu'aux oreilles, quand elle m'a parlé de cette grande flamme qu'elle sentait en moi. Elle a éclaté de rire, devant ma mine pincée. Sur la lèvre inférieure, elle avait un adorable petit grain de beauté que je devais me retenir pour ne pas embrasser.

Cinq babies plus tard, elle dormait à poings fermés sur la banquette du bar. Je l'ai portée jusqu'à un taxi et je l'ai emmenée chez moi ; j'avais un minuscule studio, à Islington. Elle a dormi sur le futon, et moi sur le sofa. Au matin, elle m'a embrassé, en me remerciant d'avoir été un parfait gentleman. Puis elle m'a à nouveau embrassé. Je revois ce regard qu'elle avait. Rien à voir avec l'empire des sens. Ses yeux ne me disaient pas : « Amusons-nous un peu, tous les deux, on verra bien ce qui arrivera. » Non. C'était plutôt du genre : « Je serai ta femme, celle qui portera tes enfants. »

Notre couple avait un petit côté bancal. J'ai toujours été un pragmatique, un calme. Je détestais en bloc les vacances, les fêtes, la foule des pubs et les week-ends chez mes parents. Julianne, elle, était l'unique rejeton d'un père peintre et d'une mère architecte d'intérieur, qui persistaient à s'habiller comme des hippies des années 60 et à ne voir que le bon côté des choses. Elle n'avait pas besoin d'aller dans les fêtes – c'était les fêtes qui venaient à elle.

Trois ans plus tard, nous étions mariés. Elle avait eu tout le temps de me dresser – mettre mon linge sale dans le panier, abaisser l'abattant des toilettes après usage, ne pas forcer sur la bouteille quand nous sortions. Elle n'a même pas eu à « arrondir mes angles » : elle m'a pris quasiment dans l'œuf. Elle m'a modelé à même l'argile.

Seize ans ont passé, mais il me semble que c'était la semaine dernière.

Julianne me fait passer le journal. La photo de Catherine s'étale à la une, avec ce titre : « La victime était la nièce d'un membre du Parlement. »

Samuel McBride, sous-secrétaire d'État à l'Intérieur, s'est déclaré extrêmement affecté par le meurtre de sa nièce, âgée de vingt-sept ans. Hier, le délégué du parti travailliste de Brighton était manifestement bouleversé, lorsque le porte-parole du Parlement lui a exprimé les sincères condoléances de ses pairs.

Le corps martyrisé de Catherine McBride a été retrouvé voilà six jours près du Grand Union Canal à Kensal Green, dans le quartier ouest de Londres. La jeune femme portait sur tout le corps de multiples traces de coups de couteau.

« Pour le moment, nous concentrons nos efforts sur la reconstitution des dernières heures de la victime, a déclaré l'inspecteur divisionnaire Vincent Ruiz, chargé de la direction de l'enquête. Nous sommes à la recherche de toute personne qui aurait pu la voir, durant les quelques jours qui ont précédé sa mort.

» Nous savons qu'elle est venue en train de Liverpool, le 13 novembre. Elle se rendait à Londres pour un entretien d'embauche. »

Fille de parents divorcés, Catherine travaillait comme infirmière à Liverpool. Elle avait rompu avec sa famille depuis plusieurs années.

« Elle avait eu une enfance difficile et semblait assez désorientée, nous explique un ami de la famille. Récemment, la famille avait fait quelques tentatives de réconciliation... »

Julianne se verse un second café. « Bizarre, non ? La voilà qui refait surface, après tant d'années… et de cette façon.

— Bizarre ? Qu'est-ce que ça a de bizarre ?

— J'en sais rien. » Elle frissonne imperceptiblement. « Tu te souviens, tous ces problèmes qu'elle nous avait causés ? Ça avait bien failli te coûter ton boulot. Je m'en souviens très bien. Tu étais hors de toi.

— Elle souffrait.

— Elle nous détestait. »

Elle contemple la photo de Catherine, un cliché pris le jour de la remise de son diplôme. Elle y affiche un grand sourire, la main serrée sur son parchemin.

« Et elle nous revient, sans crier gare. Tu te rends compte… nous étions sur les lieux, quand ils ont retrouvé le corps – et là-dessus, voilà que la police te demande d'aider à l'identifier… Ça fait beaucoup de coïncidences, non ?

— Une coïncidence, ça n'est jamais que deux choses qui adviennent de façon simultanée. »

Elle lève les yeux au ciel. « Seigneur ! je croirais entendre un psychologue. »

11

Pour une fois, Bobby arrive à l'heure. Il porte son uniforme de travail – pantalon gris et chemise assortie, avec la marque Nevaspring brodée sur la poche de poitrine. Je suis toujours surpris par sa taille.

Je termine la dernière de mes notes, m'évertuant à aligner correctement mes lettres, puis je lève le nez de mes papiers, pour voir s'il est prêt. C'est alors que je prends conscience d'une chose : Bobby, lui, n'est jamais prêt. Jock a mis le doigt dessus ; il y a en lui quelque chose de fragile, de chaotique. Son esprit grouille en permanence de pensées inachevées, de détails bizarres, de bribes de conversation.

Il y a maintenant un certain nombre d'années, s'ouvrait à Soho un café baptisé Oddballs. L'établissement visait la clientèle bohème élégante du West End – artistes, drag queens, punks et hippies de luxe, dandies, journalistes branchés – mais de ce point de vue, ce fut un échec cuisant. Toutes les tables furent systématiquement prises d'assaut par des cadres et des cols blancs on ne peut plus ordinaires, qui débarquèrent en force, dans l'espoir de côtoyer le tout-Londres. Ils finirent par se regarder en chiens de faïence.

Bobby parle souvent d'écrire, à ses heures, et les histoires qu'il me raconte sont semées d'allusions littéraires.

« Pourrais-je lire certains de vos textes ? lui demandé-je.

— Vous êtes sérieux, là ?

— Absolument. »

Il semble y réfléchir. « Je vous en apporterai un, la prochaine fois.

— Depuis quand voulez-vous devenir écrivain ?

— Depuis toujours. Depuis que j'ai lu *Catcher in the Rye.* »

J'ai un petit pincement au cœur. Il me vient l'image d'un autre adolescent attardé, pour qui Holden Caulfield est l'égal de Nietzsche.

« Vous vous identifiez à Holden ?

— Non. C'est un idiot ! répond-il, à mon grand soulagement.

— Pourquoi ?

— C'est un grand naïf : il veut empêcher les enfants de tomber du haut de cette falaise qu'est l'âge adulte. Il prétend préserver leur innocence, mais c'est impossible. On finit tous par se laisser corrompre…

— Et vous, comment avez-vous été corrompu ?

— Ha !

— Parlez-moi un peu de vos parents, Bobby. Quand avez-vous vu votre père pour la dernière fois ?

— J'avais huit ans. Il est parti au boulot, et il n'est jamais rentré.

— Pourquoi ? »

Il esquive la question. « Il travaillait dans l'Air Force, mais pas comme pilote. Les avions, c'était lui qui les faisait voler. Il était mécanicien. Il était trop jeune pour avoir fait la guerre, mais je ne crois pas que ça l'ait contrarié. Il était pacifiste dans l'âme.

» Quand j'ai été en âge de comprendre, il a commencé à me citer Marx – il me disait que la religion était l'opium du peuple. Souvent, le dimanche, nous prenions le bus de Kilburn à Hyde Park. Nous allions apporter la contradiction aux prédicateurs, perchés sur leurs caisses à savons.

» Celui-là, on aurait dit le capitaine Achab, celui de Moby Dick, avec ses longs cheveux blancs et sa grosse voix qui claquait comme le tonnerre : "Le Seigneur payera de la mort éternelle la dette du péché !" a-t-il déclamé, en me regardant droit dans les yeux.

» Et mon père lui a répondu : "Vous connaissez la différence entre un prédicateur et un psychotique ?" Et il a marqué une petite pause avant de lui balancer : "C'est le son des voix qu'ils entendent !" Tout le monde a éclaté de rire, à part le prédicateur, qui faisait une tête de poisson-lune. "Il paraît aussi que vous vous intéressez à toutes les espèces, a enchaîné mon père. Pourvu qu'elles soient sonnantes et trébuchantes, et avec une nette préférence pour les grosses coupures !

— Vous irez brûler en enfer ! a tonné le type.

— Ah ? Vous pourriez m'indiquer le chemin ? Je tourne à droite, ou je continue tout droit ?" »

Bobby a instinctivement imité leurs voix. Il me jette un regard embarrassé, intimidé par sa propre prestation.

« Vous vous entendiez bien avec lui ?

— C'était mon père.

— Vous faisiez des choses ensemble ?

— Quand j'étais gamin, il me faisait monter sur la barre de sa bicyclette, entre ses bras, et il pédalait à toute vitesse pour me faire rigoler. Un jour, il m'a emmené voir un match des Queen's Park Rangers. Il m'a fait grimper sur ses épaules, avec mon écharpe bleu et blanc. Après le match, il y a eu des bagarres entre les supporters des deux équipes, à Shepherd's Bush Green. La police montée a chargé la foule. Mon père m'avait enveloppé de sa veste. J'aurais dû être terrifié, mais avec lui, je n'avais peur de rien. Je savais que rien n'aurait pu le faire reculer, pas même ces chevaux. »

Il se gratte les mains, sans mot dire.

Chaque enfance sécrète une mythologie qui se cristallise autour d'elle. Nous l'alimentons de nos rêves et de nos désirs, jusqu'à ce que nos histoires deviennent de véritables paraboles, plus emblématiques qu'édifiantes.

« Qu'est-ce qui lui est arrivé, à votre père ?

— Ce n'était pas sa faute, rétorque-t-il, sur la défensive.

— Il vous a abandonné ? »

Bobby bondit sur ses pieds. « Vous ne savez rien de lui ! » explose-t-il. Il se dresse, aspirant l'air entre ses dents. « Et vous n'en saurez jamais rien ! Vous n'êtes bons qu'à détruire les gens, vous et vos semblables. Vous vous nourrissez du chagrin et du désespoir. Au premier signe de problème, vous rappliquez, comme une bande de vautours. Et vous dictez aux gens leurs sentiments et leurs pensées. »

L'orage se dissipe aussi vite qu'il a éclaté. Bobby essuie d'un revers de main les postillons blancs qui lui ont échappé, et me lance un regard penaud. Il se verse un verre d'eau et, l'air étrangement calme, attend la question suivante.

« Et votre mère ?

— Elle s'asperge de parfum à trois balles. Elle est en train de mourir d'un cancer du sein.

— J'en suis désolé. Quel âge a-t-elle ?

— Quarante-trois ans. Elle a refusé de se faire opérer. Ses seins ont toujours fait sa fierté.

— Comment décririez-vous vos relations avec elle ?

— C'est un ami de Liverpool qui m'a appris la nouvelle.

— Vous n'allez pas la voir ?

— Ha ! »

Son visage se tort dans une grimace de frustration et il s'interrompt. « Attendez… je vais vous la décrire, ma mère. » À l'entendre, ça a l'air d'un véritable tour de force. « Son père était épicier. Comme celui de Margaret Thatcher – marrant, non ? Elle a grandi dans leur petite boutique. On lui changeait ses couches sur le comptoir, à côté de la caisse. À quatre ans, elle savait déjà calculer le prix d'un panier de courses, encaisser le montant et rendre la monnaie sans se gourer.

» Elle travaillait à la boutique matin et soir, y compris le dimanche et les jours fériés. Elle se nourrissait des magazines du présentoir, en rêvant de s'échapper, de partir, de vivre une autre vie. Alors, le jour où mon père a débarqué dans son bel uniforme… Il lui avait dit qu'il était pilote. Toutes les filles ne rêvaient que de ça. Un petit coup vite fait derrière la cafétéria de la RAF de Marham, et elle s'est retrouvée enceinte de moi. Elle n'a pas tardé à découvrir qu'il n'était pas pilote. Au début, je ne crois pas que ça lui ait fait ni chaud ni froid, mais par la suite, ça la mettait hors d'elle. Elle lui reprochait de l'avoir trompée sur la marchandise.

— Mais ils sont restés ensemble ?

— Oui. Mon père a quitté l'armée de l'air et il s'est trouvé un boulot comme mécanicien, à la Régie des Transports de Londres. Plus tard, il est devenu chauffeur sur la ligne 96, celle de Piccadilly Circus. Il disait qu'il avait le sens du contact humain, mais je crois qu'il aimait aussi l'uniforme. Il faisait le trajet à bicyclette, jusqu'au dépôt, aller et retour. »

Bobby s'interrompt et garde le silence, perdu dans ses souvenirs. Quand je le relance gentiment, il m'explique que son père était un bricoleur de génie. Il ne cessait d'inventer des tas d'appareils et de gadgets, pour gagner du temps.

« Les gens lui demandaient de leur construire des pièges à souris améliorés, et lui, il ne refusait jamais. C'était son truc.

— Qu'en disait votre mère ?

— Elle ne manquait pas une occasion de l'humilier, en lui reprochant de gaspiller son temps et leur argent. Tantôt elle se moquait de lui et de ses inventions débiles, et tantôt elle lui reprochait de ne pas voir assez grand, et de manquer d'ambition. »

Il a posé sur moi ses yeux pâles, qui ne cessent de ciller, comme s'il avait perdu le fil de son récit. Soudain il le retrouve.

« Mais en fait, c'était elle, qui rêvassait – pas mon père. Elle se prenait pour une femme affranchie, perdue dans la médiocrité ambiante. Malgré tous ses efforts, elle n'a jamais réussi à émerger de l'ennui et l'uniformité, dans une ville comme Hendon. C'était vraiment pas le genre branché, ce bled. Elle détestait tout, en bloc – les petites bicoques avec leurs façades tapissées de galets et leurs rideaux en fausse dentelle, les fringues de Prisunic, les cafés crasseux, les nains de jardin. Les prolos qui se font une gloire d'avoir l'air propre sur eux, qui tiennent à soigner la façade. Elle, elle n'avait que mépris pour tout ça. Elle n'y voyait qu'insignifiance, médiocrité, laideur. »

Il semble parti dans une sorte de morne routine, comme s'il n'avait que trop souvent raconté cette histoire.

« Elle se pomponnait et sortait tous les soirs, ou presque. Je m'asseyais au pied du lit pour la regarder. Elle essayait différentes tenues et défilait, rien que pour moi, comme un mannequin. Elle me demandait de lui remonter ses fermetures Éclair, et de lisser ses bas. Elle m'appelait son “petit homme”.

» Quand mon père ne la sortait pas, elle ne se gênait pas pour y aller seule, au pub ou au club. Elle avait un rire particulièrement strident. Quand elle débarquait quelque part, elle ne passait pas inaperçue. Les hommes se retournaient sur elle. Ils la trouvaient généralement séduisante, malgré ses quelques kilos en trop. Elle n'avait jamais réussi à les reperdre, après sa grossesse, et elle ne me l'a jamais pardonné. Et quand elle dansait, ou qu'elle rigolait trop fort, il lui arrivait même de pisser dans son froc – et ça aussi, elle me le reprochait. »

Cette dernière remarque a filtré à travers ses dents serrées. Ses doigts se sont refermés sur la peau tendre du dos de sa main, qu'ils pincent sans ménagement, dans un mouvement tournant, comme pour l'arracher. Son corps dûment rappelé à l'ordre, il revient à son histoire.

« Elle buvait du mousseux, parce que ça avait l'allure du champagne. Et plus elle était soûle, plus elle parlait fort. Elle s'était mise à l'espagnol. Elle trouvait ça sexy. Vous avez déjà entendu une femme parler espagnol ? »

Je hoche la tête, en pensant à la mienne.

« Quand elle était avec mon père, elle se retenait un peu. Les hommes ne draguent pas une femme, quand son mari est au bar. Mais quand elle sortait seule, rien ne l'arrêtait. Ils la prenaient par la taille, lui pelotaient les fesses. Elle ne rentrait qu'au matin avec sa culotte dans son sac à main et ses chaussures qui se balançaient au bout de ses doigts. Elle n'essayait même pas de donner le change. Elle n'aurait surtout pas voulu être une bonne épouse. Ce qu'elle voulait, c'était être quelqu'un d'autre.

— Et votre père ? »

Il laisse s'écouler une longue minute, avant de trouver la réponse adéquate. « Il se faisait de jour en jour plus pâle et plus petit. Comme s'il avait disparu, peu à peu. La mort par mille entailles – c'est comme ça que je voudrais la voir mourir. »

La sentence reste un instant suspendue dans l'air, mais le silence n'a rien de fortuit. C'est comme si un doigt était venu se poser devant la grande aiguille de l'horloge.

« Pourquoi avez-vous choisi ce terme ?

— Lequel ?

— La mort par mille entailles. »

Je vois passer sur son visage un imperceptible sourire, involontaire et retors. « Parce que c'est comme ça que je voudrais qu'elle meure. Lentement. Douloureusement. De sa propre main.

— Vous voudriez qu'elle se suicide ? »

Pas de réponse.

« Vous avez déjà imaginé sa mort ?

— J'en rêve.

— Vous rêvez de quoi, au juste ?

— Je rêve que j'y assiste. »

Il me regarde de ses yeux pâles, insondables. La mort par mille entailles. Les bourreaux de la Chine impériale étaient plus précis : « Mille lames et dix mille lambeaux ». L'inconnue que Bobby a sortie du taxi avait à peu près le même âge et le même style vestimentaire que sa mère, et elle témoignait à son fils la même indifférence. Est-ce que cela suffirait à expliquer le comportement de Bobby ? Je sens que je me rapproche. Le désir de comprendre la violence engendre sa propre violence. Ne pensez pas à l'ours blanc !

Un autre patient attend son tour. Bobby se lève, sans hâte, et pivote vers la porte.

« Je vous revois *lundi* », dis-je, en appuyant sur ce dernier mot. Je veux qu'il s'en souvienne, qu'il revienne me voir.

Il se retourne, hoche la tête et se penche vers moi pour me serrer la main – chose qu'il n'a jamais faite jusque-là.

« Me Barrett a dit que vous alliez m'aider.

— Je vais préparer un rapport psychiatrique. »

Il hoche la tête. « Je ne suis pas fou, vous savez.

— Oui. Je sais. »

Il se tapote la tête. « Je ne sais pas ce qui m'a pris. C'était une erreur. Une erreur stupide. »

Il est parti. Mrs Aylmer, ma patiente suivante, s'installe en face de moi. Elle a entrepris de m'expliquer le nombre de fois où elle doit vérifier ses serrures, avant d'aller se coucher.

Je ne l'écoute que d'une oreille. Je me suis posté près de la fenêtre, d'où je peux regarder Bobby, qui est apparu en bas, sur le trottoir. Il part en direction de la gare. Il surveille ses pieds, comme pour éviter de marcher sur les fentes entre les pavés. Il s'arrête net. Il a repéré une jeune femme qui vient dans sa direction. Elle passe. Il se détourne carrément, pour la regarder. L'espace d'un instant, il semble se demander s'il va la suivre. Il regarde d'un côté, puis de l'autre, comme quelqu'un qui hésite à un croisement. Enfin, au bout d'un long moment, il fait un petit écart pour éviter une fente, et continue son chemin.

Me revoilà dans le cabinet de Jock. Il épluche les résultats de mes analyses, auxquels je ne comprends rien. Il tient à me faire démarrer le traitement aussi tôt que possible.

Comme il n'existe aucun test définitif pour évaluer la progression de la maladie de Parkinson, on doit avoir recours à toute une batterie de jeux et d'exercices. À chaque consultation, je n'y coupe pas.

Marcher le long d'une ligne, matérialisée sur le sol par une bande adhésive, tourner, revenir (le tout dûment chronométré par Jock). Puis fermer les yeux, se tenir sur un pied.

Quand il me sort ses cubes multicolores, je pousse un grognement. Ça semble si puéril, d'entasser des cubes. Je dois pourtant le faire, de la main droite d'abord, puis de la gauche. Ma main gauche tremble un peu ; avant de se refermer sur un cube, mais une fois que je tiens l'objet, tout rentre dans l'ordre.

Il m'est difficile de faire des points dans une grille. Je vise le centre de chaque case, mais le crayon semble en avoir décidé autrement. De toute façon, tout ça n'est qu'un ramassis de conneries…

Puis Jock m'explique que le pronostic est nettement plus favorable, pour les patients qui souffrent comme moi de tremblements dès les premiers stades de la maladie. Il existe toute une série de nouveaux médicaments qui atténuent les symptômes.

« Et ça n'a aucune incidence sur ton espérance de vie », dit-il, comme s'il lisait un script. Puis, devant mon air incrédule, il tente de nuancer un peu son affirmation : « Eh bien… disons que tu risques, tout au plus, de perdre quelques années… »

Et de la qualité de ma vie, pas un mot.

« La recherche sur les cellules souches va nous ouvrir des horizons, enchaîne-t-il, plein d'entrain. D'ici cinq ou dix ans, nous aurons un traitement définitif.

— Et jusque-là ?

— Tu prends tes médicaments. Tu fais l'amour à la fille superbe qui te tient lieu d'épouse. Tu regardes pousser ton bout de chou. »

Il me prescrit de la Selegiline. « Par la suite, tu devras prendre de la Levodopa, précise-t-il. Mais avec un peu de chance, nous pourrons attendre encore un an, voire davantage.

— Il y a des effets secondaires ?

— Quelques nausées, dans certains cas. Et des troubles du sommeil.

— Génial ! »

Il ne relève pas. « Ces produits ne stoppent pas la maladie. Ils ne servent qu'à masquer les symptômes.

— Pour pouvoir donner le change plus longtemps. »

Il a un sourire penaud. « De toute façon, tu y seras confronté, tôt ou tard.

— Et avec un peu chance, si je continue à venir te voir, je vais finir par mourir de tabagisme passif.

— Une mort si douce… » Il s'allume un cigare et sort une bouteille de scotch d'un de ses tiroirs.

« Il n'est que trois heures.

— Qu'à cela ne tienne ! Je suis à l'heure d'été. » Il m'en verse un verre, d'office. « J'ai eu la visite de Julianne, la semaine dernière. »

La surprise me fait cligner les yeux. « Julianne ? Qu'est-ce qu'elle voulait ?

— Des nouvelles de ta santé. Je n'ai rien pu lui dire – secret professionnel, tu connais la rengaine. » Et après un bref silence, il ajoute : « Elle voulait aussi savoir si je pensais que tu avais une maîtresse.

— Pourquoi se posait-elle cette question ?

— Elle a dit que tu lui avais menti. »

Ma gorgée de scotch se répand dans mon œsophage en brûlant tout sur son passage. Jock m'observe derrière un rideau de fumée, attendant ma réponse. Bizarrement, alors que je devrais me sentir coupable ou furibard, c'est plutôt la déception qui domine, en moi. Comment a-t-elle pu poser une telle question à Jock ? Pourquoi ne m'en a-t-elle pas parlé directement ? Jock attend toujours une réponse. Il sent mon embarras, et part d'un grand éclat de rire, en s'ébrouant comme un chien sortant de l'eau.

Je me retiens de lui dire qu'il est mal placé pour pavoiser, lui qui en est à son deuxième divorce, et qui persiste à draguer des femmes qui ont la moitié de son âge.

« Ça n'est pas mes oignons, évidemment, se rengorge-t-il. Mais si elle finit par te plaquer, inutile de préciser qu'elle pourra toujours compter sur moi, pour la consoler. » Ça, je n'ai pas de mal à le croire ! Le temps de dire ouf, et il serait fourré dans ses jupes.

Je préfère changer de sujet : « Tu sais, Bobby Moran, ce patient que tu m'as envoyé… Qu'est-ce que tu sais de lui, au juste ? »

Jock agite son verre à cocktail. « Pas grand-chose de plus que toi.

— Son dossier médical ne mentionne aucun traitement psychiatrique antérieur…

— Tu penses qu'il en a eu ?

— Il m'a cité une question standard, figurant au bilan d'examen psychologique. Je pense qu'il a déjà subi ce genre d'évaluation.

— Tu lui as demandé ce qu'il en est ?

— Il refuse d'en parler. »

Jock affiche une expression de quiétude contemplative, qu'il semble avoir longuement pratiquée devant un miroir. À la seconde où je me dis qu'il pourrait tout de même se fendre d'une remarque constructive, il hausse les épaules. « Un truc de sûr, c'est qu'il est sacrément tordu, ce mec, me dit-il.

— C'est un avis professionnel ? »

Il pousse un petit grognement. « Tu sais, la plupart de mes patients sont dans le coaltar, quand je les examine. Et j'aime autant. »

12

Une fourgonnette s'est garée devant la maison. La porte latérale, restée ouverte, laisse apercevoir des étagères mobiles empilées les unes sur les autres et contenant des cornières, des tuyaux de différents diamètres, des joints, des siphons et des pièces de raccordement en plastique.

Le nom de l'entreprise est inscrit sur des panneaux magnétiques, fixés aux cloisons latérales. DJ Morgan, Plomberie Générale. Quant au plombier, il est déjà dans ma cuisine, la tasse à la main, s'efforçant de glisser un œil dans le décolleté en V du pull de ma femme. Son apprenti a préféré rester dans le jardin, où il fait une petite démonstration de passes de foot acrobatiques, sous les yeux émerveillés de ma fille.

« Je te présente DJ, notre plombier », m'annonce Julianne.

Il se hisse paresseusement sur ses pieds, et, sans prendre la peine de sortir ses mains de ses poches, se fend pour tout salut d'un vague hochement de tête. Il a la petite trentaine. Brun, bronzé, svelte, les cheveux lissés en arrière, il a l'allure de ces hommes d'affaires nouvelle vague, que nous présentent certains documentaires d'actualité. Ces jeunes loups qui ont fait fortune en retapant des vieilles bicoques ou en les relookant, de la cave au grenier. Il ne me demande pas ce qu'une femme comme la mienne fait avec un ringard dans mon genre, mais je l'entends aussi distinctement que s'il l'avait dit à haute voix.

« Si vous montriez à Joe ce que vous venez de me montrer ? »

Le plombier acquiesce d'un mouvement de tête, et je le suis jusqu'à la porte du sous-sol, fermée par un cadenas. D'étroites marches de bois descendent jusqu'à la dalle de béton du sol. Une ampoule de soixante watts est fixée au mur. Sa lumière se perd dans le dédale des poutres et des briques sombres de la cave.

Voilà quatre ans que j'habite cette maison, mais ce type connaît déjà ma cave mieux que moi. Il prend un malin plaisir à me faire une visite guidée des tuyaux qui courent au plafond, en m'expliquant la façon dont circulent le gaz et l'eau.

J'aurais une ou deux questions à lui poser, mais j'ai appris d'expérience à éviter d'afficher mon ignorance devant un artisan. Je ne suis pas du genre touche-à-tout, et je n'ai aucune passion pour le bricolage – ce qui explique que je puisse toujours compter jusqu'à vingt sur mes doigts et mes orteils.

Du bout de sa botte, DJ balance un petit coup dédaigneux dans la chaudière. Le message est limpide. Ce n'est qu'une épave. Un tas de ferraille.

« Combien il faut compter ? » lui demandé-je – il m'a largué à mi-chemin de son exposé.

Il se vidange lentement les poumons et entreprend de dresser la liste de tout ce qui est à remplacer.

« Et pour la main-d'œuvre ?

— Ça dépend du temps que ça prendra.

— Combien de temps ça va prendre ?

— Impossible à dire, tant que je n'ai pas vérifié tous les radiateurs. » Il soulève un vieux sac de plâtre que l'humidité a fait prendre, et le balance de côté ; il en aurait fallu deux comme moi, pour le déplacer. Puis il jette un coup d'œil à mes pieds. Je barbote dans une mare d'eau qui commence à s'infiltrer par les coutures de mes chaussures.

Je marmonne quelque chose où il est vaguement question de viser le meilleur rapport qualité-prix, puis je bats en retraite dans l'escalier, que je gravis en m'interdisant d'imaginer ses ricanements, dans mon dos. Julianne me tend une tasse de thé tiède, la dernière de la théière.

« Tout va bien ?

— Au poil. Où tu l'as dégoté ? ajouté-je, dans un murmure.

— Un prospectus, dans la boîte aux lettres.

— Il a des références ? »

Elle lève les yeux au ciel. « Il a complètement refait la salle de bains des Reynolds, au numéro 74. Ils sont enchantés de son travail. »

Les plombiers commencent à décharger leur matériel, tandis que Charlie range son ballon sous l'auvent du jardin. Elle a les cheveux relevés en queue-de-cheval et le froid lui a fait rosir les joues. Julianne lui passe un savon, pour les traînées vertes qu'elle a faites sur ses collants en jouant dans l'herbe.

« Ça s'en va au lavage… proteste ma fille.

— Ah oui ? Comment tu sais ça, toi ? Tu as essayé ?

— Ça finit toujours par s'en aller. »

Charlie se tourne vers moi et noue ses bras autour de mon cou. « Vas-y. Touche-le, mon nez.

— Brrr ! Tu as la truffe toute froide… mais le cœur chaud !

— Est-ce que je peux inviter Sam à venir dormir chez nous ?

— Ça dépend. C'est une fille ou un garçon, ce Sam ?

— Papaaaa ! » Sourcils froncés, Charlie me jette un regard noir.

« Mais tu as foot demain, s'interpose Julianne.

— Le week-end prochain, alors ?

— Mammy et papy vont venir. »

Le visage de ma fille s'illumine, tandis que le mien s'assombrit. J'avais oublié ce détail. Le Médecin Personnel de Dieu le Père doit donner une conférence, dans le cadre d'un congrès international de médecine. Normalement, il devrait encore faire un triomphe, et il se verra offrir toutes sortes de distinctions et de postes honorifiques, assortis de consultations à temps partiel qu'il refusera avec tact, parce qu'il ne supporte plus la fatigue des voyages. Quant à moi, j'attendrai en silence la fin de la cérémonie en rongeant mon frein, avec le sentiment d'être toujours en culotte courte.

Mon père est une sommité du monde médical. Il n'existe aucun manuel récent où son nom n'apparaisse pas. Ses articles ont révolutionné la manière dont les brancardiers traitent les blessés de la route, et jusqu'aux procédures standard des médecins militaires, sur les champs de bataille.

Son propre père – mon grand-père – était l'un des membres fondateurs du Conseil Général de l'Ordre, et il détient toujours le record de longévité en tant que président. Ce sont ses qualités d'administrateur qui ont fait sa réputation, mais son nom reste en bonne place dans l'histoire de l'éthique de la profession.

Et voilà dans quoi je me suis trouvé parachuté – et je pèse mes mots ! Après la naissance de mes trois sœurs aînées, j'étais attendu comme le Messie. Enfin, un Fils leur était donné ! En tant que tel, il m'incombait de perpétuer la dynastie. Au lieu de quoi, j'ai brisé la chaîne. Je suis le maillon défaillant.

C'était à prévoir. Mon manque total d'entrain et de dispositions pour le rugby aurait dû mettre la puce à l'oreille de mon père. Ce qu'il y a de sûr, c'est que depuis, mes failles n'ont fait que croître et embellir. Mon père a fini par voir en moi l'incarnation même de son propre échec.

Il n'est jamais parvenu à comprendre l'affection que je portais à Gracie, et je n'ai jamais tenté de lui expliquer. Elle aussi faisait figure de maille coulée, dans le palmarès de la famille, tout comme l'oncle Rosskend, qui fut objecteur de conscience pendant la Première Guerre et le cousin Brian, qui s'est fait épingler pour vol de lingerie, dans un grand magasin.

Mes parents ne parlaient jamais de Gracie. J'ai dû collecter des bribes et des miettes d'indices auprès de cousins et de lointaines relations qui détenaient certaines pièces du puzzle.

Et j'ai fini par en savoir assez pour me constituer une vue d'ensemble de ce qui s'était passé.

Gracie avait été infirmière pendant la Première Guerre mondiale. Elle était tombée enceinte des œuvres d'un ami très cher, qui n'est jamais revenu du front. Elle s'est donc retrouvée à dix-sept ans seule, célibataire et désespérée.

« Aucun homme ne voudra d'une femme avec un bébé », lui avait dit sa mère, en la mettant dans le train pour Londres.

Gracie n'avait vu son enfant qu'une seule fois. Les sœurs de Nazareth House, à Hammersmith, avaient tendu un drap au niveau de sa taille pour l'empêcher de le voir, mais elle l'avait arraché. Lorsqu'elle avait découvert ce nouveau-né vagissant, à la fois adorable et hideux, quelque chose s'était brisé en elle, quelque chose qu'aucun médecin n'aurait pu réparer.

Selon ma cousine Angelina, il existerait des photos de Gracie dans des asiles d'aliénés et des hôpitaux. Tout ce que je sais de sûr, c'est qu'elle avait emménagé dans sa maison de Richmond au début des années 20, et qu'elle y vivait encore à mon entrée à l'université.

Ma mère m'avait appelé pour m'annoncer la mort de ma grand-tante. J'en étais à mi-chemin de mes examens de troisième année de médecine, ceux que j'ai loupés. À en croire le rapport du coroner, l'incendie avait pris dans la cuisine et s'était rapidement étendu au rez-de-chaussée. Mais même en ce cas, Gracie aurait eu amplement le temps de se sauver.

Les pompiers l'avaient vue aller et venir au premier étage, avant que le feu l'ait pris d'assaut. Ils ont dit qu'elle aurait pu sortir par une fenêtre, et de là, gagner le toit du garage. Mais en ce cas, pourquoi n'ont-ils pas pris le même chemin, pour aller la chercher ?

Tous les livres, les journaux et les magazines qu'elle avait entreposés, ainsi que les bouteilles de teinture et de peinture à tissus de la buanderie avaient alimenté le brasier. La température était telle que de tout l'étage où elle conservait ses trésors, il n'est resté qu'un petit tas de cendres blanches.

Gracie m'avait toujours dit qu'on ne lui ferait quitter sa maison que dans une caisse de sapin, mais finalement, une petite pelle aurait suffi.

J'étais déjà résolu à ne pas devenir médecin, mais je ne savais toujours pas ce que je pouvais faire d'autre. Je ne détenais aucune réponse, je n'avais que des questions. Je voulais savoir pourquoi Gracie avait si peur du monde extérieur. Et je voulais surtout savoir si quelqu'un aurait pu lui venir en aide.

Au cours des quatre années qu'il m'a fallu pour décrocher mon diplôme, mon père n'a pas perdu une occasion de m'appeler Monsieur Freud et Cie, ou de me chambrer avec des histoires de canapés ou de taches d'encre. Et lorsque ma thèse sur l'agoraphobie fut publiée dans le *British Psychological Journal*, il n'y a fait strictement aucune allusion, ni devant moi, ni devant aucun des membres de la famille.

Depuis, le même silence a salué chacune des étapes de ma carrière. À l'issue de mes stages hospitaliers, à Londres, on m'a proposé un poste à la Merseyside Health Authority. Nous sommes allés, Julianne et moi, nous installer à Liverpool, capitale des ferries, des hauts fourneaux, de la statuaire victorienne et des usines désaffectées.

Nous habitions un immeuble d'allure sévère, pour ne pas dire pénitentiaire, avec une façade incrustée de galets et des fenêtres obstruées de barreaux, juste en face du terminal de bus de Sefton Park. Chaque matin, nous étions réveillés par les moteurs diesel, dont les quintes de toux ressemblent à s'y méprendre à celles d'un vieillard tabagique qui se lèverait pour cracher ses poumons dans l'évier.

Je n'ai tenu le coup que deux ans à Liverpool, et j'ai toujours l'impression de l'avoir échappé belle. C'est un enfer des temps modernes, plein d'enfants aux yeux tristes, de chômeurs à vie, et de SDF fous. Sans Julianne, moi aussi j'aurais eu tôt fait de sombrer dans cette misère.

Cet épisode aura au moins eu l'avantage de me faire découvrir d'où j'étais, car pour la première fois de ma vie, je me suis senti chez moi, en revenant à Londres.

J'ai passé quatre ans au West Hammersmith Hospital, avant d'être muté au Royal Marsden. L'année où je fus promu chef de consultation, mon nom a été inscrit sur une plaque de chêne vernie, dans le grand hall de l'hôpital, juste en face de la porte d'entrée. Par une étrange ironie du sort, celui de mon père en a été effacé, puisque, selon ses propres termes, il cherchait à revoir ses horaires à la baisse.

Je ne saurais dire si ces deux événements étaient liés, et je m'en fiche. Voilà belle lurette que j'ai cessé de me préoccuper de ce que pense mon père, ou des raisons qui le poussent à agir. J'ai construit ma propre famille. J'ai Julianne et Charlie. L'opinion des autres ne m'affecte plus guère. Pas même la sienne.

13

Le samedi matin et les terrains de foot marécageux semblent aller de pair, un peu comme l'acné et l'adolescence. C'est le souvenir que je garde de ma propre enfance : moi, pataugeant dans la boue jusqu'aux chevilles, gelé jusqu'aux os, dans l'équipe de rugby B de mon école. La voix du Médecin Personnel de Dieu le Père couvrait les hurlements du vent : « Ne reste pas planté là comme une bouteille de pisse froide ! me criait-il. Remue-toi un peu, que diable ! On a vu des continents dériver plus vite que toi ! »

Dieu merci, Charlie est une fille, et elle a beaucoup d'allure, dans son équipement de foot – short au genou et cheveux sagement tirés en arrière. Ne me demandez pas comment je me suis débrouillé pour décrocher le poste d'entraîneur. Mes connaissances en fait de ballon rond pourraient tenir sur un dessous de verre, ce qui explique probablement que les Tigers n'aient pas encore remporté un seul match cette saison. Mais à huit ans, on ne devrait pas tant se soucier du score, ou du classement au championnat. Ce qui compte, c'est de s'amuser et de faire participer tous les gosses… mais allez expliquer ça aux parents !

Aujourd'hui, nous jouons contre les Highgate Lions, et, chaque fois qu'ils marquent un point, les Tigers battent en retraite vers le milieu du terrain, en se chamaillant pour savoir qui va se charger de la remise en jeu.

« Ça n'est pas notre point fort », glissé-je au coach de l'équipe adverse, sur le ton de l'excuse. Mais entre mes dents, je prie : « Allez, les Tigers. Un but, un seul – après, ils vont voir ce qu'ils vont voir. »

À la mi-temps, on est menés quatre à zéro. Je distribue des quartiers d'orange, en félicitant mes joueurs. « Les Lions sont encore invaincus, cette année, leur affirmé-je, en un pieux mensonge. Mais nous, on va leur mettre la pâtée ! »

Pour la deuxième mi-temps, je place Douglas, qui a le coup de pied le plus puissant, au poste de goal, et Andrew, notre meilleur buteur, en position d'arrière centre.

« Mais, je suis un marqueur, moi ! proteste-t-il.

— C'est Dominic qui va jouer à l'avant. »

Tous les yeux se tournent vers l'intéressé, qui vient juste de piger dans quelle direction il fallait courir. Il s'esclaffe et, abaissant la main vers son short, fait le geste de se soupeser les parties.

« N'essayez pas de dribbler, de faire des passes, ni de mettre des buts. Contentez-vous de foncer sur la balle et de l'envoyer en avant le plus fort et le plus loin possible ! »

Et le jeu reprend. Je suis assailli par un gang de parents qui s'insurgent contre mes nouvelles lignes stratégiques. Ils me soupçonnent d'avoir complètement perdu les pédales. Mais ma folie n'est pas dénuée d'un soupçon de raison : à ce niveau, ce qui fait la différence sur le terrain, c'est la dynamique. L'élan. Une fois que la balle se meut dans la bonne direction, tout le jeu s'ébranle vers les buts adverses. Voilà pourquoi j'ai mis à l'arrière mes shooteurs les plus musclés.

Pendant le premier quart d'heure, rien ne se produit. Les Tigers pourraient aussi bien pourchasser des ombres. Jusqu'à ce que la balle arrive sur Douglas, notre gardien de but, qui l'envoie de l'autre côté du terrain. En tentant de se mettre hors de son chemin, Dominic trébuche et fait s'affaler deux des défenseurs adverses. La balle continue toute seule en direction de Charlie, qui la réceptionne. « Pas de fantaisie. Tu la bloques, et tu passes, rien de plus ! »

On mettra mon impartialité en doute. On m'accusera de favoritisme, mais je m'en bats l'œil, car dans la seconde qui suit, j'ai sous les yeux la passe la plus plongeante, la plus tortueuse et la mieux ajustée jamais balancée par une chaussure à crampons du 31. But ! La liesse est telle, dans notre camp, qu'un observateur non averti serait convaincu que nous venons de remporter le championnat.

Pris de court, sonnés par notre nouvelle tactique, les Lions se désintègrent. Dominic lui-même parvient à marquer, sur une passe qui rebondit sur l'arrière de sa tête et achève sa course au-dessus de celle du goal adverse. Les Tigers l'emportent, par cinq à quatre.

Notre plus belle récompense nous vient de Julianne, qui n'est pourtant pas ce qu'on peut appeler une fan de foot – elle préférerait probablement que sa fille ait choisi le tennis ou la danse classique. Toujours impeccable, avec son long manteau noir à capuche et ses Wellingtons, elle déclare qu'elle n'a jamais assisté à « un revirement aussi époustouflant, en matière de prestation sportive », trahissant à son insu l'indigence de sa culture footballistique.

Les parents se précipitent, pour distribuer des vêtements chauds et enfourner les chaussures boueuses dans des sacs plastique. Comme mon regard balaie le terrain, je note la présence d'un spectateur isolé, qui s'est planté de l'autre côté de la piste de course, les mains dans les poches de son imper. J'ai reconnu la silhouette.

« Qu'est-ce qui vous a fait sortir de si bon matin un samedi, inspecteur ? Ça n'est tout de même pas l'amour du sport ? »

Le regard de Ruiz glisse le long des pistes.

« Ça ! On ne risque pas de manquer de coureurs du dimanche, dans cette ville !

— Qui vous a dit que vous me trouveriez ici ?

— Vos voisins. »

Il ôte le papier d'un caramel, qu'il se fourre dans la bouche, en le faisant tinter contre ses dents.

« Je peux vous aider ?

— Vous vous rappelez ce que je vous ai dit, l'autre matin ? Que si la victime se révélait être la fille d'une huile, je me retrouverais avec quarante inspecteurs sur l'enquête, au lieu de douze.

— Oui.

— Saviez-vous que notre petite infirmière avait un oncle au Parlement, et un grand-père juge à la retraite ?

— J'ai lu ça dans les journaux.

— Les journalistes me sont tombés dessus. Une vraie bande de chacals. Ils me harcèlent, ils me collent des caméras sous le nez. Le grand cirque médiatique. »

À ça, je n'ai rien à répondre. Je me contente de regarder par-dessus son épaule, en direction des arbres. J'attends la suite.

« Vous aussi, vous êtes une petite star, dans votre genre, hein ? Brillantes études supérieures, doctorat, carrière hospitalière. Je me suis dit que vous pourriez peut-être me filer un autre coup de main. Vous la connaissiez, cette petite, si j'ai bien compris. Vous avez travaillé avec elle, dans le même hôpital. Vous pourriez avoir une idée de ce qu'elle a pu faire, pour se retrouver dans un tel pétrin…

— Je ne la connaissais qu'en tant que patiente.

— Elle devait vous en raconter, des choses, pendant ses séances de thérapie… Vous devez en connaître un sacré bout sur elle, sur ses amis… ses *petits* amis.

— Je crois qu'elle avait une liaison avec quelqu'un qui travaillait à l'hôpital. Sans doute un homme marié, parce qu'elle n'en parlait pas.

— Vous a-t-elle dit son nom ?

— Jamais.

— Pensez-vous que c'était une fille facile ?

— Non.

— Pourquoi en êtes-vous aussi sûr ?

— Aucune idée – mais à vue de nez, non. »

Il se détourne pour saluer Julianne qui s'est soudain matérialisée à mon côté, et a glissé son bras sous le mien. Elle a relevé sa capuche qui lui donne l'allure d'une nonne.

« Je te présente l'inspecteur divisionnaire Vincent Ruiz, dont je t'ai déjà parlé. »

Son front se barre d'un pli inquiet. « C'est au sujet de Catherine ? »

Elle repousse sa capuche. Ruiz la dévisage, comme le font la plupart des hommes. Aucun maquillage, pas de bijoux ni de parfum, mais elle fait tourner toutes les têtes.

« Est-ce que vous vous intéressez au passé, Mrs O'Loughlin ? »

Elle hésite. « Ça dépend.

— Connaissiez-vous Catherine McBride ?

— Elle nous a causé pas mal d'ennuis... »

Le regard de Ruiz transperce le mien, et je me sens soudain sombrer.

Du premier coup d'œil, Julianne comprend qu'elle a gaffé. Charlie l'appelle. Elle regarde par-dessus son épaule, puis se tourne vers Ruiz.

« Je devrais peut-être commencer par en parler à votre mari », laisse-t-il tomber, en pesant chaque mot.

Julianne hoche la tête et exerce une petite pression sur mon bras. « Bien. J'y vais. Je vais emmener Charlie prendre un chocolat chaud.

— D'accord. »

Nous la regardons enjamber d'un pied agile les flaques de boue et les mottes de gazon. Ruiz incline la tête, comme pour lire quelque chose qui serait inscrit de haut en bas, au revers de ma veste.

« Des ennuis ? Qu'est-ce qu'elle a voulu dire, au juste ? »

Je n'ai plus la moindre crédibilité à ses yeux. Il ne me croira pas.

« Catherine m'a accusé de l'avoir sexuellement agressée sous hypnose. Elle a presque immédiatement retiré sa plainte, mais il y a eu une petite enquête. Ça n'était qu'un malentendu.

— Un malentendu ? Qu'est-ce qui peut prêter à confusion, dans ce genre d'affaire ? »

Je lui explique que Catherine avait confondu ma sollicitude professionnelle avec un sentiment plus intime. D'où le baiser, et son embarras. Et d'où, ensuite, sa rancune.

« Vous aviez repoussé ses avances ?

— Oui.

— Et elle a porté plainte contre vous ?

— Oui. Quand j'en ai été informé, elle l'avait déjà retirée, mais ça a tout de même déclenché une enquête. J'ai été suspendu de mes fonctions pendant que le conseil de l'hôpital menait les investigations. Ils ont interrogé d'autres patients.

— Tout ça à cause de cette plainte ?

— Oui.

— Vous avez pu parler à Catherine ?

— Non. Elle m'évitait. Je ne l'ai plus revue, jusqu'au jour où elle a quitté l'hôpital. Elle s'est excusée. Elle avait un nouvel ami. Ils partaient s'installer dans le Nord.

— Vous ne lui en vouliez plus ?

— J'étais hors de moi, vous voulez dire ! Ça aurait pu me coûter ma carrière. » M'avisant de l'âpreté avec laquelle j'ai prononcé ces derniers mots, j'ajoute : « Mais elle était très fragile, émotionnellement… »

Ruiz sort son calepin et entreprend d'y noter quelque chose.

« Pas de quoi en faire un plat.

— Pour l'instant, professeur, je n'en fais rien du tout. Ça n'est qu'une série d'informations. Vous et moi, nous réunissons des indices, des bribes d'informations, jusqu'à ce que nous finissions par en trouver deux ou trois qui s'emboîtent… » Feuilletant les pages de son calepin, il me décoche un sourire suave. « C'est incroyable, ce qu'on peut glaner dans les fichiers, de nos jours. Marié, un enfant. Pas d'affiliation religieuse. Études secondaires à Charterhouse, puis à l'université de Londres. Licence et maîtrise de psychologie. Arrêté en 1980 pour avoir organisé une projection de svastikas sur l'ambassade d'Afrique du Sud, pendant une manifestation en faveur de Mandela, à Trafalgar Square – deux interpellations pour excès de vitesse, sur la M40. Une amende pour défaut de stationnement. S'est vu refuser un visa syrien en 1987, à cause d'un précédent voyage en Israël. Fils d'un médecin de renom. Trois sœurs, dont une travaille pour un programme de l'ONU, en faveur des réfugiés. Le père de votre femme s'est suicidé en 1994. Votre grand-tante est morte dans l'incendie de sa maison. Vous avez une assurance médicale privée, une autorisation de découvert de dix mille livres et votre vignette de voiture est à renouveler depuis mercredi… »

Il lève le nez.

« Je ne me suis pas encore occupé de votre déclaration d'impôts, mais au jugé, je dirais que vous avez dû vous lancer dans l'exercice privé à cause de votre maison, qui vous coûte une putain de fortune. »

Il en vient enfin au vif du sujet – car tout ce sketch n'avait qu'un but : me montrer l'étendue de ses pouvoirs.

Sa voix s'est faite plus sourde : « Si je venais à découvrir que vous avez dissimulé quelque chose d'essentiel à mon enquête, je vous fais coffrer. Ce qui vous donnera l'occasion de mettre à profit certaines de vos précieuses compétences, quand vous vous retrouverez en tête à tête avec un grand Noir qui essayera de vous convaincre de tout laisser tomber pour vous consacrer à Jésus ! » Il referme son carnet et le fait disparaître dans sa poche. Puis, soufflant dans ses mains, il ajoute : « Merci, professeur. Toute ma gratitude, pour votre patience, et votre collaboration… »

14

J'ai entrepris la traversée du grand hall, quand Bobby Moran m'intercepte. Il me paraît encore plus débraillé qu'à l'ordinaire. Son manteau est plein de boue. Ses poches débordent de paperasses. A-t-il passé la nuit à chercher le sommeil, ou dans l'angoisse d'une catastrophe imminente ?

Ses yeux clignent rapidement, derrière ses lunettes. Il marmonne quelques mots d'excuse.

« Il faut que je vous voie. »

Je jette un œil au-dessus de sa tête, en direction de l'horloge accrochée au mur.

« J'ai un autre rendez-vous.

— Je vous en prie… »

Je devrais refuser. Je ne peux pas laisser mes patients débouler dans mon cabinet à leur guise. Meena va râler, elle dont le rêve serait de superviser une machine parfaitement huilée, sans rendez-vous annulés, et sans patients débarquant à l'improviste. « C'est vraiment pas une façon de faire sa valise ! » va-t-elle m'objecter, et je ne pourrai que l'admettre, même si le sens profond de sa métaphore m'échappe plus qu'à moitié.

Une fois dans mon bureau, je prie Bobby de s'asseoir et entreprends de refaire mon planning de la matinée. Il paraît embarrassé d'être la cause de tout ce foin. Il semble différent, ce matin. Les pieds sur terre, présent à lui-même, bien ancré dans l'ici et maintenant.

« Vous m'aviez demandé de vous raconter mes rêves. » Il s'abîme dans la contemplation du sol entre ses pieds.

« Oui.

— Je crois qu'il y a quelque chose qui ne tourne pas rond, chez moi. Je n'arrive pas à me débarrasser de ces idées.

— Quelles idées ?

— Je fais du mal à des gens, en rêve.

— Du mal ? Comment ça ? »

Il lève vers moi un regard plaintif. « J'essaie de rester éveillé. Je ne veux pas me laisser glisser dans le sommeil. Arky m'appelle pour que je vienne au lit. Elle ne comprend pas pourquoi je suis encore sur le canapé, devant la télé, à quatre heures du matin. C'est à cause de ces rêves.

— Qu'est-ce qu'ils ont au juste, vos rêves ?

— Il s'y produit des choses atroces – mais ça ne fait pas de moi quelqu'un de mauvais. »

Il s'est posé sur le bord de sa chaise. Ses yeux font rapidement la navette d'un côté à l'autre. « Il y a cette fille, dans sa robe rouge. Elle débarque toujours au moment où je l'attends le moins.

— Dans votre rêve ?

— Oui. Elle me regarde. Ou plutôt, elle regarde à travers moi, comme si je n'existais pas. Et elle rit. »

Ses yeux s'écarquillent brusquement, comme actionnés par des ressorts, et son ton change, tout aussi soudainement. Il pivote sur son siège, les lèvres pincées et croise les jambes. J'entends une voix âpre, féminine.

« Allez, quoi, Bobby ! Me raconte pas d'histoires !

— Je n'aime pas moucharder.

« Il t'a touché, oui ou non ?

— Non.

« Ce n'est pas ce que Mr Erskine veut entendre.

— Ne m'oblige pas à le dire !

« N'abusons pas du temps de Mr Erskine. Il a fait tout ce chemin pour venir…

— Je sais très bien pourquoi il est venu !

« Ne me parle pas sur ce ton, mon chou ! Ça n'est pas très gentil. »

Bobby enfonce ses grandes mains dans ses poches et envoie un coup de pied par terre. Son menton s'est plaqué contre sa poitrine. Sa voix n'est plus qu'un timide murmure.

« Ne m'oblige pas à le lui dire.

— Vas-y, dis-le-lui. Ensuite, nous pourrons aller manger.

— Ne m'oblige pas à… »

Il fait « non » de la tête, en secouant tout son corps. Lorsqu'il lève les yeux vers moi, je discerne une étincelle, comme s'il m'avait soudain reconnu.

« Savez-vous que les testicules d'une baleine bleue sont aussi gros qu'une Coccinelle Volkswagen ?

— Non. J'ignorais.

— J'aime bien les baleines. Elles sont faciles à dessiner, et à sculpter.

— Qui est Mr Erskine ?

— Je devrais le connaître ?

— Vous venez de prononcer ce nom. »

Il secoue la tête et me jette un regard suspicieux.

« C'est quelqu'un que vous avez rencontré autrefois ?

— Je suis né dans un monde. Maintenant, je suis embourbé jusqu'à la taille dans un autre.

— Ce qui veut dire ?

— Que j'ai tout sur le dos, comme toujours. Sur le dos. »

Il ne m'écoute pas. Son esprit se meut avec une telle précipitation qu'il ne peut rester sur un sujet plus de quelques secondes.

« Vous me parliez d'un de vos rêves. D'une fille, avec une robe rouge. Qui c'est ?

— Personne. Une fille.

— Vous la connaissez ?

— Elle a les bras nus. Elle les lève, pour se passer les doigts dans les cheveux. Et c'est là que je vois ses cicatrices.

— À quoi elles ressemblent, ses cicatrices ?

— Aucune importance.

— Si, c'est important ! »

La tête inclinée de côté, il glisse les doigts dans ses manches et effleure son propre bras, du coude au poignet. Puis ses yeux reviennent vers moi. Son regard reste indéchiffrable. Est-ce de Catherine McBride qu'il parle ?

« Comment les a-t-elle eues, ces cicatrices ?

— Elle s'est tailladé la peau.

— Comment le savez-vous ?

— Ça existe, les gens qui se font ça. » Bobby défait le bouton de son poignet de chemise et centimètre par centimètre, me dévoile son avant-bras, paume vers le ciel. Les petites lignes blanches sont presque imperceptibles, mais immédiatement reconnaissables.

« C'est une sorte de tableau d'honneur, murmure-t-il.

— Bobby, écoutez-moi... lui dis-je, en me penchant vers lui. Qu'est-il arrivé à la fille de votre rêve ? »

La panique lui envahit les yeux comme une poussée de fièvre. « Je ne me souviens plus.

— Vous la connaissiez, cette fille ? »

Il fait « non » de la tête.

« De quelle couleur sont ses cheveux ?

— Blonds.

— Et ses yeux ? »

Il hausse les épaules.

« Vous avez dit que vous faisiez du mal à des gens, dans vos rêves. Il lui est arrivé quelque chose, à cette fille ? Vous lui avez fait du mal ? »

La question est trop agressive. Trop directe. Il me jette à nouveau un regard suspicieux.

« Pourquoi vous me regardez, comme ça ? grince-t-il. Vous enregistrez ce que je vous dis ? Vous voulez me voler mes mots ? »

Son regard glisse à droite, puis à gauche.

« Non.

— Pourquoi vous me regardez comme ça, alors ? »

Je comprends soudain qu'il veut parler de mon visage – le masque de Parkinson. Jock m'a averti de cette possibilité. Mon visage peut prendre une expression vide, fermée et inerte, comme les statues de l'île de Pâques.

Je détourne le regard, et tente un nouvel angle d'approche, mais l'esprit de Bobby est déjà loin.

« Vous saviez que le numéro de l'année 1961 pouvait se retourner dans tous les sens en gardant sa signification ? me demande-t-il.

— Non. J'ignorais.

— Le cas ne se reproduira plus avant 6009.

— Il faut m'en dire plus sur votre rêve, Bobby. J'en ai besoin.

— *No comprenderas todavia lo que comprenderas en el futuro...*

— Ce qui veut dire ?

— C'est de l'espagnol. Tu ne peux comprendre dès aujourd'hui, tout ce que tu comprendras à l'avenir. » Son front se plisse soudain, comme s'il avait oublié quelque chose. Puis cette expression fait place à un masque de profonde consternation. Il n'a pas seulement perdu le fil de son récit, il a totalement oublié ce qu'il est venu faire ici. Il consulte sa montre.

« Pourquoi êtes-vous venu, Bobby ?

— Parce que je n'arrête pas d'y penser, à ces trucs.

— Quels trucs ?

— Que je fais du mal à des gens en rêve. Ça n'est pas un crime, ça n'est qu'un rêve. »

Et nous voilà revenus au même point qu'une demi-heure plus tôt. Comme s'il avait complètement oublié tout ce qui s'est produit entre-temps.

La CIA utilise parfois une technique d'interrogatoire similaire, qu'on a baptisée la méthode « Alice au pays des merveilles ». Cela consiste à mettre le monde du sujet sens dessus dessous, en déformant tout ce qui lui semble logique et familier. L'interrogatoire commence par des questions en apparence anodines, mais qui plongent le suspect dans l'absurdité la plus totale. S'il tente d'y répondre tout de même, un second agent l'interrompt en disant quelque chose de tout aussi irrationnel, et n'ayant aucun rapport avec la question. D'une seconde à l'autre, et même au beau milieu d'une phrase, les deux acolytes changent brusquement d'attitude et de manière de s'exprimer. Ils se fichent en rogne tout en faisant des commentaires aimables, ou profèrent des menaces d'un ton affable et courtois. Ils rient à contretemps et parlent par devinettes.

Si le suspect tente de coopérer, ses efforts passent inaperçus et s'il ne coopère pas, il s'en voit récompensé – le tout sans la moindre explication. Simultanément, les agents chargés de l'interrogatoire manipulent son environnement, avancent ou retardent les horloges, allument et éteignent les lumières sans rime ni raison, lui font servir ses repas à dix heures ou dix minutes d'intervalle.

Et cela peut durer des jours, ou des semaines. Isolé de tout ce qu'il considère comme la réalité normale, le suspect s'accroche désespérément aux souvenirs qu'il en a. Il peut par exemple tenir un calendrier, s'efforcer de se représenter un visage, ou un endroit. Chacun des fils qui le rattachent à sa santé mentale fait l'objet d'une distorsion systématique, jusqu'à ce qu'il devienne incapable de distinguer ce qui est réel de ce qui ne l'est pas.

C'est exactement ce que m'évoquent mes conversations avec Bobby. Les correspondances aléatoires, les jeux de mots, les devinettes loufoques s'enchaînent avec juste ce qu'il faut de logique pour que j'essaie d'y retrouver mon chemin. Mais en même temps, j'ai le sentiment de m'embourber de plus en plus profondément dans un tissu d'absurdités, tandis que la frontière entre les faits et la fiction s'estompe progressivement.

Il ne me parlera plus de son rêve. Chaque fois que je tente de revenir à la fille à la robe rouge, il fait la sourde oreille. Le silence aussi reste sans effet. Bobby est parfaitement maître de lui, et hors de ma portée.

Il m'échappe de plus en plus. Lors de nos premières séances, j'avais vu en lui un jeune homme d'une intelligence remarquable, s'exprimant avec aisance, capable de compassion, sensibilisé à ses propres problèmes et déterminé à les résoudre.

Je me retrouve à présent face à un quasi-schizophrène qui rêve de violence et qui a peut-être derrière lui tout un passé de maladie mentale.

Je pensais avoir tous les éléments sous contrôle, et voilà qu'il attaque une inconnue en plein jour, et qu'il avoue avoir

« fait du mal à des gens en rêve ». Quant à cette histoire de fille aux bras lacérés…

Respire un bon coup. Reviens aux faits. N'essaie pas d'emboîter les pièces à toute force : une personne sur quinze se blesse volontairement, à un moment ou à un autre – soit deux enfants par classe, quatre usagers dans un bus bondé, vingt dans un train de banlieue et deux mille spectateurs, pour un match d'Arsenal.

Durant mes seize ans d'exercice, j'ai appris à ne jamais croire aux conspirations, et à ne pas écouter les voix qu'entendent mes patients. Un médecin ne peut plus soigner grand monde, s'il succombe au mal qu'il est supposé combattre.

15

L'école est un joli bâtiment, vaste et robuste, de style géorgien, enfoui sous la glycine. Les grilles franchies, l'allée de gravier blanc s'incurve doucement et finit sa course au pied d'un imposant perron de pierre. Fuyant comme la peste le parking, où on se croirait chez un concessionnaire Mercedes et Range Rover, je préfère, modestement, garer ma Metro au coin de la rue.

Nous sommes conviés à la soirée de vente aux enchères organisée chaque année par l'école de Charlie, pour collecter des fonds. La grande salle de réunion est entièrement tapissée de ballons noirs et blancs, très chics. Le traiteur a installé le buffet sous une marquise, du côté des courts de tennis.

« Tenue de ville », précisait le carton d'invitation, mais la plupart des mères en ont profité pour faire prendre l'air à leurs robes du soir – elles ne doivent pas crouler sous les occasions. Pour l'heure, elles se sont attroupées autour d'une star mineure du petit écran, qui arbore un bronzage aussi parfait que sa dentition. Voilà ce que c'est que d'envoyer ses gosses dans une école qui vous coûte les yeux de la tête : vous en êtes ensuite réduit à faire des ronds de jambe avec un ramassis de diplomates, de barons de la drogue et de présentateurs télé.

Ça fait des semaines que nous n'avons pas mis le nez dehors, Julianne et moi, mais au lieu de me détendre et de m'amuser, je broie du noir sur son entrevue avec Jock. D'une façon ou d'une autre, elle a dû avoir vent de mon mensonge, mais quand va-t-elle enfin se décider à m'en parler ? Depuis le diagnostic de ma maladie, je me suis enfermé dans mon humeur morose. Sans doute un effet des remords – ou des regrets. À moins que ce ne soit un genre de cordon sanitaire que je maintiens, entre moi et mes proches.

Mon corps est en train de me lâcher, lentement mais sûrement, boulon après boulon. Une part de moi-même n'y verrait d'ailleurs pas grand inconvénient : je pourrai m'en accommoder, tant que je garderai l'usage de mon esprit. Je me sens capable de vivre dans l'espace qui sépare mes deux oreilles. Mais une autre partie a déjà commencé à faire le deuil de ce que je n'ai pas encore perdu.

Je me retrouve donc piégé dans ce qui se révèle être non pas tant une croisée des chemins, qu'un cul-de-sac. J'ai une femme qui fait toute ma fierté et une fille que je ne peux regarder dormir sans en avoir les larmes aux yeux. J'ai quarante-deux ans, et je commence à peine à maîtriser le juste dosage d'intuition, d'écoute et d'expérience qui me permet de faire correctement mon boulot. J'ai encore devant moi la moitié de ma vie – la meilleure, paraît-il. Manque de pot, alors que mon esprit est au sommet de sa forme, voilà que mon corps s'apprête à déserter. Il va me plaquer, peu à peu, jour après jour – voilà la seule certitude qui me reste.

La vente aux enchères tire en longueur, comme d'habitude. Le maître de cérémonie est un commissaire-priseur réputé, doté d'une voix de stentor qui couvre les bavardages et la rumeur de l'élégante assemblée. Chaque classe a produit deux œuvres – des collages bariolés, composés des dessins individuels. Celle de Charlie a produit une scène de cirque, et une plage constellée de petites tentes multicolores, de parasols et de marchands de glace.

« Ça ferait son petit effet, dans la cuisine… murmure Julianne en glissant son bras sous le mien.

— Peut-être, mais combien va nous coûter la plomberie ? »

Elle ne relève pas. « C'est Charlie qui a dessiné la baleine, tu vois… ? »

À y regarder à deux fois, je note la présence, sur l'horizon, d'une espèce de gros tas gris. Le dessin n'a jamais été le point fort de ma fille, mais elle adore les baleines.

Les enchères ont la particularité de réveiller à la fois les pires et les meilleurs côtés des gens. Aucun soumissionnaire au monde ne peut rivaliser d'acharnement avec le père ou la mère d'un enfant unique – à la possible exception d'un grand-papa gâteau plein aux as.

Je fais une offre à soixante-cinq livres pour la scène de plage, mais quand le marteau du commissaire-priseur s'abat, les enchères ont atteint les sept cent livres. L'offre victorieuse a été transmise par téléphone. Purée, on se croirait chez Sotheby !

À notre retour, il est minuit passé. La baby-sitter a oublié de laisser la lumière, sous le porche, et, dans le noir, je me prends les pieds dans un tas de tuyaux de cuivre et je m'étale sur les marches, en m'écorchant les genoux.

« DJ m'a demandé s'il pouvait les laisser là, m'explique Julianne, en guise d'excuse. Ne t'en fais surtout pas pour ton pantalon. Je vais le mettre à tremper.

— Et mon genou ?

— Tu survivras ! »

Nous allons ensemble jeter un coup d'œil dans la chambre de Charlie. Elle s'est endormie sur le côté, le pouce à proximité de sa bouche, environnée d'une horde de bestioles en peluche qu'elle a postées tout autour d'elle, tournées vers l'extérieur comme les sentinelles d'un château-fort.

Je vais me brosser les dents, tandis que Julianne entreprend de se démaquiller à mon côté, face au miroir. Elle me regarde dans la glace.

« Est-ce que tu aurais une maîtresse, par hasard ? »

Elle l'a dit tout à trac, et d'un ton si naturel que la question me prend de cours. J'essaie de faire comme si je n'avais rien entendu, mais trop tard. Ma brosse à dents s'est arrêtée une seconde de trop, en une pause révélatrice.

« Pourquoi ? »

Elle essuie le mascara de ses paupières. « J'ai eu plus d'une fois le sentiment que tu n'étais pas vraiment avec nous, ces derniers temps.

— J'ai dû avoir un ou deux soucis en tête…

— Mais tu as toujours envie de vivre sous ce toit, n'est-ce pas ?

— Oui. Bien sûr que oui. »

Dans le miroir, ses yeux n'ont pas quitté les miens. Je détourne le premier le regard, sous prétexte de rincer ma brosse.

« Nous ne nous parlons pratiquement plus… » enchaîne-t-elle.

Je sais ce qui se prépare, et je ne veux surtout pas la suivre sur ce terrain. Elle va me rebattre les oreilles de mon inaptitude à la communication. Selon elle, un psychologue devrait être capable d'exprimer ses sentiments et de les analyser, pour mieux comprendre ses problèmes relationnels – drôle d'idée ! Pendant toute la sainte journée, je farfouille dans la tête de mes patients ; quand je regagne mes foyers, je n'ai pas la moindre envie de m'atteler à quoi que ce soit de plus compliqué que les tables de multiplication de Charlie.

Mais Julianne ne l'entend pas de cette oreille. Elle croit aux vertus de la parole. Elle voudrait tout partager, tout décortiquer. Ce n'est pas que j'aie peur de lui dévoiler mes sentiments – c'est plutôt que je crains de ne plus pouvoir endiguer le flux, si je commence.

Je tente une manœuvre de diversion : « Dans un couple qui dure depuis tant d'années, on communique sans même avoir besoin de parler, répliqué-je, sans grande conviction. Chacun finit par lire dans les pensées de l'autre.

— Sans blague ? À quoi je pense, là ? »

Je feins de n'avoir pas entendu. « Nous sommes parfaitement à l'aise, l'un avec l'autre. Ça s'appelle l'intimité, la force de l'habitude.

— Dont naît l'ennui, d'abord, puis le mépris.

— Mais non, voyons ! »

Elle m'entoure de ses bras. Ses mains frôlent ma poitrine avant de se nouer à ma taille.

« Quel intérêt, de partager la vie d'un homme avec qui on ne peut même pas parler des choses qui comptent vraiment ? » Sa tête vient se poser contre mon dos. « C'est ce que font les couples mariés – les vrais. Et il n'y a rien de plus normal. Je sais que tu souffres, et que tu as peur. Tu t'angoisses pour ce qui va se passer, quand la maladie va s'aggraver… Pour Charlie, pour moi… Mais tu ne peux t'interposer entre nous et le monde entier, Joe. Tu ne peux nous protéger de ce genre de chose ! »

J'ai la bouche sèche et je sens les signes avant-coureurs d'une bonne migraine – ce n'est pas un argument, c'est un fait. Je sais que si je ne lui fournis pas sur-le-champ une réponse, Julianne se chargera de remplir les blancs.

« De quoi as-tu si peur ? Ta vie n'est pas en danger.

— Je sais.

— Bien sûr, que c'est injuste. Tu ne méritais pas ça. Mais regarde tout ce que tu as : une jolie maison, une carrière, une femme qui t'aime et une fille dont tu es le héros. Si ça ne suffit pas à contrebalancer tous tes autres soucis, c'est que nous avons comme un problème, tous les trois !

— Je ne veux pas que notre vie change. » Je déteste la note pleurnicharde qui a filtré dans ma voix.

« Rien ne nous oblige à la changer.

— Si tu crois que je ne te vois pas ! Tu me surveilles. Tu es à l'affût du moindre signe. Un tremblement par-ci, un spasme par-là…

— Est-ce que ça te fait mal ? s'enquiert-elle, à brûle-pourpoint.

— Quoi ?

— Quand ta jambe se bloque, ou que ton bras refuse de suivre le mouvement…

— Non.

— Je n'en savais rien. » Elle glisse le poing dans ma main, et referme mes doigts dessus, un à un. Puis elle me fait pivoter, pour pouvoir me regarder dans le blanc de l'œil. « Est-ce que ça te met dans l'embarras ?

— Ça peut arriver.

— Y a-t-il un régime alimentaire spécial que tu devrais suivre ?

— Non.

— Et un peu de sport ?

— Ça pourrait m'aider, à en croire Jock. Mais ça n'arrêtera pas la maladie.

— Tout cela, je n'en savais rien, murmure-t-elle. Tu aurais dû me le dire. » Elle se penche encore, jusqu'à ce que ses lèvres viennent se poser tout contre mon oreille. Des gouttes ont coulé sur ses joues, comme des larmes. Je lui caresse les cheveux.

Ses mains se promènent sur ma poitrine. Une fermeture Éclair glisse doucement. La caresse délicate de ses doigts, le goût de sa langue… son souffle qui s'insinue jusqu'à l'orée de mes poumons…

Plus tard, dans notre lit, j'observe le léger tremblement de ses seins, faisant écho aux battements de son cœur. En six ans, c'est bien la première fois que nous faisons l'amour sans un coup d'œil au calendrier.

Le téléphone sonne.

« Professeur O'Loughlin ?

— Oui.

— Ici l'hôpital de Charing Cross. Désolé de vous réveiller. »

À sa voix, ce doit être un jeune interne. Je discerne quelques signes de lassitude dans son élocution. « Auriez-vous un patient du nom de Bobby Moran ?

— Oui.

— La police l'a trouvé affalé sur le trottoir, sur Hammersmith Bridge. Il demande à vous voir. »

16

Julianne roule sur le côté et enfouit sa tête dans mon oreiller, en tirant sur les couvertures.

« Un problème ? » marmonne-t-elle d'une voix ensommeillée.

— Un patient qui déraille. » J'enfile un pull par-dessus mon T-shirt et je me mets en quête de mon jean.

— Tu ne vas quand même pas y aller, si ?

— Je n'en ai pas pour longtemps. »

À cette heure matinale, le trajet jusqu'à Fulham ne me prend qu'une quinzaine de minutes. Comme je risque un œil à travers les portes vitrées de l'entrée principale, j'aperçois un Noir qui tourbillonne lentement, avec un seau et une serpillière qu'il pousse sur le carrelage, en une étrange valse. Le vigile de la réception m'indique l'entrée des urgences.

Au-delà des portes battantes en plastique, des gens rongent leur frein, éparpillés dans la salle d'attente. Ils ont tous l'air à la fois fourbus et hargneux. L'infirmière qui prend les inscriptions est submergée. Un jeune docteur surgit d'un couloir et va poser quelques questions à un barbu emmitouflé dans une couverture, qui presse sur son front un chiffon plein de sang.

« Allez vous rasseoir, ou vous risquez d'attendre toute la nuit », lui dit le médecin – puis il le plante là, et se tourne vers moi.

« Je suis le professeur O'Loughlin. »

Il lui faut un moment pour faire le lien, puis le déclic se produit. Une marque de naissance lui zèbre le cou, et il préfère garder le col de sa blouse relevé.

Quelques minutes plus tard, je suis sa haute silhouette blanche le long des couloirs déserts, bordés de brancards et de chariots chargés de linge.

« Comment va-t-il ?

— Ça va. Il s'en sort avec quelques écorchures et quelques bleus. Il se pourrait qu'il soit tombé d'un vélo ou d'une voiture.

— Vous allez le garder ?

— Non. Mais il refuse de partir avant de vous avoir vu. Il n'arrête pas de répéter qu'il veut laver le sang qu'il a sur les mains. J'ai préféré l'isoler dans une salle, pour éviter qu'il perturbe les autres malades. Je l'ai mis en observation.

— Vous soupçonnez un traumatisme crânien ?

— Non, mais il est très agité. La police n'a pas écarté tout risque de suicide. » Il se retourne et me regarde par-dessus son épaule. « Votre père ne serait pas chirurgien, par hasard ?

— En retraite.

— J'ai assisté à une de ses conférences. Il avait fait très grosse impression.

— Toujours, oui. Comme conférencier… »

La porte de la salle d'examens est équipée d'une petite fenêtre qui s'ouvre à hauteur d'homme et me permet de voir Bobby assis sur une chaise, droit comme un I, les deux pieds à plat par terre. Il porte un jean maculé de boue, une chemise de molleton écossais et une grande veste de treillis dont il tournicote les manches, tirant sur un ourlet qui s'effiloche. Il a les yeux injectés de sang. Son regard reste rivé au mur du fond, comme s'il assistait à quelque drame imaginaire qui se jouerait sur une scène visible de lui seul. Mon arrivée ne lui fait pas tourner la tête.

« Bonjour, Bobby. C'est moi, le professeur O'Loughlin. Vous savez où vous êtes ? »

Il fait « oui » de la tête.

« Pourriez-vous m'expliquer ce qui s'est passé ?

— Je ne me souviens de rien.

— Comment vous sentez-vous ? »

Il hausse les épaules, toujours sans m'accorder un regard. Le mur semble l'intéresser davantage. Je capte de vagues relents de sueur et de moisi qui se dégagent de ses vêtements. Mais il y a autre chose – une odeur qui m'est familière, mais que je ne parviens pas à nommer. Un produit pharmaceutique.

« Qu'est-ce que vous faisiez, sur Hammersmith Bridge ?

— J'en sais rien. » Sa voix a tremblé. « Je suis tombé.

— De quoi vous souvenez-vous ?

— Je me suis couché, à côté d'Arky, et après… Certains jours, vous savez, je ne supporte pas d'être moi. Vous n'avez jamais dû ressentir ce genre de chose, mais à moi, ça m'arrive tout le temps. Je poursuis Arky d'une pièce à l'autre, en lui parlant de moi. Pour lui expliquer ma façon de voir. »

Son regard s'est enfin posé sur moi. Un regard vide. Hanté. Un regard que j'ai déjà vu à un autre de mes patients, un pompier, condamné à entendre les cris d'une gamine de cinq ans qui a trouvé la mort dans un incendie de voiture. Il a réussi à sauver sa mère et son petit frère, mais n'a pas pu retourner dans le brasier.

« Ça vous arrive, des fois, d'entendre hurler les moulins à vent ?

— Quel bruit font-ils ?

— Un cliquètement métallique. Horrible. Et quand le vent se lève et que les pales se mettent à vibrer, c'est comme si l'air poussait des hurlements de douleur. »

Il frissonne.

« À quoi servent-ils, ces moulins ?

— C'est eux qui font tout marcher. Quand on met l'oreille par terre, on les entend.

— C'est quoi, tout ?

— Tout – la lumière, les usines, les voies ferrées. Sans eux, tout s'arrête.

— Est-ce qu'ils sont Dieu ?

— Tsss. Vous n'y connaissez rien… réplique-t-il d'un ton évasif.

— Vous les avez déjà vus, ces moulins ?

— Non – je vous ai dit que je les *entendais*.

— Où se trouvent-ils, à votre avis ?

— En plein océan, sur de grandes plateformes, comme celles qui servent aux forages. Ils pompent l'énergie directement au centre de la terre. Nous dépensons trop d'énergie. Nous la gaspillons. C'est pour ça qu'il faut éteindre les lumières, pour économiser l'électricité. Sinon on va tout foutre en l'air. Si on aspire trop d'énergie au centre, il va se créer un vide, et la terre implosera.

— Pourquoi dépensons-nous trop d'énergie ?

— Éteignez tout ! Présentez… armes ! À mon commandement, fixe – gauche, droite ! gauche, droite ! » Il se met au garde-à-vous, et me fait un salut militaire. « Avant, j'étais droitier, mais je me suis exercé à utiliser ma main gauche… La pression augmente. Je sens ça…

— Où ? »

Il se tapote la tempe. « J'ai sondé le cœur, le cœur de la pomme – le minerai de fer – de fer et de chrome. Vous saviez, vous, que l'atmosphère terrestre était proportionnellement plus fine qu'une pelure de pomme ? »

Il joue sur les mots et les rimes – un trait caractéristique du langage psychotique. Des idées décousues, aléatoires, reliées par des calembours et des jeux de mots.

« Je rêve parfois que je suis prisonnier d'un moulin, poursuit-il. C'est plein de rouages, là-dedans… avec des pales scintillantes, et des marteaux qui frappent des enclumes – c'est ça, la musique qu'ils jouent, en enfer.

— C'est un de vos cauchemars ? »

Sa voix n'est plus qu'un murmure. « Certains d'entre nous savent parfaitement ce qu'il en est, me glisse-t-il sur le ton de la conspiration.

— Et qu'est-ce qu'il en est, au juste ? »

Il se rétracte brusquement, avec un regard mauvais. Ses yeux s'animent, puis un curieux sourire lui tord les lèvres : « Vous saviez qu'il faut moins de temps pour aller sur la

Lune qu'il n'en fallait pour traverser l'Angleterre dans le sens nord-sud, du temps des diligences ?

— Non. J'ignorais ça. »

Il pousse un soupir de triomphe.

« Qu'est-ce que vous faisiez, sur Hammersmith Bridge, Bobby ?

— Je m'étais allongé par terre pour écouter les moulins.

— En arrivant à l'hôpital, vous avez dit à plusieurs reprises que vous vouliez laver le sang que vous aviez sur les mains. »

Il s'en souvient parfaitement, mais garde le silence.

« D'où venait-il, ce sang, sur vos mains ?

— La haine, c'est un sentiment relativement normal, mais le truc, c'est que personne n'en parle. C'est normal, de vouloir faire souffrir les gens qui nous ont fait du mal.

— Vous avez fait souffrir quelqu'un ?

— Rassemblez toutes ces gouttes de haine, et mettez-les en bouteille – ploc, ploc, ploc ! La haine, ça ne s'évapore pas, comme un autre liquide. C'est plutôt comme de l'huile. Ce qui fait qu'un jour, la bouteille est pleine.

— Et alors ?

— Faut la vider.

— Avez-vous fait du mal à quelqu'un, Bobby ?

— Sinon, comment voulez-vous vous débarrasser de la haine, hein ? » Il tire de plus belle sur ses poignets de chemise, où je distingue des traînées sombres.

« C'est du sang, Bobby ?

— Non, c'est de l'huile. Vous m'écoutez, ou quoi ? Je vous parle d'huile, là. » Il se lève et fait deux pas en direction de la porte. « Je peux rentrer chez moi, maintenant ?

— Je crois qu'il vaudrait mieux que vous restiez ici quelque temps », lui dis-je, sur le ton de l'évidence.

Il me jette un coup d'œil suspicieux. « Pourquoi ?

— Cette nuit, vous avez eu une sorte de malaise ou de trou de mémoire. Il se pourrait que vous soyez tombé, ou que vous ayez été victime d'un accident. Il va falloir vous garder en observation, le temps de faire les examens nécessaires.

— Dans cet hôpital ?

— Oui.

— En chirurgie ?

— En psychiatrie. »

Sa réaction est immédiate : « Putain ! Pas question ! Vous essayez de m'enfermer !

— Vous serez en hospitalisation volontaire. Vous pourrez repartir quand bon vous semblera.

— C'est un piège ! Vous croyez que je suis fou ! » Il m'a jeté ces derniers mots au visage. Il voudrait se ruer sur la porte, mais quelque chose semble le faire hésiter. Peut-être a-t-il trop investi sur moi…

Légalement, je n'ai pas le pouvoir de le retenir. Même si j'avais des preuves contre lui, je ne peux le faire ni interner, ni arrêter. Un juge, un psychiatre ou un médecin en aurait le pouvoir, mais je ne suis que son psychologue. Bobby peut donc repartir librement.

« Et vous continuerez à me prendre en consultation ? s'enquiert-il.

— Oui. »

Il boutonne sa veste et me signifie son approbation d'un signe de tête. Je descends le couloir avec lui et nous attendons ensemble l'ascenseur. « Vous avez déjà eu ce genre d'absence, auparavant ?

— Qu'est-ce que vous entendez par "absence" ?

— Des trous de mémoire durant lesquels le temps semble s'arrêter.

— Ça m'est arrivé, il y a un mois.

— Quel jour ? Vous vous souvenez ? »

Il hoche la tête. « Toute cette haine. Fallait faire la vidange ! »

Les portes de l'hôpital sont ouvertes. Sur les marches de l'entrée, Bobby se retourne vers moi, pour me remercier. Et je sens à nouveau cette odeur. Mais cette fois, je parviens à y mettre un nom : c'est du chloroforme.

17

Chloroforme – liquide incolore, deux fois moins dense que l'eau, présentant une odeur d'éther et un goût quarante fois plus sucré que le sucre de canne. C'est l'un des principaux solvants organiques utilisés par l'industrie.

Il fut pour la première fois utilisé comme anesthésiant en 1847, par sir James Simpson, un médecin d'Édimbourg. Six ans plus tard, le docteur John Snow l'administra à la reine Victoria au cours de la naissance de son huitième enfant, le prince Leopold.

Quelques gouttes sur un masque ou un tampon suffisent généralement à provoquer l'anesthésie chirurgicale en quelques instants. Le patient se réveille au bout de dix à quinze minutes, vacillant, mais sans présenter de symptômes de nausée ou de vomissements. C'est un produit dangereux. Dans un cas sur trois mille, il provoque une paralysie cardiaque fatale.

Je referme l'encyclopédie et je la remets à sa place sur son étagère, avant de prendre quelques notes. Pourquoi Bobby Moran avait-il du chloroforme sur ses vêtements ? Aurait-il eu besoin d'un solvant industriel – ou d'un produit anesthésiant ? Je me souviens vaguement que le chloroforme entre dans la composition de certains médicaments contre la toux, et de certaines crèmes contre les démangeaisons, mais en quantités bien trop faibles pour provoquer cette odeur caractéristique.

Bobby m'a dit qu'il travaillait comme coursier. Peut-être a-t-il livré des solvants ? Je lui poserai la question, à notre prochain rendez-vous, en espérant qu'alors, le commandant de bord aura repris contact avec la tour de contrôle !

Des coups de marteau résonnent dans la cave, au sous-sol. DJ et son apprenti n'ont toujours pas terminé les travaux, pour la chaudière. C'est à croire que tout notre système de plomberie a été conçu par un tordeur de tuyaux obsessionnel. Vus de l'intérieur, nos murs sont de vraies pièces de musée d'art moderne. Dieu sait jusqu'où va grimper la facture.

Dans la cuisine, je me sers un café que je vais boire près de Charlie, au comptoir de la cuisine américaine. Elle a adossé son livre de bibliothèque au paquet de céréales. Mon journal est posé contre la bouteille de jus d'orange.

Ce matin, elle joue à imiter tout ce que je fais. Quand je beurre un toast, elle en fait de même. Quand je prends une gorgée de café, elle prend une gorgée de thé. Elle incline la tête sur l'épaule, tout comme moi, quand j'essaie de lire une phrase dont les caractères ont été effacés par un pli du papier.

« T'as fini avec la confiture ? demande-t-elle, en agitant la main devant mon nez.

— Oui. Excuse-moi.

— Dis donc ! T'étais complètement dans la lune.

— T'as le bonjour de là-haut ! »

Julianne sort de la buanderie en écartant une mèche rebelle qui lui balaie le front. En arrière-plan, s'élève le ronflement du sèche-linge. Naguère, nous prenions notre petit déjeuner ensemble. Nous buvions notre café en échangeant les pages du journal. À présent, elle ne déjeune plus qu'en coup de vent.

Elle remplit le lave-vaisselle et dépose une pilule devant moi.

« Qu'est-ce que c'était, à l'hôpital ?

— Un de mes patients qui a fait une chute. Rien de bien grave. » Elle fronce les sourcils. « Je croyais que tu ne prenais pas les appels d'urgence.

— Je sais. Une fois n'est pas coutume. »

Elle croque dans un toast et commence à préparer le casse-croûte de Charlie. Elle s'est parfumée. Elle a enfilé un jean neuf, et sa plus jolie veste.

« Tu vas quelque part ?

— J'ai un séminaire, sur le thème “Mieux comprendre l'Islam”. Tu avais promis de rentrer à quatre heures pour aller chercher Charlie.

— Impossible. J'ai un rendez-vous. »

Je sens que je lui tape sur les nerfs. « Mais il faut que quelqu'un soit là !

— Je peux être la maison à cinq heures.

— OK. Je vais voir si je peux trouver une baby-sitter. »

J'appelle Ruiz, de mon cabinet. En arrière-plan, j'entends un grondement de machines industrielles et des bruits d'eau. À l'instant où je m'annonce, il se produit un éloquent déclic électronique – mais pourquoi diable enregistrerait-il notre conversation ?

« J'avais une question à vous poser, concernant Catherine McBride.

— Ah oui ?

— Combien de coups de couteau portait le corps ?

— Vingt et un.

— Est-ce que le médecin légiste aurait retrouvé des traces de chloroforme, par hasard ?

— Vous avez lu son rapport.

— Il n'en parle pas.

— Pourquoi tenez-vous tant à le savoir ?

— Ce n'est probablement qu'un détail, mais… »

Il pousse un soupir. « OK. Je vous propose un marché : cessez de m'appeler pour me poser des questions à la mords-moi-le-nœud, et je m'arrange pour faire sauter votre dernière contredanse… »

Avant même d'avoir eu le temps de m'excuser pour le dérangement, j'entends une voix qui crie son nom. Il me grommelle un « Au revoir et merci ! » à peine poli, et me raccroche au nez. Vu ses prédispositions pour les relations humaines, ce type aurait dû faire croque-mort.

Fenwick traverse ma salle d'attente en lorgnant sa Rolex en or. Nous devons aller déjeuner à Mayfair, dans son restaurant préféré, l'un de ces établissements qui ont des papiers dans les suppléments du *Sunday Times*, parce que le chef est un caractériel notoire particulièrement photogénique qui s'affiche avec des top models. C'est aussi, à en croire Fenwick, l'un des repaires favoris des stars – mais elles semblent mettre un point d'honneur à se planquer quand j'arrive. Un jour, j'ai tout de même réussi à croiser Peter O'Toole. Fenwick l'appelait Peter, et il avait l'air à tu et à toi avec lui.

Aujourd'hui, mon voisin fait un effort spécial d'amabilité. Sur le chemin du resto, il m'a demandé des nouvelles de Julianne et de Charlie, et à présent, il me lit tout le menu à haute voix, en me prodiguant ses commentaires sur chaque plat, comme si je ne savais pas lire. Il semble déçu lorsque je me commande de l'eau minérale, et non du vin. « J'évite l'alcool à l'heure du déjeuner… lui expliqué-je.

— Pas très convivial.

— Peut-être, mais certains doivent travailler, l'après-midi. »

Le serveur arrive et Fenwick lui assène toute une liste d'instructions pour la préparation de ses plats – jusqu'à la température du four. Si ce serveur n'est pas totalement crétin, il veillera personnellement à ce que ses directives n'arrivent jamais aux oreilles du chef.

« On ne vous a jamais dit qu'il fallait ménager les nerfs de la personne qui prépare votre repas ? »

Il me regarde d'un œil goguenard.

« OK. Laissez tomber… enchaîné-je. Je parierais que vous n'avez pas eu à prendre des petits boulots, pendant vos études.

— J'avais une bourse, mon vieux. »

Typique !

Fenwick jette un coup d'œil autour de nous, dans l'espoir de repérer quelques visages connus. Je n'ai jamais réussi à cerner le véritable objet de ces déjeuners. D'ordinaire, il tente de me convaincre d'investir dans une affaire immobilière ou dans une start-up de biotechnologie. Il n'a absolument aucune idée de l'argent, ou plutôt du peu d'argent, dont disposent la plupart des gens normaux, et du mal qu'ils ont à rembourser leurs prêts immobiliers.

Fenwick est sans doute la dernière personne à qui je demanderais son avis, mais il est en face de moi et la conversation se traîne pitoyablement.

« J'aurais une question hypothétique à vous poser, commencé-je en dépliant et repliant ma serviette. Si vous soupçonniez un de vos patients d'avoir commis un crime grave, qu'est-ce que vous feriez ? »

Fenwick a l'air catastrophé. Il glisse un œil par-dessus son épaule, comme s'il soupçonnait qu'on nous espionne. « Vous avez des preuves ? fait-il, dans un souffle.

— Pas vraiment. C'est plutôt une intuition.

— De quelle gravité, le crime ?

— J'en sais rien. Mais ça pourrait être tout ce qu'il y a de sérieux. »

Il se penche vers moi, la main sur la bouche – difficile d'être moins discret. « Filez raconter ça à la police, mon vieux, et de toute urgence !

— Et le secret professionnel ? Tout mon boulot repose là-dessus. Si mes patients se méfient de moi, comment voulez-vous que je puisse les aider ?

— Dans les cas graves, ça ne s'applique pas. Rappelez-vous l'affaire Tarasoff. »

Tarasoff était un étudiant californien qui avait tué sa petite amie, à la fin des années 60. Au cours d'une séance de psychothérapie, il avait confié ses intentions à son psychologue. Les parents de la victime avaient attaqué le psy pour non-assistance à personne en danger, et avaient gagné le procès.

Un tic nerveux agite le nez de Fenwick. « Vous pouvez, et vous devez, divulguer des informations confidentielles, poursuit-il, si un patient vous informe de son intention de causer un tort grave à une tierce personne.

— Bien sûr. Mais s'il n'a proféré aucune menace contre quiconque ?

— Je ne vois pas la différence.

— Moi, elle me crève les yeux ! On a le devoir de protéger la future victime, mais uniquement dans le cas où le patient a exprimé une menace, et s'il a nommément identifié sa victime potentielle.

— Vous coupez les cheveux en quatre, là…

— Pas du tout.

— Vous allez donc laisser un tueur se balader en toute impunité ?

— Je ne sais même pas si c'en est un.

— Et si vous laissiez à la police le soin d'en décider ? »

Là, il marque un point. Mais si je m'étais totalement fourvoyé ? La confidentialité est un élément essentiel de la psychologie clinique. En révélant certains détails de mes séances avec Bobby sans son consentement, j'enfreindrais une bonne dizaine de lois et de règlements. Je pourrais finir devant le conseil de discipline de mon association, voire devant un tribunal correctionnel.

Qu'est-ce qui me porte à penser que Bobby est dangereux ? L'incident de l'inconnue du taxi, assorti de quelques divagations de psychotique, sur des moulins à vent, et une fille dont il rêve.

Fenwick a vidé son verre et s'en commande un autre. En fait, il a l'air de se délecter de mon roman de série noire – et quelque chose me dit que ça n'est pas tous les jours qu'on lui demande conseil.

Nos plats arrivent, tandis que notre conversation continue à graviter autour des sujets habituels. Il me fait part de ses derniers investissements et de ses projets pour les prochaines vacances. J'ai comme l'impression qu'il a une idée derrière la tête, mais qu'il ne parvient pas à trouver la transition *ad hoc*. Entre la poire et le fromage, il finit tout de même par accoucher…

« Y avait un truc que je voulais vous demander, Joe. Vous savez, ça n'est pas du tout mon genre, de quémander des faveurs à tout bout de champ… mais là, eh bien, il se trouve… que j'en ai une à vous demander… »

Mon esprit se met aussitôt en quête d'un moyen de lui dire non, mais je ne parviens pas à m'expliquer pourquoi Fenwick aurait besoin de mon aide.

L'esprit alourdi par la gravité de sa requête, il reformule plusieurs fois sa phrase, et finit par m'annoncer que lui et

Geraldine, sa petite amie en titre depuis la nuit des temps, se sont enfin fiancés.

« Formidable ! Mes félicitations… »

Il lève la main pour m'interrompre. « Oui, oui. Eh bien, figurez-vous que nous allons nous marier fin juin, dans le Sussex. Son père a une jolie propriété, là-bas – et je voulais vous demander… euh, eh bien…

» je voulais vous dire que… comment dire – que je serais très honoré de vous avoir comme garçon d'honneur. »

Une soudaine peur panique d'éclater de rire me prend à la gorge. Je le connais à peine. Voilà deux ans que nous exerçons dans des cabinets voisins, mais en dehors de nos épisodiques déjeuners, nous n'avons jamais particulièrement sympathisé, ni joué ensemble un round de golf ou un set de tennis. Quant à Geraldine, je me rappelle vaguement l'avoir croisée, lors d'un goûter de Noël. Auparavant, je me bornais à supposer que Fenwick était un célibataire endurci, à l'ancienne.

« Je suis sûr que vous avez des tas d'autres copains sur qui vous pouvez compter.

— Oui, oui… Naturellement. Mais je me disais… eh bien, je me suis dit que… » Ses yeux papillotent. Il semble au martyre.

Puis l'idée s'impose à moi : en dépit de son carnet d'adresses débordant, de sa vertigineuse ascension sociale et de sa suffisance, Fenwick n'a pas d'amis. Sinon pourquoi m'aurait-il choisi, moi, comme garçon d'honneur ?

« Mais bien sûr, lui dis-je. À condition que vous soyez bien certain de… »

Il est si soulagé qu'il semble se retenir de me sauter au cou. Sa main s'avance, s'empare de la mienne et la serre avec effusion. Son sourire a quelque chose de si poignant que l'envie me prend de l'emmener à la maison, comme un chien perdu.

Sur le chemin du cabinet, il évoque toutes sortes de choses que nous pourrions faire ensemble – l'enterrement de sa vie garçon, entre autres. « Mais j'y pense… on pourrait même faire appel à quelques-unes des habituées de tes conférences… » suggère-t-il, l'air de ne pas y toucher.

Je me souviens soudain d'une leçon que j'ai apprise à huit ans, lorsque j'ai débarqué en pension. Le premier garçon qui vous aborde et se présente spontanément, c'est celui qui a le moins de copains. Comme Fenwick.

18

Elisa vient m'ouvrir, vêtue d'une longue robe de soie thaïlandaise. Derrière elle, la lumière dessine sa silhouette en ombre chinoise. Je m'efforce de me concentrer sur son visage, mais mon regard me trahit.

« Qu'est-ce qui t'a retardé ? Ça fait des heures que je t'attends.

— Les embouteillages… »

Elle me jauge d'un coup d'œil, en me laissant planté sur le seuil, comme si elle n'avait pas envie de m'inviter à entrer. Puis elle se retourne, et me précède dans le couloir. Mes yeux se posent sur ses hanches qui glissent sous la soie de sa robe.

Elle habite un ancien atelier d'imprimerie reconverti en loft, sur Ladbroke Grove, à deux pas du Grand Union Canal. Au plafond, des poutres et des solives de vieux chêne forment des croisillons, comme dans un cottage Tudor miniature.

L'appartement est plein de tapis et de meubles anciens qu'elle a fait venir du Yorkshire à la mort de sa mère. Son préféré, une causeuse élisabéthaine, s'orne d'accoudoirs et de pieds joliment ouvragés. Une douzaine de poupées de porcelaine, dont les visages sont peints avec une délicatesse charmante s'alignent sur le siège, comme si elles attendaient bien sagement qu'on les invite à danser.

Elisa me verse à boire et s'installe sur le sofa, en tapotant la place près d'elle. Comme je tarde à répondre à son invitation, elle semble prendre la mouche. « Je me disais bien qu'il y avait quelque chose. D'habitude, quand tu arrives, j'ai au moins le droit à un baiser.

— Je suis désolé. »

Elle éclate de rire, en croisant haut les jambes, et je sens quelque chose se déchirer en moi.

« Seigneur, tu m'as l'air sacrément crispé ! Tu aurais besoin d'un bon massage. »

Elle m'allonge de force et, assise sur mon dos, entreprend de pétrir du bout des doigts le nœud de crispation qui s'est formé entre mes omoplates. Elle a étendu les jambes de part et d'autre de mon dos. Je sens le léger crissement de sa toison pubienne contre mes reins.

« Je n'aurais pas dû venir.

— Qu'est-ce que tu fiches ici, en ce cas ?

— Je voulais te demander pardon. C'est ma faute. Je me suis lancé dans quelque chose dont je n'ai pas mesuré les conséquences.

— OK.

— Tu t'en fiches ?

— Au pieu, tu valais le détour.

— Je ne veux pas que tu le prennes comme ça.

— Et comment veux-tu que je le prenne ? »

Je médite un instant là-dessus. « Comme une brève aventure. »

Elle part d'un grand éclat de rire. « Brève aventure, mon œil ! C'était loin d'être si romantique. »

Je sens mes orteils se recroqueviller, mort de honte.

« Alors… Qu'est-ce qui t'arrive ? me demande-t-elle.

— J'ai réfléchi. Je trouve que ça ne serait pas juste, vis-à-vis de toi.

— Et vis-à-vis de ta femme ?

— Oui.

— Tu ne m'as toujours pas dit ce qui te tracassait tant, cette nuit-là. »

Je hausse les épaules. « Rien. Je pensais à la vie, à des trucs.

— À la vie ?

— Et à la mort.

— Purée, encore un !

— Un quoi ?

— Un quadragénaire marié qui se met à méditer sur son sort, comme ça, tout à trac. J'en voyais défiler par dizaines. Ça n'arrêtait pas. Ils voulaient tous parler – juste parler. J'aurais dû leur appliquer un supplément. Je serais une femme riche, à l'heure qu'il est !

— Ce n'est pas ça.

— Quoi alors ?

— Et si je te disais que j'ai une maladie incurable ? » Elle cesse aussi sec de me masser le cou et elle me force à me retourner, pour pouvoir me regarder bien en face.

« C'est ça que tu voulais me dire ? »

Je bats aussitôt en retraite : « Non. Je suis bête. »

Elle commence à trouver que j'abuse de sa patience. Elle se sent manipulée. « Tu sais ce que c'est, ton problème ?

— Qu'est-ce que c'est ?

— Depuis le berceau, tu as été une espèce protégée. Il y avait toujours quelqu'un pour veiller sur toi. Ta mère, d'abord, puis ton pensionnat, puis l'université, et maintenant ta femme.

— Et alors ?

— Et alors, tout t'est toujours tombé dans le bec. Il ne t'est jamais rien arrivé de grave. Les catastrophes s'abattent sur les autres, et tu te charges de recoller les morceaux. Mais toi, tu n'as jamais couru le moindre danger. Tu n'as jamais volé en éclats. Tu te souviens de notre deuxième rencontre ? »

Je fais « oui » de la tête.

« Et tu te rappelles ce que tu m'avais dit ? »

Je dois me creuser les méninges. C'était à la prison de Holloway…

Elisa avait été accusée de coups et blessures aggravés, après avoir blessé deux adolescents avec un canif. Elle avait vingt-trois ans et, à l'époque, elle était montée en grade : elle travaillait pour une agence de call-girls de haut vol sise à Kensington, qui l'envoyait en mission dans toute l'Europe et le Moyen-Orient.

Ce soir-là, elle avait rendez-vous dans un hôtel à Knightsbridge. Client inconnu. Elle n'avait pas fait trois pas dans la chambre qu'elle avait subodoré un lézard. Ses clients étaient généralement des hommes d'âge mûr. Celui-ci était un adolescent. Sur la table du salon s'alignaient une douzaine de bouteilles de bière vides.

Avant même qu'elle ait eu le temps de tourner les talons, la porte de la salle de bains s'est ouverte et six autres gamins se sont rué sur elle. C'était une fête d'anniversaire. L'un d'eux célébrait ses dix-huit ans.

« Vous ne croyez tout de même pas que je vais vous baiser tous les sept ! »

Ils ont éclaté de rire.

Après le premier viol, elle a renoncé à toute résistance. Elle tentait de les convaincre de la laisser repartir, tout en avançant la main, millimètre par millimètre, vers la poche de son manteau, étendu sur le lit. Les gamins la besognaient à deux, tandis que les autres attendaient sagement leur tour devant la télé : Manchester United jouait contre Chelsea.

Elisa avait peine à respirer. Son nez coulait. La morve se mêlait à ses larmes. Elle parvint enfin à attraper son manteau, trouva la poche, et ses doigts se resserrèrent sur son petit couteau.

Ryan Giggs avait réceptionné la balle à quelques mètres du milieu de terrain et tentait une percée vers les buts… Des mains s'agrippaient à la nuque d'Elisa, forçant sa tête à aller et venir, Steve Clarke marquait Giggs à la culotte, mais ce dernier parvint à forcer les lignes de défense adverses. Une boucle de ceinturon s'incrustait dans la peau de son sternum, tandis que son front venait heurter un ventre… Mark Hughes se rua vers les poteaux, entraînant les deux avant-centre, tandis que Giggs tentait un retour en direction des buts adverses, mais Cantonna parvint à lui reprendre la balle et tira… droit dans les filets, qui se déformèrent sous le choc.

Tout comme les joues d'Elisa…

Dégageant sa bouche, elle a craché : « C'est terminé ! », en plongeant son couteau dans l'arrière-train du gamin qui était devant elle. Puis elle s'est retournée et a frappé l'autre à la cuisse. Toute la pièce résonnait de leurs cris.

Roulant sur elle-même pour se dégager, elle a empoigné le goulot d'une bouteille de bière qu'elle a fracassée sur le coin de la table de chevet. Le couteau dans une main et le tesson dans l'autre, elle les a tenus en respect, tout en reculant en direction de la porte.

La lame du canif, longue de cinq centimètres n'avait provoqué que des entailles superficielles. Elle a téléphoné à la police depuis le hall de l'hôtel. Elle avait réfléchi aux diverses possibilités qui s'offraient à elle, et avait aussitôt compris qu'elle n'avait guère le choix. Puis elle est allée faire sa déposition. Les gamins sont arrivés à leur tour, chacun accompagné de son avocat. Ils s'étaient mis d'accord sur une version des faits. Leur ligne de défense était sans faille.

Elisa fut condamnée pour coups et blessures aggravés, et les gamins en furent quittes pour un bon savon du commissaire. Ces six mômes dorés sur tranche l'avaient violée en toute impunité.

Pendant qu'elle était en garde à vue à la prison de Holloway, elle avait demandé à me voir, nommément. Elle avait mûri, mais semblait tout aussi fragile. Elle s'était installée sur un siège de vinyle, la tête inclinée sur l'épaule, les cheveux dans les yeux. Son incisive ébréchée avait été refaite.

« Vous croyez que c'est nous qui déterminons la manière dont les choses se passent, dans nos vies ? me demanda-t-elle.

— Dans une certaine mesure.

— Où peut-on situer la limite ?

— Lorsqu'il advient quelque chose sur lequel nous n'avons aucun contrôle. Un chauffard qui brûle un stop. Les boules du loto qui tombent là où il faut. Des cellules malignes qui se mettent à se diviser dans notre corps.

— Nous n'avons donc prise que sur des choses infimes ?

— Et encore – à condition d'être en veine. Prenez Eschyle, l'auteur grec. Il est mort assommé par un aigle qui avait confondu son crâne chauve avec un rocher, et y avait laissé tomber une tortue. Je ne pense pas qu'il l'ait vu venir ! »

Elle s'esclaffa. Un mois plus tard, elle plaida coupable et fut condamnée à deux ans fermes. Elle travaillait à la lingerie de la prison et chaque fois qu'elle sentait la moutarde lui monter au nez, elle ouvrait un sèche-linge, y passait la tête et hurlait dans la tiédeur du grand tambour d'inox, à s'en faire exploser les tympans.

Qu'est-ce qu'elle veut rappeler à mon bon souvenir ? Mon petit laïus divinatoire sur l'origine des catastrophes ? Elle se laisse glisser du sofa et arpente la pièce, à la recherche de ses cigarettes.

« Tu es donc juste venu me dire que nous ne ferons plus l'amour ensemble ?

— Oui.

— Et tu comptais me le dire avant que nous soyons allés au lit, ou après ?

— Je suis sérieux.

— Je vois. Mille excuses. »

Sa cigarette reste collée à sa lèvre, tandis qu'elle renoue la ceinture de sa robe. J'ai juste le temps d'apercevoir un petit mamelon durci. Je ne saurais dire si elle est plus déçue que fâchée. Peut-être que, dans le fond, ça ne lui fait ni chaud ni froid…

« Tu liras tout de même le texte que j'ai préparé, pour le ministère de l'Intérieur, quand je l'aurai fini ? s'enquiert-elle.

— Bien sûr.

— Et si j'ai besoin de te parler ?

— Tu sais où me trouver. »

Elle m'embrasse sur la joue, très vite, juste avant que je parte. Je n'ai aucune envie de partir. J'aime cette maison, ses vieux tapis et ses poupées de porcelaine, sa minuscule cheminée et son lit à l'ancienne. Et pourtant, c'est comme si j'étais déjà très loin.

La mienne, de maison, est plongée dans l'ombre. Il n'y brille qu'une lampe, au rez-de-chaussée, filtrant entre les rideaux du salon. À l'intérieur règne une douce chaleur. Il y a un feu dans la pièce de devant. Je distingue l'odeur du charbon de bois.

Les dernières braises brillent encore derrière la grille du pare-feu. Je sens ma main trembler, quand je tente d'attraper l'interrupteur de la lampe. J'aperçois en contre-jour la forme d'une tête et d'un buste dans le fauteuil, près de la fenêtre. Des avant-bras sont posés sur les confortables accoudoirs. Deux chaussures noires reposent à plat sur le plancher ciré.

« On a deux ou trois trucs à se dire. » Ruiz ne prend pas la peine de se lever.

« Comment êtes-vous entré ?

— Votre femme m'a dit de vous attendre.

— Que puis-je faire pour vous ?

— Et si vous arrêtiez de jouer au plus fin ? » Il se penche en avant vers la lumière. Son visage est d'un gris terreux. Sa voix est lasse. « J'en ai parlé aux légistes, de votre histoire de chloroforme. Ça ne leur était pas venu à l'idée. Quand vous voyez arriver un corps criblé de coups de couteau, vous ne vous amusez pas à chercher la petite bête. » Il se tourne pour regarder la cheminée. « Comment vous saviez ça ?

— Je ne peux pas vous le dire.

— Mauvaise réponse – essayez encore.

— C'était un enchaînement de pures déductions. Une supposition.

— Et si vous me disiez tout ?

— Impossible. »

Il s'énerve. Ses traits semblent à présent, non plus usés, mais taillés à coups de serpe. « Je suis un flic de la vieille école, professeur O'Loughlin. Après le lycée, je suis entré directement dans la police. Je n'ai jamais mis les pieds à l'université, et je n'ai guère le temps de me plonger dans les bouquins. Prenez les ordinateurs, par exemple. Je n'y connais foutre rien, quoique je reconnaisse qu'ils peuvent être d'une certaine utilité. On ne peut pas en dire autant des psychologues… »

Sa voix s'apaise graduellement. À chacune de mes enquêtes, je m'entends énumérer des dizaines de choses que je ne peux pas faire – dépasser mon budget, mettre tel téléphone sur table d'écoute, perquisitionner dans telle maison. Il existe des foules de choses qui me sont interdites, comme ça. À la longue, ça finit par me gonfler.

« Je vous ai déjà averti – à deux reprises. Vous tentez de dissimuler des informations essentielles à mon enquête, et tout ça – il fait un geste englobant, désignant la pièce, la maison, ma vie – je le réduis en bouillie, et vous avec ! »

Je ne trouve rien d'aimable à lui répondre pour l'apaiser. Que pourrais-je invoquer pour ma défense ? Que j'ai comme patient un certain Bobby Moran qui est – peut-être, mais peut-être pas – à la limite de la schizophrénie, qu'il a assommé une femme à coups de pied parce qu'elle ressemblait à sa mère, dont il souhaite la mort. Qu'il fait des listes. Qu'il écoute le cliquètement des moulins. Que ses vêtements sentent le chloroforme. Qu'il porte en permanence sur lui une feuille de papier où il a écrit le nombre vingt et un, des centaines de fois – le nombre exact de coups de couteau que s'est infligés Catherine McBride, comme par hasard.

Et si je lui dis tout ça, il y a toutes les chances pour qu'il me rie au nez. Parce qu'il n'y a rien de tangible entre Bobby et Catherine, et que je ne peux prendre la responsabilité d'envoyer une douzaine de flics tambouriner à la porte de Bobby, fouiller son passé de fond en comble, terrifier sa fiancée et son petit garçon.

Et Bobby saurait que c'est moi qui les lui ai envoyés. Plus jamais il ne me ferait confiance. Il se méfierait en bloc de tous les psy. Ses soupçons se trouveraient, ô combien, confirmés. Il vient me voir pour avoir de l'aide, et je le trahis.

Je sais pourtant qu'il est dangereux et que ses fantasmes peuvent l'entraîner dans des zones effroyables. Mais s'il cesse de venir me voir, je perds du même coup tout espoir de pouvoir l'arrêter.

L'amertume et la rancœur s'attardent un moment dans l'air de la pièce, comme des relents de charbon de bois. Ruiz enfile son manteau et met le cap sur la porte d'entrée. Mon bras gauche se met à trembler. C'est maintenant ou jamais, me dis-je. Prends ta décision.

« Quand vous avez perquisitionné l'appartement de Catherine… auriez-vous trouvé une robe rouge ? »

Ruiz paraît un instant sonné. Il pivote et fait un pas vers moi. « Comment vous saviez ça ?

— Est-ce qu'on a retrouvé la robe, dans son appartement ?

— Non.

— Vous pensez qu'elle pouvait la porter, le jour où elle a disparu ?

— Possible. »

Sa silhouette s'encadre dans le chambranle de la porte ouverte. Il a les yeux injectés de sang, mais ils ne cillent pas. Ses poings s'ouvrent et se referment compulsivement, comme s'il se retenait de me réduire en miettes.

« Venez demain à mon bureau, lui dis-je. Je vous montrerai un dossier, mais vous ne pourrez pas l'emporter. J'ignore si ça peut vous être d'une quelconque utilité, mais je dois montrer ça à quelqu'un. »

19

La chemise recouverte de papier kraft bleu est posée devant moi, sur mon bureau. Elle est équipée d'une boucle avec un ruban, que je ne cesse de faire et de défaire.

Meena entre dans mon bureau en jetant un coup d'œil inquiet par-dessus son épaule. Elle attend de n'être plus qu'à quelques pas pour me glisser, dans un souffle : « Il y a quelqu'un dans la salle d'attente – un type d'allure assez sinistre. Il veut vous parler.

— Je suis au courant, Meena. Pas de problème, c'est un inspecteur de la police judiciaire. »

Elle ouvre de grands yeux. « Oh, il n'a rien dit de tel. Il s'est juste contenté de…

— Grogner ?

— Oui.

— Vous pouvez le faire entrer, mais – je lui fais signe d'approcher –, dans cinq minutes, j'aimerais que vous me sonniez, pour me rappeler un important rendez-vous à l'extérieur.

— Un rendez-vous ? Quel rendez-vous ?

— Un rendez-vous *important.* »

Elle acquiesce d'un hochement de tête entendu, sourcils froncés.

Ruiz débarque donc. Aussi avenant qu'une enclume, il ignore la main que je lui tends et me laisse le bras suspendu dans l'air, comme si je faisais la circulation à un carrefour. Puis il prend un siège et se carre contre le dossier du fauteuil, les jambes étendues. Son manteau bâille et s'épate autour de sa grande carcasse.

« Voilà donc l'endroit où vous bossez, professeur ? Très joli. » Il inspecte la pièce d'un regard qui se veut hâtif et désinvolte, mais je sens qu'il enregistre le moindre détail. « Ça doit coûter bonbon à louer, ce genre de local ?

— Aucune idée. C'est un genre de cabinet de groupe. Je ne suis que l'un des associés. »

Ruiz se gratte le menton et fouille dans sa poche. Il en tire un chewing-gum qu'il entreprend d'ôter de son emballage.

« En quoi ça consiste au juste, le boulot d'un psychologue ?

— Nous essayons de venir en aide à des gens perturbés par certains événements de leur vie. Des patients qui souffrent de désordres de la personnalité, de phobies, de problèmes sexuels.

— Vous voulez mon opinion sur le sujet ? Un passant se fait agresser dans la rue et reste sur le carreau, pissant le sang.

Viennent à passer deux psychologues. Le premier dit au second : “Je donnerais cher pour mettre la main sur le type qui a fait ça – il aurait besoin d’un bon soutien psychologique !” »

Son sourire ne monte pas jusqu’à ses yeux.

« Je compte nettement plus de victimes que d’agresseurs parmi mes patients. »

Avec un haussement d’épaules, Ruiz balance le papier de son chewing-gum dans la poubelle. « Si nous bavardions un peu… Comment étiez-vous au courant de l’existence de cette robe rouge ? »

Mes yeux reviennent au dossier, dont je dénoue le ruban. « J’attends un important coup de fil, d’ici quelques minutes. Je vais devoir vous laisser, mais vous pourrez utiliser ce bureau, et même mon fauteuil. Je pense que vous le trouverez plus confortable que le vôtre… ajouté-je, en ouvrant le dossier de Bobby.

» Quand vous en aurez terminé, si vous souhaitez me parler, vous me trouverez dans le bar d’en face. Mais je ne pourrai rien vous dire concernant un patient ou un dossier particulier. » Je tapote le dossier de Bobby, pour bien souligner ce dernier point. « Je ne peux vous parler qu’en termes très généraux, pour vous expliquer la façon dont fonctionnent les psychotiques et les psychopathes, ou les conséquences que peuvent avoir certains troubles de la personnalité. Vous nous simplifierez la vie à tous deux en n’oubliant pas ce dernier point. »

Ruiz rapproche ses paumes comme s’il priait, les deux index tapotant ses lèvres. « Vous savez que j’ai horreur de jouer au plus fin.

— Ça n’a rien d’un jeu. Soit vous vous engagez à respecter les règles, soit je ne peux rien faire pour vous. »

Mon téléphone sonne. Meena entreprend de me débiter le laïus convenu, mais je ne lui laisse même pas le temps de terminer. J’ai déjà la main sur la porte.

Le soleil brille. Le ciel est bleu. On se croirait en mai plutôt qu’à la mi-décembre. De temps à autre, Londres s’offre ce genre de journée splendide, histoire de rappeler à ses habitants qu'ils ne sont pas si mal lotis.

Ce qui explique que les Londoniens comptent parmi les plus grands optimistes de la planète : le ciel se fend périodiquement d'une magnifique semaine, sans une goutte de pluie, dont le souvenir nous ragaillardit pour tout l'été. Chaque année ou presque, nous courons faire le plein de shorts, de T-shirts, de bikinis et de paréos, dans l'espoir, toujours déçu, d'une hypothétique saison estivale…

Une demi-heure plus tard, Ruiz me retrouve au bar devant un grand verre d'eau minérale.

« C'est votre tournée ! annonce-t-il. Je vais prendre une pinte. »

Le coup de feu du déjeuner bat son plein. Toutes les tables sont prises d'assaut. Ruiz met le cap sur quatre types installés autour d'une table, près de la vitrine. Quatre employés de banque, à vue de nez, mais avec des costumes haut de gamme et des cravates en soie.

Ruiz leur sort discrètement son badge. « Désolé de vous déranger, messieurs, mais je dois vous demander de libérer cette table. J'en ai besoin pour surveiller la banque d'en face », leur annonce-t-il, avec un geste en direction de la vitrine. Ils pivotent comme un seul homme pour regarder derrière eux.

« Un peu de discrétion, je vous prie. »

Ils se détournent aussitôt.

« Nous avons de bonnes raisons de penser qu'elle va faire l'objet d'une attaque à main armée. Vous voyez ce type, au coin de la rue, avec le gilet orange ?

— Le balayeur ?

— Oui. C'est un de mes meilleurs éléments – de même que la vendeuse de la boutique de lingerie qui jouxte la banque. J'ai besoin de votre table.

— Naturellement !

— Mais bien sûr…

— Est-ce qu'on peut faire quelque chose pour vous aider ? »

Je vois briller une étincelle dans l'œil de Ruiz. « Eh bien, normalement, je ne fais jamais appel à des civils pour les opérations de surveillance. Mais là, je suis en sous-effectif. Si vous pouviez vous disperser et vous poster chacun à un coin de rue… mine de rien. Tâchez de repérer les voitures occupées par quatre passagers.

— Et comment on vous tient au courant ?

— Adressez-vous au balayeur.

— Est-ce qu'il y a un mot de passe, ou quelque chose ? » demande l'un des quatre costards-cravates.

Ruiz lève les yeux au ciel. « C'est une opération de police, pas le tournage du prochain James Bond ! »

Il attend qu'ils se soient éloignés pour s'installer sur la chaise la plus proche de la vitrine, puis pose sa bière sur un sous-verre. Je prends place en face de lui, sans toucher à mon verre.

« Ils nous auraient laissé leur table de toute façon », objecté-je, hésitant à classer Ruiz dans le camp des misanthropes ou dans celui des pince-sans-rire.

« Est-ce qu'il a tué Catherine McBride, votre Bobby Moran – oui ou non ? » D'un revers de main, il essuie le liseré blanc qu'a laissé sa bière sur sa lèvre supérieure.

Sa question a la délicatesse d'un pavé dans une mare.

« Je ne peux vous parler nommément de mes patients.

— A-t-il avoué l'avoir tuée ?

— Je ne peux vous rapporter des propos qu'il a ou n'a pas tenus. »

Ses yeux disparaissent dans un mince dédale de rides et je sens tout son corps se crisper. Tout aussi brusquement, il se vidange les poumons, avec ce qui doit lui tenir lieu de sourire – mais il manque d'entraînement.

« OK. Parlez-moi un peu de l'homme qui a tué Catherine McBride. »

On dirait qu'il a fini par capter le message. Chassant Bobby de mon esprit, je m'efforce de me concentrer sur l'assassin de Catherine et de reconstituer son image à partir de ce que j'en sais. Pendant la semaine d'insomnie que je viens de passer, j'ai eu amplement le temps de réfléchir au problème…

« Vous avez affaire à un psychopathe sexuel, lui déclaré-je, surpris du ton de ma propre voix. Le meurtre de Catherine est une manifestation de désir perverti.

— Sauf que nous n'avons aucun signe d'agression sexuelle.

— Il ne faut pas penser en termes de crime sexuel ordinaire. Il s'agit ici d'un exemple bien plus extrême de sexualité déficiente. Ce type est animé par le désir de dominer et de faire souffrir. Il fantasme sur la capture, le rapt, la domination, la torture et le meurtre. Et nous pouvons en déduire qu'au moins certains de ses fantasmes seront un reflet presque fidèle de ce qui s'est réellement passé.

» Imaginez la façon dont il a procédé. Il l'a enlevée dans la rue, ou l'a persuadée de le suivre. Ce qu'il visait, ce n'était pas un bref rapport sexuel dans une ruelle sombre. Il voulait la briser. Saper systématiquement la volonté de sa victime, jusqu'à en faire un jouet terrifié, entre ses mains. Et ça ne lui suffisait pas. Il voulait prendre le pouvoir ultime : la plier à sa propre volonté au point de la contraindre à se torturer elle-même… »

J'observe un instant Ruiz qui semble toujours me suivre. « Il a bien failli réussir, mais Catherine n'était pas totalement brisée. Il devait lui rester une étincelle de résistance. Étant infirmière, elle savait où s'entailler, pour mourir rapidement. Quand elle a senti qu'elle approchait des limites du supportable, elle s'est tranché la carotide, provoquant l'embolie. Elle est morte presque aussitôt.

— Comment savez-vous tout ça ?

— Trois années d'études de médecine. »

Ruiz contemple sa pinte et la déplace sur son sous-verre, comme pour s'assurer qu'elle est correctement centrée. On entend au loin sonner un carillon.

« L'homme que vous cherchez est un solitaire, désocialisé et sexuellement immature.

— L'adolescent de base.

— Non. Ce n'est plus un adolescent. Il est nettement plus âgé. À l'origine, une foule de garçons présentent de telles tendances, mais çà et là, on en croise un qui rend les autres responsables de sa solitude et de sa frustration sexuelle. Certains en accusent une personne particulière. D'autres étendent leur haine à un groupe entier.

— Toutes les femmes, par exemple.

— Par exemple. Mais il s'agit probablement d'une certaine sorte de femme. Il veut la punir. Il nourrit des fantasmes de châtiments qui l'excitent et lui donnent du plaisir.

— Pourquoi a-t-il choisi Catherine McBride ?

— Mystère. Peut-être ressemblait-elle à quelqu'un qu'il voulait punir. Il a aussi pu être tenté par une occasion particulière. Ayant Catherine sous la main, il a adapté ses fantasmes à la situation, incorporant son apparence physique et son style vestimentaire.

— La robe rouge ?

— Par exemple.

— Pensez-vous qu'ils se connaissaient ?

— Ça n'aurait rien d'impossible.

— Le mobile ?

— Vengeance. Domination. Gratification sexuelle.

— Je fais mon choix ?

— Non. Les trois marchent ensemble. »

Ruiz se raidit imperceptiblement. Il s'éclaircit la gorge et sort son calepin à reliure chinée. « Alors… qui je dois rechercher ?

— Un homme d'une trentaine ou d'une quarantaine d'années, vivant seul, dans un domicile privé, mais entouré de voisins, qui vont et viennent. Une pension de famille, peut-être. Voire un parc de caravanes.

» Il a probablement une épouse, ou une compagne. Il est d'une intelligence supérieure à la moyenne, et d'une grande force – physique, mais aussi et surtout mentale. Le désir et la colère ne le consument pas au point de lui faire perdre tout contrôle. Il est parfaitement capable de tenir ses émotions en respect. Il possède des rudiments de médecine légale et il en tient compte. Il ne veut pas se faire prendre.

» Il a réussi à cloisonner les différents aspects de sa vie en les isolant les uns des autres. Ses amis, ses parents et ses collègues n'ont pas le moindre soupçon de ce qui se passe dans sa tête. Je pense qu'il doit avoir des tendances sadomasochistes. Et comme ce n'est pas le genre de chose qui vous tombe du ciel, quelqu'un a dû l'initier – probablement sous une forme atténuée. Mais son esprit a porté la chose à un degré qui surpasse de très loin le simple plaisir. Ce qui me frappe, c'est son assurance. On ne discerne aucun signe d'anxiété, chez lui. Aucune angoisse de la première fois... »

Je m'interromps. J'ai la bouche sèche, avec un arrière-goût amer. Je prends une gorgée d'eau. Ruiz me contemple d'un œil morne. Il s'est redressé sur son siège et prend quelques notes. Ma voix s'élève à nouveau sur un fond de rumeur de bar.

« On ne devient pas du jour au lendemain un pervers chevronné. Pas un sadique de cette envergure, en tout cas. Les institutions telles que le KGB investissent des années et des années d'entraînement, pour obtenir des agents de cette trempe, spécialisés dans les interrogatoires musclés. Le degré de contrôle et de préparation était remarquable. Ce genre de perfection ne s'obtient qu'avec l'expérience. Je suis pratiquement sûr qu'il n'en n'était pas à son coup d'essai. »

Ruiz se tourne vers la vitrine, plongé dans ses réflexions. Il a tranché : il ne me croit pas. « C'est du flan, tout ça !

— Pourquoi ?

— Ça ne ressemble pas à Bobby Moran. »

Il a mis le doigt dessus. C'est sans queue ni tête. Bobby est trop jeune pour présenter un tel degré de familiarité avec le sadisme. Il est trop chaotique, trop instable, trop inconsistant. Et je doute qu'il ait la force mentale et le fond de cruauté qu'il fallait pour dominer et contrôler si totalement une personne telle que Catherine. Le gabarit physique, oui, mais pas l'endurance psychologique. Cela dit, on n'est jamais à l'abri d'une surprise, avec lui. Et je n'ai encore qu'effleuré le vernis de sa psyché. Il a très bien pu me cacher certains détails et m'en livrer d'autres à dessein, comme la trace de miettes de pain du conte.

Une histoire à dormir debout… c'est ce que Ruiz y voit. Il se lève et se fraye un chemin vers le bar. La foule s'écarte sur son passage, comme s'il projetait une aura menaçante, une sorte de gyrophare mental, avertissant les gens de ne pas traîner dans le coin.

Je commence à regretter de m'être laissé entraîner là-dedans. J'aurais mieux fait de ne pas m'en mêler. Si seulement je pouvais m'empêcher de tout analyser et de mettre mon grain de sel partout ! Si je pouvais me contenter de la petite portion du monde que j'occupe, au lieu de m'intéresser à la façon dont les gens communiquent, à ce qu'ils ont sur le dos ou dans leurs Caddies de supermarché ; aux voitures ou aux animaux qu'ils choisissent, aux magazines qu'ils lisent, aux émissions qu'ils regardent. Si seulement j'avais pu avoir les yeux dans la poche !

Ruiz est de retour. Il s'est muni d'une autre pinte et d'un whisky, pour la route. Il fait longuement tourner le liquide ambré dans sa bouche, comme pour en chasser un mauvais goût. « Vous êtes vraiment persuadé que c'est ce type qui l'a fait ?

— Je ne sais pas. »

Ses doigts se referment sur sa pinte, et il se laisse aller contre son siège. « Vous voulez que j'y jette un œil ?

— À vous de voir. »

Il pousse un soupir, en claquant du bec de mécontentement. Je ne dois lui inspirer qu'une confiance très limitée.

« Avez-vous réussi à savoir ce que Catherine venait faire à Londres ? lui demandé-je.

— Selon sa colocataire, elle avait rendez-vous pour un entretien d'embauche. Nous n'avons trouvé aucune correspondance. Sans doute avait-elle emporté les lettres.

— Et les relevés téléphoniques ?

— Rien au numéro de son domicile. Elle avait un portable, mais il a disparu. »

Puis il me livre les faits, rien que les faits, sans entrer dans les détails. La biographie de Catherine, qu'il me décline, correspond aux quelques rares informations que j'avais réussi à glaner, au cours de nos séances. Ses parents avaient divorcé quand elle avait douze ans. Elle s'était acoquinée avec une bande de petits vauriens qui l'avaient initiée à la drogue et aux aérosols. À quinze ans, elle avait passé un mois et demi dans un hôpital psychiatrique privé, dans le Sussex. Sa famille avait préféré étouffer l'affaire, pour des raisons évidentes. Quand elle était devenue infirmière, sa vie avait pris un tout autre cap. Ses problèmes n'avaient certes pas disparu, mais elle avait appris à vivre avec.

« Qu'a-t-elle fait après son départ de Marsden ? demandé-je.

— Elle est allée s'installer à Liverpool et s'est fiancée à un marin de commerce. Mais ça n'a pas duré.

— Figure-t-il dans la liste des suspects ?

— Non. Il est à Bahreïn.

— Avez-vous d'autres suspects ? »

Ruiz lève un sourcil. « Toutes les bonnes volontés sont les bienvenues, rétorque-t-il avec un sourire en coin, avant de vider son verre. Je vais devoir y aller…

— Que comptez-vous faire ?

— Mettre toute mon équipe sur le cas de ce Bobby Moran. Et si je parviens à établir un lien entre lui et la victime, je lui demanderai, bien poliment, de me prêter son concours pour l'enquête.

— Mais mon nom ne sera pas prononcé ? »

Ruiz me balance un regard de mépris : « Vous bilez pas, professeur. Vous savez à quel point vos intérêts me tiennent à cœur ! »

20

Ma mère est très jolie, avec un charmant petit nez retroussé et des cheveux que j'ai toujours vus lissés en arrière, et retenus par deux barrettes d'argent, derrière ses oreilles. Hélas, de ce côté-là, c'est de mon père que je tiens. J'ai hérité sa tignasse rebelle : dès que je laisse la mienne pousser de deux centimètres de trop, j'ai l'air d'un électrocuté de fraîche date.

Tout, dans la mise de ma mère – jupe plissée, chemisier uni, et chaussures plates – trahit sa condition d'épouse de médecin. Elle est si conditionnée par ses habitudes, qu'elle n'irait même pas promener le chien sans son sac à main. Elle est capable d'organiser un dîner de gala pour douze convives en moins de temps qu'il n'en faut pour faire une omelette, et n'a pas son pareil pour les pique-niques, les fêtes d'école, les réunions paroissiales, les soirées de bienfaisance, les tournois de bridge, les baptêmes, mariages et enterrements. Mais en dépit de tous ces talents, elle s'est débrouillée toute sa vie pour n'avoir jamais à vérifier le solde d'un compte bancaire, à prendre une décision financière ni à émettre la moindre opinion politique en public – toutes choses relevant de la responsabilité de mon père.

Chaque fois que je pense à elle et à sa vie, je suis effaré par tant de gâchis. À dix-huit ans, elle a décroché une bourse de mathématiques pour l'université de Cardiff. À vingt-cinq, elle a rédigé une thèse qui a précipité à sa porte les plus grandes universités américaines. Et qu'a-t-elle fait ? Elle a décidé d'épouser mon père, se vouant à une existence de conventions et de compromis.

Je me plais à l'imaginer faisant une fugue, et s'éclipsant avec un beau serveur grec ; ou écrivant des polars pleins de sexe et d'aventure. Un beau jour, elle finira par tout envoyer promener – sa prudence, sa modestie, son autodiscipline et sa correction. Elle ira danser pieds nus dans les pâquerettes, ou faire du trekking dans l'Himalaya. Ce sont là des rêves réconfortants… Tout, plutôt que de la voir vieillir dans l'ombre de mon père, en l'écoutant râler devant sa télé, ou lui lire à haute voix les lettres qu'il envoie aux journaux.

C'est incidemment ce qu'il a entrepris de faire – une lettre. Il ne met jamais le nez dans le *Guardian*, sauf quand il vient chez nous, et chaque fois, ce « torchon rouge », comme il le surnomme, lui fournit matière à une demi-douzaine de lettres.

Ma mère est dans la cuisine avec Julianne. Elles se concertent pour le menu de demain. Durant les précédentes vingt-quatre heures, quelqu'un a décidé de faire du déjeuner de dimanche une grande réunion de famille. Nous attendons deux de mes sœurs, flanquées de leurs époux et de leurs enfants respectifs. Seule Rebecca a réussi à y échapper. Elle est en mission en Bosnie pour les Nations unies. Dieu la protège…

Ma liste des corvées du dimanche matin s'est allongée de quelques tâches : ranger à la cave une tonne de tuyaux et de matériel de plomberie qui encombrent le couloir, ramasser les feuilles mortes, huiler la balançoire et aller chercher deux sacs de charbon de bois à la station-service du coin. Julianne s'occupera des courses, tandis que mes parents emmèneront Charlie voir les décorations de Noël sur Oxford Street.

Je dois aussi mettre la main sur un sapin potable. Rude corvée, les seuls arbres de Noël correctement proportionnés étant réservés d'office à la pub. Espérer en dénicher un dans la vraie vie, c'est s'exposer à de cruelles déconvenues. Vous vous retrouvez inévitablement avec un sapin qui porte à gauche ou à droite, trop touffu à la base, déplumé au sommet, avec des branches bizarrement disposées. Et si par miracle vous finissez par dégoter l'oiseau rare, il ne tient pas dans votre coffre et, le temps de le ficeler sur votre galerie et de le ramener chez vous, ses branches seront cassées, ou tordues dans tous les sens. Vous devrez encore vous colleter avec lui pour lui faire franchir la porte, trébuchant sur les aiguilles, le front ruisselant de sueur – tout ça pour vous entendre poser cette question horripilante, qui résonne d'âge en âge, depuis que Noël est Noël : « T'as vraiment pas trouvé mieux ? »

Charlie a les joues rosies par le froid, et les bras chargés de sacs de papier glacé contenant des vêtements neufs et une paire de chaussures.

« On m'a acheté des chaussures à talons, papa. Des talons !

— De quelle hauteur ?

— Oh, pas plus que ça… répond-elle, le pouce et l'index écartés de deux centimètres.

— Moi qui te prenais pour un garçon manqué !

— Mais ils ne sont pas roses, précise-t-elle, d'un air sombre. Et j'ai même pas eu de robe neuve. »

Le Médecin Personnel de Dieu le Père se verse un scotch en râlant, parce que ma mère reste bavarder avec Julianne au lieu de lui apporter les glaçons. Tout émoustillée, Charlie ouvre ses sacs, puis elle reste en arrêt : « Papa ! T'as vu, le sapin… ce qu'il est beau !

— Il a plutôt intérêt. Il m'a fallu trois bonnes heures pour lui mettre la main dessus. »

Et je passe sous silence les détails les plus pathétiques – mon pote du fast-food grec de Chalk Farm Road, qui m'a envoyé sur la piste d'un type qui était censé fournir la moitié de Londres, avec son camion de trois tonnes. L'entreprise semblait des plus risquées, mais je n'en avais cure : je voulais un spécimen parfait, et c'est ce que j'ai eu. Un joli cône de verdure, dégageant une bonne odeur de conifère, doté d'un tronc bien droit et de branches irréprochables, harmonieusement espacées.

Depuis mon retour, je ne cesse d'arpenter le salon en admirant ma trouvaille. Julianne commence à en avoir par-dessus la tête de m'entendre m'exclamer « C'est pas un super sapin, ça ? », dans l'espoir d'une réponse qui tarde à venir.

Le Médecin Personnel de Dieu le Père m'explique le traitement qu'il prescrirait contre les embouteillages qui paralysent le centre de Londres. J'attends placidement qu'Il daigne se fendre d'un commentaire élogieux pour mon sapin – je ne veux surtout pas le mettre sur la voie. Il préconiserait une réglementation de l'accès des camions de livraison, en la limitant à certaines heures. Puis il se met à râler contre les badauds qui flânent ou font du lèche-vitrines. Il verrait bien un système de files – en réservant celle de droite aux usagers les plus lents…

« Tu as vu… J'ai réussi à trouver un sapin », m'écrié-je enfin, incapable d'attendre une seconde de plus. Il s'interrompt brusquement et jette un coup d'œil par-dessus son épaule. Puis il se lève pour le regarder de plus près, et l'examine sous tous les angles, reculant de quelques pas pour apprécier l'effet d'ensemble. Il s'éclaircit la gorge.

« T'as vraiment pas trouvé mieux ?

— Oh, que si ! Ils en avaient de bien plus beaux, par dizaines ! Par centaines, même. Celui-là, c'était le plus miteux. Le fond du panier. Un vrai canard boiteux. En fait, il m'a fait pitié. C'est ce qui m'a décidé à l'emmener à la maison. J'ai décidé d'adopter un petit sapin défavorisé, pour Noël ! »

Il me lance un regard surpris. « Il n'est quand même pas si moche que ça. »

Mais toi, putain… t'es vraiment imbuvable ! ronchonné-je, en quittant la pièce. Pourquoi nos parents ont-ils toujours le pouvoir de nous infantiliser, alors que nous commençons à grisonner, en gémissant sous des échéances plus lourdes, toutes proportions gardées, que la dette du tiers-monde ?

Je bats en retraite en direction de la cuisine, où je me verse un grand gin tonic avec double ration de gin, répandant une généreuse libation sur le plan de travail. Dix heures à peine que mon père est dans mes murs, et je force déjà sur la bouteille. Une chance que les renforts arrivent demain…

Dans les cauchemars de mon enfance, je m'enfuyais à perdre haleine devant un monstre, un chien enragé ou un avant-centre style Neandertal, avec mâchoires ébréchées et oreilles en feuilles de chou. Je m'éveillais juste au moment où ils me rattrapaient, et ça n'avait rien de rassurant. C'est le problème, avec les cauchemars. Ça ne résout jamais rien. Nous nous réveillons en pleine chute, juste avant que la bombe explose, ou à poil en pleine place publique.

Voilà cinq heures que je me retourne dans mon lit, dans le noir. Chaque fois qu'il me vient des pensées plus gaies et que je commence à me laisser glisser dans le sommeil, je me réveille dans un sursaut de panique. J'ai l'impression de regarder un film d'horreur parodique, frisant le grotesque, mais avec çà et là une scène plus convaincante, qui me glace les sangs.

J'essaie de ne surtout pas penser à Bobby Moran, parce que ça m'entraîne du côté de Catherine – une direction où je n'ai aucune envie d'aller. Je me demande s'ils l'ont déjà mis en garde à vue, ou s'ils se contentent de le surveiller de loin. Il me vient l'image d'une fourgonnette équipée de vitres fumées, garée devant chez lui.

Les gens normaux n'ont aucun moyen de sentir qu'ils sont sous surveillance, tant que rien ne leur met la puce à l'oreille. Mais Bobby ne fonctionne pas sur la même longueur d'onde que le commun des mortels. Il capte d'autres signaux. Un psychotique peut s'imaginer, par exemple, que la télé lui parle. Ou tiquer, s'il voit des ouvriers réparer les lignes du téléphone de l'autre côté de sa rue, ou si une fourgonnette avec des vitres fumées se gare en face de chez lui.

Mais peut-être n'adviendra-t-il rien de tel. Ruiz dispose peut-être de moyens techniques qui lui permettent de réunir les informations nécessaires en entrant le nom de Bobby dans un système informatique, ou en consultant les fameux fichiers confidentiels que les services spéciaux établissent sur tous les citoyens, selon les tenants de la théorie de la conspiration.

« T'as fini de broyer du noir… murmure Julianne. Ferme les yeux. Dors. »

Impossible de me faire de la bile en douce, avec elle. Elle le sent immédiatement. Depuis la naissance de Charlie, j'ai oublié ce qu'est une véritable nuit de sommeil. Au bout d'un certain temps, on en perd l'habitude. Et ce n'est pas mon traitement actuel qui risque d'arranger les choses.

Julianne repose sur le côté, le drap entre les cuisses et la main sur l'oreiller, près de son visage – comme Charlie, quand elle dort. Elles ne font pratiquement aucun bruit, ni aucun geste. Comme si elles ne voulaient laisser aucune trace de pas dans leurs rêves…

Dimanche matin. La maison sent la bonne cuisine et résonne de voix féminines qui papotent avec entrain. J'ai été officiellement chargé d'allumer le feu, et de balayer les marches du perron, mais je préfère m'éclipser. Je file jusqu'au kiosque le plus proche, d'où je ramène les journaux du matin.

De retour dans mon bureau, j'écarte les suppléments et les pages magazine, et je me mets en quête des articles sur Catherine. Je m'apprête à m'installer, lorsque mes yeux tombent sur l'un des poissons rouges de Charlie, qui flotte le ventre en l'air. Je me figure un instant qu'il s'agit d'un exercice de looping pour poisson acrobate, mais à y regarder de plus près, l'artiste n'a pas l'air au mieux de sa forme. Il a les nageoires semées de taches grisâtres, sans doute produites par un champignon.

Charlie ne supporte pas l'idée de la mort, et question deuil, elle pourrait en remontrer aux plus grandes pleureuses du Moyen-Orient. Je prends le poisson dans le creux de ma main et je contemple son petit corps. Est-ce que ma fille acceptera de croire qu'il a disparu du jour au lendemain ? Après tout, elle n'a que huit ans… Mais d'un autre côté, elle ne croit déjà plus au Père Noël, ni à la petite souris – comment ai-je pu engendrer un tel monstre de scepticisme ?

« J'ai une mauvaise nouvelle, Charlie. L'un de tes poissons a disparu.

— Disparu ? Comment il a fait ?

— Eh bien en fait, il est mort. Je suis désolé.

— Où tu l'as mis ?

— Tu ne tiens pas spécialement à le voir, si ?

— Si ! »

Le poisson est encore dans ma main, elle-même enfouie dans ma poche. Lorsque je lui présente ma paume, la scène tient davantage du tour de magie, que de la révélation solennelle.

Julianne, toujours bien organisée, a toute une collection de petits sacs et de boîtes, pour ce genre d'occasion. En présence de ma fille, j'ensevelis donc le poisson rouge sous le prunier, entre le regretté Harold-le-hamster, une souris qui ne s'est jamais appelée que « souris » et une jeune hirondelle qui s'était cassé le cou en fonçant à tire-d'aile dans une vitre de la porte-fenêtre.

Pour midi, toute la famille est rassemblée, à l'exception de Lucy, ma sœur aînée, et d'Eric, son époux. Ils ont trois enfants dont je tâche vainement de me rappeler les prénoms, si ce n'est qu'ils finissent tous en « i », genre Debbie, Jimmy ou Bobby. Le Médecin Personnel de Dieu le Père aurait aimé que Lucy donne son nom à son fils premier-né – l'idée d'un Joseph de troisième génération ne lui aurait pas déplu. Mais Lucy a tenu bon et a baptisé mon neveu différemment : Andy, peut-être, à moins que ça ne soit Gary ou Freddy.

Ils sont toujours en retard. Eric, contrôleur de trafic aérien de son état, est l'homme le plus distrait qu'il m'ait été donné de rencontrer. C'en est effrayant. Il n'a jamais été fichu de se rappeler l'adresse de la maison ; il téléphone toujours avant de venir. C'est à se demander comment il fait pour éviter les collisions, quand il doit orchestrer l'atterrissage d'une douzaine d'avions… Chaque fois que je dois prendre un vol à Heathrow, je me retiens de téléphoner à ma sœur pour lui demander si Eric est de service.

Patricia, ma deuxième sœur, est dans la cuisine en compagnie de Simon, son nouvel ami, qui est avocat. Il collabore à une de ces émissions télé où l'on dénonce les erreurs judiciaires. Patricia vient juste d'obtenir son divorce. Ils sablent le champagne.

« Je ne pense pas que cela méritait du Bollinger ! lance mon père.

— Et pourquoi pas ? » riposte-t-elle, en se hâtant d'aspirer les bulles qui menacent de déborder.

Je décide de prendre fait et cause pour Simon. Personne ne mérite un tel compliment de bienvenue, en débarquant dans une famille. Nous emportons nos verres dans le salon, où ça jacasse à perdre haleine. Simon a une bonne bouille et passe son temps à se tapoter la bedaine, comme un Père Noël des Galeries Lafayette.

« Désolé, pour votre parkinson, mon vieux, me glisse-t-il. C'est une vraie vacherie... »

Mon sang ne fait qu'un tour. « Qui vous a dit ça ?

— Patricia.

— Comment l'a-t-elle su ? »

Simon prend soudain la mesure de sa gaffe, et se confond en excuses. J'ai dû affronter des moments douloureux, ces dernières semaines, mais rien d'aussi déprimant que de me retrouver devant un parfait étranger qui vient jusque dans mon salon m'accabler de sa commisération en buvant mon scotch...

« Qui d'autre est au courant ? »

La sonnette de l'entrée retentit, et Lucy débarque, avec son époux et leurs trois rejetons en « I » – échange de bises, et de poignées de main...

Lucy me regarde, et sa lèvre se met à trembler. Elle se jette dans mes bras, le corps secoué de sanglots.

« Je suis terriblement navrée, Joe. C'est si triste... »

J'appuie mon menton sur sa tête. La main d'Eric s'est posée sur mon épaule, en une sorte de bénédiction papale. Je n'ai jamais été aussi gêné de toute ma vie.

Le reste de l'après-midi menace de tirer en longueur, comme une interminable conférence de psychosociologie. Pour couper court à l'interrogatoire sur ma santé, je file rejoindre Charlie et ses cousins dans le jardin. Elle est occupée à leur montrer la sépulture du poisson rouge – et leurs noms me reviennent enfin : Harry, Perry et Jenny.

Harry n'a encore que quatre ans. Engoncé dans sa doudoune, et le bonnet de laine vissé sur la tête, il a l'allure d'un petit bonhomme Michelin. Je le lance en l'air pour le faire rigoler, tandis que les trois autres s'accrochent à mes jambes en piaillant, comme si j'étais Godzilla réincarné. Du coin de l'œil, j'aperçois Julianne qui me jette un regard pensif par la porte-fenêtre. Je sais à quoi elle pense.

Après le déjeuner, nous passons au salon. Compliments sur le sapin, et sur le cake de ma mère.

« On va jouer au portrait chinois ! » lance Charlie, la bouche encore pleine de miettes. Elle ignore royalement le murmure collectif, et commence à distribuer des crayons et des Post-it, tout en expliquant les règles : « Tout le monde pense à quelqu'un de célèbre, mais qui n'existe pas forcément en vrai – ça peut être un personnage de BD, ou de film. Ça peut même être Lassie !

— Tu me coupes l'herbe sous le pied… c'est ce que je voulais prendre ! »

Elle me rappelle à l'ordre d'un froncement de sourcils. « Vous écrivez le nom sur l'étiquette, sans le montrer à personne, et puis vous la collez sur le front de quelqu'un d'autre, et chacun doit deviner qui il est. »

Le jeu remporte un franc succès. Le Médecin Personnel de Dieu le Père reste songeur devant la tempête de rires que déclenche le Post-it qu'il a sur le front : parmi les Sept Nains, il ne pouvait être que Grognon !

Lorsque ça sonne à nouveau, à l'entrée, Charlie se précipite. Lucy et Patricia se lèvent pour desservir les tasses et les assiettes.

« Vous ne ressemblez pas du tout à un policier ! déclare Charlie.

— Je suis inspecteur.

— En ce cas, vous devez me montrer votre badge, non ?

— Tu tiens vraiment à le voir ?

— Je crois que c'est obligatoire… »

Ruiz met la main à sa poche, lorsque j'arrive à la rescousse.

« Toutes mes excuses, inspecteur. Nous lui avons appris à ne pas ouvrir à n'importe qui.

— Vous avez raison. » Il sourit à ma fille et paraît instantanément quinze ans de moins. Une fraction de seconde, je m'attends à le voir lui ébouriffer les cheveux – mais ce genre de tradition se perd, de nos jours.

Ruiz regarde dans le couloir par-dessus mon épaule, en s'excusant de venir me déranger.

« Est-ce que je peux faire quelque chose pour vous ?

— Oui, marmonne-t-il et il se tâte les poches, comme s'il avait préparé un pense-bête.

— Voulez-vous entrer ?

— Si ça ne vous dérange pas. »

Je le pilote jusque dans mon bureau, où je lui propose de le débarrasser de sa veste. Les notes du dossier de Catherine sont encore ouvertes sur mon bureau (le meuble), en l'état où je les ai laissées.

« Je vois qu'on fait ses devoirs ?

— Je tenais juste à m'assurer de n'avoir rien oublié.

— Et alors ? Vous m'avez tout dit ?

— Oui.

— Ça, vous pourriez m'en laisser juge.

— Pas cette fois, non. » Je referme mes cahiers, avant de les faire disparaître dans un tiroir.

Il se promène un instant dans la pièce, inspectant les rayonnages, les photos et la pipe à eau que j'ai ramenée de Syrie.

« Par où a-t-il commencé ?

— Je vous demande pardon ?

— Vous disiez que le meurtrier n'en était pas à son coup d'essai, avec Catherine. Je vous demande donc comment il a pu commencer ?

— Il s'est fait la main.

— Sur qui ?

— Ça, mystère. »

Ruiz s'est arrêté devant la fenêtre. Il regarde le jardin. Comme il fait jouer ses épaules, le col amidonné de sa chemise remonte sous ses oreilles. J'ouvre la bouche pour lui demander ce qu'il a appris sur Bobby, lorsqu'il m'interrompt : « Vous pensez qu'il va récidiver ? »

Je ne veux surtout pas répondre. Rien de plus glissant que les situations hypothétiques. Mais il a senti que je me rétractais, et il ne me laissera pas m'en tirer à si bon compte. Je dois dire quelque chose.

« Pour l'instant, il pense encore à la mort de Catherine. Mais quand ses souvenirs commenceront à s'estomper, il se pourrait bien qu'il se mette en quête de nouvelles expériences pour alimenter ses fantasmes.

— Qu'est-ce qui vous permet de le dire ?

— Il a agi sans hâte, sans panique, de façon réfléchie. Il n'était pas affolé par la colère ou le désir. Il a tout préparé dans le plus grand calme – dans une sorte d'euphorie.

— Et où sont ses autres victimes ? Pourquoi ne les avons-nous pas retrouvées ?

— Peut-être vous manque-t-il un lien que vous n'avez pas établi. Un détail essentiel, qui a pu vous échapper… »

Ruiz fait la grimace en redressant les épaules. Cette supposition le pique au vif. Mais d'un autre côté, il n'est pas du genre à laisser son orgueil prendre le pas sur son zèle d'enquêteur. Il *veut* comprendre.

« Vous êtes à la recherche d'indices qui puissent vous renseigner sur sa méthode et son symbolisme, et vous ne les trouverez qu'en comparant plusieurs crimes. Trouvez une autre victime, et tout s'éclairera. »

Ruiz grince des dents comme s'il s'efforçait de se les limer – mais que pourrais-je lui dire de plus ?

« Je connais le secteur. Il a dû lui falloir un certain temps pour enterrer le corps. Il savait qu'il n'y a aucune maison d'où on aurait pu le voir, de ce côté du canal. Il savait à quelle heure le chemin de halage serait désert.

— C'est donc qu'il habitait le quartier…

— Ou qu'il y a habité. »

Ruiz semble jauger la façon dont les faits corroborent ma théorie. Il les essaie, comme une paire de chaussures, pour voir s'ils sont à sa taille.

Ça s'agite, en bas. Divers bruits fusent – chasse d'eau, cris d'enfants.

« Mais pourquoi avoir choisi cet endroit ? Il aurait pu la cacher au milieu de nulle part.

— Il ne l'a pas cachée. Il vous l'a livrée sur un plateau d'argent.

— Pourquoi ?

— Parce qu'il est fier de son savoir-faire ; ou pour vous donner un avant-goût de la suite. »

Ruiz fait la grimace. « Je ne sais pas comment vous pouvez faire ce boulot. Comment vous pouvez vous balader dans la tête de ce genre de cinoque, avec l'idée qu'on peut en rencontrer à chaque coin de rue ? » Il a croisé les bras, les mains sous les aisselles. « Enfin… faut croire que vous aimez patauger dans ce genre de merdier…

— C'est-à-dire ?

— Je vous le demande ! Ça vous amuse, de jouer au petit détective ? De me montrer le dossier d'un patient, de m'en cacher un autre ? De me harceler au téléphone, avec vos questions – ça vous amuse vraiment ?

— Je… Je n'ai pas demandé à être entraîné là-dedans ! »

Il se délecte un moment de ma colère. Dans le silence, j'entends un éclat de rire, au rez-de-chaussée.

« Vous feriez mieux de rentrer chez vous, inspecteur. »

Il me considère un instant, non sans une certaine satisfaction, conscient de sa supériorité physique, avant de prendre sa veste et de descendre l'escalier. Je suis sur les genoux. Je pourrais presque visualiser le flux d'énergie vitale qui s'échappe de mon corps.

À la porte d'entrée, il rajuste le col de sa veste et se tourne vers moi : « À la chasse, professeur, il y a des renards, des chiens et des gens qui sabotent la chasse. Dans quel camp vous situez-vous ?

— Je n'y crois pas, à votre chasse au renard.

— Sans blague ? Le renard non plus, il n'y croit pas. »

Nos invités sont partis. Julianne m'envoie prendre mon bain au premier. Un peu plus tard, je la sens se glisser dans le lit. Elle se retourne et vient se lover tout contre moi, jusqu'à ce que nos deux corps s'emboîtent. Ses cheveux sentent la pomme et la cannelle.

« Je suis fatigué, murmuré-je.

— La journée a été longue…

— Non. Je pensais à autre chose. À quelques changements, que je voudrais faire.

— Des changements ? Quel genre ?

— Des changements.

— Tu crois que c'est raisonnable ?

— On pourrait s'offrir des vacances, par exemple. Aller en Californie – depuis le temps qu'on en parle.

— Mais… et ton travail ? Et l'école de Charlie ?

— Elle est encore petite. Elle en apprendra bien plus en six mois de voyage qu'en une année d'école. »

Elle se retourne et se redresse, appuyée sur le coude, pour pouvoir me regarder. « Qu'est-ce qui t'a fait penser à ça ?

— Rien.

— Au tout début, tu disais que tu ne voulais rien changer. Bien au contraire : tu tenais à ce que tout continue comme avant.

— Je sais.

— Ensuite, tu as carrément cessé de me parler. Je n'avais plus aucune idée de ce qui pouvait se passer dans ta tête, et maintenant voilà que tu me sors ça…

— Excuse-moi. Ça doit être un peu de fatigue.

— Non. Il y a autre chose. Explique-toi.

— L'idée m'est venue que je devrais en faire plus. On entend parler de tous ces gens qui vivent des trucs incroyables, à qui il arrive des foules d'aventures – et on se dit “Moi aussi, je pourrais, je devrais, me remuer un peu !” C'est ce qui m'a inspiré cette soudaine envie de voyage.

— Pendant qu'il en est encore temps ?

— Oui.

— C'est donc à cause de ta maladie…

— Non. Je ne peux pas t'expliquer. Oublie ça.

— Oublier ! Pas question. Je veux que tu sois heureux. Mais nous n'avons pas un sou ; tout va passer dans le remboursement du prêt et dans les travaux. C'est toi-même qui me l'as dit. Il nous restera à peine de quoi aller en Cornouailles, cet été.

— T'as raison, oui. D'ailleurs, on sera très bien en Cornouailles. »

En dépit de mes efforts pour donner le change, je sens que mon enthousiasme ne la convainc guère. Elle glisse les bras autour de ma taille et m'attire à elle. Son souffle tiède me caresse la gorge.

« D'ailleurs, avec un peu de chance, je serais enceinte pour cet été, murmure-t-elle. Mieux vaut ne pas trop s'éloigner… »

21

J'ai un mal de gorge carabiné, assorti d'une bonne migraine. Ça pourrait être la gueule de bois, ou la grippe – au choix. Selon les journaux, la moitié du pays a déjà succombé à quelque microbe exotique importé de Pékin ou de Bogota, un de ces bleds dont on ne peut revenir que grouillant de germes.

La bonne nouvelle, c'est que la Selegiline n'a provoqué aucun effet secondaire détectable, en dehors de l'insomnie dont je souffrais auparavant. La mauvaise, c'est que le médicament reste sans effet sur mes symptômes.

Je téléphone à Jock dès sept heures du matin.

« Comment tu sais que ça ne marche pas ? aboie-t-il, furieux d'avoir été réveillé.

— Je ne sens aucune différence.

— Normal. Je ne t'ai jamais dit que ça supprimerait tes symptômes. Ça les empêche juste de s'aggraver.

— OK.

— Patience. T'angoisse pas comme ça !

— Facile à dire.

— Tu as fait tes exercices ?

— Oui, répliqué-je, sans sourciller.

— Je sais bien qu'on est lundi, mais ça te dirait qu'on fasse quelques sets ? Je te ménagerai.

— À quelle heure ?

— Six heures, au club. »

Julianne ne sera pas dupe de mon stratagème, mais au moins elle ne m'aura pas dans les pattes. Après mes épreuves d'hier, il me semble qu'une petite pause s'impose.

Ma première patiente de la journée est une jeune ballerine qui allie à la grâce d'une gazelle les gencives rétractées d'une boulimique. Puis c'est Margaret, avec sa bouée orange. Elle me met sous le nez une coupure de presse – « Un pont s'écroule en Israël » – et toute sa personne me crie : « Je vous l'avais bien dit ! » Je consacre les cinquante minutes qui suivent à lui rappeler le nombre de ponts qui existent au monde, et la fréquence moyenne à laquelle ils s'écroulent.

À trois heures, je me poste à la fenêtre pour guetter l'arrivée de Bobby. Va-t-il venir ? Je sursaute en reconnaissant sa voix dans mon dos. Il est sur le seuil. Il frotte ses mains sur sa veste, comme pour s'essuyer.

« Ça n'était pas ma faute, dit-il.

— Qu'est-ce qui n'était pas votre faute ?

— Ce dont vous me soupçonnez.

— Vous avez agressé une femme à coups de pied.

— Oui – un point, c'est tout. Il y a rien d'autre. » La lumière fait scintiller la monture métallique de ses lunettes.

« Une telle hostilité, ça doit bien venir de quelque part, répliqué-je.

— Qu'est-ce que vous voulez dire ?

— Vous êtes un jeune homme intelligent. Je suis sûr que vous avez compris. »

Il est grand temps d'affronter Bobby de face, pour voir comment il réagit sous la pression.

« Depuis combien de mois êtes-vous mon patient ? Six, environ – et pendant le plus clair de ces six mois, vous avez disparu de la circulation. Vous êtes arrivé en retard à nos rendez-vous, vous vous êtes pointé sans vous annoncer, et vous m'avez sorti du lit à quatre heures du matin. »

Il cligne les yeux. Je l'ai dit d'un ton si courtois qu'il ne sait pas trop comment le prendre.

« Et lorsque vous daignez venir, vous esquivez mes questions, vous changez de sujet, vous jouez sur les mots. Qu'est-ce que vous essayez de cacher ? De quoi avez-vous peur ? »

J'approche ma chaise de la sienne, jusqu'à ce que nos genoux se touchent, ou presque. J'ai l'impression de plonger les yeux dans ceux d'un chien battu, qui ne saurait même plus détourner la tête. Certains aspects de Bobby m'apparaissent très clairement – son passé, en particulier – mais son présent me demeure inaccessible. Qu'est-ce qu'il est devenu ?

« Je vais vous dire ce que j'en pense, Bobby. Je crois que vous êtes désespérément en quête d'affection, mais totalement incapable de nouer des liens authentiques avec les gens que vous aimez. Et ça ne date pas d'hier. Je vois un garçon vif, sensible et brillant, qui guette chaque soir le bruit du vélo de son père. Et quand son père franchit la porte d'entrée dans son uniforme de chauffeur, ce petit garçon ne se tient plus d'impatience : il adore le suivre dans son atelier, en l'écoutant raconter sa journée.

» Car ce père est un homme affectueux, plein d'humour et d'esprit. Il déborde d'idées. Il a toujours de grands projets en préparation, des inventions bizarres et merveilleuses, qui vont révolutionner le monde. Il dessine des plans sur des morceaux de papier. Il construit des prototypes dans son garage. Le gamin le regarde travailler. Il lui arrive même de s'endormir dans les copeaux, bercé par le ronflement du tour à bois. Et un jour, le père disparaît. La figure la plus importante de sa vie, la seule personne qui compte vraiment pour lui, l'abandonne. Sa mère n'est hélas pas capable de reconnaître ou de comprendre son chagrin. Elle le houspille, lui reprochant d'être comme son père : faible, mou, juste bon à rêver. Il ne trouve jamais grâce à ses yeux… »

Les miens sont restés vissés sur lui, à l'affût du moindre signe de protestation ou de désaccord. Son regard est animé de rapides mouvements de va-et-vient, comme s'il rêvait, mais son attention reste focalisée sur moi.

« Ce garçon est pourtant d'une grande intelligence et d'une grande vivacité d'esprit. Ses sens sont d'une extrême acuité, tout comme ses émotions. Il tente d'échapper à sa mère. Mais comme il n'a ni l'âge ni le courage de quitter la maison, c'est en imagination qu'il s'enfuit. Il se crée un monde que les autres ne voient pas, et dont ils ignorent l'existence. Un monde où il est apprécié, où il a du pouvoir. Où il peut prodiguer à sa guise récompenses et châtiments. Où personne ne peut se moquer de lui, ni le ridiculiser, pas même sa mère. Elle se prosterne à ses pieds, comme toutes les autres. Il est à la fois Clint Eastwood, Charles Bronson et Sylvester Stallone. Le rédempteur. Le vengeur, le juge et le jury. L'exécuteur. Il peut se faire justice lui-même. Passer par les armes toute l'équipe de rugby de son école, ou ligoter le fier-à-bras de sa classe à l'arbre de la cour. »

Les souvenirs que j'ai exhumés, et les sons qui y sont associés, lui font scintiller les yeux. L'ombre et la lumière où baigne son passé… Des crispations nerveuses lui agitent les coins de la bouche.

« Qu'est-ce qu'il devient, en grandissant, ce garçon ? Un insomniaque. Il passe des nuits terribles, sans pouvoir trouver le sommeil. Des nuits qui le laissent à bout de nerfs, apercevant des choses du coin de l'œil. Il s'imagine être l'objet de conspirations. Il se sent observé, surveillé. Il reste allongé dans le noir, à dresser des listes, à imaginer des codes secrets pour ces listes.

» Il veut fuir dans son autre monde, mais il n'y parvient plus. Depuis que quelqu'un lui a montré quelque chose de plus fort et de plus excitant – parce que réel. »

Bobby cligne les yeux de plus belle, et se pince violemment le dos de la main.

« Vous connaissez le dicton – l'élixir de l'un est le poison de l'autre… ? »

Il acquiesce, mais je ne jurerais pas qu'il ait compris la teneur de ma question.

« Ça pourrait être une définition de la sexualité humaine. Chacun de nous développe des intérêts et des goûts très différents. En grandissant, ce gamin a découvert une chose qui l'a à la fois perturbé et émoustillé. Un secret. Un plaisir interdit. Et il craignait, par-dessus tout, que cela ne fasse de lui un pervers : le plaisir que l'on trouve à infliger de la souffrance. »

Bobby secoue la tête. Ses yeux, agrandis par les verres de ses lunettes, restent fixés sur moi.

« Vous aviez besoin d'un point de référence, Bobby. D'une source. Et ça, vous ne m'en avez jamais parlé. Qui était la fille qui vous a dessillé les yeux ? Qu'est-ce que ça vous a fait, la première fois que vous l'avez fait souffrir ?

— Vous êtes dingue !

— Et vous, vous mentez ! » *Ne le laisse pas changer de sujet...* « Comment ça s'est passé, la première fois ? Vous ne vouliez pas mettre le doigt dans l'engrenage ; c'est elle qui vous y a poussé. Comment s'y est-elle prise ? S'est-elle moquée de vous ? A-t-elle ri ?

— Arrêtez. Bouclez-la ! BOUCLEZ-LA ! »

Il serre l'extrémité de ses manches dans ses poings, et se bouche les oreilles – mais je sais qu'il m'écoute. Mes paroles s'insinuent dans la moindre brèche de son esprit, dans la moindre lézarde, qu'elles font éclater, comme de l'eau qui prendrait en glace.

« Il a bien fallu que quelqu'un la plante, cette graine. Qu'on vous apprenne à vous délecter de ce sentiment de contrôle absolu, du pouvoir que c'est, que d'infliger de la douleur. Au début, vous étiez réticent, mais elle en voulait toujours plus, et peu à peu, vous avez senti que vous aviez de plus en plus de mal à vous retenir. Vous ne pouviez plus, vous ne vouliez plus, arrêter. Vous aimiez ça !

— TA GUEULE ! TA GUEULE ! »

Il se balance d'avant en arrière au bord de sa chaise. Sa bouche s'est affaissée. Son attention n'est plus concentrée sur moi. Nous y venons. J'ai réussi à glisser les doigts dans une faille de sa psyché. Il me suffirait d'une affirmation, d'un seul détail, même infime, mais qui ferait mouche, pour faire craquer ses défenses. Mais je suis à court de matière. Il me manque trop de pièces du puzzle et je ne peux prendre le risque de m'avancer, sous peine de rompre totalement le contact.

« Qui était-ce, Bobby ? Elle ne s'appelait pas Catherine McBride, par hasard ? Je sais que vous la connaissiez. Où l'avez-vous rencontrée ? À l'hôpital ? Il n'y a pas de honte à demander de l'aide, Bobby. Je sais que vous avez déjà subi des examens, dans le passé. Catherine faisait-elle partie des patients ou du personnel, en tant qu'infirmière ? Je pense qu'elle devait se faire soigner, comme vous. »

Bobby se pince l'arête du nez, là où s'appuient ses lunettes. Sa main glisse doucement en direction de sa poche de pantalon et je suis soudain pris d'un doute. Ses doigts sont à la recherche de quelque chose. Il a sur moi l'avantage du poids et de l'âge : quarante kilos de plus, vingt ans de moins. La porte est à l'autre bout de la pièce. Je n'y serais sûrement pas avant lui.

Sa main émerge. Je la regarde, fasciné. Il tient un mouchoir blanc qu'il déplie et étale sur ses genoux. Puis il ôte ses lunettes et, sans la moindre hâte, entreprend d'en nettoyer les verres, l'un après l'autre, avec le plus grand soin, en pinçant le tissu entre le pouce et l'index. Peut-être ce rituel au ralenti a-t-il pour seul but de lui faire gagner du temps…

Il fait jouer ses verres dans la lumière, pour voir s'il y reste des traces, puis il lève les yeux vers moi et me regarde bien en face. « Vous venez de les inventer, tous ces bobards, pendant que vous me les déballiez, ou vous avez passé le week-end à préparer votre petite histoire ? »

La pression chute d'un coup, comme dans une bouée de sauvetage percée. Je me suis avancé, effectivement. J'aimerais lui demander sur quel point j'ai dérapé, mais les chances pour qu'il me le dise sont quasi nulles. Aucun joueur de poker ne s'étend sur ce qui lui a mis la puce à l'oreille, quand il a détecté un bluff. J'ai dû passer très près de la vérité, mais c'est un peu comme quand la NASA crie victoire, lorsque sa sonde spatiale va s'écraser sur Mars : elle ne s'était certes pas trompée de cible, mais elle ne risque plus de nous en dire grand-chose !

Je viens de porter un rude coup à la confiance de Bobby, et il sait à présent que j'ai peur de lui – ce qui n'est pas la meilleure base de relation, entre un thérapeute et son patient. Bon Dieu – à quoi je pensais ! Je l'ai remonté, comme un dangereux jouet mécanique que je vais devoir relâcher dans la nature.

22

L'Audi blanche remonte Elgin Avenue et ralentit en arrivant à mon niveau. Je continue à marcher, clopin-clopant, le long du trottoir, ma raquette sous le bras. J'ai un bleu gros comme un pamplemousse sur la cuisse droite. Ruiz est au volant et affiche la mine du type résolu à me suivre à 6 kilomètres-heure, jusqu'à ma porte.

Je m'arrête et me tourne vers lui. Il se penche pour m'ouvrir la portière. « Qu'est-ce qui vous est arrivé ?

— Accident de tennis.

— De tennis ? Diable ! J'aurais pas cru que c'était si dangereux.

— Parce que vous n'avez jamais joué contre mon adversaire. »

Je me laisse choir sur le siège passager. Sa voiture empeste le tabac froid, aromatisé au désodorisant à la pomme. Il fait demi-tour et prend la direction de l'ouest.

« Où allons-nous ?

— Sur les lieux du crime. »

Je ne prends pas la peine de lui demander pourquoi. En lui, tout indique qu'il ne me laisse pas le choix. La température a brusquement chuté, avec la tombée de la nuit. Le brouillard estompe la lumière des lampadaires. Les guirlandes électriques clignotent dans les fenêtres, et les portes croulent sous les décorations de plastique scintillantes.

Nous longeons Harrow Street avant de tourner dans Scrubs Lane. Au bout d'un petit kilomètre, l'allée grimpe puis redescend vers Mitre Bridge, enjambant le Grand Union Canal et les voies ferrées qui arrivent de Paddington. Ruiz s'arrête et coupe le moteur. Il met pied à terre et attend que j'en fasse de même. Puis il actionne la condamnation centrale des portières avant de s'éloigner, sans douter une seconde que je lui emboîte le pas.

J'ai la cuisse encore toute meurtrie du smash bien ajusté que m'a balancé Jock. Je me la frictionne d'une main prudente, tout en clopinant en direction du pont.

Ruiz s'est arrêté près d'un grillage. Il s'agrippe à un poteau métallique pour grimper sur un muret qui jouxte le pont. Après quoi, s'aidant toujours du poteau, il se laisse glisser de l'autre côté, et se retourne pour m'attendre.

Le chemin de halage est désert. Dans la soirée, les immeubles d'alentour sont inoccupés et plongés dans l'ombre. On se croirait à une heure bien plus tardive, juste avant les premières lueurs du jour, lorsque le monde a l'air d'un vaste désert, et qu'on serait mieux au fond de son lit.

Ruiz ouvre la marche, les mains plongées dans ses poches, la tête basse. Je me sens bouillir d'une rage contenue. Au bout de cinq cents mètres, nous apercevons les voies ferrées sur notre droite. Les baraquements des services techniques se profilent en silhouettes sombres dans la lumière résiduelle. Le troupeau désœuvré des wagons de marchandises attend son heure, autour des plates-formes de chargement.

Un train nous dépasse, presque sans crier gare. Son grondement se répercute sur la tôle des baraquements et les murets du canal, et pendant quelques secondes, le vacarme nous ferait croire que nous sommes au fond d'un tunnel.

Ruiz s'arrête net au milieu du sentier. Je n'évite la collision que de justesse.

« Vous reconnaissez les lieux ? »

Je sais parfaitement où nous nous trouvons. Mais, loin d'être submergé par le chagrin ou l'horreur, je ne sens monter en moi qu'une colère sourde. Il est tard, il gèle à pierre fendre, et j'en ai plus que ma claque, de ses coups d'œil en coin et de ses sourcils arqués. S'il a quelque chose à dire, qu'il le dise, et basta ! Je devrais être déjà chez moi.

« Vous avez vu les photos ?

— Oui. »

Son bras s'élève, et l'idée m'effleure qu'il pourrait me frapper. « Regardez par là ; suivez l'arête de ce bâtiment… »

Je suis la ligne que m'indique son doigt pointé, et mon regard arrive au mur. Cette bande plus sombre, au premier plan, doit être le fossé où ils l'ont retrouvée. En regardant par-dessus son épaule gauche, j'aperçois les arbres et les pierres tombales de Kensal Green Cemetery. Et je me souviens du jour où, de ce talus, j'ai suivi les évolutions des policiers, autour du corps qu'ils venaient d'exhumer.

« Vous pourriez me dire ce que je fiche ici ? lui demandé-je, avec le sentiment d'un grand vide intérieur.

— Et si vous vous serviez un peu de votre imagination – c'est votre point fort, d'habitude, non ? »

Il est en rogne et, pour des raisons qui m'échappent, il me rend responsable de quelque chose. En dehors de certains patients obsessionnels, j'ai rarement eu affaire à des gens chez qui je sens bouillir tant d'énergie rentrée. Il y avait bien deux ou trois gamins de cette trempe, dans mon école – des garçons si déterminés à prouver qu'ils ne se laisseraient pas marcher sur les pieds, que leur vie n'était qu'une longue série de bagarres. Ils avaient trop à prouver ; leurs journées n'y suffisaient pas.

« Pourquoi m'avez-vous amené ici ?

— Parce que j'ai quelques questions à vous poser. » Il ne me regarde plus. « Et deux ou trois trucs à vous dire, concernant Bobby Moran.

— Je ne peux pas vous parler de mes patients.

— Ne vous en faites pas, vous n'aurez qu'à ouvrir vos oreilles. » Il se dandine, passant d'un pied sur l'autre. « Et, faites-moi confiance, vous ne regretterez pas d'être venu ! » Il fait deux pas en direction de l'eau et crache dans le canal. « Bobby Moran n'a ni fiancée, ni petite amie du nom d'Arky. Il habite une pension de famille dans le North End, avec une bande de demandeurs d'asile qui attendent d'être relogés. Il est au chômage et n'a occupé aucun poste salarié, depuis plus de deux ans. Il n'existe aucune compagnie du nom de Nevaspring – en tout cas aucune qui soit légalement déclarée dans ce pays.

» Son père n'a jamais fait partie de l'Air Force, ni comme mécanicien, ni comme pilote, ni comme rien d'autre. Bobby a grandi à Liverpool, pas à Londres. Il a laissé tomber l'école à quinze ans. Depuis, il a fait quelques tentatives de cours du soir et a travaillé quelque temps comme bénévole dans un atelier pour personnes en difficulté, situé dans le Lancashire. Nous n'avons retrouvé aucune trace d'un quelconque passé psychiatrique, avec ou sans hospitalisation. »

Il a parlé en faisant les cent pas. Il envoie dans l'air froid un grand panache blanc qui traîne dans son sillage, comme derrière une cheminée de locomotive. « Nous avons entendu des choses plutôt positives, sur lui. Selon sa logeuse, c'est un garçon très propre et très ordonné. C'est elle qui fait sa lessive, et elle n'a aucun souvenir d'avoir lavé des vêtements sentant le chloroforme. Au refuge, ses anciens chefs d'équipe l'ont comparé à un “bon gros nounours”, et nous ont dit qu'il avait, je cite, “un cœur gros comme ça”.

» Et en fait, voilà ce qui me fait tiquer, professeur… Il n'y a pas une once de vérité, dans ce que vous m'avez dit sur lui. Si vous aviez fait erreur sur un point ou deux, j'aurais pu l'admettre : qui peut se prétendre au-dessus de toute erreur ? Mais là, c'est carrément comme si nous parlions de deux personnes différentes.

— Ça ne peut pas être lui, marmonné-je, d'une voix rauque.

— C'est bien ce que je me suis dit – alors, j'ai vérifié. Un type baraqué, un mètre quatre-vingts, un peu enveloppé, lunettes à la John Lennon. C'est bien Bobby, non ? Et puis je me suis demandé pourquoi il serait allé raconter un tel chapelet de mensonges à un psychologue qui ne demandait qu'à l'aider. Ça ne tient pas debout.

— Il cache quelque chose.

— Possible. Mais il n'a pas pu tuer Catherine McBride.

— Pourquoi ?

— Parce qu'il y a une douzaine de personnes, à son cours du soir, qui sont prêtes à témoigner de son emploi du temps, la nuit du drame. »

J'ai les jambes en coton.

« Je suis parfois un peu lent à la détente, professeur. Ma vieille maman avait coutume de dire que j'étais né avec un jour de retard, que je n'ai jamais réussi à rattraper. Mais si vous voulez que je vous dise, je finis toujours par avoir le fin mot d'une histoire. C'est simplement qu'il me faut un poil plus de temps qu'à ceux qui se croient plus malins… » Il l'a dit sans pavoiser, et même avec un soupçon d'amertume.

« Alors, voyez-vous, je me suis demandé pourquoi Bobby Moran aurait pris la peine de monter un tel canular. Et je me suis dit que ce n'était peut-être pas lui qui mentait. Que vous étiez peut-être le meurtrier, et que vous n'aviez échafaudé tout ça que pour détourner mon attention.

— Vous plaisantez, j'espère ?

— Comment saviez-vous que Catherine McBride s'était tranché la carotide pour hâter sa mort ? Ça ne figurait pas dans le rapport d'autopsie.

— J'ai fait des études de médecine.

— Et pour le chloroforme ?

— Je vous l'ai dit.

— Effectivement, oui. Je me suis un peu documenté. Saviez-vous qu'il suffisait de quelques gouttes sur un chiffon pour faire perdre conscience à une personne ? Vaut mieux savoir ce qu'on fait, quand on manipule ce genre de produit :

quelques gouttes de trop, et la victime ne se réveille pas. Elle meurt étouffée.

— Le meurtrier doit avoir quelques bonnes notions de médecine.

— Moi aussi, j'en suis arrivé à cette conclusion. »

Ruiz bat la semelle sur le bitume pour se réchauffer.

Un chat errant qui se baladait le long du grillage s'aperçoit de notre présence et détale ventre à terre. Nous nous interrompons tous deux pour le regarder filer.

« Comment saviez-vous qu'elle était infirmière ? s'enquiert Ruiz.

— À cause du médaillon.

— Je dirais plutôt que vous l'aviez reconnue, et que tout le reste n'était que de la comédie.

— Non. »

Son ton s'est fait plus froid et plus mordant. « Et vous connaissiez aussi son grand-père. Le juge McBride.

— Oui.

— Pourquoi avoir passé ce détail sous silence ?

— Ça ne m'avait pas semblé particulièrement important. Ça remontait à la nuit des temps. Les psychologues sont parfois appelés à se prononcer en tant qu'experts, dans les affaires de séparation. Nous établissons des bilans psychologiques pour les enfants et les parents. Nous faisons des recommandations à la cour.

— Que pensiez-vous de lui ?

— Il avait ses défauts, mais c'était un juge honnête. Je le respectais. »

En dépit des louables efforts que fait Ruiz pour rester poli, la courtoisie n'est pas chez lui une tendance naturelle. « Vous savez ce que j'ai vraiment du mal à avaler ? me dit-il. Qu'il vous ait fallu si longtemps pour admettre que vous connaissiez Catherine McBride et son grand-père – alors que vous m'avez déversé un plein tombereau de conneries sur un certain Bobby Moran. Non, mille excuses, je me goure… parce que vous ne parlez jamais de vos patients, pas vrai ? Vous vous contentez de jouer aux devinettes, comme dans une cour d'école… eh bien, ça peut aussi se jouer à deux, ce petit jeu, pas vrai ? »

Il me sourit d'une oreille à l'autre – dents blanches, yeux pleins d'ombre. « Vous voulez savoir à quoi j'ai passé mon temps, ces deux dernières semaines ? J'ai fait assécher le canal. On a apporté le matériel pour draguer le fond, et on a vidé le bassin de l'écluse. Plutôt salissant, comme boulot. Au fond, on est tombés sur un mètre de vase et de saloperies. Y avait de tout, là-dedans : des vélos volés, des Caddies de supermarché, des châssis de bagnoles, deux machines à laver, une foule de pneus et de seringues usagées – sans compter les capotes ! Et devinez quoi… »

Je secoue la tête.

« Le sac à main de Catherine McBride, ainsi que son téléphone portable. Il nous a fallu pas mal de temps pour tout faire sécher, mais ça nous a permis de consulter les enregistrements et les relevés du téléphone. Et de découvrir que le dernier coup de fil qu'elle a passé était adressé à votre cabinet. À 18 h 35, le 13 novembre. Elle a appelé d'un pub qui se trouve là-bas, près du canal. La personne qu'elle devait rencontrer, qui qu'elle fût, n'était pas au rendez-vous. À vue de nez, elle devait appeler pour demander des explications.

— Qu'est-ce qui vous permet de l'affirmer ? »

Ruiz se fend d'un autre sourire.

« Par la même occasion, nous avons retrouvé son journal de bord. La flotte l'avait totalement détrempé. Les pages étaient collées et l'encre délavée. Me demandez pas comment les gars du labo ont réussi à les faire sécher, mais ils y sont arrivés. Après quoi, ils les ont passées au microscope électronique pour repérer les traces d'encre. On croirait pas ce qu'ils arrivent à faire, de nos jours ! »

Il est venu se planter juste devant moi, et me regarde dans le blanc de l'œil. C'est sa grande scène finale à la Agatha Christie, son monologue du grand salon. « Catherine avait rédigé quelques lignes dans son calepin, à la date du 13 novembre. Elle avait noté le nom du Grand Union Hotel. Ça vous dit quelque chose ? »

Je hoche la tête.

« Ça se trouve dans le quartier, à un kilomètre et demi d'ici, le long du canal. À deux pas de votre club de tennis, soit dit en passant. » Ruiz m'indique la direction d'un mouvement de tête. « Et au bas de la même page, elle avait inscrit un nom. Des initiales, plus précisément. Je pense qu'elle avait prévu de voir cette personne. Vous savez de qui il s'agissait ? »

Je secoue la tête.

« Vous ne voulez même pas essayer de deviner ? »

Je sens comme un nœud me broyer la poitrine. « Moi ? »

Ruiz ne s'autorise aucun geste d'emphase, aucun signe de victoire. Son triomphe ne fait que commencer : je vois scintiller les menottes qu'il sort de sa poche. Ma première réaction est d'éclater de rire, puis un grand froid s'insinue en moi, et je me sens pris d'une violente nausée.

« Je vous arrête pour présomption de meurtre, professeur. Vous avez le droit de garder le silence, mais j'ai le devoir de vous informer que tout ce que vous direz sera désormais consigné par écrit et pourra être retenu contre vous. »

Les bracelets d'acier se referment sur mes poignets. Ruiz me force à écarter les jambes et me soumet à une rapide fouille au corps, en commençant par les chevilles.

« Avez-vous une déclaration à faire ? »

Bizarre, ce qui peut vous traverser l'esprit en un moment pareil. Il me revient tout à coup un dicton que mon père se plaisait à me seriner, chaque fois que je laissais passer une bonne occasion de me taire : « La parole est d'argent, mais le silence est d'or. »

Livre II

« Nous sommes souvent criminels aux yeux du monde, non pas pour des méfaits que nous avons commis, mais pour ceux dont nous avons connaissance. »

L'Homme au masque de fer.

1

J'ai fixé si longtemps ce carré de lumière qu'il brille encore à l'intérieur de mes paupières quand je ferme les yeux. Une fenêtre s'ouvre au-dessus de la porte, au sommet du mur. De temps à autre, j'entends des bruits de pas dans le couloir. Le judas s'ouvre. Des yeux m'observent. Puis la petite trappe se referme et je me replonge dans la contemplation de la fenêtre.

Je n'ai aucune idée de l'heure. J'ai dû troquer ma montre, ma ceinture et mes lacets contre une couverture grise dont la texture tient davantage du papier de verre que de la laine. Le seul bruit qui me parvienne est celui de la chasse d'eau de la cellule voisine, qui fuit.

Le calme est revenu, depuis l'arrivée du dernier pochard, que je situe une heure après la fermeture des bars – le temps pour un noctambule de s'endormir dans le bus de nuit, de se bagarrer avec un chauffeur de taxi et de se faire embarquer par un panier à salade. Je l'entends encore bourrer la porte de coups de pied en beuglant : « Ouvrez, putain ! je l'ai même pas touché ! »

Ma cellule fait six pas sur quatre. Elle contient en tout et pour tout un lavabo, des wc et une couchette rudimentaire. Les murs sont constellés de graffiti qui y restent inscrits, grattés, gravés ou maculés, en dépit de toutes les tentatives pour les masquer, sous des couches de peinture successives.

J'ignore où peut être Ruiz ; dans son lit, selon toute probabilité, en train de rêver que son zèle et sa persévérance feront un jour du monde un endroit plus humain et plus sûr. Notre premier entretien n'a duré que quelques minutes.

Quand je lui ai dit que je voulais me faire assister d'un avocat, il m'a conseillé de m'en « trouver un vite fait, et un bon ».

Les avocats ne répondent généralement pas au téléphone à une heure aussi indue. J'ai donc préféré appeler Jock. Évidemment, je l'ai réveillé. J'entendais, en arrière-plan, râler une voix féminine.

« Tu es où, là ?

— Au poste de Harrow Road.

— Qu'est-ce que tu fiches là-bas ?

— Garde à vue.

— Wow ! » Il faut être Jock pour pousser une exclamation émerveillée, en apprenant ce genre de nouvelle.

« J'ai un service à te demander. Il faudrait que tu appelles Julianne pour moi. Dis-lui que je vais bien, mais que je dois aider la police, dans le cadre d'une enquête. Elle est au courant.

— Pourquoi ne pas lui dire la vérité, tout simplement ?

— Je t'en prie, Jock… J'ai besoin de temps pour faire le tri. »

Depuis, je n'ai cessé de faire les cent pas. Je me lève. Je m'assieds. J'arpente ma cellule. Je vais m'asseoir sur le trône… Le stress m'a déclenché une constipation carabinée – à moins que ce ne soit un effet secondaire du traitement. Ruiz croit dur comme fer que je lui cache quelque chose, ou que je ne lui ai livré qu'une version élaguée de la vérité. L'intuition est une science exacte. À présent, mes erreurs ne cessent de proliférer dans ma tête, en se disputant mon espace mental avec toutes les questions qui restent en suspens.

Certains parlent de « péché par omission », mais qu'est-ce que ça veut dire ? Qui décide de ce qui est ou n'est pas un péché ? Je joue peut-être sur les mots, mais à en juger par l'empressement que mettent certains à se poser en juges et à édicter leurs conclusions, on pourrait croire que la vérité est une, indestructible et inaliénable. Qu'il s'agit d'une chose qu'on peut isoler, fixer, saisir mentalement et se repasser, afin de la jauger, ou de la soupeser, avant de parvenir à un accord unanime.

Mais il n'en est rien. Si je devais vous raconter cette histoire demain, mon récit serait déjà différent de ce qu'il est aujourd'hui. J'aurais eu le temps d'en passer chaque élément dans le filtre de mes systèmes de défense, de trouver des explications rationnelles à chacune de mes actions. Quoi qu'on puisse en dire, la vérité n'est que nuances, jeux de mots et problèmes de sémantique.

Je n'avais pas reconnu Catherine sur le croquis. Le corps que j'ai vu à la morgue ressemblait davantage à un mannequin de vitrine saccagé, qu'à un être humain. Et cinq ans avaient passé. Dès que j'en ai eu la certitude, je l'ai dit à Ruiz. Bien sûr, j'aurais pu le lui dire plus tôt – mais quelle différence, puisqu'il avait déjà son nom ?

Personne n'aime admettre ses erreurs, et nous sommes tous horrifiés par l'abîme qui sépare ce que nous aurions dû faire de ce que nous avons réellement fait. Nous préférons donc réviser et réajuster soit nos actes, soit nos opinions. Nous nous trouvons des excuses, nous redéfinissons notre conduite sous un jour plus flatteur. Dans ma branche, ça porte un nom : la dissonance cognitive.

Mais dans mon cas, ça ne marche pas. Une petite voix intérieure, qu'il s'agisse de ma conscience, de mon âme ou de mon ange gardien, me serine : « Croix de bois, croix de fer, si tu mens, tu vas en enfer… »

Ruiz a vu juste sur au moins un point : je suis dans le pétrin, et jusqu'au cou.

Je m'allonge sur l'étroit sommier métallique dont les ressorts me labourent le dos.

Pour prouver au nouvel ami de ma sœur qu'il fait désormais partie de la famille, il doit exister de meilleures méthodes que de le convoquer dans un poste de police à six heures et demie du matin, mais je ne connais pas des masses d'avocats spécialisés en droit criminel. D'habitude, j'ai plutôt en face de moi des avocats d'affaires qui me cajolent comme si j'étais le plus précieux de leurs amis, ou m'accablent de leur mépris, selon l'avis que je rends au tribunal.

Simon arrive une heure plus tard. Il ne perd pas une seconde en préambules, ni en compliments pour le déjeuner de dimanche. Du menton, il m'invite à m'asseoir tout en prenant une chaise. Ça ne rigole pas.

Les cellules de garde à vue sont situées à l'étage du dessous. La salle d'interrogatoire doit se trouver à proximité. Il flotte dans l'air un parfum de café chaud et on entend vaguement cliqueter des claviers d'ordinateurs. Les bandes de ciel qu'on aperçoit à travers les stores vénitiens commencent à s'éclaircir.

Simon ouvre son attaché-case, et en tire un dossier bleu et un grand bloc-notes. Je n'en reviens pas de l'aisance avec laquelle son physique de Père Noël s'ajuste à son comportement d'avocat.

« Nous devons prendre une décision de toute urgence. Ils veulent commencer l'interrogatoire dès que possible. Y a-t-il quelque chose que vous voudriez me dire ? »

Je cligne les yeux. Qu'est-ce qu'il attend, là ? Que je passe aux aveux ?

« Ce que je veux, c'est que vous me sortiez de ce trou », répliqué-je, sur un ton un brin trop vif.

Il commence par m'expliquer que la loi accorde quarante-huit heures à la police pour établir la culpabilité d'un suspect et le déférer devant les tribunaux, ou le remettre en liberté – à moins qu'il n'ait été auparavant relaxé par la cour.

« Ce qui signifie que je risque de rester deux jours ici ?

— Oui.

— C'est grotesque.

— Vous la connaissiez, cette fille ?

— Oui.

— Aviez-vous rendez-vous avec elle, la nuit de sa mort ?

— Non. »

Simon prend des notes. Il se penche sur son bloc, ponctuant son texte de gros points noirs, soulignant certains mots.

« Inutile de couper les cheveux en quatre, tranche-t-il. Le plus simple serait de leur fournir un alibi pour le 13 novembre.

— Impossible. Je n'en ai pas. »

Simon me balance un coup d'œil sévère, nuancé de lassitude : le regard du maître d'école qui n'a pas obtenu la réponse attendue. Puis il chasse une pellicule de sa manche, comme s'il s'en lavait les mains, et va frapper deux coups à la porte, pour indiquer qu'il a fini.

« C'est tout ?

— Oui.

— Vous ne voulez même pas savoir si je l'ai tuée ? »

Ma question a l'air de le surprendre. « Gardez vos arguments pour le jury, en priant pour que nous n'allions jamais jusque-là. »

La porte se referme sur lui, mais la pièce vibre encore des ondes qu'il laisse dans son sillage : un mélange de déception, de candeur froissée et d'after-shave. Cinq minutes plus tard, une femme flic m'accompagne à la salle d'interrogatoire. Ça n'est pas la première fois que je pénètre dans ce genre d'endroit. À mes débuts, il m'est souvent arrivé de tenir lieu de « conseiller » à de jeunes délinquants, lors de leur interrogatoire.

Une table, flanquée de quatre chaises, occupe pratiquement tout l'espace. Dans un coin, un grand écran vidéo, affichant un time-code. Les murs sont nus, tout comme la fenêtre. La gardienne reste plantée devant la porte, en s'efforçant d'éviter mon regard.

Ruiz débarque. Il est accompagné d'un autre inspecteur, plus jeune et plus grand, avec un visage en lame de couteau et une dentition ébréchée. Simon entre sur leurs talons. Au passage, il me glisse à l'oreille : « Gardez le silence, quand je vous effleure le coude. »

J'acquiesce d'un signe de tête.

Ruiz s'assied en face de moi, sans même prendre le temps d'enlever sa veste. Il passe la main sur son menton, assombri d'une barbe de deux jours.

« Deuxième séance officielle d'interrogatoire du professeur Joseph Paul O'Loughlin, soupçonné du meurtre de Catherine Mary McBride, dit-il dans le micro. Les personnes assistant à l'entretien sont Vincent Ruiz, inspecteur divisionnaire principal, John Keebal, inspecteur adjoint, et Me Simon Koch, qui représente le professeur O'Loughlin. Il est exactement huit heures et quatorze minutes. »

La femme flic vérifie le bon fonctionnement du magnétoscope, et hoche la tête en direction de Ruiz, qui a posé les deux mains à plat sur la table, les doigts entrecroisés. Son regard s'attarde sur moi, et je dois admettre que son silence est des plus éloquents.

« Où étiez-vous, le soir du 13 novembre dernier ?

— Je ne m'en souviens pas.

— Étiez-vous chez vous, en compagnie de votre épouse ?

— Non.

— Ça, vous vous en souvenez tout de même, ironise-t-il.

— Oui.

— Avez-vous donné des consultations, ce jour-là ?

— Oui.

— À quelle heure avez-vous quitté votre cabinet ?

— J'avais rendez-vous à seize heures chez mon médecin. »

Et il continue, me bombardant de questions de plus en plus précises. Il essaie de me prendre en défaut, de m'épingler. Il sait, tout comme moi, qu'il est bien plus compliqué de mentir que de dire la vérité. Le diable se cache dans les détails… Plus on brode autour d'une histoire, plus elle devient difficile à soutenir. Vous vous retrouvez pris dans une sorte de camisole de force de plus en plus serrée, qui vous laisse de moins en moins de marge de manœuvre.

Il en vient enfin à Catherine. Silence. Du regard, je consulte Simon, qui ne desserre pas les dents. Il n'a pas pipé mot depuis le début de l'interview. Pas plus que le jeune flic, qui s'est assis un peu en retrait derrière Ruiz.

« Connaissiez-vous Catherine McBride ?

— Oui.

— Où l'avez-vous rencontrée pour la première fois ? »

Je raconte toute l'histoire. Ses problèmes d'automutilation, les séances de thérapie. L'amélioration apparente de son état, son départ du Marsden. Bizarre, de parler d'un cas clinique dans ce genre d'environnement. Ma voix a pris un timbre métallique et strident, comme si je forçais la note dans l'espoir de les convaincre.

Lorsque j'en arrive au terme de mon exposé, je joins les mains, paumes au ciel, pour leur indiquer que j'en ai fini. Mais je vois ma propre image se refléter dans les yeux de Ruiz. Il attend la suite.

« Pourquoi n'avez-vous rien dit à l'administration de l'hôpital, à l'époque ?

— J'avais de la sympathie pour elle, et il aurait été injuste de faire perdre son travail à une infirmière par ailleurs irréprochable. Ça n'était de l'intérêt de personne.

— C'était la seule raison ?

— Oui.

— Avez-vous eu une liaison avec Catherine McBride ?

— Non.

— Avez-vous eu des relations sexuelles avec elle ?

— Non.

— Quand lui avez-vous parlé pour la dernière fois ?

— Il y a cinq ans. J'ai oublié la date exacte.

— Pourquoi Catherine a-t-elle appelé à votre cabinet, le soir de sa mort ?

— Je n'en sais rien.

— Nous avons d'autres relevés téléphoniques indiquant qu'elle a appelé votre numéro à deux reprises, la veille au soir.

— Je n'ai aucune explication.

— Votre nom figurait dans son journal. »

Je hausse les épaules. Un mystère de plus. La main de Ruiz s'abat sur la table, à la grande surprise de tous les présents qui sursautent en chœur, Simon y compris.

« Vous l'avez rencontrée, ce soir-là.

— Non.

— Vous l'avez retrouvée au Grand Union Hotel, et vous l'avez convaincue de sortir avec vous.

— Non.

— Vous l'avez torturée.

— Non.

— C'est un tissu de mensonges ! explose-t-il. Vous avez délibérément passé sous silence des informations essentielles. Ces trois dernières semaines, vous vous êtes appliqué à brouiller les pistes et à couvrir vos arrières, pour détourner l'attention de la police. »

Simon me frôle le bras, mais j'ignore son signal.

« Je n'ai pas touché à un seul de ses cheveux. Je ne l'ai même pas vue. Vous n'avez rien contre moi. RIEN !

— Je veux parler à mon client », dit Simon, qui se fait plus insistant.

Ras-le-bol ! Trêve de salamalecs. « Quelle raison aurais-je eu de la tuer ? tonné-je. Vous avez mon nom dans un calepin, un coup de fil à mon cabinet, et pas l'ombre d'un mobile. Faites votre boulot, nom d'un chien ! Réunissez au moins quelques preuves, avant de m'accuser ! »

Le jeune flic affiche le sourire du chat qui a mangé le canari. Je sens que quelque chose se prépare. Ruiz ouvre une chemise cartonnée verte qu'il a posée sur la table devant lui. Il en sort une photocopie qu'il fait glisser dans ma direction.

« Voici une lettre datée du 19 avril 1997, et adressée au directeur administratif du Royal Marsden Hospital, lettre dans laquelle Catherine McBride vous accuse de l'avoir sexuellement agressée dans votre cabinet de consultation à l'hôpital. Elle explique que vous l'avez hypnotisée, puis que vous lui avez caressé les seins et que vous vous êtes attaqué à ses sous-vêtements.

— Elle a retiré cette plainte, comme je vous l'ai dit ! »

Ma chaise bascule en arrière et tombe à grand fracas. J'ai bondi sur mes pieds, mais le jeune flic est le plus rapide. Physiquement, il est tout à fait de taille à m'en imposer, et semble prêt à le faire.

Ruiz pavoise.

Simon me prend le bras. « Professeur O'Loughlin… Joe… Je vous demande de garder le silence, à présent.

— Vous ne voyez pas qu'ils essaient de déformer les faits ?

— Ils ne vous ont posé que des questions très légitimes. »

Un signal d'alarme s'est mis à clignoter, dans mes circuits : Ruiz tient son mobile. Simon relève ma chaise. Je fixe le mur d'en face d'un regard vide. Je me sens accablé, lessivé, terrassé de fatigue. Ma main gauche se met à trembler. Les deux flics la regardent en silence. Je me rassieds, la main immobilisée entre les genoux.

« Où étiez-vous, le soir du 13 novembre ?

— Dans le West End.

— Avec qui ?

— Personne. J'ai pris une cuite. Je venais d'apprendre de très mauvaises nouvelles, concernant ma santé. »

Ma réplique reste suspendue dans l'air comme un lambeau de toile d'araignée qui chercherait quelque chose où s'accrocher. Simon finit par briser le silence en expliquant que je suis atteint de la maladie de Parkinson. Je donnerais cher pour le faire taire. Ce sont mes oignons. Je n'essaie pas de les apitoyer sur mon sort.

Ruiz saisit la balle au bond : « Les troubles de la mémoire feraient-ils partie de vos symptômes, par hasard ? »

Le soulagement me fait éclater de rire. Une seconde, j'ai craint qu'il ne me réserve un traitement de faveur. « Où êtes-vous allé boire ? insiste Ruiz.

— Dans différents pubs et dans des bars à vin.

— Où ça ?

— À Leicester Square. À Covent Garden…

— Pourriez-vous me citer le noms de ces bars ? »

Je secoue la tête.

« Est-ce que quelqu'un pourrait confirmer votre emploi du temps ?

— Non.

— À quelle heure êtes-vous rentré chez vous ?

— Je ne suis pas rentré.

— Où avez-vous passé la nuit ?

— Je ne m'en souviens pas. »

Ruiz se tourne vers Simon. « Me Koch, pourriez-vous informer votre client…

— Mon client vous a clairement signifié qu'il ne se souvient pas de l'endroit où il a passé la nuit. Il est bien conscient du fait que cela n'arrange pas son cas. »

Le visage de Ruiz me demeure indéchiffrable. Il consulte sa montre et donne l'heure, avant d'arrêter le magnétophone. L'interrogatoire est terminé. Mon regard fait la navette entre les visages des présents. Que va-t-il se passer, maintenant ? En ont-ils vraiment terminé ?

La femme flic revient dans la pièce.

« Les voitures sont prêtes ? » s'enquiert Ruiz.

Elle confirme d'un signe de tête et nous ouvre la porte. Ruiz sort, tandis que son jeune collègue me passe les menottes. Simon proteste, mais se voit présenter la copie d'un mandat de perquisition. L'adresse est inscrite des deux côtés de la page, en grandes capitales. Ils me ramènent chez moi.

Mon souvenir de Noël le plus impérissable est un spectacle de la St. Mark's Anglican School, dans lequel je jouais l'un des Rois mages. Cette soirée aurait probablement sombré dans l'oubli sans Russell Cochrane, qui tenait le rôle de l'Enfant Jésus. Mort de trac, il s'en était oublié dans ses couches, aspergeant la belle robe bleue de la Vierge Marie, incarnée par Jenny Bond. Furieuse, Jenny a sauté de sa chaise, envoyant valdinguer l'Enfant Jésus, qu'elle a gratifié au passage d'un bon coup de pied dans les parties.

L'assistance a lâché un hoquet horrifié, bientôt noyé dans les hurlements de Russell. Le spectacle fut aussitôt interrompu, et le rideau baissé en catastrophe.

Mais, en coulisses, se déroulait le deuxième acte. Le père de Russell, un malabar avec une tête en forme d'obus, était flic. Il passait à l'école de temps à autre, pour nous donner des cours de sécurité routière. Il attrapa Jenny Bond au collet et la menaça de la faire arrêter pour coups et blessures, ce qui fit doucement rigoler le père de Jenny. Funeste erreur – le sergent Cochrane lui passa aussitôt les menottes, et lui fit descendre tout Stafford Street, à pied et au vu de tous, jusqu'au poste de police où il passa la nuit sous les verrous.

Notre spectacle de Noël fit la une des quotidiens nationaux. « Le père de la Vierge Marie au violon ! » proclamait le *Sun*. Quant au *Star*, il annonçait : « L'Enfant Jésus victime d'un coup au-dessous de la ceinture ! »

Si j'y repense, c'est pour Charlie. Va-t-elle me voir arriver entre deux flics et menottes aux poings, elle aussi ? Quelle image gardera-t-elle de son père ?

La voiture de police banalisée gravit la rampe de sortie du parking souterrain et émerge au grand jour. Simon, qui se tient près de moi, me couvre précipitamment la tête d'une veste. À travers les fentes du vêtement, je distingue le feu nourri des flashes et des projecteurs de la télé. Je ne saurais dire combien de photographes et de cameramen nous ont pris d'assaut. J'entends leurs voix, et je sens l'accélération de la voiture, qui s'éloigne rapidement.

Aux abords de Marylebone Road, la circulation nous force à ralentir. Les yeux des piétons s'attardent sur moi, comme s'ils se demandaient qui je suis et ce que je fais à l'arrière de cette voiture de flics.

« Est-ce que je peux au moins téléphoner à ma femme ?

— Non.

— Elle ne sait pas que nous arrivons.

— Exactement.

— Elle n'est même pas au courant de mon arrestation.

— Ça, vous auriez dû le lui dire. »

Je me souviens tout à coup de mon emploi du temps de la matinée. J'ai plusieurs rendez-vous avec des patients. Il faut les prévenir. Reporter les rendez-vous. « Puis-je appeler ma secrétaire ? »

Ruiz se retourne et me jette un coup d'œil par-dessus son épaule. « Nous avons aussi un mandat pour votre cabinet. »

J'ouvre la bouche pour protester, mais Simon m'attrape le coude. « Ça fait partie du processus », murmure-t-il, d'un ton qui se veut rassurant. Le convoi, composé de trois voitures de police, s'arrête au milieu de ma rue, bloquant la chaussée dans les deux sens. Des portières s'ouvrent et les flics se rassemblent en un clin d'œil. Quelques-uns se précipitent dans l'allée latérale, pour investir le jardin, à l'arrière de la maison.

Julianne vient ouvrir, avec des gants en caoutchouc roses. Elle a les cheveux en bataille et un flocon de mousse s'accroche encore à sa frange. L'un des flics lui présente une copie du mandat, mais elle ne lui accorde pas un regard, occupée qu'elle est à me regarder, moi, mes menottes et ma mine déconfite. Elle ouvre de grands yeux, l'air à la fois incrédule et catastrophée.

« Empêche Charlie de sortir ! » lui crié-je. Puis je me tourne vers Ruiz : « Pas devant ma fille, plaidé-je. Je vous en prie. »

Pas un muscle de son visage ne tressaille, mais sa main plonge dans sa poche et en sort les clés des menottes. Deux flics m'attrapent, chacun par un bras.

Julianne me bombarde de questions, toujours sans paraître remarquer les policiers qui la bousculent pour se ruer dans la maison. « Qu'est-ce qui se passe, Joe ? Qu'est-ce que tu…

— Ils pensent que j'y suis pour quelque chose dans la mort de Catherine.

— Comment ? Pourquoi ? C'est ridicule. Tu les as aidés de ton mieux, pour l'enquête. »

Au premier, un objet tombe et vole en miettes. Julianne lève les yeux, puis revient à moi. « Qu'est-ce qu'ils font dans notre maison ? » Elle semble au bord des larmes. « Qu'est-ce que tu as fait, Joe ? »

J'aperçois la tête de Charlie, qui risque un œil par la porte du salon. Elle disparaît aussitôt, tandis que Julianne se retourne vers elle : « Toi, je t'ai déjà dit de ne pas ouvrir cette porte ! » aboie-t-elle, d'une voix où vibre plus d'angoisse que de colère.

Notre porte d'entrée est restée grande ouverte. Tous les passants peuvent se rincer l'œil et voir ce qui se passe. Du premier fusent des bruits éloquents. Des tiroirs et des placards que l'on ouvre. Des matelas que l'on retourne. Des lits que l'on déplace. Julianne hésite sur la conduite à tenir. Une part d'elle-même voudrait protéger sa maison, se rebeller contre cette bande de vandales – mais une autre, et sans doute la plus forte, voudrait m'arracher à toute force des réponses que je n'ai pas.

Les flics m'emmènent dans la cuisine où je retrouve Ruiz, plongé dans la contemplation du jardin, de l'autre côté de la porte-fenêtre. Des hommes armés de pelles et de pioches retournent la pelouse. DJ s'est adossé à la balançoire de Charlie, la cigarette au bec. Derrière un nuage de fumée, il me lance un regard interrogatif, insolent. L'ombre d'un sourire lui relève le coin des lèvres, comme quand on voit une Porsche se faire aligner pour défaut de stationnement.

Il se retourne, comme à contrecœur, et balance sa cigarette sur les graviers de l'allée, où la braise continue à briller. Puis il se penche pour couper l'emballage plastique d'un radiateur neuf.

« Nous avons interrogé vos voisins, m'explique Ruiz. On vous a vu enterrer quelque chose dans votre jardin.

— Oui, un poisson rouge. »

Ruiz accuse le coup.

Julianne éclate de rire. On se croirait dans un sketch des Monty Pythons.

« Dimanche dernier, Joe a enterré le poisson rouge de notre fille, explique-t-elle. Sous le prunier, là-bas, juste à côté de Harold, notre hamster. »

Derrière eux, un petit groupe de flics se mord les joues pour ne pas rire. Ruiz affiche une mine sombre et plombée, comme un ciel d'orage. Je sais qu'il vaudrait mieux éviter de le faire bisquer, mais ça fait tellement de bien de rigoler un peu…

2

Ma paillasse semble plus dure qu'une dalle de béton, sous mon dos et mes épaules. Dès que je m'y suis allongé, le sang s'est mis à me cogner dans les oreilles et mon esprit s'est emballé. Je ne demande qu'à me laisser glisser dans la paix du sommeil, mais c'est compter sans les dangereuses pensées qui m'assaillent, cent fois magnifiées et répercutées par mon imagination.

Ruiz doit avoir interrogé Julianne, à l'heure qu'il est. Il lui a demandé où j'étais le 13 novembre, et elle lui a dit que j'avais passé la nuit avec Jock. Elle ne sait pas que c'est un mensonge. Elle va répéter ce que je lui ai dit.

Ruiz parlera aussi à Jock, qui lui dira que j'ai quitté son cabinet à dix-sept heures, ce jour-là. Qu'il m'a proposé d'aller prendre un verre, mais que j'ai décliné son invitation, en disant que je préférais rentrer chez moi. Aucune des trois versions ne concorde avec aucune.

Julianne a passé toute la soirée dans la salle d'interrogatoire, en espérant m'apercevoir. Ruiz lui avait donné cinq minutes pour me parler, mais j'ai refusé. Je m'en sentais incapable. Je sais que j'ai eu tort. Pour elle, ça doit être l'horreur. Elle doit être effrayée et désorientée, malade de colère et d'inquiétude. Elle attend une explication. Elle veut m'entendre dire que tout va s'arranger. J'ai immensément plus peur d'elle que de Ruiz. Comment lui expliquer, pour Elisa ? Comment me justifier ?

Elle m'avait demandé si ça ne me chiffonnait pas qu'une femme que je n'avais pas vue depuis cinq ans réapparaisse ainsi, juste le temps de se faire assassiner, que nous assistions de loin à son exhumation, et que ce soit précisément moi que la police vienne trouver, pour aider à identifier le corps. Je m'en étais sorti d'une pirouette, en lui faisant remarquer qu'une coïncidence, ça n'était jamais que deux choses se produisant de façon concomitante. Mais à présent, les coïncidences commencent à avoir bon dos. Quelles étaient les chances pour que Bobby atterrisse dans mon cabinet, ou pour que Catherine me téléphone le soir de sa mort ? À partir d'où de telles coïncidences cessent-elles d'être un enchaînement de faits aléatoires, pour devenir un schéma d'ensemble ?

Ce n'est pas de la paranoïa. Ce ne sont pas des ombres que je vois passer à la limite de mon champ visuel, ni je ne sais quelle conspiration imaginaire. J'ai le sentiment très net qu'il se trame quelque chose. Quelque chose qui dépasse la somme de ses parties.

Je finis par sombrer dans le sommeil, accroché à cette idée, pour me réveiller en sursaut un peu plus tard dans la nuit. J'ai le souffle court et le cœur qui bat à tout rompre. Je ne saurais mettre un nom ou un visage sur ce qui me harcèle, mais je sais que c'est là. Il est à l'affût. Il me guette. Il se paie ma tête.

Le moindre son est amplifié par les murs nus de ma cellule. Je reste étendu dans le noir, écoutant les grincements en dents de scie des ressorts, le goutte-à-goutte des chasses d'eau, les ivrognes qui cuvent et les gardes qui font les cent pas dans le couloir.

Aujourd'hui, c'est le jour J. Les flics vont devoir conclure – soit en m'inculpant, soit en me relâchant. Je devrais être plus inquiet, mais je me sens étrangement détaché de tout ce qui m'arrive. J'arpente ma cellule. La vie peut être tellement bizarre… Je pense à ce tissu de bourdes, d'erreurs, de hasards malheureux et de malentendus. Je n'ai aucune colère, aucune amertume. Je fais confiance au système. Ils vont finir par s'aviser qu'ils n'ont aucune vraie preuve contre moi, et me laisser repartir.

Cet optimisme a pourtant quelque chose de curieux de ma part, moi qui ai toujours professé un tel cynisme pour tout ce qui se rapporte aux forces de l'ordre et à la loi. Tous les jours, des innocents se font injustement coffrer. On en a quotidiennement les preuves, et elles sont accablantes. Je devrais donc craindre d'être victime, moi aussi, de ce genre d'erreur.

Ah ! Ma mère et cette foi inébranlable que lui inspirent toutes les figures d'autorité – policiers, juges, politiciens. Elle a grandi dans un petit village du Cotswolds, où le policeman local officiait à vélo. Il était l'honnêteté et la droiture mêmes. Il connaissait personnellement chacun des habitants, et les appelait tous par leur prénom. Pratiquement tous les crimes étaient élucidés dans la demi-heure. Depuis, aucune histoire de détournement de preuves, de corruption ou de déposition falsifiée n'a pu saper la confiance de ma mère. « Dieu a créé plus de bonnes âmes que de mauvaises », décrète-t-elle, comme s'il suffisait de compter les têtes du troupeau pour que tout rentre dans l'ordre. Et devant la haute improbabilité de la chose, elle conclut : « Au ciel, il saura bien reconnaître les siens ! »

Une trappe s'ouvre dans la partie inférieure de la porte et on me glisse un plateau de bois. Mon petit déjeuner se compose d'une bouteille en plastique de jus d'orange, d'un bol de brouet grisâtre et de ce que je suppose être des œufs brouillés, accompagnés de deux tranches de pain qui ont dû transiter par le micro-ondes. Je laisse mon plateau de côté et j'attends l'arrivée de Simon.

Il arbore une jovialité débonnaire et une magnifique cravate de soie imprimée, semée de houx et de clochettes argentées. Tout à fait le genre de cadeau de Noël que rêve de me faire Charlie. Je me demande si Simon a déjà été marié, et s'il a des enfants.

Il n'a que deux minutes à me consacrer : il est attendu au tribunal. Quelques crins de sa perruque blanche sont restés pris dans le fermoir de son attaché-case. La police a demandé un échantillon de mes cheveux et de mon sang, dit-il. Ça ne me pose aucun problème. Ils ont aussi demandé un mandat pour interroger mes parents, mais le juge leur a interdit l'accès aux fichiers de mon cabinet. Bonne chose de faite.

Il y a une grande nouvelle, concernant deux des coups de fil que Catherine a passés au cabinet. Meena (Dieu la bénisse, elle et ses chats !) a déclaré à la police qu'elle avait eu Catherine au téléphone à deux reprises, début novembre.

J'avais complètement oublié cette histoire : la recherche de ma nouvelle secrétaire. Meena avait fait paraître une annonce dans la section « Carrières médicales » du *Guardian*. Une offre d'emploi s'adressant à des secrétaires médicales confirmées, ou à des candidates justifiant d'une formation paramédicale. Nous avons reçu plus de quatre-vingts réponses. J'entreprends d'expliquer l'affaire à Simon : « Meena avait filtré les candidates et en avait retenu douze.

— Dont Catherine.

— Oui. Enfin, probablement. C'est ce qui a dû se passer et ça expliquerait son coup de fil. Meena pourra nous le dire. »

Catherine savait-elle qu'elle postulait pour devenir ma secrétaire ? Meena aura sans doute prononcé mon nom. Peut-être Catherine voulait-elle me faire la surprise ? Ou peut-être a-t-elle craint que je refuse sa candidature…

Simon cisaille sa cravate entre ses doigts, comme s'il voulait la découper. « Pourquoi une femme qui vous a accusé de l'avoir sexuellement agressée se porterait-elle candidate au poste de votre secrétaire ? » demande-t-il, d'un ton inquisiteur. On croirait entendre l'avocat général.

« Je ne l'ai jamais agressée. »

Il ne fait aucun commentaire. Pour toute réponse, il se contente de consulter sa montre, en refermant son attaché-case. « À partir de maintenant, je vous conseille instamment de refuser de répondre aux questions de la police.

— Pourquoi ?

— Ça n'aboutirait qu'à vous enfoncer davantage. »

Il enfile son pardessus d'un haussement d'épaules, et se penche pour ôter un grain de poussière du miroir que sont ses Oxford noires.

« Il ne leur reste plus que huit heures. S'ils ne trouvent rien de nouveau dans la journée, vous serez chez vous dès ce soir. »

Allongé sur le châlit métallique, les mains sous la nuque, je laisse mon regard errer au plafond. Là-haut, au coin du mur, une main a griffonné : « Un jour sans soleil, c'est chiant comme… la nuit. » Le plafond doit être à quatre mètres du sol. Comment ce philosophe méconnu a-t-il réussi à se hisser là-haut ?

C'est curieux, de se trouver soudain coupé du monde. Je n'ai aucune idée de ce qui a pu se passer, ces dernières quarante-huit heures. Est-ce que j'ai manqué quelque chose ? Avec un peu de chance, mes parents sont rentrés au pays de Galles. Charlie doit être en vacances, à présent. Et la nouvelle chaudière doit être en service. Julianne a dû mettre les paquets sous le sapin. Jock s'apprête à sortir son costume de Père Noël du placard, pour aller faire sa tournée annuelle des pavillons de pédiatrie.

Et Bobby ? Qu'est-ce qu'il fabrique ?

En milieu d'après-midi, je suis à nouveau convoqué en salle d'interrogatoire. Ruiz m'y attend, flanqué de son jeune collègue. Simon débarque, hors d'haleine, après avoir gravi les deux étages. Il s'est muni d'un sandwich sous emballage plastique, et d'une bouteille de jus d'orange.

« Je n'ai pas eu le temps de déjeuner… » confesse-t-il, en guise d'excuse.

Le magnétoscope se met à tourner.

« Professeur O'Loughlin… J'ai besoin de vos lumières. » Ruiz se fend d'un sourire poli, qui doit lui arracher la bouche. « Est-il exact que les assassins reviennent sur les lieux de leurs crimes ? »

Où veut-il en venir ? Je jette un coup d'œil vers Simon, qui me fait signe de répondre.

« C'est parfois le cas, pour les tueurs à signature, mais le plus souvent, ça n'est qu'un mythe.

— Qu'est-ce qu'un tueur à signature ?

— Chaque tueur possède une sorte d'empreinte comportementale. C'est comparable à un profil, à une trace criminelle qu'il laisserait sur les lieux. Une véritable signature. La façon dont il noue les liens de ses victimes, par exemple, ou dont il se débarrasse du corps. Quelques-uns éprouvent le besoin compulsif de revenir sur les lieux de leurs crimes.

— Pourquoi ?

— Pour de multiples raisons. Certains se plaisent à fantasmer en revivant leur acte, ou à collecter des souvenirs. D'autres sont rongés de remords. D'autres ont simplement envie de rester à proximité.

— Ce qui explique qu'un ravisseur d'enfants puisse se porter volontaire pour participer aux recherches ?

— Oui.

— Et que les pyromanes aident parfois les pompiers à lutter contre les incendies. »

Je hoche la tête. Le sergent a pris la pose et l'expression d'une statue de l'île de Pâques. Ruiz ouvre un dossier et en sort quelques photos.

« Où étiez-vous, le dimanche 24 novembre ? »

Voilà donc ce qu'il a trouvé.

« Je rendais visite à ma grand-tante. »

Une étincelle s'allume dans son regard. Il croise les doigts pour que ce soit un mensonge.

— À quelle heure ?

— Le matin.

— Où habite-t-elle ?

— Au cimetière de Kensal Green. »

La vérité le déçoit. « Nous avons des photos de votre voiture, prise par une caméra de surveillance, sur le parking. » Il en fait glisser une dans notre direction. On m'y reconnaît, accompagné de Charlie. Je pose un carton de feuilles mortes entre ses bras tendus.

Ruiz sort une autre feuille de papier : « Vous vous souvenez de la façon dont nous avons découvert le corps ?

— Vous m'avez dit que c'était un chien qui l'avait déterré.

— L'homme qui a appelé n'a laissé aucune identité. Ni nom, ni numéro de téléphone. Il a appelé d'une cabine qui se trouve à l'entrée du cimetière. Auriez-vous vu quelqu'un, dans le secteur ?

— Non.

— Avez-vous vous-même utilisé cette cabine ? »

Il ne suggère quand même pas que c'est moi qui ai appelé…

« Vous m'avez dit que l'assassin connaissait bien le quartier.

— Oui.

— Comment qualifieriez-vous votre propre connaissance de ce secteur ?

— Inspecteur, je crois deviner où vous voulez en venir. Mais même en supposant que j'aie pu tuer Catherine McBride et que je l'aie enterrée près du canal, pensez-vous vraiment que j'aurais emmené ma femme et ma fille sur les lieux, pour les faire assister à l'exhumation ? »

Ruiz referme son dossier d'une claque. « Ici, c'est moi qui pose les questions, grogne-t-il. Contentez-vous d'y répondre. »

Simon s'interpose : « Peut-être devrions-nous prendre le temps de souffler un peu, pour nous calmer. »

Ruiz se penche vers moi par-dessus la table. Il s'approche de si près que je distingue les capillaires sous la peau de son nez. Ma main au feu qu'il peut respirer par ces gros pores dilatés…

« Accepteriez-vous de parler sans la présence de votre avocat ?

— Si vous arrêtez la bande. »

Simon s'y oppose et exige de me parler en tête à tête. Dans le couloir, nous confrontons franchement nos points de vue. Il me fait remarquer que ma conduite est absurde et j'en conviens. Mais si je parviens à convaincre Ruiz de m'écouter, peut-être acceptera-t-il d'y regarder de plus près, pour Bobby.

« Je tiens à ce que ma mise en garde soit notée, noir sur blanc.

— N'ayez crainte, Simon. Personne ne songe à vous faire le moindre reproche. »

Ruiz m'attend. Sa cigarette fume dans le cendrier, et il la regarde se consumer avec une attention concentrée. Le cylindre de cendre forme une petite tour branlante, menaçant de s'écrouler au moindre souffle.

« Je croyais que vous aviez décidé d'arrêter.

— J'ai arrêté. C'est juste pour le décor. »

La cendre finit par tomber et Ruiz pousse le cendrier de côté.

Il hoche la tête.

En l'absence de Simon et du jeune flic, la pièce semble s'être soudain agrandie. Repoussant son fauteuil, Ruiz pose les pieds sur la table. Les talons de ses gros bottillons sont usés. Sur sa cheville, juste au-dessus de sa chaussette, j'aperçois une traînée de cirage noir.

« On a fait tous les pubs et les bars à vins de Leicester Square, de Covent Garden et de Charing Cross avec votre photo, attaque-t-il. Aucun barman, aucun serveur, aucun client – personne ne se souvient de vous.

— Je passe facilement inaperçu.

— On va remettre ça dès ce soir. On finira peut-être par tomber sur quelqu'un qui se rappellera quelque chose. Je ne sais pas pourquoi, mais ça m'étonnerait. J'ai la quasi-certitude que vous n'avez pas mis les pieds dans le West End, ce soir-là. »

Je garde le silence.

« Nous sommes passés au Grand Union Hotel, et nous avons montré votre photo aux habitués. Personne ne se souvient de vous y avoir vu. Catherine, si. Ils se souviennent d'elle, et plutôt deux fois qu'une. Elle était même très élégante, selon certains. L'un des clients lui a proposé un verre, mais elle a répondu qu'elle attendait quelqu'un. C'était vous, ce quelqu'un ?

— Non.

— Qui, alors ?

— Je suis toujours persuadé que c'était Bobby Moran. »

Ruiz lâche un graillonnement qui s'achève en une quinte de toux. « Vous n'en démordez pas, à ce que je vois ?

— Elle n'est pas morte la nuit de sa disparition. On n'a retrouvé son corps que onze jours plus tard. Celui qui l'a torturée a pris tout son temps, pour briser sa volonté. Des jours entiers, peut-être. Bobby a pu le faire.

— On n'a rien contre lui.

— Je pense qu'il la connaissait. »

Ruiz part d'un grand éclat de rire. « C'est toute la différence entre nos deux métiers. Vous appuyez vos conclusions sur des courbes, des statistiques et des modèles empiriques. Une enfance malheureuse, assortie de quelques déboires de jeunesse, ça vous suffit pour mettre quelqu'un en thérapie pendant dix ans. Moi, il me faut des faits. Et jusqu'à présent, c'est vous que tout concourt à accuser.

— Et l'intuition ? L'instinct des bons flics, leur fameux flair ? Je pensais que c'était votre instrument le plus fiable.

— Pas quand j'ai un budget de surveillance à faire approuver. »

Nous gardons un long moment le silence, mesurant l'abîme qui nous sépare. Il finit par reprendre la parole : « Hier, j'ai parlé à votre femme. Elle a qualifié votre attitude d'un peu distante, ces dernières semaines. Récemment, vous avez lancé l'idée d'un voyage en famille. En Amérique. Comme ça, tout à trac. Elle était vraiment incapable de se l'expliquer.

— Rien à voir avec Catherine. J'aimerais juste explorer un peu le monde.

— Avant qu'il ne soit trop tard ? » Sa voix s'est adoucie. « Parlons un peu de votre état de santé. Ça doit vous fiche par terre, ce genre de nouvelle, surtout avec une femme comme la vôtre, une fille si jeune, une carrière si brillante. Combien d'années allez-vous perdre, dans l'histoire ? Dix ? Vingt ?

— Je n'en sais rien.

— Une vraie tuile. Ça a vraiment de quoi vous gâter le caractère. Vous avez travaillé avec des cancéreux. Vous devez le savoir. Est-ce qu'ils sont amers ? Est-ce qu'ils ont le sentiment de s'être fait avoir ?

— Certains, oui.

— Ils seraient prêts à mettre le monde à feu et à sang, j'imagine. Pourquoi ce serait à eux de boire la tasse, après tout ? Que feriez-vous à leur place ? Vous tireriez votre révérence en toute sérénité, ou vous vous révolteriez contre le mauvais sort ? Ça pourrait être une bonne occasion de régler de vieux comptes. Pourquoi se priver de ce genre de satisfaction ? Pourquoi ne pas se faire justice soi-même, quand c'est la seule issue qui vous reste ? »

Pas très convaincante, sa tentative de psychanalyse sauvage. Je me retiens de lui rire au nez. « C'est ce que vous feriez, vous, inspecteur ? »

Il met quelques secondes à réaliser que c'est à présent moi qui l'examine : « Vous pensez que vous pourriez vous laisser aller à jouer les vengeurs masqués ? »

L'ombre d'un doute passe dans son regard ; il s'empresse de la chasser. Il préférerait changer de sujet, mais je mets un point d'honneur à remettre les pendules à l'heure, pour ce qui est des cancers en stade terminal et des malades atteints de maux incurables. Bien sûr, la première réaction est une frustration désespérée, face à leur impuissance. Mais la colère et l'amertume s'estompent rapidement. Ils ont mieux à faire que de s'apitoyer sur leur propre sort. Ils doivent faire front dans la tempête. Ils sont bien décidés à vivre chacune des heures qu'il leur reste à vivre. À en extraire la substantifique moelle, sans en gaspiller une goutte.

Ruiz laisse glisser ses pieds à terre et s'appuie des deux mains à la table pour se lever. « J'ai demandé votre inculpation pour meurtre, me dit-il sans me regarder, mais le procureur général me l'a refusée, pour cause d'insuffisance de preuves. Il a raison, de son point de vue – mais moi aussi, j'ai raison. Je vais donc continuer à enquêter, jusqu'à ce que j'en découvre davantage. Ça n'est plus qu'une question de temps. »

Ses yeux restent rivés sur quelque chose, au loin.

« Je ne vous suis pas très sympathique, n'est-ce pas ? risqué-je.

— Pas particulièrement, non.

— Pourquoi ?

— Parce que vous me prenez pour un crétin, incapable de dire deux mots sans les faire suivre d'une bordée d'injures, et persuadé que la théorie de la gravité a quelque chose à voir avec le dépistage des maladies.

— C'est faux ! »

Il hausse les épaules. Sa main s'est posée sur la poignée.

« Êtes-vous vraiment objectif ? lui demandé-je. N'entre-t-il pas dans tout ça une bonne part d'antipathie personnelle ? »

Sa réponse me parvient à travers la fente de la porte qui se referme. « Ne rêvons pas ! »

3

La femme flic qui m'a tenu lieu d'ange gardien, ces dernières quarante-huit heures, me remet ma raquette de tennis et un paquet contenant ma montre, mon portefeuille, mon alliance et mes lacets de chaussures. Puis elle me fait compter mon argent liquide, jusqu'à la dernière pièce jaune, avant de me faire signer le registre.

21:45, dit l'horloge de la salle d'interrogatoire. Quel jour sommes-nous ? Mercredi. Sept jours avant Noël. Le comptoir de la réception s'égaie d'un petit sapin argenté, avec quelques boules et une étoile de traviole. Derrière, sur le mur, une banderole proclame : « Paix sur la terre aux hommes de bonne volonté ! »

La femme flic me propose d'appeler un taxi. J'attends, dans le box prévu à cet effet, jusqu'au coup de klaxon de mon chauffeur. Je suis fourbu, sale comme un peigne. Je dois empester la vieille sueur. Je ferais mieux de regagner directement mes pénates, mais en me glissant sur la banquette arrière du taxi, je sens mon courage fléchir. J'indique au chauffeur la direction opposée. Je ne me sens pas prêt à affronter Julianne. Avec elle, la sémantique ne suffira pas à me tirer d'affaire. Elle exigera la vérité, sans fioritures.

Je n'ai jamais aimé personne autant que je l'aime – du moins jusqu'à l'arrivée de Charlie. Je n'ai aucune excuse pour l'avoir trompée. J'entends d'ici ce qu'on en dira. On peut mettre ça sur le compte du démon de midi : crise de paranoïa typique de l'âge mûr. Je passe le cap de la quarantaine et, prenant tout à coup conscience de n'être pas éternel, je m'offre une aventure d'une nuit. Ça peut aussi se réduire à une simple crise de délectation morose : le jour où j'apprends que je suis atteint d'un mal neurologique irréversible, je vais me consoler auprès d'une autre femme, histoire de faire le plein de sexe et d'excitation, avant l'effondrement final.

Pas l'ombre d'une excuse. Ce n'était ni un accident ni un moment de folie. C'était une erreur. C'était du sexe. Des larmes et du sperme, dans les bras d'une autre femme que la mienne.

Jock venait de m'annoncer la mauvaise nouvelle. J'en suis resté cloué à mon siège devant son bureau, pétrifié d'horreur. Un énorme putain de papillon a dû battre des ailes en Amazonie, parce que les vibrations de son envol m'ont carrément envoyé au tapis.

Jock m'a proposé de m'emmener boire un verre, mais j'ai refusé. J'avais besoin de changer d'air. Les quelques heures qui ont suivi, je les ai passées dans le West End, à errer de bar en bar, en tâchant de me mettre dans la peau d'un simple quidam venu descendre quelques verres dans l'espoir de se détendre un peu.

J'ai d'abord cru que je voulais rester seul, puis je me suis avisé qu'en fait, j'avais besoin de parler à quelqu'un. À quelqu'un qui n'aurait eu jusque-là aucune part à ma petite vie de rêve, qui n'aurait connu ni Julianne, ni Charlie, ni aucun de mes amis ou parents. Voilà comment je me suis retrouvé sur le canapé d'Elisa. Ça n'avait rien d'un accident. Je l'ai vraiment cherché.

On a commencé par parler. Des heures et des heures – ce qui, aux yeux de Julianne, ne fera probablement qu'aggraver ma faute, parce que c'est bien la preuve que ça allait plus loin qu'une simple pulsion de mâle insatisfait. De quoi avons-nous parlé ? De nos souvenirs d'enfance ou de vacances. De nos chansons préférées. De tout et de rien. Les mots ne comptaient pas, en eux-mêmes. Elisa sentait ma souffrance et ne posait pas de questions. Elle savait que je finirais par le lui dire de moi-même, ou pas du tout. Et ça lui était égal.

De ce qui s'est passé ensuite, il ne me reste qu'un vague souvenir. On s'est embrassés. Elle m'a fait rouler sur elle. J'ai senti ses talons qui venaient buter contre mon dos. Elle ondulait doucement, tandis qu'elle me prenait en elle. J'ai joui en gémissant et ma souffrance a paru se calmer.

J'ai passé la nuit chez elle. La deuxième fois, c'est moi qui l'ai prise. Je l'ai fait basculer sur le lit et je l'ai pénétrée avec violence, à lui en faire trembler les hanches et frémir les seins. Après, des mouchoirs blancs trempés de sperme jonchaient le sol, comme des feuilles d'automne.

Le plus curieux, c'est que je m'attendais à être consumé de doutes ou de remords. L'idée que je puisse faire comme si de rien n'était ne m'avait même pas effleuré l'esprit. J'avais la certitude que Julianne lirait en moi à livre ouvert. Qu'elle n'aurait même pas besoin de renifler mes vêtements, ni de trouver des taches de rouge à lèvres sur ma chemise. Non. Elle saurait, d'instinct, au premier coup d'œil, comme elle semble tout deviner de moi.

Je ne me suis jamais considéré comme quelqu'un qui aurait le goût du risque, ou qui serait excité par la proximité du danger. À la fac, avant Julianne, je m'étais offert une ou deux aventures d'une nuit. À l'époque, c'était dans l'air du temps – et, comme le dit si bien Jock, les filles de gauche se faisaient nettement moins prier. Mais ça n'avait rien à voir.

Nous arrivons dans ma rue. Le taxi semble soulagé d'être enfin débarrassé de moi. Je reste planté sur le trottoir d'en face. La seule fenêtre illuminée est celle de la cuisine, sur le côté de la maison.

Ma clé glisse dans la serrure. En franchissant le seuil, j'aperçois la silhouette de Julianne qui se dessine en ombre chinoise sur un rectangle de lumière, à l'autre bout du couloir. Elle reste sur le seuil de la cuisine.

« Pourquoi tu n'as pas appelé ? Je serais venue te chercher…

— Je ne voulais pas que Charlie vienne au poste. »

Son visage reste plongé dans l'ombre et je ne peux distinguer son expression. Sa voix semble normale. Je pose mes affaires de tennis et je m'approche d'elle. Elle a les cheveux en bataille et les paupières gonflées par le manque de sommeil. J'essaie de la prendre dans mes bras, mais elle esquive mon geste. Comme si elle avait peine à supporter ma vue.

Il ne s'agit pas d'un simple mensonge. À cause de moi, elle a vu sa maison envahie d'une nuée de flics qui se sont mis à fureter dans ses tiroirs, sous les lits, dans ses affaires personnelles. Tout le voisinage m'a vu menottes aux poings. Notre jardin a été dévasté. Elle a dû répondre aux questions des inspecteurs, leur parler de sa vie sexuelle. Elle a passé des heures au poste, dans l'espoir de me voir, pour finalement se faire rabrouer – non pas par les flics, mais par moi. Et pendant tout ce temps, pas un message ni un coup de fil qui puisse l'aider à comprendre.

La table de la cuisine est jonchée de journaux, tous ouverts à la même page – celle qui relate mes exploits. « Un psychologue appréhendé pour le meurtre de Catherine McBride », proclame l'un des gros titres. « Un psychologue de renom en garde à vue », annonce un autre. Les photos me montrent à l'arrière d'une voiture de police, la tête dissimulée sous la veste de Simon. J'ai l'air on ne peut plus coupable. Mère Teresa elle-même aurait l'air coupable, avec une veste sur la tête. Pourquoi les suspects font-ils ce genre de chose ? Il vaudrait mille fois mieux garder la tête haute et sourire, en agitant la main.

Je me laisse choir sur une chaise et commence à feuilleter les articles. Un des journaux publie une photo prise au téléobjectif qui me représente sur le toit du Marsden, avec Malcolm dans les bras, sanglé dans mon harnais. Sur une deuxième photo, j'ai la tête sous la veste, et les menottes aux poings. Le message est clair : le héros n'est plus qu'un zéro pointé…

Julianne remplit la bouilloire électrique et sort deux tasses. Elle porte un caleçon noir et cet immense pull que je lui avais acheté à Camden Market, en prétendant que c'était pour moi. Je savais ce qui se passerait. Elle adore me piquer mes pulls. Elle dit qu'elle aime leur odeur.

« Où est Charlie ?

— Au lit. Il va être onze heures. »

Elle remplit nos tasses d'eau bouillante et y plonge des sachets de tisane. Tilleul menthe. Je le sens d'ici. Elle a tout un placard réservé à ses herbes. Elle s'est attablée en face de moi. Son regard me détaille, dénué de toute émotion. Ses poignets pivotent lentement, ouvrant ses paumes. Elle attend mes explications.

J'aimerais pouvoir lui dire que tout ça n'est qu'un malentendu, mais je crains que l'excuse ait un peu perdu de sa fraîcheur. Je préfère donc m'en tenir aux faits, ou à ce que j'en sais. Je lui explique que Ruiz me soupçonne d'avoir trempé dans le meurtre de Catherine, parce que mon nom figurait dans son carnet, qu'ils ont repêché dans le canal. Que Catherine était venue à Londres pour un entretien d'embauche au poste de secrétaire dans mon propre cabinet, et que je l'ignorais. C'était Meena qui s'était occupée de tout. Catherine avait dû voir l'annonce.

Mais Julianne a une mesure d'avance sur moi. « Ça n'est tout de même pas la seule raison qu'ils ont de te soupçonner ?

— Non. Les relevés téléphoniques indiquent qu'elle a appelé mon cabinet, le soir où elle a été tuée.

— Et tu lui as parlé ?

— Non. J'avais eu mon rendez-vous avec Jock. C'était le jour où il m'avait appris… ce que tu sais.

— Qui a pris l'appel ?

— Mystère. Meena est partie tôt, ce jour-là. »

Je baisse les yeux pour échapper à son regard. « Ils ont déterré l'accusation d'agression sexuelle. Ruiz pense que j'avais une liaison avec elle, et qu'elle menaçait de détruire ma carrière et mon ménage.

— Elle avait retiré sa plainte, non ?

— Je sais. Mais tu imagines ce qu'on peut soupçonner. »

Julianne repousse sa tasse et se laisse glisser de sa chaise. Elle n'a plus les yeux rivés sur moi. Je me détends un peu. Je n'ai pas besoin de la regarder pour savoir exactement où elle est – près de la porte-fenêtre, les yeux rivés sur le reflet de l'homme qu'elle croyait si bien connaître.

« Tu m'avais dit que tu étais avec Jock, que vous aviez pris une cuite ensemble. Je savais que c'était un mensonge. Je l'ai toujours su.

— J'ai pris une cuite, mais pas avec Jock.

— Avec qui étais-tu ? »

La question est brève et précise. Elle résume parfaitement Julianne : spontanée, directe, allant droit à l'essentiel.

« J'ai passé la nuit avec Elisa Velasco.

— Tu as couché avec elle ?

— Oui.

— Tu as couché avec une prostituée ?

— Elle n'est plus prostituée.

— Tu avais mis un préservatif ?

— Écoute, Julianne – ça fait des années qu'elle ne se prostitue plus.

— Tu avais mis un préservatif ? » Chaque mot tombe avec une précision féroce. Elle me surplombe, les yeux brillants de larmes.

« Non. »

La gifle part avec toute la force de son corps. Je m'affale sur le côté, la main crispée sur la joue. Un goût de sang m'envahit la bouche, et les oreilles m'en tintent encore.

« Je n'ai pas frappé trop fort ? me demande-t-elle, d'une voix douce, la main posée sur ma cuisse. Je n'ai pas l'habitude…

— Non, ça va », répliqué-je.

Elle m'en balance une seconde, plus forte. Je me retrouve sur les genoux, contemplant le bois ciré du plancher.

« Espèce de sale faux cul… ! » Elle secoue la main avec une grimace de douleur.

Je lui offre une cible immobile. Elle continue à me marteler le dos de son poing encore valide. Elle hurle. « Sale égoïste ! Une prostituée – et pas de préservatif ! Et après ça, tu es revenu dans mon lit, comme si de rien n'était !

— Non ! Je t'en prie. Tu ne comprends pas.

— Dégage. Tu n'as rien à faire dans cette maison ! Tu ne me verras plus. Tu ne verras plus Charlie. »

Je m'accroupis, perdu, en proie à une détresse pathétique. Elle fait demi-tour, et prend le couloir en direction du salon. Je me hisse sur mes pieds pour la suivre, en quête d'un mot, d'un geste ou du moindre signe qui me permette de garder espoir.

Je la retrouve agenouillée devant le sapin, un sécateur à la main. Elle vient de sectionner net le tiers supérieur du petit arbre, qui ressemble à présent à un grand abat-jour vert foncé.

« Je suis vraiment navré. »

Pas de réponse.

« Écoute-moi, je t'en supplie.

— T'écouter ? Pourquoi ? Qu'est-ce que tu vas me dire ? Que tu m'aimes ? Que tu te fous bien d'elle ? Que tu n'as fait que la baiser, alors qu'avec moi tu fais l'amour ? »

Et voilà le problème, quand on essaie de discuter avec Julianne. Elle vous balance de telles bordées d'accusations, qu'il devient impossible de riposter. Aucune réponse ne pourrait parer à tous ses reproches. À peine avez-vous eu le temps de faire un semblant de tri entre les différents chefs d'accusation, qu'elle vous en balance une nouvelle série.

Elle sanglote, à présent. Dans les rayons de la lampe, ses larmes scintillent le long de ses joues comme une enfilade de perles.

« J'ai commis une faute. Quand Jock m'a annoncé ce qu'il en était, c'était comme de m'entendre condamner à mort. J'ai vu tout ce que ça risquait de chambouler dans notre vie. Nos projets, notre avenir. Ça n'est pas ce que je t'ai dit – je sais. Mais c'est la vérité. Pourquoi m'avoir comblé de toutes ces possibilités, si c'était pour tout me reprendre, avec cette abominable maladie ? Pourquoi m'avoir entouré jusque-là de joie et de beauté, et m'avoir donné la chance de vivre avec toi ? C'était comme de donner à quelqu'un un aperçu de ce que peut être la vie, pour lui annoncer, l'instant d'après, que ça n'est pas pour lui. »

Je m'agenouille près d'elle, mes genoux touchant presque les siens.

« Je ne savais pas comment te le dire. Il me fallait du temps pour réfléchir. Je ne pouvais en parler à personne. Les amis, la famille, tout le monde allait s'apitoyer sur mon sort, en tâchant de faire bonne figure. J'entendais déjà leurs condoléances, avec sourires de circonstance, les sermons sur le thème “courage dans l'adversité”. J'ai préféré aller voir Elisa. Quelqu'un d'extérieur, qui est aussi une amie. Une fille bien. »

Julianne s'essuie la joue d'un revers de manche, les yeux vissés à la cheminée.

« Je n'avais pas prémédité de passer la nuit avec elle. Ça s'est trouvé comme ça. Si c'était à refaire, je ne le referais pas. Nous n'avons pas de liaison. C'était seulement l'affaire d'une nuit.

— Et Catherine McBride ? Tu as couché avec elle ?

— Non.

— Pourquoi pensait-elle devenir ta secrétaire, en ce cas ? Comment pouvait-elle croire que tu l'engagerais, après ce qu'elle nous a fait ?

— Je n'en sais rien. »

Elle regarde sa main, qui commence à enfler, puis ma joue.

« Qu'est-ce que tu veux, au juste, Joe ? Reprendre ta liberté ? C'est ce que tu veux ? Tu préfères affronter ça tout seul ?

— En tout cas, je ne veux pas vous faire plonger, toi et Charlie. » Le ton larmoyant dont je l'ai dit semble achever d'envenimer les choses. Elle serre les poings, au comble de la frustration.

« Ah ! Toi et ton putain d'orgueil ! Tu ne pourrais pas te contenter d'admettre que tu as besoin d'aide, pour une fois ?

Que tu es malade, que tu es vanné. Eh bien, j'ai un scoop pour toi : malades, on l'est tous, dans cette maison, et on en a tous plus que ras-le-bol ! Moi, j'en ai par-dessus la tête de me retrouver sur la touche et de jouer les figurantes. Maintenant, j'aimerais que tu fiches le camp.

— Mais, je t'aime…

— Dehors !

— Et nous ? Et Charlie ? »

Elle pose sur moi un regard d'un calme glacial : « Peut-être que moi aussi je t'aime toujours, Joe. Mais là, pour l'instant, je ne peux plus te blairer. »

4

J'ai fini par quitter la maison, ma valise à la main et j'ai pris un taxi jusqu'à chez Jock. J'ai le sentiment d'être dans un mauvais remake de mon premier soir en pension. Abandonné. La même scène ne cesse de se rejouer dans ma mémoire, avec l'ombre et la lumière de la réalité. Je suis sur le perron de Charterhouse. Mon père me donne l'accolade et, sentant les sanglots qui me soulèvent la poitrine, il me glisse à l'oreille : « Pas devant ta mère ! »

Puis il tourne les talons et comme ma mère sort son mouchoir pour se tamponner les yeux, il lui dit : « Pas devant le petit ! »

Pour la énième fois, Jock me répète que je me sentirai mieux après une bonne douche et un repas digne de ce nom. Il téléphone à l'Indien du coin pour commander des plats, mais je m'endors avant qu'ils ne soient livrés. Jock mange seul.

Dans la lumière bigarrée que laissent filtrer les stores, je distingue les barquettes d'aluminium qui s'empilent près de l'évier, maculées d'éruptions jaunes et orange. La télécommande de la télé s'est incrustée dans mon dos, et le journal télé est resté coincé sous ma tête. Le plus étonnant, c'est que j'aie réussi à m'endormir.

Mon esprit revient inlassablement à Julianne, à ce regard glacial qu'elle m'a balancé. C'était bien pire que de la déception, et parler de tristesse relèverait de la litote. C'était comme si quelque chose s'était gelé, en elle et entre nous. Nous ne nous disputions pratiquement jamais. Elle est capable d'une grande intensité d'émotion, dans les disputes. Si j'essaie de faire le malin ou de feindre l'indifférence, elle me reproche aussitôt mon arrogance et son regard se voile de douleur. Mais cette fois, je n'y ai vu qu'un grand vide. Une vaste étendue glacée, balayée par le blizzard. Un désert où l'on ne se risquerait qu'au péril de sa vie.

Jock est debout. Je l'entends fredonner sous la douche. J'essaie de ramener mes jambes sous moi pour me lever, mais sans succès. L'espace d'un instant, je suis pris de panique – paralysé ! Puis je m'avise que je sens toujours le poids des couvertures. Rassemblant mes énergies, je finis par obtenir de mes jambes qu'elles obéissent, bien qu'à contrecœur. Ce que Jock appelle la bradykinésie s'accentue. Le stress est un facteur aggravant. Je devrais dormir tout mon soûl et faire chaque jour quelques exercices, en tâchant de ne pas trop me ronger les sangs. Facile à dire…

Jock habite une résidence assez huppée, surplombant Hampstead Heath. Quand il pleut, un portier en grand uniforme se précipite avec un parapluie, pour vous abriter. Jock occupait jadis tout le dernier étage, avec sa seconde femme, mais depuis son divorce, il ne peut plus s'offrir qu'un modeste F1. Il a même dû revendre sa Harley et donner à son ex le cottage qu'il avait dans le Cotswolds. Chaque fois qu'il croise une jolie voiture de sport, il prétend qu'elle appartient à Natacha…

« À la réflexion, quand j'y repense, ce ne sont pas tant mes ex qui me hérissent, c'est mes belles-mères », ironise-t-il. Depuis son divorce, il est devenu, comme dirait Jeffrey

Bernard, une espèce d'éternel bouche-trou, lorgnant par la fenêtre des salons. Une mouche sur le mur des autres couples.

Jock et moi, ça remonte bien plus loin qu'à l'époque de la fac. Nous avons été mis au monde le même jour, à seulement huit minutes d'intervalle, par le même accoucheur, dans le même service obstétrique – le 18 août 1960, à la maternité de l'hôpital Queen Charlotte, à Hammersmith. Nos mères étaient dans la même salle de travail. L'obstétricien a dû faire la navette entre les rideaux de leurs deux box.

Je suis arrivé le premier. Jock avait déjà la grosse tête, au point qu'il est resté coincé et qu'il a fallu le sortir avec les forceps. De temps à autre, il glisse une allusion goguenarde à sa place de second et à cet éternel retard qu'il tente désespérément de rattraper. En fait, en matière de compétition, Jock ne plaisante jamais. Nous avons dû atterrir dans des berceaux voisins, à la pouponnière. Nous devions nous faire des clins d'œil, et brailler à tour de rôle, pour nous empêcher mutuellement de dormir.

Nos vies ont commencé presque ensemble, mais il nous a fallu attendre dix-neuf années de plus, pour que nos chemins se croisent à nouveau – ce qui en dit long sur le cloisonnement de l'expérience individuelle. Julianne prétend que c'est le destin qui nous a réunis et c'est peut-être vrai. C'est le même toubib qui nous a filé la fessée de bienvenue, mais là s'arrêtent nos points communs. Pour moi, notre amitié relève de l'inexplicable. Quels atouts avais-je à apporter à notre association ? À la fac, Jock était une vraie locomotive – toujours invité dans les meilleures fiestas, toujours entouré des plus jolies filles. Je trouvais des avantages évidents à notre tandem, mais lui ? C'est peut-être ce que l'on entend, quand on dit de deux personnes qu'elles ont « des atomes crochus ».

Il y a belle lurette que nous avons divergé, sur le plan politique, et aussi parfois sur le plan moral, mais nous n'avons jamais réussi à nous affranchir de notre passé commun. Il était mon garçon d'honneur, lors de mon mariage, et je suis le sien chaque fois qu'il se marie. J'ai un double de ses clés et une copie de son testament, et réciproquement. L'expérience commune est un lien puissant, mais ça va bien plus loin.

En dépit de ses rodomontades de macho de droite, Jock a un cœur d'or. Il a donné plus d'argent à des œuvres caritatives qu'il n'en a déboursé pour divorcer de ses ex. Chaque année, il organise une soirée de soutien pour Great Ormond Street[1], et depuis quinze ans, il n'a pas raté une seule édition du marathon de Londres. L'an dernier, il poussait un lit d'hôpital chargé d'accortes infirmières, avec porte-jarretelles et bustiers pigeonnants – mais lui, il ressemblait davantage à Benny Hill, qu'au Dr Kildare.

Il émerge de la salle de bains avec une serviette autour de la taille. Il traverse le salon pieds nus, en direction de la cuisine, où j'entends s'ouvrir puis se refermer une porte de frigo. Il découpe des oranges avant de mettre en route une monumentale centrifugeuse. Sa cuisine est un musée du gadget. Il a une machine pour moudre le café, une autre pour le filtrer et une troisième qu'on pourrait prendre pour une coque d'obus, mais qui est un percolateur. Il peut à son gré faire des gaufres, des muffins, des pancakes ou des œufs à la coque, selon une douzaine de méthodes différentes.

Je prends mon tour à la salle de bains. Le miroir est plein de buée. Je l'essuie d'un coin de serviette pour voir ma tête. Je ne suis pas au mieux de ma forme : les programmes télé du mercredi soir se sont imprimés à l'envers sur ma joue droite… Je me récure énergiquement la peau avec un gant de toilette.

Sur le bord de la fenêtre s'aligne un autre assortiment de gadgets, parmi lesquels mon préféré : l'épilateur nasal à piles, dont le bourdonnement me fait penser à celui d'une guêpe enragée, piégée dans une bouteille de Coca. Jock collectionne les flacons de shampooing. On se croirait dans ma propre salle de bains. Je ne cesse de taquiner Julianne pour son « stock de lotions et potions », qui a envahi le moindre recoin

1. Hôpital londonien, spécialisé en pédiatrie. *(N.d.T.)*

de notre salle d'eau, pourtant vaste. Quelque part au milieu de cette exposition de cosmétiques, je devrais pouvoir trouver un rasoir jetable, une bombe de mousse à raser, et un stick de déodorant. Hélas, leur mettre la main dessus n'est pas sans risque. Le moindre faux mouvement peut déclencher une vague d'effet dominos, qui menacerait de réduire en miettes tous les flacons de la pièce.

Jock me tend un verre de jus d'orange, et nous broyons du noir en silence, les yeux fixés sur le percolateur.

« Et si je l'appelais ? » me suggère-t-il.

Je fais « non » de la tête.

« Si je lui disais que tu tournes en rond... Désespéré, paumé, bon à rien ni à personne ?

— Ça ne fera aucune différence. »

Il me pose des questions, sur le déroulement de l'engueulade. Qu'est-ce qui l'a vraiment fait sortir de ses gonds – l'arrestation, les titres des journaux ou le mensonge lui-même ?

« Le mensonge.

— C'est bien ce que je craignais... »

Il insiste. Il veut des détails. Je n'ai aucune envie de tout lui déballer, mais il finit par me faire cracher mon histoire, en attendant que nos cafés refroidissent. Peut-être pourra-t-il m'aider à y voir plus clair ?

J'en suis à lui décrire ma visite au cadavre de Catherine, à la morgue, quand l'idée m'effleure soudain que lui aussi, il aurait pu la rencontrer. À Marsden, il connaissait presque toutes les infirmières – nettement mieux que moi, en tout cas.

« Oui, j'y ai pensé, moi aussi, dit-il, mais la photo qui est passée dans la presse ne me dit rien. Les flics m'ont juste demandé si tu étais avec moi la nuit du drame, ajoute-t-il.

— Excuse-moi de t'avoir imposé ça, vieux.

— Où tu étais ? »

Je hausse les épaules.

« Alors, c'était vrai. Tu as donné un petit coup de canif dans le contrat !

— Ça n'est pas du tout ça.

— Ça n'est jamais ça, mon vieux ! »

Et il embraye sur ses vieilles manies d'écolier. Il veut des détails croustillants, mais je le laisse sur sa faim, ce qui le met de mauvaise humeur.

« Pourquoi tu n'as pas dit aux flics où tu étais, en ce cas ?

— Je préfère pas. »

Une petite grimace de frustration lui tord le visage, mais il n'insiste pas. Il préfère changer son fusil d'épaule, me reprochant d'avoir tant tardé à lui en parler. Si je voulais qu'il me serve d'alibi, j'aurais au moins pu le mettre au courant.

« Tu imagines, si Julianne m'avait posé la question directement ? Je risquais de manger le morceau. En revanche, j'aurais très bien pu dire à la police que tu étais avec moi, au lieu de te mettre dans le pétrin.

— Tu n'as dit que la vérité.

— Pour toi, j'aurais menti.

— Et si j'étais l'assassin ?

— J'aurais quand même menti. Tu en aurais fait autant pour moi, je suppose. »

Je secoue la tête. « Pas si je te soupçonnais d'avoir tué quelqu'un. »

Ses yeux plongent dans les miens. Un long moment.

Puis il éclate de rire, et hausse les épaules : « Ça, on n'en aura jamais le cœur net ! »

5

J'ai traversé le hall sous le feu croisé des regards des vigiles et du réceptionniste. En sortant de l'ascenseur, je trouve Meena à son poste, en face d'une salle d'attente vide.

« Où sont-ils passés ?

— Ils ont annulé.

— Tous ? »

Je me penche pour jeter un œil à la liste des rendez-vous de la journée. Tous les noms y ont été barrés d'un trait rouge – à l'exception de celui de Bobby Moran.

« La mère de Mr Lilley vient de mourir, enchaîne Meena. Hannah Barrymore a la grippe. Zoe a dû rester garder les enfants de sa sœur… » Elle essaie, sans grand succès, de me remonter le moral.

L'index pointé sur le nom de Bobby, je lui dis qu'elle peut le rayer, lui aussi.

« Mais il n'a pas appelé…

— Faites-moi confiance. Il ne viendra pas. »

En dépit des louables efforts de Meena, mon cabinet est toujours sens dessus dessous. Les traces du passage des flics sont omniprésentes – en particulier, cette fine poudre de graphite qui leur sert à relever les empreintes.

Ils n'ont emporté aucun dossier, mais ils ont chamboulé tous ceux qu'ils ont consultés.

Je la rassure : mes notes n'ont plus guère d'importance, si je n'ai plus de patients. Elle reste sur le seuil, se creusant la tête pour me dire un mot d'encouragement. « J'espère que je ne vous ai pas attiré trop d'ennuis ?

— Comme par exemple ?

— Cette fille qui s'était portée candidate, et qui a été tuée… J'aurais peut-être dû m'y prendre différemment ?

— Pas du tout.

— Vous la connaissiez ?

— Oui.

— Toutes mes condoléances… »

Meena est bien la première personne à se préoccuper du chagrin qu'a pu me causer la mort de Catherine. Jusqu'ici, tout le monde a fait exactement comme si je n'avais aucune espèce de sentiments, dans un sens comme dans l'autre. Peut-être les gens s'imaginent-ils que je détiens un moyen de contrôle spécial sur ma souffrance, une compréhension supérieure qui m'en donnerait l'entière maîtrise. Il n'en est rien. Je me contente d'approfondir la connaissance que j'ai de mes patients. J'explore leurs craintes et leurs secrets les plus obscurs. De strictement professionnelles, les relations vont en s'individualisant, et deviennent de plus en plus personnelles. On n'y peut rien.

Je lui demande de me parler de Catherine. Quelle impression lui a-t-elle faite, au téléphone ? Quel genre de voix avait-elle ? A-t-elle posé des questions sur moi ? Les policiers ont pris sa lettre de candidature et son CV, mais Meena en avait fait une copie.

Elle va me les chercher et j'y jette un coup d'œil. Le problème, avec ce genre de documents, c'est qu'ils ne vous disent pratiquement rien de l'intéressé – en tout cas rien d'important. La scolarité, les examens, les études supérieures, l'expérience professionnelle – rien de tout ça ne vous révèle grand-chose de la personnalité du candidat, ni de son tempérament. Ça revient à juger de la taille d'une personne à partir de la couleur de ses cheveux.

Je n'ai pas terminé ma lecture que le téléphone du bureau extérieur se remet à sonner. Croisant les doigts pour que ce soit Julianne, je décroche sans laisser à Meena le temps de le faire. La voix qui explose à l'autre bout du fil est une rafale de force 10. Eddie Barrett exhale sa fureur, agrémentée d'une bordée d'invectives bariolées, avec une pointe de créativité toute spéciale, lorsqu'il décrit l'usage qu'il me conseille de faire de mon doctorat, en cas de pénurie de papier-toilette.

« Écoute un peu, psy de mes deux ! me corne-t-il aux oreilles. Tu peux compter sur moi pour faire ta pub à la British Psychological Society, au registre des licences et à celui des experts auprès des tribunaux. Bobby Moran va te poursuivre pour violation du secret professionnel, faux témoignage, diffamation et j'en passe. T'es un bel enfoiré, mon salaud ! Tu devrais être immédiatement radié et interdit d'exercice ! En un mot comme en cent, t'es un pur trou du cul ! »

Il ne me laisse pas une seconde pour répliquer. Chaque fois que je sens venir une pause naturelle dans son monologue, il enchaîne immédiatement, sans même reprendre son souffle. Ce doit être à cette capacité pulmonaire hors du commun qu'il doit d'avoir gagné tant de procès. Face à lui, l'adversaire ne peut vraiment pas en placer une.

Mais pourquoi se voiler la face ? Là aussi, je plaide coupable. J'ai enfreint plus de lois de mon éthique personnelle et professionnelle que je ne pourrais en décliner, mais si c'était à refaire, je n'aurais pas l'ombre d'une hésitation. Moran est un sadique, doublé d'un menteur compulsif. Mais cela ne me protège pas de cet épouvantable sentiment de gâchis. En trahissant la confiance d'un patient, je me suis risqué en un lieu réputé inaccessible. J'ai ouvert une porte interdite, que je m'attends à présent à me prendre en pleine figure.

Eddie a raccroché. Je reste perdu dans la contemplation du téléphone. Je compose le numéro de la maison et j'entends le déclic de notre répondeur, puis la voix de Julianne. Mes entrailles se nouent. Comment concevoir la vie sans elle ? Je n'ai pas la moindre idée de ce que je veux lui dire, mais je tâche de le dire gaiement, au cas où Charlie tomberait sur mon message. Je ne parviens qu'à prendre la voix pathétique d'un père Noël fourbu, faussement enjoué. Je rappelle et je laisse un second message, encore plus pitoyable que le premier.

Je finis par capituler et entreprends de ranger mes dossiers. Les flics ont vidé tous mes tiroirs, en cherchant d'éventuelles pièces à conviction planquées dessous ou derrière. Lorsque je relève la tête, j'aperçois celle de Fenwick, qui s'est encadrée dans la porte. Il glisse un coup d'œil nerveux dans mon cabinet, par-dessus mon épaule. « Juste un mot, vite fait, mon vieux…

— Oui.

— Sacrée tuile, ce qui vous arrive. Je tenais à vous dire bon courage, tout ça… Ne vous laissez surtout pas abattre, hein !

— C'est bien aimable à vous. »

Il se dandine d'un pied sur l'autre. « Ah, vraiment… quel sale coup ! Une vraie vacherie. Je suis sûr que vous comprendrez que, vu la publicité négative… » Il a l'air accablé.

« Crachez le morceau, Fenwick.

— Eh bien… mon vieux, vu les circonstances, Geraldine pense qu'il vaudrait mieux que je me trouve un autre garçon d'honneur. Vous comprenez… ça la foutrait mal, pour les autres invités. Je suis terriblement désolé de vous faire un tel coup, dans le pétrin où vous êtes, mais…

— Ne vous bilez pas. Ça n'est pas bien grave. Bonne chance.

— Ouaip – merci, hein ! Bon, ben… je vous laisse. On se voit cet après-midi, à la réunion.

— Quelle réunion ?

— Bon Dieu. Ah, vous parlez d'une tuile… Personne ne vous a rien dit ? ! » Ses joues ont viré au rose vif

« Non.

— Eh bien… Ça n'est vraiment pas à moi de vous mettre au courant, mais… » Il grommelle quelque chose, en secouant la tête. « Les partenaires du groupe se réunissent à seize heures. Certains d'entre nous – dont je ne suis pas, bien sûr – s'inquiètent de l'impact que pourrait avoir tout ça, sur l'ensemble de notre clientèle. La publicité négative, vous comprenez. Ça n'est jamais une bonne chose, de voir les flics débarquer en force dans un immeuble, avec un bataillon de journalistes, qui posent des tas de questions. Vous voyez…

— Je vois, oui. » Je lui fais mon plus beau sourire. Fenwick bat déjà en retraite en direction de la porte. Meena le fusille d'un regard qui achève de le mettre en fuite.

Tout cela sent très mauvais. Mes distingués collègues s'apprêtent à remettre en question mon partenariat – et je risque d'être banni. Ils exigeront ma démission. Ils conviendront de la formulation la plus adéquate pour me virer, et un rendez-vous avec l'expert-comptable scellera mon destin, à petit bruit. Les enfoirés !

Fenwick est déjà au bout du couloir. « Dites-leur que je vais leur coller un procès aux fesses, s'ils essaient de me virer, lui crié-je. Je ne pars pas ! »

Meena me lance un regard de solidarité, nuancé de quelque chose d'autre, qui pourrait passer, à tort ou à raison, pour de la pitié. Un sentiment que je n'ai pas l'habitude d'inspirer.

« Vous devriez rentrer chez vous, lui dis-je. Inutile de rester perdre votre temps ici.

— Et le téléphone ?

— Je n'attends aucun appel. »

Meena met vingt bonnes minutes à lever l'ancre, après avoir minutieusement rangé son bureau. En partant, elle me lance un regard anxieux, comme si elle craignait d'enfreindre je ne sais quel code intangible de la loyauté secrétariale. Resté seul, j'abaisse les stores, je repousse les papiers qui me restent à trier, et me laisse aller contre le dossier de mon fauteuil.

Aurais-je cassé un miroir, ces derniers temps ? Serais-je passé sous une échelle particulièrement mauvaise ? Je ne crois ni en Dieu ni au destin. Tout cela n'est sans doute qu'une manifestation normale de la loi des probabilités, à moins que ce ne soit Elisa qui ait raison : jusqu'ici, j'ai eu la vie trop belle. Je suis sorti gagnant d'à peu près tous les partis que j'ai pris. J'ai dû épuiser mon crédit de chance.

Comme je me rends à pied à Covent Garden, il se met à pleuvoir. J'ôte mon manteau en arrivant dans le restaurant et je le tends à une serveuse. Des gouttes de pluie me ruissellent sur le front. Elisa arrive un quart d'heure plus tard, emmitouflée dans un imper noir à col de fourrure, sous lequel elle porte une tunique bleu foncé, avec de fines bretelles, une minijupe assortie et des bas sombres à couture. Elle prend l'une des serviettes de lin pour s'essuyer et passe la main dans ses cheveux.

« Je sors toujours sans parapluie, maintenant…

— Ah ? Pourquoi ?

— J'en avais un avec une poignée sculptée, et une lame dissimulée dans la tige, en cas de problème. Tu vois que j'ai bien retenu tes leçons ! » Elle rit en sortant son tube de rouge à lèvres. Je me retiens d'effleurer de l'index le bout de sa langue.

Difficile d'expliquer ce que c'est que d'avoir en face de soi une créature aussi splendide, dans un restaurant. Les hommes sont attirés par Julianne, mais leur montrer Elisa, c'est narguer des affamés en leur laissant entrevoir un festin. Ils ont immédiatement la tête qui tourne et le cœur qui bat. Elle a un côté très pur, presque animal. C'est comme si elle était parvenue à un degré ultime de raffinement et de concentration de sa sexualité. Au point de donner aux hommes le sentiment qu'une seule goutte de cet élixir suffirait à les satisfaire, jusqu'à leur dernier jour.

Elle jette un coup d'œil par-dessus son épaule, accrochant aussitôt l'attention d'un serveur, à qui elle commande une salade niçoise. J'opte pour des *penne alla carbonara.*

D'habitude, je pavoise lorsque je déjeune en face d'elle, mais aujourd'hui, je me sens vieux et décrépit, comme un olivier qui verrait partir son écorce. Elle parle vite, mais mange en prenant tout son temps. Elle picore sans hâte ses miettes de thon et ses fines rondelles d'oignon rouge.

Je la laisse parler, en faisant taire mon impatience et mon désespoir. Mon salut se joue aujourd'hui. Ses yeux restent rivés aux miens. Ils sont comme des miroirs dans des miroirs – je peux m'y voir. J'ai les cheveux plaqués sur le front. Depuis ce qui me semble des semaines, je n'ai pas dormi plus de quelques heures d'affilée.

Elle s'excuse d'ainsi « pignocher ». Sa main traverse la table, pour se poser sur la mienne. « Tu voulais me parler de quelque chose ? »

J'hésite un moment, puis je me lance, doucement. Je lui raconte ma garde à vue, le meurtre, l'enquête. À chaque mauvaise nouvelle, ses yeux se voilent d'inquiétude. « Pourquoi n'as-tu pas dit à la police que tu étais avec moi ? demande-t-elle. Je m'en fiche, tu sais.

— Ça n'est pas si simple.

— Je vois. À cause de ta femme.

— Non. Elle sait. »

Elle hausse les épaules, résumant magistralement ce qu'elle pense du mariage. En tant qu'institution, elle n'a rien contre – elle a toujours recruté ses meilleurs clients dans les rangs des hommes mariés. Elle les préfère aux célibataires, parce qu'ils prennent plus de douches et puent généralement moins.

« En ce cas, pourquoi n'as-tu rien dit ?

— Je voulais d'abord t'en parler. »

Elle part d'un grand éclat de rire. Ça semble si désuet. Je me sens rougir jusqu'aux cheveux.

« Avant que tu répondes, j'aimerais que tu y réfléchisses attentivement. Avouer que j'ai passé la nuit avec toi me met dans une position des plus inconfortables. Par rapport à l'éthique, au code des usages de la profession. Tu es une ancienne patiente.

— Mais il y a des années que…

— Ça ne fait aucune différence. Certains essaieront de s'en servir contre moi. Je passe déjà comme un dangereux trublion, à cause de mon travail avec les prostituées. Ils ont une peur bleue de mes documentaires télé. Ils vont me tomber dessus en apprenant ça… »

Un éclair passe dans ses yeux. « Ils n'ont pas à le savoir. Je vais aller faire une déposition à la police. Je leur dirai juste que tu étais chez moi. Personne d'autre ne le saura. »

Je m'efforce de rassembler toute la douceur qui me reste, mais à mon corps défendant, mes mots ont gardé un aiguillon acéré.

« Imagine une seconde ce qui arrivera, si je suis inculpé. Tu devras fournir des preuves. L'accusation fera tout pour démonter mon alibi. Tu es une ancienne prostituée. Tu as été condamnée pour coups et blessures. Tu as fait de la prison. Et tu es une de mes ex-patientes. Je t'ai rencontrée alors que tu n'avais que quinze ans. On pourra toujours leur seriner que ce n'était que l'affaire d'une nuit, ils seront persuadés que nous fricotions depuis bien plus longtemps. » Je suis à bout d'arguments. Je triture mes pâtes refroidies du bout de ma fourchette.

Une flamme jaillit du briquet d'Elisa. Elle danse un moment dans ses yeux, déjà étincelants. Je ne l'avais jamais sentie aussi près de perdre contenance. « C'est à toi de voir, dit-elle, à mi-voix. Moi, je suis prête à faire une déposition. Ça ne me fait pas peur.

— Merci. »

Nous gardons le silence. Au bout d'un certain temps, sa main se pose à nouveau sur la mienne, et la presse doucement. « Tu ne m'as jamais dit pourquoi tu étais si perturbé, ce soir-là ?

— Ça n'a plus d'importance.

— Ta femme est très fâchée ?

— Oui.

— Elle a de la chance de t'avoir. J'espère au moins qu'elle le sait. »

6

En poussant la porte du cabinet, quelque chose me fait tiquer – je sens comme une présence, dans la pièce. Au-dessus du placard, l'horloge chromée annonce 15:30. Bobby Moran est devant ma bibliothèque. Une véritable apparition.

Il se retourne brusquement. Je serais bien incapable de dire lequel des deux est le plus sidéré.

« J'ai frappé, dit-il, la tête basse. Personne n'a répondu. J'avais rendez-vous, ajoute-t-il, comme s'il lisait dans mes pensées.

— Est-ce que ça n'est pas votre avocat que vous devriez aller voir ? Il paraît que vous voulez m'attaquer en diffamation, violation du secret professionnel et tout ce que vous pourrez trouver contre moi. »

Bobby semble embarrassé. « C'est Mr Barrett qui veut que je le fasse. Il dit que je pourrais me faire pas mal d'argent avec cette affaire. » Il me prend de vitesse et arrive le premier à mon bureau. Il est tout près. Je sens son odeur : sucre, friture et pâte à beignets. Sur son front, ses cheveux mouillés dessinent une frange en dents de scie.

« Pourquoi êtes-vous venu ?

— Je voulais vous voir. » Une note de menace a filtré dans sa voix.

« Je ne peux rien pour vous, Bobby. Vous n'avez pas été honnête avec moi.

— Et vous, vous l'êtes ?

— J'essaie.

— Comment ça ? En allant raconter aux flics que j'ai tué cette fille ? »

Il prend un presse-papiers de verre sur mon bureau et le soupèse en le faisant passer d'une main dans l'autre. Puis il le fait jouer dans la lumière. « C'est quoi ça ? Votre boule de cristal ?

— Posez-le. S'il vous plaît.

— Pourquoi ? Vous craignez que je vous assomme avec ?

— Si vous vous asseyiez ?

— Après vous, me fait-il, l'index pointé sur mon fauteuil. Comment êtes-vous devenu psy ? Attendez… Je vais deviner. Un père répressif et une mère un tantinet surprotectrice ? À moins qu'il n'y ait un secret de famille plus ténébreux ? Un vieil oncle qui hurlait à la mort les soirs de pleine lune, ou une tante qu'il a fallu enfermer ? »

Il fixe le mur derrière moi. « Comment osez-vous encore afficher ce diplôme ? C'est une mascarade ! Il y a trois jours à peine, vous étiez convaincu que j'étais quelqu'un de complètement différent… Mais ça ne vous aurait pas empêché de témoigner au tribunal et de donner votre avis d'expert au juge, pour décider de mon sort. Qu'est-ce qui vous donne le droit de détruire la vie de quelqu'un ? Vous ne me connaissez même pas ! »

Je l'ai écouté avec attention et pour une fois, j'ai le sentiment d'avoir affaire au vrai Bobby. Il balance le presse-papiers sur mon bureau, où l'objet se met à rouler au ralenti, avant d'atterrir sur mes genoux.

« Est-ce vous qui avez tué Catherine McBride ?

— Non.

— La connaissiez-vous ? »

Ses yeux se vissent dans les miens. « Vous n'êtes pas très brillant, à ce petit jeu, docteur. J'attendais mieux de vous.

— Ce n'est pas un jeu.

— Non. C'est bien plus qu'un jeu. »

Nous nous toisons l'un l'autre, sans mot dire.

« Savez-vous ce qu'est un menteur compulsif, Bobby ? finis-je par lui demander. C'est quelqu'un pour qui il est plus facile de mentir que de dire la vérité, quelle que soit la situation, et sans aucune considération pour le degré de gravité que ça peut avoir.

— Vous autres, les psys, vous êtes censés le savoir, quand on vous ment, non ?

— Ça ne change rien à ce que vous êtes.

— Je n'ai fait que modifier quelques noms et quelques lieux. Pour le reste, vous vous êtes vous-même induit en erreur.

— Et Arky ?

— Elle m'a plaqué, il y a six mois.

— Vous m'aviez dit que vous travailliez.

— Oui. Que j'étais écrivain.

— La fiction, ça vous connaît.

— Payez-vous ma tête, maintenant ! Vous ne pouvez pas vous empêcher de manipuler l'esprit des gens. Vous voulez changer la vision qu'ils ont du monde. Vous vous prenez pour Dieu le Père, et vous jonglez avec la vie des autres. Voilà ce qui ne va pas, chez vous et chez vos semblables.

— C'est qui, “mes semblables” ? Qui avez-vous consulté, avant moi ?

— Aucune importance, riposte-t-il en esquivant la question. Vous êtes tous les mêmes. Psychologues, psychiatres, psychothérapeutes, tireurs de tarot, charlatans, guérisseurs !...

— Vous avez été hospitalisé. Est-ce pendant votre séjour à l'hôpital que vous avez rencontré Catherine McBride ?

— Vous me prenez vraiment pour un crétin. »

Il est à deux doigts de perdre contenance, mais il se reprend presque aussitôt. Il semble capable de mentir sans l'ombre d'une réaction physiologique. Rien ne bouge en lui. Aucune dilatation des pupilles ou des pores, pas de variation du flux sanguin ni du rythme respiratoire. Au poker, il doit être redoutable.

« Tout ce que j'ai fait dans ma vie, toutes les personnes que j'ai rencontrées, tout a son importance. Sa signification. Le Bon, la Brute et le Truand… laisse-t-il tomber, non sans une nuance de triomphe. Nous sommes la somme de nos parties et la partie de nos sommes. Vous me dites que ça n'est pas un jeu, mais vous faites erreur. C'est le jeu du bien contre le mal. Les Blancs contre les Noirs. Certains sont des rois, et d'autres de simples pions.

— Et vous, vous êtes quoi ? »

La question lui donne matière à réflexion. « Avant, je n'étais qu'un pion. Mais j'ai touché le bord de l'échiquier, à présent. Je peux devenir n'importe quoi. »

Bobby soupire et quitte sa chaise. Notre conversation ne l'intéresse plus. La séance n'a duré qu'une demi-heure, mais il en a déjà assez. Elle n'aurait jamais dû commencer. Encore du grain à moudre pour Eddie Barrett…

Je lui emboîte le pas jusqu'au bureau de Meena. Une partie de moi-même regrette de le voir s'en aller, de ne pouvoir secouer encore un peu le cocotier, dans l'espoir qu'il en tombe quelque chose d'autre. D'entrevoir la vérité.

Bobby attend l'ascenseur. Les portes s'ouvrent.

« Bonne chance, Bobby ! »

Il se retourne et me jette un regard curieux. « De nous deux, ce n'est pas moi qui vais en avoir le plus besoin ! » La courbe de sa bouche, légèrement relevée aux coins produit l'illusion d'un sourire. Je retourne dans mon bureau et contemple un instant son fauteuil vide, lorsque quelque chose m'accroche le regard. Un objet, tombé à terre. Une figurine. Une petite sculpture. Une sorte de pièce d'échec. Je la ramasse. C'est une petite baleine en bois, sculptée à la main. Un porte-clés est attaché au dos de la baleine par une vis à œillets. Tout à fait le genre de pendentif que les enfants attachent à leur cartable.

Il a dû tomber de la poche de Bobby. J'ai encore le temps de le rattraper. Je peux appeler le réceptionniste dans le grand hall, pour demander aux gardes de le faire attendre. Je consulte l'horloge. Seize heures dix. En haut, la réunion va commencer. Sans moi.

La stature de Bobby le rend hautement repérable. Il dépasse tout le monde d'une bonne tête et les piétons semblent s'écarter sur son passage. Il pleut. Je garde les mains dans les poches de mon pardessus, les doigts refermés sur les courbes lisses de la petite baleine.

Bobby marche en direction de la station de métro Oxford Circus. Si je parviens à le suivre d'assez près, avec un peu de chance, je ne le perdrai pas dans le labyrinthe des couloirs. Je serais bien en peine de m'expliquer pourquoi je le suis – sans doute parce que je veux des réponses, et non plus des devinettes. Je veux savoir où il vit, et avec qui.

Soudain, je le perds de vue. Je me retiens de m'élancer sur ses traces au pas de course. Je poursuis donc mon chemin sans presser le pas. Je dépasse un marchand de spiritueux, au comptoir duquel je l'entraperçois. Deux portes plus loin, j'entre dans une agence de voyages. Une blonde, vêtue d'une jupe rouge et d'un chemisier blanc à décolleté plongeant, me fait un grand sourire.

« Puis-je vous aider ?

— Merci, non. Je regardais.

— Vous recherchez le soleil ? »

Je feuillette une brochure sur les îles Canaries. « Tout juste. »

Bobby passe devant la vitrine. Je rends en hâte sa brochure à la blonde.

« Vous pouvez l'emporter, suggère-t-elle.

— L'an prochain, peut-être… »

Sur le trottoir, j'aperçois Bobby. Il a trente mètres d'avance sur moi, et une allure reconnaissable entre toutes : il n'a pratiquement pas de hanches et on croirait qu'il s'est fait subtiliser son arrière-train. Il porte son pantalon remonté très haut, la ceinture serrée au maximum.

Comme je descends les escaliers de la station, la foule semble se densifier. Bobby a déjà son ticket à la main. Tous les distributeurs sont pris d'assaut. Trois lignes se croisent à Oxford Circus. Si je le perds de vue, il peut prendre six directions différentes.

Je me fraye un passage dans la mêlée, ignorant les protestations. Je saute le tourniquet en prenant appui des deux mains sur les bornes latérales – me voilà passible d'une amende pour défaut de titre de transport, maintenant ! L'escalator descend lentement. Un courant d'air confiné remonte du tunnel, poussé en avant par le mouvement des trains.

Sur le quai de la ligne Bakerloo, en direction du nord, Bobby se faufile dans la foule des usagers jusqu'au bout du quai. Je le suis de près. Dans une telle cohue, je ne peux prendre le risque de le perdre de vue. Mais à tout instant, il peut se retourner et me voir. Une petite bande de lycéens, de véritables boîtes de Petri ambulantes, bourgeonnant d'acné et de pellicules, arrivent sur le quai, en éclatant de rire. Tous les autres voyageurs gardent les yeux fixés droit devant eux, sans piper mot.

Une rafale d'air et de vacarme balaie la station. Le train arrive. Les portes s'ouvrent. Je me laisse porter par la foule, qui m'entraîne dans le wagon. J'aperçois toujours Bobby, du coin de l'œil. Les portes se referment, le train s'ébranle et accélère. L'atmosphère est saturée de relents de sueur et de tissu mouillé.

Il descend à Warwick Avenue. La nuit tombe. Des taxis noirs nous dépassent à toute allure, en faisant crisser leurs pneus. La station n'est qu'à quatre cents mètres du Grand Union Canal, et à quelque chose comme deux kilomètres de l'endroit où on a retrouvé Catherine.

La foule commence à s'éclaircir. Je dois mettre plus de distance entre Bobby et moi. Ce n'est plus qu'une silhouette sombre, qui avance devant moi. Je marche la tête basse, le col relevé. En passant devant une bétonnière, sur le trottoir, je fais une embardée et trébuche dans une flaque. Mon sens de l'équilibre devient de plus en plus flou.

Nous suivons Blomfield Road, le long du canal, jusqu'à ce que Bobby s'engage sur une passerelle, au bout de Formosa Street. Les projecteurs illuminent une église anglicane. Le crachin scintille dans leur pinceau lumineux, comme une pluie de paillettes. Bobby s'assied sur un banc et demeure un moment immobile, comme un promeneur qui contemplerait l'église. Je reste en retrait, appuyé à un tronc d'arbre. Il fait froid. Je ne sens plus mes pieds.

Qu'est-ce qu'il fiche là ? Peut-être habite-t-il dans le quartier ? L'assassin de Catherine connaissait parfaitement tout le secteur du canal, et pas seulement pour l'avoir étudié sur un plan, ou lors d'une visite sommaire. Il s'y sentait vraiment chez lui. Il était sur son territoire. Il savait où laisser le corps, dans un endroit où on finirait par le découvrir, mais pas trop vite. Il savait se fondre dans le paysage. Il est passé totalement inaperçu.

Bobby n'a pas dû rencontrer Catherine au Grand Union Hotel. Si Ruiz a fait son boulot, il a montré des photos de lui au personnel et aux clients de l'hôtel. Bobby n'a pas le genre de physique qu'on oublie.

Elle est repartie du pub seule. La personne qu'elle devait y retrouver n'est pas venue. Elle était hébergée chez des amis à Shepherd's Bush – trop loin pour qu'elle ait tenté de rentrer à pied. Qu'a-t-elle décidé de faire ? De prendre un taxi, ou de rejoindre à pied la station de Westbourne Park ? De là, elle n'aurait eu que trois stations, pour se rendre à Shepherd's Bush. Mais auparavant, il lui aurait fallu traverser le canal à pied.

De l'autre côté de la rue, il y a un dépôt de bus. Les bus vont et viennent en permanence, dans le coin. La personne qu'elle a rencontrée devait l'attendre sur le pont. J'aurais dû demander à Ruiz dans quelle section du canal ils ont retrouvé le calepin de Catherine et son portable.

Elle pesait soixante-sept kilos, pour un mètre soixante-huit. Le chloroforme agit en quelques secondes et, pour un homme du gabarit de Bobby, ç'aurait été un jeu d'enfant de la kidnapper. Même si elle avait tenté de crier ou de se débattre, car elle n'était pas du genre à se laisser faire.

Mais si, comme je le crois, Bobby la connaissait, il n'a peut-être pas eu besoin de chloroforme. Du moins pas avant que Catherine n'ait compris qu'elle était en danger et qu'elle n'ait tenté de fuir. Et ensuite ? Pas facile de transporter un corps inerte. Il a pu la traîner jusqu'au chemin de halage. Non, il lui fallait un coin tranquille. Une planque, préparée d'avance. Un appartement ou une maison ? Non, les voisins auraient pu entendre du bruit, se poser des questions. Mais il reste des dizaines d'usines désaffectées, le long du canal. A-t-il pris le risque de la traîner le long du chemin de halage ? Il y a parfois des sans-abri qui dorment sous le pont, ou des couples qui s'y donnent rendez-vous.

L'ombre d'une petite péniche me dépasse. Le grondement de son moteur est si bas que le son ne me parvient qu'à peine. La seule lumière qui brille à bord est celle du poste de pilotage. Elle éclaire le visage du pilote d'une lueur rougeâtre. Et si c'était ça… On a retrouvé des traces d'huile de moteur et de gasoil sur les fesses de Catherine et dans ses cheveux.

Je jette un œil autour de moi. Le banc est vide. Et merde ! Où est-il passé ? De l'autre côté de l'église, j'aperçois une ombre qui s'éloigne le long de la rambarde métallique. Mais rien ne m'assure que c'est bien lui. Mon esprit s'élance sur ses traces au pas de course, mais mes jambes ne suivent pas. Je finis par m'emmêler les pédales et par m'affaler. Je me relève. Rien de grave, si ce n'est mon orgueil, qui s'en sort un peu froissé.

Je repars, clopin-clopant, en direction du coin de l'église, là où la rambarde métallique tourne à quatre-vingt-dix degrés. L'ombre est toujours sur le chemin, mais elle presse le pas. Je doute de pouvoir tenir le rythme.

Qu'est-ce qu'il fabrique ? Est-ce qu'il m'a reconnu ? Je pars à petites foulées, le perdant de vue çà et là. Mais je suis pris d'un doute qui sape ma détermination… Et s'il s'arrêtait quelque part pour m'attendre ? Les six voies de la Westway s'incurvent au-dessus de ma tête, soutenues par d'énormes piliers de béton. Mais les phares passent trop haut. Leur lumière ne m'est d'aucune utilité.

Tout à coup, j'entends des cris étouffés, suivis d'un bruit d'éclaboussure. Quelqu'un est tombé dans le canal. Des bras cisaillent l'eau en s'agitant frénétiquement. Je m'élance. J'entrevois quelque chose qui pourrait être une tête, sous le pont. Les bords du canal sont plus hauts, à cet endroit. Le mur de pierre est noir et lisse.

J'entreprends de me dépêtrer de mon manteau, mais j'ai un bras coincé dans une manche et je dois le secouer vigoureusement pour m'en débarrasser.

« Par ici ! m'égosillé-je. Nagez par ici ! » Mais il ne m'entend pas. Il ne sait pas nager.

J'envoie balader mes chaussures et je plonge. Le froid me gifle avec une telle force que je bois la tasse. Je recrache l'eau grise par la bouche et le nez. Trois brasses, et je l'ai rejoint. Je passe mon bras autour de sa poitrine, par-derrière et je le ramène vers le bord, en lui maintenant la tête hors de l'eau. Je lui parle doucement, je lui demande de garder son sang-froid. Nous allons nous en sortir. Il y a forcément un endroit pour accoster… Ses vêtements, gorgés d'eau, l'entraînent vers le fond.

Je nage en m'éloignant du pont. « Ici, nous avons pied. Accrochez-vous au bord. » Je grimpe tant bien que mal sur le muret de pierre et je le tire après moi.

Ça n'est pas Bobby. Le pauvre bougre qui s'est affalé à mes pieds, toussant et crachant, sent la bière et le vomi. Je lui tâte la tête, le cou et les membres pour m'assurer qu'il n'a rien de cassé. Son visage est barbouillé de morve et de larmes.

Qu'est-ce qui s'est passé ?

— C'est une espèce de dingue qui m'a balancé dans le canal. Une minute, je pionçais et la minute d'après, j'étais à la baille. » Il se hisse sur ses genoux, toujours plié en deux et vacillant, comme une plante aquatique au gré du courant. « Putain, on est vraiment plus en sécurité nulle part, dans cette ville ! C'est moi qui vous le dis. C'est pire qu'une jungle ! Il a pas pris ma couvrante, au moins – s'il me l'a piquée, autant me remettre à la baille ! »

Sa couverture est toujours sous le pont, là où il l'a laissée, près du lit de fortune qu'il s'est construit avec des cartons.

« Et mon râtelier ?

— Ça, j'en sais rien. »

Il balance une bordée de jurons et rassemble ses maigres possessions qu'il serre précieusement contre sa poitrine. Je lui propose d'appeler une ambulance et de prévenir la police, mais il ne veut surtout pas en entendre parler. J'ai le corps agité de tremblements et à chaque souffle, c'est comme si j'inhalais des éclats de glace.

Je vais récupérer mes chaussures et mon pardessus, et je lui tends un billet de vingt livres détrempé, en lui conseillant de se trouver un endroit chaud, pour se sécher un peu. Il va sans doute filer s'acheter une bouteille, pour se réchauffer de l'intérieur. Mes pieds glougloutent dans mes chaussures, tandis que je gravis l'escalier qui mène sur le pont. Le Grand Union Hotel est juste là, au coin.

Me ravisant, je me penche sur le parapet du pont. « Vous dormez souvent ici ?

— Seulement quand ils n'ont plus rien au Ritz ! me répond sa voix, dont l'écho est répercuté par la voûte de pierre.

— Est-ce que vous auriez vu une péniche amarrée sous le pont, récemment ?

— Non. Elles vont un peu plus loin.

— Et il y a quelques semaines ?

— En général, j'essaie de ne pas me rappeler si loin, et de m'occuper de mes fesses. »

Il n'a rien de plus à me dire et je n'ai pas autorité pour le forcer à parler. Elisa habite dans le coin. L'idée d'aller frapper à sa porte m'effleure un instant, mais je lui ai assez attiré d'ennuis comme ça.

Au bout d'une vingtaine de minutes, je me trouve enfin un taxi. Le chauffeur refuse de me laisser monter, sous prétexte que je risque d'abîmer ses sièges. Je lui glisse un bonus de vingt livres. Ça n'est que de l'eau. Quant à ses sièges, je parierais qu'ils ont vu nettement pire !

Jock n'est pas chez lui. Je suis tellement fourbu que je suis à peine capable d'enlever mes chaussures, avant de m'écrouler dans son lit d'appoint. Au petit matin, j'entends une clé tourner dans la serrure, puis un rire féminin, un rien pompette. Elle envoie balader ses chaussures et entreprend de commenter tous les gadgets.

« Attends ! Tu n'as pas encore vu ceux de la chambre ! » s'exclame Jock, déclenchant une rafale de gloussements. Je me demande s'il y a des boules Quies, quelque part.

Le jour n'était pas encore levé, quand j'ai fourré quelques affaires dans un sac de voyage avant de m'éclipser, en laissant un mot sur le micro-ondes. Dehors, un camion de nettoyage récure la chaussée. Pas un papier gras en vue.

Dans le taxi qui m'emmène dans le centre, je ne cesse de surveiller la lunette arrière. Je change deux fois de taxi et je passe à deux distributeurs automatiques, avant de sauter dans un bus sur Euston Road.

J'ai l'impression d'émerger très lentement, comme après une anesthésie. Durant ces quelques jours, j'ai laissé échapper une foule de détails. Pire. J'ai cessé de marcher à l'instinct.

Je ne veux pas mettre Ruiz au courant, pour Elisa. Je préfère épargner cette épreuve à mon amie, si possible. Je ne veux pas qu'elle soit mise sur le gril à cause de moi, dans le box des témoins. Et quand tout cela sera tassé, si personne n'est au courant de notre aventure, je peux espérer reprendre ma carrière où je l'ai laissée, et la faire renaître de ses cendres.

Bobby Moran a quelque chose à voir avec la mort de Catherine McBride. J'en suis désormais persuadé. Et si la police ne fait pas son boulot, c'est à moi d'aller y regarder de plus près. Un individu normalement constitué a besoin d'un mobile pour tuer, mais pas pour défendre sa liberté. Je ne vais pas les laisser me jeter en prison, et détruire ma famille.

À Euston Station, je fais un rapide inventaire. Outre quelques vêtements de rechange, j'emporte mes notes sur Bobby Moran, le CV de Catherine McBride, mon portable et mille livres en liquide. J'ai oublié de prendre une photo de Charlie et de Julianne.

Je paie mon billet de train en liquide. Il me reste un quart d'heure avant le départ – juste le temps de m'acheter une brosse à dents, du dentifrice, un chargeur pour mon portable et l'une de ces serviettes de voyage qui ressemblent à de la peau de chamois.

« Vous auriez un parapluie ? » m'informé-je, à tout hasard. La vendeuse me regarde comme si je lui avais demandé un bazooka.

Muni d'un gobelet de café, je m'installe dans le train. Je me suis trouvé un double siège dans le sens de la marche. Je pose mon sac à côté de moi, sous mon pardessus.

Je regarde s'éloigner le quai désert, puis les banlieues nord de Londres. Le train semble flotter sur ses suspensions hydrauliques, tandis qu'il atteint sa vitesse de croisière. Nous passons en trombe dans des petites gares désertes, où plus aucun train ne semble s'arrêter. Deux ou trois véhicules attendent dans les parkings attenants, qui semblent tellement paumés, que l'on s'attendrait à voir des tuyaux sortir des pots d'échappement, et des corps affalés sur les volants.

Les questions se télescopent dans ma tête. Catherine s'est portée candidate au poste de ma secrétaire. Elle a téléphoné deux fois à Meena, puis a pris le train pour Londres, où elle est arrivée avec un jour d'avance.

Pourquoi a-t-elle téléphoné au cabinet, ce soir-là ? Qui a pris l'appel ? Avait-elle renoncé à l'effet de surprise ? Avait-elle décidé d'annuler ? Peut-être se sentait-elle seule, et voulait-elle sortir prendre un verre ? Peut-être voulait-elle s'excuser pour les ennuis qu'elle m'avait causés ?

Pure spéculation, évidemment ; mais d'un autre côté, cela correspond parfaitement au déroulement des faits. On peut construire là-dessus. Toutes les pièces pourraient corroborer ce genre de scénario, à l'exception d'une seule : Bobby.

Sa manche sentait le chloroforme. Il avait les poignets de chemise tachés d'huile de moteur. Or, le rapport d'autopsie mentionne la présence d'huile de moteur. « Tout ça, c'est une histoire d'huile », m'a-t-il dit. Savait-il qu'elle avait reçu vingt et un coups de couteau ? M'a-t-il sciemment mené à l'endroit où elle a disparu ?

Et s'il tentait de m'utiliser pour plaider la démence ? Se faire passer pour fou lui permettrait de sauver sa tête. On l'enverrait dans une prison hôpital, telle que Broadmoor. Il n'aurait plus qu'à rouler les psys de la prison, en les épatant par sa réceptivité à leur traitement et au bout de cinq ans, il serait dehors.

Je raisonne de plus en plus comme lui, échafaudant des conspirations à partir de la moindre coïncidence. Mais quel que soit le fin mot de l'histoire, je dois à tout prix me garder de le sous-estimer. Il m'a complètement mené en bateau et je n'ai toujours pas la queue d'une explication.

Mon enquête doit commencer quelque part – et pourquoi pas par Liverpool ? Je sors le dossier Bobby Moran, pour l'étudier. Dans mon calepin tout neuf, je dresse la liste des informations que je détiens. Le nom de son école primaire, celui d'un pub où ses parents avaient leurs habitudes, le numéro de la ligne de bus de son père.

Il se pourrait bien que ce ne soient que d'autres mensonges, mais quelque chose me souffle le contraire. Il a pu changer certains noms de personnes et de lieux, mais certainement pas tous. Les événements et les émotions qu'il décrit sonnent vrai. Je n'ai plus qu'à retrouver quelques filaments de vérité, qui me mèneront jusqu'au centre de la toile.

7

L'horloge de Lime Street Station est d'un blanc phosphorescent, avec des aiguilles noires qui indiquent onze heures. Je traverse le grand hall en toute hâte, et passe devant le marchand de café, en direction des toilettes publiques, où une poignée d'adolescents communique en hurlant à cent dix décibels, dans un nuage de fumée.

Il doit faire cinq degrés de moins qu'à Londres. Un vent glacial souffle de la mer d'Irlande. On s'attendrait presque à voir quelques icebergs à l'horizon. St. Georges Hall est sur mon chemin. Des banderoles annonçant la prochaine rétrospective des Beatles claquent au vent.

Je laisse derrière moi les grands hôtels de Lime Street et je sillonne les rues transversales, en quête de quelque chose de plus économique. À deux pas de l'université, je tombe sur l'Albion. Le sol du hall d'entrée est tapissé d'une moquette pelée, et une famille d'Irakiens campe sur le palier du premier. Les enfants me lancent des regards intimidés et courent se cacher dans les jupes de leur mère. Les hommes de la famille demeurent invisibles.

Ma chambre est au second. Elle contient en tout et pour tout un lit à deux places et une garde-robe dont les portes tiennent grâce à un cintre en fil de fer. Au fond du lavabo s'est formée une tache de rouille en forme de larme. Les rideaux refusent de se fermer complètement et le rebord de la fenêtre est constellé de brûlures de cigarettes.

Jusqu'ici, il y a eu très peu de chambres d'hôtel, dans ma vie – Dieu merci, car pour une raison qui m'échappe, la solitude et les regrets semblent toujours faire partie du décor.

J'actionne le bouton mémoire de mon portable, déclenchant les petites notes du numéro, qui se compose automatiquement. Le message du répondeur a toujours la voix de Julianne. Je sais qu'elle écoute. Je la vois comme si j'y étais. Après une vague tentative d'excuses, je lui demande de décrocher, en lui jurant que c'est de la plus haute importance.

Et j'attends. J'attends…

Elle a décroché. Mon cœur saute un battement.

« Qu'est-ce qu'il y a de si important ? aboie-t-elle.

— Je voudrais te parler.

— Je ne suis pas en état de parler.

— Tu ne me laisses aucune chance de m'expliquer.

— Je t'ai donné ta chance, avant-hier, Joe. Je t'ai demandé pourquoi tu avais couché avec une pute, et tu m'as répondu qu'il t'était plus facile de lui parler, à elle, qu'à moi. » Sa voix se fêle. « Pas très flatteur, hein ? Je suis bien placée pour l'Oscar de l'épouse la plus nulle.

— Tu avais tout planifié. La famille marchait comme une machine bien huilée. La maison, tes cours, Charlie, l'école – tu avais tout prévu, jusqu'au moindre détail. Et voilà qu'il s'y est glissé un grain de sable. Moi. Je ne marche plus ; plus comme avant.

— Et c'est ma faute, peut-être ?

— Non. Ça n'est pas ce que je dis.

— Eh bien, excuse-moi de tous ces efforts que j'ai déployés. Oui, je voulais nous construire un foyer confortable et accueillant. Et je croyais que nous étions heureux. Tout va bien pour toi, Joe. Il te reste ta carrière, tes patients qui te vénèrent comme si tu marchais sur l'eau. Moi, je n'avais que nous. J'ai renoncé à tout le reste pour construire notre famille et je l'aimais. Je t'aimais. Jusqu'à ce que tu empoisonnes notre puits.

— Mais tu ne vois pas que ma maladie va tout fiche par terre – tout !

— Ah ! Elle a bon dos, cette satanée maladie ! Tu n'as pas eu besoin d'elle pour tout fiche par terre, tu l'as fait tout seul !

— Ça n'était qu'une nuit, répliqué-je, dans un gémissement.

— Non ! C'était une autre femme ! Tu l'as embrassée, comme tu m'embrasses. Tu lui as fait l'amour. Comment tu as pu faire une chose pareille ! »

Même au bord des larmes, même hors d'elle, elle garde toute sa clarté d'esprit et sa vivacité d'expression. Je ne suis qu'un égoïste immature, hypocrite et cruel. Parmi tous ces qualificatifs, j'essaie d'en dénicher un qui ne s'applique pas tout à fait à mon cas. Peine perdue. « J'ai commis une erreur, murmuré-je. Je te demande pardon.

— Un peu facile, Joe. Tu réduis ma vie en miettes, et tu demandes pardon ! Tu sais combien de temps je vais devoir attendre, pour faire le test du sida ? Trois mois

— Elisa n'a rien.

— Qu'est-ce que tu en sais ? Tu lui as posé la question, avant de la baiser sans préservatif ? Je vais raccrocher…

— Attends, s'il te plaît ! Comment va Charlie ?

— Bien.

— Qu'est-ce que tu lui as dit ?

— Que tu étais le roi des faux culs, doublé d'un minus et d'un sale égocentrique, un poil trop enclin à s'apitoyer sur lui-même.

— Non. Tu ne lui as pas dit ça.

— Je me suis retenue, mais d'extrême justesse.

— Je ne serai pas à Londres, ces jours-ci. La police risque de venir te demander où je suis. Il vaut donc mieux que tu ne le saches pas. »

Elle garde le silence.

« Mais tu peux m'appeler sur mon portable. Appelle-moi, je t'en prie ; et embrasse Charlie pour moi. Je t'aime. »

Je raccroche aussitôt, pour ne pas entendre son silence.

Je verrouille la porte de ma chambre, en sortant, et fais disparaître la grosse clé dans ma poche de pantalon. Dans l'escalier, comme j'y porte la main à deux reprises pour m'assurer qu'elle est bien là, mes doigts rencontrent la baleine de Bobby, et s'attardent sur le bois poli.

Dehors, un vent glacé me pousse le long de Hanover Street, vers les Albert Docks. Liverpool me fait penser au sac à main d'une vieille cinglée, plein de bric-à-brac, de paperasses et de paquets de bonbons entamés. Les pubs edwardiens y côtoient des cathédrales aussi majestueuses que des chaînes de montagnes, et des immeubles de bureaux art déco qui n'ont toujours pas réussi à choisir leur continent. Certains des immeubles les plus récents ont vieilli si vite qu'ils ont déjà l'allure de salles de bingo désaffectées, n'attendant plus que les bulldozers.

La Bourse du coton, dans Old Hall Street, est un imposant vestige de l'époque où Liverpool était au centre du commerce international et alimentait toute l'industrie textile du Lancashire. À son ouverture, en 1906, l'immeuble était déjà équipé de téléphones, d'ascenseurs électriques, d'horloges synchronisées et d'une ligne directe avec les marchés de New York. À présent, elle abrite, entre autres choses, trente millions d'enregistrements de naissances, de décès et de mariages – tout l'état civil du Lancashire.

Devant les guichets se presse un curieux échantillon de population, composé de toutes les catégories sociales et de toutes les classes d'âge. Un groupe d'écoliers en visite guidée, des touristes américains à la recherche d'un lointain ascendant, des bourgeoises d'âge moyen en jupe de tweed, des sociologues en herbe, des chercheurs de trésor, des chasseurs d'héritage…

Je me suis fixé un but qui me paraît à peu près réaliste. Je fais la queue devant de gros volumes classés grâce à un code de couleurs, où j'ai une chance de dénicher l'acte de naissance de Bobby – à partir duquel j'obtiendrai un extrait de naissance avec le nom de son père et de sa mère, ainsi que leur adresse et leur profession.

Les volumes s'alignent sur des rayonnages métalliques, classés par mois et par année. Les années 70 et 80 sont enregistrées par trimestre, avec les noms de famille par ordre alphabétique. Si Bobby n'a pas menti sur son âge, il ne me reste plus qu'à éplucher quatre volumes.

Son année de naissance devrait se situer aux alentours de 1980. Je ne trouve aucune trace d'un quelconque Bob, Bobby ou Robert Moran. J'étends ma recherche dans les deux sens, de 1974 à 1984. De plus en plus frustré, je reviens à mes notes. Et s'il avait légèrement modifié l'orthographe de son nom – à moins qu'il ne l'ait complètement changé ? Auquel cas je me retrouve sur le sable.

Retournant au comptoir de la réception, je demande à consulter un annuaire téléphonique. Je serais bien incapable de dire si c'est mon sourire qui a charmé les préposés, les inclinant à me venir en aide, ou s'il les a, au contraire, glacés d'effroi. Le masque d'un parkinsonien peut se révéler imprévisible.

Bobby a menti sur l'adresse de son école, mais peut-être en a-t-il donné le nom correct. Il existe deux institutions « St. Mary » à Liverpool, et une seule d'entre elles est une école. Je note le numéro, et me mets en quête d'un coin tranquille d'où je puisse téléphoner. La secrétaire me répond, avec un magnifique accent *scouse*[1] – on croirait entendre un personnage de Ken Loach.

« Nous sommes fermés pour Noël, m'explique-t-elle. Je ne devrais même pas être là, aujourd'hui. J'étais juste venue faire un brin de rangement… »

J'improvise une histoire d'ami malade qui voudrait revoir ses anciens camarades d'école. Je voudrais consulter les registres de classe et les photos de la fin des années 80. Elle croit savoir qu'il existe un placard plein de ce genre de choses à la bibliothèque, mais elle me conseille de rappeler à la rentrée, début janvier.

« Impossible d'attendre jusque-là, objecté-je. Mon ami est gravement malade et, comme c'est Noël…

— Bien. Je vais voir si je peux y jeter un coup d'œil, dit-elle, compatissante. De quelle année s'agit-il ?

— Je ne sais pas au juste.

— Quel âge a votre ami ?

— Vingt-deux ans.

— Quel est son nom ?

— Il est possible que son nom ait changé, depuis cette époque. C'est pour ça que j'aimerais voir les photos. Je pourrais peut-être le reconnaître. »

---

1. Originaire de Liverpool. *(N.d.T.)*

Tout à coup, elle semble prise d'un léger doute. Et ses soupçons ne font que croître et s'intensifier, lorsque je lui propose de passer à l'école. Elle veut demander l'autorisation de la directrice. Le mieux, me dit-elle, c'est de lui expliquer tout ça par écrit, et de lui envoyer une lettre par la poste.

« Mais le temps presse, et mon ami…

— Je regrette.

— Attendez… S'il vous plaît. Pourriez-vous regarder si vous ne retrouvez pas au moins son nom ? Bobby Moran. Peut-être portait-il des lunettes, à l'époque. Il était arrivé à l'école vers 1985. »

Je la sens hésiter. Après une longue pause, elle me demande de la rappeler dans une vingtaine de minutes.

Je sors prendre un bol d'air. Dehors, à l'orée d'une allée, un type vend des marrons grillés près d'un brasero noirci. De temps à autre, il pousse un cri aussi déchirant que ceux des goélands : « Chauds, les marrons, chauuuuds ! » Il me tend un sac en papier kraft et je vais m'asseoir sur les marches de l'entrée, pour sortir mes marrons de leur coquille noircie.

Les meilleurs souvenirs que je garde de Liverpool sont gastronomiques. Le poisson-frites, les currys du vendredi soir, les roulés à la confiture, les puddings… J'aimais aussi ce curieux mélange de population : catholiques, protestants, musulmans, Irlandais, Africains, Chinois – tous de bonne souche, d'un orgueil indomptable et ne se mouchant pas du pied.

La secrétaire de St. Mary me paraît s'être apprivoisée. J'ai piqué sa curiosité, et elle semble avoir pris fait et cause pour ma recherche.

« Désolée, mais je n'ai trouvé aucun Bobby Moran. Est-ce que ce ne serait pas Bobby Morgan, par hasard ? Il a été inscrit chez nous de 1985 à 1988. Il a quitté l'école en CM2.

— Pourquoi est-il parti ?

— Je n'en suis pas certaine. Je ne travaillais pas ici, à l'époque. Un problème familial, peut-être ? » dit-elle, d'une voix moins assurée.

Mais elle peut se renseigner auprès d'une institutrice. Elle note le nom de mon hôtel, et me promet de me laisser un message.

Je reviens aux volumes de l'enregistrement, en quête cette fois d'un Bobby *Morgan*. Pourquoi a-t-il altéré son nom d'une lettre ? Pour rompre avec son passé, ou pour le fuir ?

Dans le troisième volume, je tombe sur Robert John Morgan, né le 27 septembre 1980, à l'hôpital universitaire de Liverpool, de Bridget Elsie Morgan, née Aherne, et de Leonard Albert Edward Morgan, marin de commerce.

Rien ne m'assure qu'il s'agit bien de Bobby, mais il y a de bonnes chances pour que ce soit lui. Je remplis un imprimé rose, pour demander une copie de l'acte de naissance. Derrière sa vitre, le préposé lève vers moi un menton inquisiteur, et dilate ses narines. Il me renvoie ma fiche. « Vous n'avez pas indiqué vos motifs.

— J'établis mon arbre généalogique.

— Et votre adresse ?

— Je viendrai moi-même retirer l'extrait. »

Sans même m'accorder un regard, il appose sur ma fiche un tampon large comme le poing. « Revenez en janvier. On est fermés à partir de lundi, pour toute la période des fêtes.

— Mais je ne peux pas attendre jusque-là ! »

Il hausse les épaules. « Alors, tentez votre chance lundi. On est ouverts jusqu'à midi. »

Dix minutes plus tard, je sors de l'immeuble avec un reçu en poche. Trois jours. Comme si j'avais trois jours devant moi ! En moins de temps qu'il ne m'en faut pour traverser le trottoir, j'ai échafaudé un nouveau plan.

La rédaction du *Liverpool Echo* a l'allure d'un Rubik's Cube tapissé de miroirs. Le grand hall grouille de retraités en excursion, chacun muni d'un sac souvenir et d'un badge à son nom.

Une jeune réceptionniste trône sur un grand tabouret, derrière son comptoir de bois sombre. Elle est petite et plutôt pâlotte, avec des yeux couleur curry. À sa gauche, une barrière métallique équipée d'un lecteur de cartes se dresse entre nous et les ascenseurs.

« Je suis le professeur Joseph O'Loughlin. J'espérais pouvoir accéder à votre bibliothèque.

— Désolée, mais la bibliothèque de la rédaction n'est pas ouverte au public. » Un gros bouquet de fleurs attend près d'elle, sur le comptoir.

« Magnifiques ! m'extasié-je.

— Elles ne me sont pas destinées, malheureusement. C'est la rédactrice de la rubrique mode qui monopolise tous les cadeaux.

— Oh, je suis bien certain que vous devez en recevoir plus que votre part… »

Elle me voit venir, et éclate de rire.

« Vous pensez que je peux commander une photo ? demandé-je.

— Remplissez une de ces fiches…

— Et si je n'ai ni la date de parution ni le nom du photographe ? »

Elle pousse un soupir. « Vous, ce n'est pas une photo que vous cherchez, pas vrai ?

— Non, répliqué-je, en secouant la tête. Je cherche un faire-part de décès.

— Récent ?

— Datant d'il y a une quinzaine d'années, maximum. »

Elle me prie de patienter et décroche son téléphone, puis elle me demande si j'ai quelque chose qui fasse un peu plus officiel, tel qu'un laissez-passer, ou une carte de visite. Elle glisse ma carte dans une pochette plastique et l'agrafe à la poche de ma veste.

« La bibliothécaire va vous recevoir. Si quelqu'un vous demande quelque chose, vous n'aurez qu'à dire que vous préparez un article pour les pages médicales. »

L'ascenseur m'emmène au quatrième et je descends une enfilade de couloirs. De temps à autre, j'aperçois une grande salle de rédaction à compartiments ouverts, derrière des portes vitrées à double battant. Je marche tête baissée, d'un pas résolu, comme un homme qui a fort à faire, malgré ma hanche qui se bloque de temps à autre, laissant ma jambe se balancer bêtement, comme prise dans une attelle.

La bibliothécaire en chef a la soixantaine, des cheveux colorés et des lunettes en demi-lune, qu'elle porte en sautoir sur une chaînette, autour du cou. Elle a le pouce droit gainé de caoutchouc, pour tourner les pages. Son bureau est défendu par un rempart de cactus.

Elle remarque mon regard. « Ici, rien d'autre ne pousse. À cause de l'atmosphère. La moindre humidité risquerait d'endommager les documents. »

Les tables sont jonchées de journaux. Une jeune bibliothécaire découpe les articles et les range en piles bien nettes. Une autre parcourt chaque article en soulignant certains noms, ou certains mots. Une troisième se sert de ces références pour classer les coupures dans les différents dossiers.

« Nous avons des volumes reliés qui remontent à cent cinquante ans, m'explique leur chef de service. Les coupures ne résistent pas aussi longtemps. Elles finissent par s'émietter sur les bords, puis tombent en poussière.

— J'aurais cru que tout était sur ordinateur, à présent.

— Depuis dix ans seulement. Il serait ruineux de scanner tous ces volumes… Nous les stockons sur microfilms. »

Elle se tourne vers son terminal d'ordinateur, et me demande ce que je cherche.

« Un faire-part de deuil paru aux alentours de 1988. Leonard Albert Edward Morgan.

— Comme notre bon vieux roi…

— Je pense qu'il était chauffeur de bus. Il habitait ou travaillait à Heyworth Street.

— À Evertown, précise-t-elle, en pianotant sur son clavier avec deux doigts. La plupart des lignes de bus partent de Pier Head, ou de Paradise Street. »

J'en prends note dans mon calepin, en m'appliquant à tracer des lettres larges et régulières. Je sens me revenir des souvenirs de la maternelle, lorsque je dessinais d'énormes lettres sur du papier recyclé, avec des crayons dont j'aurais presque pu appuyer le bout sur mon épaule.

Puis la bibliothécaire en chef m'entraîne dans un dédale de rayonnages qui s'élèvent du plancher jusqu'aux détecteurs d'incendie du plafond. Nous arrivons enfin devant un bureau de bois portant les stigmates des cutters. Une visionneuse de microfilms trône dessus. Mon ange gardien actionne un interrupteur et le moteur se met à ronronner. Un autre interrupteur réveille le projecteur, et un rectangle de lumière apparaît à l'écran

Elle me remet six boîtes de microfilms, couvrant la période de janvier à juin 1988. Elle enroule le premier film sur les bobines, et enclenche le déroulement accéléré. Elle sait presque instinctivement quand l'arrêter. Elle me montre la page du carnet mondain, et je prends note de son numéro, en croisant les doigts pour qu'elle tombe toujours à la même page, pour tous les numéros. Je promène l'index le long de la liste alphabétique, en quête de la lettre M. Après m'être assuré qu'il n'y a aucun Morgan, je passe au numéro suivant, et ainsi de suite. J'ai quelques problèmes avec la mise au point qui doit être constamment réajustée – quand je ne suis pas obligé d'avancer ou de reculer pour garder les colonnes du journal centrées à l'écran.

Les six premières boîtes parcourues, je vais en chercher six autres auprès de la bibliothécaire. Les numéros des semaines précédant Noël ont plus de pages et me prennent plus de temps. Quand j'en viens à novembre 1988, ma gorge se serre – et si je ne trouvais rien ? Un gros nœud s'est formé sous mes omoplates. Les yeux commencent à me sortir du crâne.

Le film passe à un autre jour. Je parcours les faire-part de décès. Pendant quelques secondes, je poursuis ma lecture, avant de m'aviser de ce que j'ai vu – je reviens en arrière et le voilà ! Je pose l'index sur le nom, comme pour l'empêcher de s'envoler.

Lenny A. Morgan, est décédé le samedi 10 décembre à l'âge de cinquante-cinq ans, des suites d'une explosion qui s'est produite au Carnegie Engineering Works. Mr Morgan, un chauffeur de bus bien connu et apprécié de tous, attaché au dépôt de Green Lane, à Stanley, avait été marin de commerce. C'était un important délégué syndical. Il laisse deux sœurs, Ruth et Louise, et ses deux fils, Dafyyd, dix-neuf ans, et Robert, huit ans. Un service aura lieu à treize heures, en l'église St. James, à Stanley. À la demande de la famille, les dons pourront être faits sous forme de contribution au parti des Travailleurs Socialistes.

Je passe en revue les numéros de la semaine précédente. Un tel accident a dû faire l'objet d'un article. Je le déniche au bas de la page 5 : « Un employé tué dans une explosion », annonce le titre.

Un chauffeur de bus de Liverpool a trouvé la mort à la suite d'une explosion aux ateliers Carnegie, samedi après-midi. Lenny Morgan, âgé de cinquante-cinq ans, a été brûlé à quatre-vingts pour cent par la déflagration provoquée par son matériel de soudage, qui a mis le feu à des vapeurs d'essence. L'explosion, et l'incendie qui s'est ensuivi, ont provoqué de graves dégâts dans l'atelier, détruisant entièrement deux bus.

Mr Morgan a été admis d'urgence à l'hôpital Rathbone, où il est décédé samedi soir, sans reprendre conscience. Le coroner de Liverpool a lancé une enquête sur les causes de l'explosion.

Les amis et collègues de Lenny Morgan le décrivent comme un chauffeur particulièrement sympathique et apprécié des usagers, qui aimaient sa fantaisie. « Lenny adorait se coiffer d'un bonnet de père Noël, et chanter des chansons de circonstance à ses passagers, aux alentours des fêtes », se souvient son chef d'équipe, Bert McMullen.

À quinze heures, je rembobine le microfilm, je le range dans sa boîte et je remercie la bibliothécaire pour son obligeance. Elle ne prend pas la peine de me demander si j'ai trouvé ce que je cherchais, occupée qu'elle est à réparer la reliure déchirée d'un volume que quelqu'un a fait tomber.

J'ai épluché deux autres mois du journal sans parvenir à mettre la main sur une autre référence à cet accident. Il a pourtant dû y avoir une enquête. Dans l'ascenseur, je feuillette mes notes. Qu'est-ce que je cherche ? Un lien entre Bobby et Catherine. J'ignore où elle a grandi, mais son grand-père a longtemps siégé à Liverpool. À vue de nez, je dirais qu'ils se sont rencontrés ici, Bobby et elle. Soit dans un foyer pour mineurs, soit dans un hôpital psychiatrique.

Bobby ne m'a jamais parlé de son frère et, comme Bridget n'avait que vingt et un ans à la naissance de Bobby, on peut supposer que David était soit adopté, soit, plus probablement, issu d'un premier mariage de Lenny.

Lenny avait deux sœurs, mais je n'ai que leur nom de jeune fille, ce qui complique les choses. Même si elles ne sont pas mariées, combien de Morgan peut il y avoir dans l'annuaire de Liverpool ? Je ne tiens pas à m'en assurer…

Je suis tellement absorbé dans mes réflexions, que je fais deux fois le tour du portillon tournant, avant de trouver la sortie. Je m'engage prudemment dans les marches, en mettant le cap sur Lime Street Station.

Je rechigne à me l'avouer, mais l'aventure ne me déplaît pas : j'aime enquêter. Je me sens motivé, investi d'une mission. Les badauds de la dernière heure se pressent sur le trottoir et font la queue pour le bus. Je suis tenté de me mettre à la recherche du 96, pour voir où il me mènerait. Les amateurs de surprises ont parfois la main heureuse… Je me rabats finalement sur un taxi. « Au dépôt de bus de Green Lane », intimé-je au chauffeur.

8

Le mécanicien, les mains noires de graisse, délaisse un instant le carburateur sur lequel il s'est penché pour m'indiquer la direction. Le pub s'appelle le Tramway Hotel et Bert McMullen se trouve généralement au bar.

« À quoi je peux le reconnaître ? »

Le mécano glousse de rire, en replongeant dans son moteur.

Je trouve le Tramway sans grande difficulté. Quelqu'un a noté, sur le tableau noir affiché à l'extérieur : « une bonne bière, c'est quand on n'a plus jamais besoin de dire "j'ai soif". » Je pousse la porte et j'entre dans une salle plongée dans une semi-pénombre, avec un plancher taché et des tables de bois nu. Les ampoules rouges qui éclairent chichement le bar nappent le tout d'une lumière rose évoquant les maisons closes du Far West. Sur les murs sont affichées des photos de trams et de vieux bus, au milieu d'affiches de concerts.

Sans me hâter, je compte huit personnes, dont quatre ou cinq adolescents qui jouent au billard dans la salle du fond, près des toilettes. Je me plante devant les pompes à bière, attendant le bon vouloir du barman qui reste imperturbablement plongé dans le *Racing Post.*

Bert McMullen est à l'autre extrémité du bar. Il porte une vieille veste de tweed aux coudes renforcés de cuir, et ornée de toute une collection de pin's et de badges, tous représentant des bus. D'une main, il tient une cigarette et de l'autre, une pinte vide. Il fait tourner le verre entre ses doigts, comme s'il tentait d'y lire quelque mystérieuse inscription, gravée sur le côté. Puis il lève la tête vers moi, en grommelant : « Qui tu lorgnes comme ça, toi ? »

Sa grosse moustache semble avoir poussé directement dans son nez. Des flocons de mousse, mêlés de quelques gouttes de bière, restent pris dans les poils poivre et sel.

« Désolé. Je ne veux pas vous déranger… » Je lui offre une autre tournée. Il pivote lentement vers moi et m'examine des pieds à la tête. Ses yeux, deux billes de verre larmoyantes, s'arrêtent sur mes chaussures. « Combien ça peut coûter, une paire de pompes comme ça, hein ?

— Je ne pourrais pas vous dire au juste.

— *Grosso modo ?*

— Une centaine de livres », répliqué-je avec un haussement d'épaules.

Il secoue la tête, l'air écœuré. « J'en voudrais pas, même pour faire la corvée de chiottes. On ferait pas trente bornes là-dedans, qu'elles tomberaient en miettes. » Il garde les yeux fixés sur mes pieds. « Hey, Phil ! lance-t-il au barman avec un geste de la main. Viens donc y jeter un œil, à ses conneries de pompes. »

Phil se penche par-dessus son bar. « Vous appelez ça comment, vous ?

— Euh… Des mocassins, bafouillé-je.

— Ah ! Casse-toi ! » Ils échangent des regards goguenards. « Tu voudrais toi, te balader avec des pompes de tarlouze aux pieds ? – puis à moi : « Tu dois en avoir plus dans les poches que dans le ciboulot, toi !

— Euh… C'est de la fabrication italienne, expliqué-je, comme si c'était un argument.

— Italienne ? Pourquoi ? T'aurais quelque chose contre les grolles anglaises ? T'es un métèque, ou quoi ?

— Pas du tout.

— En tout cas, tu te trimbales des pompes de métèque. » Nous sommes nez à nez, à présent. Je me prends une grande bouffée de haricots frits. « Pour moi, un type qui se met ce genre de pompes, c'est que de toute sa vie, il n'a jamais fourni une journée de boulot digne de ce nom. Ce qu'il te faut, quand tu bosses, c'est des bottillons, mon petit gars. Avec des semelles antidérapantes, et une capsule de fer au bout. Les conneries que t'as aux pieds, ça te durerait pas une semaine, si tu faisais un vrai boulot.

— À moins que monsieur bosse derrière un bureau, évidemment… » ironise le barman.

Bert me jette un regard soupçonneux. « Tu ferais partie du gang des pardessus ?

— Qu'est-ce que c'est ?

— Les connards qui n'enlèvent jamais leur manteau.

— Je fais mes heures de boulot, comme un autre.

— Tu votes travailliste ?

— Ça, je ne crois pas que ce soient vos oignons.

— T'es du clan catholique ?

— Agnostique.

— Putain ! Agnos… quoi ?

— Agnostique

— Bon Dieu ! Tu parles d'un taré ! OK ! Il te reste une dernière chance. Tu serais pas un supporter du tout-puissant Liverpool ? (Il se signe.)

— Non. »

Il lâche un soupir écœuré. « Vas-y, casse-toi, mec ! Rentre chez ta mère. Elle t'attend, avec ta bouillie sur le feu. »

Mon regard fait vivement la navette entre eux deux. C'est le hic, avec les « Scousers » : impossible de savoir s'ils rigolent ou s'ils sont sérieux, jusqu'au moment où on se retrouve avec leur verre de bière dans la figure.

Bert envoie un clin d'œil au barman : « Il a cinq minutes pour m'offrir une tournée, et après ça, il met les bouts vite fait. »

Phil se fend d'un large sourire. Il a les oreilles criblées d'anneaux d'argent et de divers pendentifs.

Les tables sont alignées le long des murs, autour d'un parquet de danse qui occupe le milieu de la salle. Les ados sont toujours plongés dans leur partie de billard. La seule fille du groupe me paraît nettement en dessous de la limite d'âge. Elle porte un jean serré et un petit haut qui lui découvre le nombril. Les garçons roulent des mécaniques autour d'elle, mais son petit ami attitré est facile à repérer. Il a des muscles artificiellement alourdis par la gonflette et l'allure d'un abcès bien mûr, n'attendant que d'éclater.

Bert regarde les bulles monter à la surface de sa Guinness. Les minutes passent. Je me sens de plus en plus petit. Enfin, il porte le verre à ses lèvres et y prélève une longue lampée.

« Je voulais vous parler de Lenny Morgan. Je viens du dépôt. Ils m'ont dit que vous étiez copains, dans le temps. »

Il reste de marbre.

« Je sais qu'il est mort dans un incendie, enchaîné-je. Et je sais que vous avez longtemps travaillé ensemble. Je voulais juste vous demander ce qui s'était passé. »

Bert allume une cigarette. « Et moi, je vois vraiment pas en quoi ça te regarde.

— Je suis psychologue. Je m'occupe du fils de Lenny. Il est dans une mauvaise passe. J'essaie de l'aider. » J'ai un petit pincement au cœur en entendant ces derniers mots franchir mes lèvres. Aider Bobby…

« C'était quoi déjà, son nom, à ce gamin ?

— Bobby.

— Je me rappelle de lui. Lenny l'emmenait souvent au dépôt pendant les vacances. Le môme se mettait à l'arrière du bus et actionnait la sonnette pour demander l'arrêt au chauffeur. Alors qu'est-ce qu'il a fait, le Bobby ?

— Coups et blessures, contre une femme. Il va passer en jugement. »

Le sourire de Bert s'épanouit, sardonique. « Ça arrive, ce genre de broutilles ! T'as qu'à demander à ma légitime. Moi aussi, je la cogne, de temps en temps, mais en général, elle se laisse pas faire. Et elle n'y va pas de main morte, quand elle réplique ! Le lendemain matin, on passe l'éponge et tout est pardonné.

— Cette femme a été grièvement blessée. Bobby l'a sortie de force d'un taxi et l'a assommée à coups de pied, en pleine rue, devant tous les passants.

— Ils étaient ensemble ?

— Non, il ne la connaissait pas.

— Et vous, vous êtes de quel bord ?

— Je suis chargé d'évaluer son état psychologique.

— Vous essayez de le faire coffrer, vous voulez dire.

— J'essaie surtout de l'aider. »

Bert pousse un petit reniflement de mépris. Les phares des voitures qui passent dans la rue balayent les murs. « Pour moi, c'est du pareil au même, fiston, mais je vois vraiment pas ce que Lenny vient faire là-dedans. Voilà quatorze ans qu'on l'a enterré.

— La mort d'un père, c'est un choc, pour un enfant. Ça pourrait m'aider à expliquer pas mal de choses. »

Bert garde le silence, le temps de soupeser tout cela. Je sens qu'il me jauge. Il est tiraillé entre son instinct et ses préjugés. Il n'aime pas mes chaussures, il se méfie des inconnus. Il se retient de me rire au nez en montrant les dents, pour me faire déguerpir. Il ne lui manque qu'une bonne raison. Il finit par opter pour une autre pinte de Guinness.

« Vous savez ce que je fais, chaque matin ? » demande-t-il.

Je fais « non » de la tête.

« Je passe une heure au pieu, avec le dos tellement raide que je ne peux même pas rouler sur le côté pour attraper mes clopes. Je regarde le plafond, en pensant à ce que je vais faire de la journée, comme tous les autres jours. Je vais me lever, et me traîner jusqu'à la salle de bains, puis jusqu'à la cuisine. Et après déjeuner, je vais me traîner jusqu'ici et poser mes fesses sur ce tabouret. Et tout ça, tu sais pourquoi ? »

Je secoue la tête.

« Parce que j'ai découvert le secret de la revanche, fiston. Je veux leur survivre, à tous ces salauds. Je veux aller danser sur leur tombe. Prends la mère Thatcher, par exemple. Elle a liquidé la classe ouvrière de ce pays. Elle a tout fermé : les mines, les docks, les usines. Mais maintenant, c'est elle qui se barre en couilles, comme un vieux rafiot au rancart. Elle prend l'eau de partout. Elle a eu un infarctus, ces dernières semaines. Ça, qu'on soit un petit rafiot ou un gros, on y a tous droit. Le sel finit toujours par nous bouffer. La mère Thatcher, le jour où elle cassera sa pipe, tu peux compter sur moi pour aller pisser sur sa tombe ! »

Il vide son verre comme pour chasser de sa bouche le sale goût de ses paroles. Je fais signe au barman, qui lui en met un autre.

« Est-ce que Bobby ressemblait à son père ?

— Non. C'était une espèce de gros pudding, ce môme. Il avait des lunettes. Il adorait Lenny. Il était tout le temps accroché à ses baskets, comme un clébard. Il lui faisait des commissions. Il allait lui chercher son thé. Quand Lenny l'emmenait au boulot, le gamin restait dehors, avec un verre de citronnade, pendant que Lenny s'envoyait quelques pintes. Et après ça, ils rentraient, tous les deux, en vélo. »

Bert se dégèle un peu. « Lenny avait été marin de commerce. Il avait les bras couverts de tatouages. Il n'était pas spécialement causant, au naturel, mais une fois lancé, il pouvait vous en raconter de sacrées, sur ses tatouages. Chacun d'eux lui évoquait des tas de souvenirs. Lenny, tout le monde l'aimait, mais on ne pouvait pas s'empêcher de sourire, en parlant de lui. Faut dire qu'il était trop bonne pomme et ça, certains en abusaient.

— Bonne pomme ? C'est-à-dire ?

— Prenez sa femme – je me souviens même plus de son nom. Une Irlandaise catholique qui avait grandi dans une épicerie, une belle plante, avec un de ces culs, et une poignée à déclenchement automatique dans le slibard. Certains disaient que Lenny n'avait réussi à la sauter qu'une seule fois, mais lui, il était trop gentleman pour aller raconter ça. Elle était tombée enceinte et elle a prétendu que le bébé était de lui. N'importe qui d'autre aurait dit "mon œil", et l'aurait plaquée ! Mais Lenny, lui, il l'a épousée, sans poser de questions. Il lui a acheté une maison avec le pactole qu'il s'était mis à gauche, sur ses bateaux. Nous, on savait ce que c'était, cette nana. Avec elle, c'était quand on voulait comme on voulait. La moitié du dépôt lui était passée dessus. Entre nous, on l'appelait "Numéro 22" – notre ligne la plus fréquentée. »

Bert me jette un regard mélancolique, et chasse d'une pichenette la cendre qui est tombée sur sa manche. Il entreprend de me raconter les débuts de Lenny, comme mécanicien diesel. Par la suite, il avait accepté un salaire plus modeste pour devenir chauffeur. Il aimait son boulot, et les passagers le lui rendaient bien. Il les faisait pisser de rire, avec ses chapeaux et ses chansons, qu'il improvisait au gré des circonstances. En 1980, quand Liverpool avait battu le Real Madrid, il s'était teint les cheveux en rouge et avait décoré son bus de guirlandes de papier-toilette…

Lenny ne se faisait pas d'illusions sur la conduite de sa femme, à en croire Bert. Elle ne se gênait pas pour s'afficher. Elle s'exhibait en minijupe et talons aiguilles. Elle sortait tous les soirs, et allait danser à l'Empire ou au Grafton.

Sans crier gare, Bert se met à faire des moulinets dans le vide, comme si l'envie le prenait de cogner sur quelque chose. Une grimace douloureuse lui tord le visage. « Il était trop coulant, le Lenny. Sur tous les plans – le cœur, mais aussi la tête. S'il s'était mis à pleuvoir de la soupe, vous l'auriez retrouvé avec une fourchette à la main. Certaines gonzesses mériteraient vraiment une bonne torgnole. Celle-là, elle lui avait tout pris : son cœur, sa maison, son gamin. Un autre type l'aurait tuée. Mais Lenny, c'était Lenny. Elle l'a saigné à blanc. Elle l'a poussé au désespoir. Tous les mois, elle dépensait cent tickets de plus que ce qu'il gagnait. Il était obligé de faire double service, tout en s'appuyant le ménage. Des fois, je l'entendais la supplier au téléphone : "Tu seras à la maison ce soir quand je rentrerai, mon cœur… ?" et elle, elle lui riait au nez.

— Pourquoi restait-il ? »

Il hausse les épaules. « Il devait avoir comme un point aveugle… à moins qu'elle ne l'ait menacé de lui enlever le petit. Parce que Lenny, sinon, c'était pas le genre à se laisser marcher sur les pieds, hein ! Un jour, je l'ai vu balancer hors de son bus quatre hooligans qui s'en étaient pris aux passagers. Il savait se tenir, Lenny – mais qu'est-ce que tu veux, fiston, c'était elle qui était intenable… »

Bert s'est replongé dans ses pensées. Pour la première fois, je remarque que le bar s'est rempli. Le niveau sonore a grimpé. Les musiciens du vendredi soir s'installent dans un coin. Les gens me dévisagent. Essayez donc de passer inaperçu quand vous êtes le seul inconnu de la place !

Les ampoules rouges se mettent à vibrer et le plancher répercute la musique. J'essaie de tenir le rythme de Bert, pinte après pinte.

Je l'interroge sur l'accident et il m'explique. De temps en temps, Lenny venait à l'atelier le week-end, pour mettre au point ses inventions. Le chef fermait les yeux. Le week-end, les bus fonctionnent, mais l'atelier était désert.

« Vous vous y connaissez un peu, en technique de soudage ? s'enquiert Bert.

— Pas des masses. »

Écartant sa bière, il prend deux sous-verres et m'explique comment on soude deux pièces de métal sous l'effet d'une chaleur concentrée. Cette chaleur peut être générée de deux manières. Pour le soudage à l'arc, la chaleur nécessaire est fournie par un arc électrique, qui se crée entre une électrode et la pièce. Dans le cas du soudage au gaz, la chaleur provient de la combustion d'un mélange gazeux avec de l'oxygène pur.

« Attention, hein ! Ça rigole pas, ce genre d'équipement. Lenny, c'était un des meilleurs soudeurs que j'aie vus de toute ma vie. Les copains disaient qu'il aurait pu souder deux morceaux de papier.

» On prenait toutes les précautions, à l'atelier.

Les produits inflammables étaient entreposés dans une pièce spéciale, séparée de l'atelier de soudage ou de découpe. On ne les rangeait jamais à moins de dix ou douze mètres. On recouvrait les circuits de purge, et on s'arrangeait toujours pour avoir un extincteur sous la main.

» Je ne sais pas au juste ce que Lenny avait en chantier. Certains disaient, en rigolant, qu'il préparait une fusée pour mettre sa femme sur orbite ! L'explosion a couché un bus de huit tonnes sur le flanc. La bouteille d'éthylène a carrément traversé le toit. On l'a retrouvée à une centaine de mètres de l'atelier.

» Lenny a été projeté du côté de la porte. La seule partie de son corps qui ait échappé aux flammes, c'était sa poitrine. Peut-être parce qu'il était couché, au moment de l'explosion, et que la boule de feu lui est passée dessus. Toujours est-il que cette partie de sa chemise n'était qu'à peine roussie.

» Deux ou trois chauffeurs l'ont tiré de là. Je ne comprends toujours pas comment ils ont réussi, avec la chaleur qu'il faisait, et tout ça. Après coup, ils m'ont raconté que ses bottes avaient pris feu et qu'il avait la peau toute craquelée. Il avait toujours sa tête, mais il ne pouvait plus parler. Il n'avait plus de lèvres. Une chance que j'aie pas été sur place – j'en aurais encore des cauchemars ! » Bert repose son verre et exhale un bref soupir.

« Alors, c'était bien un accident ?

— À première vue, oui. On s'est dit qu'une étincelle de son chalumeau avait dû mettre le feu à la bouteille d'éthylène. Ou alors, il a pu y avoir une fuite dans la tuyauterie, ou un autre défaut. Peut-être que le gaz s'était accumulé dans la bouteille qu'il soudait.

— À première vue ? Pourquoi ?

— Quand ils lui ont enlevé ce qui restait de sa chemise, ils ont trouvé quelque chose, écrit sur sa poitrine. Il paraît que chaque lettre était parfaitement régulière, au centimètre près, mais ça, j'y crois pas – pas quand on écrit à l'envers, et de droite à gauche ! Il avait pris sa lampe à souder et avait écrit désolé sur sa propre peau. Comme je vous disais, Lenny, c'était pas le genre causant. »

9

Je n'ai aucun souvenir du moment où j'ai quitté le Tramway. Après la huitième pinte, j'ai cessé de compter. Un courant d'air glacé me fouette le visage et je me retrouve à quatre pattes, dégueulant tripes et boyaux sur un tas de gravats, au beau milieu du terrain vague qui tient lieu de parking au pub.

Le groupe joue toujours, la sono à fond. Du country & western ; je reconnais une chanson de Willie Nelson, où il recommande aux mères de ne pas laisser leurs garçons partir comme cow-boys.

Comme j'essaie de me remettre sur pied, quelque chose me pousse par-derrière et je m'étale dans une flaque d'eau huileuse. Les quatre adolescents du pub se sont regroupés autour de moi et me surplombent.

« T'as du fric ? demande la fille.

— Va te faire foutre ! »

Un coup de pied passe à un cheveu de ma tête, mais un autre, dirigé vers mon ventre, fait mouche. Mes entrailles se relâchent et je suis à nouveau pris d'une violente nausée. J'essaie de reprendre mon souffle et de réfléchir.

« Putain, Baz ! T'avais dit que personne ne se prendrait de coups ! proteste la fille.

— Ferme-la, putain ! Ne dis pas de nom !

— Putain toi-même !

— Vos gueules, vous deux ! s'exclame un troisième, un gaucher qui carburait au rhum-cola.

— Toi, commence pas, tête de nœud ! » le mouche le dénommé Baz.

Une main se glisse dans ma poche et subtilise mon portefeuille.

« Prends juste la tune. Touche pas aux cartes », ordonne Baz. Il est plus vieux – vingt et quelques années, à vue de nez. Il a une svastika tatouée sur le cou. Il me soulève sans effort et approche son nez du mien. Ça sent la bière, la fumée et les cacahuètes.

« Hey, écoute-moi bien, sac à merde. Des connards comme toi, on n'en veut pas, dans le quartier. »

Il me pousse en arrière, et j'atterris sur une clôture garnie de barbelés. Baz est venu se planter juste devant moi. Je le dépasse de dix centimètres, mais il est solide comme un tonneau. Je vois un couteau briller dans sa main.

« Rendez-moi mon portefeuille, et je ne porterai pas plainte », dis-je.

Il éclate de rire et se lance dans une imitation assez convaincante de ma voix. Bon Dieu, j'ai vraiment l'air aussi dégonflé ?

« Vous m'avez suivi depuis le pub. Vous étiez là-bas, tout à l'heure. Je vous ai vus jouer au billard. Tu as perdu la dernière partie, sur le noir. »

La fille remonte ses lunettes sur son nez. Elle a les ongles rongés jusqu'au sang.

« Qu'est-ce qu'il veut dire, Baz ?

— Ta gueule ! Balance pas mon putain de nom ! » Il semble prêt à la frapper, mais elle le tient en respect, d'un regard mauvais. Le silence semble s'éterniser. Je ne suis plus bourré du tout.

Je m'adresse à la fille : « Tu aurais mieux fait de te fier à tes pressentiments, Denny. »

Elle me regarde, en ouvrant de grands yeux. Comment tu sais mon nom, toi ?

— Tu t'appelles Denny, et tu n'as pas l'âge d'entrer dans les bars. Tu dois avoir dans les treize ou quatorze ans, guère plus. Celui-là, c'est Baz, ton petit ami, et les deux autres s'appellent Ozzie, et Carl.

— Ta gueule, connard ! »

Baz me renvoie dans les barbelés. Mais le cœur n'y est plus – ce n'est plus lui qui mène le jeu.

« C'est ce que tu veux, Denny ? Qu'est-ce qu'elle va dire, ta mère, quand la police viendra te chercher ? Tu as dit que tu restais dormir chez une copine, je me trompe ? Ta mère n'aime pas te voir traîner avec Baz. Pour elle, ça n'est qu'un paumé, un minus sans avenir.

— Dis-lui de se taire, Baz ! » Denny se plaque la main sur la bouche.

« Ta gueule, j'ai dit ! »

Plus personne ne dit mot. Ils m'observent. Je fais un pas vers Baz et lui glisse, dans un souffle : « Fais marcher ta jugeote, Baz. Tout ce que je veux, c'est récupérer mon portefeuille.

— Donne-le-lui, son foutu larfeuil ! s'interpose Denny, au bord des larmes. Je veux rentrer chez moi ! »

Ozzie se tourne vers Carl : « Allez viens, on se casse… »

Baz hésite. Il pourrait me larder de coups de couteau, comme un nuage de fumée, mais à présent, il se retrouve seul face à moi. Les trois autres ont déjà disparu dans l'ombre, les bras ballants. D'eux, on n'entend plus que leurs rires hululants.

Baz me pousse contre la clôture, le couteau appuyé sur ma gorge. Ses dents se referment sur le lobe de mon oreille. Chaleur blanche. Éclair de douleur. Rejetant la tête de côté, il crache dans une flaque et m'envoie à terre.

« Tiens. Ça te fera un petit souvenir de Bobby ! »

Puis il essuie sa bouche barbouillée de sang, et balance mon portefeuille à mes pieds, avant de s'éloigner de sa démarche chaloupée, envoyant un dernier coup de pied dans la portière d'une voiture en stationnement. Je me retrouve assis contre la clôture, dans une flaque d'eau. J'aperçois au loin les fanaux qui clignotent au sommet des grandes grues, sur l'autre rive de la Mersey.

Je me redresse lentement, centimètre par centimètre, m'efforçant de me remettre sur pied. Ma jambe droite reste bloquée et je retombe sur mes genoux. Le sang s'égoutte le long de mon cou en une coulée tiède.

Je me traîne jusqu'à la rue, mais il n'y a aucune voiture en vue. Je regarde par-dessus mon épaule, pour m'assurer que Baz et ses acolytes ne reviennent pas à la charge. Un peu plus loin, je trouve une station de taxis dont le guichet, ainsi que la porte, s'abritent derrière des grilles métalliques. À l'intérieur, l'atmosphère est saturée de fumée et de relents de fast-food.

« Qu'est-ce qui vous est arrivé ? » me demande l'employé de garde, derrière sa grille.

J'aperçois mon reflet dans la vitrine. Mon oreille a diminué de moitié et j'ai le col plein de sang.

« Je me suis fait attaquer.

— Par qui ?

— Une bande de gamins. »

J'ouvre mon portefeuille. Les billets y sont toujours. Ils n'ont apparemment rien pris.

Le type lève les yeux au ciel et semble se désintéresser de mon sort. Je ne suis qu'un ivrogne de plus, qui s'est fait coincer dans une bagarre. Il m'appelle un taxi et me laisse attendre dehors, sur le trottoir. Je surveille la rue d'un œil inquiet, m'attendant à tout instant à voir revenir Baz.

Un souvenir… Charmants, les copains de Bobby ! Pourquoi n'ont-ils pas pris l'argent ? Quel était leur but ? À moins qu'il ne s'agisse d'un avertissement. Liverpool est une ville assez vaste pour s'y perdre, mais pas assez pour passer totalement inaperçu – surtout si vous vous mettez à fouiner en posant des questions indiscrètes.

Affalé sur le siège arrière d'une Mazda 626, je ferme les yeux en attendant que mon cœur veuille bien retrouver un rythme normal. La sueur a refroidi entre mes omoplates, me raidissant la peau du cou.

Mon taxi me dépose à l'hôpital universitaire, où on me laisse mijoter une heure, avant de me recoudre l'oreille de six points de suture. Tandis que l'interne de garde essuie avec une serviette le sang qui me barbouille le visage, il me demande si la police a été prévenue. Je l'assure que oui. Mieux vaut éviter d'attirer l'attention de Ruiz.

Cela fait, je me bourre de paracétamol pour faire taire la douleur, et je pars à pied à travers la ville, jusqu'à Pier Head. Le dernier ferry en provenance de Birkenhead s'apprête à accoster. Le grondement du moteur met l'air nocturne en vibration. Des filaments de lumière se déploient vers moi, comme des marbrures, irisées de rouge et de jaune. Les yeux rivés sur l'eau, j'y entrevois des formes, des silhouettes sombres. Des corps. J'y regarde à deux fois, mais ils ont disparu. D'où me vient cette soudaine tendance à voir des cadavres ?

Dans mon enfance, j'allais parfois faire du bateau sur la Tamise, avec mes sœurs. Un jour, j'ai repêché un sac contenant cinq chatons noyés. Patricia me hurlait de tout balancer dans l'eau, mais Rebecca voulait regarder dans le sac. Tout comme moi, elle n'avait jamais vu de cadavre, à part ceux des insectes et de quelques lézards.

J'ai vidé le sac dans l'herbe et les chatons en sont tombés. Leurs poils mouillés se hérissaient autour de leurs petits corps froids. Je me suis senti envahi d'un mélange de curiosité et de dégoût. Naguère, ces cinq bestioles vivaient, emmitouflées d'une fourrure chaude et douce. Elles n'étaient somme toute pas si différentes de moi.

Plus tard, dans mon adolescence, j'étais persuadé que je ne survivrais pas après la trentaine. C'était en pleine guerre froide, et le monde semblait vaciller au bord de l'abîme, à la merci du premier dingue qui s'aviserait d'appuyer sur le bouton rouge, au Kremlin ou à la Maison-Blanche, histoire de voir ce que ça donnerait.

Depuis lors, mon horloge interne n'a cessé d'avancer ou de retarder – tout comme la version officielle. Ma rencontre avec Julianne a fait de moi un incurable optimiste, et la naissance de Charlie n'a fait que confirmer la tendance. J'envisageais même nos vieux jours avec une certaine impatience – l'époque où nous nous enticherions de hobbies loufoques, où nous troquerions nos sacs à dos contre des valises à roulettes et où nous ferions sauter nos petits-enfants sur nos genoux, en les soûlant de nos anecdotes nostalgiques.

Mais ce qui m'attend n'a rien à voir avec ce tableau idyllique. Au lieu d'une longue route tranquille et scintillante, pleine de promesses et de découvertes, j'entrevois un fauteuil roulant, et dedans, un vieillard tremblotant. « On est vraiment obligées d'aller voir papa, aujourd'hui ? demandera Charlie. Quand on n'y va pas, il ne s'en rend même pas compte ! »

Une saute de vent me fait claquer des dents et je m'éloigne de la balustrade. Je pars à pied, tournant le dos au quai, sans craindre de me perdre. En même temps, je me sens vulnérable, exposé. La réceptionniste de l'hôtel Albion tricote en remuant les lèvres pour compter ses mailles. Des rires en boîte fusent de sous ses pieds. Elle ne s'aperçoit de ma présence qu'une fois parvenue au bout de son rang, puis elle me tend un message, où je lis le nom et le numéro de téléphone de l'institutrice qui a eu Bobby comme élève, à l'école St. Mary. Demain, il fera jour…

Les marches de l'escalier me paraissent nettement plus hautes qu'à l'aller. Je suis ivre, et je n'ai qu'une envie : m'écrouler et dormir.

Je me réveille en sursaut, le souffle court. Ma main explore le drap, en quête de Julianne. D'habitude, elle se réveille, quand je crie dans mon sommeil. Elle pose la main sur ma poitrine et dans un souffle, me murmure que tout va bien.

Je respire profondément, le temps de laisser mon cœur se calmer, puis je me glisse hors du lit et je traverse la chambre sur la pointe des pieds, en direction de la fenêtre. La rue est déserte, à l'exception d'un camion de journaux en livraison. Je me tâte l'oreille d'un doigt prudent, et j'y sens les gros points de suture.

Mon oreiller est taché de sang.

La porte s'ouvre, sans que j'aie entendu frapper. Il n'y a eu aucun bruit de pas. Pourtant, je suis positivement certain d'avoir fermé à clé. Une main se glisse dans l'entrebâillement, une main effilée, avec des ongles rouges. Puis j'aperçois un visage peinturluré de rouge à lèvres et de fard à joues. C'est une fille mince et pâle, avec des cheveux blonds, coupés court.

« Chhht ! »

Quelqu'un rigole, derrière elle.

« Putain, tu la boucles, oui ou non ? »

Elle cherche l'interrupteur. Mon ombre se découpe sur le rectangle de la fenêtre. « Cette chambre est occupée. »

Son regard rencontre le mien, et elle pousse une exclamation outrée. Derrière elle, un type débraillé a glissé la main dans son décolleté. « Vous m'avez fait une de ces trouilles ! » dit-elle, en lui repoussant la main. Mais il revient aussitôt à la charge, cherchant ses seins à tâtons, avec une impatience d'ivrogne.

« Comment avez-vous pu entrer ? »

Elle lève les yeux au ciel, en guise d'excuse. « Ça doit être une erreur.

— La porte était fermée. »

Elle secoue la tête. Son compagnon jette un œil par-dessus son épaule à elle. « Qu'est-ce qu'il fout dans notre chambre, ce crétin ?

— C'est sa chambre à lui, eh, patate ! » Elle lui balance un coup de sac en lamé dans la poitrine, et entreprend de le chasser de la pièce. Une fois la porte refermée, elle se tourne vers moi, tout sourire. « Vous voulez un peu de compagnie, peut-être ? L'autre, vous savez… Je peux l'envoyer paître ! »

Elle est tellement famélique que l'on pourrait lui compter les côtes, au-dessus de ses seins. « Merci, non. »

Elle hausse les épaules et remonte son collant, sous sa minijupe. Puis la porte se referme sur elle et je les entends s'éloigner, d'un pas titubant, en direction de l'escalier, pour monter à l'étage du dessus.

L'espace d'un instant, je sens la moutarde me monter au nez. Ai-je vraiment oublié de fermer ma porte ? J'étais ivre, et peut-être encore sonné.

Il est six heures juste passées. Julianne et Charlie ne doivent pas être réveillées. Je sors mon portable et contemple le petit cadran phosphorescent, dans le noir. Pas de message. C'est ma pénitence : penser à ma femme et à ma fille chaque fois que je m'endors et que je me réveille.

Je vais m'asseoir au bord de la fenêtre, en regardant le ciel s'éclaircir. Des pigeons tournoient au-dessus des toits. Ils me rappellent Bénarès, où les vautours survolent en permanence les bûchers funéraires, attendant que ce qui reste des corps carbonisés soit déversé dans le Gange. Bénarès n'est qu'un gigantesque taudis, semé d'immeubles en ruine et d'enfants qui louchent. On n'y voit rien de beau, hormis les saris des femmes et leurs hanches, qui se balancent doucement. Cette ville m'horrifie, tout autant qu'elle me fascine – un peu comme Liverpool.

J'attends sept heures pour appeler Julianne. Une voix d'homme répond. Mon premier mouvement est d'en conclure que je me suis trompé de numéro, puis je reconnais ce timbre. C'est Jock.

« J'étais justement en train de penser à toi », dit-il, d'une voix tonitruante, qui me vrille dans les oreilles. Et j'entends celle de Charlie, en arrière-plan. « C'est papa ? Je peux lui parler ? Vas-y, quoi ! Laisse-moi lui parler ! »

Jock a dû couvrir le récepteur, mais je l'entends lui demander d'aller chercher sa mère. Ma fille proteste, mais obéit.

Jock essaye de meubler le silence avec une amicale bonhomie, mais je l'interromps : « Qu'est-ce que tu fiches chez moi, Jock ? Tout va bien ?

— Très bien, oui. À part ta plomberie. »

Qu'est-ce qu'il en sait, de mes putains de problèmes de plomberie ? Il ajuste son ton au mien – je le vois d'ici changer de visage.

« Ne t'emballe pas ! Quelqu'un a essayé d'entrer par effraction. Julianne était un peu inquiète. Elle ne pouvait pas rester seule dans la maison. Je lui ai proposé de passer la nuit ici.

— Ça s'est passé quand ? Et qui c'était ?

— Un camé, sans doute. Il est entré par la porte. Les plombiers l'avaient laissée ouverte. DJ l'a trouvé dans ton bureau, et l'a poursuivi jusque dans la rue. Il l'a perdu de vue au niveau du canal.

— Il a pris quelque chose ?

— Non. »

J'entends des pas dans l'escalier, puis Jock met à nouveau la main sur le récepteur.

« Tu peux me passer Julianne ? Je sais qu'elle est là…

— Elle refuse de te parler. »

Je sens à nouveau la moutarde me monter au nez. Jock persiste à se mêler de mes affaires. « Elle veut savoir pourquoi tu as appelé sa mère à trois heures du matin. »

Un souvenir très vague me revient. Un numéro que je compose, puis sa mère qui me répond, glaciale, avant de me raccrocher au nez.

« Passe-moi immédiatement Julianne !

— Impossible, vieux. Elle n'est pas au sommet de sa forme.

— Qu'est-ce que ça veut dire, ça ?

— Rien de plus. Elle n'est pas dans son assiette.

— Qu'est-ce qui ne va pas ?

— Rien. Tout va bien. Je lui ai fait un check-up complet... »

Il essaie de me faire marcher – et je cours.

« Passe-lui ce putain de téléphone !

— Je ne crois pas que tu sois en mesure de me donner des ordres, Joe. Tu ne fais qu'envenimer les choses. »

Je ne détesterais pas enfoncer mon poing dans ses abdominaux à cent pompes par jour – puis j'entends un déclic éloquent. Quelqu'un a décroché dans mon bureau. Jock ne s'aperçoit de rien.

Je m'efforce d'adopter un ton conciliant, et l'assure que je rappellerai plus tard. Il raccroche, mais je reste l'oreille aux aguets.

« Papa, c'est toi ? demande ma fille, d'une voix inquiète.

— Comment tu vas, mon lapin ?

— Bien. Quand est-ce que tu rentres ?

— Je n'en sais rien. J'ai quelques problèmes à régler avec maman.

— Vous vous êtes disputés, ou quoi ?

— Comment tu sais ?

— Quand elle est en colère après toi, je devrais jamais la laisser me brosser les cheveux !

— Désolé, mon poussin.

— Oh, ça va. C'était ta faute ?

— Oui.

— Pourquoi tu ne lui demandes pas pardon ? Tu me dis toujours de m'excuser, quand je me dispute avec Taylor Jones.

— Je ne crois pas que ça serait suffisant, cette fois-ci. » Je l'entends méditer là-dessus. Je peux même me la représenter se mordillant la lèvre, dans un intense effort de concentration.

« Papa ?

— Oui.

— Eh bien, euh… Je voulais te demander un truc. C'est à propos de… eh bien, euh… » Elle tente vainement d'arriver au bout de sa question. Je lui conseille de se la formuler mentalement, puis de me la poser.

Et ça finit par sortir : « J'ai vu une photo bizarre, dans le journal. Quelqu'un qui se cachait sous un manteau. Et à l'école, y a des garçons qui m'ont dit des trucs. Lachlan O'Brien, il a dit que c'était toi. Je lui ai dit qu'il mentait. Mais hier soir, j'ai pris un des vieux journaux que maman avait fichus à la poubelle, et je l'ai emmené dans ma chambre.

— Et tu l'as lu ?

— Oui. »

Mon estomac se noue. Comment expliquer le concept d'erreur judiciaire à une gamine de huit ans ? Nous avons inculqué à Charlie le respect des forces de l'ordre. La justice et la vérité sont des valeurs fondamentales, surtout à l'école primaire.

« C'était une erreur, Charlie. La police m'a pris pour quelqu'un d'autre.

— Pourquoi maman était tellement fâchée, alors ?

— Parce que j'ai commis une autre erreur, Charlie. Une erreur qui n'a rien à voir avec tout ça – ni avec la police, ni avec toi. »

Elle ne souffle mot. Je l'entends réfléchir.

« Qu'est-ce qu'elle a qui ne va pas, maman ? lui demandé-je.

— Ça, mystère ! Je l'ai entendu dire à l'oncle Jock qu'elle avait du retard.

— Du retard, pour quoi ?

— Elle n'a pas dit. Elle a juste dit qu'elle avait du retard. »

Je lui demande de me répéter ses paroles, mot pour mot, mais elle ne comprend pas très bien où je veux en venir. J'ai la bouche sèche – et ça n'est pas un effet de ma gueule de bois. En arrière-plan, j'entends la voix de Julianne qui appelle Charlie.

« Faut que j'y aille, murmure ma fille. Tu rentres vite, hein ? »

Elle a raccroché, sans même me laisser le temps de lui dire au revoir. Mon instinct me souffle de rappeler aussitôt. De rappeler jusqu'à ce que Julianne accepte de me parler. *Du retard...* Est-ce que ça veut bien dire ce à quoi je pense ? Je me sens pris d'une sorte de mal de mer, virant au désespoir.

Avec un peu de chance, en sautant dans le premier train, je pourrais être de retour dans trois heures. Je pourrais camper sur le paillasson, jusqu'à ce qu'elle m'ouvre. C'est peut-être ce qu'elle attend de moi : que je revienne et que je me batte pour la reconquérir.

Six ans que nous attendions ça, et elle n'avait jamais perdu espoir... C'était moi qui avais cessé d'y croire.

10

Une clochette tinte au-dessus de ma tête, quand je franchis le seuil de la boutique. Des senteurs d'huiles aromatiques, de bougies parfumées et de cataplasmes aux herbes m'assaillent les narines. D'étroites étagères de bois sombre couvrent les murs, du sol au plafond. Elles disparaissent sous les paquets d'encens, les savons, les huiles aux essences et de gros flacons contenant à peu près tout, des algues aux pierres ponces.

Une matrone, presque aussi large que haute, émerge de derrière une cloison. Elle est vêtue d'un caftan multicolore qui s'évase à partir de son cou, pour cascader sur son opulente poitrine. Des perles, enfilées sur ses cheveux, s'entrechoquent à chacun de ses pas.

« Approchez, approchez... ! me lance-t-elle, geste à l'appui. Faites pas votre timide ! »

C'est Louise Elwood – je reconnais sa voix que j'ai déjà entendue au téléphone. Certaines personnes ont le visage de leur voix, et Louise correspond parfaitement à la sienne : puissante, profonde et chaleureuse. Les bracelets de ses bras cliquettent lorsqu'elle me serre la main. Sur son front, entre ses sourcils, est collé un point rouge.

« Mon Dieu, mon Dieu, mon Dieu ! s'exclame-t-elle, en me mettant la main sous le menton. Vous, on peut dire que vous arrivez pile ! Regardez-moi ces yeux. Ternes et secs. Vous n'avez pas dû dormir tout votre soûl – pas vrai ? C'est les toxines. Trop de viande rouge. Ou peut-être une allergie au blé. Et votre oreille ? Qu'est-ce qui lui est arrivé ?

— Un coiffeur qui a fait un peu trop de zèle. »

Elle lève un sourcil.

« Je vous ai parlé au téléphone. Je suis le professeur O'Loughlin.

— Typique ! Regardez un peu la mine que vous avez ! Les médecins et les professeurs sont les pires. Ils ne suivent jamais leurs propres conseils ! »

Elle se retourne avec une surprenante agilité, et se met à vaquer dans la boutique, sans cesser de babiller. Je ne repère aucun signe d'une présence masculine dans sa vie. Les enfants dont les photos sont affichées sur le tableau à pense-bête sont probablement des nièces et des neveux. Elle est un peu complexée par son gabarit, mais elle assume. Elle en a fait une partie de sa personnalité. Elle a un persan (poils de chat), un tiroir plein de chocolats (papier doré par terre) et un faible pour les romans à l'eau de rose *(La Dame du silence*, de Catherine Cookson).

Derrière la cloison, je découvre un minuscule coin cuisine composé d'une table, de trois chaises et d'un meuble évier. La radio et la bouilloire électrique se partagent la prise. Sur la table, un magazine féminin est resté ouvert à la page des mots croisés.

« Je vous fais une infusion ?

— Vous n'auriez pas plutôt du café ?

— Non.

— Eh bien, va pour une infusion. »

Elle me cite une liste de douze herbes médicinales. Elle n'a pas fini de me la décliner que j'ai déjà oublié le nom des premières.

« Camomille, tranché-je.

— Excellent choix. Parfait, contre le stress et la tension. » Elle marque une pause. « Vous n'êtes pas très amateur, je me trompe ?

— Je n'ai jamais réussi à comprendre pourquoi les herbes sentent si bon, alors que les tisanes sont si fades. »

Elle part d'un éclat de rire qui lui fait tressauter tout le corps. « Le goût est un sens subtil. Il fonctionne en harmonie avec tout le corps. L'odorat est le plus immédiat de nos sens. Le toucher est le premier à se développer et le dernier à disparaître, mais l'odorat est directement connecté au cerveau. »

Elle sort deux petites tasses de porcelaine, et verse l'eau bouillante dans une théière de céramique qui filtre deux fois les feuilles. Elle pose une tasse devant moi.

« Vous ne lisez donc pas dans les feuilles de thé, si je comprends bien ?

— Vous vous payez ma tête, là, professeur ! » Mais elle ne s'en offense nullement.

« Vous enseigniez à St. Mary, il y a quinze ans ?

— Pour me punir de mes péchés.

— Vous souviendriez-vous d'un de vos élèves – un certain Bobby Morgan ?

— Si je m'en souviens !...

— Qu'est-ce que vous pourriez m'en dire ?

— Il était d'une intelligence très vive, quoique un peu complexé par sa taille. Certains de ses camarades se moquaient de lui parce qu'il n'était pas très doué pour les sports, mais il avait une voix ravissante.

— Vous dirigiez le chœur ?

— Oui. Une fois, je lui ai suggéré de prendre des cours de chant, mais ça n'était pas du tout le genre de sa mère. Je ne l'ai vue qu'une seule fois dans l'école. Elle était venue se plaindre parce que Bobby avait pris de l'argent dans son porte-monnaie pour participer à une excursion de la classe au musée.

— Et son père ? »

Elle me jette un regard interrogateur, comme si j'étais censé savoir quelque chose, puis elle hésite sur la conduite à tenir : poursuivre, ou s'en tenir là ?

« Le père de Bobby n'avait pas le droit de venir à l'école, finit-elle par lâcher. Le tribunal avait lancé une interdiction de séjour contre lui, quand Bobby était en CM1. Il ne vous en a jamais parlé ?

— Non. »

Elle secoue la tête. Ses perles se balancent de plus belle. « C'est moi qui avais sonné la sonnette d'alarme. Il avait mouillé sa culotte deux fois, en l'espace de quelques jours. Puis il avait souillé son pantalon en classe et avait passé le plus clair de l'après-midi caché dans les toilettes. Il était bouleversé. Quand je lui ai demandé la raison de sa conduite, il a refusé de parler. Je l'ai emmené à l'infirmerie, où on lui a passé un pantalon propre. C'est là que l'infirmière a remarqué les marques, sur ses jambes. Des marques qui semblaient indiquer qu'il avait été battu.

» L'infirmière a enclenché la procédure normale et en a informé la directrice adjointe, qui a alerté le service des affaires sociales… » Je connais le processus par cœur : l'assistante sociale du service a dû enregistrer la déclaration, puis en parler avec son supérieur hiérarchique. Ensuite, la vague de dominos s'écroule en chaîne : examens médicaux, entretiens, déclarations, contre-déclarations, réunions de concertation, verdict de situation à risque, classement provisoire, appel… Chaque étape déclenchant automatiquement la suivante.

« Vous souvenez-vous de la décision émise par le tribunal ? »

Elle n'en a gardé en mémoire que quelques bribes. Accusations de sévices sexuels, niées en bloc par le père. Ordre d'interdiction de séjour pour le père, avec surveillance accrue de Bobby en période scolaire.

« La police a fait une enquête, mais j'ignore leurs conclusions. C'était la directrice adjointe qui avait eu affaire à eux, ainsi qu'aux assistantes sociales.

— Est-elle toujours en exercice ?

— Non. Elle a démissionné, il y a deux ans. Pour raisons familiales.

— Comment a réagi Bobby, par la suite ?

— Il a beaucoup changé. Il avait quelque chose de fixe, de figé, qu'on n'observe pratiquement jamais chez un enfant normal. Beaucoup de ses enseignants le trouvaient difficile à supporter. » Elle se plonge dans la contemplation de sa tasse, en la faisant doucement rouler d'avant en arrière. « Après la mort de son père, il est devenu encore plus renfermé. C'était comme s'il s'était retrouvé dehors, avec le nez appuyé à la vitre.

— Pensez-vous qu'il ait vraiment été victime de sévices sexuels ?

— St. Mary se trouve dans un secteur très pauvre, docteur O'Loughlin. Dans certaines familles, le seul fait de se réveiller, chaque matin, c'est un viol. »

Je ne connais pas grand-chose aux voitures. Je sais qu'il faut mettre de l'essence dans le réservoir, de l'air dans les pneus et de l'eau dans le radiateur, mais les marques, les modèles et les caractéristiques des machines modernes ne m'ont jamais passionné. D'habitude, je remarque à peine les autres véhicules sur la route mais aujourd'hui, c'est différent. Je n'arrête pas de voir un van blanc. Je l'ai remarqué pour la première fois ce matin, en sortant de l'Albion. Il était garé le long du trottoir d'en face. Les autres véhicules étaient couverts de givre, mais pas cette fourgonnette blanche. Sur le pare-brise et la lunette arrière, on avait dégagé des ronds de verre bien nets.

Le même minibus blanc, ou son sosie, s'est garé sur une rampe de livraison, en face de la boutique de Louise Elwood.

La porte arrière est ouverte. À l'intérieur, j'aperçois des sacs de grosse toile qui tapissent le sol. Il doit y avoir des centaines de minibus blancs, qui sillonnent Liverpool. Peut-être même toute une armada de véhicules semblables à celui-ci, appartenant tous à une boîte de coursiers.

Encore secoué par mes aventures de la nuit, je vois des ombres menaçantes dans chaque recoin sombre, et dans chaque voiture en stationnement. Je traverse Market Square, et je m'arrête devant la vitrine d'un grand magasin. Je vois toute la place dans le reflet. Personne ne me suit.

J'ai l'estomac creux. Je me mets en quête d'un endroit chaud, et j'opte pour un café situé au premier étage d'une galerie marchande, d'où je surplombe l'atrium. De ma table, j'ai une vue imprenable sur les escalators.

H. L. Mencken, journaliste, grand philosophe et amateur de bière, a dit que pour tout problème complexe, il existait une solution simple, élégante et erronée. Je partage sa méfiance pour tout ce qui semble trop évident.

À la fac, je faisais enrager mes professeurs par mon acharnement à remettre en question les affirmations les plus immédiates. « Pourquoi refuser d'admettre que les choses puissent être telles qu'elles sont ? me demandaient-ils. Pourquoi exclure d'avance que la réponse la plus simple puisse être la bonne ? »

Parce que c'est dans la nature des choses. Si l'évolution avait procédé à coup de réponses simples, nous aurions des cerveaux bien plus performants et nous ne regarderions pas de sitcoms idiots ; ou des cerveaux encore plus rudimentaires, et nous n'inventerions pas d'armes de destruction massive. Les mères auraient quatre bras, et les bébés quitteraient la maison au bout de six semaines. Nous aurions des os en titanium, une peau résistante aux UV, des yeux fonctionnant aux rayons X, des érections permanentes et des orgasmes en chaîne.

Bobby Morgan, puisque tel est son vrai nom, présentait un certain nombre de signes indiquant qu'il pouvait avoir été victime d'agressions sexuelles. Mais je préférerais que ça ne soit pas le cas : je me suis pris d'affection pour Lenny Morgan. Sur bien des points, c'était un père affectueux et d'une bonne humeur communicative. Bobby l'aimait.

Peut-être Lenny Morgan avait-il une face cachée ? Rien n'empêche un violeur d'enfant d'être, par ailleurs, une figure paternelle rassurante. Ce qui pourrait expliquer son suicide – ainsi que le besoin qu'a eu Bobby de se forger deux personnalités, pour survivre.

11

Les services sociaux conservent des dossiers sur les enfants qui ont subi des sévices sexuels. Naguère, j'y avais accès, mais je ne fais plus partie du système et les règles de confidentialité s'appliquent avec la dernière rigueur.

Je vais donc avoir besoin d'une personne que je n'ai pas vue depuis plus de dix ans. Une certaine Melinda Cossimo, que je crains de ne même plus pouvoir reconnaître. Nous nous donnons rendez-vous dans un café, en face du tribunal.

Autrefois, quand j'ai débarqué à Liverpool, Mel était simple assistante sociale, au premier échelon. À présent, elle a pris du galon, et a été promue chef de secteur. Une « pro » de la protection de l'enfance, comme on dit. Une telle longévité est exceptionnelle, dans les services sociaux. La plupart des gens dépriment, ou claquent la porte.

Mel était une punk de la première heure, avec les cheveux hérissés sur le crâne, et toute une garde-robe de vestes en cuir et de jeans en lambeaux. Elle avait une petite tendance à la contradiction, parce qu'elle aimait voir les gens défendre leur opinion, quelle que fût la sienne.

Elle a grandi en Cornouailles, à l'ombre d'un père marin-pêcheur qui se rengorgeait à longueur de temps sur la distinction entre les « boulots d'hommes » et les « boulots de gonzesses ». Comme on pouvait s'y attendre, il a fait de sa fille une féministe acharnée. Quand Mel a intitulé sa thèse de doctorat « Ces femmes qui portent la culotte… », son macho de père a dû se retourner dans sa tombe.

Boyd, son mari, natif du Lancashire, portait des pantalons kaki et des grands pulls, et se roulait ses propres cigarettes. Dès ses dix-neuf ans, ses cheveux se sont striés de gris, mais il les a toujours portés longs et en queue-de-cheval. Je ne les ai vus dénoués qu'une seule fois, dans les douches, après une partie de badminton particulièrement mouvementée.

Ils étaient d'excellente compagnie. Nous passions la plupart de nos week-ends ensemble. Nous dînions sur leur terrasse délabrée, entre le jardin de harpes éoliennes de Boyd et sa plantation de cannabis qui poussait dans une ancienne mare. Nous étions tous les quatre surchargés de boulot, et sous-payés, mais d'un idéalisme à toute épreuve. Julianne apportait sa guitare et Mel chantait ; elle avait une jolie voix, à la Joni Mitchell. Nous nous mijotions des festins végétariens, un rien trop arrosés, et nous fumions l'herbe maison en refaisant le monde. Nos gueules de bois nous duraient jusqu'au lundi matin, et les ballonnements jusqu'en milieu de semaine.

Mel me fait une mine de circonstance, de l'autre côté de la vitrine. Elle porte les cheveux lissés en arrière, lui dégageant le visage. Elle est vêtue d'un pantalon noir et d'une veste beige, arborant au revers un ruban blanc – je m'efforce vainement de me souvenir de la cause humanitaire qu'il symbolise.

« C'est ta version du look cadre ?

— Du look âge mûr, en tout cas ! s'esclaffe-t-elle, en se laissant choir sur la banquette avec un plaisir non dissimulé. Mes pompes me font un mal de chien. » Elle les envoie balader et se masse les chevilles.

« Tu faisais des courses ?

— J'avais rendez-vous au tribunal pour enfants. Un placement d'urgence.

— Ça s'est bien passé ?

— Ç'aurait pu être pire. »

Je vais nous chercher des cafés, pendant qu'elle garde notre table. Je sens son regard dans mon dos. Elle tente de mesurer à quel point les choses ont changé. Partageons-nous toujours les mêmes valeurs ? Qu'est-ce qui m'amène à refaire surface sans crier gare ? Dans sa branche, la méfiance est une seconde nature.

« Qu'est-ce que tu as à l'oreille ?

— Une morsure de chien.

— Tu ne devrais jamais prendre des animaux en thérapie !

— On n'arrête pas de me le dire. »

Son regard se pose sur ma main, tandis que j'essaie de tourner ma cuiller dans ma tasse.

« Toujours avec Julianne ?

— Toujours. Nous avons une petite fille de huit ans. Charlie. Et il se pourrait bien que Julianne attende notre deuxième enfant.

— Il se pourrait bien – tu n'en es pas sûr ? »

Elle éclate de rire et je ris de bon cœur avec elle, malgré le nœud de culpabilité qui m'étreint.

Je lui demande des nouvelles de Boyd. Je le revois d'ici, ce vieux hippie, avec ses chemises en lin, et ses pantalons indiens. Mais elle détourne le visage, et j'ai juste le temps d'apercevoir le nuage de chagrin qui lui voile un instant le regard.

« Il est mort. »

Elle s'est figée sur son siège, et se tait, comme pour laisser au silence le temps de s'y faire.

« Quand ça ?

— Il y a un an. Un gros 4 × 4, le genre avec pare-chocs antibuffles, tu sais. Il a grillé un stop et l'a balayé, lui et sa moto. »

Je lui exprime mes regrets. Elle me sourit tristement et lèche l'écume de crème qui est restée sur sa cuiller.

« On dit que la première année est la pire, mais maintenant, j'en sais quelque chose. C'est comme de se faire piétiner et tabasser par cinquante flics armés de matraques et de boucliers antiémeutes. Je n'ai toujours pas réussi à digérer le choc. Pendant quelques mois, je lui en ai même voulu, à lui – de m'avoir abandonnée. Tu vas trouver ça bête, mais par dépit je suis allée jusqu'à bazarder sa collection de disques – qu'il m'a ensuite fallu racheter, au double du prix ! » Elle étouffe un petit rire, et revient à son café.

« Tu aurais dû nous le dire. Nous n'étions pas au courant.

— Boyd avait perdu votre adresse. Tu le connais – c'était un cas désespéré ! Bien sûr, j'aurais pu enquêter, pour retrouver votre piste. » Elle me décoche un sourire penaud. « Mais je ne tenais pas à revoir les copains. J'avais peur des bons souvenirs…

— Où est-il enterré ?

— Je l'ai à la maison, sur mon placard à dossiers, dans un petit vase d'argent. » Elle en parle comme s'il était toujours dans le jardin, en train de bricoler.

« Je me refuse à le mettre en terre. C'est trop froid. Imagine, s'il venait à neiger, lui qui avait horreur du froid ! » Elle me jette un regard douloureux. « Ça doit paraître con.

— Pas pour moi.

— Je me suis dit que si je pouvais mettre un peu d'argent de côté et emmener ses cendres au Népal, pour les éparpiller du haut d'une montagne…

— Il détestait l'altitude.

— Ouais. La meilleure solution serait peut-être de les balancer dans la Mersey.

— Tu crois qu'on peut faire ce genre de chose ?

— Je ne vois pas ce qui m'en empêcherait, réplique-t-elle, avec un rire dénué de toute joie. Alors… qu'est-ce qui te ramène à Liverpool ? Vous aviez mis les voiles comme si vous aviez le feu où je pense, tous les deux !

— J'aurais voulu pouvoir vous emmener avec nous.

— Dans le sud ? Pas question ! Tu sais ce que Boyd pensait de Londres. Pour lui, c'est un bled plein de gens en quête d'un truc qu'ils n'ont jamais trouvé ailleurs – faute de l'avoir cherché. »

J'entends encore Boyd prononcer cette phrase, mot pour mot.

« J'ai besoin de consulter un fichier de protection de l'enfance.

— Un *liseré rouge* ?

— Oui. »

Ça faisait des années que je n'avais pas entendu l'expression. C'est le sobriquet que donnent les travailleurs sociaux de Liverpool à ce genre de dossier, parce que le formulaire d'enregistrement est bordé d'un liseré rouge sombre.

« Pour quel enfant ?

— Bobby Morgan. »

Elle fait instantanément le lien. Je le vois à son regard. « J'ai tiré un juge de son lit à deux heures du matin pour lui faire signer la décision de placement provisoire. Le père s'était suicidé. Tu ne t'en souviens pas ? »

Je fais « non » de la tête.

Son front se plisse. « Sans doute parce que c'était l'un des dossiers d'Erskine. »

Rupert Erskine. Le psychologue responsable de notre service. J'étais le junior de notre tandem, ce qu'il s'empressait de souligner à la moindre occasion. Mel était l'assistante sociale en charge du dossier de Bobby.

« La déclaration initiale émanait de son institutrice, explique-t-elle. La mère avait commencé par refuser de parler. Puis, confrontée aux preuves médicales, elle avait craqué, et avait avoué qu'elle soupçonnait son mari.

— Tu peux me passer le dossier ? »

Je lis dans ses yeux qu'elle brûle de m'en demander la raison. En même temps, elle sait qu'il vaut probablement mieux qu'elle reste dans l'ignorance. Une fois classés, les dossiers de Protection de l'Enfance sont conservés à Hatton Gardens, à la Direction des Services Sociaux de Liverpool. Les dossiers sont stockés quatre-vingts ans. Leur accès est réservé aux membres du personnel directement concerné, aux instances dûment mandatées, ou aux magistrats chargés du dossier. Tout accès doit y être consigné.

Mel regarde sa propre image dans sa cuiller. Elle réfléchit aux données du problème. Va-t-elle accéder à ma demande, ou la rejeter ? Elle jette un œil à sa montre. « Je vais devoir passer quelques coups de fil. On se retrouve à mon bureau vers treize heures trente. »

Elle me pose un baiser sur la joue et s'en va. Je me commande un second café, pour meubler mon attente. Les temps morts sont de loin les plus redoutables. Ils me laissent tout loisir de broyer du noir. Mes idées s'entrechoquent au hasard, comme des balles de ping-pong dans un bocal : Julianne est enceinte – il faudra remettre une barrière au pied de l'escalier – Charlie voudrait partir camper, cet été – quel est le lien entre Catherine et Bobby ?

Encore une fourgonnette, mais pas blanche, cette fois. Le chauffeur balance un paquet de journaux sur le trottoir en face du café. De ma place, je peux lire le titre qui s'étale à la une : Appel à témoin avec récompense, pour retrouver le meurtrier de Catherine McBride.

Le bureau de Mel est bien rangé, avec ses papiers empilés, à droite et à gauche, en deux tas aléatoires. Son ordinateur est constellé d'autocollants, de coupures de journaux et de dessins humoristiques, l'un d'eux représentant un bandit masqué qui pointe une arme sur sa victime : « La bourse ou la vie », dit-il. « Je n'ai ni l'un ni l'autre, répond la victime. Je bosse aux services sociaux ! »

Nous sommes au troisième étage du service. La plupart des bureaux se sont vidés pour le week-end. De la fenêtre de Mel, j'aperçois un entrepôt préfabriqué, en cours de construction. Elle a réussi à me sortir trois dossiers, tous scellés par des rubans rouges. Elle me donne une heure pour les consulter, le temps pour elle de faire quelques courses.

Je sais à quoi m'attendre. La première règle du tripatouillage intelligent, c'est de conserver soigneusement toutes ses traces. Et c'est ce que font les services sociaux. Lorsqu'ils doivent s'immiscer dans la vie des gens, ils prennent note de leur moindre décision. Ces dossiers doivent donc contenir des comptes rendus d'entretien, des bilans de la situation familiale, des rapports des psychologues et des médecins, des transcriptions de chaque réunion de concertation, des copies de la moindre déposition enregistrée par la police, et de la moindre décision de justice.

Si Bobby a été admis dans un foyer ou dans un service psychiatrique, cela sera consigné quelque part : je retrouverai des noms, des lieux, des dates. Avec un peu de chance, je pourrai faire des recoupements avec le dossier de Catherine McBride, et établir des liens.

Le premier document du dossier est le compte rendu d'une conversation téléphonique avec un membre du personnel de St. Mary. Je reconnais l'écriture de Mel. Bobby a « présenté un certain nombre de troubles du comportement ». Outre ses problèmes d'incontinence, il a fait preuve d'un comportement sexuel déplacé. Il avait enlevé sa culotte et simulé l'acte sexuel avec une fillette de sept ans.

Mel avait faxé l'information à son supérieur hiérarchique et passé un coup de fil à la secrétaire du service du secteur, lui demandant de lancer des recherches dans les fichiers répertoires, pour voir si Bobby, ses parents ou un quelconque membre de sa famille avaient déjà fait l'objet d'une ouverture de dossier. Comme la recherche était restée négative, Mel avait ouvert un nouveau dossier. Sa principale préoccupation, c'était les blessures. Elle en avait touché mot à Lucas Dutton, directeur adjoint à la Protection de l'Enfance, qui avait décidé de lancer l'enquête.

Le *liseré rouge*, comme son nom l'indique, est particulièrement facile à repérer. J'y trouve le nom de Bobby, sa date de naissance, l'adresse de ses parents et toutes les informations concernant leur situation ; l'adresse de son école, celle de ses grands-parents et un bilan de santé complet.

Il y a aussi quelques renseignements sur l'auteur de la déclaration initiale : la directrice adjointe de St. Mary.

Mel a réuni un bilan médical complet. Le Dr Richard Legende a relevé « deux ou trois marques rouges, longues d'une quinzaine de centimètres, sur les deux fesses ». Il décrit les plaies comme « pouvant avoir été causées par deux ou trois coups successifs, avec un objet souple mais pesant, tel qu'une ceinture cloutée ».

Pendant tout l'examen, Bobby est resté prostré, en état de choc profond. Il a refusé de répondre à toutes les questions. Le Dr Legende a noté la présence de tissu cicatriciel autour de l'anus. « Mais il serait difficile de se prononcer sur l'origine de ces cicatrices, qu'elles résultent d'une cause accidentelle ou fonctionnelle, ou d'une pénétration délibérée », précise-t-il. Dans un rapport ultérieur, il affermit son diagnostic, décrivant les cicatrices comme « provenant vraisemblablement d'un abus sexuel ».

Bridget Morgan fut entendue. Dans un premier temps, elle avait refusé de collaborer avec les services sociaux qu'elle accusait de se mêler de ce qui ne les regardait pas. Puis, informée des blessures de son fils et de ses troubles du comportement, elle commence à nuancer ses réponses. Elle change de cap, s'efforçant de justifier la conduite de son mari.

« C'est un type bien, mais que voulez-vous… c'est plus fort que lui. Quand il se fiche en rogne, il perd complètement la boule.

— Vous a-t-il déjà frappée ?

— Oui.

— Et Bobby ?

— C'est surtout sur lui qu'il passe ses nerfs.

— De quoi se sert-il, pour le frapper ?

— D'un collier de chien… Il me tuera s'il apprend que je suis venue ici. Vous ne pouvez pas savoir comment il est… »

Quand on lui demande si Lenny aurait pu avoir des pratiques sexuelles incestueuses envers leur fils, Bridget nie catégoriquement que son mari ait pu commettre une telle chose. Ses dénégations se font de plus en plus véhémentes au fil de l'entretien. Puis elle éclate en larmes et demande à voir Bobby.

« Toute accusation de sévices sexuels doit faire l'objet d'une déclaration à la police », la prévient-on. Cette information ne fait qu'accroître son anxiété. Manifestement bouleversée, elle admet avoir eu quelques inquiétudes, concernant les relations de son mari et de Bobby, mais jusque-là, elle n'avait ni pu ni voulu se les avouer clairement.

Bobby et sa mère avaient été conduits au poste de Marsh Lane, où ils avaient été officiellement interrogés. Dans les locaux de la police, s'était tenue une réunion de concertation, à laquelle assistaient Mel elle-même, Lucas Dutton, son supérieur hiérarchique, le sergent Helena Bronte, inspecteur de police, et Bridget Morgan. Après avoir passé quelques minutes sans témoin avec son fils, Mrs Morgan avait reconnu l'utilité d'une enquête.

Je feuillette sa déposition, en tâchant de repérer le point crucial de ses accusations. Elle déclarait avoir vu Bobby, deux ans plus tôt, fesses nues sur les genoux de son père, qui n'avait qu'une serviette autour de la taille. Il lui avait semblé qu'il poussait la main de l'enfant vers son entrejambe.

L'année précédente, elle avait constaté à plusieurs reprises que Bobby ne portait pas de sous-vêtements, quand il se déshabillait pour prendre un bain. « Papa n'aime pas que je mette une culotte », lui avait-il répondu.

Mrs Morgan déclarait que son mari ne prenait son bain que lorsque Bobby était réveillé, et qu'il ne fermait jamais la porte de la salle de bains. Il invitait souvent son fils à venir le rejoindre, mais le plus souvent, Bobby lui opposait diverses excuses.

Quoique n'ayant rien d'accablant, cette déclaration pouvait devenir une arme redoutable entre les mains d'un bon procureur. La déclaration suivante devrait être celle de Bobby – mais je la cherche vainement dans le dossier. Nulle part il n'y est fait mention d'une déposition officielle de la victime, ce qui pourrait expliquer que Lenny Morgan n'ait jamais été inculpé. Je ne trouve qu'une bande vidéo et une liasse de notes manuscrites.

Le témoignage de l'enfant est indispensable. Si la victime elle-même ne reconnaît pas avoir subi des sévices, les chances de succès de la procédure sont quasi nulles. Pour qu'elle puisse aboutir, il aurait fallu soit des aveux du coupable, soit des signes médicaux accablants.

Le bureau de Mel est équipé d'un lecteur et d'un moniteur vidéo. Je sors la cassette de son bandeau de carton. L'étiquette porte le nom complet de Bobby, ainsi que la date et le lieu de l'entretien. Dès les premières images, le time code s'affiche à l'écran, en bas et à gauche.

Un examen mené dans un tel contexte s'écarte radicalement d'une consultation normale, à cause des contraintes de temps. Ordinairement, il peut s'écouler plusieurs semaines avant que l'on ait réussi à créer l'atmosphère de confiance qui peut amener un enfant à dévoiler progressivement son monde intérieur. Lors d'un bilan pour sévices sexuels, on dispose de moins de temps. Les questions sont donc bien plus directes.

Les murs de la salle d'examen sont peints de couleurs vives. Le tapis du sol est jonché de jouets. Sur la table est posé un paquet de feuilles blanches, avec des craies à dessiner. Un garçonnet est installé sur une chaise de plastique, les yeux fixés sur une feuille blanche. Il est vêtu d'un uniforme d'écolier, avec un grand short et des chaussures fatiguées. Il jette un œil à la caméra et je le reconnais. En quatorze ans, il a eu tout le temps de changer, évidemment, mais c'est bien lui. Il reste immobile, impassible, comme résigné à son sort.

Mais il y a autre chose. Quelque chose de nouveau. Les détails me reviennent progressivement, comme des soldats qui capitulent un à un. Je connais cet enfant. Je l'ai déjà vu. Rupert Erskine m'avait demandé de prendre ce dossier : un gamin qui refusait de répondre à ses questions. Il fallait adopter un autre angle d'approche – avec, si possible, un nouveau visage. Comme la cassette se déroule, c'est ma propre voix que j'entends.

« Comment préfères-tu que je t'appelle – Robert, Bob ou Bobby ?

— Bobby.

— Est-ce que tu sais pourquoi tu es là, Bobby ? »

Pas de réponse.

« Je dois te poser quelques questions. Tu veux bien ?

— Ce que je veux, c'est rentrer chez moi.

— Bien sûr, mais pas tout de suite. Dis-moi, Bobby, tu sais quelle différence il y a entre la vérité et le mensonge, n'est-ce pas ? »

Il hoche la tête.

« Si je te disais que mon nez est une carotte, qu'est-ce que ça serait ?

— Un mensonge.

— C'est exact. »

L'examen se poursuit. Je lui pose des questions générales sur sa vie à l'école et à la maison. Bobby me parle de ses jouets, de ses feuilletons préférés. Il se détend un peu. Il commence à griffonner sur une feuille de papier, tout en parlant.

« Imagine qu'une gentille fée te permette de faire trois vœux magiques, qu'est-ce que tu lui demanderais ? »

Après deux faux départs et de multiples hésitations, il me donne la liste suivante : *primo*, être propriétaire d'une usine de chocolat ; *secundo*, partir faire du camping ; *tertio*, construire une machine qui rendrait tout le monde heureux. Qui voudrait-il être ? « Sonic, le petit hérisson, parce qu'il peut courir très vite, pour sauver ses amis. »

À regarder cette bande de plus près, j'y relève certains tics et certaines attitudes que Bobby a gardées jusque dans l'âge adulte. Il a le sourire rare, et ne rit pratiquement jamais. Il ne maintient le contact oculaire que par intermittences.

Comme je lui demande de me parler de son père, il s'anime et semble plus ouvert. Il lui tarde de rentrer le voir, à la maison. « On est en train de construire une invention. Un appareil qui empêchera les sacs de courses de se renverser, dans le coffre de la voiture. »

Bobby dessine un autoportrait et je lui fais nommer les différentes parties de son corps. Quand il en vient à ses organes sexuels, il marmonne quelque chose d'inintelligible.

« Tu aimes bien prendre ton bain avec ton père ?

— Oui.
— Pourquoi tu aimes ça ?
— Parce qu'il me chatouille.
— Où ça, il te chatouille ?
— Partout.
— Est-ce qu'il lui arrive de te toucher d'une façon que tu n'aimes pas, Bobby ? »

Son front se plisse. « Non.

— Est-ce qu'il touche tes organes sexuels ? »

Il fait « non » de la tête, et demande à nouveau à rentrer chez lui. Il froisse son dessin en boule, et refuse de répondre à mes questions. Il ne semble ni effrayé ni perturbé – un autre exemple de cette conduite de distanciation que l'on observe fréquemment chez les enfants victimes d'abus sexuels. Il tente de se faire tout petit, comme s'il voulait se faire oublier, offrir le moins possible de prise.

L'entretien s'achève, sur des résultats manifestement peu concluants. L'expression corporelle et l'attitude générale de Bobby ne suffisent pas à porter un diagnostic solide.

Je reviens donc au dossier, pour reconstituer l'historique de ce qui s'est passé ensuite. Mel a émis ses recommandations, et a obtenu que Bobby soit inscrit au registre des urgences de la Protection de l'Enfance – une liste de tous les enfants du secteur considérés comme exposés à des risques graves. Elle a demandé une ordonnance de placement d'urgence, pour laquelle elle a effectivement dû réveiller un juge à deux heures du matin.

La police a arrêté Lenny Morgan. Ils ont fouillé son domicile, son casier au vestiaire du dépôt et un garage des environs qu'il louait comme atelier. Il n'a cessé de clamer son innocence. Il se décrit comme un père affectueux, n'ayant rien à se reprocher et n'ayant jamais eu maille à partir avec la police. Il déclare tout ignorer des blessures de Bobby, tout en admettant lui avoir « donné une claque, parce qu'il avait démonté et cassé un réveil en parfait état de marche ».

J'ignorais tout cela. Ma participation s'était limitée à ce seul entretien. C'était un dossier d'Erskine.

Une réunion de travail se tint le vendredi 15 août, sous la présidence de Lucas Dutton, en présence de l'assistante sociale de service, du psychologue conseil, du médecin généraliste de Bobby, de la directrice adjointe de son école et de l'inspecteur Helena Bronte.

La transcription de la réunion indique que Lucas Dutton avait pris la direction des débats. Je me souviens parfaitement de lui. Lors de ma première réunion d'étude de cas, il m'a descendu en flammes parce que j'avais eu le front de proposer une solution alternative à celle qu'il prônait. L'autorité d'un directeur de service est rarement remise en question, surtout par les psychologues débutants, fraîchement émoulus de leur université.

La police n'avait pas suffisamment de preuves contre Lenny Morgan pour l'inculper, mais l'enquête ne s'est pas arrêtée pour autant. S'appuyant sur les signes médicaux et les déclarations de la mère, l'équipe en présence recommanda que Bobby soit enlevé à sa famille et placé dans une famille d'accueil, à moins que son père n'accepte de déménager de son plein gré. Des rencontres quotidiennes auraient lieu, mais le père et le fils ne pourraient plus rester seuls ensemble.

Bobby passa cinq jours dans une famille d'accueil, avant que Lenny n'accepte de quitter le domicile familial et de déménager jusqu'à ce que les accusations portées contre lui soient totalement infirmées.

Le second dossier commence par un sommaire. Je parcours cette table des matières avant de poursuivre ma lecture. Pendant trois mois, la famille Morgan resta dans le collimateur des services sociaux et des psychologues qui tentèrent d'en apprendre davantage sur son fonctionnement. Le comportement de Bobby fit l'objet d'une surveillance et d'une réflexion particulières, surtout pendant les visites du père. Simultanément, Erskine interrogea séparément la mère, le père et les enfants, pour passer au crible leurs déclarations respectives et établir un historique détaillé. Il reçut aussi Pauline Aherne, la grand-mère maternelle, ainsi que la sœur cadette de Bridget.

Toutes deux semblent confirmer les soupçons de la mère, concernant Lenny. Pauline Aherne déclare avoir été témoin d'exemples de comportement déplacés – un soir que Lenny et son fils jouaient à se bagarrer, avant le coucher de l'enfant, elle avait vu Lenny glisser la main dans le pyjama de son fils.

En comparant sa déclaration à celle de Bridget, la similitude entre leurs expressions et leurs descriptions saute aux yeux. Si j'avais été en charge de ce dossier, ça m'aurait sans doute fait tiquer. La voix du sang est souvent la plus forte, en particulier dans les affaires de garde d'enfants.

La première femme de Lenny Morgan était morte dans un accident de voiture. Dafyyd, le fils aîné de Lenny, avait quitté la maison à dix-huit ans, sans avoir attiré l'attention des services sociaux.

Plusieurs tentatives furent faites pour le retrouver. Les enquêteurs des services sociaux avaient retrouvé ses professeurs et l'entraîneur de son équipe de natation, qui n'avaient jamais rien remarqué de préoccupant, dans son comportement. Dafyyd avait quitté l'école à quinze ans, pour entrer comme apprenti dans une entreprise locale du bâtiment. Puis il était parti à la découverte du vaste monde. Sa dernière adresse connue était une auberge de routards, en Australie.

Le dossier contient les conclusions d'Erskine, mais pas ses notes. Il décrit Bobby comme un enfant « anxieux, agité, d'un tempérament fragile, présentant en outre des symptômes de stress post-traumatique ».

« Quand on lui pose des questions sur d'éventuels sévices sexuels, écrit Erskine, Bobby se met de plus en plus sur la défensive, et devient de plus en plus agité. Il s'alarme dès que l'on suggère que son environnement familial n'est pas idéal. Tout se passe comme s'il s'efforçait de cacher quelque chose. »

Concernant Bridget Morgan, il écrit : « Ses premières préoccupations vont toujours à son fils. Elle s'oppose, en particulier, à ce que l'on organise d'autres entretiens avec Bobby, à cause de l'anxiété que cela provoque chez lui.

Récemment, Bobby a eu des problèmes d'incontinence nocturne et d'insomnie. »

Et on comprend ses objections. En gros, Bobby a dû subir une douzaine d'entretiens avec des thérapeutes, des psychologues et des travailleurs sociaux. Les questions ont dû lui être maintes fois rabâchées, répétées et reformulées.

Au cours des séances de jeu libre, on l'a observé tandis qu'il habillait et déshabillait des poupées, nommant les différentes parties de leur corps. Aucune de ces séances n'a été enregistrée sur cassette, mais un thérapeute rapporte que l'enfant avait allongé une poupée sur une autre, en poussant des grognements suggestifs.

Erskine a porté deux dessins de Bobby au dossier. Je les tiens à bout de bras. Ils attestent un certain talent, dans le genre abstrait – du Picasso mâtiné de famille Pierre-à-feu... Les personnages sont construits comme des robots, avec des visages disproportionnés. Les adultes y sont représentés démesurément grands, et les enfants, minuscules.

Et Erskine de conclure :

« Il existe plusieurs indices concordants qui, à mon sens, corroborent fortement l'hypothèse d'un contact sexuel entre Mr Morgan et son fils. D'abord, nous avons le témoignage de Bridget Morgan, et de Pauline Aherne, la grand-mère maternelle. Ni l'une ni l'autre n'ont la moindre raison de déformer les faits, ou d'amplifier le récit. Toutes deux ont été témoins de scènes où Mr Morgan s'est montré nu à son fils, et lui a enlevé ses sous-vêtements.

» Ensuite, nous avons le rapport du Dr Richard Legende, qui a relevé "deux ou trois marques rouges, longues d'une quinzaine de centimètres, sur les deux fesses". Et, plus préoccupant, la présence de tissu cicatriciel autour de l'anus.

» Nous avons en outre constaté de nets changements dans le comportement de l'enfant, qui a fait preuve d'un intérêt malsain pour les activités sexuelles, ainsi que d'une initiation bien plus avancée que celle d'un garçon de huit ans, en la matière.

» Ceci bien considéré, je pense qu'il existe une forte probabilité pour que Bobby ait été victime de sévices sexuels, et ce, très probablement de la part de son père. »

Il dut y avoir une autre réunion de travail vers la mi-novembre, mais je n'en retrouve aucune transcription. L'enquête policière était suspendue, mais le dossier restait ouvert.

Le troisième dossier est composé de documents juridiques. Certains d'entre eux sont réunis par un ruban. Je reconnais les formulaires. Désormais persuadés que Bobby était en danger, les services sociaux avaient demandé son placement permanent. Les avocats étaient lâchés…

« Qu'est-ce que tu marmonnes, comme ça ? » Mel est de retour. Elle a posé deux tasses de café en équilibre sur un gros registre. « Désolée de n'avoir rien de mieux à t'offrir. Tu te souviens, quand on ramenait des caisses de pinard dans le service, pour Noël ?

— Très bien, oui. Et quand Boyd avait un coup dans le nez, il allait arroser les plantes en plastique du hall. »

Nous éclatons de rire avec un bel ensemble.

« Alors, tu t'es rafraîchi la mémoire ? me demande-t-elle, l'index pointé sur le dossier.

— Hélas, oui. » Un tremblement m'agite la main gauche. Je la coince entre mes genoux. « Qu'est-il arrivé à Lenny Morgan ? »

Elle s'assied, et envoie promener ses chaussures. « Pour moi, c'était un sale type. Agressif, très violent.

— Pourquoi ? Qu'est-ce qu'il t'a fait ?

— Il m'est tombé dessus à la sortie du tribunal. J'étais sortie pour téléphoner dans le hall. Il m'a demandé pourquoi je faisais une chose pareille, comme si c'était personnel. Quand j'ai tenté de l'esquiver, il m'a poussée contre le mur et m'a prise à la gorge. Avec ce regard… » Elle en frissonne encore.

« Tu n'as pas demandé son inculpation ?

— Non.

— Il était hors de lui ?
— Oui.
— Et la mère ?
— Bridget. Elle était du genre à claquer tout son fric pour la façade – manteau de fourrure, mais pas de quoi s'acheter une petite culotte.
— Mais globalement, elle t'a plu ?
— Oui.
— Comment ça s'est passé, le placement ?
— Un juge a approuvé notre demande de placement, mais les deux autres nous ont objecté que les preuves dont nous disposions n'étaient pas suffisantes.
— Tu as donc essayé de placer Bobby sous la tutelle de la cour ?
— Un peu, oui. Je n'allais pas laisser le père le récupérer ! Nous sommes allés tout droit au tribunal du comté, et nous avons obtenu une audience l'après-midi même. Tous les documents doivent être dans le dossier, m'affirme-t-elle, l'index pointé sur les papiers.
— Qui a présenté les preuves ?
— Moi.
— Pourquoi pas Erskine ?
— Je me suis appuyée sur son rapport. »

Mel commence à me trouver un tantinet envahissant, avec mes questions. « N'importe lequel de mes collègues en aurait fait de même, vu les circonstances. Quand on ne parvient pas à faire entendre raison aux magistrats, on va voir les juges et, neuf fois sur dix, ils accordent la tutelle.
— Ils l'accordaient, mais plus maintenant.
— Non, admet-elle à regret. La réglementation a été modifiée. »

Une fois Bobby placé sous tutelle, toutes les décisions importantes concernant son avenir et sa sécurité devaient être prises par le tribunal, et non plus par sa famille. Il ne pouvait changer d'école, se faire faire un passeport, s'engager dans l'armée ou se marier, sans l'autorisation de la cour. Et c'était, en outre, la meilleure garantie que son père serait à jamais banni de son entourage.

Je feuillette le dossier pour remettre la main sur le texte du jugement. Il fait pas moins de six pages. Je les parcours rapidement, en quête des conclusions…

Les deux parents paraissent sincèrement préoccupés du bien-être de leur enfant, et j'ai la conviction qu'ils ont par le passé, chacun à leur façon, eu à cœur de s'acquitter de leurs obligations parentales au mieux de leurs possibilités. Malheureusement, dans le cas du père, sa capacité à s'acquitter convenablement de ses obligations se trouve gravement infirmée par les accusations portées contre lui.

J'ai pris en considération les preuves contradictoires, à savoir les dénégations répétées du père, et j'ai bien conscience que le souhait de l'enfant est de vivre auprès de ses deux parents. Mais à l'évidence, le poids que l'on donne à ce souhait doit être contrebalancé par les autres considérations ayant trait à la sécurité et au bien-être de l'enfant.

Sur ce point, les textes sont sans équivoque : l'intérêt de l'enfant doit primer. La cour ne peut laisser l'autorité parentale ou le droit de visite à un parent, s'il se trouve que cette autorité ou ce droit exposent l'enfant à un risque inacceptable de sévices sexuels.

J'espère que, dans le cours d'une évolution normale, lorsque Bobby aura acquis un degré suffisant de maturité et de compréhension, et qu'il sera capable d'assurer sa propre protection, il aura à nouveau l'occasion de fréquenter son père. Cependant, jusqu'à cette date qu'à mon grand regret je n'envisage pas dans un futur très proche, il est préférable que Bobby Morgan n'ait plus aucun contact avec son père.

Ce jugement porte le sceau d'un tribunal, et la signature du juge Alexandre McBride. Le grand-père de Catherine.

En face de moi, de l'autre côté du bureau, Mel m'observe. « Alors… tu as trouvé ce que tu cherchais ?

— Pas vraiment. Tu as eu l'occasion de le pratiquer beaucoup, le juge McBride ?

— C'est un juge intègre.

— Je suppose que tu es au courant, pour sa petite-fille ? »

Elle fait lentement pivoter son siège et tend les jambes, jusqu'à ce que ses pieds viennent prendre appui sur le mur. Son regard ne m'a pas quitté une seconde.

« Tu sais si Catherine McBride avait un fichier chez nous ? glissé-je, mine de rien.

— Bizarre, que tu me poses cette question.

— Pourquoi ?

— Parce qu'il y a justement quelqu'un d'autre qui a demandé à le voir. Ce qui fait deux intéressantes requêtes, en un seul jour.

— Qui d'autre voulait le voir ?

— Un inspecteur des homicides. Et il voulait aussi savoir si ton nom y figurait. »

Son regard s'est fait plus acéré. Elle m'en veut de lui avoir fait des cachotteries. Pour une assistante sociale, la méfiance est une déformation professionnelle. Elles ne peuvent croire personne sur parole : ni les enfants, ni les femmes battues, ni les alcooliques, ni les toxicomanes, ni les parents qui se disputent la garde d'un enfant. Elles ne peuvent compter ni sur les journalistes, ni sur les avocats, ni sur les parents, qui subissent des pressions ou cèdent à la peur. N'abaissez jamais votre garde, pendant un entretien. Ne faites jamais de promesses à un enfant. Ne vous fiez ni aux familles d'accueil, ni aux magistrats, ni aux hommes politiques, ni aux fonctionnaires. Mel m'a fait confiance, et j'ai abusé de sa bonne volonté.

« L'inspecteur m'a dit que tu figurais sur la liste des suspects. Parce que Catherine avait porté plainte contre toi pour harcèlement sexuel. Il a demandé si tu avais fait l'objet d'autres plaintes. »

C'est le terrain d'élection de Mel. Elle n'a rien de spécial contre les hommes – elle s'en prend seulement à ce qu'ils font. « Cette histoire d'agression sexuelle était montée de toutes pièces. Je n'ai jamais touché Catherine ! »

Je n'ai pu réprimer la note de colère qui a résonné dans ma voix. Tendre l'autre joue, c'est bon pour les gens qui veulent détourner le regard. Sans compter que je commence à en avoir par-dessus la tête de payer pour un truc que je n'ai pas commis.

Sur le chemin du retour à l'Albion, je tâche de recoller les pièces du puzzle. Mon oreille fraîchement recousue m'élance, mais la douleur m'aide à canaliser mes idées – ça revient à tâcher de se concentrer à côté d'une télé qui hurle à plein volume.

Bobby avait à peu près le même âge que Charlie, quand il a perdu son père. Ce genre de tragédie peut peser lourdement sur l'avenir d'un enfant, mais l'univers enfantin se compose de plus d'une personne – les grands-parents, les oncles, les tantes, les frères et sœurs, les enseignants, les copains. Tous contribuent à former l'esprit d'un gamin. Si je pouvais tous les voir et les interroger, je pourrais peut-être me faire une idée plus nette de ce qui est arrivé à Bobby.

Qu'est-ce qui m'échappe ? Un garçon est placé sous tutelle judiciaire, et son père se donne la mort. Une histoire triste, mais qui n'a rien d'exceptionnel. Ce système de tutelle n'est plus en vigueur. La loi a été abrogée au début des années 90. L'ancien système donnait lieu à trop d'abus. Les juges n'exigeaient pas assez de preuves, et il n'y avait aucun moyen de vérifier les faits, ou de tempérer les décisions.

Bobby présentait certains symptômes de sévices sexuels. Les victimes d'agressions de ce type se forgent un système de défense, pour se protéger. Certaines souffrent d'amnésie post-traumatique. D'autres refoulent leurs souffrances dans leur inconscient, ou refusent d'évoquer leurs souvenirs douloureux. D'un autre côté, les travailleurs sociaux ne remettent généralement pas en question les accusations de sévices sexuels. Pour eux, l'accusation ne ment jamais, et la défense toujours.

Bobby niait avoir été victime de quoi que ce fût, mais ses dénégations mêmes n'avaient abouti qu'à convaincre tout le monde du contraire. C'est autour de cette certitude coulée dans le bronze qu'a gravité toute l'enquête.

Et si nous avions fait fausse route ?

Un jour, des chercheurs de l'université du Michigan ont présenté le synopsis d'un cas réel, celui d'une fillette de deux ans, à un panel d'experts, dont huit psychologues cliniciens, vingt-trois jeunes diplômés et cinquante-six travailleurs sociaux expérimentés. Dès le départ, les chercheurs qui avaient lancé l'étude savaient que l'enfant n'avait pas subi de sévices.

La mère avait accusé son mari après avoir découvert un bleu sur la jambe de sa fille, et un poil pubien, qu'elle supposait appartenir au père, dans sa couche. Aucun des quatre examens médicaux n'avait permis de mettre en évidence la moindre preuve d'agression. Deux tests au détecteur de mensonges, ainsi que l'enquête conjointement menée par la police et les services de la Protection de l'Enfance, innocentèrent le père.

En dépit de quoi, les trois quarts des spécialistes interrogés recommandèrent une étroite surveillance des contacts entre le père et sa fille, voire leur cessation totale. Plusieurs d'entre eux en vinrent même à la conclusion que la petite avait été sodomisée.

Il n'existe aucune présomption d'innocence, dans ce genre d'affaire. Dès le départ, l'accusé est supposé coupable, jusqu'à preuve du contraire. Même invisible, la tache reste indélébile.

Je connais tous les arguments de la thèse contraire. Les accusations mensongères sont rares. Mieux vaut prendre le risque de se tromper, çà et là, que de laisser un violeur pédophile continuer à sévir en toute impunité.

Erskine est à la fois un bon praticien et un honnête homme. Il a accompagné sa femme, atteinte de sclérose en plaques, jusqu'à sa mort, et a remué ciel et terre pour créer une bourse de recherche qui porte son nom. Mel porte un intérêt passionné à son métier, qu'elle fait avec une probité et un dévouement admirables. D'un autre côté, elle n'a jamais prétendu à la neutralité parfaite. Ce qu'elle sait, elle le sait. Son instinct est le fruit d'une longue expérience. Et ça, ça compte.

Je ne vois toujours pas où ça me mène. Je suis affamé et sur les genoux, mais je ne peux toujours pas prouver que Bobby connaissait Catherine McBride. Quant à l'avoir tuée…

Une dizaine de marches avant d'arriver au palier de ma chambre, je sens qu'il y a quelque chose qui cloche. Ma porte est ouverte. Une grosse tache sombre s'étend sur la moquette, en direction de l'escalier. Un petit palmier gît en travers du seuil. Son pot d'argile a dû se casser en deux en heurtant la poignée de la porte.

Je repère un chariot d'entretien, rangé contre le mur du couloir. Il est chargé de trois seaux, de brosses, de serpillières et de chiffons. Quant à la femme de ménage, elle est dans ma chambre. Mon lit est sens dessus dessous, jonché des débris d'un tiroir cassé. Le lavabo, à demi arraché du mur, ploie sous un tuyau percé d'où s'échappe un filet d'eau. Mes vêtements sont éparpillés sur la moquette gorgée d'eau, ainsi que mes notes, déchirées, et mes dossiers, éventrés. Mon sac de sport a été enfoncé dans les toilettes, et décoré d'un étron.

« Voilà ce qui s'appelle faire une chambre, pas vrai ? » m'exclamé-je.

La femme de ménage me lance un regard incrédule.

On s'est servi de mon dentifrice à la menthe pour inscrire sur le miroir un message où je perçois l'essence de l'esprit local : « Casse-toi tout seul, ou on s'en charge ! » Admirable de simplicité et de concision.

Le directeur de l'hôtel insiste pour appeler la police, et je dois mettre la main à la poche pour l'en dissuader. J'essaie de sauver ce qui peut l'être dans les débris, mais peu de choses ont survécu. Je soulève un paquet de feuillets détrempés, et maculés d'encre. La seule page encore lisible est celle du CV de Catherine. J'avais lu la lettre qui l'accompagnait, au bureau, mais elle ne m'avait rien appris de plus. Parcourant à nouveau la page, j'y découvre une liste de trois employeurs cités en référence. Un seul nom retient mon attention, celui du Dr Emlyn R. Owen – suivi de l'adresse de Jock, à Harley Street, et de son numéro de téléphone.

12

Travaux d'entretien, présence de feuilles sur la voie, panne de la signalisation ou du système informatique – faites votre choix ! Quelle que soit l'excuse invoquée, le résultat est le même : « Le train express en provenance de Liverpool arrivera à Londres avec *n* minutes de retard… » Le conducteur ne cesse de s'excuser au micro, achevant de réveiller tous ceux qui essaient de fermer l'œil.

Je m'offre une tasse de thé au minibar, avec un sandwich prétendument gastronomique, qui est un exemple frappant de la façon dont ce genre de terme peut être galvaudé. Il n'a aucun goût, en dehors de celui de la mayonnaise industrielle dont il est imbibé. Des pensées décousues se bousculent sous mon crâne. Les pièces que j'ai. Les pièces manquantes. Les nouvelles pièces – ou d'autres…

Certains mensonges sont microscopiques, infimes, au point qu'il est de peu de conséquence que vous y ajoutiez foi, ou non. D'autres, à première vue minuscules, ont d'immenses ramifications. Et d'autres encore ne reposent pas tant sur ce qui est dit que sur ce qui est passé sous silence. Quant à ceux de Jock, ils sont toujours dangereusement proches de la vérité…

Au Marsden Hospital, Catherine avait une liaison avec un homme marié dont elle était amoureuse. Quand il l'a plaquée, elle l'a très mal vécu. Le soir de sa mort, elle avait rendez-vous avec quelqu'un. Jock ? C'est peut-être pour ça, qu'elle a appelé mon cabinet – parce qu'il n'était pas venu – à moins que si… Il n'est plus marié. Ils ont pu se réconcilier.

C'est bien Jock qui m'avait envoyé Bobby, en m'expliquant que c'était un service qu'il devait à Eddie Barrett.

Bon Dieu ! Je m'y perds… J'aimerais pouvoir m'endormir et me réveiller dans un autre corps, ou dans une autre vie. N'importe quel autre scénario, plutôt que celui-ci. Mon meilleur ami… J'espère me tromper. Nous avons été frères, depuis le début. Je me suis toujours plu à penser que nos premiers jours en ce monde avaient fait de nous des espèces de jumeaux. Nous avions respiré le même air et vu la même lumière, à notre arrivée dans le monde.

Je ne sais vraiment plus que croire. Jock m'a menti. Il s'est installé chez moi. Il tire profit de tout ce qui m'arrive. Les regards qu'il glissait à Julianne ne m'ont pas échappé. Ils étaient empreints d'une émotion bien plus ignoble que l'envie.

Avec Jock, tout est compétition – ou duel. Et rien ne le hérisse plus que de sentir que vous ne vous donnez pas à cent pour cent ; cela amoindrit sa victoire.

Catherine a dû être une conquête facile. Il a toujours eu le chic pour s'attaquer aux proies les plus vulnérables – même si celles qui étaient moins anxieuses et plus sûres d'elles l'excitaient davantage. Sa tendance à courir le jupon a été à l'origine de tous ses divorces : il n'a jamais su se contrôler.

Pourquoi Catherine serait-elle restée en contact avec un homme qui l'avait tant fait souffrir ? Et pourquoi avait-elle mis Jock sur la liste de référence de son CV ?

Quelqu'un a dû lui dire que j'étais à la recherche d'une secrétaire. La coïncidence serait trop énorme, si elle avait tout bonnement répondu à une annonce, au hasard, avant de découvrir qu'il s'agissait d'un poste dans mon cabinet. Peut-être Jock avait-il renoué avec elle ? Mais cette fois, il n'avait aucune raison de garder la chose secrète, à moins qu'il ait éprouvé une certaine gêne à mon égard, à cause des ennuis que m'avait attirés Catherine.

Qu'est-ce qui m'échappe ?

Elle est sortie seule du Grand Union Hotel. Jock n'est pas venu – ou peut-être avaient-ils convenu de se voir plus tard ? Non, c'est absurde. Jock serait incapable de forcer quelqu'un à s'enfoncer une lame dans le corps. Grande gueule, oui, sadique, sûrement pas.

Je tourne désespérément en rond. Qu'est-ce que je peux tenir pour certain ?

Jock connaissait Catherine. Il savait qu'elle s'automutilait. Il a fait comme s'il ne la connaissait pas.

Un frisson de peur me balaie, comme un bref accès de fièvre. Ma tante Gracie dirait qu'on a marché sur ma tombe.

Euston Station, par un beau soir d'hiver. La queue pour les taxis s'étire jusqu'aux marches de l'entrée. Sur le trajet vers Hampstead, tout en regardant les chiffres rouges défiler au compteur, j'échafaude un plan.

Le portier de chez Jock doit avoir regagné ses pénates, à cette heure tardive, mais le concierge me reconnaît et actionne le verrou électrique de la porte d'entrée.

« Qu'est-ce qui est arrivé à votre oreille ?

— Une piqûre d'insecte qui s'est infectée… »

Le grand escalier intérieur est lambrissé d'acajou sombre. Les rampes scintillent dans la lumière des chandeliers. L'appartement de Jock est plongé dans le noir. En ouvrant la porte, je vois clignoter le voyant rouge du système d'alarme. Il n'est presque jamais enclenché. Jock a un mal de chien à se souvenir du code. Je traverse l'appartement sans allumer, jusqu'à la cuisine, dont les grands carreaux de marbre noir et blanc composent un échiquier géant. La lumière, installée au-dessus de la gazinière, éclaire le sol et les placards du bas. Je ne saurais dire pourquoi j'ai si peur d'allumer les plafonniers, mais c'est un fait. Je me sens davantage dans la peau d'un cambrioleur que dans celle d'un ami en visite.

J'essaie d'abord le tiroir, sous le téléphone. Je cherche un indice. Quelque chose qui me prouve qu'il connaissait Catherine. Un carnet d'adresses, une lettre, une facture de téléphone… Je vais fouiner dans le placard de la chambre, où il range ses costumes, ses cravates et ses chemises, classées par couleur. Une douzaine de chemises, toujours sous plastique, sont rangées sur des étagères individuelles.

Au fond de la garde-robe, je tombe sur une boîte à dossiers pleine de paperasses, dont une chemise cartonnée réservée aux factures. Les relevés de téléphone les plus récents sont dans une pochette transparente. Le relevé comporte la liste détaillée des numéros d'appel privilégiés, des appels à l'étranger ou vers des mobiles.

Je parcours la première liste, en cherchant le préfixe 051 – le code de Liverpool. Mais je ne connais pas les numéros de Catherine.

Une seconde – si ! Ils sont sur son CV.

Je sors de ma poche la page toujours trempée, et je l'étale délicatement sur le tapis. L'encre a coulé dans les coins, mais l'adresse est toujours lisible. Je compare les chiffres avec ceux de la facture, pour le 13 novembre, et ils me sautent aux yeux. Deux appels au mobile de Catherine. Le second a été passé à dix-sept heures vingt-quatre, et a duré un peu plus de trois minutes. Trop longtemps pour un faux numéro ; juste ce qu'il faut pour prendre rendez-vous.

Mais ça non plus, ça ne tient pas debout. Ruiz a épluché tous les relevés de téléphone de Catherine. Il devrait être au courant de l'existence de ces appels.

J'ai toujours sa carte, presque réduite en bouillie par ma séance de natation dans le canal. Je la tire de mon portefeuille. Je tombe d'abord sur son répondeur, mais juste avant que je ne raccroche, une voix bourrue se répand en récriminations contre la technologie et m'enjoint de patienter.

« Inspecteur Ruiz…

— Ah ! Voilà notre professeur de retour ! » Il a dû lire le numéro de Jock sur le cadran de son appareil. « Alors, ça vous a plu, Liverpool ?

— Vous êtes au courant ?

— Mon petit doigt m'a dit que vous aviez eu besoin de vous faire soigner. Toute présomption d'agression doit faire l'objet d'une déclaration, comme vous savez. Et cette oreille ?

— Une petite engelure, rien de bien méchant. »

Je l'entends mastiquer et déglutir. Il a dû se réchauffer un plat au micro-ondes, ou un curry à emporter.

« Il est grand temps que nous ayons une petite conversation, tous les deux. Je vous envoie immédiatement une voiture.

— Là, tout de suite, je crains de ne pouvoir me libérer.

— Je me demande si je me suis bien fait comprendre. Ce matin, vers les dix heures, un mandat d'arrêt a été lancé contre vous. »

Mon regard glisse le long du couloir, jusqu'à la porte. Combien de temps lui faudrait-il pour envoyer quelqu'un la défoncer ?

« Sans blague ? Pourquoi ?

— Vous vous souvenez, je vous avais dit que je finirais par trouver quelque chose. Catherine McBride vous a écrit. Elle avait gardé des copies de ses lettres sur son disque dur.

— Impossible. Je n'ai rien reçu d'elle.

— Eh bien, en ce cas, vous ne verrez aucun inconvénient à venir me l'expliquer de vive voix ?

— Il y a une erreur quelque part. C'est absurde. »

L'espace d'une seconde, je suis tenté de tout lui déballer : Elisa, Jock, le CV de Catherine – mais je préfère distiller mes informations au compte-gouttes, pour lui en soutirer quelques-unes au passage. « Vous m'avez dit que le dernier coup de fil de Catherine avait été passé à mon cabinet. Elle a dû en passer d'autres, ce jour-là, et en recevoir. Vous les avez certainement vérifiés, eux aussi. Vous n'avez tout de même pas fait l'impasse sur tout le reste, dès l'instant où vous avez vu mon numéro sur la liste ? »

Silence.

« Il y avait quelqu'un d'autre. Un homme qu'elle avait rencontré au Marsden. Je pense qu'ils avaient une liaison, et je suis quasi certain qu'il lui a téléphoné, ce jour-là. Le 13. Bon Dieu ! Vous m'écoutez, ou quoi ? »

Je l'ai dit sur le ton du désespoir. Mais Ruiz n'a pas l'intention de marchander. Il attend, à l'autre bout du fil, avec son sourire de guingois, en se disant qu'il n'y a rien de neuf sous le soleil – ou alors, il joue au plus fin. Il veut me presser comme un citron.

« Un jour, vous m'avez dit que vous collectiez des fragments d'indices, jusqu'à ce que vous en trouviez deux ou trois qui s'emboîtent. J'essaie de vous aider, là. De reconstituer la vérité. »

Au bout de ce qui me paraît un siècle, il sort enfin de son silence. « Vous vous demandez si j'ai interrogé votre ami, le Dr Owen, sur sa liaison avec Catherine McBride ? La réponse est oui. Je lui en ai parlé. Je lui ai demandé où il était la nuit du crime et, contrairement à vous, il a un alibi. Vous voulez que je vous dise qui c'est… ? À moins que je ne vous laisse patauger, jusqu'à ce que vous finissiez par tomber sur la vérité. Posez donc la question à votre femme, professeur…

— Qu'est-ce qu'elle vient faire là-dedans ?

— L'alibi. C'est elle. »

13

Mon taxi me dépose sur Primrose Hill Avenue et je parcours à pied les quatre cents derniers mètres. J'ai l'esprit comme pris dans un tourbillon, mais le courant d'énergie glacée qui me submerge a balayé ma lassitude.

Mes ridicules tentatives pour protéger ceux que j'aime d'une chose que je ne comprends pas se soldent par un échec total. Quelque part, quelqu'un se paie ma tête. Quel crétin… Pendant tout ce temps, j'ai compté avec la présomption erronée que ce n'était qu'une question de jours, que la vérité finirait par s'imposer d'elle-même. « Ouvre les yeux et respire le parfum des roses », comme dit Jock. Mais à présent, c'est bon. J'ai compris. Ça ne va pas aller en s'améliorant.

Au bout de ma rue, je prends le temps de réajuster mes vêtements, avant de m'engager d'un pas vif sur le trottoir, en prenant garde aux trous des pavés.

Les étages supérieurs de la maison sont plongés dans l'ombre, à l'exception de notre chambre et de la salle de bains du premier.

Quelque chose me cloue sur place. De l'autre côté de la rue, dans l'ombre des grands platanes, j'aperçois la lueur d'une montre-bracelet que l'on consulte. Puis la lueur s'éteint. Rien ne bouge. Le propriétaire de la montre doit faire le guet.

Je m'accroupis derrière une voiture en stationnement, et je passe d'un véhicule à l'autre, en glissant un œil par-dessus les capots. Je parviens à distinguer une silhouette, dans le noir. Un autre type attend dans une voiture. La braise d'une cigarette lui illumine un instant les lèvres.

Des émissaires de Ruiz, et c'est moi qu'ils attendent.

Je reviens sur mes pas sans sortir de la pénombre, jusqu'à ce que j'atteigne le coin de la rue, puis je fais le tour par l'arrière du bloc, jusqu'à la maison des Franklin, qui se trouve juste derrière la nôtre.

J'enjambe une barrière et je traverse leur cour, en évitant les rectangles de lumière qui tombent de leurs fenêtres. Daisy Franklin est à ses fourneaux. Elle semble remuer quelque chose dans une casserole. Deux chats surgissent de sous ses jupes, avant d'y replonger. Ils ont l'air d'être toute une tribu, là-dessous !

Je me dirige vers le vieux cerisier, au fond de leur jardin et j'y grimpe, pour franchir la clôture. D'abord une jambe – la seconde se bloque et refuse de suivre le mouvement. Quant à moi, emporté par mon élan, je ne peux résister à la gravité plus d'un quart de seconde. Mes mains brassent l'air au ralenti et j'atterris la tête la première dans le tas de compost.

Étouffant une bordée de jurons, je crapahute sur les coudes et les genoux, écrasant quelques escargots au passage, pour émerger des fuchsias. La lumière coule à flots des portes-fenêtres. Julianne est assise à la table de la cuisine, une serviette sur ses cheveux mouillés.

Ses lèvres remuent. Elle parle à quelqu'un. Je me dévisse le cou pour voir de qui il s'agit – tout en m'appuyant sur une grande jarre italienne qui part à la renverse, jusqu'à ce que je la retienne en l'enlaçant de mes deux bras.

Une main traverse la table pour s'avancer vers celle de Julianne… des doigts s'entrecroisent avec les siens. C'est

Jock. Je me sens pris de nausée. Elle retire sa main, et lui donne une tape sur le poignet, comme à un enfant désobéissant. Puis elle traverse la cuisine et se penche pour mettre leurs tasses dans le lave-vaisselle. Le regard de Jock suit ses moindres mouvements. Celui-là, je ne détesterais pas lui planter quelques aiguilles dans les yeux…

Je n'ai jamais été du genre jaloux, mais soudain, curieusement, me revient le souvenir d'un patient qui était obsédé par la crainte de se faire doubler. Sa femme avait une silhouette de rêve et il ne cessait d'imaginer que tous les hommes lorgnaient ses seins. Peu à peu, dans sa tête, ses roploplos grossissaient, grossissaient, tandis que ses T-shirts se faisaient de plus en plus échancrés et de plus en plus moulants. Chacun de ses gestes tenait de la provocation. Tout cela était absurde, mais pas pour lui.

Jock est amateur de belles poitrines, lui aussi. Ses deux femmes étaient chirurgicalement améliorées. Pourquoi se contenter des maigres appâts dont vous a dotée la nature, alors que vous pouvez vous parer de tous les avantages que la technologie moderne met à votre disposition ?

Julianne est allée se sécher les cheveux en haut. Jock fouille dans les poches de sa veste de cuir. Sa silhouette s'encadre dans l'embrasure de la porte-fenêtre, une seconde avant qu'il ne franchisse le seuil. J'entends le gravier crisser sous ses semelles. Un briquet s'allume. La braise de son cigare se met à briller.

D'un coup de pied, je lui fauche les jambes, et il tombe lourdement à la renverse dans une gerbe d'étincelles.

« Joe !

— Fiche le camp de chez moi.

— Bon Dieu ! S'il y a une brûlure sur ce pull !

— Et ne t'approche plus de Julianne. »

Il roule sur le côté et tente de s'asseoir. « Reste où tu es !

— Qu'est-ce que tu fiches ? Pourquoi tu rôdes, comme ça, dans le noir ?

— Parce que les flics surveillent la maison », répliqué-je, comme si ça tombait sous le sens.

Il contemple son cigare en se demandant s'il va le rallumer.

« Tu avais une histoire avec Catherine McBride. Ton nom figure sur son putain de CV !

— Doucement, Joe. Je ne sais pas ce que tu vas…

— Tu m'as raconté que tu ne la connaissais pas, mais tu l'as vue, ce soir-là !

— Non.

— Vous aviez rendez-vous.

— Pas de commentaire.

— Ça veut dire quoi ça – pas de commentaire ?

— Exactement ce que ça dit : pas de commentaire.

— Conneries ! Vous aviez rendez-vous.

— Mais je n'y suis pas allé.

— Tu mens.

— D'accord. Je mens, grince-t-il. Tu peux penser ce que tu veux, Joe.

— Arrête de faire le con.

— Qu'est-ce que tu veux que je te dise ? Elle était bien roulée. On avait convenu de se voir. Je n'y suis pas allé, point final. Tu ne vas tout de même pas jouer les Père la Vertu – après tes frasques chez les putes, t'es plutôt mal placé ! »

Je lui envoie mon poing dans la mâchoire, mais cette fois, il s'y attend. Il esquive sur le côté et contre-attaque d'un coup de pied dans les parties. Mes genoux se dérobent. La douleur m'assomme. J'appuie le front sur sa poitrine, tandis qu'il me retient de m'affaler.

« Tout ça n'a aucune importance », me murmure-t-il à l'oreille.

Hoquetant de fureur je lui crache : « Bien sûr que ça en a ! Ils sont persuadés que je l'ai tuée ! »

Il me remet sur mes pieds, en me maintenant d'une poigne solide. J'écarte ses mains, et je recule d'un pas. « Ruiz pense que c'était avec moi qu'elle avait une liaison. Tu pourrais au moins lui dire la vérité. »

Il me glisse un regard en coin. « Toi aussi, il t'est arrivé de la peloter un peu, que je sache.

— C'est un tissu de mensonges, et tu le sais très bien !

— Essaie une seconde de voir les choses de mon point de vue. Je ne voulais pas être mis en cause.

— Tu as donc préféré m'enfoncer un peu plus profond dans ce merdier !

— Tu avais un alibi, mais tu ne l'as pas utilisé. »

Un alibi. Voilà donc à quoi tout ça se réduit. J'aurais dû rentrer chez moi, auprès de ma femme – enceinte, qui plus est. C'est *elle* qui aurait dû être mon alibi !

C'était un mercredi soir. Julianne donnait son cours d'espagnol. Normalement, elle ne rentre jamais avant vingt-deux heures.

« Pourquoi n'es-tu pas allé à ton rendez-vous avec Catherine ? »

Je perçois un sourire, derrière ses yeux. « J'avais une offre plus intéressante… »

Il ne me le dira pas. Il veut que je lui pose la question.

« Tu étais avec Julianne.

— Oui. »

Je sens quelque chose basculer, dans ma poitrine. Maintenant, j'ai vraiment peur. « Où l'as-tu rencontrée ?

— Tu ferais mieux de t'occuper de ton propre alibi, Joe.

— Réponds !

— On est allés dîner. Elle voulait me voir. Elle craignait que je ne lui aie pas dit toute la vérité.

— Et après ?

— Nous sommes revenus ici prendre un café.

— Julianne attend un enfant », lui dis-je, sur le ton de l'affirmation, sans aucune nuance interrogative.

Je sens qu'il s'apprête à me servir un nouveau mensonge, mais il hésite et finit par se raviser. À présent, nous avons un arrangement. Tous ces mensonges mesquins et ces semi-vérités l'ont affaibli.

« Oui. Elle est enceinte. » Puis il émet un petit rire. « Pauvre Joe ! Tu ne sais pas si tu dois t'en plaindre, ou t'en réjouir. Tu ne lui fais donc pas confiance ? Tu devrais pourtant la connaître, après tant d'années.

— Toi aussi, je pensais te connaître. »

On a tiré une chasse d'eau, au premier. Julianne se prépare à aller se coucher.

« Cette lettre que Catherine a écrite, elle t'était destinée ? »

Il me décoche un regard inquisiteur, mais garde le silence.

« Pourquoi m'aurait-elle écrit, à moi ? »

Toujours pas de réponse. À moi de comprendre ça tout seul.

Son silence me fiche en rogne. J'aimerais lui exploser les rotules à coups de raquette de tennis. Je l'ai, la réponse. Nous avons les mêmes initiales, Jock et moi – J-O. C'est ce qui a dû provoquer le pataquès, chez les flics. Les lettres lui sont bel et bien adressées.

« Tu dois aller expliquer ça à la police.

— Je devrais surtout leur dire où tu es ! »

Il ne plaisante pas. Je vais vraiment l'étrangler. J'en ai jusque-là, de ce jeu débile.

« C'est de Julianne qu'il s'agit ? Tu crois que je me suis contenté de te garder la place au chaud, depuis seize ans ? N'y pense même pas ! Si quelque chose venait à m'arriver, elle n'irait sûrement pas se jeter à ton cou – et d'autant moins si tu m'avais trahi. Tu ne pourras jamais plus te regarder en face.

— Je vis déjà beaucoup trop en tête à tête avec moi-même. C'est le problème. » Ses yeux brillent. Sa voix a tremblé. « Tu as une sacrée chance d'avoir une famille comme la tienne, Joe. Pour moi, ça n'a jamais marché.

— Tu n'es jamais resté assez longtemps avec la même fille.

— Je n'ai pas trouvé celle qu'il me fallait. »

Son visage est un masque de frustration. Soudain, les choses m'apparaissent telles qu'elles sont. La vie de Jock n'est qu'une série de déceptions, se reproduisant *ad nauseam*. Il est pris dans une sorte de moule qu'il ne peut briser, condamné à revivre sans cesse les mêmes erreurs et les mêmes échecs.

« Barre-toi de chez moi, Jock. Et ne t'approche surtout plus de Julianne ! »

Il va rassembler ses affaires – sa veste et son attaché-case – et se tourne vers moi, de loin, la clé de ma porte d'entrée à la main, avant de la poser sur le plan de travail de la cuisine. Il jette un coup d'œil vers le premier étage, comme s'il hésitait à aller prendre congé de Julianne, mais il se ravise, et finit par mettre les voiles.

Comme la porte se referme sur lui, je suis pris d'un doute. Les flics attendent en face. Il n'aurait qu'un pas à faire pour aller me dénoncer.

Mais avant même que j'aie pu mesurer le danger, Julianne se matérialise au bas de l'escalier. Ses cheveux sont presque secs, et elle porte un grand sweat-shirt de rugby par-dessus son pantalon de pyjama. Sans bouger d'un cheveu je l'observe depuis le jardin. Elle se verse un verre d'eau et se tourne vers la porte-fenêtre, pour s'assurer qu'elle est bien fermée. Quand son regard rencontre le mien, elle ne manifeste aucune émotion. Elle attrape une veste matelassée, au dossier d'une chaise, et se la met sur les épaules, avant de me rejoindre dehors.

« Qu'est-ce qui t'est arrivé ?

— Une petite chute, en enjambant la clôture.

— Je te parle de ton oreille.

— Un tatoueur négligent… »

Mais elle n'est pas d'humeur. « Tu m'espionnais ?

— Non. Pourquoi ? »

Elle hausse les épaules. « Quelqu'un surveillait la maison, ces derniers temps.

— La police ?

— Non, quelqu'un d'autre.

— Jock m'a dit qu'un type avait essayé d'entrer.

— C'est DJ qui l'a mis en fuite. » Elle en parle comme d'un chien de garde, particulièrement féroce.

La lumière de la maison, en arrière-plan, jette des reflets dans ses cheveux. Elle a aux pieds les pantoufles « les plus ringardes du monde » – un cadeau que je lui avais rapporté d'une boutique de souvenirs pour touristes. Je reste planté devant elle, incapable de me décider à la prendre dans mes bras. Mais le bon moment est passé.

« Charlie demande un chaton, pour Noël », m'annonce-t-elle en ramenant les pans de la veste sur sa poitrine.

« C'était pas l'an dernier, ça ?

— Mais là, elle est revenue à la charge. Elle a trouvé une méthode imparable : si tu veux un petit chat, demande un cheval ! »

J'éclate de rire, et elle me sourit, sans me quitter une seconde des yeux. La question suivante est formulée dans son style habituel : droit au but.

« Tu avais une liaison avec Catherine McBride ?

— Non.

— La police a trouvé des lettres.

— Elles étaient adressées à Jock. »

Elle ouvre de grands yeux.

« Ils étaient amants, du temps où il travaillait au Marsden. C'était lui, cet homme marié qu'elle voyait.

— Quand l'as-tu appris ?

— Ce soir. »

Ses yeux restent plongés dans les miens. Elle ne sait si elle doit me croire.

« Et Jock n'a rien dit à la police ? Pourquoi ?

— Ça, je n'en ai toujours pas le cœur net. Mais je ne lui fais plus confiance. Je ne veux pas qu'il vienne ici.

— Pourquoi ?

— Parce qu'il m'a menti. Il a passé sous silence des choses qu'il aurait dû dire à la police. Il avait rendez-vous avec Catherine le soir du meurtre.

— Tu ne parles pas sérieusement ! C'est de Jock qu'il est question – de ton meilleur ami.

— Qui a ma femme pour alibi. » Mais ma réplique sonne comme une accusation.

Ses yeux s'étrécissent comme deux pointes d'aiguilles à tricoter. « Un alibi ? Pour quoi faire, Joe ? De quoi tu le soupçonnes, au juste ? D'avoir tué cette femme, ou de se faire la tienne ?

— Je n'ai rien dit de tel.

— Non. Exact. Tu ne dis pas clairement ce que tu penses. Tu mets tout entre guillemets, avec des points de suspension… » – Et c'est parti ! « Toi, qui es un si brillant psychologue, tu devrais commencer par regarder d'un peu plus près tes propres défauts. J'en ai jusque-là, de regonfler ton ego. Tu veux que je passe la liste en revue, une fois de plus ? Tu n'as absolument aucun point commun avec ton père. Ton pénis est d'une taille idéale. Tu passes plus de temps qu'il n'en faut avec Charlie. Tu n'as aucune raison d'être jaloux de Jock. Ma mère t'adore – et je ne t'en veux absolument pas d'avoir défoncé les poches de mon cardigan en cachemire en les bourrant de mouchoirs en papier. Ça ira, pour ce soir ? »

Des années de thérapie, condensées en six points dangereusement efficaces. Seigneur, quel punch ! Le chien du voisin se met à japper. On dirait un chœur étouffé qui scanderait ici ! ici ! ici… !

Elle fait demi-tour et s'apprête à rentrer. Je continue à parler, pour la retenir ; je lui raconte ma découverte du CV de Catherine, mes recherches dans l'appartement de Jock. Je m'efforce de rester aussi rationnel que possible, mais j'ai bien peur d'avoir l'air d'un noyé s'accrochant à une brindille.

Elle lève vers moi son beau visage, qui semble meurtri.

« Tu avais rencontré Jock, ce soir-là ? Où êtes-vous allés ? lui demandé-je.

— Il m'a emmenée dîner à Bayswater. Je savais que tu essayais de me cacher la vérité, pour le diagnostic. Je voulais savoir.

— Quand l'as-tu appelé ?

— L'après-midi même.

— À quelle heure est-il reparti d'ici ? »

Elle secoue la tête, d'un air accablé. « Je ne te reconnais plus. Tu es totalement obsédé. Ce n'est quand même pas moi qui… »

Je ne veux surtout pas en entendre davantage. Je préfère l'interrompre : « Je suis au courant, pour le bébé. »

Elle frissonne – de froid, sans doute. C'est à cette seconde que je lis son verdict dans ses yeux. Nous nous éloignons l'un de l'autre, inexorablement. Nous allons nous perdre. Le pouls du malade s'affaiblit. Peut-être n'est-elle pas encore totalement dégoûtée de moi, mais au besoin, elle pourrait se passer de ma présence. Elle est assez forte pour s'en sortir seule. Elle a survécu à des foules d'épreuves : la mort de son père, la frayeur que lui avait causée la méningite de Charlie, quand elle avait dix-huit mois. Plus une biopsie, sur son sein droit. Elle est immensément plus solide que moi.

Avant de m'éloigner, dans la fraîcheur de l'air nocturne, je me retourne pour regarder vers la maison. Julianne a disparu. La cuisine s'est éteinte. Je peux suivre son parcours, tandis qu'elle se retire vers sa chambre, en éteignant derrière elle.

Jock a filé depuis longtemps. Même s'il décide de dire la vérité à Ruiz, plus personne ne le croira. On pensera qu'il essaie de sauver la peau de son ami. Je rebrousse chemin à travers le jardin des Franklin, puis le long de l'allée, et je pars à pied en direction du West End, en regardant mon ombre s'allonger puis décroître, tandis que je passe d'un lampadaire à l'autre.

Un taxi noir ralentit en me doublant. Le conducteur me jette un coup d'œil, et ma main se pose sur la poignée de la portière arrière.

Elisa ne se voyait pas du tout comme une sainte, ni une prophétesse. Elle détestait les journalistes qui la dépeignaient comme une sorte de missionnaire volant au secours des filles des rues. Pour elle, les prostituées étaient des femmes comme les autres – ni des créatures maudites, ni d'innocentes victimes de la cruauté de notre société.

Nous avons tous des talents cachés, mais elle, c'est un véritable diamant qu'elle a découvert, dans son recoin le plus sombre. Sa renaissance s'est produite alors qu'elle touchait le fond du fond, six mois après sa sortie de prison. De but en blanc, elle m'a laissé un message au Marsden Hospital. Son nom et son adresse, sans s'étendre sur les détails. J'ignore comment elle avait remonté ma piste. Elle était à peine maquillée. Avec ses cheveux coupés court et son tailleur sombre, elle avait l'allure d'un jeune cadre supérieur. Elle avait eu une idée. Elle voulait me la soumettre. En l'écoutant, j'ai senti comme un changement atmosphérique – non pas à l'extérieur, mais dans sa tête.

Elle voulait créer un centre d'accueil pour les jeunes prostituées. Un centre de conseil, où elles pourraient recevoir de l'aide financière et des informations sur leur santé, leur sécurité et les programmes de désintoxication. Elle disposait d'une petite somme. Elle avait déjà loué une vieille maison près de King's Cross Station.

L'ouverture du centre d'accueil ne fut qu'un premier pas, suivi de peu par la fondation du PGCA, son association d'entraide.

J'ai toujours été sidéré par le nombre et la diversité des gens qu'elle parvenait à mobiliser pour le centre : juges, avocats, journalistes, responsables des services sociaux, grands cuisiniers. Il m'arrivait parfois de me demander combien d'entre eux étaient d'anciens clients… À nouveau, j'ai répondu présent – et ça n'avait rien à voir avec le sexe.

Sa maison est plongée dans l'ombre. Le givre fait scintiller les poutres de style Tudor. La petite lumière, au-dessus de la sonnerie, clignote lorsque je presse le bouton. Il doit être plus de minuit passé. J'entends la sonnette résonner dans le vestibule. Il n'y a personne.

J'ai besoin d'un endroit tranquille pour me poser un peu. Quelques heures, le temps de récupérer. Je sais où Elisa cache sa clé de secours, et je sais qu'elle n'y verra pas d'inconvénient. Je ferai ma lessive. Je lui préparerai un bon petit déjeuner, demain matin – et je lui annoncerai que, finalement, je vais devoir me servir de son alibi.

Les doigts raidis par le froid, j'ai introduit la clé dans la serrure. Deux tours. Je glisse la seconde clé dans l'autre serrure. La porte s'ouvre. Le courrier s'est répandu sur le tapis, sous la fente de la boîte aux lettres. Elle a dû s'absenter quelques jours.

Mes pas résonnent sur le plancher ciré. Dans le salon règne l'atmosphère d'une boutique de luxe, avec une profusion de coussins brodés et de tapis indiens. Un répondeur clignote. La cassette est pleine.

J'aperçois d'abord sa jambe. Elle est affalée sur la causeuse élisabéthaine, les chevilles ligotées par du gros ruban adhésif. Elle a le buste arqué en arrière, et sa tête disparaît dans un sac-poubelle de plastique noir, resserré autour de son cou par de l'adhésif. Ses mains sont sous elle, attachées dans son dos. Sa jupe est relevée sur ses cuisses, et ses bas sont pleins d'échelles.

Le temps d'un battement de cœur, je redeviens médecin. Je déchire le plastique, je cherche son pouls, j'appuie l'oreille contre sa poitrine. Elle a les lèvres bleues. Son corps est froid. Ses cheveux restent collés à son front. Ses yeux, grands ouverts, semblent me fixer avec étonnement.

Je sens un grand froid vriller en moi, comme une foreuse, se frayant un chemin au tréfonds de moi-même. Je revois tout – sa lutte, son agonie. Comment elle s'est débattue pour se libérer. Combien d'oxygène ça peut contenir, ce genre de sac ? Dix minutes, maximum. Dix minutes de lutte. Dix minutes pour mourir. Elle a aspiré le plastique, tandis qu'elle se débattait en tentant de se retourner. Des objets se sont répandus sur le sol. Une petite table ronde s'est renversée, les pieds en l'air. Un cadre avec une photo et dans des débris de verre brisé. Le fermoir de sa petite chaîne en or a cédé.

Pauvre Elisa. Je sens encore la douceur de ses lèvres sur ma joue, lorsque nous nous sommes quittés au restaurant. Elle porte le même ensemble bleu nuit – minijupe et tunique assortie. Ça a dû se passer jeudi, au moment où elle est rentrée chez elle, ou quelque temps après.

J'inspecte l'appartement, pièce par pièce, en quête de signes d'effraction. La porte d'entrée était fermée de l'extérieur. L'agresseur a dû emporter un jeu de clés.

Sur le plan de travail de la cuisine, je retrouve une tasse contenant une cuiller et du café dont les granulés ont fondu, formant au fond une sorte de caramel noir. La bouilloire et sur le flanc. L'une des chaises est renversée. Un tiroir est resté ouvert. Il contient des serviettes à thé soigneusement pliées, une petite boîte à outils, des fusibles et un rouleau de sacs-poubelle noirs. La poubelle de la cuisine est vide. On l'a garnie d'un nouveau sac.

Le manteau d'Elisa est resté suspendu au coin de la porte. Ses clés de voiture sont sur la table, près de son sac à main, de son portable et de deux lettres qui n'ont pas été ouvertes. La batterie de son portable est épuisée. Où est son écharpe ? Je reviens sur mes pas et je la retrouve par terre, derrière la chaise. On a fait un nœud au milieu, bien serré, formant un garrot de soie.

Elisa est trop avisée pour avoir ouvert à un inconnu. Ou bien elle connaissait son agresseur, ou bien il l'attendait. Où ? Comment ? Les portes du patio sont de verre sécurisé. Elles donnent sur une petite cour pavée de briques. Un système de détecteurs déclenche les projecteurs de sécurité.

Le bureau, situé au rez-de-chaussée, est encombré, mais propre. Rien ne me semble avoir disparu. Ni le lecteur DVD, ni l'ordinateur portable.

Au premier, dans la chambre d'amis, j'inspecte à nouveau la fenêtre. Les vêtements d'Elisa sont suspendus sur leurs cintres, en bon ordre. Son coffret à bijoux, tapissé de nacre, se trouve toujours dans le dernier tiroir de la coiffeuse. Un éventuel voleur l'aurait certainement découvert.

Le siège des toilettes est baissé. Le tapis de bain est étendu sur un séchoir, près d'une grande sortie de bain bleue. Un tube de dentifrice tout neuf est posé dans un gobelet à l'effigie de la House of Commons. J'appuie sur la pédale de la poubelle, dont le couvercle se soulève. Vide.

Je m'apprête à quitter la pièce, lorsque mes yeux tombent sur une traînée de poudre sombre sur le carrelage blanc, sous le lavabo. J'y passe le doigt, récoltant de minuscules grains d'une poussière grise qui sent la rose et la lavande.

Elisa avait un bol de céramique plein de pot-pourri, sur le rebord de sa fenêtre. Peut-être l'a-t-elle cassé. Elle aurait balayé les morceaux et les aurait fait disparaître dans la poubelle de la salle de bains. Puis elle les aurait vidés dans celle de la cuisine, mais il n'y a rien en bas.

Étudiant la fenêtre de plus près, je distingue des éclats de bois nu sur une arête où la peinture s'est écaillée. La fenêtre a été peinte fermée, puis on l'a ouverte en force. Prenant appui sous la base, du bout des doigts, je parviens à en faire de même, les dents serrées, tandis que le bois qui a gonflé grince dans son châssis.

Je glisse un œil à l'extérieur. Les tuyaux d'évacuation descendent le long du mur et longent le toit plat de la buanderie, trois mètres plus bas. Le mur de briques, à droite de la petite cour, disparaît sous une glycine dont les branches doivent être faciles à escalader. Les tuyaux fournissent l'appui idéal pour atteindre la fenêtre.

La scène se déroule à l'intérieur de mes paupières. Je vois une ombre se hisser sur les tuyaux, forcer la fenêtre. Ce n'est ni l'appât du gain qui l'attire, ni le plaisir du vandalisme. Il fait tomber le pot-pourri en ouvrant la fenêtre, puis se glisse par l'ouverture. Et il fait le ménage. Il ne veut pas laisser de traces. Ça ne doit pas avoir l'air d'une effraction. Puis il attend.

Le placard sous l'escalier est muni d'un loquet. Il est assez grand pour qu'un homme puisse s'y accroupir, et glisser un œil par la fente qui court entre la charnière et la porte.

Elisa rentre chez elle. Elle ramasse son courrier, l'emporte dans la cuisine, accroche son manteau à la porte et pose ses clés sur la table. Puis elle remplit la bouilloire, et verse du café dans un gobelet – un seul. Il l'attaque par-derrière, lui passe l'écharpe autour du cou, de manière à lui comprimer la trachée. Quand elle perd connaissance, il la traîne dans le salon, ne laissant que quelques traces dans le poil de la moquette. Il lui immobilise les mains et les pieds avec de l'adhésif – soigneusement, sans laisser la moindre chute sur le sol. Puis il lui enferme la tête dans un sac plastique. Un peu plus tard, elle revient à elle, et ne voit que du noir. C'est la fin.

Une bouffée de rage me fait rouvrir les yeux. Je tombe nez à nez avec ma propre image, dans le miroir de la salle de bains – le visage d'un homme vert de trouille, désespéré, et nageant en pleine confusion. Je tombe à genoux pour vomir dans les toilettes, en heurtant le siège du menton. Puis, encore titubant, je franchis le seuil en direction de la chambre. Les rideaux sont restés tirés, le lit défait et les draps en bataille. Mon regard se pose sur la corbeille à papier. Elle contient une demi-douzaine de mouchoirs blancs usagés. Une cohorte de souvenirs refait surface. Elisa, son poids reposant sur mes cuisses. Nos corps réunis. Ses gémissements, à chacun de mes mouvements…

Je me rue soudain sur la poubelle, pour rassembler les mouchoirs. Puis mon regard se promène dans la chambre. Ai-je touché cette lampe ? Et la porte, la brosse à dents, le rebord de la fenêtre, la rampe de l'escalier ?

C'est du délire. Je ne pourrais pas stériliser toute la maison. Et j'ai laissé partout des traces de mon passage. Elle m'a brossé les cheveux. J'ai dormi dans son lit. Je suis allé aux toilettes. J'ai bu dans un verre. J'ai pris un café dans une tasse. J'ai touché les interrupteurs, les CD, les chaises… Purée – on a fait l'amour sur son sofa !

Le téléphone se met à sonner. Mon cœur saute un battement. Je ne peux prendre le risque de décrocher. Personne ne doit savoir que je suis là. J'attends. J'écoute les sonneries, m'attendant chaque seconde à voir débouler Elisa… « Tu ne peux pas répondre ? me dirait-elle. C'est peut-être une urgence ! »

La sonnerie s'arrête. Je reprends mon souffle. Que faire ? Appeler la police ? Le mieux est de déguerpir. Mais comment l'abandonner ici… Il faut prévenir quelqu'un.

Mon mobile se met à sonner. Je fouille dans les poches de ma veste. J'ai besoin de mes deux mains, pour le tenir… Le numéro ne me dit rien.

« Puis-je parler au professeur Joseph O'Loughlin ?

— Qui le demande ?

— C'est la police municipale, monsieur. Nous avons reçu un appel nous signalant une effraction à Ladbroke Grove. Notre informateur nous a donné ce numéro de mobile comme contact. Est-ce une erreur ? »

Ma gorge se noue. Les mots ne parviennent qu'à grand-peine à franchir mes lèvres. Je balbutie quelque chose, prétextant que je ne me trouve absolument pas dans le quartier. Non, non… Ça ne va pas suffire.

« Désolé, je ne vous entends plus, marmonné-je. Essayez de rappeler un peu plus tard. » J'éteins mon portable avant de m'abîmer avec horreur dans la contemplation du cadran, désormais vide. J'ai peine à m'entendre penser, dans la cacophonie qui se déchaîne sous mon crâne. Le vacarme a progressivement grimpé en volume, et à présent il me secoue la tête, comme un train de marchandises s'engouffrant dans un tunnel.

Je dois sortir d'ici. Ficher le camp. Je m'affale en dévalant l'escalier quatre à quatre. Vite. Ficher le camp. J'attrape les clés d'Elisa, au passage. Je ne pense plus qu'à retrouver l'air libre, un endroit tranquille, très loin d'ici, et le refuge du sommeil.

14

Une heure avant le point du jour. La route scintille sous un crachin entrelardé de nappes de brouillard, qui apparaissent ou disparaissent entre les averses. J'ai volé la voiture d'Elisa, mais c'est le cadet de mes soucis. Mon problème le plus immédiat, c'est d'actionner l'embrayage avec une jambe gauche inutilisable.

Quelque part du côté de Wrexham, je m'arrête dans un chemin boueux et je sombre dans un sommeil agité, entrecoupé d'images d'Elisa. Elles me transpercent l'esprit de part en part, comme les phares qui passent en balayant les haies. Je revois ses lèvres bleuies, ses poignets sanglants et ses yeux, qui n'ont pas fini de me hanter.

Les questions et les doutes se succèdent dans ma tête, en boucle, comme sur un disque rayé. Ma pauvre, ma chère Elisa…

« Occupe-toi plutôt de ton propre alibi », m'avait intimé Jock. À quoi pensait-il au juste ? Même si je pouvais prouver que je n'ai pas tué Catherine, ce qui m'est à présent impossible, ils vont essayer de me coller le meurtre d'Elisa. Ils sont déjà sur mes traces. Je vois d'ici les flics formant une longue ligne à travers champs, accompagnés de bergers allemands. Je m'affale dans des fossés, je crapahute pour escalader des talus. Les ronces me labourent les mains, s'accrochent à mes vêtements. Les chiens approchent…

Des doigts tambourinent à ma vitre. Je ne vois qu'un flot de lumière blanche. J'ai les yeux chassieux et le dos raide. Je suis transi. Je cherche la poignée à tâtons, pour abaisser la vitre.

« Excusez du dérangement, monsieur, mais vous êtes en plein milieu du chemin, là ! »

Une tête grisonnante, coiffée d'un chapeau de feutre se penche vers la vitre pour me lorgner. Un chien jappe sur ses talons et juste derrière moi, je distingue le grondement cadencé d'un tracteur.

« Toute façon, vaudrait mieux pas rester là trop longtemps, ajoute-t-il. Fait trop froid pour dormir dehors, en cette saison !

— Merci. »

Devant moi s'étendent des arbres rabougris, des champs nus et un ciel pâle. Le soleil s'est levé, mais ses rayons ne me réchauffent guère. Je passe la marche arrière pour sortir du chemin et je suis du regard le tracteur qui s'engage dans un champ, en bringuebalant dans les trous et les fondrières, en direction d'une grange délabrée.

Je laisse mon moteur tourner, avec le chauffage au maximum, et j'appelle Julianne sur mon portable. Elle est réveillée, quoique encore un peu essoufflée par ses exercices matinaux.

« Est-ce que tu aurais donné l'adresse d'Elisa à Jock ?

— Non.

— As-tu déjà prononcé ce nom en sa présence ?

— Que se passe-t-il, Joe ? Tu as l'air terrifié.

— L'as-tu prononcé ?

— Je ne sais pas de quoi tu parles. Tu es en pleine crise de paranoïa, ou quoi ? »

Je n'ai élevé la voix que pour l'exhorter à m'écouter, mais elle le prend mal.

« Ne raccroche pas – s'il te plaît… »

Trop tard. Une seconde avant le déclic, je crie : « Elisa est morte ! »

J'enclenche la touche bis. Mes doigts sont gourds et j'ai le plus grand mal à tenir le téléphone. Elle décroche à la première sonnerie. « Qu'est-ce que ça veut dire ?

— Quelqu'un l'a tuée. La police va croire que c'est moi.

— Pourquoi ?

— J'ai découvert le corps. Et il y a mes empreintes dans tout son appartement.

— Tu es retourné chez elle ! » Une nuance d'incrédulité s'est mêlée à son exclamation. « Qu'est-ce que tu allais faire là-bas ?

— Écoute-moi, Julianne. Deux personnes sont mortes et quelqu'un essaie de me faire porter le chapeau.

— Pourquoi ?

— Je n'en sais rien. C'est justement ce que j'essaie de tirer au clair. »

Elle prend une profonde inspiration. « Là, tu me fais vraiment peur, Joe. Je croirais entendre un fou !

— Tu as compris ce que je t'ai dit ?

— File voir la police. Raconte-leur tout.

— Je n'ai pas d'alibi et je suis leur seul suspect.

— Eh bien, parles-en à Simon. Je t'en prie, Joe… »

Au bord des larmes, elle coupe la communication, mais

cette fois en laissant le téléphone décroché. Impossible de la rappeler.

Le Médecin Attitré de Dieu le Père vient m'ouvrir, en personne et en robe de chambre. Il tient son journal à la main et affiche un froncement de sourcils préventif, destiné à faire fuir les indésirables.

« Ah, c'est toi ! J'ai cru que c'était encore ces foutus petits chanteurs de Noël, grommelle-t-il. Je ne peux pas les blairer. Il n'y en a pas un qui soit capable de chanter trois notes justes d'affilée.

— Moi qui croyais qu'au pays de Galles, il n'y avait que des chanteurs-nés !

— Un autre de ces satanés mythes. » Il regarde par-dessus mon épaule. « Où est ta voiture ?

— Je l'ai garée au coin, là-bas », répliqué-je, sans sourciller. J'ai laissé la Coccinelle d'Elisa près de la gare, et j'ai parcouru à pied les derniers huit cents mètres.

Il fait demi-tour et je lui emboîte le pas dans le couloir, en direction de la cuisine. Ses vieilles pantoufles claquent contre ses talons d'un blanc crayeux.

« Où est maman ?

— Elle s'est levée tôt, ce matin, et elle est sortie presque tout de suite. Elle avait encore une réunion, pour protester contre va-t'en savoir quoi. Ta mère est en passe de devenir une satanée gauchiste. Toujours en train de râler contre quelque chose !

— C'est tout à son honneur. »

Ma remarque ne tire de lui qu'un ricanement de mépris. Il a manifestement son idée sur la question.

« Le jardin est magnifique.

— Et encore, tu n'as pas vu celui de derrière ! Tout ça coûte les yeux de la tête. Ta mère ne te laissera pas repartir sans t'avoir fait faire une visite guidée. On devrait les interdire, ces foutues émissions de jardinage, à la télé. Tu sais – "une deuxième jeunesse pour votre jardin" ou "un grand coup de printemps dans vos allées". Un grand coup de printemps… Je t'en ficherais, oui ! Un grand coup de bulldozer, et qu'on n'en parle plus ! »

Je suis arrivé sans crier gare, mais il ne semble pas le moins du monde surpris. Il doit supposer que ma mère lui a annoncé ma visite à un moment où il n'écoutait pas. Il remplit la bouilloire et entreprend de vider les vieilles feuilles de thé de la théière.

La table est semée de souvenirs glanés lors de diverses festivités, telle la boîte à thé de St. Mark's Cross, ou le pot de confiture à l'effigie du Cornwall. Quant à la cuiller « jubilé d'argent », c'est carrément un cadeau de Buckingham Palace, en souvenir du jour où ils ont été conviés, ma mère et lui, à l'une des garden-parties de Sa Majesté.

« Tu veux un œuf ? Il ne reste plus de bacon.

— Des œufs, ça me suffira.

— Il y a peut-être du jambon au frigo, si tu veux te faire une omelette. »

Il me suit dans la cuisine, s'efforçant de prévenir mes besoins. Sa robe de chambre est retenue à la taille par un cordon, terminé par des glands. Une chaînette en or retient ses lunettes à sa poche. Il est au courant de mon arrestation. Pourquoi n'en parle-t-il pas ? Ce serait pourtant l'occasion rêvée d'y aller de son petit « Je te l'avais bien dit ! ». Et de me reprocher, une fois de plus, mon choix de carrière, en soulignant que tout ça ne serait jamais arrivé, si j'avais fait médecine.

Il s'attable en face de moi et me regarde manger, en prenant une gorgée de thé, de temps à autre. Il déplie son *Times*, pour le replier dix secondes plus tard.

Je lui demande s'il joue toujours au golf.

« Non. J'ai arrêté, voilà maintenant trois ans.

— C'est une Mercedes neuve, devant la maison ?

— Non. »

Le silence semble parti pour s'éterniser, mais je suis apparemment le seul à m'en formaliser. Il reste là, en face de moi, et parcourt la une du *Times*, en me jetant un coup d'œil, de temps en temps, par-dessus son journal.

Mes parents ont acheté cette ferme quelque mois avant ma naissance. Jusqu'à la semi-retraite de mon père, c'était notre maison de vacances. Ils en avaient bien d'autres, à Londres et à Cardiff – sans compter les logements de fonction que lui accordaient les hôpitaux et les universités où il enseignait. Quand mes parents l'ont achetée, la maison était entourée de quatre-vingt-dix acres, que nous avons en grande partie loués à notre voisin, qui élève des vaches. Dans le corps de ferme, construit dans la belle pierre locale, les pièces sont basses de plafond et aucun angle n'est droit. Depuis près de deux siècles que la maison existe, ses fondations ont eu tout le temps de travailler.

J'aimerais faire un brin de toilette avant le retour de ma mère. Je demande à mon père s'il peut me prêter une chemise, voire un pantalon propre. Il me montre sa garde-robe. Au pied du lit est disposé un ensemble de jogging soigneusement plié.

Il remarque mon coup d'œil. « On s'est mis à la randonnée, ta mère et moi.

— Ah ? Première nouvelle.

— Depuis quelques années, seulement. On se lève tôt, quand le temps s'y prête. Il y a quelques jolis circuits à Snowdonia.

— C'est ce que je me suis laissé dire.

— Et ça nous aide à garder la forme.

— Tant mieux. »

Il s'éclaircit la gorge et va me chercher une serviette propre. « Je suppose que tu préfères prendre une douche, et non un bain… » Dans sa bouche, ça sonne déloyal et niais. Un Gallois digne de ce nom se lave dans une bassine de fer blanc, devant son poêle à charbon.

Je plonge la tête sous le jet d'eau chaude qui me coule dans les oreilles, dans l'espoir de me débarrasser à la fois de la crasse de ces derniers jours et des voix qui me résonnent dans le crâne. Tout a commencé avec cette maladie. Un incompréhensible déséquilibre biochimique. Des troubles neurologiques inexplicables. Vu d'ici, ça ressemblerait plutôt à un cancer : une poussée de cellules incontrôlées qui se sont répandues dans les moindres recoins de ma vie, se multipliant de seconde en seconde.

Je vais m'étendre dans la chambre d'amis, les yeux clos. J'ai besoin de quelques minutes de paix. Le vent hurle à la fenêtre. La maison sent le feu et la terre mouillée. Je me souviens vaguement d'avoir senti la présence de mon père, venu m'apporter une couverture supplémentaire, mais peut-être l'ai-je rêvé. Il a pris mes vêtements sales sur le bras et avant de quitter la pièce, il s'est penché sur moi pour me caresser le front.

* * *

Vers le milieu de l'après-midi, j'entends le tintement des cuillers dans les tasses et la voix de ma mère dans la cuisine. Et un autre bruit – presque aussi familier – celui de la glace que mon père pile pour le seau à glace.

Tirant les rideaux, j'aperçois un arrière-plan de collines enneigées, et, sur la pelouse, les derniers bastions de gelée blanche qui battent en retraite. Peut-être aurons-nous un Noël blanc, comme l'année où Charlie est née.

Impossible de m'éterniser ici. Dès que les flics auront retrouvé le corps d'Elisa, ils lanceront les recherches pour m'épingler, et ils ne se contenteront plus de m'attendre en face de chez moi. Cette maison est l'une des premières planques qui leur viendront à l'idée.

Mon jet cascade dans la cuvette. Le pantalon de mon père est trop grand de deux tailles, mais je serre la ceinture en fronçant le tissu au-dessus des poches. Ils ne m'entendent pas arriver dans le couloir et je reste un long moment sur le seuil de la salle à manger, à les observer.

Ma mère est d'une élégance parfaite, comme toujours – cachemire pêche et jupe grise. Sa taille s'est un peu empâtée aux alentours de la cinquantaine, et elle n'a jamais réussi à perdre ces quelques kilos. Elle dépose une tasse de thé sur la table devant mon père, et un baiser au sommet de son crâne – un vrai, qui sonne bien mouillé. « Regarde-moi ça, s'exclame-t-elle. J'ai déjà une échelle à mon bas ; ça va faire la deuxième paire, depuis le début de la semaine ! »

Il lui passe un bras autour de la taille et l'attire à lui. Pour un peu, je me sentirais presque intrus. De ma vie, je ne me rappelle pas avoir assisté à un moment aussi intime, entre eux deux.

Ma mère sursaute en s'apercevant de ma présence, et me gronde gentiment de l'avoir « attaquée par surprise ». Puis elle s'alarme de la façon dont je suis attifé. Elle aurait pu faire un point au pantalon, dit-elle. Elle ne semble pas s'inquiéter de ce que sont devenus mes propres vêtements…

« Tu aurais dû nous prévenir de ton arrivée ! Nous étions morts d'inquiétude, en lisant ces abominables articles dans les journaux… » Et à l'entendre, les canards en question semblent aussi appétissants qu'une bouse moisie, sur le tapis de son salon. « Bon. Eh bien, j'espère que tout ça est derrière nous, à présent, hein ! déclare-t-elle, d'un ton sévère et déterminé, comme pour tirer un trait sur toute l'histoire. Je vais devoir éviter mon club de bridge pendant quelque temps, naturellement – mais j'ose espérer que ça va bientôt se tasser. Gwyneth Evans doit se gargariser, en s'imaginant être sortie d'affaire – avec Owen, son fils aîné, qui est parti avec la jeune fille au pair, laissant sa pauvre femme et ses deux garçons le bec dans l'eau ! Tu penses bien qu'à présent, ces dames se sont trouvé un sujet de conversation autrement palpitant ! »

Mon père n'écoute que d'une oreille. Il s'est replongé dans son journal, le nez à deux doigts du texte, comme s'il tentait d'absorber l'article par voie nasale.

« Viens donc, que je te montre le jardin. Il est déjà superbe. Mais promets-moi de revenir au printemps, quand les arbres seront en fleurs ! Nous avons fait construire une serre, et réparer le toit de l'écurie. Tout le vieux fumier a été enlevé.

Tu te souviens de l'odeur – on avait même trouvé des rats qui nichaient dans les murs. Affreux ! »

Elle va chercher deux paires de Wellingtons. « Je ne me souviens jamais de ta taille.

— Ça m'ira. »

Elle me prête le Barbour[1] de mon père et m'ouvre le chemin. Sous la glace, l'étang a la couleur et la consistance d'une soupe très liquide. Les champs sont d'un gris très clair, presque nacré. Ma mère pointe l'index sur un mur de pierre sèche qui s'était écroulé lorsque j'étais encore gamin, mais qu'ils ont dû faire relever. Il se dresse à présent, stable, robuste, reconstitué, comme un puzzle en trois dimensions. Une serre toute neuve, avec une armature en pin fraîchement charpenté s'y adosse. Sur les tables à tréteaux s'alignent des jardinières pleines de jeunes pousses. Des suspensions tapissées de mousse descendent des poutres. Ma mère actionne un interrupteur et un fin brouillard se répand dans l'atmosphère.

« Viens voir les anciennes étables... Nous les avons fait débarrasser et nettoyer. Ça vous ferait un joli pied-à-terre. Je vais te montrer l'intérieur. »

Le chemin passe entre le potager et le verger. Maman papote à perdre haleine, mais je ne lui prête qu'une oreille distraite. Sous les racines de ses cheveux gris, j'aperçois la peau de son crâne.

« Comment s'est passée ta réunion ?

— Très bien. Nous avons eu plus de cinquante personnes.

— Qu'est-ce qui était à l'ordre du jour ?

— Nous tâchons de faire capoter ce satané projet de champ d'éoliennes. Ils veulent nous construire ça juste là, sur le coteau d'en face. » Elle ponctue sa phrase d'un geste englobant. « Tu as déjà entendu une turbine d'éolienne ? Ça fait un de ces boucans ! Et ces hélices qui tournoient, en faisant hurler l'air ! »

---

1. Veste ou trois-quarts en toile huilée ou imperméabilisée, généralement vert kaki. *(N.d.T.)*

Elle se hisse sur la pointe des pieds pour atteindre la clé, au-dessus de la porte de l'étable.

Le nœud s'est resserré, dans ma poitrine. « Tu as dit ?

— Quand ça ?

— À l'instant : en faisant hurler l'air…

— Oui. Ça fait un bruit abominable, ces fichues éoliennes. »

Elle a la clé en main. La clé, attachée à un petit morceau de bois sculpté. De façon presque réflexe, ma main s'empare de son poignet et le retourne. La torsion lui fait ouvrir les doigts.

« Qui t'a donné ça ? » Ma voix a tremblé.

« Arrête, Joe ! Tu me fais mal. » Ses yeux tombent sur le porte-clés. « Ça ? C'est Bobby qui l'a fait. Bobby. Le jeune homme qui a reconstruit le mur et le toit de l'écurie. Il a monté la serre et s'est chargé de toutes les plantations. Il était infatigable ! C'est lui qui m'a emmenée voir les éoliennes et qui m'a expliqué… »

Pendant plusieurs secondes, je me sens à deux doigts de tomber à la renverse. Mais rien ne se produit. C'est comme si une main géante avait fait basculer tout le paysage et que je luttais pour rester debout, agrippé au chambranle de la porte.

« Quand ?

— Cet été. Il a passé trois mois chez nous.

— À quoi il ressemblait ?

— Comment te le décrire… Il est grand, très grand, mais, disons, un peu enveloppé. Bien charpenté – et un garçon adorable, avec ça. En échange de son travail, il ne voulait que le gîte et le couvert… »

La vérité ne se manifeste ni en un éclair aveuglant, ni comme un seau d'eau glacée qu'on vous jetterait à la figure. Elle diffuse dans ma conscience, gagnant de proche en proche, comme une flaque de vin sur un tapis gris perle, ou une tache sombre sur une radio des poumons. Bobby savait certaines choses sur moi. Des choses dont j'avais pris le parti de croire qu'il s'agissait de pures coïncidences. Tigers et

Lions. La baleine dessinée par Charlie. L'histoire de ma tante. Il savait des choses sur Catherine, et la façon dont elle avait trouvé la mort. Un télépathe. Un chasseur à l'affût. Un sorcier médiéval, capable d'apparaître et de disparaître à son gré, dans un nuage de fumée.

Mais comment pouvait-il savoir, pour Elisa ? Il nous a vus déjeuner ensemble, et nous a suivis jusqu'à chez elle. Non. Il est venu au cabinet, cet après-midi-là. Il était à son rendez-vous. Et puis je l'ai perdu de vue… près du canal. À deux pas de chez Elisa.

No comprendes todavia lo que comprenderas en el futuro. Tu ne peux encore comprendre ce que l'avenir t'apprendra…

Je fais soudain demi-tour, et je pars au pas de course en direction de la maison, ignorant les protestations de ma mère, qui veut à toute force me montrer l'écurie.

Le téléphone le plus proche se trouve dans la cuisine. Julianne répond à la troisième sonnerie, mais je ne lui laisse pas le temps de dire ouf :

« Tu disais que quelqu'un surveillait la maison ?

— Raccroche, Joe. La police te cherche.

— Est-ce que tu as vu quelqu'un rôder dans les environs ?

— Raccroche. Appelle Simon.

— Julianne ! je t'en prie ! »

Elle a reconnu cette note de désespoir dans ma voix – la même que dans la sienne.

« Tu as vu quelqu'un ?

— Non.

— Tu disais que DJ avait chassé quelqu'un de la maison. Tu as eu le temps de le voir ?

— Non.

— Il a pourtant dû t'en dire quelque chose. Était-il grand, carré, plutôt enveloppé ?

— DJ ne l'a pas approché de si près.

— À tes cours d'espagnol, est-ce qu'il y aurait un certain Bob, Robert ou Bobby – très grand, avec des lunettes ?

— Il y a un Bobby, oui.

— Tu connais son nom de famille ?

— Non. Mais un soir, je l'ai raccompagné chez lui en voiture. Il a dit qu'il était de Liverpool.

— Où est Charlie ? Emmène-la loin de la maison. Ce Bobby cherche à te faire du mal. Il veut se venger de moi. »

J'essaie de lui expliquer, mais elle s'obstine à me demander pourquoi Bobby ferait une chose pareille – et c'est la seule question à laquelle je n'ai pas de réponse.

« Personne ne pourrait nous faire le moindre mal, Joe. La rue grouille de flics. Ce matin, il y en a même un qui m'a suivie dans tout le supermarché. J'en ai profité pour lui faire porter mes sacs – il était mort de honte. »

Elle a probablement raison. Pour elles, la maison est le refuge idéal. Elles y sont plus en sécurité que nulle part ailleurs, sous la protection de la police qui guette mon arrivée.

« Appelle Simon, je t'en supplie. Ne fais pas de bêtises.

— Je n'en ferai pas.

— Tu me promets ?

— Je te le jure. »

Le numéro du domicile de Simon est inscrit au dos de sa carte. Quand il décroche, j'entends la voix de Patricia en arrière-plan. Eh oui… mon avocat est l'amant de ma sœur – qu'est-ce que ça a de si extraordinaire ?

Sa voix n'est plus qu'un murmure et je comprends qu'il emmène le téléphone dans une autre pièce, pour me parler plus librement, hors de portée des oreilles de Patricia.

« Avez-vous déjeuné avec quelqu'un, jeudi ?

— Avec Elisa Velasco.

— Et vous l'avez raccompagnée chez elle ?

— Non. »

Il prend son souffle, comme un plongeur en apnée. Je sais ce qu'il va dire.

« Elisa a été trouvée morte chez elle, la tête dans un sac-poubelle. Elle est morte asphyxiée. Ils vous cherchent, Joe. Ils ont un mandat. Vous êtes recherché pour meurtre. »

Ma voix grimpe dans le suraigu, en chevrotant. « Je sais qui est le coupable. C'est un de mes patients, Bobby Morgan. Il me surveille. »

Simon poursuit, imperturbable : « Écoutez-moi bien, Joe – je veux que vous alliez vous rendre au poste le plus proche. Appelez-moi dès que vous y serez, et ne dites rien tant que je ne serai pas arrivé.

— Mais que faire, pour Bobby Morgan ?

Il hausse le ton : « Vous n'avez pas le choix, Joe. Faites ce que je vous dis. Ils ont votre ADN. Ils ont trouvé des traces de votre sperme et plusieurs de vos cheveux. Vous avez laissé des empreintes partout dans la chambre et dans la salle de bains. Jeudi après-midi, un taxi vous a embarqué à moins d'un kilomètre des lieux du crime. Le chauffeur se souvient de vous. Vous l'avez hélé juste devant le pub où Catherine McBride a été vue pour la dernière fois.

— Vous vouliez savoir où j'avais passé la nuit du 13 – eh bien, je vais vous le dire : j'étais avec Elisa.

— Parfait. Mais votre alibi est mort. »

Ce résumé est si fulgurant et si définitif que je renonce à le convaincre. Les faits se sont patiemment accumulés, l'un après l'autre, révélant peu à peu l'impasse où je me retrouve. À présent, mes dénégations elles-mêmes me semblent dénuées de sens.

Mon père est sur le seuil, vêtu de son jogging. Derrière lui, entre les rideaux du salon, j'aperçois deux voitures de police, garées dans l'allée.

Livre III

« Dans la nuit noire de l'esprit, jour après jour, il est toujours trois heures du matin. »

F. Scott Fitzgerald, *La Fêlure*.

1

Quatre kilomètres, c'est long en Wellingtons – et d'autant plus quand vos chaussettes glissent et se mettent en boule sous votre voûte plantaire, donnant à votre démarche la grâce d'un pingouin.

Je saute entre les cailloux, et je crapahute dans la boue des pistes à moutons le long d'un petit cours d'eau à moitié pris par la glace, qui coupe à travers champs. Je parviens à maintenir une bonne allure, malgré mes bottillons en caoutchouc. J'évite de regarder en arrière. Je suis sur pilote automatique. Si je m'arrête, quelle qu'en soit la raison, je suis fichu.

J'ai passé des vacances entières dans ces bocages, quand j'étais gosse. J'en connaissais par cœur le moindre bouquet d'arbres, le moindre monticule, le moindre vallon. C'est dans cette grange, là-bas, que j'ai embrassé Ethelwyn Jones pour la première fois, dans les bottes de foin de son oncle, le jour de son treizième anniversaire, ce qui m'a aussitôt valu une belle érection. Comme elle roulait tendrement sur moi, elle a senti quelque chose, et a poussé un hurlement, en me mordant la lèvre. Malheureusement pour moi, elle portait un appareil dentaire qui lui faisait une mâchoire comparable à celle du méchant au sourire d'acier, dans James Bond. Je me suis promené trois jours avec une grosse ampoule rouge sur la lèvre, mais ça le valait bien !

Arrivé à la A55, je me glisse sous les piliers de béton qui soutiennent le pont et je continue à suivre le ruisseau. Ses rives sont de plus en plus escarpées et, à deux reprises, je dérape et glisse dans l'eau, en faisant craquer la pellicule de glace qui ourle la berge.

J'escalade une cascade de trois ou quatre mètres de haut, en m'accrochant aux rochers et aux touffes d'herbe des bords. J'ai le pantalon trempé et les genoux pleins de boue. Dix minutes plus tard, je passe sous une clôture, pour me retrouver sur un chemin de grande randonnée balisé.

Mes poumons sont près d'exploser, mais je garde la tête claire – aussi limpide que l'air hivernal. Tant que Julianne et Charlie sont à l'abri, peu importe ce qui peut m'arriver. J'ai le sentiment de n'être plus qu'un vieux chiffon qu'un chien balade dans sa gueule, en jouant à le déchiqueter. Quelqu'un se paie ma tête et s'amuse à me mettre en pièces. Ma famille, ma vie, ma carrière. Pourquoi ? Tout ça n'est qu'un vaste bluff. C'est comme de lire une écriture en miroir : tout doit être pris à contresens.

Cent mètres plus loin, après avoir enjambé la barrière d'une ferme, je débouche sur la route de Llanrhos. L'étroit ruban d'asphalte défoncé est bordé des deux côtés de haies, çà et là interrompues par des barrières et des chemins creusés d'ornières. Sans m'écarter du fossé qui longe le bas-côté, je marche en direction d'un clocher que j'aperçois, à quelque distance. Des lambeaux de brouillard s'attardent dans les vallons, comme des flaques de lait. À deux reprises, je saute dans le fossé en entendant le bruit d'un moteur qui approche. La deuxième fois, il s'agit d'une fourgonnette de la police locale. À l'arrière, des chiens jappent furieusement, derrière les vitres grillagées.

Le village semble désert. Les seuls établissements ouverts sont le café, le bureau de poste et une agence immobilière, affichant une pancarte « Je reviens dans dix minutes ». Des guirlandes multicolores scintillent dans les fenêtres. On a installé un grand sapin dans le square, en face du monument aux morts. Un passant qui promène son chien me gratifie d'un signe de tête, mais j'ai les dents qui claquent si fort, que je serais bien incapable de lui retourner son salut.

Je me déniche un banc dans le parc. Un petit nuage de vapeur se dégage de ma veste mouillée. Mes genoux disparaissent sous une croûte de boue et de sang. J'ai les paumes à vif et les ongles ébréchés. J'aimerais pouvoir fermer les yeux pour m'entendre penser, mais je dois rester aux aguets.

Les maisons qui bordent le square ont des allures de cottages de contes de fées, avec leurs clôtures blanches et leurs pergolas de fer forgé. À côté des portes, on lit des noms gallois, calligraphiés dans un style fleuri. Dc l'autre côté du square se dresse l'église, ceinte d'une rambarde métallique. On y a noué des rubans blancs, qui flottent au vent.

Rien ne ressemble davantage à un mariage gallois qu'un enterrement gallois. Ce sont les mêmes voitures, les mêmes fleuristes, les mêmes salles paroissiales avec les mêmes urnes à thé qui glougloutent sous les mains expertes de matrones généreusement mamelues, empaquetées dans leurs vastes robes à fleurs et leurs bas de contention.

Le froid s'insinue en moi et m'engourdit les membres de minute en minute. Une Land Rover délabrée s'engage dans le square et fait lentement le tour du jardin public. Je la laisse passer. Personne ne semble la suivre. Je me hisse tant bien que mal sur mes pieds, raide de froid. Le tissu trempé de ma chemise me colle à la peau.

La portière passager s'ouvre dans un grincement déchirant. Je me laisse choir sur le siège. Un coussin de mousse recouvre les ressorts rouillés et ce qui reste du vinyle des housses. Le moteur est si asthmatique que mon père déclenche un tohu-bohu de ferraillements et de pétarades diverses en tentant de passer la première.

« Cette fichue machine ! Ça fait des mois qu'elle n'est pas sortie du garage.

— Et la police ?

— Ils sont partis se balader dans les champs. Je les ai entendus dire qu'ils avaient repéré une voiture à la gare…

— Comment tu as réussi à t'en dépêtrer ?

— Je leur ai dit que j'avais une urgence en chirurgie. J'ai fait semblant de prendre la Mercedes, mais je l'ai échangée contre la Land Rover. Et grâce au ciel, elle a démarré. »

Chaque fois que nous passons dans une flaque, l'eau jaillit par un trou, entre nos pieds, en un petit geyser. La route zigzague à perte de vue, plongeant dans chaque vallon, enjambant chaque colline. À l'ouest, le ciel s'éclaircit. L'ombre des nuages, balayés par une petite brise frisquette, court sur les champs.

« Je suis dans un sacré pétrin, papa.

— Je sais.

— Je n'ai tué personne.

— Ça aussi, je le sais. Qu'est-ce qu'en dit Simon ?

— Que je devrais me rendre.

— Ça paraît judicieux... »

Et dans la foulée, il admet à la fois que ça n'est pas ainsi que les choses vont se passer, et que tout ce qu'il pourrait m'objecter n'y ferait rien. Nous longeons la vallée de Conwy, en direction de Snowdonia. Les champs ont fait place à un sous-bois clairsemé. La forêt, la vraie, moutonne à l'horizon.

La route décrit de vastes boucles entre les bouquets d'arbres. Sur une crête surplombant la vallée, on aperçoit un grand manoir. Les grilles fermées portent un écriteau : « À vendre ».

« C'était un grand hôtel, dans le temps, me dit-il, les yeux rivés à la route. J'y ai emmené ta mère, pour notre lune de miel. À l'époque, c'était un vrai palace. Tous les samedis après-midi, ils donnaient des thés dansants. L'hôtel avait son propre orchestre... »

Ma mère me l'a déjà raconté cent fois, mais je ne connaissais pas la version paternelle.

« Nous avions emprunté l'Austin Healey de ton oncle. Nous sommes venus ici passer une semaine. C'est à ce moment-là que j'ai repéré la ferme. Elle n'était pas encore à vendre, mais nous nous sommes arrêtés pour acheter des pommes. On n'avait pas le choix... Il fallait s'arrêter tous les trois kilomètres, à cause de ta mère. On avait piqué un oreiller à l'hôtel, pour qu'elle puisse s'asseoir. Pour amortir les cahots de la route... »

Il étouffe un petit rire, et je vois à quoi il fait allusion. C'est un peu plus que je ne souhaiterais en savoir, concernant l'initiation sexuelle de ma mère, mais je joins mon rire au sien. Et de lui raconter la mésaventure de mon copain Scot qui a mis KO sa jeune épouse à leur bal de mariage, en Grèce.

« Comment il a fait ?

— Il a voulu lui donner un petit aperçu de rock acrobatique, mais elle lui a glissé des mains et elle est tombée à la renverse sur le parquet de danse. Elle s'est réveillée dans un lit d'hôpital, sans avoir le moindre souvenir du pays où elle se trouvait… »

Nous partons tous deux d'un grand éclat de rire, qui est le bienvenu – et le silence qui suit me fait encore plus de bien. Un silence de parfaite complicité, sans un atome de malaise. Mon père me considère du coin de l'œil. Il a quelque chose à me dire, mais ne sait pas par quel bout commencer.

Ses doigts tambourinent nerveusement sur le volant, comme s'il tentait de communiquer en morse. Il s'éclaircit la gorge et se lance dans un discours du genre filandreux, où il est question de choix, de responsabilités et d'opportunités. Je ne vois toujours pas où il veut en venir.

Il finit par me raconter comment il a commencé ses études de médecine.

« … et après ça, j'ai fait deux ans de sciences du comportement. Je voulais me spécialiser en *psychologie éducative…* »

Une seconde. Sciences du comportement ? Psychologie éducative ? Mon imagination me joue des tours ! Il me glisse un regard penaud, et je réalise qu'il est on ne peut plus sérieux.

« Mon père a eu vent de ce que je mijotais. Il faisait partie du conseil de l'université. C'était un des meilleurs amis du vice-président. Il a spécialement pris le train pour venir me voir – et m'a menacé de me couper les vivres.

— Qu'est-ce que tu as fait ?

— Ce qu'il voulait. Je suis devenu chirurgien. »

Il lève la main, sans me laisser le temps d'enchaîner sur une autre question. Il ne veut pas être interrompu.

« Ma carrière était toute tracée. Postes, chaires, bourses d'études, tout m'est tombé dans le bec. Pour moi, toutes les portes étaient ouvertes d'office. Les promotions se succédaient comme le jour suit la nuit… » Sa voix baisse d'un ton. « Bref, ce que je voulais que tu saches, c'est que je suis fier de toi. Tu as tenu bon. Tu as fait ce que tu voulais. Et à ta façon, tu as réussi. Je sais que je ne suis pas un homme facile à aimer, Joe. Tu n'as pas vu revenir grand-chose de l'affection que tu me portais. Mais je t'aime et je t'aimerai toujours. Tu pourras toujours compter sur moi. »

Il se gare sur une petite aire de stationnement, en laissant le moteur tourner, et attrape un sac sur le siège arrière.

« J'ai pensé à te prendre quelques affaires… » dit-il en me montrant le contenu : une chemise propre, des fruits, un Thermos, mes chaussures et une enveloppe pleine de billets de cinquante livres. « J'ai aussi ton portable.

— Il n'a plus de batterie…

— Tiens, prends le mien. Pour ce que je l'utilise, ce satané biniou ! »

Il met pied à terre et me laisse m'installer au volant. Puis il balance le sac sur le siège arrière.

« Ils ne la rechercheront pas, cette Land Rover – enfin, pas avant un certain temps. Elle n'est enregistrée nulle part. »

Je regarde au coin du pare-brise : une étiquette de bière est collée à la place de la vignette de l'assurance. Il se fend d'un grand sourire. « Je ne m'en sers que dans les champs et dans les chemins de terre. Ça va lui faire du bien, de rouler sur du bitume !

— Comment tu vas rentrer ?

— En stop. »

J'ai peine à l'imaginer le pouce levé au bord d'une route, et je doute qu'il l'ait fait ne fût-ce qu'une fois dans sa vie – mais qu'est-ce que j'en sais ? Aujourd'hui, il a juré de me surprendre. De l'extérieur, c'est toujours mon père, mais il semble comme transfiguré.

« Bonne chance ! » me dit-il, en me serrant la main par la fenêtre. Si nous avions été face à face, peut-être serait-il même allé jusqu'à l'accolade… J'aime à le croire.

Je me bagarre un moment avec le levier de vitesse pour passer la première, et je m'engage sur la chaussée. Je le regarde dans le rétroviseur. Il me suit des yeux, sur le bord de la route. Et il me revient une petite phrase, un truc qu'il m'avait dit à la mort de la tante Gracie, dont la disparition m'a si longtemps affligé.

« Souviens-toi, Joseph, que la pire des heures de ta vie n'aura jamais que soixante minutes… »

Les flics vont suivre ma piste de long du ruisseau. L'organisation des barrages routiers leur prendra plus de temps et, avec un peu de chance, je serai déjà au-delà des cordons qu'ils auront posés. J'ignore combien d'heures cela me laisse. Dès demain, ma photo sera diffusée à la télé, et dans tous les journaux.

Mon esprit semble s'emballer, tandis que mon corps ralentit. Je ne dois à aucun prix faire ce à quoi ils s'attendent. Je dois bluffer et plutôt deux fois qu'une, comme dans ces scénarios en abîme, où chaque personnage doit devancer ce que fera chacun des autres. Ils croient que je crois qu'ils croient…

Je dois tenir compte d'au moins deux esprits : celui d'un flic profondément revanchard et frustré, qui me soupçonne de m'être payé sa tête et de le prendre pour un con, et celui d'un tueur sadique qui peut s'attaquer d'un instant à l'autre à ma femme ou à ma fille.

Le moteur de la Land Rover tousse affreusement toutes les quelques secondes. La quatrième est presque impossible à passer et quand j'y parviens, je dois laisser la main sur le levier de vitesse, pour qu'il y reste.

À tâtons, je pars à la recherche du portable sur le siège arrière. J'ai besoin de Jock. Je sais que ça n'est pas dénué de risque – c'est le roi des faux culs. Mais je n'ai plus grand monde sur qui compter.

Il décroche et je l'entends pester. « Pourquoi faut toujours que ça sonne, quand je pisse ? » Je le vois d'ici, le portable coincé entre l'oreille et l'épaule, se colletant avec sa braguette.

« Tu as parlé aux flics, pour les lettres ?

— Oui. Ils m'ont ri au nez.

— Essaie de les convaincre. Tu dois avoir gardé quelque chose de Catherine, qui puisse prouver que vous aviez une liaison.

— C'est ça, oui. J'ai pris des Polaroïds, pour les avocats de mon ex-femme ! »

Seigneur, je lui mettrais des baffes, quand il fait ce genre d'humour. Mais pour l'heure, j'ai mieux à faire. Cela dit, ça me met tout de même un peu de baume au cœur, de m'être trompé sur son compte. Il n'a rien d'un assassin.

« Tu sais, Bobby – le patient que tu m'as envoyé…

— Oui. Quoi ?

— Comment tu l'as rencontré ?

— Comme je t'ai dit. Son avocat a demandé des tests neurologiques.

— Qui a suggéré mon nom le premier – toi, ou Eddie Barrett ?

— Eddie. »

Le crachin a fait place à une pluie plus soutenue, mais mes essuie-glaces n'ont qu'une vitesse, très lente.

« À Liverpool, il y a un hôpital spécialisé en cancérologie. L'hôpital de Clatterbridge. Je voudrais savoir s'ils ont parmi leurs patients une certaine Bridget Morgan, ou Aherne, si elle s'est inscrite sous son nom de jeune fille. Bridget Aherne. Elle a un cancer du sein, à un stade assez avancé, pour autant que je sache. Elle pourrait être en hôpital de jour, ou dans un hospice. J'ai besoin de lui parler. »

Et ça n'est pas une faveur que je lui demande. Soit il le fait, soit notre relation est terminée. Il cherche désespérément une excuse, mais ne trouve rien. Il donnerait cher pour pouvoir se mettre à couvert. Jock n'a jamais été du genre téméraire, lorsque sa supériorité physique ne lui permet pas d'en imposer à l'adversaire. Mais cette fois, je ne lui laisse aucune chance de se défiler. Je sais qu'il a menti à la police et j'en sais trop long sur les ressources qu'il dissimule à ses ex-épouses…

Sa voix grimpe dans l'aigu. « Ils t'attendent au tournant, Joe !

— On finit toujours par se faire rattraper au tournant, tous autant qu'on est, répliqué-je. Et toi, rappelle-moi à ce numéro, le plus vite possible. »

2

L'été de mes neuf ans, alors que j'étais en vacances à la ferme, au pays de Galles, j'ai pris une poignée d'allumettes dans le pot de faïence, sur la cheminée, pour faire un feu de camp. Août touchait à sa fin. Il n'était pas tombé une goutte depuis des semaines. Les prés étaient jaunes et secs. Sans parler du vent…

Lorsque je parvins à le faire prendre, mon feu se propagea dans les broussailles d'alentour, provoquant un incendie qui réduisit en cendres deux barrières, une haie deux fois séculaire et s'approcha dangereusement d'une grange pleine de fourrage. J'ai donné l'alarme en hurlant à pleins poumons, tandis que je regagnais la maison ventre à terre, les joues noires et les cheveux empestant la fumée.

Je suis allé me cacher dans l'étable. J'ai grimpé dans le coin le plus reculé et je me suis blotti sous la charpente, à un endroit où je me savais hors d'atteinte de mon père. Là, j'ai attendu sans bouger, accroupi dans la poussière, en guettant l'arrivée des autopompes. Je me suis représenté toutes sortes de scènes d'horreur. Des maisons, des fermes, des villages entiers détruits par les flammes. J'étais bon pour finir mes jours en prison. Le frère de Carey Moynihan avait été envoyé en maison de correction pour avoir mis le feu à un wagon de chemin de fer, et il en était revenu encore plus méchant.

J'ai passé cinq heures dans ma cachette. Personne n'a élevé la voix ni émis la moindre menace. Mon père m'a simplement conseillé de descendre et de venir subir mon châtiment, comme un homme – pourquoi diable exige-t-on des garçonnets qu'ils se conduisent comme des hommes ? La déception et l'inquiétude qui se lisaient dans le regard de ma mère me firent autrement mal que la ceinture de mon père. Que diraient les voisins ?…

La menace de la prison semble bien plus plausible, à présent. J'imagine déjà Julianne me présentant notre bébé, de l'autre côté de la table du parloir. « Dis bonjour à papa, mon chéri… » lui dira-t-elle (car, naturellement, ce sera un garçon), tout en tirant modestement sur l'ourlet de sa jupe, sous le regard alléché de mes codétenus qui lorgneront ses genoux.

Je vois d'ici ce bâtiment de brique, construit au milieu d'une étendue d'asphalte. Les portes d'acier, avec des clés grandes comme la main. Les escaliers de fer, la queue pour la cantine, les cours pour la gym, les gardes claquant des talons dans les couloirs, la matraque à la ceinture. Les pots de chambre, les regards rivés au sol, les barreaux aux fenêtres, les photos scotchées au mur…

Que deviennent les « espèces protégées », en taule ?

Simon a mis le doigt dessus : je ne pourrai pas fuir indéfiniment. Et comme je l'ai appris l'été de mes neuf ans, il est impossible de rester planqué jusqu'à la fin des temps. Bobby ne veut pas me tuer ; il veut me réduire en miettes. Il aurait pu me descendre vingt fois, mais il veut que je survive, pour que je sois témoin de ses œuvres, en sachant bien qu'il en est l'auteur.

La police va-t-elle continuer à surveiller la maison ? Ruiz s'apprête-t-il à rassembler ses ressources pour concentrer ses recherches sur le pays de Galles ? Ce serait la dernière chose que je souhaite. J'ai besoin de savoir Julianne et Charlie hors de danger.

Le téléphone sonne. Jock a trouvé une adresse. Une Bridget Aherne, dans un hôpital du Lancashire.

« J'ai eu le directeur de son service d'oncologie. Il ne lui donne que quelques semaines. »

Je l'entends démailloter un cigare. Il est encore tôt, mais peut-être veut-il fêter ça… Nous avons convenu d'une trêve, tous les deux. Comme ces vieux couples qui ont décidé de se contenter de semi-vérités, et de balayer les motifs de rancune sous le tapis.

« J'ai vu ta photo dans le journal ce matin, m'annonce-t-il. On te prendrait plus volontiers pour un directeur de banque que pour un bandit dont la tête est mise à prix !

— Désolé. Je n'ai jamais été très photogénique.

— L'article parle de Julianne. Elle y est dépeinte comme "une femme à bout de nerfs et émotionnellement perturbée".

— Elle a dû les envoyer paître.

— C'est ce que je me suis dit. »

Je l'entends souffler sa fumée. « Là, je dois te rendre justice, Joe. Je t'ai toujours pris pour un dragon de vertu, chiant comme la mort… mais cette fois, tu m'en as mis plein la vue. Deux maîtresses, et toute la flicaille du pays aux trousses !

— Catherine McBride n'était pas ma maîtresse.

— Alors ça, c'est con – parce qu'au pieu, elle valait son pesant de cacahuètes ! s'esclaffe-t-il, avec un ricanement salace.

— Tu devrais t'écouter, de temps à autre, Jock.

Dire que je l'enviais, jadis, cette caricature de macho, petit-bourgeois et sectaire. Je me méfie de lui comme de la peste, mais j'ai encore un service à lui demander.

« Je voudrais que tu restes près de Julianne et de Charlie, jusqu'à ce que j'aie fini de régler ça.

— Je croyais que j'étais interdit de séjour chez toi.

— Je sais.

— Désolé, mais je ne peux pas faire grand-chose. Julianne ne répond plus à mes coups de fil. Sans doute depuis que tu m'as cafté, pour Catherine et les lettres. Résultat, elle nous en veut à tous les deux.

— Eh bien, continue à l'appeler. Et dis-lui de rester sur ses gardes. Qu'elle ne laisse surtout entrer personne. »

3

La Land Rover fait du soixante à l'heure en vitesse de pointe. Elle a une nette tendance à se déporter sur la gauche et a davantage l'allure d'une pièce de musée, que d'un véhicule moderne à moteur. Les gens klaxonnent quand ils me dépassent, comme si je participais à un rallye pour une opération humanitaire. Mais à la réflexion, ce pourrait bien être la voiture idéale, dans mon cas. Qui s'attendrait à voir un individu recherché s'enfuir à soixante à l'heure, dans un tel tas de ferraille ?

J'arrive dans le Lancashire en passant par les petites routes, grâce à une carte antédiluvienne (elle doit remonter, au bas mot, aux années 60), que j'ai dénichée dans la boîte à gants.

Je traverse des villages aux noms fleuris : Pudding Lake, ou Wood Plumpton. Dans les faubourgs de Blackpool, je m'arrête dans une station-service quasi déserte, pour me rafraîchir un peu. J'éponge la boue de mon pantalon avant de le faire sécher sous le pulseur d'air chaud. Je change de chemise et je rince à grande eau les égratignures de mes mains.

Le Square Gate Hospice s'accroche à une corniche rocheuse, comme s'il avait rouillé là, sur place, rongé par l'air du large. Les tourelles, les grandes fenêtres voûtées et les toits d'ardoise sont de style edwardien, mais les annexes, moins imposantes, semblent de construction nettement plus récente. La grande allée, bordée de peupliers, décrit un arc de cercle devant la façade de l'hôpital et se termine sur le parking. Je suis les pancartes jusqu'au pavillon des soins palliatifs qui donne du côté de la mer. Les couloirs sont déserts et les escaliers d'une impeccable propreté. Derrière une cloison de verre, j'avise un infirmier noir, le crâne rasé, vissé à son écran – un jeu vidéo.

« Vous auriez une patiente du nom de Bridget Aherne... ? »

Son regard se pose sur mes genoux, qui ne sont plus de la même couleur que le reste de mon pantalon.

« Pourquoi ? Vous êtes de la famille ?

— Non. Je suis psychologue. J'ai besoin de lui parler. C'est à propos de son fils. »

Ses sourcils s'arquent. « Parce qu'elle a un fils ? Première nouvelle. Elle ne reçoit jamais de visites. »

Je lui emboîte le pas, qu'il a élastique et chaloupé, jusqu'au bout du couloir, puis nous tournons sous un escalier et il me fait franchir des doubles portes menant vers l'extérieur. Une allée de petit gravier court au milieu de la pelouse, où deux infirmières, l'air morne, se partagent un sandwich sur un banc.

Nous entrons de plain-pied dans un bâtiment annexe donnant sur les falaises, et nous arrivons enfin dans une longue salle commune où s'alignent une dizaine de lits, dont la moitié sont vacants. Une femme maigre et chauve repose sur des oreillers, les yeux posés sur deux jeunes enfants qui colorient des feuilles de papier à dessin, au pied de son lit. Un peu plus loin, une autre patiente, vêtue d'une robe de chambre jaune, regarde la télé dans un fauteuil roulant, une couverture sur les genoux.

À l'autre extrémité du service, une double porte donne sur les chambres individuelles. L'infirmier entre sans frapper. La pièce est plongée dans l'ombre. Je ne vois d'abord que des machines, toute une jungle de fils, de moniteurs et de cadrans qui créent une impression de maîtrise technologique, comme s'il suffisait de faire les bons réglages et d'appuyer sur le bon bouton.

Une femme d'âge mûr, au visage hâve, gît au centre d'une toile de fils et de tubes. Elle porte une perruque blonde. Elle a une opulente poitrine, et le cou constellé de lésions noirâtres. Une chemise rose lui couvre le corps, et on lui a passé un vieux cardigan rouge autour des épaules. D'une poche de plastique transparent s'écoule une solution qui alimente les tubes raccordés à ses veines. Ses chevilles et ses poignets sont cerclés de lignes sombres, trop pâles pour être des tatouages et trop régulières pour être des bleus.

« Surtout pas de cigarettes, me recommande l'infirmier. Elle a du mal à expectorer, et chaque fois qu'elle tousse, ça débranche ses perfusions.

— Je ne fume pas.

— Tant mieux pour vous ! déclare-t-il, en portant à ses lèvres une cigarette qu'il s'était glissée derrière l'oreille. Je vous laisse… Vous retrouverez votre chemin tout seul ? »

Les rideaux sont tirés. Des bribes de musique filtrent de quelque part. Il me faut un bon moment pour repérer la petite radio qui fredonne sur la table de chevet, à côté d'une bible et d'un vase vide.

Elle somnole, sans doute sous l'effet de sédatifs. Morphine, peut-être… Un tube lui sort du nez et un autre semble raccordé du côté de son estomac. Son visage est tourné vers le respirateur.

Je reste debout, l'épaule appuyée contre le mur, pour me reposer la tête.

« Ça vous filerait la chair de poule, cet endroit, dit-elle sans ouvrir les yeux.

— Oui. »

Je me pose sur une chaise, pour ne pas l'obliger à lever la tête. Ses yeux s'ouvrent lentement. Son visage est plus pâle que les murs. Nous nous dévisageons dans la pénombre.

« Vous êtes déjà allé à Maui ?

— C'est à Hawaï.

— Putain, je sais où ça se trouve… » Elle tousse. Le lit gémit. « C'est là-bas que je devrais être, à cette heure. Je devrais être née américaine.

— Pourquoi ?

— Parce que là-bas, ils savent vivre ! Chez eux, tout est plus grand et plus beau. On les traite de brutes et de grandes gueules, les Yankees, mais eux au moins, ils sont honnêtes. Des bleds comme ce pays de merde, ils s'en envoient six tous les matins, et pour midi, ils les ont chiés.

— Vous êtes déjà allée en Amérique ? »

Elle préfère changer de sujet. Elle a les paupières rouges et gonflées. Un filet de salive a séché au coin de ses lèvres.

« Vous êtes quoi, vous ? Toubib, ou curé ?

— Psychologue. »

Elle éclate d'un rire grinçant. « Sans blague. Vous êtes venu me psychanalyser ! Je ne vois vraiment pas l'intérêt – sauf si vous êtes amateur de macchabées. »

Le cancer a dû frapper vite. Il n'a pas encore eu raison d'elle. Elle est pâle, mais son menton reste ferme et son cou gracieux. Ses narines palpitent. Ailleurs que dans cette chambre, et sans cette âpreté dans sa voix, elle serait toujours séduisante.

« Le problème avec le cancer, c'est que ça vous prend en traître. Avec un rhume, vous êtes enrhumé. Avec une jambe cassée, vous sentez votre douleur. Mais un cancer, ça passe totalement inaperçu, tant qu'ils ne vous ont pas fait les analyses. Je ne parle pas de la tumeur, naturellement – parce que ça, c'est difficile de l'ignorer. Tenez, tâtez un peu…

— Je vous crois sur parole.

— Allez, faites pas de manières ! Vous êtes un grand garçon, maintenant. Mettez-y la main. Vous devez vous demander s'ils sont d'origine, comme la plupart des hommes. »

Sa main, surprenante de vigueur, s'empare de la mienne et se referme sur mon poignet. Je réprime une furieuse envie de me dégager. D'autorité, elle glisse ma main sous sa chemise. Mes doigts s'arrondissent sous la masse souple de son sein. Elle me force à frôler le mamelon, qui durcit sous ma paume. « Vous pouvez même me baiser, si ça vous dit… » Elle ne plaisante pas. « Je donnerais cher pour sentir quelque chose qui me change un peu de cette impression… dégueulasse. »

Mais la pitié qui doit se lire sur mon visage lui porte sur les nerfs. Elle ôte ma main sans ménagement et tire son cardigan sur sa poitrine, en évitant mon regard.

« J'ai quelques questions à vous poser.

— Laissez tomber. J'en ai rien à foutre de vos laïus. Le genre pécheresse repentie, très peu pour moi – ça fait longtemps que j'ai cessé de marchander avec Dieu.

— Je suis venu vous parler de Bobby.

— Quoi ? Qu'est-ce qu'il a ? »

Je n'ai préparé aucun plan, aucune question. Je ne sais même pas ce que je cherche.

« Quand l'avez-vous vu pour la dernière fois ?

— Il y a six ans, peut-être. Il n'a jamais eu que des emmerdes. Il n'écoutait personne – et surtout pas moi ! Sacrifiez à un môme les plus belles années de votre vie, et voilà ce qu'il vous rend. » Ses phrases sont brèves et heurtées. « Qu'est-ce qu'il a fait, encore ?

— Il est inculpé de coups et blessures. Une agression grave. Il a assommé une femme à coups de pied.

— Sa petite amie ?

— Non. Une inconnue. »

Son expression s'adoucit. « Vous lui avez parlé ? Comment il va ?

— Il est en colère. »

Elle soupire. « J'ai toujours pensé qu'ils s'étaient gourés de bébé, à la maternité. Il ne pouvait pas être de moi, ce môme. Il ressemblait trop à son père – ce qui n'était pas un cadeau. J'ai jamais rien vu de moi, en lui – à part ses yeux. Il avait deux pieds gauches, et cette tronche en chou-fleur, toute ronde. Il ne pouvait rien garder de propre. Fallait toujours qu'il fourre ses mains partout. Il ouvrait les appareils, pour voir comment ça marchait. Un jour, il m'a bousillé une radio toute neuve et il m'a balancé de l'acide de batterie sur mon plus beau tapis. Son père tout craché… »

Elle laisse sa phrase en suspens, mais revient à la charge : « Jamais je n'ai ressenti ce qu'une mère est censée ressentir. Vous savez, la fibre maternelle – faut croire que je l'ai pas.

Mais ça veut pas dire que je suis un glaçon, pas vrai ? Pour moi, ça a été une catastrophe, de me retrouver enceinte – alors, pensez, avec en plus un beau fils sur les bras ! La vache… Je n'avais que vingt et un ans ! »

Elle lève un sourcil aussi fin qu'un trait de crayon. « Ça vous plairait de voir à l'intérieur de ma tête, pas vrai, Mr Freud ? La plupart des gens n'en ont que foutre, de ce que pensent les autres ou de ce qu'ils disent. Certains font mine d'écouter, alors qu'ils ne font qu'attendre leur tour, en se préparant à vous couper la parole. Et vous, qu'est-ce que vous allez me dire ?

— J'essaie de comprendre.

— Lenny aussi, il essayait de comprendre. Toujours à me soûler avec ses questions. Il voulait toujours tout savoir – où j'allais, quand je rentrerais. « Avec qui t'es, là, mon trésor », minaude-t-elle, imitant la voix plaintive de son défunt mari. « Rentre vite à la maison, je t'attends ! » Il vous aurait tiré des larmes. Pas étonnant que j'aie fini par penser que je pouvais trouver mieux. J'allais pas me le traîner pendant le restant de mes jours, ce minus…

— Il s'est suicidé.

— Ça, je ne l'aurais jamais cru capable.

— Vous savez pourquoi ? »

Elle ne semble pas avoir entendu. Son regard s'est posé sur les rideaux qui restent tirés. Derrière, sa fenêtre doit donner sur la mer.

« Vous n'aimez pas la vue ? »

Elle hausse les épaules. « Y a une rumeur qui court, ici. Paraît qu'ils économisent les frais de croque-mort, et qu'ils se contentent de nous balancer du haut de la falaise.

— Vous me parliez de votre mari… »

Elle continue, en évitant mon regard. « Ouais – il se prétendait inventeur. Une blague ! Et vous ne savez pas la meilleure… Si un jour il avait réussi à se faire un peu de pognon – ça, j'aurais voulu voir ! – il avait déjà prévu de le redistribuer. “Pour enrichir le monde”, qu'il disait. Il était comme ça, toujours à déblatérer sur la révolution prolétarienne, le pouvoir des travailleurs, et allez savoir quoi. Un foutu moulin à paroles, doublé d'un donneur de leçon. Les communistes, ça ne croit ni au ciel, ni à l'enfer… vous pensez qu'il est où, là ?

— Moi-même, je ne suis pas très porté sur la religion.

— Mais vous ne croyez pas qu'il est allé quelque part ?

— Je ne pourrais pas vous dire… »

Sa cuirasse d'indifférence trahit une petite faille : « Entre nous, ça serait pas impossible qu'on soit déjà tous en enfer. C'est juste qu'on ne s'en rend pas compte…. » Elle marque une pause, paupières mi-closes. « Je voulais divorcer. Il a refusé. Je lui ai dit de se chercher une petite amie, mais il refusait de me rendre ma liberté. Y a des gens qui m'accusent de froideur – mais en fait, je suis bien plus sensible qu'eux tous. J'avais découvert comment trouver mon plaisir. Je savais me servir de mes atouts. Est-ce que ça leur donne le droit de me traiter de traînée ? Vous avez des gens qui passent leur vie entière à ruminer leur frustration, et qui prétendent se consacrer au bonheur d'autrui, comme s'ils collectionnaient des points, pour leur prochaine vie. À d'autres !

— Vous avez accusé votre mari d'abuser sexuellement de Bobby. »

Elle hausse les épaules. « Je n'ai fait que charger le flingue. C'est vous autres, qui avez appuyé sur la gâchette – toubibs, assistantes sociales, maîtresses d'école, avocats, *psychologues !* Tout ce ramassis de punaises et de culs bénis…

— Est-ce que nous nous sommes trompés ?

— En tout cas, le juge était persuadé du contraire.

— Et vous ?

— Oh, vous savez… suffit d'entendre un mensonge assez souvent et assez longtemps, pour perdre de vue la réalité. » Elle lève le bras et actionne une sonnette, au-dessus de sa tête.

Mais je n'ai pas encore fini : « Pourquoi votre fils vous hait-il tant ?

— On finit tous par haïr nos parents, tous autant qu'on est.

— Vous vous sentez coupable ? »

Elle serre les poings et part d'un éclat de rire rauque. La potence de chrome où est suspendue son goutte-à-goutte de morphine se met à tanguer. « J'ai quarante-trois ans et je suis en train de clamser. Tout ce que j'ai fait, je le paie – vous pouvez en dire autant ? »

L'infirmière arrive, l'air furax d'avoir été dérangée. L'un des fils du moniteur s'est détaché. Bridget lui tend le bras pour qu'elle le lui rebranche et dans le même mouvement, me congédie. La conversation est finie.

Dehors, la nuit est tombée. Je suis les projecteurs de l'allée entre les arbres, jusqu'au parking. Dans la Land Rover, je tire le Thermos du sac de mon père, et je bois goulûment. Le feu du whisky m'emporte la bouche, mais me réchauffe les entrailles. Je continuerais bien à boire pour oublier ce froid, et ne plus sentir le tremblement qui m'agite le bras.

4

Mel Cossimo vient m'ouvrir, sans grand enthousiasme. Pour une assistante sociale, les visiteurs du dimanche sont rarement porteurs de bonnes nouvelles. Le jour de repos dominical est aussi celui où les tensions familiales s'exacerbent, et où la colère déborde. Les femmes se prennent des coups. Les enfants fuguent. Les assistantes sociales voient arriver le lundi avec soulagement.

Je ne lui laisse pas le temps d'ouvrir la bouche. « Les flics me recherchent. J'ai besoin d'un coup de main. »

Elle cligne les yeux tout en les écarquillant, mais semble à peu près calme. Ses cheveux sont tirés en arrière et rassemblés au sommet de son crâne, dans une grosse barrette d'écaille. Des petites mèches rebelles lui tombent sur les joues et dans le cou. Comme la porte se referme sur moi, elle me fait signe d'avancer et de monter directement l'escalier, direction la salle de bains. Là, elle attend derrière la porte que je lui passe mes habits.

J'ai beau lui objecter que le temps presse, elle fait la sourde oreille. Il n'y en a pas pour longtemps, me dit-elle. Elle va faire une machine.

Je reste saisi de stupeur devant l'inconnu efflanqué qui me regarde, à poil, dans le miroir. J'ai plusieurs kilos en moins. Ça arrive, quand on cesse de s'alimenter normalement. J'entends Julianne pester : « Pourquoi est-ce que j'ai tant de mal, moi, à perdre trois kilos ? » Le type dans la glace me sourit.

Quand j'arrive au bas de l'escalier, vêtu d'un peignoir, j'entends Mel raccrocher le téléphone. Le temps d'arriver dans la cuisine, elle a ouvert une bouteille de vin et rempli deux verres.

« Qui tu appelais ?

— Personne d'important. »

Elle va s'asseoir dans un grand fauteuil, la paume ouverte, le pied de son verre entre le majeur et l'index. Son autre main repose sur la couverture d'un livre qui est resté ouvert sur l'accoudoir. La liseuse allumée au-dessus de sa tête allonge les ombres sous ses yeux et donne à sa bouche une courbe descendante, plus dure qu'au naturel.

J'ai toujours associé cette maison à nos réjouissances et à nos parties de rigolade, mais ce soir, tout est calme. Une des toiles de Boyd trône au-dessus de la cheminée, faisant face à une autre, sur le mur opposé. Il y a une photo de lui, prise sur l'île de Man, avec sa moto tout-terrain.

« Alors, qu'est-ce que tu as fait ?

— Les flics pensent que j'ai tué Catherine McBride, entre autres.

— Entre autres – parce qu'il y en a beaucoup, comme ça ? s'étonne-t-elle, sourcils arqués.

— Non, juste une autre. Une ancienne patiente à moi, comme par hasard.

— Et évidemment, tu t'apprêtes à m'expliquer que tu n'as rien fait.

— Sauf si c'est un crime que d'être con.

— Pourquoi tu as pris la fuite ?

— Parce que quelqu'un essaie de me faire porter le chapeau.

— Bobby Morgan ?

— Oui. »

Elle lève la main. « Je ne veux surtout pas en savoir davantage. J'ai assez d'ennuis comme ça pour t'avoir sorti les dossiers.

— On s'est complètement gourés.

— C'est-à-dire ?

— Je viens de parler à Bridget Morgan, et je suis pratiquement certain que le père de Bobby ne l'a jamais violé.

— C'est elle qui te l'a dit ?

— Elle voulait reprendre sa liberté et il lui refusait le divorce.

— Il a tout de même laissé un message, avant son suicide.

— Un mot. Un seul.

— Un mot d'excuses.

— Oui. Mais pour qui… et pour quoi ? »

Une note glaciale s'insinue dans la voix de Mel : « À présent, c'est de l'histoire ancienne, Joe. Ne remuons pas la vase. Tu connais les règles implicites : ne pas regarder en arrière. Ne jamais rouvrir un dossier classé. J'ai assez d'avocats sur le dos comme ça. Je ne prendrai pas le risque de me retrouver avec un procès de plus.

— Que sont devenues les notes d'Erskine ? Elles ne sont plus dans le dossier. »

Elle semble hésiter. « Il se pourrait qu'il ait demandé qu'elles en soient retirées.

— Pourquoi ?

— Bobby a pu exiger de voir son dossier. C'était son droit. Un mineur sous tutelle peut consulter les rapports des services sociaux qui ont traité son dossier, ainsi que certaines des transcriptions des réunions de travail. Pour les rapports établis par d'autres intervenants, tels que les médecins ou les psychologues, c'est autre chose. Nous avons besoin de l'autorisation du spécialiste concerné, pour les divulguer.

— Là, tu es en train de me dire que Bobby a eu son dossier entre les mains ?

— Ça n'aurait rien d'impossible... » Mais dans le même souffle, elle repousse cette idée : « Non, ces documents remontent au déluge. Les papiers dont tu parles ont sûrement été égarés.

— Mais Bobby aurait pu en retirer ces notes ?

— Tu plaisantes, là, Joe ! murmure-t-elle, furieuse. Tu ferais mieux de t'inquiéter pour ton propre sort.

— A-t-il vu la vidéo ? »

Elle secoue la tête, refusant de m'en dire plus. Mais je ne peux renoncer maintenant. Ma théorie, déjà si fragile, ne tient pas la route sans son aide. En parlant le plus vite possible, de peur qu'elle m'interrompe, je lui déballe toute l'histoire – le chloroforme, les baleines, les éoliennes. La manière dont Bobby m'a filé, des mois durant, infiltrant la vie de tous mes proches.

Au bout d'un moment, elle transvase mes vêtements mouillés dans le sèche-linge, et refait le plein dans mon verre. Je la suis dans la cuisine, hurlant pour me faire entendre dans le vacarme du mixer. Elle réduit en purée des pois chiches chauds, dont elle tartine quelques toasts, saupoudrant le tout de grains de poivre noir finement moulus.

« Ce qui explique que j'aie besoin de retrouver Rupert Erskine. Pour consulter ses notes ou ses mémoires.

— Je ne peux t'aider davantage, Joe. J'en ai assez fait comme ça. » Elle jette un coup d'œil furtif à l'horloge accrochée au-dessus de la gazinière.

« Tu attends quelqu'un ?

— Non.

— Qui tu appelais, tout à l'heure ?

— Une amie.

— Tu as téléphoné à la police ? »

Elle hésite. « Non. Mais j'ai laissé des instructions à ma secrétaire. Si je ne la rappelais pas dans l'heure, elle devait alerter la police. »

Je consulte à mon tour l'horloge, en faisant le calcul inverse. « Bon Dieu, Mel !

— Désolée, mais tu comprendras que je doive penser à ma carrière.

— Merci quand même ! » Mes vêtements ne sont pas encore tout à fait secs, mais j'enfile tant bien que mal mon pantalon et ma chemise. Elle m'attrape par la manche : « Rends-toi ! »

Je me dégage, en écartant sa main. « Tu n'y comprends rien. »

Je me précipite vers la porte, tant bien que mal, en balançant ma jambe gauche. Ma main se pose sur la poignée.

« Tu voulais retrouver Erskine… finit-elle par lâcher. Il a pris sa retraite, voilà dix ans. Aux dernières nouvelles, il vivait près de Chester. Une collègue du service l'a contacté, il y a déjà quelque temps. On en a profité pour bavarder un peu, tous les deux. »

Elle a retenu l'adresse. La maison s'appelle Vicarage Cottage, dans un village du nom de Hatchmere. Je note les détails sur un papier qui traîne sur la petite table du hall. Ma main gauche refuse de m'obéir. Je vais devoir me contenter de ma main droite…

Tous les matins devraient être aussi limpides. Ricochant sur les fentes de la vitre arrière de la Land Rover, le soleil éclate en une boule disco de rayons diffractés. J'ai dû m'y prendre à deux mains pour actionner la manivelle, mais je suis parvenu à ouvrir l'une des vitres latérales. Je jette un coup d'œil dehors. Quelqu'un a dû repeindre le monde en blanc, pendant la nuit. Le paysage d'alentour est uniformément monochrome.

Pestant contre la porte, je parviens à l'ouvrir d'un coup d'épaule et à balancer mes deux jambes à l'extérieur. Il flotte dans l'air une odeur de cendres et de feu de bois. Je ramasse une poignée de neige que je me passe sur le visage, pour tenter de me réveiller. Puis j'ouvre ma braguette et je pisse contre un tronc d'arbre, que je repeins, moi aussi, en brun foncé. Combien de kilomètres ai-je parcourus, la nuit dernière ? J'aurais volontiers continué, sans cette panne intermittente des phares de la Land Rover qui me plongeait parfois deux ou trois secondes d'affilée dans un noir d'encre. À au moins deux reprises, j'ai failli foncer dans le fossé.

Et Bobby ? Où a-t-il passé la nuit ? Est-il sur mes traces ? Est-il resté guetter Julianne et Charlie ? Il ne me laissera sûrement pas le temps de tirer ça au clair. Je dois faire vite.

Le lac de Hatchmere est bordé de roseaux et le ciel s'y reflète. Je m'arrête devant une maison peinte en rouge et blanc, pour demander mon chemin. Une petite vieille, toujours en robe de chambre, vient m'ouvrir. Elle me prend pour un touriste et semble bien partie pour me raconter l'histoire de tout le village, y compris celle de sa propre famille, de son fils qui travaille à Londres et de ses petits-enfants qu'elle ne voit qu'une fois l'an.

Je me confonds en remerciements, tout en battant en retraite vers la Land Rover, mais elle me poursuit jusqu'à la grille d'entrée, tandis que je m'escrime sur le démarreur. C'est bien la dernière chose qu'il me fallait ! Une championne des sports cérébraux, des mots croisés et de la mémorisation des plaques minéralogiques. « Je n'oublie jamais un numéro ! » va-t-elle déclarer à la police, en leur balançant le mien…

Mon moteur daigne enfin démarrer, dans un épais nuage noir. Son visage reflète une certaine inquiétude. Je lui souris, en agitant la main avec un sourire rassurant.

Les fenêtres de Vicarage Cottage sont décorées de guirlandes électriques. Une poignée de petites voitures sont garées au beau milieu de l'allée centrale, et encerclent une vieille caisse de bouteilles de lait, comme des pionniers du Far West avec leurs chariots. Un drap taché de rouille est tendu en travers du passage. On en a noué les deux extrémités à des arbres. Derrière s'accroupit un garçonnet coiffé d'un seau en plastique. Il pointe un bâton sur mon sternum.

« T'es qui, toi ? Un Slytherin ? zézaye-t-il.

— Pardon ?

— Tu peux pas entrer ici si t'es de Gryffindor ! » Les taches de rousseur dont est semé son nez ont la couleur des pétales de maïs.

Une jeune femme apparaît à la porte, un bambin sur la hanche. Elle a les cheveux chiffonnés, comme si elle sortait de son lit et le nez pris, comme si elle couvait une bonne grippe.

« Laisse passer le monsieur, Brendan… » dit-elle, en me gratifiant d'un sourire las.

Je contourne les jouets pour atteindre la porte. Derrière elle, je distingue une planche à repasser.

« Excusez-le ; il se prend pour Harry Potter. Je peux vous aider ?

— J'espère, oui. Je cherche Rupert Erskine. »

Une ombre passe sur son visage. « Il… Il ne vit plus ici.

— Savez-vous où je peux le trouver ?

— Eh bien, si vous voulez le voir, c'est plutôt par là-bas que vous le trouverez… » réplique-t-elle, en regardant au-dessus de ma tête, en direction de l'église.

Je me retourne pour suivre son regard.

« Il est au cimetière… Je suis désolée. Toutes mes condoléances, si vous êtes un de ses proches. »

Sans avoir eu à prendre la moindre décision consciente, je me retrouve assis sur les marches. « Nous étions collègues, autrefois, balbutiai-je. Il y a longtemps… »

Elle jette un coup d'œil derrière elle, par-dessus son épaule. « Vous voulez entrer cinq minutes, le temps de vous remettre ?

— Merci. »

La cuisine sent la bouillie de flocons d'avoine et les biberons stérilisés. La table est jonchée de papier à dessin et de crayons de couleur. Elle s'excuse et me demande de ne pas faire attention au désordre.

« Qu'est-il arrivé à Mr Erskine ?

— Ce que j'en sais, c'est ce que m'en ont dit les voisins. Tout le village a été catastrophé, vous pensez. Ça n'est pas le genre de chose auquel on s'attend, dans le coin.

— Quel genre de chose ?

— Il semble qu'il ait surpris un cambrioleur, en rentrant chez lui… mais ça n'explique pas tout. Quel cambrioleur laisserait un vieil homme ligoté à une chaise, en le bâillonnant avec du ruban adhésif ? Il a survécu comme ça deux semaines. Certains disent qu'il est mort de crise cardiaque, et d'autres de déshydratation. C'était la période la plus chaude de l'année…

— Ça remonte à quand ?

— Ça s'est passé en août dernier. Dans le village, nous nous sommes tous sentis un peu coupables, parce que personne n'a rien remarqué. Il était tout le temps dans le jardin, à bricoler. Il allait tous les jours se promener au bord du lac. Un membre de la chorale est venu frapper à sa porte, et l'employé du gaz est passé relever son compteur. La porte d'entrée n'était pas fermée à clé, mais il n'est venu à l'idée de personne de la pousser, pour voir ce qu'il devenait… » Le bambin se tortille, dans ses bras. « Vous voulez une tasse de thé ? Vous n'avez pas l'air très gaillard, tout d'un coup… »

Je lis sa question sur ses lèvres, plutôt que je ne l'entends. Car je n'écoute plus. Le sol s'est enfoncé sous moi, comme un ascenseur en chute libre. « Un charmant vieux monsieur, enchaîne-t-elle. Il était veuf – comme vous le savez sans doute. Je ne pense pas qu'il ait eu beaucoup de famille… »

Je lui demande si je peux passer un coup de fil de chez elle – mais je n'ai pas trop de mes deux mains pour tenir le combiné. Je ne lis qu'à grand peine les chiffres des touches. Quand Louise Elwood décroche, je dois me surveiller pour ne pas me mettre à hurler dans l'appareil.

« Vous vous souvenez de la directrice adjointe de l'école St. Mary… vous me disiez qu'elle avait démissionné pour raisons familiales ?

— Oui. Elle s'appelait Alison Gorski.

— Quand a-t-elle démissionné ?

— Il y a quelque chose comme dix-huit mois. Sa mère est morte dans un incendie, et son père a été très grièvement brûlé. Elle est allée s'installer à Londres pour pouvoir s'occuper de lui. Il est cloué dans un fauteuil roulant.

— Qu'est-ce qui était à l'origine de l'incendie ?

— On pense que c'était une erreur. Quelqu'un a glissé une bombe incendiaire dans leur boîte aux lettres. Les journalistes ont conclu à un attentat antisémite, mais on n'a jamais pu élucider la chose. »

Une onde de peur se répand sous ma peau. Mon regard reste rivé à la jeune femme qui m'observe, l'air un peu inquiet. Je fais souffler un vent sinistre, sur cette cuisine paisible.

Je compose un autre numéro. Mel décroche immédiatement, et je ne lui laisse pas le temps de prononcer un mot. « Le chauffard qui a renversé Boyd – qu'est-ce qu'il est devenu ? lancé-je, d'une voix stridente et haut perchée.

— J'ai eu la visite de la police, Joe. Un inspecteur, un certain Ruiz…

— Réponds-moi ! Qu'est devenu le chauffard ?

— Il a pris la fuite. On a retrouvé le 4 × 4 vide, abandonné à quelques rues de là.

— Et le conducteur ?

— Il devait s'agir d'un adolescent en goguette. On a retrouvé l'empreinte d'un pouce sur le volant, mais on n'a pu établir aucune correspondance dans les fichiers.

— Décris-moi les faits tels qu'ils se sont déroulés.

— Pourquoi ? Quel rapport avec…

— Réponds, de grâce ! »

Elle reprend toute l'histoire par le menu. Mais elle achoppe sur l'heure exacte de l'accident – était-il dix-neuf heures trente ou vingt heures, ce soir-là, quand Boyd est sorti ? Elle est catastrophée à l'idée qu'un tel détail ait pu s'estomper dans sa mémoire, comme si c'était le souvenir de Boyd lui-même, qui risquait de s'en aller, avec le temps.

C'était un soir de feu d'artifice. Ça sentait la poudre et la fumée. Les enfants du voisinage s'étaient rassemblés autour des feux qu'ils construisaient, avec du bois récupéré dans les terrains vagues et les décharges des alentours. Boyd sortait parfois à moto, le soir, pour aller s'acheter un paquet de tabac. En chemin, il passait à son pub habituel. Ce soir-là, il portait son gilet fluorescent et son casque jaune canari, quand il s'est arrêté à l'intersection de Great Homer Street…

Peut-être s'est-il retourné au dernier moment, en entendant la voiture. Peut-être a-t-il pu voir le visage du chauffeur, l'espace d'une fraction de seconde, avant de disparaître sous le pare-chocs anti-buffles ? Son corps a été traîné sous le châssis sur une centaine de mètres, emmêlé dans la carcasse tordue de sa moto.

« Qu'est-ce qui se passe ? demande Mel.

— Et Lucas Dutton, qu'est-ce qu'il devient ? »

Elle me répond d'une voix à la fois calme et tremblante : « Il travaille pour le ministère de la Santé, et pour je ne sais quel organisme de recherche sur la toxicomanie des mineurs… »

Je me souviens parfaitement de Lucas. Il se teignait les cheveux, jouait au golf, collectionnait les pochettes d'allumettes et les bouteilles de scotch. Sa femme était prof de théâtre. Ils avaient une Skoda et partaient en vacances en caravane. Ils avaient deux filles, des jumelles.

Mel exige une explication, mais je l'interromps. « Et les jumelles ? Qu'est-ce qu'elles deviennent ?

— Tu me fais peur, Joe.

— Réponds. Que font-elles ?

— L'une d'elles est morte, au printemps dernier. Par overdose. »

Mon esprit la précède désormais. Je repasse mentalement la liste en revue : le juge McBride, Melinda Cossimo, Rupert Erskine, Lucas Dutton, Alison Gorski. Tous les protagonistes de ce dossier. Erskine est mort. Tous les autres ont perdu un proche. Quel rapport avec moi ? Je n'ai fait qu'interviewer Bobby, une seule fois. Ça ne suffit sans doute pas à expliquer les éoliennes, les leçons d'espagnol, les Tigers et les Lions… Pourquoi aurait-il passé plusieurs mois chez mes parents, à refaire le jardin, à réparer les vieilles granges ? Mel menace de raccrocher, mais je n'en ai pas encore terminé.

« Qui avait constitué le dossier, pour la demande officielle de mise sous tutelle ?

— Moi, bien sûr.

— Tu m'as dit qu'Erskine était en vacances. Quel psy a signé le rapport ? »

Elle hésite. Son souffle s'accélère insensiblement. Elle lutte contre la tentation de mentir. « Je ne m'en souviens pas…

— Qui a signé ce rapport ? » insisté-je, un ton au-dessus.

À travers moi, elle semble s'adresser directement au passé : « C'est toi.

— Quand ? Comment ?

— Je t'ai mis un imprimé sous le nez, et tu as signé. Tu as dû penser qu'il s'agissait d'une autorisation, pour une famille d'accueil. C'était ton dernier jour à Liverpool. Nous avions organisé un pot d'adieu… »

Je gémis mentalement, le combiné toujours à l'oreille. « Mon nom figurait dans le dossier de Bobby ?

— Oui.

— C'est toi qui as enlevé ce papier, avant de me le montrer ?

— Tout ça remontait à la nuit des temps. Quelle importance ? »

Je ne trouve rien à lui répondre. Le téléphone me tombe des mains. La jeune mère serre son bébé dans ses bras et le fait tressauter, en tentant de calmer ses cris. Comme je rebrousse chemin vers le jardin, elle rappelle son fils aîné. Personne n'a envie de traîner sur mon passage. Je suis contagieux. Une véritable épidémie ambulante.

5

S'il faut en croire George Woodcock, le tic-tac des horloges est une véritable tyrannie mécanique, dont nous sommes les esclaves. À l'instar du baron von Frankenstein, nous vivons dans la terreur du monstre que nous avons créé de nos propres mains.

L'un de mes patients, un veuf qui vivait seul, avait fini par se convaincre que la chanson de la pendule, au-dessus de sa table de cuisine, était un véritable langage, constitué de mots, comme les dialectes humains. Et de fait, sa pendule lui dictait ses ordres : « Va te coucher ! Fais la vaisselle ! Éteins la lumière ! » Au début, il n'y prêtait guère attention, mais la pendule lui répétait perpétuellement ses directives, sans jamais varier d'un iota. Finalement, mon patient avait capitulé. Il s'était résigné à obéir et la pendule avait pris le contrôle de sa vie. Elle lui dictait le menu du dîner, et jusqu'au choix de son programme télé. Elle fixait le jour de la lessive et lui donnait la liste des coups de fil qu'il devait passer. Lors de notre première séance, comme je lui demandais s'il prenait du thé ou du café, il garda le silence. Se levant, il s'en alla nonchalamment flâner du côté de l'horloge, et finit par m'annoncer qu'un verre d'eau lui suffirait.

Bizarrement, il n'avait aucune envie de guérir. Il aurait pu décider de bannir toutes les horloges de chez lui, ou de les remplacer par des appareils à affichage digital, mais leur voix exerçait sur lui une sorte de charme. Elle avait le don de le rassurer, et même de le consoler. De l'avis général, sa femme avait été un vrai adjudant-chef, un génie du détail et de l'organisation. De son vivant, elle passait son temps à le houspiller, à le harceler pour qu'il se presse, à lui préparer des listes de corvées. Elle choisissait ses vêtements et prenait toutes ses décisions pour lui.

Loin de vouloir rompre avec les horloges, il souhaitait donc au contraire les emporter partout où il se rendait. Chez lui, il en avait déjà installé une dans chaque pièce, mais quand il devait sortir ?…

Je lui conseillai de porter une montre-bracelet mais à l'en croire, aucune n'avait l'autorité requise. Leur voix manquait de puissance, de sérieux et de cohérence. Après réflexion, nous dirigeâmes nos pas vers le marché aux puces de Gray, où il passa plus d'une heure à écouter et à comparer des grosses montres de gousset, jusqu'à ce qu'il découvre celle qui, littéralement, lui « parlait ».

Le cliquètement que j'entends à présent pourrait aussi bien être celui du moteur asthmatique de la Land Rover, que celui de la grande horloge du Jugement dernier, à sept minutes de minuit. Mon passé d'homme heureux s'enfonce désormais dans les brumes d'une histoire dont je ne puis inverser le cours.

Je vois passer deux voitures de flics filant en direction de Hatchmere, tandis que j'en reviens. Mel leur a donné l'adresse d'Erskine. Quant à la Land Rover, ils ne peuvent être au courant de son existence – pour l'instant du moins, car la charmante vieille dame que je viens de croiser se fera un plaisir de tout leur raconter par le menu. Mais avec un peu de chance, elle commencera par sa propre saga, ce qui me laisse amplement le temps de prendre le large.

Je garde l'œil vissé à mon rétroviseur, m'attendant à y apercevoir la lueur bleue d'un gyrophare. La course-poursuite qui s'ensuivrait serait l'antithèse même de tout ce que l'on attend, en pareilles circonstances : si ma quatrième persiste à ne pas vouloir passer, les flics pourront me courser à vélo. Ou alors, j'aurai peut-être droit à tout un cortège de bagnoles, une scène à la O. J. Simpson, filmée au ralenti, depuis un hélicoptère…

Je me rappelle la scène finale de *Butch Cassidy et le Kid*, où Redford et Newman sortent affronter l'armée mexicaine en se renvoyant des vannes. Personnellement, je n'irais pas à la mort avec une telle désinvolture, et je ne trouve rien de particulièrement glorieux à s'en aller dans un costard de pin massif, après s'être pris une rafale de balles.

Lucas Dutton habite une maison de brique au fond d'une banlieue où tous les commerces de proximité ont été remplacés par des bordels ou des marchands de drogue. Le moindre pan de mur disparaît sous des tags où l'on chercherait vainement une once de créativité ou de sens de la couleur. C'est une forme de vandalisme décérébré, de malveillance pure.

Lucas est dans sa cour, perché sur une échelle. Il tente de déboulonner un panier de basket accroché à un mur. Ses cheveux sont d'un noir encore plus foncé que par le passé, mais sa taille s'est épaissie et son front est barré de lignes plus profondes, qui se perdent dans la broussaille de ses sourcils.

« Tu as besoin d'un coup de main ? »

Son regard descend vers moi. Il lui faut une seconde pour remettre un nom sur mon visage.

« Oh ! Ces vieux trucs sont pleins de rouille… » dit-il en tapotant les boulons.

Puis, descendant de son échelle, il met pied à terre en s'essuyant sur sa chemise et me serre la main – tout en lorgnant vers sa porte avec appréhension. Sa femme doit être à la maison. Ils ont probablement entendu les dernières nouvelles, à la radio ou au journal télé.

De la fenêtre du premier s'échappe un flot de musique – le martèlement d'une pulsation musclée, dominé par des crissements de platine. Le regard de Lucas a suivi le mien.

« Je n'arrête pas de lui dire de baisser le son, mais elle prétend que ça ne peut s'écouter que comme ça – à fond. Le fossé des générations, je suppose… »

Je me souviens parfaitement des jumelles. Sonia était une surdouée de la natation. À la mer comme en piscine, elle avait un style superbe. Un week-end, lors d'un barbecue où Lucas m'avait invité, sa fille, qui n'avait que neuf ans à l'époque, avait déclaré qu'elle tenterait un jour la traversée de la Manche.

« Tu auras plus vite fait de prendre le tunnel ! » avais-je bêtement ironisé, déclenchant une tempête de rires dans l'assistance. Sonia avait levé les yeux au ciel, et en avait toujours gardé une petite dent contre moi.

Claire, sa sœur, était l'intellectuelle. Elle était amblyope et portait des lunettes à monture métallique. Le soir du barbecue, elle avait passé le plus clair de sa soirée dans sa chambre, à râler contre nos « glapissements de vieux macaques » qui l'empêchaient de regarder tranquillement la télé.

Lucas replie son échelle, m'expliquant que, désormais, « personne ne l'utilise plus guère, ce panier de basket ».

« J'ai été navré d'apprendre la nouvelle, pour Sonia », lui glissé-je.

Il fait la sourde oreille et continue à ranger ses clés dans sa boîte à outils. Je m'apprête à lui demander ce qui s'est passé, quand il se met à me décliner le palmarès de sa fille. Sonia venait de remporter deux médailles aux championnats nationaux. Elle avait pulvérisé un record de distance…

Je le laisse poursuivre à son rythme. Il a entrepris de m'exposer son point de vue. Et il me déroule toute l'histoire. Sonia Dutton, qui allait avoir vingt-trois ans, était allée à un concert de rock avec sa sœur et une bande de copains de la fac. Sur place, quelqu'un lui a donné une pilule blanche portant un logo en forme de coquillage. Pendant une bonne partie de la soirée, elle a dansé avec les autres, jusqu'à ce qu'elle se plaigne d'une accélération anormale de son rythme cardiaque, accompagnée d'un sentiment d'oppression et d'angoisse. Elle a fait un malaise dans les toilettes. Elle a perdu connaissance et n'est jamais revenue à elle.

Lucas reste accroupi, penché sur sa boîte à outils, comme s'il y cherchait quelque chose. Il a les épaules qui tremblent. D'une voix rauque et entrecoupée, il entreprend de me raconter les trois semaines où sa fille est restée entre la vie et la mort, dans un état comateux. Ils ont longuement balancé, lui et sa femme, avant de débrancher les appareils qui la maintenaient artificiellement en vie. Lucas avait opté pour une attitude pragmatique : il voulait garder de sa fille l'image de cette splendide naïade glissant dans l'eau. Sa femme lui a amèrement reproché de baisser les bras trop vite, de ne penser qu'à lui, de ne pas prier avec assez de ferveur. De ne pas croire aux miracles.

« Depuis, elle ne m'a plus jamais dit plus de douze mots d'affilée. Hier au soir, elle m'a pourtant raconté qu'elle avait vu ta photo au journal télévisé. Je lui ai posé quelques questions auxquelles elle a répondu de bonne grâce. C'était la première fois, depuis des lustres.

— Qui avait donné ce comprimé à Sonia ? On l'a retrouvé ? »

Lucas secoue la tête. « Claire avait donné un signalement. Elle a regardé des centaines de photos dans les locaux de l'identité judiciaire. On lui a même présenté une série de suspects…

— À quoi ressemblait-il ?

— Un grand maigre, le teint mat, les cheveux lissés en arrière.

— Quel âge ?

— La trentaine. »

Il referme sa boîte à outils et en rabat les poignées de métal, avant de jeter un regard découragé en direction de la maison. Il ne se sent pas prêt à y retourner. Les corvées du genre déboulonnage de panier de basket doivent lui fournir de bons prétextes pour s'éclipser tout en se rendant utile.

— Tu te souviens de Bobby Morgan ?

— Oui.

— À quand ça remonte, la dernière fois que tu l'as vu ?

— Ça doit faire quatorze ou quinze ans. C'était un gamin, à l'époque.

— Et depuis ? »

Il secoue la tête, puis plisse les yeux, comme s'il lui venait une idée. « Sonia connaissait un certain Bobby Morgan… Ça devait être un homonyme. Il travaillait à son club de natation.

— Tu l'as vu ?

— Non. »

Un rideau a bougé à l'une des fenêtres du salon. « Je ne traînerais pas dans le coin, à ta place, me dit-il. Elle n'hésitera pas à appeler la police, si elle te reconnaît. »

Sa boîte à outils commence à lui peser. Il la fait passer dans son autre main, et jette un coup d'œil au panier de basket : « Il peut bien rester encore un peu là-haut… »

Je le remercie et il file vers la maison. Une fois la porte refermée sur lui, le silence fait résonner le bruit de mes pas, tandis que je m'éloigne. J'avais gardé de Dutton l'image d'un type dogmatique, plutôt imbu de lui-même, incapable de composer avec le point de vue d'autrui. Durant nos réunions de travail, il était aussi tatillon qu'autocratique. Le fonctionnaire type, capable de faire preuve de génie pour faire arriver des trains à l'heure, mais bouché à l'émeri dès qu'il s'agissait de rapports humains. Il exigeait de son équipe la même fiabilité qu'il attendait de sa Skoda – qu'elle démarre au quart de tour, même par moins quinze, et qu'elle obéisse au moindre coup de volant. Mais à présent, ce n'est plus le même homme. Il est diminué, vaincu, terrassé par la vie.

Le signalement du type qui a donné le comprimé suspect à Sonia ne correspond pas à celui de Bobby, mais les témoins oculaires peuvent se tromper et parfois lourdement. Le stress et l'état de choc altèrent les perceptions. La mémoire les gauchit. Sans compter que Bobby est un véritable caméléon. Il sait parfaitement adopter la couleur de son environnement, et se fondre dans le paysage.

Il me revient une comptine que me récitait ma tante Gracie – un petit bijou de vers de mirliton, politiquement très incorrect, intitulé *Dix Petits Indiens*.

Dix petits Indiens vont dîner en ville, mais l'un d'eux s'étrangle et voilà qu'ils ne sont plus que neuf. Neuf petits Indiens font la fête, tard dans la nuit, mais l'un d'eux oublie de se réveiller, et les voilà huit.

Les petits Indiens se font successivement piquer par des abeilles, manger par un poisson, étouffer par un ours et couper en rondelles, jusqu'à ce qu'il n'en reste plus qu'un. Moi.

Je comprends ce que vise Bobby. Il veut enlever à chacun de nous ce qui lui tient le plus à cœur – l'amour d'un enfant ou d'un conjoint, notre sentiment d'appartenance. Il veut nous faire souffrir ce qu'il a souffert, en perdant ce que nous aimons le plus au monde. Il veut nous faire éprouver son chagrin.

Mel et Boyd étaient inséparables – cela sautait aux yeux. Jerzy et Esther Gorski avaient échappé aux chambres à gaz nazies et s'étaient établis au nord de Londres pour élever Alison, leur fille unique, laquelle devint institutrice et partit s'installer à Liverpool. Les pompiers trouvèrent Jerzy au pied de l'escalier, brûlé au second degré, mais toujours en vie. Esther était morte dans son sommeil.

Quant à Catherine McBride, elle était issue d'une famille riche et influente – une enfant gâtée, perverse, surprotégée, qui n'avait jamais perdu l'affection de son grand-père. Le vieux juge McBride l'adorait et lui pardonnait toutes ses incartades.

Rupert Erskine n'avait ni femme ni enfant. Bobby a dû avoir quelque peine à découvrir une chose qui lui tint vraiment à cœur. Erskine était un vieil emmerdeur, aussi aimable qu'une tache sur la moquette. Nous l'excusions, parce que ça n'avait pas dû être une partie de plaisir, que de jouer les gardes-malades auprès de sa femme, pendant tant d'années. Mais Bobby ne lui a accordé aucune circonstance atténuante : il l'a laissé agoniser deux semaines, ligoté à sa chaise, pour qu'il ait tout loisir de méditer sur ses fautes passées.

Peut-être a-t-il fait d'autres victimes, mais le temps me manque pour m'en assurer. Elisa est mon échec personnel : j'ai trop tardé à percer à jour les secrets de Bobby. À chaque coup qu'il porte, il devient de plus en plus raffiné, et il semble m'avoir gardé pour la bonne bouche. Il aurait pu massacrer ma femme ou ma fille, d'entrée de jeu, mais ça ne lui suffisait pas. Il veut tout me prendre : famille, amis, carrière, réputation – et enfin, ma liberté. Et il tient par-dessus tout à me le faire savoir.

Le but de l'analyse est de comprendre, et non de saisir l'essence d'une chose pour la réduire à quelque chose d'autre. Bobby m'accusait de me prendre pour Dieu. Moi et mes semblables, disait-il, nous passions notre vie à tenter de pénétrer dans l'esprit des gens pour influer sur leur façon de voir le monde.

Peut-être avait-il raison. Peut-être me suis-je fourvoyé, en négligeant de réfléchir suffisamment aux relations de cause à effet. Et je sais qu'en fin de compte, il ne suffit pas de se justifier en disant : « J'ai cru bien faire. » C'est ce qu'ils avaient dit à Gracie, le jour où ils lui ont enlevé son enfant. J'ai moi-même usé des mêmes termes – « pour le bien de l'enfant », et avec les meilleures intentions du monde…

Dans l'un des premiers dossiers que j'ai eus entre les mains, en arrivant à Liverpool, j'ai dû décider si une jeune femme de vingt-deux ans, handicapée mentale, ne pouvant compter sur aucun soutien familial, et n'ayant connu que la vie en institution, serait capable d'élever son enfant à naître.

Je revois encore Sharon, enceinte de sept mois et un peu à l'étroit dans sa robe d'été. Elle s'était faite belle pour l'occasion. Elle avait soigneusement lavé et brossé ses cheveux. Elle avait bien conscience de l'importance de cette entrevue, pour son avenir. Mais en dépit de tous ses efforts, quelques détails lui avaient échappé. Ses chaussettes étaient certes de la même couleur, mais de longueur différente. La fermeture Éclair de sa robe était cassée. Son rouge à lèvres avait bavé sur sa joue.

« Savez-vous pourquoi je vous ai convoquée, Sharon ?

— Oui, docteur.

— Nous devons décider si vous êtes capable de vous occuper de votre bébé. C'est une lourde responsabilité.

— Je sais. Mais j'en suis capable. Je serai une bonne mère. Je l'aime déjà beaucoup, mon bébé.

— Savez-vous d'où viennent les enfants ?

— Il pousse, là, dans mon ventre. C'est Dieu qui l'y a mis », m'expliqua-t-elle d'un ton plein de respect, en se caressant le ventre.

C'était d'une logique sans faille.

« Nous allons jouer au jeu des suppositions, d'accord ? Imaginons, par exemple, que vous êtes en train de baigner votre bébé et que le téléphone sonne. Le bébé est tout mouillé. Qu'est-ce que vous faites ?

— Je... Je... Je le pose par terre, bien enveloppé dans une serviette.

— Pendant que vous êtes au téléphone, quelqu'un frappe à votre porte. Est-ce que vous allez ouvrir ? »

Elle parut hésiter. « Ça pourrait être les pompiers, précisé-je. Ou votre assistante sociale.

— Oui, je vais ouvrir la porte, dit-elle, avec un vigoureux hochement de tête.

— En fait, c'est votre voisine. Une bande de gamins a jeté des pierres dans ses vitres, et elle doit partir au travail. Elle voudrait que vous attendiez chez elle, pour ouvrir au vitrier.

— Ces sales petits loubards, s'exclame-t-elle, les poings serrés. Ils n'arrêtent pas de jouer à lancer des cailloux !

— Votre voisine a la télé par satellite : chaînes de cinéma, dessins animés, feuilletons télé. Qu'est-ce que vous préféreriez regarder, pendant que vous attendez le vitrier ?

— Des dessins animés.

— Vous ferez-vous une tasse de thé ?

— Si j'ai le temps.

— Votre voisine vous a laissé de l'argent, pour payer le vitrier – cinquante livres. La facture n'est que de quarante-cinq livres, mais elle vous a dit que vous pourriez garder la monnaie. »

Ses yeux étincellent : « C'est vrai ? Je peux garder la monnaie ?

— Oui. Qu'est-ce que vous allez vous acheter ?

— Du chocolat.

— Où irez-vous l'acheter ?

— En bas, à l'épicerie.

— Qu'est-ce que vous emporterez avec vous, pour y aller ?

— Mes clés, mon porte-monnaie...

Vous n'oubliez rien ? »

Elle secoue la tête.

« Où est votre bébé, Sharon ? »

La panique lui écarquille les yeux et ses lèvres se mettent à trembler. Au moment où je m'attends à la voir fondre en larmes, elle s'écrie : « Mais Barney va le surveiller !

— Qui est Barney ?

— Mon chien… »

Deux mois plus tard, j'attendais dans le couloir de la maternité, en écoutant les sanglots de Sharon. C'était à moi qu'il revenait de transférer son nouveau-né dans un autre hôpital. J'ai installé le bébé, enveloppé dans sa couverture, dans un porte-bébé fixé à mon siège arrière et, en le regardant dormir, je me suis interrogé sur ce qu'il penserait de la décision que je venais de prendre pour lui. Me remercierait-il de lui avoir porté secours – ou nous reprocherait-il jusqu'à son dernier jour d'avoir brisé sa vie ?

Un autre enfant est revenu me hanter, et son message est clair. Dans le cas de Bobby, nous avons échoué. Nous avons fait arrêter son père, un innocent qui a été cuisiné pendant des heures, harcelé de questions sur sa vie sexuelle ou la longueur de son pénis. On a fouillé son atelier et son domicile pour y trouver de la pornographie pédophile qui n'existait pas. Son nom a été inscrit au fichier des délinquants sexuels, alors qu'il n'avait jamais été inculpé et encore moins condamné.

Nous lui avons apposé une marque d'infamie indélébile, qui lui aurait gâché la vie à jamais, et qui aurait empoisonné toutes ses relations. Ses futures conjointes en auraient été informées. Il serait devenu risqué pour lui d'engendrer un autre enfant – sans même parler de viser un poste d'entraîneur pour une équipe de foot junior…

Il y avait certainement de quoi pousser n'importe qui au suicide.

Socrate, le plus sage des Athéniens, fut condamné à mort sous l'accusation mensongère de corrompre la jeunesse. Il aurait pu prendre la fuite, mais il a préféré boire la ciguë. Pour lui, nos corps étaient moins importants que nos âmes. Peut-être était-il parkinsonien, lui aussi…

Je porte ma part de culpabilité, dans le désastre de Bobby et de son père. Je faisais partie du système. J'aurais pu réfléchir, faire objection à la décision, mais je n'ai rien dit. Je me suis lâchement rallié au point de vue majoritaire. J'étais jeune. Je débutais. Mais ça n'est pas une excuse. Je me suis contenté du poste de spectateur, là où j'aurais dû me placer en arbitre.

Julianne m'a traité de lâche, elle aussi, quand elle m'a fichu à la porte. Maintenant, je comprends. Je suis resté à ma place sur les gradins, pour ne pas avoir à prendre mes problèmes de couple ou de santé à bras-le-corps. J'ai préféré garder mes distances, par peur de ce qui pouvait advenir. Je me suis laissé emprisonner dans mes propres états d'âme, et j'étais tellement épouvanté, à l'idée de faire tanguer le navire, que je n'ai pas vu arriver l'iceberg.

6

Il y a trois heures, j'ai trouvé un plan. Ça n'était pas le premier ; j'ai déjà dû en imaginer une bonne douzaine, en examinant, chaque fois, les tenants et aboutissants. Mais jusqu'ici, tous présentaient une faille rédhibitoire… et j'ai plus que mon compte de ce genre de chose. En outre, mon ingéniosité se trouve forcément limitée par mes handicaps physiques. Ce qui implique de renoncer d'office à tout projet incluant l'escalade d'un immeuble, le perçage d'un coffre, la neutralisation d'un garde ou d'un système de sécurité.

J'ai aussi éliminé tous ceux qui ne comportaient pas de solution de repli. C'est le point d'achoppement de la plupart des plans. Les stratèges ne voient pas aussi loin. C'est la phase la moins excitante de l'opération. Le passage de la voiture balai. Les corvées les plus délicates et les plus ennuyeuses, sans l'exaltation du défi à relever. Ce qui explique que le général fasse généralement l'impasse sur la phase de retraite, convaincu qu'il saura improviser avec autant de maestria qu'il en a déployé pour planifier sa phase d'attaque.

J'en sais quelque chose. J'ai compté parmi mes patients quelques tricheurs, voleurs et escrocs professionnels. Ils possèdent des maisons splendides, envoient leurs gosses dans les meilleures écoles et jouent au golf au plus haut niveau. Ils votent à droite, parce que l'insécurité les scandalise – c'est quand même un monde, qu'on puisse se faire agresser à chaque coin de rue ! Ces professionnels de l'arnaque ne se font pincer qu'exceptionnellement, et ne vont jamais en prison. Pourquoi ? Parce qu'ils prévoient tout.

J'ai garé la Land Rover dans le coin le plus sombre d'un parking, à Liverpool. Près de moi, sur le siège, repose un sac frappé du logo d'un grand magasin. J'y ai fourré mes vieux vêtements et je suis à présent vêtu d'un pantalon, d'un pull et d'un manteau gris anthracite flambant neufs. Je suis rasé et coiffé de frais et je tiens une magnifique canne entre mes genoux. Autant revendiquer ostensiblement mon infirmité, en espérant qu'elle m'attirera au moins quelque sympathie…

Mon téléphone sonne, et je ne reconnais pas le numéro qui s'affiche au cadran. L'espace d'une seconde, je me demande si c'est Bobby, qui a réussi à retrouver ma trace – mais comment ? Mais ça n'est que Ruiz. J'aurais dû m'en douter.

« Vous m'avez bien eu, professeur O'Loughlin, attaque-t-il d'une voix enrouée et plus rocailleuse que jamais. J'étais persuadé que vous seriez plutôt du genre à vous précipiter au poste le plus proche, assisté d'une armée d'avocats et d'un attaché de presse.

— Désolé de vous avoir déçu.

— Ça m'a coûté vingt tickets. Mais ne vous bilez pas. On a ouvert de nouveaux paris. Maintenant, il s'agit de savoir si vous vous en tirerez avec ou sans balle dans la peau.

— Quelles sont mes chances ?

— Oh, à trois contre une, je dirais. »

J'entends des bruits de trafic en arrière-plan. Il est sur une autoroute.

« Je sais où vous êtes, dit-il.

— Ou du moins, vous le supposez.

— Non, je le sais. Et je sais aussi ce que vous vous apprêtez à faire.

— Allez-y, dites-le-moi.

— Vous d'abord. Dites-moi pourquoi vous avez tué Elisa.

— Je ne l'ai pas tuée. » Ruiz aspire une longue bouffée de sa cigarette. Il s'est remis à fumer, ce dont je retire un curieux sentiment de satisfaction. « Pourquoi l'aurais-je tuée ? C'est chez elle que j'ai passé la nuit du 13 novembre. Elle était mon alibi.

— Ça, c'est con pour vous !

— Elle voulait faire une déposition, mais je savais que vous ne la croiriez pas, que vous iriez fouiller dans son passé, et que vous remueriez tout ça à perte de vue, pour l'humilier. J'essayais de lui éviter ce genre d'épreuve. »

Il part d'un éclat de rire qui me rappelle celui de Jock, quand il se retient de me dire que je suis vraiment à côté de mes pompes.

« On a retrouvé la pelle, dit-il. Enfouie sous un tas de feuilles. »

De quoi parle-t-il… ? Mince ! Il y avait bien une pelle, échouée sur la tombe de Gracie.

« Encore un exploit à porter au palmarès de nos petits gars du labo… Ils ont établi la correspondance entre les échantillons de terre relevés sur la pelle, et ceux qu'on a prélevés dans la tombe de Catherine. Et ils ont retrouvé vos empreintes sur le manche. »

Quand et où cela va-t-il s'arrêter ? Je ne tiens pas à en savoir plus. Je préfère l'interrompre, et, m'efforçant de ne rien laisser paraître de mon désespoir, je lui conseille de revenir à la case départ. De se replonger dans les dossiers des services sociaux et de la Protection de l'Enfance.

« Il s'appelle Bobby Morgan – avec un g –, et non Moran. Allez-y. Lisez les documents du dossier. Tous les éléments y sont. Vous n'avez plus qu'à reconstituer le puzzle. »

Mais il ne m'écoute pas. C'est trop gros. Trop énorme. Ça dépasse son entendement.

« Dans d'autres circonstances, je prendrais peut-être le temps d'admirer votre persévérance, mais il se trouve que j'ai déjà toutes les preuves qu'il me faut. J'ai le mobile, des circonstances favorables et des indices matériels. Vous auriez pissé aux quatre coins de votre territoire que vous ne l'auriez pas mieux marqué.

— Je peux tout expliquer.

— Parfait. Attendez d'être devant votre jury. C'est ça, la grandeur de notre système judiciaire. Il vous fournit de multiples occasions d'exposer votre point de vue. Et si ça ne marche pas avec le jury, vous pourrez passer le reste de votre vie à faire appel devant la Cour suprême, puis à la House of the Lords, voire devant cette foutue Cour européenne des droits de l'homme, si ça vous chante – passionnant, comme hobby, quand on se prend perpette ! »

J'appuie sur la touche « fin d'appel », et j'éteins le téléphone.

Je sors du parking, à pied. Je descends quelques volées de marches pour me retrouver au niveau de la rue. J'abandonne mes vieux vêtements dans un container à ordures, avec mon sac et les feuillets détrempés, rescapés de ma chambre d'hôtel, et je pars le long du trottoir, guilleret, manœuvrant ma canne d'un élégant mouvement de poignet.

Partout explose la fièvre acheteuse de Noël. Toutes les vitrines scintillent et déversent des chansons de circonstance. Ce grand déballage de guirlandes me plombe d'une épaisse nostalgie. Charlie serait à la fête : tous ces pères Noël qui paradent devant les grands magasins, les vitrines illuminées, les vieux films de Bing Crosby, sur fond de paysage du Vermont…

Comme je m'apprête à traverser, je repère une affiche sur un kiosque à journaux. « SUR LES TRACES DE L'ASSASSIN

DE CATHERINE – la chasse à l'homme a commencé ! » La photo se trouve sous la pile, masquée par les sangles de plastique, mais j'ai instantanément l'impression de me trimbaler avec une gigantesque enseigne au néon au-dessus de ma tête, flèche pointe en bas.

L'Adelphi Hotel se dresse devant moi. Je pousse la porte tournante et je traverse le grand hall, en me surveillant pour ne pas presser le pas. *Doucement. Ne rentre pas la tête dans les épaules. Redresse-toi. Regarde droit devant toi...*

L'Adelphi est un vieil hôtel datant de l'époque où les trains qui arrivaient de Londres et les bateaux qui partaient pour New York marchaient à la vapeur. Il accuse à présent une certaine lassitude, tout comme certaines des serveuses qui, à l'évidence, seraient mieux chez elles, à se mettre des bigoudis.

Les bureaux du service administratif se trouvent au premier. La secrétaire est un petit bout de femme répondant au prénom de Nancy, qui porte au cou une lavallière assortie à son rouge à lèvres. Elle ne me demande ni ma carte de crédit, ni même le numéro de ma chambre.

« N'hésitez pas à vous renseigner, si je puis vous être utile…

— Merci, répliqué-je, en m'installant à un terminal d'ordinateur. Je veux juste regarder mes e-mails… » Puis, je me ravise : « En fait, oui, Nancy. Il y a un petit service que vous pourriez me rendre. Auriez-vous la gentillesse de demander les horaires des avions pour Dublin, cet après-midi ? »

Deux minutes plus tard, elle m'en fournit toute une liste. J'opte pour la navette de fin d'après-midi et je lui tends ma carte de crédit.

« Pourriez-vous aussi me réserver une place pour Édimbourg ? »

Elle lève les sourcils.

« Vous savez ce que c'est, avec les conseils d'administration… Ils sont incapables de prendre une décision et de s'y tenir ! » Elle hoche la tête, avec un sourire entendu.

« Et par la même occasion, regardez donc s'il reste une cabine disponible sur le ferry pour l'île de Man…

— Les tickets ne sont pas remboursables.

— Aucune importance. »

Pendant ce temps, je recherche l'adresse e-mail des principaux quotidiens, ainsi que le nom des directeurs de rubrique, des rédacteurs en chef et des journalistes spécialisés dans les faits divers judiciaires. Et j'entreprends de taper un texte d'e-mail, avec deux doigts de la main droite – l'autre, je la garde coincée entre mes genoux pour l'empêcher de trembler.

Je commence par donner des preuves de mon identité : état civil complet, adresse, numéro de sécurité sociale, renseignements administratifs divers. Il ne faudrait surtout pas qu'ils croient à un canular. Je dois les convaincre que je suis bien moi-même – Joseph O'Loughlin, l'assassin de Catherine McBride et d'Elisa Velasco.

Il est seize heures, juste passées. Les rédacteurs en chef doivent être en train de décider des gros titres pour l'édition du lendemain. Et je dois les convaincre de changer leur une. Je dois désarçonner Bobby, le faire vaciller sur ses bases et le maintenir dans l'incertitude.

Jusqu'à présent, il s'est toujours débrouillé pour avoir deux, voire trois mesures d'avance sur moi. Sa vengeance a été brillamment planifiée, et exécutée avec une précision toute clinique. Il ne s'est pas contenté du strict minimum efficace – il en a fait une forme d'art. Mais il n'est certes pas infaillible – qui l'est ? Il a assommé une passante à coups de pied, parce qu'elle lui rappelait sa mère…

Aux personnes concernées,

Ceci est à la fois ma confession et mon testament. Je soussigné, Joseph William O'Loughlin, reconnais solennellement être l'auteur des meurtres de Catherine McBride et d'Elisa Velasco. J'en demande pardon à toutes les personnes que leur disparition a endeuillées, et j'en suis sincèrement navré pour ceux d'entre vous qui croyaient à mon innocence.

J'ai l'intention de me rendre à la police sous vingt-quatre heures. Je ne me dissimulerai pas derrière des avocats. Je n'invoquerai pas d'excuses fallacieuses pour les souffrances que j'ai provoquées. Je ne prétendrai pas y avoir été poussé par des voix intérieures. Je n'ai pas agi sous l'empire de la drogue, et je n'ai reçu aucune instruction de Satan. J'aurais très bien pu éviter tout cela. À cause de moi, des innocents sont morts. La culpabilité alourdit et assombrit chacune de mes heures...

Je joins la liste complète de mes victimes, à commencer par Catherine McBride. Je note tout ce que je sais de son assassinat. Puis je décris la mort de Boyd Cossimo, les derniers jours de Rupert Erskine, l'overdose de Sonia Dutton, l'incendie qui a tué Esther Gorski et laissé son mari handicapé à vie. Elisa clôt la liste.

Je ne revendique aucune circonstance atténuante. Si certains d'entre vous veulent avoir davantage de détails sur mes crimes, ils devront remonter ma trace, ou trouver quelqu'un qui l'a déjà fait. Cette personne existe. Il s'agit de Bobby Moran, ou Morgan, qui doit se présenter à la Cour Centrale Criminelle de Londres, demain matin. Mr Morgan est mieux placé que quiconque pour comprendre ce que c'est, que d'être à la fois la victime et le meurtrier.

Bien sincèrement à vous,

Joseph O'Loughlin.

J'ai pensé à tout, sauf aux conséquences de cet aveu pour Charlie. Bobby a été victime d'une décision prise sans lui, et je suis en train d'en faire de même pour ma fille. Mon index hésite sur la touche « envoi ». Mais je n'ai pas le choix... Mon message part dans le labyrinthe des circuits électroniques.

Nancy commence à me regarder de travers, mais elle s'est acquittée consciencieusement de toutes ses tâches : elle m'a réservé des places sur des vols à destination de Dublin, Édimbourg, Londres, Paris et Francfort, ainsi que des billets de première classe sur les trains pour Birmingham, Newcastle, Glasgow, Londres, Swansea et Leeds. Elle m'a en outre loué une Vauxhall blanche qui m'attend à l'entrée de l'hôtel – le tout payé grâce à une carte de crédit ne requérant aucune autorisation bancaire. Elle dépend d'un compte ouvert par mon père, et auquel j'ai librement accès (les taxes de succession sont une autre de ses bêtes noires). Ruiz a dû geler tous mes autres comptes, mais celui-là, il en ignore l'existence.

Les portes de l'ascenseur s'ouvrent et je traverse le grand hall en sens inverse, la tête haute, jusqu'à ce que je me prenne les pieds dans un palmier en pot – j'ai dû légèrement dévier de ma trajectoire. Le simple fait de marcher droit exige à présent une série de réajustements constants ; c'est devenu une opération aussi complexe que de faire atterrir un avion.

La Vauxhall est garée au bord du trottoir. Je descends les marches de l'hôtel, m'attendant à chaque seconde à sentir une main se poser sur mon épaule, ou à entendre fuser des cris horrifiés. Mes doigts s'agacent sur les clés de la voiture de location. Une queue de taxis noirs s'est formée devant moi, mais l'un d'eux déboîte, juste devant moi. Je n'ai plus qu'à suivre le flux du trafic, l'œil rivé à mon rétroviseur, et je croise les doigts pour parvenir à retrouver le plus court chemin hors de cette ville.

Quelques feux plus loin, mon regard s'arrête sur le parking aérien que je viens de quitter. Trois voitures de police bloquent la rampe d'entrée, et une quatrième s'est garée sur le trottoir. Appuyé à une portière ouverte, Ruiz parle au micro de sa radio de bord. Il a le visage plombé comme un ciel d'orage.

Comme le feu passe au vert, j'imagine sa tête, s'il levait les yeux et me voyait passer, avec un petit salut à son intention, tel un as de l'aviation de la Première Guerre, s'envolant pour le front, dans son coucou déglingué.

La radio passe l'un de mes titres favoris : *Jumpin'Jack Flash.* À la fac, je jouais de la basse dans un groupe qui s'intitulait les Screamin' Dick Nixon. Nous n'arrivions certes pas à la cheville des Rolling Stones, mais on faisait plus de bruit. Mon premier objectif était de tomber les filles, mais ce genre d'avantage semblait réservé à Morris Whiteside, notre chanteur solo qui avait les cheveux à l'épaule et une scène de crucifixion tatouée sur la poitrine. Aux dernières nouvelles, il serait le directeur financier d'une filiale de la Deutsche Bank…

Je mets le cap sur l'ouest, en direction de Toxteth, où je me déniche un terrain vague pour garer la Vauxhall parmi les broussailles et les tas de gravats. Quelques gamins m'observent depuis un coin sombre, près d'une Maison des jeunes désaffectée dont les portes et les fenêtres ont été condamnées par des planches. Je conduis le genre de bagnole de luxe qu'ils ne voient jamais d'ordinaire que posée sur quatre briques. Je compose le numéro de la maison. Julianne décroche. Sa voix sonne limpide, et très proche, mais elle tremble un peu. « Dieu merci ! Où étais-tu passé ? Les journalistes font la queue devant la porte. Ils disent que tu es dangereux et que la police va ouvrir le feu à vue. »

Je m'efforce de détourner son attention des armes à feu. « Je sais qui a orchestré tout ça. Bobby essaie de me punir pour une erreur qui a été commise par les services sociaux de Liverpool, il y a plus de dix ans. Mais il ne s'en est pas pris qu'à moi. Il avait toute une liste de personnes à abattre.

— Une liste ? Quelle liste ?

— Boyd est mort.

— Mort ?

— Assassiné. Tout comme Erskine.

— Mon Dieu !

— Tu crois que la police surveille toujours la maison ?

— Je n'en sais rien. Il y avait quelqu'un hier, avec un van

blanc. J'ai d'abord cru que c'était DJ, qui venait finir le chauffage central, mais je ne l'attends pas avant demain. »

J'entends la voix de Charlie qui chantonne en arrière-plan. Un nœud de tendresse me serre la gorge.

La police va tenter de remonter à l'origine de cet appel. Pour les téléphones portables, ils doivent procéder à rebours, en identifiant successivement les tours qui relaient le signal. Il doit y avoir une bonne douzaine d'émetteurs entre Liverpool et Londres. À chaque émetteur identifié, le champ d'investigation se resserre.

« Je voudrais que tu restes en ligne, Julianne. Ne raccroche surtout pas, même si je ne parle plus. C'est important. » Je glisse le téléphone sous le siège conducteur. Je referme la portière, laissant les clés dans le contact, et je m'éloigne à pied, la tête basse, dans la pénombre. Est-ce qu'il m'a suivi jusque-là ?

Vingt minutes plus tard, dans une gare déserte et dévastée, je monte avec soulagement dans un train de banlieue pratiquement vide.

Pour maintenant, Ruiz doit être au courant de mes réservations en chaîne. Il comprendra que je veux lui faire diviser ses ressources, mais il n'aura pas le choix. Il devra tout vérifier.

L'express pour Londres part de Lime Street Station. Les flics inspecteront tous les wagons au départ, mais je prie pour qu'ils ne restent pas dans le train. À Edgehill, la gare suivante, je prends un train pour Manchester, aux environs de vingt-deux heures trente – et peu après minuit, j'en prends un autre, en direction de York. Là, j'ai trois heures d'attente avant le départ du Great North Express, en direction de Londres.

Je paie mes billets en liquide et je m'installe dans le wagon le plus chargé. Je titube dans l'allée, m'écroulant sur les autres voyageurs, et je me relève en marmonnant quelques excuses.

Seuls les enfants regardent les ivrognes. Les adultes évitent soigneusement de croiser mon regard, en espérant que je jetterai mon dévolu sur un autre siège que celui d'en face ou d'à côté. Quand je finis par m'écrouler contre une vitre, à demi assoupi, j'entends un soupir de soulagement collectif, poussé par tout le wagon.

7

Dans mon enfance, quand je mettais les pieds dans un train, c'était pour me rendre à ma pension ou pour en revenir. Je me munissais d'une provision de bonbons et de chewing-gums dont je me gavais pendant tout le trajet, avec d'autant plus d'avidité qu'ils étaient strictement interdits à Charterhouse. Là-bas, le Semtex était une substance moins dangereuse que les Malabar. Une fois, Peter Clavell, un grand de seconde, s'en était enfilé tout un stock, au point de se coller une occlusion intestinale. Les toubibs avaient dû attaquer le bouchon par le bas. Par la suite, nous étions un peu revenus de notre engouement pour le chewing-gum…

À la reprise des cours, le briefing de mon père se résumait généralement en ces quelques mots : « Je ne veux rien entendre de ton professeur principal ! » Quand Charlie est entrée à l'école primaire, je lui ai promis de ne jamais lui faire ça. Je l'ai prise entre quatre yeux, et je lui ai débité mon petit discours – que j'aurais mieux fait de garder pour le lycée, voire pour la fac. Dans mon dos, Julianne ne cessait de pouffer de rire, ce qui avait un effet désastreux sur la concentration de mon écolière.

« Et surtout, ne te laisse pas intimider par les maths, lui ai-je assené pour conclure.

— Pourquoi ? Ça fait peur ?

— En général, les filles sont un peu effrayées par les chiffres. Certaines parviennent à se persuader qu'elles n'y arriveront pas, avant même d'avoir essayé.

— D'accord, fit Charlie, sans avoir la moindre idée de ce dont il s'agissait. Je te promets d'essayer, avant de me persuader. »

Je me demande si j'aurai un jour le bonheur de la voir entrer au collège. Pendant des semaines, j'ai broyé du noir en pensant à tout ce que cette maladie risquait de me voler. À présent, en regard de la condamnation pour meurtre qui me pend au nez, ça n'est plus qu'un détail du paysage…

Comme le train arrive à King's Cross, je traverse sans hâte les wagons en inspectant les quais, à l'affût du moindre signe de présence policière. En descendant du train, j'emboîte le pas à une vieille dame qui traîne une grande valise. Comme je lui propose de lui donner un coup de main, elle accepte avec gratitude. Au guichet du contrôle, je me tourne vers elle : « Tu as ton billet, maman ? » Elle me le tend sans sourciller, et je remets nos deux billets au contrôleur, avec un sourire empreint de lassitude.

« On n'a pas les yeux en face des trous, quand on se lève si tôt, pas vrai ? me dit-il.

— Je crois que je ne m'y habituerai jamais », répliqué-je, tandis qu'il nous rend les talons de nos billets.

Je zigzague dans la foule du grand hall, jusqu'à l'entrée d'un W H Smith, où les journaux du matin s'alignent en grosses piles. « LA CONFESSION DU TUEUR : OUI, J'AI TUÉ CATHERINE MCBRIDE ! » vocifère le *Sun*.

Les autres articles concernent la hausse des taux d'intérêt et le préavis de grève déposé par les salariés des postes. L'article sur le meurtre de Catherine, *mon* article, se trouve sur le dessous. Les gens me frôlent pour prendre leur journal. Personne ne cherche à établir le moindre contact visuel. On est à Londres, la ville où tout le monde a l'air à la fois prêt à tout et désireux de tout éviter. Ils sont déjà ailleurs – circulez, y a rien à voir !

J'ai trouvé mon rythme de croisière. Je me fraye un chemin vers Covent Garden. Je dépasse les boutiques, les grands restaurants. Une fois sur le Strand, je prends à gauche et longe Fleet Street, jusqu'à la façade gothique de l'Old Bailey.

Pendant près de cinq siècles, un tribunal s'élevait à cet emplacement et auparavant, au Moyen Âge, les exécutions publiques s'y tenaient tous les lundis matins.

Je prends position de l'autre côté de la rue, adossé à un mur, au coin d'une ruelle qui part en direction de la Tamise. Chaque entrée de porte, ou presque, porte une collection de plaques en laiton. De temps à autre, je consulte ma montre comme si j'attendais quelqu'un. Autour de moi, vont et viennent des hommes et des femmes vêtus de tailleurs et de costumes sombres, et chargés de boîtes à dossiers et de grosses liasses de documents, liées par des rubans.

À neuf heures trente, je vois arriver la première équipe télé – un cameraman et un ingénieur du son, rapidement rejoints par d'autres. Certains des photographes ont prévu des caisses ou des escabeaux. Les journalistes s'attroupent, à l'arrière. Ils papotent entre eux, le gobelet de café à la main, en échangeant leurs impressions.

Il est un peu plus de dix heures quand un taxi s'arrête, à quelques mètres de moi. Eddie Barrett en descend le premier, avec ses faux airs de Dany DeVito, en plus chevelu. Bobby met pied à terre, sur ses talons. Il a beau dépasser tout le monde d'au moins une tête, il a réussi à se dégoter un costume qui lui flotte sur le corps.

Ils sont à moins de cinq mètres de moi. Je baisse la tête pour souffler dans mes mains. Bobby trimballe des papiers plein ses poches. Ses yeux sont d'un bleu d'aigue-marine pâle. Au contact du froid extérieur, l'atmosphère moite du taxi se condense sur ses lunettes, et il doit s'arrêter pour essuyer ses verres. Ses mains ne tremblent pas. Les journalistes ont repéré Eddie. Ils attendent. Les caméras le tiennent en joue. Les projecteurs sont prêts.

Bobby baisse la tête, mais il est trop grand pour pouvoir espérer se faufiler en douce. Les journalistes lui hurlent leurs questions. Eddie Barrett lui pose la main sur le bras, et Bobby bat en retraite, comme si on l'avait ébouillanté. Une caméra télé le filme en pleine face. Les flashes crépitent. Il ne s'y attendait pas. Il n'a prévu aucun plan de repli.

Barrett s'efforce de lui ouvrir le chemin vers le sommet de l'escalier du tribunal, et vers les voûtes de l'entrée. Les photographes se bousculent de plus belle. L'un d'eux s'affale soudain en arrière. Bobby se penche sur lui, le poing levé. Les présents s'agrippent à ses épaules, tandis qu'Eddie s'ouvre un chemin dans la cohue, à coup d'attaché-case, tel un Scythe. Comme les portes du tribunal se referment sur eux, j'aperçois encore une seconde la tête de Bobby, qui domine la foule.

Je m'autorise l'ombre d'un sourire. Rien de plus. Il est trop tôt pour pavoiser. À quelques mètres, j'avise la vitrine d'une boutique de cadeaux pleine de pères Noël en marshmallow, de pétards de Noël rouges et verts et d'horloges ornées de rennes à truffe phosphorescente. Je vais me poster devant, en surveillant les marches du tribunal dans le reflet.

Je me représente aisément la scène du tribunal. Les bancs de la presse et du public pris d'assaut. Eddie est toujours au sommet de sa forme, quand il a du public. Il va demander un ajournement, à cause de mes fautes professionnelles. Il alléguera que le droit de son client à être équitablement jugé a été bafoué par mes accusations diffamatoires. Il demandera un nouveau rapport psychiatrique, ce qui prendra encore des lustres. Et ainsi de suite.

Il reste une petite chance pour que le juge s'y oppose et condamne Bobby sur-le-champ. Mais selon toute probabilité, il accordera l'ajournement et laissera repartir Bobby, libre comme l'air – et encore plus dangereux qu'auparavant.

Me balançant d'avant en arrière sur mes talons, je passe les règles en revue : éviter de trop rapprocher les pieds quand je suis debout. Veiller à bien les lever quand je marche, pour ne pas avoir l'air d'un vieillard. Éviter de pivoter inopinément sur une jambe. Le plus simple, pour m'extraire d'une « pose figée », c'est d'imaginer que j'enjambe un obstacle fictif, placé devant moi. On va finir par me prendre pour un adepte du mime Marceau…

Je vais au bout de la rue et je reviens, sans cesser de surveiller les photographes qui attendent toujours devant le tribunal. Tout à coup, je les vois se ruer en avant, caméra à l'épaule. Eddie a dû réserver un taxi, qui les attend quelque part. Bobby sort, ramassé sur lui-même, et fend la mêlée jusqu'à un coupé gris métallisé, où il se laisse choir. Les portières claquent, sous le feu roulant des flashes.

C'était à prévoir. Je m'avance sur la chaussée, puis, repérant un taxi, je le hèle en agitant mes bras et ma canne. Il fait un écart pour m'éviter et poursuit sa route. Le suivant affiche une lumière orange, mais je ne lui laisse pas le choix – soit il s'arrête, soit il me roule dessus.

Le chauffeur reste de marbre quand je lui lance : « Suivez cette voiture ! »

Ça n'a peut-être rien d'exceptionnel, pour un chauffeur de taxi…

Le coupé qui emporte Bobby a pris une centaine de mètres d'avance. Il est pris en sandwich entre deux bus et deux files de voitures. Mon chauffeur parvient à se faufiler dans les rares espaces libres, en jonglant avec les files, pour ne pas le perdre de vue. En même temps, je remarque les coups d'œil furtifs qu'il me lance dans le rétroviseur, en se hâtant de détourner les yeux dès que nos regards se croisent. Il est tout jeune – probablement moins de vingt-cinq ans, roux, avec la nuque pleine de taches de rousseur.

Ses mains tapotent nerveusement le volant.

« Vous savez qui je suis ? »

Il fait « oui » de la tête.

« N'ayez crainte. Vous ne risquez rien. »

Ses yeux plongent dans les miens – mais ce qu'il voit dans son rétroviseur n'a vraiment rien qui puisse le rassurer. Mon masque de parkinsonien est plus froid que pierre.

8

Cette section du Grand Union Canal est particulièrement laide et crasseuse. L'asphalte de la chaussée est creusé de nids-de-poule. Une clôture rouillée et boiteuse sépare le canal des jardins qui s'étagent, en terrasses, sur la rive. Une caravane couverte de tags, privée de ses portes et de ses roues, repose sur des parpaings. Un petit tricycle à demi enseveli émerge d'un carré de légumes.

Bobby n'a pas jeté un seul regard en arrière, depuis que la voiture métallisée l'a déposé sur Camley Street, derrière St. Pancras Station. Le rythme de sa marche m'est désormais familier. Il dépasse le cottage de l'éclusier et poursuit son chemin. L'ombre de l'usine à gaz se projette sur les entrepôts désaffectés qui s'alignent sur la rive sud. Un panneau annonce un prochain chantier de réhabilitation.

Quatre péniches sont amarrées le long d'un muret de pierre, dans une courbe. Trois d'entre elles sont peintes de couleurs vives, des rouges et des verts. La quatrième a une étrave arrondie, une coque noire et une cabine dont les ouvertures sont soulignées de marron.

Bobby prend pied sur le pont et frappe quelques coups. Il laisse s'écouler un certain temps avant de déverrouiller le capot coulissant de l'écoutille. Il le fait glisser vers l'avant et ouvre la porte qui se trouve dessous. Puis il disparaît dans la cabine.

J'attends sur le bord du chemin de halage, dissimulé par un buisson de ronces qui est bien parti pour engloutir totalement la clôture. Une passante habillée de gris tire sur la laisse de son chien et s'éloigne d'un pas pressé.

Cinq minutes s'écoulent. Bobby refait surface. Il regarde dans ma direction, rabat le capot, et revient sur la terre ferme. Glissant la main dans sa poche, il compte quelques pièces de menue monnaie, puis part à pied le long du chemin. Je le suis de loin, jusqu'à ce que je le voie grimper une volée de marches qui mènent à un pont. Il part en direction du sud, vers un garage.

Je rebrousse chemin. Je dois voir ce qui se passe, dans ce bateau. La porte laquée est fermée, mais pas à clé. Cette première cabine est dans la pénombre. Tous les rideaux sont tirés sur les fenêtres et les hublots. Je descends deux marches qui me mènent dans le coin cuisine. L'évier d'inox est propre. Une tasse s'égoutte sur une petite serviette.

Je descends encore six marches, pour accéder à une salle plus vaste qui ressemble davantage à un atelier qu'à une cabine ou à un carré. Un établi en occupe tout un côté. Mes yeux s'habituent à la pénombre. Je distingue un tableau sur lequel sont accrochés des outils – tournevis, ciseaux à bois, clés de toutes sortes et de toutes tailles, tenailles, pinces, pied-de-biche. Des boîtes de tuyaux, de joints, de mèches de perceuses et de rouleaux de chatterton s'alignent sur les étagères. Le sol disparaît en grande partie sous des bidons de peinture, d'antirouille, de vernis et d'huile de machine. Un générateur mobile est rangé sous l'établi. Une vieille radio pend du plafond, accrochée à un câble. Chaque chose est à sa place.

Sur le mur d'en face, il y a un autre panneau, vide, celui-là. Les seuls objets qui y soient fixés sont quatre sangles de cuir – deux en bas, et deux autres, près du plafond. Mon regard s'abaisse vers le sol, mais je ne peux pas voir. Quelque chose de plus noir que la nuit a coulé sur le bois nu du plancher et sur les plinthes.

Titubant en arrière, je me cogne à une cloison et fais irruption dans une autre cabine. Ici, tout semble un poil de guingois. Le matelas est trop grand pour le lit, la lampe trop haute pour la table. Les murs sont tapissés de papiers que, dans l'obscurité, je ne distingue pas. J'allume la lampe et il me faut quelques secondes pour accommoder.

Et soudain, je m'arrête, soufflé. Des coupures de presse, des photos, des cartes, des graphiques, des dessins, partout, sur tout le mur. Des portraits de Charlie allant à l'école, au foot, dans le chœur de sa classe, dans une boutique avec sa grand-mère, sur un manège, jetant du pain aux canards. Et Julianne à son cours de yoga, au supermarché, repeignant les meubles du jardin, ouvrant notre porte. À y regarder de plus près, je reconnais des tickets de caisse, des talons de billets de train, une circulaire de l'équipe de foot, des cartes de visite, des photocopies de relevés bancaires et de factures de téléphone, une carte de mon quartier, un rappel pour la redevance télé, une contredanse et des papiers pour l'assurance de la voiture.

Sur la table de chevet repose une pile de gros cahiers à spirale. J'ouvre le premier. Chaque page est couverte d'une écriture manuscrite nette et précise. Dans la marge de gauche sont consignées l'heure et la date ; les paragraphes détaillent mes faits et gestes par le menu – lieu, personnes rencontrées, durée et sujet de l'entrevue.

Un véritable journal de bord de ma propre vie !

J'entends du bruit sur le pont, juste au-dessus de ma tête. Le bruit de quelque chose qu'on traîne et d'un liquide qu'on verse. J'éteins la lumière, et j'attends, tapi dans l'ombre, en tâchant de respirer en silence. Quelqu'un a franchi l'écoutille. Il pénètre dans la grande salle, puis revient dans la coquerie et ouvre des tiroirs. Je me mets à plat ventre, pris en sandwich entre la coque et le pied du lit. Je sens battre mon pouls à l'arête de ma mâchoire.

Le moteur tousse. Ses pistons s'élèvent et retombent, puis se stabilisent sur un rythme régulier. J'aperçois les jambes de Bobby par les hublots. Je sens la coque tanguer lorsqu'il se déplace le long du bastingage, pour larguer les amarres.

Je jette un coup d'œil dans le coin cuisine et la grande salle. En faisant vite, je pourrais sauter à terre avant qu'il ne soit revenu à la cabine de pilotage. En me relevant, je renverse un cadre rectangulaire qui était appuyé à la cloison. Je parviens à le rattraper, *in extremis*, d'une seule main. Dans la lumière chiche que laissent filtrer les hublots, j'entrevois un dessin, ou plus précisément une peinture. Une scène de plage, des cabines de bain, un marchand de glaces, une grande roue. Avec, à l'horizon, la grosse baleine grise de Charlie.

Je pars à la renverse en grognant. Mes jambes ne m'obéissent plus. Elles appartiennent à quelqu'un d'autre.

Des pas font à nouveau tanguer la péniche. Bobby a largué l'amarre de la proue, et le moteur pousse le bateau. Nous quittons le quai. L'eau glisse le long de la carène. Je me hisse sur mes genoux et j'écarte le rideau de quelques centimètres pour regarder par le hublot. Je ne vois que des cimes d'arbres.

Puis me parvient un autre bruit. Un *whoosh !* – comme un grand coup de vent. Et tout l'oxygène de la cabine semble instantanément aspiré. Une nappe de gasoil se répand sur le sol, imbibant mon pantalon. Le bois verni s'enflamme en crépitant. Les émanations me piquent les yeux et l'arrière-gorge. Je rampe à quatre pattes, dans la fumée qui s'épaissit.

Je me traîne jusqu'à la cuisine. Le moteur est là, tout près, de l'autre côté de la cloison. Je me cogne la tête à l'échelle de coupée, que je contourne. Je monte quelques marches. Le capot de l'écoutille est verrouillé de l'extérieur. Je tente de l'enfoncer d'un coup d'épaule, mais rien ne bouge. Je sens une source de chaleur, de l'autre côté de la porte. Il me faut une autre issue. D'urgence.

L'air qui me pénètre les poumons est comme du verre en fusion. Je n'y vois rien, mais j'arrive à me diriger, à tâtons. Sur l'établi de l'atelier, je mets la main sur un marteau et un ciseau à bois bien aiguisé. Je bats aussitôt en retraite vers l'autre extrémité du bateau, en m'éloignant du brasier, et je me rue sur un hublot. Levant mon marteau, je l'abats de toutes mes forces sur la petite vitre ronde. Peine perdue. Elle doit être en verre trempé.

Dans la cloison du fond de la cabine s'ouvre une petite porte où je me faufile en me tortillant comme un poisson pris dans une maille de filet, jusqu'à ce que j'arrive à y faire passer mes jambes. Le sol est couvert de bâches tachées d'huile et de cordages. Je dois être à l'avant. En explorant à tâtons le plafond au-dessus de ma tête, je sens un dénivelé. Une trappe. Je promène mes doigts autour du châssis, en quête d'un verrou – puis je tente d'introduire le ciseau à bois dans un des coins, pour faire levier. Rien ne bouge…

La péniche commence à donner de la bande. L'eau a envahi la poupe. Je m'allonge sur le dos, les deux pieds en l'air contre le couvercle de la trappe et j'envoie une ruade, de toutes mes forces, une fois, deux fois... trois fois, avec des grognements mêlés de jurons. Le bois gémit, puis se fend et finit par céder. Un éblouissant carré de lumière s'ouvre dans mon cagibi. À la seconde où je jette un coup d'œil derrière moi, le fioul qui s'est répandu dans la cabine prend feu. Une boule de flammes orange explose dans ma direction. Je n'ai que le temps de me hisser vers la lumière et de rouler sur moi-même. L'espace d'une seconde, je sens la fraîcheur de l'air extérieur sur ma peau, puis c'est l'eau glacée qui s'empare de moi. Je descends lentement, inexorablement, dans un grand hurlement silencieux, jusqu'à ce que je touche la vase du fond. La peur de me noyer ne m'effleure même pas. Je n'ai plus qu'une envie : rester là le plus longtemps possible, dans cette pénombre protectrice, glauque et froide.

Quand mes poumons commencent à crier grâce, je remonte, les mains tendues vers le plafond d'air. Ma tête refait surface et je me laisse flotter sur le dos, inspirant à longs traits. La poupe a sombré. Les barils de l'atelier explosent l'un après l'autre, comme des grenades. Le moteur a calé, mais la péniche continue à dériver, en s'éloignant.

Je rejoins le bord et je patauge dans la boue de la rive, extirpant mes chaussures de la vase. Je m'agrippe aux roseaux pour me hisser sur la berge. J'ignore la main qui se tend vers moi, je ne pense qu'à m'affaler par terre, pour souffler un peu. Mais une torsion s'exerce sur mon corps. On me soulève. Mes jambes heurtent le muret du canal. Je me retrouve par terre, assis sur le chemin de halage désert. Au loin, je vois se profiler des grues géantes, sur un ciel d'étain.

Je reconnais les chaussures de Bobby. Il m'attrape par les aisselles, nouant ses bras autour de ma poitrine. Je me sens à nouveau soulevé. À chacun de ses pas, son menton vient buter sur le sommet de mon crâne. Ses vêtements empestent le pétrole – à moins que ce ne soient les miens. L'idée de crier ne me vient même pas. Tout ça me semble si loin...

Une écharpe s'enroule autour de mon cou et se resserre. Un nœud s'appuie contre ma trachée. L'autre extrémité est fixée à quelque chose, au-dessus de moi. Je me retrouve sur la pointe des pieds, les jambes ballantes, comme une marionnette. Je n'ai pratiquement plus de point d'appui sur le sol, rien qui puisse m'aider à me maintenir, pour ne pas suffoquer. Je passe mes doigts dans l'écharpe, en tâchant de la tenir à distance de ma gorge.

Nous sommes dans la cour d'une usine abandonnée. Des palettes de bois s'entassent contre un mur. Les plaques de tôle du toit ont dû être arrachées par un orage. L'eau s'écoule le long des murs, composant une fresque visqueuse, de mousses noires et de moisissures vertes. Bobby s'éloigne de quelques pas, le visage ruisselant de sueur.

« Je sais pourquoi vous faites tout ça », lui dis-je.

Il ne répond pas. Il ôte sa veste et remonte ses manches de chemise, comme un type qui a du pain sur la planche. Puis, s'asseyant sur une caisse, il tire de sa poche un mouchoir blanc et entreprend d'essuyer ses lunettes – le tout dans le plus grand calme.

« Ce n'est pas en me tuant que vous allez vous en sortir.

— Qu'est-ce qui vous fait croire que je veux vous tuer ? » Il remet ses lunettes, et me regarde. « Votre tête est mise à prix. Je vais toucher la récompense… » Mais sa voix le trahit. Il n'en est pas convaincu. Au loin retentit une sirène. Quelqu'un a alerté les pompiers.

Bobby a dû lire les journaux. Il sait pourquoi j'ai avoué. La police va réexaminer chacun des dossiers, l'éplucher en détail. Ils compareront les dates, les heures, les lieux, en intégrant mon emploi du temps à l'équation. Et que découvriront-ils ? Que je n'ai pu commettre la plupart de ces meurtres. Ils se demanderont pourquoi j'ai avoué et là, peut-être tenteront-ils de substituer son nom au mien. Combien d'alibis a-t-il pu prévoir ? A-t-il vraiment effacé toutes ses traces ?

Je dois tenter de le déstabiliser. « Hier, je suis allé voir votre mère. Elle m'a demandé de vos nouvelles. »

Il se raidit imperceptiblement. Son souffle s'accélère.

« Je ne crois pas l'avoir rencontrée, auparavant. Mais elle a dû être très belle, dans sa jeunesse. L'alcool et le tabac, ça n'a jamais été très bon pour le teint. Je ne crois pas avoir connu votre père, non plus, mais je pense que je l'aurais apprécié.

— Vous ne savez rien de lui ! » Il a craché ces mots.

« Vous faites erreur. Je pense avoir au moins un point commun avec lui, et avec vous. La passion des mécanismes – j'aime les démonter, pour comprendre comment ça marche. C'est pour ça que je suis venu vous dénicher ici. Je savais que vous pourriez m'aider à y comprendre quelque chose. »

Il garde le silence.

« Car j'ai le fin mot de l'histoire – ou presque. J'ai compris, pour Erskine, Lucas Dutton, le juge McBride et Mel Cossimo. Mais il reste une zone d'ombre : pourquoi avez-vous puni tout le monde, sauf la personne que vous haïssez le plus ? »

Il a bondi sur ses pieds et semble se mettre en boule, en gonflant comme ces poissons hérissés d'épines venimeuses. Il approche son visage du mien. Je peux distinguer le petit nodule bleuâtre d'une veine qui bat, juste au-dessus de sa paupière gauche.

« Vous ne pouvez même pas prononcer son nom – n'est-ce pas ? Elle dit que vous ressemblez à votre père, mais ça n'est pas tout à fait vrai. Chaque fois que vous vous regardez dans une glace, c'est ses yeux à elle que vous voyez… »

Ses doigts serrent un couteau dont il appuie la pointe sur ma lèvre. Je ne peux ouvrir la bouche sans me couper – mais au point où j'en suis, impossible de me taire. « Je vais vous dire tout ce que j'ai découvert jusqu'ici, Bobby. Je vois un petit garçon fasciné par les rêves de son père, mais intoxiqué et souillé par la violence de sa mère. » La lame est si affûtée que je ne sens rien, à part quelques gouttes de sang, qui coulent le long de mon menton, ruisselant sur mes doigts, toujours passés dans l'écharpe. « Il se sent coupable – c'est souvent le cas pour les victimes de sévices. Il se juge dégonflé. Il passe son temps à faire des bourdes, à se grouiller, à se confondre en excuses. Il a le sentiment d'être toujours en retard, de n'être jamais à la hauteur. Un vrai minable. Il se dit qu'il aurait au moins pu sauver son père. Mais quand il a compris ce qui se préparait, il était déjà trop tard.

— Ta gueule, enculé ! Tu faisais partie de la bande. C'est toi qui l'as tué, salaud de bidouilleur d'esprit !

— Je ne le connaissais même pas.

— Non, exact. Tu l'as condamné sans même le connaître. Moi au moins, je les choisis. Tu n'avais pas la moindre preuve. Tu n'as pas de cœur. »

Nos visages ne sont plus séparés que de quelques centimètres. Je lis de la souffrance dans son regard, et de la haine dans le pli de sa bouche.

« Il se sent donc coupable, ce garçon qui a trop poussé, trop vite. Il est devenu gauche, mal à l'aise dans son propre corps, à la fois timide, vulnérable, amer et ivre de colère. Un nœud de sentiments impossible à desserrer. Pardonner, il n'en est pas capable. Il hait le monde entier, en bloc – tout autant qu'il se hait lui-même. Il se taillade les bras, pour tenter de se délivrer de ce poison. Il s'accroche au souvenir de son père et de leur passé commun. Tout n'était pas parfait, en ce temps-là, mais c'était tout de même le bonheur. Ensemble.

» Que fait-il ensuite ? Il s'isole, s'éloigne de ses proches, se fait tout petit, dans l'espoir de se faire oublier. Il vit dans sa tête. Décrivez-moi votre monde imaginaire, Bobby. Ça devait être formidable d'avoir son propre royaume, un lieu à soi où se réfugier…

— C'est ça, oui. Pour que vous foutiez tout par terre ! » Son visage s'est embrasé. Il ne veut pas m'en parler, mais en même temps, il est fier de sa création. Une partie de lui brûle de me faire partager son euphorie, en me laissant entrevoir son monde.

La lame me mord toujours la lèvre. Il l'éloigne et me la fait passer devant les yeux, s'efforçant de me faire croire qu'il domine parfaitement l'exercice, mais c'est loupé : de toute évidence, il n'est pas habitué au maniement du couteau.

Mes doigts commencent à s'engourdir, à force de tirer sur l'écharpe et j'ai des crampes dans les jarrets. Je ne vais pas pouvoir tenir le coup beaucoup plus longtemps, dans cette position instable…

« Quel effet ça fait d'être tout-puissant, Bobby ? D'être à la fois juge, jury et exécuteur ? De faire pleuvoir les châtiments sur ceux qui les méritent ? Vous devez avoir passé des années à concocter tout ça. C'est fascinant ! Mais pourquoi l'avez-vous fait, au juste ? »

Il se baisse et attrape une planche, en m'intimant l'ordre de la boucler.

« Ah oui… pour votre père. Un homme dont vous n'avez plus qu'un vague souvenir. Je parierais que vous avez tout oublié, de lui : ses chansons favorites, les films qu'il aimait, ses héros préférés. Qu'est-ce qu'il avait dans ses poches ? Était-il gaucher, ou droitier ? De quel côté se coiffait-il ?

— Ta gueule, j'ai dit ! »

La planche décrit un grand arc de cercle avant de me faucher, en pleine poitrine. L'air est violemment chassé de mes poumons et mon corps se met à tournoyer sur lui-même, resserrant brusquement l'écharpe. Je bats des jambes pour tâcher d'inverser le mouvement. Ma bouche s'ouvre et se referme comme les ouïes d'un poisson hors de l'eau.

Il balance la planche de côté et me lance un regard, style « je t'avais prévenu ».

J'ai les côtes en miettes, mais mes poumons fonctionnent toujours :

« Une autre question, Bobby : pourquoi vous êtes-vous dégonflé ? Parce que je ne suis pas le vrai destinataire de votre haine. Son véritable objet crève les yeux : c'est celle qui a tourmenté votre père, et a passé sa vie à le rabaisser. Elle le trompait effrontément. Elle en a fait un objet de dérision et de pitié, y compris aux yeux de ses meilleurs amis. Et pour couronner le tout, elle l'a accusé d'abuser de son propre fils ! »

Bobby s'est détourné, mais le silence parle pour moi.

« Elle déchirait les lettres qu'il vous écrivait. Je parierais qu'elle a retrouvé les photos que vous aviez gardées et qu'elle vous les a prises. Elle voulait chasser Lenny de sa vie, et de la vôtre. Elle ne supportait même pas de vous entendre prononcer son nom... »

Il semble s'effondrer de l'intérieur. En lui, le chagrin l'emporte sur la colère.

« Attendez, je vais deviner... Elle devait être en tête de votre liste. Vous vous êtes mis à sa recherche et vous n'avez pas tardé à la retrouver. Votre mère n'a jamais été du genre discret. Son rire et ses talons aiguilles ne passaient pas inaperçus !

» Vous l'avez suivie et surveillée, en attendant votre heure. Vous aviez tout prévu, jusqu'au moindre détail. Et au jour J, la femme qui avait détruit votre vie était enfin là, désarmée, à quelques mètres de vous. Vous n'aviez plus que deux pas à faire, pour l'étrangler, mais vous vous êtes dégonflé. Vous avez reculé. Vous faites deux fois sa taille ; elle n'avait aucune chance, contre vous. Vous auriez facilement pu lui faire rendre gorge ! »

Je marque une pause, pour laisser à ses souvenirs le temps de se déployer. « Et vous n'avez rien fait. Vous n'avez rien pu faire. Vous savez pourquoi ? Parce que vous avez eu peur. À la seconde où vous l'avez vue, vous êtes redevenu ce petit garçon qui bafouillait, mort de peur. Elle vous terrifiait, et elle vous terrifie toujours. » L'horreur qu'il s'inspire à lui-même lui tord le visage, mais il est plus résolu que jamais à me supprimer.

« Il fallait que quelqu'un paie. Vous avez donc retrouvé votre dossier aux services sociaux et vous avez établi votre liste. Vous alliez punir tous les responsables, en leur enlevant ce qu'ils avaient de plus cher. Mais jamais vous n'êtes parvenu à surmonter la peur que vous inspirait votre mère. Quand on est un trouillard, c'est pour la vie. Qu'est-ce que ça vous a fait d'apprendre qu'elle était à l'article de la mort ? Vous êtes-vous dit que le cancer allait se charger de faire votre boulot ?

— Non. Qu'il allait me le voler.

— Mourir d'un cancer du poumon, ça n'est pas un cadeau. Je l'ai vue… »

Il explose : « C'est encore trop beau pour elle. C'est un monstre ! » D'un coup de pied, il renverse un baril de métal qui part valdinguer à travers la cour. « Elle m'a détruit. Elle m'a pourri la vie. C'est elle qui a fait de moi ce que je suis. »

Une goutte de salive reste suspendue à sa lèvre. Du regard, il quête mon approbation. Il aimerait m'entendre dire qu'il n'est qu'une victime, que tout est la faute de Bridget, et qu'il est naturel de réagir comme il l'a fait. Mais pas question de lui faire ce genre de concession. Approuver sa haine, c'est franchir le point de non-retour.

« Ne comptez pas sur moi pour vous trouver des excuses, Bobby. Vous avez vécu des choses terribles, et vous méritiez certainement une enfance plus heureuse et plus équilibrée. Mais regardez autour de vous : tous ces enfants qui meurent, en Afrique et ailleurs, les avions qui s'écrasent dans les gratte-ciel, les bombes qui tombent sur les populations civiles, les maladies qui déciment les gens par millions, les prisonniers que l'on torture, les femmes que l'on viole. Nous avons la possibilité d'influer sur certaines de ces choses, mais d'autres nous échappent totalement. Nous n'avons parfois d'autre choix que d'accepter le monde tel qu'il est, de passer l'éponge et de continuer à vivre. »

Il part d'un rire amer. « Comment vous pouvez dire ça, vous ?

— Parce que c'est vrai. Et vous le savez.

— Je vais vous dire, moi, ce qui est vrai. » Il me regarde dans le blanc de l'œil, sans ciller. Sa voix est un grondement sourd. « Il y a une aire de stationnement, sur la route de la côte, après Great Crossby, à une douzaine de kilomètres au nord de Liverpool. C'est sur la route à deux voies, un peu en retrait. De temps en temps, si vous passez par là, la nuit, après dix heures, vous verrez une voiture garée dans le coin. Mettez votre clignotant à gauche ou à droite, selon ce que vous voulez, et attendez que le clignotement de la voiture réponde au vôtre. Et puis vous la suivez... »

Sa voix est rauque et entrecoupée. « J'avais six ans, la première fois qu'elle m'y a emmené. Au début, je n'ai fait que regarder. C'était dans une grange paumée au milieu de nulle part. Elle était étalée sur une table, à poil, comme un buffet campagnard, ouvert à tous. Il y avait des dizaines de mains sur elle. Tous les participants pouvaient lui faire ce qu'ils voulaient – il y en avait pour tout le monde ! Du plaisir, et de la douleur. Pour elle, c'était du pareil au même. Et chaque fois qu'elle ouvrait les yeux, elle me regardait : “Sois pas égoïste, Bobby ! me disait-elle. Apprends donc à partager !” »

Il se balance doucement sur ses talons, d'avant en arrière, le regard fixe, revivant la scène en pensée. « Les clubs privés et les bars à putes, c'était trop petit-bourgeois pour elle. Ses orgies, elle les aimait anonymes et sans le moindre raffinement. J'ai vite renoncé à tenir le compte du nombre d'individus des deux sexes qui se partageaient son corps et effectivement, j'ai appris à partager. Au début, je les ai laissés me prendre, mais après, c'est moi qui ai pris. Douleur et plaisir – l'héritage de ma mère ! »

Des larmes brillent dans ses yeux. Je ne sais plus quoi dire. J'ai la langue enflée, douloureuse. Ma vision périphérique s'obscurcit de seconde en seconde. Le manque d'oxygène commence à se faire sentir.

Je voudrais lui parler, lui dire qu'il n'est pas seul. Il y a des foules de gens qui se débattent dans les mêmes cauchemars, qui hurlent dans les mêmes déserts et passent devant les mêmes fenêtres en se demandant s'il ne vaudrait pas mieux sauter. Je sais qu'il est déboussolé. Détruit. Mais il lui reste encore des choix. Tous les enfants violés ne deviennent pas des bourreaux.

« Détachez-moi, Bobby. Je n'arrive plus à respirer. »

Je vois sa nuque carrée, et ses cheveux coupés à la va-vite. Il se retourne, comme au ralenti, sans jamais me regarder de face. La lame jaillit et passe au-dessus de ma tête. Je m'écroule en avant, les doigts toujours agrippés à ce qui reste de l'écharpe. Les muscles de mes jambes sont tétanisés, parcourus de spasmes. J'ai la bouche pleine de poussière et de sang. Je distingue d'autres planches, appuyées contre un mur, et un évier industriel, qui court le long d'un autre. Dans quelle direction est le canal ? Il faut que je sorte d'ici.

Je tente de ramper sur mes genoux. Bobby est hors de vue. Des éclats de métal s'enfoncent dans mes paumes. Le béton fendu, semé de barils rouillés, est un vrai parcours d'obstacles. Comme j'arrive à proximité de l'entrée, j'aperçois une autopompe près du canal et plus loin, le gyrophare d'une voiture de police. J'essaie de crier, mais en vain. Aucun son ne franchit mes lèvres.

Il y a quelque chose qui cloche. Je fais du surplace. Regardant par-dessus mon épaule, je découvre que Bobby a posé un pied sur un pan de ma veste.

« Vous me sciez, vous et votre putain d'arrogance ! crache-t-il, en m'attrapant par mon col, pour me remettre sur mes pieds. Vous croyez vraiment que je vais me laisser embobiner par votre psychologie à deux balles ? J'ai vu plus de thérapeutes, de psychiatres, et de conseillers d'éducation que vous avez pu recevoir de cadeaux d'anniversaire ! Freudiens, jungiens, adlériens, rogerriens – et j'en passe ! Aucun d'eux ne valait la vapeur d'un jet de pisse, par un jour d'hiver. » Il approche à nouveau son visage du mien. « Vous ne me connaissez pas. Vous vous croyez capable de lire dans la tête des gens, mais merde ! Vous ne savez rien de ce que je pense. Rien ! » La lame de son couteau est venue s'appuyer juste sous mon oreille. Nous respirons le même air.

Un mouvement de son poignet, et ma gorge va s'ouvrir, comme un melon éclaté. Il va le faire. Je sens le métal sur mon cou. Il s'apprête à conclure, là, maintenant.

À cet instant me revient l'image de Julianne qui me regarde, derrière son oreiller, les cheveux ébouriffés. Et Charlie en pyjama, exhalant une bonne odeur de dentifrice et de shampooing. Est-ce que je pourrais compter les taches de rousseur, sur son nez ? Ne serait-il pas atroce de mourir sans avoir au moins essayé de le faire ?

Je sens la tiédeur du souffle de Bobby et le contact glacé du métal sur mon cou. Sa langue émerge une seconde. Il s'humecte les lèvres. Pour une raison qui m'échappe, il semble hésiter.

« Je pense que nous nous sommes sous-estimés, tous les deux, lui dis-je, en glissant la main vers ma poche. Je savais que vous n'auriez pas lâché prise. Une vengeance comme la vôtre, ça n'est pas négociable. Vous y aviez trop investi. C'est ce qui vous fait vous lever, le matin. Ce qui explique que j'aie pris mes précautions… »

Il vacille, tâchant de comprendre ce qu'il a oublié de prévoir. Mes doigts se referment sur le manche du ciseau à bois.

« Je suis malade, Bobby. Une maladie neurologique. J'ai sans arrêt des problèmes pour marcher. Ma main droite fonctionne encore, mais regardez un peu mon bras gauche, comme il tremble… » Je lève un bras qui n'a déjà plus la sensation d'appartenir à mon corps, et qui lui attire le regard, comme une marque de naissance ou une brûlure défigurant un visage.

Et de l'autre main, à travers ma poche, je lui plonge le ciseau dans le ventre. La lame heurte l'os du pubis et dévie, perforant le côlon transverse. Trois ans de médecine, ça n'est jamais du temps perdu…

Il tombe à genoux, sans lâcher mon col, et je pivote en arrière, lui expédiant un bon direct du droit dans la mâchoire. Il esquive en levant le bras, mais mon coup l'atteint tout de même à la tempe. Il part à la renverse. Tout semble se dérouler au ralenti. Comme il tente de se relever, je fais un pas et le renvoie au tapis d'un coup de pied mal ajusté, mais efficace, qui le cueille sous le menton.

Je reste un moment sidéré, incapable de détacher mes yeux de l'amas inerte qu'il forme sur le sol. Puis je pars à petites foulées, clopin-clopant. Une fois lancées, mes jambes se débrouillent pour faire leur boulot. Mon style laisse sans doute un peu à désirer, mais tout le monde n'est pas Roger Bannister.

Un policier accompagné d'un chien inspecte la berge le long du canal, en quête d'une piste. En m'apercevant, il recule d'un pas, et me crie quelque chose, mais je continue sur ma lancée. Il en faudrait deux comme lui pour me retenir, et encore… Je continue à courir.

C'est Ruiz qui finit par m'arrêter, en me retenant par les épaules. « Où il est ? rugit-il. Où est Bobby ? »

9

Le thé au lait de ma tante Gracie était vraiment le meilleur. Elle ne manquait jamais d'ajouter une petite cuillerée de thé, pour la théière, et versait la juste proportion de lait dans ma tasse. Je n'ai pas la moindre idée de la façon dont Ruiz a pu se dégoter le breuvage que j'avale, mais il a le mérite de dissiper le sale goût d'essence et de sang que j'ai dans la bouche.

Écroulé sur le siège avant d'une voiture de la police, je m'agrippe à mon gobelet des deux mains, pour les empêcher de trembler – sans grand succès.

« Va falloir montrer ça à quelqu'un », dit Ruiz.

Je passe un bout de langue prudent sur la plaie de ma lèvre, qui saigne toujours. Ruiz dégoupille un nouveau paquet de cigarettes et m'en tend une. Je secoue la tête. « Je croyais que vous aviez arrêté ?

— Eh ! La faute à qui ? Vous nous avez fait courir après cette putain de bagnole de location pendant près de soixante-dix bornes et on l'a retrouvée avec au volant deux mômes de quatorze ans et un bambin de onze. On a dû passer toutes les gares au peigne fin, sans compter les aéroports, et les stations de bus. J'ai dû lancer à vos trousses tous les flics du secteur nord-ouest.

— Attendez – vous n'avez pas encore reçu ma facture ! »

Il contemple sa cigarette avec une tendresse mêlée de dégoût. « Bien vu, le coup de la confession – génial ! Tous les fouille-merde de la presse me sont tombés dessus et se sont mis à fouiner dans tous les coins. Ils m'auraient reniflé le trou de balle, si je les avais laissés faire ! Ils ont interviewé les familles des victimes, en remuant un maximum de merde. Je me suis retrouvé le dos au mur.

— Vous avez rouvert le dossier ?

— Ouais.

— Et pour les autres noms de la liste ?

— L'enquête est en cours. »

Il s'appuie à la portière, les yeux fixés sur moi. Un rayon de soleil ricoche sur l'eau du canal et fait scintiller la tour de Pise, sur sa cravate. Puis ses yeux bleu acier se portent sur l'ambulance qui s'est garée, à trente mètres de nous, devant le mur de l'usine.

La douleur qui me cisaille la gorge et la poitrine me donne des vertiges. Je fais la grimace, en tirant sur les pans de la grosse couverture grise qu'on m'a jetée sur les épaules. Ruiz me raconte qu'il a passé la nuit à éplucher le dossier de Bobby, pour vérifier les informations. Il a balancé tous les noms dans le système informatique et s'est retrouvé avec sur les bras un plein tombereau de meurtres non élucidés.

Bobby avait travaillé à Hatchmere comme jardinier municipal. Il avait donné sa démission quelques semaines avant la mort de Rupert Erskine. En 1996, il avait participé à des séances de thérapie de groupe auxquelles assistait Catherine McBride, dans une clinique de West Kirkby.

« Et pour Sonia Dutton ? m'enquiers-je.

— Rien. Le signalement du dealer qui lui a refilé la drogue ne correspond absolument pas à celui de Bobby.

— Mais Bobby a travaillé à son club de natation.

— Je vais y jeter un œil.

— Pourquoi Catherine est-elle revenue à Londres ?

— Pour ce fameux entretien d'embauche. Vous lui aviez envoyé une lettre…

— Absolument pas.

— Bobby l'a fait à votre place. Il avait piqué du papier dans votre bureau.

— Ça ne tient pas debout… » Ruiz me laisse patauger quelques secondes. « Vous m'avez signalé que vous aviez remarqué la marque Nevaspring, sur sa poche de poitrine. C'est une boîte française qui livre des distributeurs d'eau dans les bureaux. Nous vérifions les cassettes du circuit vidéo interne, dans les archives de la surveillance de votre immeuble.

— Il était livreur…

— Et il est passé comme une fleur à la réception, avec un container d'eau sur l'épaule.

— Ce qui explique qu'il soit entré sans problème dans l'immeuble, le jour de cette consultation où il est arrivé tellement tard. »

De l'autre côté du terrain vague, que j'aperçois par-dessus une clôture défoncée, Bobby est sur un brancard. Un infirmier tient une poche à transfusion au-dessus de sa tête.

« Vous pensez qu'il va s'en sortir ? demandé-je.

— Vous n'avez pas réussi à faire l'économie d'un procès pour le contribuable – si c'est ce qui vous tourmente. Vous ne vous faites quand même pas de souci pour lui ? »

Je secoue la tête. Peut-être finirai-je, dans un avenir lointain, par lui accorder des circonstances atténuantes, et par voir en lui un enfant traumatisé que le destin avait condamné à devenir un adulte fragile, psychologiquement instable. Mais pour l'instant, je suis encore sous le choc de ce qu'il a fait à Elisa, et aux autres. Et je ne suis pas mécontent de l'avoir laissé à moitié mort.

Sous l'œil vigilant de Ruiz, deux de ses subordonnés grimpent à l'arrière de l'ambulance et s'installent de part et d'autre du brancard.

« Vous prétendiez que l'assassin de Catherine serait un type d'âge mûr, plus vieux, et plus expérimenté.

— C'est ce que je croyais.

— Et vous m'avez aussi expliqué qu'il s'agissait d'un crime sexuel.

— Ce que je vous ai dit, c'est que la douleur de sa victime l'excitait ; mais le mobile était loin d'être aussi clair. La vengeance était l'une des hypothèses possibles. Vous savez, c'est très curieux – mais même longtemps après que j'ai eu la certitude qu'il était le meurtrier, j'ai toujours eu du mal à me représenter Bobby en situation, contraignant Catherine à se lacérer la peau. C'était une forme de sadisme trop raffinée. Cela dit, il avait infiltré la vie de tous mes proches et la mienne. Il agissait en coulisses, n'attirant l'attention de personne. Nous étions tous trop absorbés par ce qui se passait à l'avant-scène.

— Vous l'avez soupçonné avant même que quiconque ne s'avise de son existence.

— Un peu comme si je m'étais cogné à lui dans le noir. »

L'ambulance démarre, chassant une volée d'oiseaux aquatiques qui nichaient dans les roseaux et qui prennent leur envol, décrivant une vaste boucle dans le ciel pâle. Quelques arbres tendent vers le ciel leurs branches squelettiques.

Ruiz m'emmène à l'hôpital. Il veut être là quand Bobby sortira du bloc opératoire. Nous suivons l'ambulance le long de St. Pancras Way, puis dans l'allée réservée aux urgences. Mes jambes sont presque totalement inertes, maintenant que mon taux d'adrénaline est redescendu, mais je parviens tant bien que mal à m'extraire de la voiture, tandis que Ruiz part me chercher un fauteuil roulant. Puis il me pousse jusqu'à une salle d'attente carrelée de blanc.

À son habitude, l'inspecteur divisionnaire part du mauvais pied – il gratifie l'infirmière de garde d'un « ma poule » bien senti, en l'exhortant à se « manier un peu les fesses ». Du coup, elle se venge sur moi en m'enfonçant les doigts entre les côtes, avec un excès de zèle qui m'amène au bord de l'évanouissement.

La jeune doctoresse qui se charge de me recoudre la lèvre a les cheveux blond platine, coupés en dégradé, et un collier de coquillages brisés. Elle a dû se payer des vacances au soleil, cet hiver, car elle a le nez rose et légèrement pelé.

Ruiz est allé au premier prendre des nouvelles. Une anesthésie générale et une sentinelle armée, surveillant la porte du bloc opératoire, ne sont pas, pour lui, une garantie suffisante. Peut-être est-ce sa façon de faire amende honorable, pour son acharnement à persister dans l'erreur ; mais j'en doute.

Étendu sur une table de consultation, je m'efforce de rester coi, tandis que l'aiguille s'insinue dans la peau de ma lèvre. Le fil tire sur la plaie. Une paire de ciseaux cliquette, parachevant l'ouvrage. La doctoresse recule pour admirer son œuvre.

« Dire que ma mère prétendait que je ne saurais jamais tenir une aiguille !

— Quelle allure ça a ?

— Vous auriez mieux fait d'attendre l'arrivée du chirurgien, mais j'ai limité les dégâts. Vous aurez une cicatrice, toute petite, juste là, fait-elle, le doigt sur la fossette, sous sa lèvre inférieure. Avec votre oreille, ça fera un ensemble très chic. » Elle balance ses gants de latex dans la poubelle. « Maintenant, ils vous attendent à la radio. Vous voulez que j'appelle quelqu'un pour pousser votre fauteuil, ou vous pourrez y aller seul ?

— J'y vais seul. »

Elle m'indique le chemin vers l'ascenseur et me recommande de suivre la ligne verte, jusqu'au service de radiologie, au quatrième. Une demi-heure plus tard, Ruiz vient me rejoindre dans la salle d'attente. La radiologiste devrait confirmer ce que je sais déjà, après avoir entraperçu les radios : deux côtes cassées, mais pas d'hémorragie interne.

« Quand pourrez-vous venir faire votre déposition ?

— Dès qu'ils auront fait mon pansement.

— La déposition peut attendre jusqu'à demain. Amenez-vous, je vous raccompagne chez vous. »

Chez moi ? Un pincement de chagrin me fait momentanément oublier ma douleur physique. Parce que j'ai encore un chez-moi ?… Où vais-je passer la nuit, et celle d'après ? Jusque-là, je n'ai guère eu le temps de me poser la question. Ruiz doit capter mes ondes d'indécision, car il me glisse : « Pourquoi vous n'essayeriez pas de l'écouter, pour une fois ? Vous êtes pourtant censé être un pro de ce genre de truc, nom d'un chien. Sans compter que chez moi, j'ai même pas un putain de lit d'appoint ! »

Au rez-de-chaussée, il harcèle les infirmières jusqu'à ce que mon thorax soit dûment immobilisé sous un bandage, et que mon estomac gargouille d'antalgiques et d'anti-inflammatoires. Ensuite, comme je descends le couloir sur ses talons, j'ai l'impression de flotter à dix centimètres du sol.

« Il reste un truc qui me turlupine, lui dis-je, tandis que nous roulons plein nord, en direction de Camden. Bobby aurait pu me descendre. Il m'avait mis son couteau sous la gorge, mais au dernier moment, il n'a pu franchir le pas.

— Sa mère non plus, il ne l'a pas tuée.

— C'est différent. Il a toujours eu peur d'elle. Les autres, ça ne lui a posé aucun problème.

— En tout cas, pour sa mère, il n'a plus à s'en faire. Elle est morte ce matin, à huit heures.

— Il n'a plus personne, à présent.

— Si. Nous avons retrouvé la piste de son demi-frère. Je lui ai laissé un message pour l'avertir que Bobby était à l'hôpital. »

Un sourd malaise me submerge. « Vous avez retrouvé son frère ? Où ça ?

— Dafyyd John Morgan. Il est plombier. Il travaille dans le nord de Londres. »

Ruiz s'égosille dans son émetteur-récepteur. Il donne à toutes les voitures l'ordre de converger vers ma rue. Moi aussi, je hurle dans un portable. J'essaie d'appeler Julianne, mais la ligne sonne occupée. Nous ne sommes plus qu'à cinq minutes de la maison, mais nous roulons pare-chocs contre pare-chocs. Un camion est passé au rouge à une intersection, bloquant tout Camden Road.

Ruiz grimpe sur le trottoir, et se faufile entre les passants, qui s'écartent en catastrophe. Il a mis la tête à la portière et vocifère : « Dégagez, dégagez ! »

Nous n'y serons jamais à temps. Il connaît la maison comme sa poche. Il y est chez lui. Je le revois, ricanant dans ma cave. Je revois son sourire, le matin où les flics sont venus retourner mon jardin. Cette exultation. Cette insolence.

Maintenant, tout s'emboîte. La fourgonnette blanche qui me suivait pas à pas, à Liverpool. C'était une camionnette de plombier : il n'avait eu qu'à ôter les plaques magnétiques de la sienne, pour lui rendre son anonymat. Les empreintes du 4 × 4 volé n'étaient pas celles de Bobby – pas plus que le signalement du dealer qui a donné le comprimé suspect à Sonia Dutton. C'était signé DJ/Dafyyd. Une seule et même personne…

Sur la péniche, Bobby avait frappé avant d'ouvrir le capot de l'écoutille. Il n'était pas chez lui. L'atelier était plein d'outils et de matériel de plomberie. C'était le QG de Dafyyd, son centre de documentation. Les photos et les notes lui appartenaient. Bobby y a mis le feu pour détruire les preuves.

La maison n'est plus qu'à quatre cents mètres. Je ne peux pas rester là, à me tourner les pouces. Ruiz m'enjoint de ne pas bouger, mais j'ai déjà sauté de mon siège et je file au pas de course, slalomant entre les piétons – amateurs de jogging, mères accompagnées d'enfants en bas âge ou de landaus. La circulation est bloquée dans les deux sens, à perte de vue. J'enfonce la touche bis de mon portable, mais en vain. La ligne est toujours occupée.

Bobby n'aurait pu tout faire seul. Il avait besoin d'un comparse. Il était trop aisément reconnaissable. Dans une foule, on ne voyait que lui. Dafyyd avait à la fois la volonté, la concentration et la persévérance qui lui permettaient de contrôler les gens. Il savait soutenir leur regard, sans détourner la tête.

Mis au pied du mur, Bobby avait reculé. Il n'avait pu me tuer parce qu'il n'avait encore jamais franchi le pas. Il était le cerveau, l'organisateur, mais Dafyyd était l'exécuteur. Il était plus vieux, plus expérimenté et plus coriace.

Je m'arrête dix secondes, le temps de vomir dans une poubelle et je repars à toutes jambes. Je dépasse le marchand de spiritueux, le bureau des jeux, la pizzeria, la solderie, le cabinet de dentiste, la boulangerie, le pub Rag & Firkin…

Mais ça ne va pas assez vite. Je me traîne, mes jambes ne tiennent pas le rythme.

Je tourne enfin au coin de ma rue. La maison se dresse, là, devant moi. Pas l'ombre d'une voiture de police. Je reconnais immédiatement la fourgonnette blanche garée devant, portières latérales ouvertes. À l'intérieur, tapissant le sol, des sacs de grosse toile.

Je franchis d'un bond le portail, puis les marches. Le téléphone est décroché.

J'essaie de hurler le nom de ma fille, mais ma gorge ne produit qu'un graillonnement sourd. D'ailleurs Charlie est là, dans le living, sagement assise, dans son jean et son sweat-shirt. Elle a un Post-it collé sur le front. Elle se jette dans mes bras avec l'enthousiasme d'un jeune chiot, et il s'en faut d'un cheveu que la douleur ne me fasse à nouveau tourner de l'œil.

« On était en train de jouer au portrait chinois ! s'exclame-t-elle. DJ était Homer Simpson, mais il n'a pas encore deviné. Et moi qui je suis ? »

Elle lève le front vers moi. Le Post-it est un peu écorné, mais je reconnais l'écriture, nette et précise :

« T'ES MORTE. »

Je parviens à trouver assez d'air pour articuler : « Où est maman ? »

Le ton dont je l'ai dit effraie Charlie. Elle me dévisage un instant, s'attardant sur ma chemise tachée de sang, et ma lèvre tuméfiée, avec ses points de suture noirâtres.

« Elle est en bas, dans la cave. DJ m'a dit d'attendre ici.

— Où il est, lui ?

— Il a dit qu'il revenait dans une minute, mais ça fait déjà longtemps qu'il est parti. »

Je la pousse vers la porte d'entrée : « Fiche le camp immédiatement, Charlie !

— Pourquoi ?

— File ! Vite, vite ! Tu cours jusqu'au bout de la rue – le plus vite que tu peux ! »

La porte de la cave est fermée et colmatée avec du papier-toilette humide. Il n'y a pas de clé dans la serrure. Je tourne la poignée, et elle s'ouvre.

La poussière tourbillonne dans l'air – un signe révélateur d'une fuite de gaz. Impossible de crier, en retenant mon souffle. Après avoir descendu la moitié des marches, je marque une pause pour laisser à mes yeux le temps d'accommoder. Julianne s'est écroulée par terre, près de la chaudière neuve. Elle gît sur le côté, le bras droit sous la tête et l'autre étendu, comme pour me montrer quelque chose. Sa frange brune lui retombe sur les yeux.

M'accroupissant près d'elle, je glisse les mains sous sa tête et tente de la traîner en arrière. Mes côtes se rappellent à mon bon souvenir. Une nuée de points blancs dansent devant mes yeux, comme un essaim furieux. Je n'ai toujours pas repris mon souffle, mais le temps presse. Je monte les marches, une à une. Je hisse Julianne en me laissant choir lourdement sur la marche suivante, après chaque effort. Une marche, deux, trois…

J'entends une petite voix qui tousse, derrière moi. Charlie est venue me prêter main-forte. Elle m'a attrapé par mon col de chemise et tire en même temps que moi. Quatre marches, cinq…

Nous voilà dans la cuisine. La tête de Julianne atterrit un peu brusquement sur le sol, mais je lui en demanderai pardon plus tard. Je la charge sur mon épaule, en retenant un hurlement de douleur et j'enfile le couloir au pas de course, Charlie trottinant devant moi.

« Va-t'en, Charlie ! Cours… plus vite ! »

Qu'est-ce qui sert de détonateur ? Un minuteur, un thermostat ? La chaudière, le frigo, les lumières de sécurité ?

« Dégagez ! »

À quel moment la nuit est-elle tombée ? Les voitures de police encombrent la rue, dans la pulsation fébrile des gyrophares. Cette fois, je ne m'arrête pas. Je hurle ce mot, toujours le même, et je traverse la chaussée, zigzaguant entre les voitures. Je ne m'arrête qu'au bout de la rue, lorsque mes genoux se dérobent sous moi. Julianne tombe dans l'herbe boueuse, et je me laisse choir près d'elle, à genoux.

Elle a ouvert les yeux. La détonation commence par une étincelle minuscule dont j'aperçois le reflet dans ses prunelles sombres. Le bruit lui-même ne nous parvient qu'une fraction de seconde plus tard, avec l'onde de choc. Charlie est projetée en arrière. J'essaie de leur faire un rempart de mon corps à toutes deux. Il n'y a pas de boule de feu, comme au cinéma – seulement un gros nuage de fumée et de poussière, suivi d'une averse de gravats, et je sens un souffle brûlant me lécher le cou, séchant instantanément toute la sueur qui y ruisselle.

La fourgonnette s'est retournée au milieu de la rue, les roues en l'air. Des fragments du toit et des lambeaux de gouttières retombent sur les arbres. Toute la rue est jonchée de débris et de poutres brisées.

Charlie se relève et regarde le champ de bataille. Elle a toujours le Post-it sur le front, un peu noirci sur les bords, mais l'inscription est toujours visible. Je la prends au creux de mon bras et la serre très fort contre moi, tandis que mon autre main se referme sur le petit rectangle de papier, dont je fais une boulette.

Épilogue

Naguère, dans mes cauchemars, je galopais pour échapper à des chiens enragés ou à des avants-centres à faciès néandertalien, mais ces derniers temps, les monstres qui hantent mes nuits sont de plus en plus criants de vérité. Selon Jock, ce n'est qu'un effet secondaire de la Levodopa qu'il m'a récemment prescrite.

Il a tout de même réduit mes doses de moitié, depuis deux mois, sous prétexte que « mon niveau de stress a tout de même dû baisser ». Ce faux cul ! Il me téléphone tous les jours, pour m'inviter à faire quelques sets, si le cœur m'en dit. Je décline, invariablement, et il me soûle de ses blagues habituelles : « Tu connais la différence entre une femme enceinte de neuf mois et la *playmate* du mois ?

— Non.

— Aucune, si son mari tient à sa peau ! »

C'est l'une des plus présentables, et je me risque à la rapporter à Julianne, ce qui la fait éclater de rire, quoique un poil moins fort que moi.

Nous avons emménagé chez Jock le temps de prendre notre décision : reconstruire, ou acheter autre chose. C'est une manière pour lui de faire amende honorable, mais il n'est pas totalement pardonné. Entre-temps, il habite chez Kelly, sa nouvelle amie, qui espère devenir un jour la nouvelle Mrs Jock Owen (elle a intérêt à se munir d'un harpon de baleinier ou d'un contrat prénuptial en fonte, si elle veut avoir une chance de l'attirer à moins de cent mètres d'un autel).

Julianne a balancé tous les gadgets de la cuisine, ainsi que les surgelés périmés qui traînaient dans le congélateur. Puis elle est allée s'acheter des draps et des serviettes de toilette neufs.

La période des nausées matinales n'est plus qu'un mauvais souvenir, Dieu merci, et tout son corps (à l'exception de sa vessie, hélas…) semble s'épanouir de jour en jour. Elle croit dur comme fer que c'est un garçon – « parce qu'il n'y a qu'un homme pour vous faire autant souffrir », dit-elle, avec un regard éloquent, qui me fait éclater de rire, quoique un poil moins fort qu'elle.

Je sais qu'elle me garde à l'œil, que nous nous surveillons mutuellement. C'est peut-être les progrès de ma maladie, qu'elle guette, à moins qu'elle n'ait plus en moi qu'une confiance limitée. Hier, nous avons eu une discussion un peu vive, la première depuis que nous avons fait la paix. Nous partons pour une semaine au pays de Galles, et elle m'a reproché de ne faire mon sac qu'à la dernière minute, comme toujours.

« Mais je n'oublie jamais rien !

— Ça n'est pas le problème.

— C'est quoi, le problème ?

— C'est que tu devrais t'y prendre en avance – c'est moins stressant.

— Pour qui ?

— Pour toi.

— Mais c'est pas moi, que ça stresse ! »

Après avoir marché sur des œufs pendant cinq mois, en lui rendant grâce de sa clémence, j'ai décidé de poser mes jalons. Je lui ai demandé : « Pourquoi diable les femmes tombent-elles amoureuses d'hommes qu'elles s'escriment ensuite à vouloir changer ?

— Parce qu'un homme, ça a toujours besoin d'un petit coup de pouce ! réplique-t-elle, comme si c'était de notoriété publique.

— Mais si je deviens l'homme que tu veux que je sois, c'en sera fait de celui que je suis… »

Elle a levé les yeux au ciel, pour toute réponse, mais depuis, elle s'est nettement détendue. Ce matin, elle est venue s'asseoir sur mes genoux, a noué ses bras autour de mon coup et m'a embrassé avec le genre de passion que le mariage est censé éteindre.

« Berkkk ! a fait Charlie, en se cachant les yeux.

— Qu'est-ce qu'il y a ?

— Vous vous faites des baisers, comme au cinéma !

— Parce que tu t'y connais, toi, en baisers ?

— Un peu, oui ! C'est quand on se fait du bouche à bouche sans que personne ne se soit noyé ! »

Je caresse le ventre de Julianne en lui glissant à l'oreille : « J'espère qu'ils ne grandiront jamais, ces deux-là ! »

Notre architecte m'a donné rendez-vous au bord du cratère. La seule chose qui reste de notre maison, c'est un escalier donnant sur le vide. L'explosion a propulsé la dalle de béton de la cuisine à travers le toit. Quant à la chaudière, elle a été projetée dans une cour, à deux rues de là. L'onde de choc a fait éclater pratiquement toutes les vitres du bloc. On a dû démolir trois maisons.

Charlie dit qu'elle a vu DJ à l'une des fenêtres du premier, juste avant l'explosion. Quiconque se serait trouvé dans cette partie de la maison aurait été instantanément vaporisé, m'ont assuré les experts. Ce qui expliquerait qu'ils n'aient retrouvé aucune pièce détachée – fibre, éclat d'os, d'ongles ou de dents. Mais je me demande bien pourquoi Dafyyd serait resté dans la maison après avoir ouvert le gaz et programmé la minuterie de la chaudière pour la faire démarrer. Il a eu tout le temps de prendre le large – à moins qu'il n'y ait vu une sorte de dernier acte, dans tous les sens du terme.

Charlie n'a toujours pas compris qu'il était à l'origine de tout ça. L'autre jour, elle m'a demandé si je pensais qu'il était au ciel. « Tout ce que j'espère, c'est qu'il est mort », me suis-je borné à lui dire.

Depuis deux mois, personne n'a touché à son compte en banque. Personne ne l'a vu. Il n'a apparemment pas tenté de passer la frontière, de prendre un emploi salarié ou une chambre d'hôtel, d'acheter une voiture ou d'encaisser un chèque.

Ruiz a sondé son passé. Dafyyd est né à Blackpool. Sa mère, mécanicienne en confection, avait épousé Lenny à la fin des années 60 et avait trouvé la mort dans un accident, alors que Dafyyd avait sept ans. Le petit garçon avait été élevé par ses grands-parents maternels jusqu'au remariage de Lenny, puis il était tombé sous l'emprise de Bridget.

On peut soupçonner qu'il avait subi le même genre de sévices que Bobby – bien que chaque enfant ait sa propre façon de réagir au sadisme et aux abus sexuels. Pour l'un comme pour l'autre, Lenny était de loin la figure la plus prégnante de leur enfance. C'est sa mort qui a tout déclenché.

Dafyyd a terminé son apprentissage à Liverpool. Il est devenu artisan plombier qualifié. Il s'était engagé dans une entreprise locale. Il y a laissé des souvenirs mitigés, où l'appréhension l'emporte sur la sympathie. Il avait le sourire facile, mais peu communicatif. Dans l'ensemble, il n'avait rien de très attachant. Un soir, dans un bar, il avait frappé une fille au visage avec un tesson de bouteille à cause d'une blague qu'elle avait eu le tort de ne pas trouver drôle.

Il avait disparu à la fin des années 80, pour refaire surface en Thaïlande, comme tenancier de bar et de maison close. Deux adolescents toxicomanes, épinglés alors qu'ils tentaient de passer la frontière avec un kilo d'héroïne, ont avoué à la police qu'ils avaient rencontré leur fournisseur dans le bar de Dafyyd – mais ce dernier avait quitté le pays avant qu'on ait eu le temps d'établir sa responsabilité dans l'affaire.

Sa trace réapparaissait en Australie, où il avait travaillé sur plusieurs chantiers, le long de la côte Est. À Melbourne, il s'était lié d'amitié avec un pasteur anglican qui lui avait confié la direction d'un refuge pour sans-abri, et, pendant un certain temps, on aurait pu croire qu'il s'était amendé. Plus trace de plaintes pour voies de fait, plus de nez ni de côtes cassés.

Mais les apparences pourraient bien être trompeuses. La police de Victoria a ouvert une enquête sur la disparition de six habitués du refuge, sur une période de quatre ans. Il se trouve que leurs chèques d'allocation ont été régulièrement encaissés, jusqu'à une date récente qui correspond à peu près à celle de la réapparition de Dafyyd en Angleterre, il y a dix-huit mois.

Je ne sais pas au juste comment il a retrouvé la trace de Bobby, mais ça n'a pas dû lui poser de problème particulier. Vu leur différence d'âge à l'époque où Dafyyd avait quitté la maison, ils devaient être devenus des étrangers l'un pour l'autre. En se retrouvant, ils se sont sans doute découvert des intérêts communs…

Les fantasmes de vengeance de Bobby en étaient restés au stade de fantasmes, mais Dafyyd avait à la fois l'expérience et la cruauté indispensables à leur réalisation. L'un avait l'imagination de l'architecte, et l'autre le savoir-faire du chef de chantier. De leur association est né un redoutable tandem : un psychopathe assez réaliste pour échafauder un véritable plan d'action.

À l'évidence, Catherine a été torturée et achevée sur la péniche. Bobby me surveillait depuis assez longtemps pour savoir exactement où enterrer le corps. Il savait que je viendrais au cimetière, dix jours plus tard. Puis l'un ou l'autre a téléphoné à la police depuis la cabine, située près des grilles. La fameuse pelle, abandonnée sur la tombe de ma tante, était une touche particulièrement macabre – et particulièrement compromettante.

Au fil des semaines, les derniers éléments du puzzle ont fini par trouver leur place. Bobby avait entendu parler de nos problèmes de chauffage chez mes parents. Ma mère ne peut s'empêcher d'assommer ses visiteurs en leur décrivant par le menu la vie de ses enfants et petits-enfants. Elle lui avait même montré nos albums photos et les plans que nous avions présentés, lors de la rénovation, pour obtenir notre permis de construire.

Dafyyd avait glissé des prospectus dans toutes les boîtes aux lettres du quartier. Chaque fois qu'il était engagé dans le secteur, ça lui faisait une référence de plus. Julianne avait fini par se laisser convaincre de l'engager et, une fois dans nos murs, il avait les coudées franches – bien qu'il soit passé à deux doigts de se faire démasquer, le jour où Julianne l'a surpris dans mon bureau. Il avait alors feint de pourchasser un intrus qu'il avait prétendument surpris ; et il en avait profité pour revenir fouiller mon bureau de fond en comble, sous prétexte de vérifier que rien n'avait disparu.

À la fin du mois prochain, Bobby comparaîtra devant ses juges. Il n'a pas divulgué ses intentions, mais on s'attend à ce qu'il plaide non coupable. Quoique fortes et concordantes, les présomptions qu'on a contre lui ne reposent sur aucune preuve tangible. Pour aucun des meurtres du dossier, rien ne nous permet d'établir qu'il a physiquement eu l'arme du crime entre les mains – ni pour Elisa, ni pour Catherine, pas plus que pour Boyd, Erskine, Sonia Dutton ou Esther Gorski.

Ruiz clame sur tous les toits que ce procès nous permettra enfin de refermer le dossier Bobby Morgan une fois pour toutes, mais je doute que l'on puisse s'en laver si facilement les mains. Il y a des années, une poignée de bonnes âmes, animées des meilleures intentions du monde, ont déclaré l'affaire classée. On voit le résultat.

Celui qui enterre ses erreurs se condamne à les reproduire, à perte de vue.

N'essayez surtout pas de ne pas penser à l'ours blanc…

Remerciements

Je tiens à remercier Mark Lucas, pour ses conseils, sa sagesse et son bon sens, ainsi que toute l'équipe de LAW. Toute ma gratitude aussi à Ursula McKenzie, qui a été la première à y croire, et à tous ceux qui l'ont suivie.

Elspeth Rees, Jonathan Margolis et Martyn Forrester, m'ont chaleureusement accueilli et soutenu ; ils ont écouté mes histoires et répondu à mes questions – qu'ils en soient ici remerciés.

Enfin, pour son amour et sa complicité, un grand merci à Vivien, qui a dû apprendre à vivre avec mes personnages et les insomnies de leur auteur. Une autre m'aurait envoyé dormir dans la chambre d'amis…

Photocomposition *CMB* Graphic
44800 Saint-Herblain

Achevé d'imprimer par GGP Media GmbH, Pößneck
en février 2013
pour le compte de France Loisirs,
Paris

N° d'éditeur : 71908
Dépôt légal : mars 2013
Imprimé en Allemagne